EDIÇÕES BESTBOLSO

O príncipe das marés

Pat Conroy nasceu em Atlanta, Geórgia, em 1945. O escritor norte-americano costuma explorar sua turbulenta história familiar para escrever sobre temas capazes de sensibilizar qualquer leitor. *O príncipe das marés* ganhou as telas de cinema em 1986, com Barbra Streisand e Nick Nolte nos papéis principais. Pat Conroy vive em Fripp Island, Carolina do Sul.

Pat Conroy

O príncipe das marés

Tradução de
ELIZABETH LARRABURE COSTA CORREA

CIP-Brasil. Catalogação-na-fonte
Sindicato Nacional dos Editores de Livros, RJ.

C764p   Conroy, Pat
     O príncipe das marés / Conroy Pat; tradução de Elizabeth Larrabure Costa Correa. – Rio de Janeiro: BestBolso, 2008.

     Tradução de: The Prince of Tides
     ISBN 978-85-7799-054-2

     1. Irmãos – Ficção. 2. Ficção americana. I. Correa, Elizabeth Larrabure Costa. II. Título.

08-1317

CDD – 8153
CDU – 821.111(73)-3

O príncipe das marés, de autoria de Pat Conroy.
Título número 051 das Edições BestBolso.

Título original norte-americano
THE PRINCE OF TIDES

Copyright © 1986 by Pat Conroy.
Edição original publicada pela Houghton Mifflin Company (1986).
Copyright da tradução © by Editora Best Seller Ltda.
Direitos de reprodução da tradução cedidos para Edições BestBolso, um selo da Editora Best Seller Ltda., empresas do Grupo Editorial Record.

www.edicoesbestbolso.com.br

Ilustração e design da capa: Luciana Gobbo

Todos os direitos reservados. Proibida a reprodução, no todo ou em parte, sem autorização prévia por escrito da editora, sejam quais forem os meios empregados.

Direitos exclusivos de publicação em língua portuguesa para o Brasil em formato bolso adquiridos pelas Edições BestBolso um selo da Editora Best Seller Ltda.
Rua Argentina 171 – 20921-380 – Rio de Janeiro, RJ – Tel.: 2585-2000
que se reserva a propriedade literária desta tradução.

Impresso no Brasil

ISBN 978-85-7799-054-2

Este livro é dedicado, com amor e gratidão,
a Lenore; a meus filhos, Jessica, Melissa,
Megan e Susannah, todas Conroy;
a Gregory e Emily Fleischer;
a meus irmãos e irmãs,
Carol, Michael, Kathleen, James,
Timothy e Thomas;
a meu pai,
coronel da reserva Donald Conroy,
sempre grande, sempre Santini;
e à memória de minha mãe, Peg,
a extraordinária mulher que
construiu e inspirou
esta família.

Agradecimentos

Devo a muitas pessoas por sua generosidade e apoio enquanto escrevia este livro. Meu padrasto, o capitão da Marinha americana John Egan, cuidou de mim e de minha família com imenso amor ao longo do tempo em que nossa mãe sofria com a leucemia. Turner e Mary Ball me permitiram usar sua casa na montanha por longos períodos enquanto escrevia. James Landon e Al Campbell também me cederam a chave de sua casa na montanha em Highlands, Carolina do Norte. O juiz Alex Sanders, o mais bem-nascido na Carolina do Sul, contou-me muitas das histórias incluídas neste livro, nós dois sentados na casa de Joe e Emily Cumming em Tate Mountain. Julia Bridges digitou o livro com prazer. Nan Talese é uma editora esplêndida e uma mulher de beleza incomum. E Sarah Flynn foi soberba. Julian Bach é meu agente literário e um dos homens mais refinados que já conheci. A Houghton Mifflin, minha editora, é uma família. Barbara Conroy é ótima advogada e mãe exemplar para nossos filhos. Cliff Graubert, da Old New York Book Shop, é maravilhoso. Derril Randel é extraordinariamente corajoso. Obrigado também a Dent Acree, Peggy Houghton e William Sherrill. Tive uma vida de sorte com relação a amizades. Agradeço aos meus amigos em Atlanta, em Roma, e àqueles entre as duas cidades. Um grande abraço para todos, chegarei a seus nomes numa próxima oportunidade.

Prólogo

Meu fraco é a geografia. Ela é também meu refúgio, meu porto de escala.

Cresci vagarosamente, junto às marés e aos pântanos de Colleton; meus braços eram bronzeados e fortes por causa do trabalho no barco de pesca de camarões sob o intenso calor da Carolina do Sul. Por ser um Wingo, comecei a trabalhar assim que aprendi a andar; aos 5 anos, conseguia apanhar siris com perfeição. Aos 7, já havia matado meu primeiro veado e, aos 9, punha regularmente comida na mesa de minha família.

Nasci e fui criado em uma ilha da costa da Carolina e trago o sol da região, com seus tons de ouro escuro, em minhas costas e ombros. Passei dias felizes de minha infância nos canais, navegando um barquinho entre os bancos de areia e sua multidão silenciosa de ostras expostas, na superfície marrom durante a maré baixa. Conhecia pelo nome todos os pescadores de camarão e eles também me conheciam e tocavam suas buzinas quando passavam por mim no rio.

Aos 10 anos, matei uma águia apenas por prazer, pela singularidade do ato, apesar da beleza divina e radiante de seu vôo solitário sobre os cardumes de peixes. Foi a única coisa desconhecida que matei. Depois de meu pai ter me batido por transgredir a lei e matar a última águia do condado de Colleton, obrigou-me a fazer uma fogueira, cozinhar o pássaro e comer sua carne enquanto as lágrimas rolavam por meu rosto. Em seguida, ele me levou ao xerife Benson, que me trancou em uma cela por mais de uma hora. Meu pai juntou as penas e fez um cocar grosseiro que eu deveria usar na escola. Ele acreditava na expiação do pecado. Usei o cocar durante várias semanas, até que começou a se desintegrar pena por pena. Aquelas penas deixavam um rastro pelos corredores da escola, como se eu fosse um anjo desacreditado que estivesse na muda.

– Nunca mate nada que seja raro – dissera meu pai.
– Foi sorte eu não ter matado um elefante – respondi.
– Você teria comido uma refeição gigantesca.

Meu pai não permitia que se cometessem crimes contra a natureza. Apesar de eu ter caçado outra vez, todas as águias estão perfeitamente a salvo de mim.

Foi minha mãe quem me ensinou a mentalidade sulista em suas formas mais delicadas e íntimas. Acreditava nos sonhos das flores e dos animais. Quando éramos pequenos, antes de ir para a cama à noite, ela nos revelava, com sua voz de contar histórias, que os salmões sonhavam com desfiladeiros nas montanhas e com o rosto marrom dos ursos pardos pairando sobre a correnteza límpida. As cobras, dizia ela, sonhavam enterrar os dentes na canela dos caçadores. As águias-pescadoras tinham sonhos com longos mergulhos em câmara lenta sobre os arenques. Havia as asas cruéis das corujas nos pesadelos dos arminhos, a aproximação dos lobos cinzentos a favor do vento no silêncio da noite do alce.

Nunca soubemos, no entanto, quais eram seus sonhos, porque minha mãe nos mantinha na ignorância de sua própria vida interior. Sabíamos que as abelhas sonham com rosas, que as rosas sonham com mãos pálidas de floristas e que as aranhas sonham com mariposas presas em suas teias prateadas. Como seus filhos, éramos os administradores de seus deslumbrantes vôos da imaginação, mas não sabíamos o que sonham as mães.

Todos os dias, ela nos levava para a floresta ou ao jardim e inventava nomes para qualquer animal ou flor por que passávamos. Uma borboleta-rainha se tornou uma "beijadora de orquídeas"; um campo de narcisos no mês de abril tornou-se o "baile das moças de chapeuzinho". Com sua atenção minha mãe transformava uma caminhada pela ilha numa viagem de pura descoberta. Seus olhos eram nossas chaves para o palácio da natureza.

Minha família morava esplendidamente isolada na ilha Melrose, numa pequena casa branca que meu avô ajudara a construir. Era voltada para o canal da ilha e dela se podia avistar a cidade de Colleton, rio abaixo, com suas mansões brancas assentadas como peças de xadrez sobre o charco. A ilha Melrose era um pedaço de terra com o formato de um losango, com uma área de 480 hectares, cercada nos quatro lados por rios salgados e pequenas enseadas. A região onde cresci era um arquipélago fértil e semitropical que, gradualmente, subjugava o oceano, para grande surpresa do continente que se seguia. Melrose era apenas uma entre as sessenta ilhas do condado de Colleton. Na extremidade oriental do arquipélago há seis ilhas moldadas pela luta diária com o Atlântico. As outras ilhas, como Melrose, cobertas por vastas extensões de pântanos, eram os santuários verdes onde o camarão branco e o rosa vinham na época da desova. Quando chegavam, meu pai e outros homens como ele os esperavam com seus belos barcos.

Aos 8 anos, ajudei meu pai a construir a pequena ponte de madeira ligando nossa vida a uma estreita trilha suspensa ao longo do pântano, que chegava até a ilha St. Anne, muito maior do que a nossa e que, por sua vez, estava ligada à cidade de Colleton por uma longa ponte levadiça de aço que cruzava o rio. Meu pai levava cinco minutos para dirigir a caminhonete de nossa casa até a ponte de madeira, e mais dez minutos para chegar à cidade de Colleton.

Antes de construirmos a ponte, em 1953, minha mãe nos levava para a escola usando um barco. Mesmo que o tempo estivesse muito ruim, ela nos levava pela manhã e nos esperava no embarcadouro público toda tarde. Ir para Colleton de barco sempre seria uma viagem mais rápida que de caminhão. Aqueles anos em que ela nos levou à escola por água fizeram de minha mãe um dos melhores pilotos de barcos pequenos que já vi; mas, uma vez construída a ponte, ela raramente voltou a entrar no barco. A ponte apenas nos ligava à nossa cidade; porém, ligava minha mãe ao mundo além da ilha Melrose, tão incrivelmente cheio de promessas.

Melrose era o único bem da família de meu pai, um clã impetuoso mas sem sorte, cujo declínio, depois da Guerra Civil, foi rápido, certo e provavelmente inevitável. Meu tataravô, Winston Shadrach Wingo, comandou uma bateria sob as ordens do general Beauregard, que atacou o forte Sumter. Acabou como indigente no Lar do Soldado Confederado, em Charleston, recusando-se a falar com ianques, fossem homens ou mulheres, até o dia de sua morte. Ele ganhara a ilha

Melrose num jogo de atirar ferraduras, quase no fim da vida, e a ilha, selvagem e malárica, passara por três gerações de Wingo decadentes até chegar, finalmente, às mãos de meu pai. Meu avô estava cansado de possuí-la e meu pai era o único Wingo disposto a pagar os impostos federais e estaduais para mantê-la fora das mãos do governo. Mas aquele jogo de atirar ferraduras assumiu grandes dimensões na história da família e sempre honraríamos Winston Shadrach Wingo como nosso primeiro atleta digno de menção.

Não sei, entretanto, quando meu pai e minha mãe começaram sua longa e deprimente guerra particular. A maioria das brigas era como um jogo em que as almas de seus filhos serviam como bandeiras capturadas em campos de batalhas. Nenhum dos dois jamais pensou no dano potencial em que incorriam ao lutar usando algo tão frágil e ainda não formado como é a vida de uma criança. Ainda creio que nos amavam profundamente, mas, como muitos pais, seu amor mostrou-se a coisa mais letal a seu respeito. Sob muitos pontos de vista eram tão extraordinários que as coisas boas que nos passavam quase igualavam a devastação descarregada de maneira tão impensada.

Eu era o filho de uma mulher linda e desejei seu carinho até muitos anos depois que ela sentiu já não ter mais a obrigação de fazê-lo. Mas vou louvá-la pelo resto da vida por ter me ensinado a procurar o encanto da natureza em todas as suas formas e desenhos fabulosos. Foi minha mãe quem me ensinou a amar as lanternas dos pescadores na noite estrelada e a revoada dos pelicanos marrons pairando sobre a arrebentação ondulada ao alvorecer. Foi ela que me fez perceber o formato perfeito das estrelas do mar; as formas do linguado marcadas na areia, como silhuetas de mulheres nos camafeus; o navio naufragado perto da ponte de Colleton, que vibrava com o burburinho das lontras marinhas. Minha mãe via o mundo através de um deslumbrante prisma de pura imaginação. Lila Wingo podia pegar uma filha ainda em estado bruto e moldá-la numa poetisa ou numa psicótica. Com os filhos, era mais delicada e as conseqüências demoravam mais tempo para aparecer. Preservou para mim os fenômenos multiformes de minha vida como criança, as imagens e naturezas-mortas visíveis através da janela exuberante do tempo. Reinou como uma verdadeira rainha na estranha fantasia de um filho que a venerava. Não obstante, não posso perdoá-la por não ter me contado sobre o sonho que a confortou durante minha infância, o sonho que causou a ruína de minha família e a morte de um de nós.

FILHO DE UMA LINDA MULHER, eu também era filho de um pescador de camarões apaixonado pela forma dos barcos. Cresci como um menino do rio, com o cheiro do pântano salgado dominando meu sono. No verão, meu irmão, minha irmã e eu trabalhávamos como ajudantes aprendizes no barco de meu pai. Nada me dava mais prazer que a visão da frota de barcos camaroneiros saindo antes do nascer do sol para seu encontro marcado com os cardumes fervilhantes de camarões que faziam sua arremetida veloz pela maré iluminada nas primeiras luzes da manhã. Meu pai tomava café preto enquanto ficava postado em frente ao leme do barco e escutava as vozes com forte sotaque dos outros capitães conversando entre si. Suas roupas cheiravam a camarão. E não havia nada que a água e o sabão ou as mãos de minha mãe pudessem fazer para mudar isso. Quando trabalhava muito, o cheiro mudava, com o suor misturado ao cheiro do camarão, transformando-se em algo diferente e maravilhoso. Quando pequeno, eu encostava o nariz na camisa de meu pai e ele cheirava a algo rico e quente. Se Henry Wingo não fosse um homem violento, creio que teria sido um pai magnífico.

Numa noite clara de verão, quando éramos muito pequenos e o ar úmido pairava como musgo sobre as terras baixas, meus irmãos e eu não conseguíamos dormir. Mamãe nos levou para fora da casa, Savannah e eu com resfriado de verão e Luke com brotoejas, e andamos rio abaixo até o embarcadouro.

"Tenho uma surpresa para os meus queridos", disse mamãe enquanto observávamos as toninhas se dirigirem para o Atlântico pelas águas paradas e metálicas. Nós nos sentamos na beira do embarcadouro flutuante e esticamos as pernas, tentando tocar a água com os pés. "Há algo que quero que vocês vejam. Algo que vai ajudá-los a dormir. Olhem para lá, crianças." E ela apontou para o horizonte, a leste.

Estava cada vez mais escuro naquela longa noite sulista, e, de repente, no ponto exato que seu dedo indicara, a lua surgiu como uma testa de ouro acima do horizonte, saindo de nuvens filigranadas e repletas de luz que descansavam no céu como véus protetores. Atrás de nós, o sol se punha, numa retirada simultânea, e o rio pareceu em chamas, em um silencioso duelo de ouro... A nova lua que subia maravilhosa, o ouro já exausto do crepúsculo extinguindo-se em direção ao oeste, aquela era a antiga dança dos dias nos pântanos da Carolina, a empolgante morte dos dias perante os olhos das crianças, até que o sol desaparecesse, deixando como sua última marca uma faixa de ouro que passava pelo topo dos carvalhos à beira d'água. Em seguida, a lua se elevava rapidamente, como um pássaro erguido da água, das árvores, das ilhas e subia muito alto – dourada, amarela, amarelo-pálido, prata esmaecida, prata luminosa, para depois se tornar algo miraculoso, imaculado, superior à prata, uma cor possível apenas nas noites sulistas.

Ficamos pasmados perante aquela lua que nossa mãe fizera surgir das águas. Quando a lua atingiu seu tom mais profundo de prata, minha irmã, Savannah, apesar de ter apenas 3 anos, gritou para nossa mãe e para nós, para o rio e a lua:

"Oh, mamãe, faça isso de novo!" E essa se tornou minha primeira recordação.

Passamos nossos primeiros anos nos maravilhando com a mulher adorável que nos contava os sonhos das garças, que podia convocar luas, banir sóis para o oeste e chamar um novo sol na manhã seguinte, vindo de um ponto além das montanhas do Atlântico. Ciência não era algo que interessasse a Lila Wingo, mas a natureza era uma paixão.

Para descrever nossa infância nas terras baixas da Carolina do Sul, eu precisaria levar o leitor ao pântano em um dia de primavera, fazer voar a grande garça azul, dispersar as aves quando nos afundássemos até os joelhos no barro, abrir uma ostra com um canivete para que ele pudesse comê-la ali mesmo e dizer: "Esse sabor é o da minha infância." Eu diria: "Respire fundo..." E o leitor respiraria e se recordaria daquele cheiro para o resto da vida, o aroma arrojado e fecundo do pântano, apurado e sensual, o cheiro do Sul no calor, como o do leite fresco, do sêmen, do vinho derramado, todos perfumados com água do mar. Minha alma se alimenta como um cordeiro no pasto da beleza das marés voltadas para o interior.

Sou um patriota de uma geografia singular neste planeta, falo de minha terra com religiosidade, tenho orgulho de sua paisagem. Ando cautelosamente pelo tráfego das cidades, sempre de sobreaviso e com agilidade, porque meu coração pertence aos pântanos. O menino que ainda existe em mim leva consigo as recordações daqueles dias em que tirava os caranguejos do rio Colleton antes do amanhecer, dias em que fui moldado pela vida no rio, parte criança, parte sacristão das marés.

Certa vez, enquanto tomávamos sol numa praia deserta próxima a Colleton, Savannah gritou para que Luke e eu olhássemos para o mar. Berrava e apontava para um baleal que emergira como um bando desorientado. Surgiram ao nosso redor, passaram por nós, até que quarenta baleias, escuras e brilhantes como couro, prostraram-se na praia, encalhadas e condenadas.

Durante horas, andamos entre os animais que morriam, falando com eles em gritos de criança, encorajando-os a voltar para o mar. Éramos tão pequenos e elas eram tão lindas... Vistas a distância, pareciam sapatos pretos de gigantes. Sussurramos para elas, tiramos a areia que se acumulava em seus respiradouros, jogamos água do mar sobre elas e as exortamos a sobreviver, por nós. Tinham vindo do mar misteriosamente, gloriosamente, e nós, crianças, conversamos com elas, de mamífero para mamífero, em cânticos atordoados e aflitos de crianças pouco acostumadas com a morte voluntária. Ficamos com elas por todo o dia, tentando fazê-las voltar ao mar, empurrando suas enormes nadadeiras, até que o cansaço e o silêncio chegaram com a escuridão. Ficamos com elas quando começaram a morrer, uma a uma. Afagamos as cabeças imensas e rezamos enquanto as almas das baleias deixavam os grandes corpos negros, movendo-se como gaivotas pela noite, rumo ao mar, onde mergulhavam em direção à luz do mundo.

Anos mais tarde, quando falávamos de nossa infância, aquilo parecia parte elegia, parte pesadelo. Quando minha irmã escreveu os livros que a tornaram famosa, os jornalistas começaram a lhe fazer perguntas sobre a infância. Então ela se inclinava para trás, afastava os cabelos dos olhos, ficava séria e dizia: "Quando eu era criança, andava com meus irmãos nas costas dos golfinhos e das baleias." É claro que não havia golfinhos, mas, para minha irmã, eles existiam. Foi esse o modo que ela escolheu de se lembrar de tudo aquilo, de celebrar, de esquecer o que não lhe agradava.

Mas não existe mágica nos pesadelos. Sempre foi difícil para mim encarar a verdade a respeito de minha infância porque isso requer compromisso de explorar os contornos e as feições de uma história que eu preferiria esquecer. Durante muitos anos, não precisei enfrentar a demonologia de minha juventude; escolhi simplesmente não enfrentá-la e encontrei consolo na delicada arte do esquecimento, um refúgio nas frias e arrogantes trevas da inconsciência. Mas fui levado de volta à história de minha família e aos insucessos de minha própria vida adulta por um único telefonema.

Gostaria de não ter uma história para contar. Fingi por muito tempo que minha infância não existira. Fui obrigado a prendê-la com força no peito. Não podia deixá-la sair. Segui o terrível exemplo de minha mãe. Possuir ou não uma recordação é um ato de vontade. Optei por não tê-la. Por causa da necessidade de amar minha mãe e meu pai, com toda a sua imperfeição e sua ultrajante humanidade, não podia me permitir chamar-lhes a atenção diretamente sobre as crueldades cometidas contra todos nós. Não podia responsabilizá-los ou culpá-los por crimes que não puderam evitar. Eles também tinham uma história – uma história que eu recordava com ternura e dor, que me fazia perdoar suas transgressões contra os próprios filhos. Em família, não há crimes fora do alcance do perdão.

Visitei Savannah em um hospital para doentes mentais em Nova York depois de sua segunda tentativa de suicídio. Inclinei-me para dar-lhe dois beijos no rosto, ao estilo europeu. Em seguida, fitando seus olhos exaustos, fiz-lhe a série de perguntas que sempre fazia depois de uma longa separação.

– Como foi sua vida familiar, Savannah? – Eu fingia estar fazendo uma entrevista.

— Hiroshima — murmurou ela.

— E como tem sido sua vida desde que deixou o seio amoroso e tolerante de sua família protetora e unida?

— Nagasaki — respondeu, com um sorriso amargo no rosto.

— Você é uma poetisa, Savannah. Compare sua família a um navio — sugeri, observando-a.

— O *Titanic*.

— Dê o nome do poema que escreveu em homenagem a sua família.

— "A história de Auschwitz". — E nós dois rimos.

— Agora, vamos a uma pergunta importante. — Inclinei-me para sussurrar suavemente em seu ouvido: — Qual é a pessoa que você mais ama neste mundo?

Savannah levantou a cabeça do travesseiro. Seus olhos azuis brilharam com intensidade e convicção quando abriu os lábios pálidos e rachados para falar.

— Amo meu irmão Tom Wingo. Meu irmão gêmeo. E quem é que meu irmão mais ama neste mundo?

Segurando sua mão, eu disse:

— Também amo mais o Tom.

— Não responda errado novamente, espertinho — murmurou ela, cansada.

Olhei dentro de seus olhos e segurei sua cabeça entre as mãos e, com a voz entrecortada e as lágrimas rolando pelo rosto, quase desmoronei ao suspirar:

— Amo minha irmã, a grande Savannah Wingo, nascida em Colleton, Carolina do Sul.

— Abrace-me, Tom. Bem apertado.

Essas eram as senhas de nossas vidas.

O século XX não foi fácil de se tolerar. Entrei em cena na metade de uma guerra civil mundial, no assustador amanhecer da Era Atômica. Cresci na Carolina do Sul, um homem branco sulista, bem treinado e talentoso em meu ódio pelos negros, quando o movimento pelos direitos civis me pegou de surpresa, indefeso fora das barricadas, e provou que eu era mau e estava errado. Mas eu era um menino de opinião e sensibilidade, suscetível à injustiça; esforcei-me muito para mudar e ter um papel, pequeno e insignificante, naquele movimento – e, bem depressa, sentia-me incrivelmente orgulhoso de mim mesmo. Mais tarde, encontrei-me marchando em um programa só para brancos, só para homens, do ROTC, o Corpo de Treinamento dos Oficiais da Reserva, na faculdade – fui cuspido por manifestantes a favor da paz que se sentiram ofendidos por meu uniforme. Eu me tornaria, eventualmente, um daqueles manifestantes, mas nunca cuspi em ninguém de quem discordasse. Pensava que iria completar tranqüilamente meus 30 anos, sendo um homem contemplativo, cuja filosofia era humana e irredutível, quando o movimento de libertação feminina me pegou de surpresa no meio das avenidas e me encontrei do outro lado das barricadas mais uma vez. Parecia incorporar tudo o que havia de errado com o século XX.

Foi minha irmã quem me forçou a encontrar o meu século e quem, finalmente, me libertara para enfrentar a realidade daqueles dias à beira do rio. Eu vivera nas partes rasas durante muito tempo e ela me conduziu suavemente para as águas mais profundas, onde todos os esqueletos, os destroços e cascos de navios esperavam por minha inspeção hesitante.

A verdade é a seguinte: coisas aconteceram com minha família, coisas extraordinárias. Conheço famílias que vivem seus destinos sem que nada de interessante lhes aconteça. Sempre as invejei. Os Wingo foram uma família que o destino testou mil vezes e deixou indefesa, humilhada e desonrada. Mas nós também adquirimos força nos campos de batalha, e essa força fez com que quase todos sobrevivêssemos à descida das Fúrias. A não ser que o leitor acredite em Savannah; ela afirma que nenhum Wingo sobreviveu.

Vou lhe contar minha história. Sem omitir nada. Prometo.

1

Eram cinco horas da tarde quando o telefone tocou em minha casa na ilha Sullivan, Carolina do Sul. Minha mulher, Sallie, e eu havíamos acabado de sentar para tomar um drinque na varanda, de onde se avistava o porto de Charleston e o Atlântico. Sallie foi atender ao telefone e eu gritei:

— Seja quem for, não estou em casa.

— É sua mãe – disse Sallie, voltando do telefone.

— Diga que eu morri – implorei. – Por favor, diga que morri na semana passada e que você esteve muito ocupada para avisar.

— Fale com ela, por favor. Ela diz que é urgente.

— Ela sempre diz isso. Nunca é urgente quando ela diz que é.

— Desta vez deve ser. Ela está chorando.

— É normal minha mãe chorar. Não lembro um dia em que não tenha chorado.

— Ela está esperando, Tom.

Enquanto me levantava para atender ao telefone, minha mulher disse:

— Seja gentil, Tom. Você nunca é muito gentil quando fala com sua mãe.

— Odeio minha mãe, Sallie. Por que você tenta acabar com os pequenos prazeres que tenho na vida?

— Escute apenas a sua Sallie e seja bem gentil.

— Se ela disser que quer vir passar a noite aqui eu me divorcio. Não é nada pessoal, mas é você que está me fazendo atender ao telefone.

— Alô, querida mamãe – eu disse alegremente, sabendo que minha bravata insincera nunca a enganara.

— Tenho uma notícia ruim para você, Tom – disse ela.

— E desde quando nossa família produz alguma coisa além disso?

— São notícias bem ruins. Trágicas.

— Não posso esperar para ouvir.
— Não quero contar por telefone. Posso ir até aí?
— Se quiser.
— Só quero se você quiser que eu vá.
— Você disse que queria vir. Não falei que queria que viesse.
— Por que você quer me magoar numa hora dessas?
— Não sei que tipo de hora é esta. Você não me disse o que há de errado. Não quero magoá-la. Venha para cá e poderemos mostrar nossas presas por algum tempo. – Desliguei o telefone e gritei a plenos pulmões: – Divórcio!

Enquanto esperava por minha mãe, observei minhas três filhas juntarem conchas em frente à casa. Tinham 10, 9 e 7 anos, duas meninas de cabelos castanhos divididas por uma loira, cuja idade, altura e beleza sempre me surpreenderam; eu podia tirar a medida de minha própria decadência por seu alegre desenvolvimento. Podia-se acreditar no nascimento de deusas ao observar o vento passando por seus cabelos e suas pequenas mãos fazendo delicados gestos simultâneos para tirá-los dos olhos, enquanto suas risadas irrompiam com as ondas. Jennifer chamou as outras duas ao levantar uma concha de formato especial para vê-la melhor. Levantei-me e fui até a cerca na qual um vizinho havia parado para conversar com elas.

— Sr. Brighton – chamei –, o senhor poderia se certificar de que as meninas não fumem ervas na praia novamente?

As meninas olharam para mim, acenaram despedindo-se do sr. Brighton e correram pelas dunas para voltar para casa. Depositaram suas coleções de conchas sobre a mesa em que estava meu drinque.

— Pai – disse Jennifer, a mais velha –, você sempre nos deixa envergonhadas na frente de estranhos.

— Achamos um caramujo – berrou Chandler, a mais nova. – Está vivo.

— Sim, está vivo – eu disse, revirando a concha em minhas mãos. – Podemos comê-lo no jantar esta noite.

— Péssimo, pai – disse Lucy. – Grande refeição. Caramujo.

— Não – discordou a menor. – Vou levá-lo de volta para a praia e colocá-lo na água. Imaginem o medo que ele deve estar sentindo ao ouvir que vocês querem comê-lo.

— Oh, Chandler – disse Jennifer. – Isso é ridículo. Caramujos não falam nossa língua.

— Como é que você sabe? – desafiou Lucy. – Você não sabe tudo. Não é a rainha do mundo.

— Sim – concordei. – Você não é a rainha do mundo.

— Gostaria de ter dois irmãos – disse Jennifer.

— E nós gostaríamos de ter um irmão mais velho – respondeu Lucy, naquela adorável raiva das loiras.

— Você vai matar esse caramujo feio, pai? – indagou Jennifer. – Chandler ficaria louca.

— Não, vou levá-lo de volta para a praia. Não suportaria se Chandler me chamasse de assassino. Todas para o colo do paizinho!

As três meninas ajeitaram com indiferença seus bumbuns perfeitos sobre minhas pernas e beijei cada uma delas no pescoço e na nuca.

— Este é o último ano em que podemos fazer isso, meninas. Vocês estão ficando imensas.

— Imensas? Eu certamente não estou ficando *imensa*, pai – corrigiu Jennifer.

— Me chame de paizinho.

— Só nenês chamam os pais assim.

— Então eu também não vou chamar você de paizinho – disse Chandler.

— Eu gosto de ser chamado desse jeito. Faz com que me sinta adorado. Meninas, vou lhes fazer uma pergunta e quero que respondam com sinceridade. Não escondam seus sentimentos do paizinho, digam apenas o que sentem no fundo do coração.

Jennifer girou os olhos e protestou:

— Não, pai, esse jogo outra vez!

— Quem é o maior ser humano que já encontramos neste mundo?

— Mamãe – respondeu rapidamente Lucy, sorrindo com malícia para o pai.

— Quase certo – repliquei. – Vamos tentar de novo. Pensem na pessoa mais esplêndida, mais maravilhosa que conhecem. A resposta tem que brotar espontaneamente em seus lábios.

— Você! – gritou Chandler.

— Um anjo. Um anjo puro e inteligente! O que você quer, Chandler? Dinheiro? Jóias? Peles? Ações? Pode pedir o que quiser, querida, e seu adorável paizinho conseguirá para você.

— Não quero que você mate o caramujo.

— Matar o caramujo! Vou mandá-lo para a faculdade e introduzi-lo nos negócios.

— Pai – disse Jennifer –, estamos ficando muito velhas para brincar conosco desse jeito. Você está começando a nos envergonhar na frente de nossos amigos.

— Quais amigos?

— Johnny.

— Aquele cretininho mascador de chicletes, cheio de espinhas e com a boca aberta como um idiota?

— É meu namorado – disse Jennifer, com orgulho.

— Ele é um horror, Jennifer – completou Lucy.

— É bem melhor do que aquele anão que você chama de namorado – Jennifer respondeu rapidamente.

— Eu lhes avisei sobre os meninos. São todos odiosos, têm a mente suja, são pequenos depravados selvagens que fazem coisas desagradáveis como urinar nos arbustos e meter o dedo no nariz.

— Você já foi menino um dia – disse Lucy. – Ah! Vocês imaginam papai como um menino? Que piada!

— Eu era diferente. Um príncipe. Um raio de luar. Mas não vou interferir em sua vida amorosa, Jennifer. Você me conhece, não vou ser um pai cansativo que nunca está satisfeito com os rapazes que as filhas trazem para casa. Não pretendo interferir. É sua escolha e sua vida. Podem se casar com quem quiserem, meninas, assim que terminarem o curso de medicina.

— Não quero ir para a faculdade de medicina – disse Lucy. – Vocês sabiam que a mamãe tem que pôr o dedo no traseiro das pessoas? Quero ser uma poetisa, como Savannah.

— Então, casamento depois que seu primeiro livro de poesias seja publicado. Eu me comprometo. Não sou um homem inflexível.

— Posso me casar na hora que quiser – disse Lucy, com teimosia. – Não vou pedir sua permissão. Serei uma mulher adulta.

– Esse é o espírito da coisa, Lucy – aplaudi. – Não escutem nada que seus pais disserem. Essa é a única regra de vida que eu quero que vocês tenham na cabeça e sigam.

– Eu não quis dizer isso. Você só fala por falar, paizinho – disse Chandler enquanto colocava a cabeça sob meu queixo. – Quer dizer, pai – corrigiu-se ela.

– Lembre-se do que eu lhes contei. Ninguém me disse esse tipo de coisa quando eu era criança – falei com seriedade. – Os pais foram postos na terra com o único propósito de desgraçar a vida dos filhos. Essa é uma das mais importantes leis de Deus. Agora, escutem. O papel de vocês é fazer sua mãe e eu acreditarmos que estão fazendo e pensando tudo o que queremos. Mas, na verdade, não estarão. Estarão tendo seus próprios pensamentos e saindo em aventuras secretas. Porque sua mãe e eu estaremos fodendo vocês.

– Como vocês fodem conosco? – perguntou Jennifer.

– Ele nos envergonha na frente de nossos amigos – sugeriu Lucy.

– Eu não faço isso. Mas sei que estamos fodendo com vocês um pouquinho a cada dia. Se soubéssemos como fazemos isso, poderíamos parar. Não iríamos fazer de novo porque adoramos vocês. Mas somos pais e não podemos evitar. É nossa função foder com vocês. Entendem?

– Não – responderam as três em coro.

– Ótimo – eu disse, tomando um gole do meu drinque. – Não se espera que nos entendam. Nós somos seus inimigos. Espera-se que vocês empreendam uma guerrilha contra nós.

– Não somos gorilas – disse Lucy, afetadamente. – Somos garotinhas.

Sallie retornou à varanda, usando um vestido cor de creme e sandálias combinando. Suas longas pernas estavam bronzeadas e eram muito bonitas.

– Interrompo alguma conferência do dr. Spock, o pediatra mais famoso do mundo? – disse ela, sorrindo para as crianças.

– Papai nos disse que somos gorilas – explicou Chandler, saindo de meu colo e indo sentar-se no da mãe.

– Coloquei um pouco de ordem na casa por causa de sua mãe – disse Sallie, acendendo um cigarro.

— Você vai morrer de câncer se continuar fumando isso, mãe — disse Jennifer. — Vai se engasgar com o próprio sangue. Aprendemos isso na escola.

— Chega de escola para vocês — disse Sallie, soltando a fumaça.

— Por que você arrumou a casa? — perguntei.

— Porque detesto a maneira como sua mãe olha para minha casa quando vem aqui. Parece que tem vontade de vacinar as meninas contra tifo quando vê a desordem na cozinha.

— É apenas inveja porque você é médica e ela parou os estudos depois de vencer um jogo de soletrar na terceira série. De maneira que você não precisa arrumar a casa a cada vez que ela vem espalhar a peste. Basta queimar a mobília e vaporizar desinfetante quando ela vai embora.

— Você é um pouco duro com sua mãe, Tom. Ela está apenas tentando ser novamente uma boa mãe, a seu modo — disse Sallie, examinando os cabelos de Chandler.

— Por que você não gosta da vovó, pai? — perguntou Jennifer.

— Quem disse que eu não gosto da vovó?

Lucy continuou:

— Sim, pai, por que você sempre grita "Não estou em casa" quando ela telefona?

— É por pura proteção, meu amor. Você sabe como um baiacu infla o corpo quando está em perigo? Bem, é a mesma coisa quando a vovó telefona. Eu inflo o corpo e grito que não estou em casa. Funcionaria perfeitamente, mas sua mãe sempre me trai.

— Por que você não quer que ela saiba que está aqui, paizinho? — perguntou Chandler.

— Porque, se ela souber, terei que falar com ela e, quando falo, lembro-me da infância e eu odiava minha infância. Preferia ter sido um baiacu.

— Será que nós vamos gritar "Não estou em casa" quando formos adultas e você nos telefonar?

— Claro — disse, com mais veemência do que pretendia. — Porque, nessa época, estarei fazendo com que se sintam mal dizendo "Por que eu nunca te vejo, querida?" ou "Fiz alguma coisa errada, querida?" ou "Meu aniversário foi na quinta-feira passada" ou "Vou fazer um transplante de coração na próxima terça-feira" ou "Você poderia ao menos vir tirar o pó do pulmão de aço?". Depois que vocês crescerem e me deixarem, meu único dever neste mundo será o de fazer vocês se sentirem culpadas. Tentarei arruinar suas vidas.

— Papai acha que sabe tudo – disse Lucy a Sallie, e as outras duas acenaram, concordando.

— O que é isso? Críticas de minhas próprias crianças? Meu próprio sangue e minha carne percebendo imperfeições em meu caráter? Eu tolero tudo, menos críticas, Lucy.

— Todos os nossos amigos pensam que papai é louco, mãe – completou Lucy. – Você age como se espera que uma mãe aja. Mas papai não age como os outros pais.

— Então, finalmente, chegou aquele momento pavoroso em que minhas filhas se voltam contra mim e acabam comigo! Se aqui fosse a Rússia, elas me levariam às autoridades comunistas e eu estaria em uma mina de sal na Sibéria, congelando meu rabo.

— Ele disse uma palavra feia, mãe – disse Lucy.

— Sim, querida, eu ouvi.

— Cabo – falei rapidamente. – O cabo do meu guarda-chuva está quebrado.

— O cabo do guarda-chuva está sempre quebrado quando ele diz aquela palavra.

— Neste exato momento, minha mãe está atravessando a ponte Shem Creek. Nenhum pássaro canta no planeta quando minha mãe está a caminho.

— Tente ser gentil, Tom – disse Sallie com voz enlouquecedoramente profissional. – Não deixe que ela o tire do sério.

Resmunguei, bebendo com vontade.

— Meu Deus, gostaria de saber o que ela quer. Ela só vem aqui quando pode arruinar minha vida de algum modo. Ela é perita em vidas arruinadas. Poderia fazer conferências sobre o assunto. Disse que tem más notícias. Quando minha família tem más notícias, é sempre algo terrível, bíblico, saído diretamente do Livro de Jó.

— Pelo menos admita que sua mãe está tentando ser sua amiga novamente.

– Admito. Ela está tentando – disse, com cansaço. – Eu gostava mais dela quando não tentava, quando era um monstro arrependido.

– O que há para o jantar hoje, Tom? – perguntou Sallie, mudando de assunto. – Alguma coisa está cheirando maravilhosamente.

– Isso é pão fresco. Para o jantar, pesquei alguns linguados e os recheei com carne de siri e camarões. Há também uma salada de espinafre fresco e abobrinhas e cebolinhas passadas na manteiga.

– Maravilhoso – disse ela. – Eu não deveria estar bebendo isto. Vou ficar de plantão esta noite.

– Eu preferiria frango frito – disse Lucy. – Vamos até a lanchonete?

– Por que você cozinha, pai? – perguntou Jennifer, subitamente. – O sr. Brighton dá risada quando fala a respeito de você fazer o jantar para mamãe.

– Sim – completou Lucy –, ele diz que é porque a mamãe ganha duas vezes mais dinheiro que você.

– Aquele filho-da-mãe – Sallie murmurou entre os dentes fortemente cerrados.

– Isso não é verdade – disse eu. – Faço o jantar porque sua mãe ganha cinco ou seis vezes mais que eu.

– Lembrem-se, meninas, foi seu pai quem me colocou na faculdade de medicina. E não o magoe novamente, Lucy – advertiu Sallie. – Vocês não precisam repetir tudo o que o sr. Brighton diz. Seu pai e eu tentamos partilhar as tarefas domésticas.

– Todas as mães que eu conheço cozinham para suas famílias – disse Lucy com atrevimento, considerando a amargura que se alojara nos olhos cinzentos de Sallie. – Exceto você.

– Eu lhe disse, Sallie – falei, olhando os cabelos de Jennifer. – Se você criar seus filhos no Sul, produzirá sulistas. E um sulista é um dos tolos que Deus pôs no mundo.

– Nós somos sulistas e não somos tolos – retrucou Sallie.

– Aberrações, querida. Acontecem uma ou duas vezes por geração.

– Meninas, subam e vão se lavar. Lila deve chegar logo.

– Por que ela não gosta que nós a chamemos de vovó? – Lucy perguntou.

– Porque isso a faz se sentir velha. Agora, andem – respondeu Sallie, forçando as meninas a entrar.

Ao voltar, Sallie inclinou-se e roçou levemente os lábios em minha testa.

– Sinto muito que Lucy tenha dito aquilo. Ela é tão convencional.

– Não me incomoda, querida. Juro que não. Você sabe que eu adoro o papel de mártir, quanto vicejo em uma atmosfera de autopiedade. Pobrezinho do Tom Wingo, limpando prataria enquanto sua mulher descobre uma cura para o câncer. É triste ver Tom Wingo fazendo um suflê perfeito enquanto sua mulher fatura 100 mil dólares por ano. Nós sabíamos que isso iria acontecer, Sallie. Conversamos a esse respeito.

– Ainda assim não gosto nem um pouco disso. Não confio nesse ego de macho pavoneando-se dentro de você. Sei que vai magoá-lo. Faz com que me sinta culpada como o diabo, pois eu sei que as meninas não entendem por que não estou em casa com biscoitos e leite quando chegam da escola.

– Mas elas têm orgulho porque a mãe é médica.

– Mas não parecem se orgulhar porque você é professor e técnico de esportes, Tom.

– Era, Sallie. Passado. Fui despedido, lembra? Eu também não me orgulho disso, de modo que não podemos realmente culpá-las. Oh! Deus, é o carro da minha mãe que estou ouvindo parar lá na entrada? Posso tomar três Valium, doutora?

– Preciso deles para mim, Tom. Lembre-se: terei que agüentar a inspeção de sua mãe pela casa antes que ela parta para cima de você.

– A bebida não está ajudando – resmunguei. – Por que a bebida falha na hora em que deveria entorpecer meus sentidos, quando eu mais preciso dela? Devo convidar minha mãe para jantar?

– Claro, mas você sabe que ela não vai ficar.

– Ótimo, então vou convidá-la.

– Seja gentil com ela, Tom. Ela parece estar triste e desesperada para ser sua amiga.

– Amizade e maternidade não são compatíveis.

– Você acha que suas filhas vão pensar assim?

– Não, nossas filhas vão apenas odiar o pai. Você já percebeu como elas estão fartas do meu senso de humor? E a mais velha tem apenas 10 anos! Preciso desenvolver alguns hábitos diferentes.

— Eu gosto de seus hábitos, Tom. Acho que são muito divertidos. Essa é uma das razões por que me casei com você. Sabia que passaríamos boa parte do tempo dando risada.

— Deus abençoe você, doutora. Está bem, *eis* aí minha mãe. Você poderia atar um pouco de alho em volta de meu pescoço e trazer um crucifixo?

— Silêncio, Tom, ela pode ouvir.

Minha mãe apareceu à porta, imaculadamente vestida e penteada, e seu perfume chegou à varanda vários segundos antes dela. Minha mãe sempre se conduzia como se estivesse se aproximando dos aposentos de uma rainha. Era tão bem-feita como um iate – linhas simples, eficiente, cara. Sempre foi bonita demais para ser minha mãe, e houve uma época em minha vida em que as pessoas pensavam que eu fosse seu marido. Não posso nem dizer quanto ela adorava aquele tempo.

— Ah, então vocês estão aqui – disse minha mãe. – Como vão, meus queridos?

Ela nos beijou. Estava alegre, mas as más notícias transpareciam em seus olhos.

— Cada vez que a vejo, você está mais linda, Sallie. Concorda, Tom?

— Claro que sim, mãe. E você também – respondi, reprimindo um resmungo. Minha mãe conseguia me fazer dizer futilidades que jorravam como uma cascata incessante.

— Muito obrigada, Tom. Você é muito gentil em dizer isso à sua velha mãe.

— Minha velha mãe tem o mais belo corpo de toda a Carolina do Sul – repliquei, contando minha segunda futilidade.

— Bem, posso lhe dizer que trabalho duro para isso. Os homens não sabem como as mulheres sofrem para manter essa aparência jovem, não é mesmo, Sallie?

— Realmente não sabem.

— Você engordou de novo, Tom – ela percebeu, alegremente.

— Vocês, mulheres, não sabem o que os homens têm de fazer para se tornarem uns gordos de merda.

— Olhe, Tom, eu não disse isso com sentido de crítica – replicou minha mãe, com voz magoada e santarrona. – Se você é tão sensível assim, não falarei mais. Esse peso extra lhe fica bem. Você sempre parece mais bonito com o rosto mais cheio. Mas eu não vim aqui hoje para discutir. Tenho algumas más notícias. Posso me sentar?

— É claro, Lila. Vou lhe preparar um drinque – disse Sallie.

— Um gim-tônica, querida. Com algumas gotas de limão, se tiver.

— Onde estão as crianças, Tom? Não quero que elas ouçam.

— Estão lá em cima – disse, olhando para o pôr-do-sol, esperando.

— Savannah tentou se matar novamente.

— Oh, Deus! – disse Sallie, que entrava naquele momento. – Quando?

— Parece que foi na semana passada. Eles não têm certeza. Estava desmaiada quando a encontraram. Ela saiu do estado de coma, mas...

— Mas o quê? – murmurei.

— Mas está naquele estado idiota em que fica toda vez que precisa de atenção.

— Isso é chamado interlúdio psicótico, mãe.

— Savannah alega que é psicótica – ela respondeu, rispidamente. – Mas não é uma verdadeira psicótica, tenho certeza.

Antes que eu pudesse responder, Sallie interrompeu com uma pergunta:

— Onde ela está, Lila?

— Em um hospital psiquiátrico de Nova York. Bellevue ou algum nome assim. Está anotado em minha casa. Não posso imaginar. Uma médica me telefonou. Uma doutora como você, Sallie, só que é psiquiatra. Tenho certeza de que não conseguiu se virar em nenhum outro campo da medicina, mas, cada um na sua, eu sempre digo.

— Eu quase segui carreira como psiquiatra – disse Sallie.

— Bem, certamente dá um grande prazer ver mocinhas se saindo tão bem em suas profissões. Eu não tive esse tipo de oportunidade quando era jovem. Em todo caso, essa mulher me telefonou para dar a trágica notícia.

— Como foi que ela tentou, mãe? – disse, procurando me conter. Sentia que estava perdendo o controle.

— Cortou os pulsos novamente, Tom — minha mãe falou, começando a chorar. — Por que ela gosta de fazer essas coisas comigo? Já não sofri o suficiente?

— Ela fez isso para si mesma, mãe.

— Vou buscar seu drinque, Lila — disse Sallie, ao entrar.

Minha mãe secou as lágrimas com um lenço que tirou da bolsa. Em seguida, disse:

— Acho que a doutora é judia. Tem um daqueles nomes impossíveis de se pronunciar. Talvez Aaron a conheça.

— Aaron é da Carolina do Sul, mãe. Só por ser judeu não significa que conheça todos os judeus do país.

— Mas ele poderia descobrir alguma coisa a respeito dela. Para saber se é boa. A família de Aaron é muito bem informada.

— Se ela for judia, é certo que a família de Aaron deve ter um arquivo a seu respeito.

— Não precisa ser sarcástico comigo, Tom. Como acha que me sinto? Como acha que me sinto quando meus filhos fazem essas coisas terríveis? Sinto-me uma fracassada. Você não imagina como as boas pessoas da sociedade me olham quando descobrem quem sou.

— Você vai para Nova York?

— Não, não posso ir, Tom. É uma época muito difícil para mim. Vamos dar um jantar no sábado, que está planejado há meses. E a despesa então! Tenho certeza de que Savannah está em boas mãos e não há nada que possamos fazer.

— Estar lá é algo que podemos fazer, mãe. Você nunca percebeu isso.

— Falei à psiquiatra que você poderia ir — minha mãe disse, esperançosa.

— Claro que eu vou.

— Você está sem emprego e será fácil para você ir.

— Meu emprego é procurar emprego.

— Você devia ter aceitado aquela vaga de corretor de seguros. Essa é minha opinião, apesar de você não ter pedido meu conselho.

— Como é que você soube disso?

— Sallie me contou.

— Contou?

– Ela está preocupada com você. Todos estamos, Tom. Não se pode esperar que ela o sustente para o resto da vida.

– Ela também lhe disse isso?

– Não. Só estou dizendo o que eu sei. Você precisa encarar os fatos. Nunca mais vai conseguir ensinar ou treinar novamente na Carolina do Sul. Precisa começar tudo de novo, abrir caminho desde o início, pôr à prova com algum empregador interessado em lhe dar uma chance.

– Você fala como se eu nunca na vida tivesse trabalhado, mãe – disse, cansado e precisando fugir dos olhos dela, querendo que o sol se pusesse com mais rapidez, necessitando da escuridão.

– Faz um bocado de tempo que você não tem emprego – insistiu ela. – E uma mulher não respeita um homem que não ajuda a trazer comida para casa, isso eu lhe garanto. Sallie tem sido um anjo, mas não se pode esperar que ela ganhe todo o dinheiro de que vocês precisam enquanto você fica aqui sentado, meditando nessa varanda.

– Já pedi emprego mais de setenta vezes.

– Meu marido pode lhe arranjar um. Ele já se ofereceu para colocá-lo nos negócios.

– Você sabe que não posso aceitar ajuda de seu marido. Você, pelo menos, entende isso.

– Certamente não – minha mãe estava quase gritando. – Por que eu deveria entender? Ele vê sua família sofrer porque você não pode tirar sua bunda gorda dessa cadeira e sair para procurar um emprego. Meu marido quer fazer isso para ajudar Sallie e as meninas, não por você. Não quer que elas sofram mais do que já sofreram. Está disposto a ajudá-lo, mesmo sabendo quanto você o odeia.

– Estou contente por ele saber quanto o odeio!

Sallie voltou à varanda com o drinque de minha mãe e um novo para mim. Tive vontade de jogar fora a bebida e comer o copo.

– Tom estava me dizendo quanto me odeia e a tudo o que eu defendo.

– Errado. Eu simplesmente disse, sob grande provocação, que odeio seu marido. Você trouxe o assunto à baila.

– Eu trouxe à baila o assunto de seu desemprego. Já faz mais de um ano, Tom, e isso é tempo suficiente para que um homem com sua capacidade arranje alguma coisa, qualquer coisa. Você não acha embaraçoso para Sallie sustentar um homem bem crescidinho com todos os membros perfeitos?

— Agora chega, Lila – disse Sallie, com raiva. – Você não tem o direito de me usar para magoar Tom.

— Estou tentando ajudá-lo, você não vê?

— Não. Não desse modo, Lila.

— Preciso ir a Nova York amanhã, Sallie – disse eu.

— Claro que sim.

— Você vai dizer a Savannah quanto eu a amo, não é, Tom?

— Claro, mãe.

— Sei que ela está contra mim tanto quanto você – lamuriou-se ela.

— Nós não estamos contra você.

— Claro que estão. Pensa que não sinto seu desprezo por mim? Acha que não sei quanto vocês odeiam o fato de que finalmente sou feliz? Vocês adoravam quando eu era infeliz e vivia com seu pai.

— Nós não adorávamos aquilo, mãe. Tivemos uma infância terrível, que nos jogou muito bem numa vida adulta terrível.

— Parem, por favor – implorou Sallie. – Parem de magoar um ao outro.

— Eu sei o que é ser casada com um macho Wingo, Sallie. Eu sei o que você está passando.

— Mãe, você precisa vir me visitar com mais freqüência. Na verdade, andei sentindo um minuto ou dois de felicidade antes de você chegar.

Sallie ordenou:

— Quero que isso termine, e já! Precisamos pensar em como ajudar Savannah.

— Já fiz por ela tudo que podia – disse minha mãe. – O que quer que ela faça, vai jogar a culpa em mim.

— Savannah é uma mulher doente – Sallie argumentou, suavemente. – Você sabe disso, Lila.

Minha mãe se animou ao ouvir isso, passou o copo para a mão esquerda e se inclinou para falar com Sallie.

— Você é uma profissional, Sallie. Sabe que tenho lido um bocado sobre psicose ultimamente. Os maiores pesquisadores descobriram que é um desequilíbrio químico que não tem nada a ver com hereditariedade ou ambiente.

— Tem havido um bocado de desequilíbrio químico em nossa família, mãe! – disse, sem conseguir controlar a fúria.

— Alguns médicos afirmam que é falta de sal no organismo.

— Ouvi falar algo a esse respeito, Lila – Sallie concordou, gentilmente.

— Sal! – gritei. – Vou levar para Savannah um pacote de sal e fazer com que ela o coma com uma colher. Se é apenas de sal que ela precisa, vou colocá-la numa dieta que vai fazer com que se pareça com a mulher de Lot.

— Estou apenas citando o que os grandes pesquisadores dizem. Se você quer se divertir à custa de sua mãe, esteja à vontade, Tom. Sei que sou um alvo fácil, uma velha que sacrificou os melhores anos de sua vida pelos filhos.

— Mãe, por que você não se emprega como engarrafadora de culpa? Poderíamos vendê-la a todos os pais americanos que ainda não dominam a fundo a arte de fazer os filhos se sentirem uma merda o tempo todo. Você certamente seria uma vencedora com essa patente nas mãos.

— E então talvez você tivesse afinal um emprego, filho – disse ela com frieza, enquanto se levantava da cadeira. – Por favor, telefone depois que visitar Savannah. Você pode inverter as acusações.

— Por que não fica para jantar, Lila? Você ainda nem viu as meninas – disse Sallie.

— Virei quando Tom estiver em Nova York. Quero levar as meninas até a ilha Pawleys para passarem umas semanas. Se você não se incomodar, é claro.

— Seria ótimo.

— Até logo, filho. Tome conta de sua irmã.

— Até logo, mãe – respondi e me levantei para beijá-la. – Sempre tomei.

APÓS O JANTAR, Sallie e eu ajudamos as meninas e se prepararem para dormir e, em seguida, fomos dar uma caminhada na praia. Andamos em direção ao farol, descalços e pisando na água. Sallie segurava minha mão, e eu, distraído e preocupado, percebi quanto tempo fazia desde que eu a tinha tocado, desde que me aproximara dela como amante, amigo ou um semelhante. Meu corpo não se sentia como um instrumento do amor ou da paixão havia muito tempo; passara como que amortecido por um inverno de insensibilidade, quando todas as ilusões e sonhos dos meus 20 anos haviam definhado e morrido. Eu ainda não tinha força interior para sonhar novos sonhos; estava ocupado demais chorando a morte dos antigos sonhos e pensando em como sobreviver sem eles. Estava certo de poder substituí-los de algum modo, mas não tinha certeza de poder restaurar seu esplendor ou seu encantamento. Assim, por muitos meses, não atendi às necessidades de minha mulher, só lhe fiz algum tipo de carinho quando ela se aproximou e se moveu como um gato sob minhas mãos. Eu não correspondi quando ela esfregou a perna nua contra a minha ou quando colocou a mão em minha coxa, deitados solitários durante noites insones. Meu corpo sempre me traiu quando a mente esteve irrequieta ou sofrendo.

Sallie se aninhou em mim e, juntos, nós nos inclinamos contra o vento de verão enquanto as ondas se quebravam em torno de nossos pés. A constelação de Órion, o caçador, de cinturão e armado, seguia pelos céus acima de nós na noite estrelada e sem lua.

Sallie disse apertando minha mão:

— Tom, converse comigo. Diga o que está pensando. Você está se tornando calado novamente e parece que não consigo mais alcançá-lo.

— Estou tentando descobrir como arruinei minha vida – disse eu a Órion. – Quero saber o momento exato em que foi predeterminado que eu levasse uma vida infeliz e arrastasse todos os que amo para o fundo.

— Você tem algo valioso pelo qual lutar, algo que merece uma luta. Parece que você está se entregando, Tom. Seu passado está nos magoando.

— Veja, a Ursa Maior – disse, apontando com indiferença.

— Não ligo a mínima para a Ursa Maior. Não estou conversando sobre isso e não quero que você mude de assunto. Você nem sabe direito como mudar de assunto.

— Por que será que tudo o que minha mãe diz, cada sílaba, cada fonema insincero, me deixa puto da vida? Por que não consigo ignorá-la, Sallie? Por que não fico quieto quando ela vem? Se eu não reagisse, ela não poderia me ferir. Sei que ela me ama de todo o coração. Mas nós simplesmente nos sentamos, magoamos e destruímos um ao outro. Quando ela se vai, nós dois temos as mãos cobertas de sangue. Ela chora e eu bebo; e então ela bebe. Você tenta interceder e nós ignoramos você, e nos ressentimos por ter tentado. É como se estivéssemos em uma peça de teatro monstruosa na qual ela e eu nos revezássemos, crucificando um ao outro. Não é culpa dela e nem minha.

— Ela só quer que você encontre um emprego e que seja feliz – disse Sallie.

— Eu também quero isso, desesperadamente. A verdade é que estou numa luta terrível para descobrir alguém que queira me empregar. Há dezenas de cartas sobre as quais não lhe contei. Todas muito educadas. Todas dizendo a mesma coisa. Todas intoleravelmente humilhantes.

— Você poderia ter aceito o emprego com seguros.

— Sim, poderia. Mas não era um emprego com seguros. Eu teria me tornado um cobrador de seguros, batendo nas portas das cabanas dos meeiros na ilha Edisto, cobrando centavos de negros pobres que pagam um seguro para terem um enterro decente.

Sallie apertou novamente minha mão.

— Teria sido um começo, Tom. Teria sido melhor do que ficar sentado em casa recortando receitas culinárias das revistas. Você estaria fazendo alguma coisa para se salvar.

Magoado, respondi:

— Estive pensando. Não perdi meu tempo.

— Não quero que isso seja uma crítica, Tom, mas...

— Todas as vezes que você usa essa frase memorável, Sallie – interrompi –, você faz uma crítica contundente. Mas vá em frente. Depois de passar por minha mãe, sou capaz de agüentar uma cavalaria de hunos com seus elefantes.

— Não, isto não é uma crítica. Quero que soe de maneira afetuosa. Você tem tido tanta autopiedade, tem sido tão analítico e tão amargurado desde o que aconteceu com Luke! Tente esquecer o que aconteceu e continuar a partir deste ponto, deste momento. A vida não acabou, Tom. Só uma parte dela. Você precisa descobrir o que vai ser a parte seguinte.

Andamos em silêncio por vários minutos, na solidão desagradável que às vezes visita os casais nos momentos mais impróprios. Aquela não era uma sensação nova para mim; eu tinha um talento ilimitado para transformar as almas que me amavam em estranhos.

Tentei restabelecer meu contato com Sallie.

– Ainda não consegui descobrir nada. Não entendo por que me odeio mais que a qualquer outra pessoa neste mundo. Não faz sentido. Mesmo que minha mãe e meu pai fossem monstros, eu deveria ter sentido respeito por mim mesmo, como se sente por um sobrevivente. Eu deveria ao menos ter saído de tudo aquilo como uma pessoa honesta. Mas sou a pessoa mais desonesta que já vi. Nunca sei com exatidão como me sinto a respeito das coisas. Sempre há algo secreto escondido de mim.

– Você não precisa saber a verdade absoluta. Ninguém precisa. Você só precisa saber o suficiente para seguir em frente.

– Não, Sallie – disse, parando com a água nos pés e virando-a para mim com as mãos em seus ombros. – Isso foi o que eu fiz antes. Segui em frente com uma parte da verdade e ela me alcançou. Vamos embora da Carolina do Sul. Vamos sair daqui. Jamais vou encontrar um emprego neste estado. Existem pessoas demais que conhecem o nome Wingo e não gostam do que ele representa.

Sallie abaixou o olhar e segurou minhas mãos. Mas fitou direto os meus olhos quando disse:

– Não quero sair de Charleston. Tenho um emprego maravilhoso, adoro nossa casa e nossos amigos. Por que você quer jogar fora até mesmo as coisas boas?

– Porque já deixaram de ser boas para mim, porque não acredito mais em minha vida aqui.

– Mas eu acredito na minha.

– E você ganha dinheiro – disse eu, envergonhado pela amargura que ouvi em minha voz, pelo orgulho de macho que transparecia em cada palavra. – Sinto muito. Realmente sinto. Não quero ir a Nova York. Nem mesmo quero ver Savannah. Estou furioso, absolutamente furioso com ela por ter tentado outra vez. Estou com raiva por ela ser louca e por permitirem que seja tão louca quanto quer. Invejo sua loucura.

Mas sei que ela espera que eu esteja lá quando começar a se partir em pedaços. É como uma velha dança e conheço todos os passos.

— Então não vá – disse Sallie, escapando novamente.

— Tenho que ir. Sei disso. Esse é o único papel que eu represento bem. O herói do momento. O galante cavaleiro. O *sir* Galahad desempregado. É o grande defeito de todos os Wingo. Exceto minha mãe. Ela dá jantares planejados com meses de antecedência e não pode ser incomodada com as tentativas de suicídio de seus filhos.

— Você culpa seus pais por tantas coisas, Tom. Em que ponto as coisas começam a ser responsabilidade sua? Em que ponto você dirige sua vida com as próprias mãos? Em que ponto começa a aceitar a culpa ou o crédito por suas próprias ações?

— Não sei, Sallie. Não consigo descobrir. Não sei qual é o significado das coisas.

Ela se virou e recomeçou a andar pela praia.

— Isso está nos magoando, Tom.

— Eu sei – admiti, tentando alcançá-la. Tomei sua mão e a apertei, mas não senti nenhum movimento por parte dela. – Para minha surpresa, não sou um bom marido. Um dia pensei que seria excelente. Charmoso, sensível, amoroso e atento a todas as necessidades de minha esposa. Sinto muito, Sallie. Faz tempo que não sou bom para você. Isso é uma fonte de dor para mim. Quero ser melhor. E sou tão frio, tão reservado! Juro que serei melhor assim que sairmos deste Estado.

— Não vou sair deste Estado – disse ela, com decisão. – Sou perfeitamente feliz vivendo aqui. Este é o meu lar, o lugar ao qual eu pertenço.

— O que você está dizendo, Sallie?

— Estou dizendo que o que faz você feliz necessariamente não me faz feliz. E que também estou pensando nas coisas. Tentando entender o que se passa entre nós. Não parece mais tão bom.

— Sallie, esta é uma péssima hora para dizer isso.

— As coisas não são mais as mesmas entre nós desde Luke.

— Nada mais continuou igual – respondi.

— Há algo que você se esqueceu de fazer a respeito de Luke, Tom.

— O que foi?

— Você se esqueceu de chorar.

Meu olhar passou pela praia, em direção ao farol. Em seguida, voltou pelo porto, até as luzes da ilha James.

Sallie continuou:

— Não há um estatuto de limites em sua tristeza. Ela é impenetrável. Você me colocou completamente de lado na sua vida.

— Você se importa se mudarmos de assunto? – perguntei, sentindo uma ponta de desprezo em minha voz.

— O assunto somos nós. O assunto é saber se você parou de me amar, Tom.

— Mas eu acabo de saber que minha irmã tentou se matar! – gritei.

— Não. Você acaba de saber que sua mulher acha que você não a ama mais – ela respondeu com firmeza.

— O que você quer que eu diga? – perguntei, sentindo sua necessidade de alcançar um lugar intocável dentro de mim.

Ela estava quase em lágrimas quando disse:

— As palavras são simples. Tente isso: "Eu te amo, Sallie, e não poderia viver um único dia sem você."

Mas havia algo em seus olhos e em sua voz que tentava dar um recado muito mais triste. Então eu disse:

— Há mais alguma coisa.

Sallie começou a chorar suavemente e havia desespero e traição em sua voz.

— Não é mais alguma coisa, Tom, é mais alguém.

— Meu Deus! – gritei para as luzes da ilha das Palmas. – Primeiro Savannah e agora isso!

Foi quando Sallie disse atrás de mim:

— Esta é a primeira vez que você olha para mim em muitos meses. Preciso dizer que estou tendo um caso para que meu maldito marido perceba que estou viva.

— Oh, Deus... Sallie, não, por favor – sussurrei, cambaleando e afastando-me dela.

— Eu ia lhe contar quando fosse a hora certa. Detesto ter que falar neste momento, mas você vai embora amanhã.

— Eu não vou. Não posso ir embora desse jeito.

— Quero que você vá, Tom. Quero que você perceba como estou levando isso a sério. Posso até estar fazendo isso para te magoar. Não tenho certeza.

— Posso perguntar quem é?

— Não, ainda não.

— Prometo não fazer nada desagradável ou selvagem. Pelo menos até voltar de Nova York. Eu gostaria de saber.

— É o dr. Cleveland.

— Ah, não! Aquele imbecil metido e intolerável? Pelo amor de Deus, Sallie, ele anda de motocicleta e fuma cachimbo. Um maldito cachimbo todo fresco!

— Ele é melhor do que aquela animadora de torcidas de segunda classe com quem você teve um casinho – respondeu ela, furiosa.

— Eu sabia que você ia dizer isso. Sabia que aquela imbecil metida a sedutora voltaria para assombrar minha vida até o fim dos meus dias. Sinto muito por aquilo, Sallie. Fui um idiota. Idiota. Idiota.

— Aquilo me magoou mais do que você possa pensar.

— Eu implorei que me perdoasse, Sallie. Estou implorando de novo. Fiz aquilo, e só Deus sabe como sofri, e prometi de joelhos que nunca mais o faria.

— Agora você não precisa mais manter a promessa. O dr. Cleveland também está apaixonado por mim.

— Bem, ótimo para o *doutor* Cleveland. O *doutor* Cleveland já contou à sra. Cleveland, aquele triste pilar apático de nossa comunidade?

— Não, ainda não. Está esperando a hora certa. Queremos ter certeza, para não magoar ninguém sem necessidade.

— Que pessoas tão generosas! Deixe-me fazer uma pergunta, Sallie. Quando seu bipe toca durante a noite e você é chamada ao hospital para uma daquelas inumeráveis emergenciazinhas, você também não vai inspecionar o cachimbo do bom médico?

— Essa pergunta é revoltante, Tom, e você sabe disso.

— Quero saber se vocês fazem esse tipo de uso do bipe, o mais sagrado, o mais odioso símbolo da imbecilidade do médico nos Estados Unidos.

— Sim! – gritou ela. – Fizemos isso umas duas vezes, quando não havia outro jeito. E o faria novamente se não houvesse outro jeito.

Senti um desejo irresistível de bater nela. Como o fantasma de um pai violento que voltasse para dominar meu sangue, senti esse impulso de poder alojar-se em meu coração. Cerrei os punhos e, por um momento, lutei com todas as forças contra o homem que eu fora condicionado a ser. Controlei-me e mandei meu pai para o exílio novamente. Relaxei os punhos, respirei fundo e gritei:

– É porque estou ficando gordo, Sallie? Por favor, diga que é isso. Ou será porque estou ficando careca? Ou talvez seja porque eu lhe disse que tenho o pênis pequeno? Sou um dos poucos homens deste país com coragem suficiente para admitir que tem o pinto pequeno. Eu só lhe disse isso porque você sempre se sentiu mal por ter os seios pequenos.

– Meus seios não são tão pequenos.

– Nem o meu pobre e difamado pênis.

Fiquei surpreso quando Sallie riu. Havia algo puro em seu senso de humor que ela não podia controlar sequer nos momentos mais sérios de sua vida. Sua risada era intimamente ligada à sua generosidade, e não podia ser dominada.

– Está vendo, ainda há esperança, Sallie. Você ainda me acha divertido e eu sei, por acaso, que a última vez que o dr. Cleveland riu foi logo depois que Woodrow Wilson foi eleito, em 1913.

– Ele só é 11 anos mais velho do que nós.

– Hã! Outra geração! Odeio velhos que andam de motocicleta. Odeio jovens que andam de motocicleta.

Na defensiva, Sallie disse:

– Ele é um aficionado. Só coleciona motocicletas inglesas.

– Por favor, poupe-me dos detalhes. Não me diga que está me deixando por um homem que coleciona cachimbos cheios de frescura e motocicletas inglesas. Eu me sentiria muito melhor se você me deixasse por um homem tatuado de circo, um comedor de fogo ou um anão que anda de monociclo.

– Eu não disse que estava deixando você, Tom. Disse que estava pensando nisso. Encontrei alguém que me acha maravilhosa.

– Você é maravilhosa – choraminguei.

– Não vamos mais discutir esta noite, Tom. Já foi bastante difícil lhe contar e não estou querendo aumentar seus problemas.

– Ah! – disse, com uma risada amarga. – Uma insignificância, meu bem.

Não falamos mais nada por um longo tempo. Então, Sallie rompeu o silêncio:

– Vou voltar para casa para dar um beijo de boa-noite nas meninas. Você quer vir?

– Mais tarde. Vou ficar aqui mais um pouco. Preciso pensar em tudo isso.

– Não sei o que aconteceu. Não sei o que aconteceu com o lutador com quem me casei – disse Sallie, com ternura.

– Sim, você sabe. Aconteceu Luke.

Subitamente, ela me abraçou e beijou meu pescoço, mas, no auge da minha honradez, eu era um escravo do ego masculino; com a retidão patriarcal do macho desprezado, não pude retribuir o beijo ou recobrar a importância daquele momento de encanto. Sallie se voltou e continuou andando em direção à casa.

Comecei a correr pela praia. No início, estava controlado, paciente, mas, em seguida, forcei-me até correr como um louco, suando muito e ofegando. Se pudesse fazer o corpo sofrer, não sentiria a alma se despedaçar.

Enquanto corria, refleti sobre o triste declínio da carne. Lutei para aumentar a velocidade e lembrei que, no passado, fora o *quarterback* mais veloz da Carolina do Sul. Loiro e com muita vitalidade, eu vinha do fundo do campo com os jogadores de linha avançando em minha direção num êxtase em câmera lenta, enquanto os contornava e ia de encontro aos gritos da multidão para, em seguida, abaixar a cabeça e me deslumbrar com os movimentos instintivos latentes em algum lugar ágil e doce dentro de mim. Mas nunca chorei ao correr nos jogos da escola. Agora, eu corria pesadamente, desesperadamente, para longe de uma esposa que havia arranjado um amante porque eu fracassara como amante; para longe de uma irmã que gostava de mexer com lâminas; para longe de uma mãe que não entendia a terrível história entre mães e filhos. Corria para longe daquela história, pensei – daquela pequena fatia amarga e ultrajante da história americana que era minha própria vida –, ou para uma nova fase dela. Diminuí a velocidade, exausto e suando muito. Comecei a caminhar para minha casa.

2

É uma forma de arte saber odiar Nova York apropriadamente. Sempre a menosprezei um pouco e tenho de empregar muita energia e persistência para relacionar a quantidade infinita de maneiras pelas quais a cidade me incomoda. Se tivesse de fazer uma lista delas, escreveria um livro do tamanho das Páginas Amarelas de Manhattan, e esse seria apenas o prólogo. Toda vez que me submeto aos maus-tratos e às indignidades dessa cidade que se dá ares de superior, uma sensação de deslocamento, profunda e enervante, toma conta de mim, matando todas as células codificadas de minha singularidade, todas elas ganhas a duras penas. A cidade marca minha alma com um grafite profano e indelével. Tudo lá é exagerado. A cada visita, descubro-me parado sobre o cais, observando o esplêndido rio Hudson e ouvindo o barulho da cidade às minhas costas. Sei o que nenhum nova-iorquino que conheci sabe: que essa ilha já foi cercada por pântanos profundos e extraordinários, além de estuários, e que uma completa civilização do pântano salgado jaz enterrada embaixo das avenidas de pedra. Não gosto de cidades que desonram seus pântanos.

Minha irmã Savannah sente pela cidade uma submissão heróica tão grande quanto meu desprezo. Para ela, até mesmo os assaltantes, os viciados em drogas, os bêbados e os mendigos, aquelas almas feridas que se arrastam tristemente em meio à multidão fervilhante, são parte do charme inefável de Nova York. São essas pobres aves do paraíso, passando furtivamente pelos becos, que lhe definem os limites mais extremos da cidade. Ela vê beleza nessa miséria. Carrega no peito uma fidelidade inabalável a todos os que sobrevivem em Nova York, à margem da vida, sem lei e sem esperanças, com talento para a magia.

Eles são o teatro da cidade para Savannah. Ela escreveu sobre eles em seus poemas; ela própria aprendeu um pouco daquela magia e conhece bem suas vidas arruinadas.

Savannah sabia que queria ser uma nova-iorquina muito antes de saber que queria ser poetisa. Era um daqueles sulistas que desde cedo tinham consciência de que o Sul nunca seria para eles mais que uma prisão perfumada, administrada por um grupo de familiares afetuosos, porém traiçoeiros.

Aos 15 anos, ela recebeu uma assinatura da *The New Yorker*, uma revista literária, como presente de Natal de minha avó. A cada semana, esperava ansiosamente pela chegada da revista, quando então se sentava durante horas, rindo com os desenhos humorísticos. Mais tarde, meu irmão Luke e eu fitávamos incredulamente os mesmos desenhos, esperando que o humor nos atingisse. As coisas que as pessoas de Nova York achavam divertidíssimas eram incompreensíveis para mim, que vivia em Colleton, na Carolina do Sul. Eram impenetráveis como um humor cuneiforme e, quando eu perguntava a Savannah que diabo achava tão divertido, ela suspirava profundamente e se descartava de mim com alguma frase desmoralizadora que decorara de algum dos desenhos. Tendo Savannah como irmã – imaginando-se uma nova-iorquina exilada, separada de sua cidade natal pela humilhação de um nascimento na Carolina do Sul –, eu odiava Nova York muito antes de ter atravessado seus rios gloriosos.

Savannah deixou a Carolina do Sul e partiu para lá após nossa formatura na escola secundária de Colleton. Sua partida foi contra a vontade de nossos pais, embora ela não tivesse pedido permissão nem a aprovação deles. Com uma vida para viver e um plano bem elaborado para seguir em frente, não precisava de conselhos de pescadores de camarões ou de donas de casa que haviam escolhido viver ao lado do canal interior de uma ilha na Carolina do Sul. Sabia por instinto que era uma garota da cidade e já aprendera tudo o que precisava ou queria saber sobre cidades pequenas. Escolhendo Nova York, optara por uma cidade que exigiria toda uma vida de cuidados e estudo, uma cidade merecedora de seu talento.

Desde o primeiro dia, ela amou tudo: a vibração, o conflito, o incessante fluxo de idéias, o arrebatamento e o empenho grandioso no sentido de controlar e domesticar a cidade fabulosa, com o intuito de torná-la pessoal e menos ameaçadora. Encarou a cidade como ela realmente era. Tornou-se uma colecionadora de experiências típicas de Nova York. Se qualquer coisa se originava em Nova York ou tinha a autenticidade e o selo de aprovação de Manhattan, Savannah a adotava com o fervor de uma catequista. Desde o início, era poética em sua defesa da grandeza essencial da cidade, que considerava inegável e acima de qualquer discussão. Eu a negava. E discutíamos obsessivamente.

– Você nunca viveu aqui. Não tem direito a ter nenhuma opinião – disse Savannah com alegria, quando Luke e eu a visitamos lá pela primeira vez.

– Também nunca vivi em Pequim – repliquei –, mas aposto que a cidade é cheia de homenzinhos amarelos.

– Deve ser por causa do escapamento de todos esses carros, Savannah – observou Luke, vendo o tráfego de fim de tarde arrastando-se em direção às pontes. – Ele corrói as células cerebrais. Uma vez que elas desaparecerem, a pessoa começa a gostar deste buraco.

– Vocês precisam dar uma chance à cidade, seus tapados. Depois que pegarem a febre de Nova York, nada será bom o bastante. Sintam a energia desta cidade. Fechem os olhos e deixem que tome conta de vocês.

Luke e eu fechamos os olhos.

– Isso não é energia – disse Luke. – É barulho.

– Barulho para você – respondeu ela, sorrindo –, e energia para mim.

Nos primeiros dias, ela se sustentou trabalhando como garçonete em um restaurante vegetariano no West Village. Inscreveu-se também na New York School, em matérias que a atraíam, evitando as que não lhe interessavam. Morou em um apartamento barato na Grove Street, perto de Sheridan Square, e o decorou com muito charme. Lá, lutou sozinha contra os mistérios e as sutilezas da linguagem e começou a escrever os poemas que a tornaram famosa entre um círculo seleto de pessoas, antes dos 25 anos de idade. Meus pais a haviam colocado no trem que ia para o Norte, relutantes e com profecias apocalípticas, admitindo em particular aos outros dois filhos que ela não agüentaria um mês na cidade.

Em sua primeira carta, ela disse que "estar em Nova York é como viver em um desenho humorístico da *The New Yorker*". Então, todos pegamos números antigos da revista favorita de Savannah, tentando fazer alguma idéia do que seria sua vida, por meio de uma tradução das piadas da revista. Deduzimos, com base nos desenhos, que durante os jantares festivos os nova-iorquinos falavam uns com os outros coisas inteligentes, porém misteriosas. Meu pai, ignorando os desenhos humorísticos, prestou mais atenção à propaganda e disse para a família:

– Afinal, quem *são* essas pessoas?

QUANDO O PRIMEIRO LIVRO de poesias de Savannah foi lançado pela editora Random House, em 1972, Luke e eu fomos a Nova York para participar das festas e conferências por conta da publicação. Savannah e eu sentamos sob as plantas que ela havia pendurado no apartamento, ao lado de sua bela escrivaninha, e ela autografou um exemplar de *A filha do pescador de camarões* para mim, enquanto Luke tentava encontrar um lugar para estacionar com segurança durante a noite. Ela abriu a primeira página do livro e observou meu rosto enquanto eu lia: "A meu irmão, Tom Wingo, cujo amor e dedicação fizeram com que minha jornada valesse a pena. Todo o louvor a meu fabuloso irmão gêmeo."

Lágrimas vieram-me aos olhos ao ler a dedicatória, e eu pensei como era possível que algum tipo de poesia resultasse de nossa infância.

– *Quarterbacks* não choram – disse ela, me abraçando.

– Este chora – respondi.

Ela me mostrou o último número da *The New Yorker*, datado de 7 de março de 1972, que tinha um pequeno poema de seu livro na página 37. Estávamos gritando loucamente um com o outro quando Luke voltou ao apartamento. Ele também começou a gritar. Abriu a janela, subiu até a escada de incêndio e berrou para todos que passavam em Grove Street:

– Minha irmã está na *The New Yorker*, seus ianques filhos-da-puta!

NAQUELA NOITE, fomos à sua principal conferência, que seria realizada em uma igreja anglicana que não funcionava mais como tal, no West Village. Fui recebido pelas Mulheres Unidas para Eliminar o Pênis ou algum daqueles grupos maníacos em torno dos quais Savannah gravitava. Suas primeiras e mais queridas amigas no Village pertenciam a um grupo de estudos feminista no qual todas haviam decorado Virginia Woolf, usavam cinto preto, faziam levantamento de peso para ficarem mais fortes e limpavam bares de estivadores nos fins de semana.

– Linha de ataque – sussurrou Luke ao nos aproximarmos da igreja pouco iluminada e vermos a austera falange de guerreiras movendo-se pelo saguão, recolhendo as entradas. Pareciam passar o tempo traduzindo Safo, a poetisa grega nascida em Lesbos, e bebendo o sangue das moscas. Mas aquela era uma época estranha na história dos sexos e Savannah nos treinara para andar com leveza entre as representantes do movimento de liberação da mulher. A própria Savannah estava em meio a uma fase politicamente militante de seu desenvolvimento. Havia ocasiões em que seus corpulentos irmãos sulistas eram um embaraço para ela. Ensinou-nos a parecer andróginos e afáveis, e aperfeiçoamos um andar servil quando percebíamos que estávamos cercados por suas amigas mais hostis. No meio daquele grupo assustador, simulamos uma total ausência de pênis, que imaginamos pudesse diminuir a ansiedade de Savannah quando estivéssemos entre suas amigas.

– Todas elas foram prejudicadas por *machos* – explicara Savannah. – Principalmente por pais e irmãos. Vocês não entendem como é horrível ser mulher nos Estados Unidos.

A julgar pela aparência das que recolhiam os ingressos, deve ter sido realmente terrível. Mas esses eram pensamentos muito bem guardados, que havíamos aprendido a jamais expressar na frente de Savannah, que, já sabíamos, gritaria conosco se sentisse que não éramos tocados por sua nova filosofia ou que éramos irregeneravelmente machos em nossas opiniões. Nossa masculinidade se irradiava inconscientemente pelo mundo de Savannah e nos preocupava muito porque, naquela época, éramos muito idiotas e inocentes para entender a natureza do problema de minha irmã com o universo masculino.

Enquanto entrávamos na igreja, Luke cometeu um erro impensado ao segurar a porta para uma mulher bonita que vinha entrando atrás de nós. Como rapazes sulistas, éramos vacinados com o soro oleoso de uma polidez instintiva, e seria impensável não segurar a porta para uma dama. A mulher reagia a soros diferentes. Com um movimento surpreendentemente ágil, agarrou Luke pelo pescoço com uma das mãos e, em seguida, enterrou duas unhas pontudas embaixo de seus olhos.

– Nunca mais faça isso, seu imbecil, ou arranco seus olhos – disse ela.

Luke respondeu pacificamente, em respeito àqueles dois dedos ameaçadores:

– Eu lhe asseguro, madame, nunca mais abrirei uma porta para qualquer dama na cidade de Nova York.

– Mulher, seu imbecil – ela sibilou. – Mulher, não dama.

– Mulher – corrigiu-se Luke, e a mulher, depois de soltá-lo, entrou triunfante na igreja.

Esfregando o pescoço, Luke observou-a desaparecer na multidão. Em seguida, murmurou:

– Nunca mais abrirei a porta para nenhum urso cinzento fodido nesta cidade, Tom. Ela não devia saber que sou veterano do Vietnã.

– Não pareceu que ela ligaria muito para isso, cara.

– Mas nós aprendemos uma coisa, Tom. Quando uma porta se abre, você tem de se apressar e passar por ela. É assim que se faz em Nova York.

A igreja estava quase cheia quando Savannah entrou. Foi apresentada por um barbudo arrogante que usava poncho, boina e sandálias artesanais. Vimos no programa que era um orador da New York School, que dava aulas em um curso intitulado "Poesia, Revolução e Orgasmo", no Hunter College. Eu o odiei à primeira vista, mas mudei de idéia instantaneamente quando fez uma apresentação muito generosa e sincera de minha irmã. Falou sobre o passado de Savannah: a infância na ilha, o pai capitão do barco camaroneiro, a mãe com uma beleza agreste, o tigre da família, o avô que trabalhava como barbeiro e ao mesmo tempo vendia bíblias, e a avó que visitava o cemitério de Colleton e conversava com os parentes mortos. Em seguida, elogiou seu trabalho: o lirismo apaixonado de seus hinos à natureza, a virtuosidade técnica e a celebração do espírito feminino. Tudo aquilo, concluiu ele, era surpreendente em uma mulher que passara quase que sua vida inteira numa ilha marítima do sul dos Estados Unidos. Depois disso, passou a palavra a Savannah.

Os aplausos foram tranqüilos e educados, exceto por um grito assustador que explodiu espontaneamente em Luke quando viu a irmãzinha elevar-se como uma chama naquela igreja, loira, tímida e etérea, com os cabelos escovados severamente para trás, mas, mesmo assim, movendo-se em ondas luxuriantes sobre seus ombros.

Sempre adorei a voz de minha irmã. É clara e suave, uma voz que não muda, como o toque de um sino que não varia, seja qual for a estação do ano. Sua voz é uma coisa quente, inimiga da tempestade, da escuridão e do inverno. Ela pronuncia cada palavra com muito cuidado, como se estivesse saboreando uma fruta. As palavras de seus poemas eram como um pomar perfumado.

No início, entretanto, não consegui ouvir sua voz e sabia que estava atenta à platéia, intimidada por ela. Porém, vagarosamente, a linguagem tomou conta dela; sua linguagem, seus poemas e sua voz se elevaram, tornaram-se mais firmes e confiantes. E, quando isso aconteceu, Savannah Wingo tomou posse daquela platéia do West Village, aquela platéia refinada, saciada e endurecida da cidade de Nova York, como se fosse uma tempestade. Eu sabia de cor todos os seus poemas e meus lábios se moviam em harmonia com os dela. Contei histórias de nossa vida enquanto ela as contava; senti o poder sobrenatural da poesia de Savannah subjugar a multidão quando sua voz se elevava em direção ao coro da igreja, em direção aos parapeitos brilhantes do Empire State Building, levando-nos de volta às terras baixas da Carolina do Sul, onde aquela linda irmã nasceu para a mágoa e a tristeza e onde todos aqueles poemas, recolhidos pedaço a pedaço, tornavam-se cada vez mais escuros como partes de coral, e esperavam a anunciação da poetisa, esperavam por aquela noite, pela respiração coletiva da platéia enquanto esta partilhava os poemas do coração, fazendo a linguagem cantar e sangrar ao mesmo tempo.

A certa altura, Savannah levantou os olhos e observou a platéia. Avistou Luke e eu sentados na décima quinta fileira, bem visíveis com nossos casacos e gravatas. Sorriu e acenou para nós. Luke gritou:

— Ei, Savannah! Está indo muito bem, meu anjo. — E a platéia riu.

– Meus dois irmãos, Luke e Tom, vieram de carro da Carolina do Sul até aqui para assistir a esta leitura. Eu gostaria de dedicar o próximo poema a eles.

A mulher que ameaçara arrancar os olhos de Luke na porta estava sentada no banco à nossa frente, mais para o lado esquerdo. Nós a notamos quando Savannah fez com que levantássemos para que a platéia nos visse. Houve alguns aplausos contidos. Luke levantou as mãos, acenou para a multidão, e então debruçou sobre a mulher e disse:

– Pensou que eu fosse um Zé Ninguém, não é, sua cabeça de merda? – Eu o puxei de volta para o seu lugar e avisei:

– Proteja os olhos quando insultar aquela mulher ou teremos de comprar um cão para cegos.

Voltamos a prestar atenção à voz de Savannah. Ela leu durante mais de uma hora e o que lia formava uma história. Uma menina nascera de pais pobres na Carolina do Sul, crescera descalça e bronzeada entre os pântanos de Colleton. Aprendera a identificar as estações pela migração dos camarões e das aves e pelas colheitas dos tomates; aprendera toda a sua singularidade, alimentando-a, querendo ser diferente, e sentira a linguagem se agitar dentro de si ao ouvir as corujas resmungarem no beiral do celeiro e as bóias fazendo barulho dentro do canal. Então, o mundo a repelira, como sempre faz, e a criança, desarmada e obstinada, começava a lutar contra a selvageria e a crueldade daquele mundo. Em seus últimos poemas, Savannah falou de seus colapsos, seus demônios e sua insanidade. Falou deles com perplexidade, respeito e uma imensa tristeza, consagrados com a dignidade de sua atenção. Não havia gárgulas em seu trabalho, apenas anjos pervertidos chorando por um lar. Aquilo tudo era novo para a cidade de Nova York, mas não para Luke e eu. Nós éramos testemunhas da criação. Em nossa casa, à beira do rio, havíamos observado uma poetisa se formar.

Enquanto escutava seu último poema, pensei em um sonho que costumava ter, no qual estávamos os dois no útero, flutuando lado a lado no mar interior de nossa mãe – corações que se formavam juntos, dedos se movendo, o azul de quatro olhos ainda sem visão na escuridão, os cabelos loiros flutuando como plantas dentro d'água, os cérebros ainda não completamente prontos sentindo a presença do outro, sentindo o conforto daquela comunhão anônima que crescia em nós antes de nascermos. Eu sonhava que, na vida antes da vida, dentro do útero sem respiração, e na segurança muda da corrente sanguínea, alguma coisa especial nos acontecia. Sonhava que existia um momento de visão divina que somente os gêmeos conheciam, um momento de reconhecimento em que nos voltávamos um para o outro num movimento que durava semanas e ela dizia: "Olá, Tom." E eu, que acreditava cada vez mais em milagres, que acreditaria sempre na magia, gritaria: "Olá, Savannah." E então, transcendentalmente, alegremente, esperaríamos por nosso nascimento, para que o diálogo de uma vida inteira pudesse se iniciar. Em primeiro lugar, eu soube da luz de minha irmã na escuridão; mas o que eu não sabia era quanto ela traria da escuridão em sua jornada. Acredito nos laços de Gemini, a conexão perfeita e sobre-humana dos gêmeos.

Quando Savannah terminou, houve um aplauso estrondoso por parte daquela platéia, que se levantou e ovacionou durante vários minutos. Precisei agir rapidamente para impedir Luke de correr até a frente da igreja e sair pelo corredor central levando minha irmã nos ombros. Ele se contentou com alguns gritos agudos em louvor à sua irmã. Eu, seguro em meu papel como o sentimental da família, inclinei-me para amarrar o sapato e enxugar as lágrimas com a gravata.

Mais tarde sentiríamos muita alegria por ter estado presentes na noite de março em que Savannah fizera o seu debute triunfante na subcultura do mundo da poesia de Nova York. Muito do que é maravilhoso naquela cidade estava contido naquela noite. Depois de jantar, ficamos acordados até tarde, observando a lua percorrendo o firmamento, estimulados pelo triunfo de Savannah, conversando e bebendo com seus amigos, felizes com a facilidade e a predestinação de tudo aquilo, perplexos ao ver que uma menina da Carolina do Sul conseguia passar uma mensagem que iluminava o coração daquelas pessoas nascidas para serem de pedra.

Se tivesse ido embora no dia seguinte, poderia até ter começado a amar Nova York. Mas Luke e eu protelamos nossa partida e Savannah quis nos mostrar por que amava o lugar e não poderia voltar para casa novamente. Assim, fomos fazer compras na Macy's, fomos a um jogo dos Yankees, tomamos um ônibus para dar uma volta pela cidade e fizemos um piquenique no topo do Empire State Building. Ela nos apresentou muito bem a tudo o que era agradável e definitivo no estilo de vida de Nova York. Mas havia outras definições da cidade, sombrias e imprevisíveis, que ela não levou em conta enquanto nos levava em uma marcha forçada por Manhattan.

Foi na rua 12 oeste, no Village, que tivemos uma visão mais traiçoeira e não menos definitiva da cidade. Enquanto passávamos pela rua, vimos uma velha descer com dificuldade a escada da frente de sua casa, fazendo uma pausa a cada degrau para esperar que seu *poodle,* muito velho, quase incapaz de andar, a seguisse. Havia uma dignidade imperturbável na descida vagarosa da velha e do cachorro. O *poodle* e a velhinha tinham praticamente a mesma cor, e o andar de ambos revelava que haviam envelhecido harmoniosamente, desenvolvendo a mesma maneira de mancar. Ao chegar à calçada, ela não viu o homem aparecer de repente por trás dela e nós não tivemos tempo de gritar para avisá-la. Ele foi rápido e profissional, sabia exatamente o que queria. Arrancou os brincos de ouro das orelhas da velhinha, fazendo com que ela caísse de joelhos e rasgando o lóbulo de suas orelhas quando ela atingiu a calçada. Em seguida, agarrou o colar de ouro e puxou-o violentamente até arrebentar. A mulher começou a gritar e suas orelhas sangravam. O homem lhe deu um soco no rosto, obrigando-a a se calar. Então pôs-se a andar com indiferença estudada, calmo e sem pressa. Mas cometeu um sério erro tático. Sua rota de fuga o levou diretamente para os rapazes Wingo da Carolina do Sul.

Houve muitas coisas terríveis em nossa educação sulista, mas éramos unânimes na maneira de tratar jovens que mutilam orelhas de velhinhas que passeiam com *poodles.* Ele atravessou a rua correndo quando viu que íamos enfrentá-lo, e ouviu Savannah fazendo um barulho dos diabos com um apito da polícia. Luke o atingiu rapidamente enquanto eu lhe impedia a passagem. Ouvi uma garrafa se quebrando atrás de mim. O ladrão sacou um canivete e eu pude escutar um pequeno clique e ver o brilho da lâmina quando me aproximei.

— Corto você, seu filho-da-puta — gritou o ladrão ao se voltar e correr em minha direção, o canivete apontado para mim. Parei no meio da rua e tirei meu cinto em um único movimento. Enrolei-o no pulso até que apenas uma pequena parte dele e a fivela ficassem soltas no ar. Ele arremeteu em direção ao meu pescoço, mas dei um passo atrás e girei o cinto. A fivela atingiu-lhe a face com muita força, abrindo um corte embaixo do olho. Ele gritou, deixou cair o canivete, olhou para mim e foi derrubado pela investida experiente de um jogador de futebol americano, que lhe esmagou a espinha e o jogou sobre o capô de um Thunderbird. Luke segurou o cabelo do homem com uma das mãos e, com a outra, socou a parte de trás de sua cabeça, quebrando-lhe o nariz contra o capô do automóvel. Formou-se então uma multidão em torno de nós, com vizinhos que gritavam, seguranças grisalhos que cutucavam o ladrão com suas armas e demonstravam o desejo de desmembrá-lo antes que a polícia chegasse. Savannah colocara uma garrafa de Coca-Cola quebrada contra a jugular do homem, e logo ouvimos as sirenes da polícia a distância. A velhinha, assistida pelos vizinhos, chorava timidamente na entrada da casa, com o *poodle* a lamber suas orelhas, que sangravam.

— Bela cidade, Savannah — disse Luke, dando outra sacudida no ladrão. — Bela bosta de cidade.

— Isso poderia acontecer em qualquer lugar — respondeu ela na defensiva. — Ainda é a maior cidade da história do mundo.

— Pergunte àquela velhinha se esta é a maior cidade do mundo.

Mas Nova York nunca termina de testar seus devotos ou seus cidadãos. A cada esquina, mil facetas diferentes se apresentam, tomando vários aspectos, entre o medonho e o sublime. É uma cidade com histórias demais e visitantes demais. Durante toda aquela longa e memorável semana, Savannah e eu não conseguimos fazer Luke parar de ajudar a cada bêbado que encontrava. Luke era absolutamente incapaz de ignorar aqueles coitados que ficavam caídos nas portas das casas, cheirando a vômito e a vinho. Ele os levantava, limpava, fazia uma pequena palestra sobre cuidados com o corpo, colocava um dólar em seus bolsos, assegurando-lhes, segundo Savannah o informou, uma nova garrafa de vinho quando acordassem e achassem o dólar miraculoso.

— Eles são perfeitamente felizes – explicou Savannah. – Um policial me disse na primeira vez em que tentei ajudar um deles.

Mas Luke continuou a oferecer assistência a cada bêbado por quem passávamos até que, um dia, em um pequeno parque na Sétima Avenida, encontrou um adolescente deitado em um banco de madeira e que não correspondeu de maneira alguma à sua conversa. Quando Luke o virou, todos pudemos ver que o *rigor mortis* já se estabelecera havia horas. Havia uma seringa hipodérmica no bolso de seu casaco e uma carta de motorista em que constava seu endereço em Raleigh, na Carolina do Norte.

— Ele está perfeitamente feliz, Savannah – disse Luke quando a equipe de uma ambulância levou o rapaz embora.

A lembrança do rapaz perseguiu Luke por ele ser sulista e achar que não era natural que um sulista pudesse viver bem entre os rios Hudson e East, depois de crescer nas zonas mais suaves e generosas do Sul. Um sulista precisava sofrer uma grande mudança para se tornar nova-iorquino, pensava Luke. Ele explicou a Savannah e a mim sua teoria recém-concebida durante o café-da-manhã.

— É o mesmo que uma truta tentando se tornar um bonde, Savannah – disse ele apontando para ela com um croissant. – É uma coisa que não foi feita para ser mudada. Você pode fingir que é uma nova-iorquina, mas é sulista até os ossos, Savannah. É algo de que você não pode se livrar.

— Meu irmão, o filósofo caipira – disse Savannah, colocando mais café na xícara.

— Não me incomodo de ser um caipira sulista – ele respondeu. – A única coisa errada com os caipiras sulistas é que eles odeiam negros e muita coisa mais. Eu não odeio ninguém, exceto os nova-iorquinos. Estou aprendendo a odiar oito milhões de pessoas que, para mim, são a escória porque deixam crianças se drogarem e morrerem em bancos de praças e velhos apodrecerem nas calçadas. Não consigo entender esse tipo de gente.

— Você não gosta dos meus amigos, Luke?

— Eles são legais, Savannah. Veja bem, não são ótimos, apenas legais. Quero ser totalmente honesto com você. Eu percebo a maneira como olham para Tom e para mim. Quer dizer, parece que eles ficaram muito surpresos porque sabíamos falar, sendo da Carolina do Sul. Aquele sujeitinho que te apresentou naquela leitura dava risada a cada vez que eu abria a boca.

— Ele adorou seu sotaque sulista, me disse mais tarde. Disse que era igual ao dos filmes.

— Não tem nada de filme. Ele estava conversando com Luke Wingo e dava para ver que o cara nunca pegou um peixe na vida, a não ser que fosse embrulhado e congelado.

— Ele é poeta e intelectual, Luke – disse Savannah, exasperando-se. – Pescar não é o serviço dele.

— E também não é serviço dele dar risada de pessoas que pescam. Em todo caso, o que há de errado com aquele cara? Ele mexe as mãos de maneira engraçada.

— Ele é homossexual, Luke. Vários amigos meus são.

— Não brinca – disse Luke depois de um silêncio desagradável. – É um homem que *faz* com os outros homens?

— É isso aí.

— Por que você não me contou, Savannah? Isso o torna muito mais interessante. Já ouvi falar que há um bocado desses homens por aqui, mas não pensei que teria a chance de conhecer um. Gostaria de fazer algumas perguntas para ele, sabe como é, perguntas científicas. Há algumas coisas que eu nunca entendi nessa história e ele poderia ter me explicado.

— Graças a Deus – resmunguei – você não contou, Savannah.

— Luke, isso é pessoal! – disse ela.

— Pessoal! Esse aí não liga a mínima para a privacidade.

— Como é que você sabe?

— Basta ver onde ele mora. Na maldita cidade de Nova York. Um homem que deseja ter privacidade não mora aqui.

— É isso que você não entende, Luke. Quem realmente quer ter privacidade vem morar em Nova York. Você pode trepar com um orangotango ou um periquito que ninguém vai se importar.

— Bem, se algum dia eu começar a investir contra periquitos ou o que quer que seja, você me ajuda a procurar um apartamento, irmãzinha. Porque você está certa, isso nunca daria certo em Colleton. Quero apenas que se lembre de onde veio, Savannah. Eu não gostaria que se tornasse igual a esse pessoal.

— Eu odeio o lugar de onde vim, Luke. Eis por que *vim* para cá, para fugir de tudo em meu passado. Eu odiava cada coisa relativa à minha infância. Adoro Nova York porque aqui nada me recorda Colleton. Nada que vejo aqui, absolutamente nada, me faz lembrar minha infância.

— Luke e eu fazemos você lembrar de sua infância? — perguntei, subitamente magoado.

— Vocês me recordam a parte boa de minha infância — ela respondeu com veemência.

— Então vamos encher a cara e comer uns peixes.

— Isso não muda o passado. O que vocês fazem com o passado? Por que ele não fez mal a vocês como fez para mim?

— Eu não penso nisso, Savannah — disse. — Finjo que nunca aconteceu.

— Acabou-se, meu bem. Nós conseguimos sobreviver. De qualquer modo, somos adultos agora e temos o restante de nossa vida para pensar — completou Luke.

— Enquanto eu não resolver as coisas do meu passado, não posso pensar no resto da minha vida. Ele fodeu comigo, Luke, Tom. Eu vejo coisas. Escuto coisas. O tempo todo. Apenas não escrevo isso em meus poemas. Estou indo a um psiquiatra desde que cheguei a Nova York.

— Que tipo de coisas você vê e ouve? — perguntei.

— Isso eu digo antes de vocês voltarem. Prometo. Não quero dizer agora.

— Isso é de tanto comer esta merda — disse Luke, dirigindo seu desprezo pela cidade para o croissant. — Sua constituição física não está acostumada com isso. Tive diarréia durante todo o tempo em que estive no Vietnã por comer aquela comida deles.

— Cale a boca, por favor — eu disse. — Ela está falando de doença mental, não de diarréia.

– Como é que você sabe que doença mental não é um tipo de diarréia do cérebro, grande homem? Alguma coisa fica meio pirada e o corpo tem umas mil maneiras diferentes para fazer você saber que algo vai errado. O corpo tem integridade e você precisa escutá-lo.

EM NOSSA ÚLTIMA noite em Nova York, acordei durante a madrugada e ouvi uma voz que vinha do quarto de Savannah. Luke e eu estávamos dormindo no chão da sala e a luz da rua iluminava o cômodo, filtrada suavemente pela névoa. Prestando mais atenção, escutei a voz de minha irmã, amedrontada e irreal, falando novamente com o desconhecido. Levantei-me, fui até a porta do quarto e bati suavemente. Como não houve resposta, abri a porta, entrando no quarto.

Savannah estava sentada na cama, dirigindo-se a alguém invisível na parede em frente. Não pareceu me ver, mesmo quando entrei em sua linha de visão. Seus lábios tremiam e a saliva saltava de sua boca. Comecei a escutar o que falava:

– Não. Não vou fazer o que vocês estão dizendo. Nem mesmo por vocês. Especialmente não por vocês. Agora não. Por favor, vão embora. Não voltem. Nunca mais. Fiquem fora da minha casa. Não vou deixar que vocês entrem novamente na minha casa. Tenho trabalho para fazer e não posso trabalhar com suas vozes em minha casa.

Aproximei-me dela e a toquei no ombro.

– Savannah, o que aconteceu? – perguntei.

– Eles voltaram, Tom. Eles sempre voltam.

– Quem voltou? – Sentei-me na cama, enxugando sua boca com o lençol.

– Os que querem me magoar. Eu os vejo, Tom. Você pode vê-los?

– Quem são eles, querida?

– Ali, perto da parede, e ali, na janela. Posso vê-los tão bem, Tom. Você não me parece real. Mas eles são reais. Você pode ouvi-los? Pode ouvi-los gritando comigo? Tudo vai ficar ruim novamente, Tom. Vai ser tão ruim. Tenho de lutar contra eles. Não posso escrever quando me visitam. E eles ficam durante tanto tempo! Eles me magoam. Não querem ir embora. Não querem escutar.

– Quem são eles, Savannah? Diga quem são.

— Ali! — Apontou para a parede. — Estão suspensos contra a parede. Você não consegue vê-los, consegue?

— É só uma parede, Savannah. Não há nada ali, querida. Você só está tendo uma alucinação. Não é real, eu juro.

— Real. Terrivelmente real. Mais real do que você ou eu. Eles falam comigo. Gritam comigo. Coisas horríveis. Pavorosas.

— Com que eles se parecem? Diga para que eu possa te ajudar.

— Ali. — Apontou e todo o seu corpo tremeu ao encostar no meu. — Anjos. Linchados. Enforcados na frente da parede. Dezenas deles. Gritando. Sangue pingando de seus órgãos genitais. Gritando comigo. Fale comigo, Tom. Por favor, fale comigo e faça com que eles parem.

— Estou falando, Savannah. Escute. Eles não existem a não ser na sua cabeça. Eles não estão ali, nem neste quarto, nem neste mundo. Só vivem dentro de você. Você precisa se lembrar disso. Tem de acreditar nisso e então poderá lutar contra eles. Eu sei. Lembre-se de que já vi isso antes. Você pode mandá-los embora. Só precisa ter paciência. Leva tempo.

— O que aconteceu aquele dia na casa, Tom?

— Não pense naquilo, Savannah. Não aconteceu nada. É apenas sua imaginação.

— Eles estão aqui, Tom. Perto da porta. Estão soltando os cintos e gritando. Seus rostos são crânios. Gritando. E o tigre. Também está gritando. Não consigo agüentar esses gritos. Diga novamente que estou vendo coisas, Tom. Preciso escutar sua voz outra vez. Estão defecando, gemendo e gritando.

— Quando você começou a ouvir essas coisas, Savannah? — perguntei, alarmado. — Você costumava apenas ver coisas. Tem certeza de que está ouvindo também?

— Os cães estão ali. Cães pretos. Pretos e magros. Com voz humana. Quando os cães pretos chegam, os outros ficam em silêncio. Os anjos ficam mais calmos. O tigre mostra que tem respeito. Os *dobermann* dirigem o mundo sombrio, Tom. Quando eles chegam, é pior. Eles vão me machucar, Tom.

— Nada vai machucar você, Savannah. Eu estou aqui. Não vou deixar que nada a machuque. Se alguma coisa chegar perto de você, eu mato. Tenho força bastante para matar e prometo que o farei. Está me ouvindo? Sinto muito que isso aconteça, querida. Sinto de verdade. Gostaria que fosse comigo. Se fosse comigo, eu limparia este quarto de tigres, cães e anjos. Destruiria tudo e faria com que ficássemos em segurança.

– Você não sabe como é quando essas coisas chegam, Tom. Leva tanto tempo para me livrar deles. É tão difícil lutar contra *eles*. E eles sempre vêm para me machucar.

– Explique-os para mim. Explique o que eles são e de onde vêm. Não posso ajudar se não os entender, Savannah. Nunca tive alucinações. São como sonhos ou pesadelos?

– Piores. Oh, muito piores. Mas, de certo modo, são a mesma coisa. Exceto que você acorda e sabe que está acordado e sabe que eles vêm porque você está doente e não tem forças para mandá-los embora. Eles vêm quando percebem que você está doente, que tem vontade de morrer, e você tem de lutar contra eles, mas não tem forças. Existem vários deles. Milhares. São incontáveis. Eu tento esconder isso. Principalmente de você e de Luke. Tento fingir que não estão aqui. Mas eles vieram esta noite, quando estávamos andando pela neblina. Vi os anjos pendurados em todos os postes. No início, estavam em silêncio; mas, quando continuamos a andar, começaram a gemer e a se multiplicar, até que estavam pendurados e sangrando em todas as janelas. Eles sempre vêm para me machucar. Eu já sabia há várias semanas que eles viriam. Não devia ter feito aquela leitura dos meus poemas. Ela exigiu demais de mim. Não sobraram forças para lutar contra eles.

– Eu tenho força. O bastante para lutar contra eles. Apenas me diga como. Diga como eu posso ajudá-la. Não consigo vê-los ou ouvi-los. Não são reais para mim e não entendo por que são tão reais para você.

– Eles estão rindo de mim porque estou falando com você, Tom. Rindo. Todos eles. O *dobermann* está dizendo: "Ele não pode ajudar você. Ninguém pode. Ninguém pode salvá-la de nós. Ninguém no mundo. Ninguém pode nos tocar. Ninguém acredita que somos reais porque nós só pertencemos a você. Viemos para você. E viremos novamente. Muitas vezes. Até que você venha conosco. Queremos que você fique conosco."

— Não ouça o que eles falam, Savannah. É a sua doença que está falando. Não é real. É a maneira como a dor vem à superfície. Nessas imagens lúgubres. Mas eu estou aqui. Você pode me ouvir. Pode me sentir. Pode sentir meu toque. Isto é real. Isto sou eu, Savannah. Esta voz ama você.

Ela se voltou para mim, o suor escorrendo do rosto, os olhos desconsolados e sofridos.

— Não, Tom, não posso confiar em sua voz.

— Mas, por quê? – perguntei.

— Porque eles usam todas as vozes. Lembra-se de quando me cortei pela primeira vez?

— Claro.

— Eles usaram as vozes naquela vez. Os cães pretos vieram. Os cães pretos encheram o quarto. Eram incandescentes na escuridão. Morderam meu rosto com seus dentes horríveis. Todos, menos um. O cão de rosto gentil. O bom cão. Ele falou comigo, mas não com a voz dele. Eu gosto da voz dele, mas não gostei daquela voz.

— Voz de quem, Savannah? Não estou entendendo nada.

— O cão bom disse: "Nós queremos que você se mate, Savannah. Pelo bem da família, porque você nos ama." Ele disse isso com a voz de mamãe.

— Mas não era mamãe.

— Eu gritei: "Não!" Sabia que era um truque. Em seguida, ouvi papai dizendo para eu me matar. Sua voz era doce e sedutora. Mas isso não foi o pior de tudo. O cão bonzinho chegou perto do meu ouvido e do meu pescoço. Falou na voz mais meiga de todas. "Mate-se. Por favor, mate-se de modo que a família não sofra mais. Se você nos ama, pegue a lâmina de barbear, Savannah. Eu ajudo você a fazer." – Foi quando cortei os pulsos pela primeira vez, Tom. Ninguém sabia das vozes naquela época. Eu não sabia como contar a alguém em Colleton que via e ouvia coisas.

— Você não vai se machucar agora, Savannah. Não vai escutá-los desta vez, vai?

— Não. Mas preciso estar sozinha para lutar contra eles. Vão ficar muito tempo, mas sei agora como lutar contra eles. Juro. Vá dormir. Sinto tê-lo acordado.

— Não, vou ficar aqui até eles irem embora.

— Preciso lutar sozinha contra eles. É o único modo. Por favor, vá dormir. Sinto-me melhor agora que contei tudo a você. Obrigada por ter vindo. Eu queria que você viesse.

— Gostaria de poder fazer alguma coisa, mas não sei como lutar contra coisas que não posso ver ou ouvir.

— Eu sei – disse ela. – Tenho de lutar. Boa noite, Tom. Amo muito você.

Eu a beijei e a apertei contra o peito. Enxuguei com minhas mãos o suor de seu rosto e a beijei novamente.

Ao sair do quarto, voltei-me e a vi encostada no travesseiro, encarando a população sombria que havia no quarto.

— Savannah. A voz. A última voz que lhe disse para se matar. De quem era aquela voz? Você não me disse.

Ela olhou para mim, seu irmão, seu irmão gêmeo.

— Foi a voz mais gentil, mais terrível de todas, Tom. Foi a sua voz que eles usaram, a voz que eu mais amo no mundo.

Quando voltei para a sala, Luke estava acordado e escutando. Estava sentado no chão, encostado na parede, fumando e fitando a porta do quarto de Savannah. Acenou para mim e fui me sentar a seu lado.

— Escutei tudo, Tom – murmurou, soltando anéis de fumaça que chegavam às samambaias do outro lado da sala. – Ela está completamente pirada.

— Ela passa por isso naturalmente – murmurei, com raiva de sua terminologia.

— Por que ela simplesmente não acredita em sua palavra quando você diz que não há nada lá?

— Porque há alguma coisa lá. Esse é o problema.

— Não há nada. É só aquela besteira psicológica novamente. Acho que ela gosta disso.

— Você andou conversando com a mamãe.

— Eu morro de medo quando ela está assim. Sempre tenho vontade de correr, de fugir dela. Ela se torna outra pessoa, alguém que não conheço, que fala com as paredes. Depois, começa a pôr a culpa na família. Em nossos pais. Se eles são tão maus, por que nós também não estamos vendo cachorros na parede? Por que não ficamos machucados do mesmo modo que ela?

— Como é que você sabe que não ficamos, Luke?

— Você e eu não somos loucos, Tom. Somos normais. Principalmente eu. Às vezes, você fica meio esquisito, mas acho que é porque gosta de ler. As pessoas que gostam de ler são sempre meio fodidas. Vamos arrastá-la daqui amanhã e levá-la para Colleton. Eu a coloco para trabalhar no barco. O ar marinho vai fazer bem para a cabeça dela, do mesmo modo que o trabalho pesado. É difícil pirar quando se tem de trabalhar feito um louco porque os camarões estão passando. Não há tempo. Savannah é a prova viva de que escrever poesias e ler muitos livros danifica o cérebro.

— E você é a prova viva de que pescar camarões também danifica o cérebro — murmurei, furioso. — Nossa irmã é uma mulher doente, Luke. É como se ela tivesse câncer no cérebro ou qualquer coisa horrível como essa. Isso faz você entender melhor?

— Não fique bravo comigo, Tom. Por favor, não. Eu tento entender do meu modo. Sei que não é o seu modo. Mas eu me sentiria muito melhor se ela estivesse perto de nós. Ela poderia morar comigo e eu a ajudaria. Realmente acho que poderia.

— Ela mencionou aquele dia na ilha.

— Eu ouvi. Você deveria ter dito que aquilo nunca aconteceu.

— Mas aconteceu.

— Mamãe nos disse que nunca aconteceu.

— Mamãe também nos disse que papai nunca nos bateu. Disse que éramos descendentes da aristocracia sulista. Ela nos contou um milhão de coisas que não eram verdade.

— Não me lembro bem daquele dia.

Agarrei o ombro de meu irmão e o puxei para perto de mim. Sussurrei brutalmente em seu ouvido:

— Eu me lembro de tudo, Luke. Lembro cada detalhe daquele dia e cada detalhe de nossa infância. Sou um maldito mentiroso quando digo a mim mesmo que não me lembro.

— Você jurou que nunca mais tocaria nesse assunto. Todos nós juramos. É melhor esquecer algumas coisas. Não quero recordar o que aconteceu. Não quero conversar sobre isso e prefiro que você não converse sobre isso com Savannah. Não vai ajudá-la em nada e sei que ela não se lembra de nada.

— Está bem – eu disse. – Mas não finja que aquele dia não aconteceu. Porque isso me deixa louco. Nós temos fingido demais em nossa família e temos guardado muitas coisas. Acho que vamos pagar um preço muito alto por nossa inabilidade em encarar a verdade.

— É isso o que você acha que Savannah está fazendo lá dentro? – disse Luke, apontando para a porta do quarto de minha irmã. – Quando ela fala com anjos e cães? Quando ela fala tanta besteira? Quando é internada em casas de loucos? É assim que ela enfrenta a verdade?

— Não. Acho que a verdade está bem à vista em torno dela. Não me parece que ela a tenha enfrentado melhor do que nós, mas também não acredito que seu poder de inibição dos impulsos seja tão forte quanto o nosso.

— Ela é louca por causa dos assuntos sobre os quais escreve.

— Ela escreve sobre uma menina que vive na Carolina do Sul, o assunto que ela mais conhece no mundo. Sobre o que você a faria escrever? Adolescentes zulus, esquimós viciados em drogas?

— Ela deveria escrever sobre o que não a machuca, sobre o que não atiça os cachorros.

— Ela tem de escrever sobre eles, Luke. É deles que vem sua poesia. Sem eles, não há poesia.

— Isso me dá medo, Tom. Um dia, ela ainda vai se matar.

— Savannah é mais forte do que pensamos. E quer escrever muitos poemas. Não há cachorros suficientes em sua cabeça para fazê-la parar de escrever. Vamos dormir. Temos uma longa viagem pela frente amanhã.

— Não podemos deixá-la assim.

— Precisamos deixá-la assim. Esta é a vida dela na maior parte do tempo, Luke.

— Quero que você saiba de uma coisa, Tom. Quero que me ouça e ouça bem. Não entendo o que está errado com Savannah. Não está em mim entender. Mas eu a amo tanto quanto você.

— Eu sei disso, Luke. E ela também sabe.

Não dormi mais naquela última noite em Nova York. Em vez disso, pensei em como havíamos chegado até aquele ponto no tempo, que benefícios e que tormentos cada um levara para fora da ilha e como cada um de nós tinha um papel imutável e indisputável em nosso grotesco melodrama familiar. Desde a primeira infância, Savannah fora a escolhida para carregar o peso de toda a energia psicótica da família. Sua sensibilidade luminosa a deixara aberta à violência e ao desamor de nosso lar e nós a usamos para armazenar a amargura de nossa crônica mordaz. Agora eu podia perceber bem: um membro da família, por um processo de seleção artificial, porém mortífera, é escolhido para ser o lunático, e toda a neurose, a selvageria e o sofrimento desordenado pousam sobre ele como poeira sobre o beiral do telhado daquela psique mais vulnerável e terna. A loucura ataca os olhos mais delicados e paralisa os flancos mais dóceis. Quando é que Savannah foi escolhida para ser a louca da família? Quando é que foi tomada essa decisão, e será que foi por aclamação? Teria eu, seu irmão gêmeo, concordado com a decisão? Será que eu tive algum papel na colocação dos anjos sangrentos em seu quarto e será que poderia ajudá-la a se desfazer deles?

Tentei pensar em todos os nossos papéis. Luke havia recebido o da força e da simplicidade. Ele sofrera sob o peso terrível de ser o filho menos intelectual. Fizera um fetiche com seu senso de justiça e de lealdade típicas das pessoas simples. Por não ser dotado na escola e por ser o mais velho, era o depositário dos súbitos ataques de fúria de meu pai e o pastor aflito que levava seu rebanho para um lugar seguro antes de se voltar sozinho para enfrentar a tempestade da ira do velho. Era muito difícil saber o que fora produzido em Luke ou calcular o total de devastação causado por seu lugar na família. Por causa de sua enorme força, havia algo de intocável em sua presença. Tinha a alma de uma fortaleza e olhos que examinavam o mundo a grande distância. Dizia seu evangelho e sua filosofia apenas com o corpo. Suas feridas eram todas internas, e imaginei se algum dia ele teria de calcular sua extensão. Eu sabia que ele nunca entenderia a guerra que nossa irmã movia contra o passado e a longa marcha de seus demônios particulares ao longo do tempo. E eu duvidava também de que Savannah pudesse sentir a magnitude do dilema de Luke: as responsabilidades e os deveres debilitantes da força inconsciente. Luke agia quando o coração mandava; nele, a poesia não tinha palavras. Não era poeta nem psicótico, era um homem de ação. E essa era a carga intolerável com a qual nossa família o presenteara simplesmente por ele ter sido o primeiro a nascer.

E eu? O que eu me tornara, insone e deslumbrado com os monstruosos serafins que vagavam perante os olhos de minha irmã? Qual era meu papel? Haveria nele elementos de grandeza ou de ruína? Minha designação na família era a normalidade. Eu era a criança equilibrada, recrutada entre as fileiras pelo espírito de liderança, pela moderação e estabilidade. "Sólido como uma rocha", como minha mãe costumava me descrever às amigas, e eu achava a descrição perfeita. Eu era cortês, brilhante, amigável e religioso. Era como um país neutro, a Suíça familiar. Símbolo de retidão, eu prestava homenagem à figura impecável de criança que meus pais sempre desejaram. Respeitador das conveniências, chegara à idade adulta tímido e desejoso de agradar. E, enquanto minha irmã gritava e lutava com os cães pretos de seu submundo, e meu irmão dormia como um bebê, eu passava a noite acordado e sabia que perdera uma semana importante em minha vida. Estava casado havia quase seis anos, tinha estabelecido uma carreira como professor e técnico de esporte e levava minha vida como um homem medíocre.

3

Já fazia nove anos desde aquela primeira visita a Nova York para testemunhar a leitura triunfante dos poemas de Savannah, no Greenwich Village. Três anos haviam se passado desde que Savannah e eu, os gêmeos que no passado eram inseparáveis, nos falamos pela última vez. Eu não podia pronunciar seu nome sem que aquilo doesse. Quase não podia pensar nos últimos cinco anos sem me sentir despedaçado. As lembranças me dominavam quando atravessei novamente a ponte da rua 59 e voltei a Manhattan como um cavaleiro do rei, chamado pelo hábito de cuidar de minha irmã.

A PSIQUIATRA DE MINHA IRMÃ era uma certa dra. Lowenstein, que trabalhava em uma casa elegante na altura da rua 70 leste. A sala de espera era decorada em tweed e couro. Os cinzeiros eram pesados a ponto de poderem matar um esquilo. Havia duas pinturas modernas, com cores tão exageradas que poderiam induzir à esquizofrenia. Era como se os borrões do teste de Rorschasch tivessem se tornado sementes em um campo de flores. Fitei uma delas, que estava pendurada atrás da recepcionista, antes de abrir a boca.

– Alguém realmente pagou por essa coisa? – perguntei à negra sentada adequadamente atrás da mesa.

– Três mil dólares. O *marchand* disse à dra. Lowenstein que era uma verdadeira pechincha – disse a mulher friamente, sem levantar os olhos.

– Será que o artista colocou o dedo na garganta e vomitou sobre a tela ou você acha que ele usou tinta?

– Você tem hora marcada?

– Sim, senhora. Devo ver a doutora às três horas.

– Sr. Wingo – disse ela, checando na agenda e observando meu rosto. – Está planejando passar a noite aqui? Isto não é um hotel.

– Não tive tempo de deixar a mala na casa de minha irmã. Você se incomoda se eu a deixar aqui quando for falar com a doutora?

– De onde você é? – perguntou a mulher.

Por um momento, pensei em mentir e dizer que era de Sausalito, Califórnia. Todos adoram as pessoas que se dizem da Califórnia, ao passo que se enchem de pesar ou aversão quando se admite ser do Sul. Já conheci negros que ficaram fortemente tentados a me retalhar ao me ouvirem falar as palavras "Colleton, Carolina do Sul". Eu podia ver em seus olhos que, se livrassem o mundo deste branco pobre de olhos tristes, estariam vingando os ancestrais seqüestrados nas estepes séculos atrás e trazidos para os Estados Unidos acorrentados, sangrando ao serem desembarcados nos portos do Sul. Nat Turner vive profundamente nos olhos de todos os negros atuais.

– Carolina do Sul – respondi.

– Sinto muito – disse ela sorrindo, mas sem levantar os olhos.

A música de Bach se espalhava pela sala e penetrava em meus ouvidos. As flores eram frescas no aparador do outro lado da sala; eram íris roxos, cuidadosamente arrumados, e se inclinavam em minha direção como delicadas cabeças de pássaros. Fechei os olhos e tentei relaxar, entregando-me à sedução da música. Meu coração passou a bater mais devagar e senti como se houvesse rosas em meus olhos. Sentia uma ligeira dor de cabeça e abri os olhos, pensando se teria colocado aspirinas na mala. Havia alguns livros sobre o aparador. Levantei-me para examiná-los enquanto o concerto de Bach terminava e Vivaldi tomava conta da sala. Os livros eram bem escolhidos e cuidados, alguns deles autografados pelos autores. As inscrições eram pessoais e percebi que muitos daqueles escritores haviam sentado naquela mesma sala, tremendo perante aquela horrível visão do mundo de um artista anônimo. Na prateleira superior, vi o segundo livro de poesias de Savannah, *O príncipe das marés*. Abri-o na página da dedicatória e quase chorei ao ler o que estava escrito. Mas era bom sentir as lágrimas tentando se derramar. Era uma prova de que ainda estava vivo por dentro, bem lá no fundo, onde a dor se confinava e se degradava na amarga carapaça barata de minha virilidade. Minha virilidade! Como me repugnava ser homem, com suas responsabilidades, seu rótulo de força inesgotável, sua coragem idiota. Como eu odiava a força, o dever e a firmeza! Como eu temia ver minha adorável irmã com os pulsos feridos, tubos enfiados no nariz e as garrafas de glicose penduradas como embriões de vidro sobre a cama. Mas, agora, eu conhecia muito bem meu papel, conhecia a tirania e a armadilha representadas pela masculinidade e andaria em direção a minha irmã como um pilar de força, um rei vegetal que andava a passos largos pelos campos de nosso mundo partilhado, com as mãos faiscando com a força das pastagens, confortando-a com palavras como o técnico de esportes e com as boas-novas do rei das estações. A força era meu dom; era também meu papel e tenho certeza de que é o que acabará por me matar.

Virei as páginas até o primeiro poema do livro. Li em voz alta, acompanhado por violinos, íris e Vivaldi, tentando captar o tom e o espírito da inflexão de Savannah, a reverência palpável que sentia quando ela lia seu próprio trabalho:

> Há gritos e pesar nas mansões.
> Eu brilho com uma profunda mágica sombria,
> sinto o cheiro da luxúria como uma garça no cio,
> todas as palavras são formadas como castelos
> que, em seguida, ataco com soldados de ar.
>
> Aquilo que procuro não esta lá para ser indagado.
> Meus exércitos estão prontos e bem treinados.
> Esta poetisa confiará em seus batalhões
> para moldar suas palavras como lâminas.
>
> Ao amanhecer, posso pedir-lhes beleza
> como prova de que seu treinamento deu resultado.
> À noite, posso implorar seu perdão
> ao cortar suas gargantas na colina.
>
> Minhas frotas avançam por meio da linguagem,
> os destróieres flamejam em alto-mar.
> Eu preparo as ilhas para o desembarque.
> Com palavras, recruto um exército sombrio.
> Meus poemas são minha guerra com o mundo.
>
> Brilho com uma profunda mágica sulista.
> Os bombardeiros se aprontam para voar ao meio-dia.
> Há gritos e pesar nas mansões.
> E a lua é uma garça no cio.

Em seguida, voltei à página da dedicatória e li:

> Na hora de matar o Príncipe das Marés
> O homem pensa, mas Deus decide
> Quando matar o Príncipe das Marés.

Quando levantei os olhos, a dra. Lowenstein estava me fitando da porta do consultório. Era magra e vestia roupas caras. Tinha olhos escuros. Entre as sombras da sala, com Vivaldi desaparecendo aos poucos em doces ecos, ela era incrivelmente linda, uma daquelas nova-iorquinas que parecem dominar os lugares por onde passam. Alta e de cabelos pretos, parecia ter sido toda vaporizada com educação e bom gosto.

— Quem é o Príncipe das Marés? — perguntou ela, sem se apresentar.

— Por que não pergunta a Savannah?

— Vou perguntar quando ela puder falar comigo. Pode ser a qualquer hora — respondeu, alisando o blazer. — Desculpe. Sou a dra. Lowenstein. Você deve ser Tom.

— Sim, senhora — disse, seguindo-a para dentro do consultório.

— Aceita um café, Tom?

— Sim, senhora, aceito — disse nervosamente.

— Por que me chama de senhora? Acho que temos exatamente a mesma idade.

— Condicionamento familiar. E nervosismo.

— Por que está nervoso? O que devo pôr em seu café?

— Creme e açúcar. Fico nervoso toda vez que minha irmã corta os pulsos. É um truque meu.

— Você já esteve com um psiquiatra antes? — perguntou, trazendo duas xícaras de café de um armário embutido perto da mesa. Tinha um andar gracioso e seguro.

— Sim, acho que já encontrei todos os médicos de Savannah, uma vez ou outra.

— Ela já tentou se suicidar antes?

— Sim. Em duas ocasiões animadas e felizes.

— Por que você diz "animadas e felizes"?

— Eu estava sendo cínico. Desculpe. É um velho hábito de família.

— Savannah é cínica?

— Não. Ela escapou dessa parte do horror familiar.

— Você parece pesaroso por ela ter escapado de seu cinismo.

— Em vez disso, ela tenta se matar, doutora. Eu preferiria que fosse cínica. Como ela está? Onde está? Quando poderei vê-la? Por que você *está* me fazendo todas essas perguntas? Você ainda não me contou como ela está.

— O café está bom, Tom? — ela perguntou, completamente controlada.

— Sim. Fabuloso. Agora, quero saber de Savannah.

— Tenha paciência, Tom. Chegaremos ao tópico Savannah em um minuto — disse a doutora com voz condescendente. — Há algumas perguntas que preciso fazer sobre o passado para que possamos ajudá-la. E estou certa de que queremos ajudá-la, não queremos?

— Não se continuar a falar comigo nesse intolerável tom arrogante, doutora, como se eu fosse um chimpanzé enfeitado a quem você estivesse tentando ensinar datilografia. E não até que me diga onde minha maldita irmã está — disse, sentando-me sobre as mãos para fazer parar seu visível tremor. O café e a dor de cabeça se misturaram à música longínqua e arranhavam meu tímpano como uma unha.

A dra. Lowenstein, preparada para a hostilidade em todas as suas variadas formas, olhou-me friamente.

— Está bem, Tom. Vou lhe contar o que sei a respeito de Savannah. Depois disso você me ajuda?

— Não sei o que você quer.

— Quero saber sobre a vida dela, tudo o que você sabe a respeito. Quero ouvir histórias sobre a infância de Savannah. Preciso saber onde esses sintomas se manifestaram em primeiro lugar, quando foi que ela começou a demonstrar sinais da doença. Você sabia sobre sua doença mental, não sabia, Tom?

— Sim, é claro — respondi. — Metade dos poemas dela é sobre sua loucura. Ela escreve sobre isso do mesmo modo como Hemingway escrevia sobre matar leões. E a demência de sua arte. Estou farto da loucura de Savannah. Estou cansado de toda essa besteira de Sylvia Plath. Na última vez em que ela se cortou, doutora, disse a ela que, da próxima vez, terminasse o serviço. Queria que enfiasse na boca o cano de uma arma e estourasse a cabeça. Mas não. Ela tem atração por lâminas de barbear. Entende? Não agüento olhar para as cicatrizes, doutora. Não suporto vê-la na cama com tubos saindo do nariz. Sou um bom irmão, mas não sei o que dizer quando ela abre o corpo como se estivesse limpando um frango. Não sirvo para isso, doutora. E nenhum terapeuta, nenhum merda de terapeuta, e já houve um grande número deles, conseguiu ajudar Savannah a acalmar os demônios que a torturam. Pode fazer isso, senhora? Diga-me. Pode fazer isso?

Ela tomou um gole de café; sua calma me enraivecia ao mesmo tempo em que formava um parêntese em torno de minha falta de controle. Colocou a xícara sobre o pires, no qual retiniu agradavelmente no sulco redondo.

— Aceita mais uma xícara de café, Tom?
— Não.
— Não sei se posso ajudar sua irmã – disse a dra. Lowenstein, voltando seu olhar profissional para mim novamente. – A tentativa de suicídio de Savannah ocorreu há uma semana. Ela não corre mais risco de morte. Quase morreu na primeira noite no Bellevue, mas o médico na emergência fez um excelente trabalho, segundo me disseram. Na primeira vez em que a vi, estava em coma e não sabíamos se viveria. Quando saiu do estado de coma, começou a gritar. Era uma linguagem inarticulada, mas, como você pode imaginar, de alta qualidade poética e associativa. Gravei o que ela disse e isso pode nos dar algumas pistas sobre o último período. Ontem, alguma coisa mudou. Ela parou de falar. Liguei para uma outra poetisa que conheço e ela descobriu o número do telefone de sua mãe com um vizinho de Savannah. Enviei um telegrama para seu pai, mas ele não respondeu. Por que você acha que ele não respondeu?

— Porque você mora em Nova York. Porque você é mulher. Porque você é judia. Porque é psiquiatra. E, além de tudo isso, porque ele morre de medo cada vez que Savannah tem um de seus colapsos nervosos.

— E ele resolve isso recusando-se a atender a um grito de socorro?

— Se Savannah gritasse por socorro, ele estaria aqui ao lado dela, se pudesse. Ele divide o mundo em Wingo, imbecis e Wingo imbecis. Savannah é uma Wingo.

— Eu não sou uma imbecil – ela disse sem emoção.

— Você quebrou as regras – respondi, sorrindo. – Por falar nisso, meu pai não poderia ter recebido sua carta.

— Sua família odeia judeus?

— Minha família odeia a todos. Não é nada pessoal.

— Sua família usava a palavra "negrinho" quando você era criança?

— É claro, doutora – respondi, imaginando o que aquele tópico teria a ver com Savannah. – Eu cresci na Carolina do Sul.

— Mas deve ter havido algumas pessoas cultas e esclarecidas que se recusavam a usar essa palavra odiosa – disse a doutora.

— Não eram Wingo. Exceto minha mãe. Ela dizia que apenas os brancos pobres usavam essa palavra. Tinha orgulho em dizer "negro" com um longo "o". Ela achava que isso a colocava em um alto grau de humanitarismo.

— Você usa a palavra "negrinho", Tom? – perguntou ela.

Observei seu rosto bonito para ver se ela estava brincando, mas estávamos em horário comercial e a doutora era toda seriedade, sem tempo para o humor.

— Só uso essa palavra quando estou perto de ianques condescendentes como você. Nesse caso, doutora, não posso parar de usá-la. Negrinho. Negrinho. Negrinho. Negrinho.

— Já terminou? – disse ela, e me deleitei por ter ofendido suas suscetibilidades.

— Já.

— Não permito que essa palavra seja usada neste consultório.

— Negrinho. Negrinho. Negrinho. Negrinho – repliquei.

Ela fez um esforço para se controlar e falou, com a voz tensa e enrolada:

— Eu não tinha a intenção de ser condescendente com você, Tom. Se acha que fui, por favor aceite minhas desculpas. Só fiquei espantada por saber que a família da poetisa Savannah Wingo usa tal palavra. É difícil acreditar que a família dela era racista.

— Savannah é o que é hoje em dia porque a família era racista. Ela reagiu contra a família. Começou a escrever como reação ao fato de ter nascido de tal família.

— Você tem raiva de ter nascido de tal família?

– Eu teria raiva de ter nascido de qualquer família. Mas escolheria a família Rockefeller ou a Carnegie, se me fosse dado escolher. Nascer como um Wingo só fez com que tudo fosse mais difícil.

– Explique-se, por favor.

– Acho a vida dolorosa para todos os seres humanos. E especialmente difícil quando se é um Wingo. Mas é claro que nunca fui nada além de um Wingo, por isso estou falando teoricamente.

– Que religião sua família praticava? – perguntou a doutora.

– Católica, pelo amor de Deus. Católica romana. Você não faz idéia de como é estranho ser educado na religião católica lá no Sul.

– Posso imaginar. Você não tem idéia de como é estranho ser educado como judeu em qualquer parte do mundo.

– Eu li Philip Roth – disse eu.

– E daí? – Havia uma hostilidade real em sua voz.

– Ah, nada. Apenas uma tentativa de criar uma frágil ligação entre nós.

– Philip Roth despreza os judeus e as mulheres; você não precisa ser judeu ou mulher para perceber isso – disse ela, fazendo aquela declaração como se o assunto pudesse terminar para sempre.

– É isso que Savannah também acha. – Sorri ao recordar a veemência e o dogmatismo de Savannah quanto ao mesmo assunto.

– O que você acha, Tom?

– Você realmente quer saber?

– Sim. Muito.

– Bem, com o devido respeito, acho que tanto você como Savannah estão com a cabeça cheia de merda a esse respeito – repliquei.

– Com o devido respeito, por que deveríamos prestar atenção à opinião de um homem branco sulista?

Inclinei-me para ela e murmurei:

– Porque, doutora, quando não estou comendo raízes e frutinhas, quando não estou fodendo mulas encarapitado em tocos de árvores e quando não estou abatendo porcos, sou um homem muito esperto.

Ela sorriu e olhou para as unhas. No silêncio, a música suave parecia se derramar pela sala, cada nota soando alta e clara, como uma valsa que viesse através de um lago.

— Na poesia de sua irmã – tentou mais uma vez a dra. Lowenstein –, você é o irmão pescador de camarões ou é o treinador de esportes? – Eu sabia que essa mulher era mais do que uma luta para mim.

— O treinador – admiti.

— Por que abaixou a voz? Tem vergonha de ser um treinador?

— Tenho vergonha do modo como as outras pessoas se sentem a respeito de treinadores. Principalmente em Nova York. Principalmente psiquiatras. Principalmente mulheres psiquiatras.

— Como é que você acha que eu me sinto a respeito de treinadores em geral? – perguntou ela, completamente controlada.

— Quantos você conhece em particular?

— Nenhum – disse, sorrindo. – Parece que não encontro muitos em meu círculo de relações.

— Você não deixaria que um deles participasse de seu círculo se viesse a conhecê-lo.

— Talvez seja verdade, Tom. Com quem você se relaciona na Carolina do Sul?

— Com alguns treinadores – disse, sentindo-me preso em uma armadilha naquela sala perfumada. Eu sentia o perfume e o conhecia bem, mas não conseguia lembrar o nome. – Nós nos sentamos, lendo a seção de esportes no jornal, ou lutamos um pouco, ou chupamos o sangue das bolhas uns dos outros.

— Você é um homem muito enigmático, Tom. Não posso ajudar sua irmã se você responder às minhas perguntas apenas com brincadeiras ou charadas. Preciso que confie em mim. Entende?

— Não a conheço, senhora. Não tenho facilidade de falar sobre coisas pessoais com as pessoas que eu amo, quanto mais com pessoas que conheci há meia hora.

— Mas essa brecha cultural que existe entre nós parece preocupá-lo demais.

— Posso sentir seu desprezo por mim – disse, fechando os olhos. A dor de cabeça cercava meus olhos como uma tela de dor.

— Desprezo? – disse ela com descrença, girando os olhos. – Mesmo que me repugnasse tudo o que você defende, não sentiria desprezo por você. Preciso de você para ajudar sua irmã, se você permitir. Conheço muito bem o trabalho dela, mas preciso saber os detalhes de sua vida para que, quando estiver lúcida novamente, eu possa tentar penetrar nesse modelo destrutivo em que ela parece estar há tanto tempo. Se puder descobrir algumas pistas em seu passado, talvez consiga ajudá-la a planejar alguma estratégia de sobrevivência, de modo que ela possa ir ao encalço de sua arte sem conseqüências tão devastadoras.

– Ah, agora eu saquei – disse levantando-me e começando a andar pela sala, desorientado e cada vez mais fora de controle. – Você é a heroína deste drama do fim do século XX. A sensível e delicada terapeuta que salva a poetisa feminista para a eternidade, que pousa as mãos bem cuidadas e curativas nas feridas da artista, com as santas palavras de Sigmund Freud, e a traz de volta da beira do abismo. A doutora se torna uma nota de pé de página, pequena porém reverenciada, na história literária. – Apertei a cabeça com as mãos e massageei as têmporas com os dedos.

– Está com dor de cabeça, Tom?

– Terrível, doutora. Tem um pouquinho de morfina por aí?

– Não, mas tenho aspirina. Por que não disse antes?

– A gente se sente mal reclamando de uma dor de cabeça quando tem uma irmã que cortou os pulsos.

Ela foi até a mesa e pegou três aspirinas. Em seguida deu-me uma xícara de café, e eu tomei as aspirinas.

– Quer se deitar no sofá?

– Não, pelo amor de Deus. Eu estava morrendo de medo de que você me fizesse deitar no sofá quando vim aqui hoje. Como fazem nos filmes.

– Eu tento não fazer como fazem nos filmes... Não quero chocá-lo, Tom, mas, na primeira vez em que vi sua irmã, ela estava se cobrindo com seu próprio excremento.

– Isso não me choca.

– Por que não?

– Já a vi cobrir-se de merda antes. Na primeira vez, é chocante. Talvez na segunda também. Em seguida, você se acostuma e isso se torna parte do cenário.

– Quando você viu pela primeira vez?

– Em São Francisco. Ela estava fazendo um circuito de leituras. Acabou em um genuíno asilo de loucos, o lugar mais deprimente que já vi. Não pude descobrir se o fato de se cobrir de merda era um ato de ódio por si mesma ou se estava apenas redecorando o quarto.

– Você faz piadas com a psicose de sua irmã. Que homem estranho você é.

– É o jeito sulista, doutora.

– O jeito sulista?

– A frase imortal de minha mãe. Nós damos risada quando a dor é muito forte. Damos risada quando a compaixão pela vida humana torna-se muito... compassiva. Damos risada quando não há mais nada a fazer.

– Quando é que vocês choram... de acordo com o jeito sulista?

– Depois que damos risada, doutora. Sempre. Sempre depois de darmos risada.

– Vou encontrá-lo no hospital. Às sete horas está bem?

– Está ótimo. Sinto por algumas coisas que disse, doutora. Obrigado por não ter me chutado para fora do consultório.

– Nos vemos à noite. Obrigada por ter vindo. – Depois ela acrescentou em tom de brincadeira: – Treinador.

Nos hospitais psiquiátricos, não importa quanto sejam humanísticos ou esclarecidos, as chaves são credenciais evidentes do poder, os sinais de aço da mobilidade e da liberdade. O desfile dos assistentes hospitalares e das enfermeiras é acompanhado pela cacofonia alienante das chaves que vão batendo em coxas, demonstrando a passagem dos que estão livres. Quando você se descobre escutando o barulho dessas chaves, sem possuir nenhuma, torna-se mais próximo de entender o terror branco que invade a alma quando ela se sente banida de todo o relacionamento com a humanidade. Aprendi o segredo das chaves com um dos poemas de minha irmã, escrito após sua primeira internação. Ela considerava as chaves talismãs e condutores de seu dilema, de sua guerra não-declarada contra si mesma. Sempre que estava doente, ela se animava ao som alienante das chaves.

Naquela noite, quando a doutora me levou para vê-la, Savannah estava agachada em um canto do quarto, os braços em torno dos joelhos, a cabeça encostada na parede, sem olhar para a porta. O quarto cheirava a excrementos e amônia, o buquê pútrido e familiar que avilta a cada longa hora a fragrância que define o hospital psiquiátrico ao estilo americano. Ela não se mexeu nem levantou os olhos quando entramos no quarto. Vi que não iria ser fácil.

A dra. Lowenstein se aproximou dela e tocou levemente seu ombro.

— Savannah, tenho uma surpresa para você. Eu trouxe seu irmão, Tom, para visitá-la.

Minha irmã não se mexeu. Seu espírito fora alienado para fora da carne. Havia uma imobilidade mineral em sua calma, uma qualidade imaculada no conjunto tenebroso de sua catatonia. O catatônico sempre me pareceu o mais santo dos psicóticos. Há integridade em seu voto de silêncio e algo de sagrado em sua renúncia aos movimentos. É o drama mais silencioso da alma inacabada, o próprio ensaio geral para a morte. Eu já vira minha irmã não se mexer anteriormente e a encarei desta vez como um veterano de sua incurável quietude. Na primeira vez, eu me desfiz e escondi o rosto entre as mãos. Agora, recordava algo que ela me dissera: que, bem lá no fundo de sua imobilidade e solidão, seu espírito estava cicatrizando-se nos lugares mais inatingíveis, minerando as riquezas e os minérios escondidos nas galerias mais inacessíveis de sua mente. E, ela acrescentara, não podia se machucar quando não se movia; podia apenas se purificar, preparando-se para o dia em que pudesse alcançar a luz novamente. Quando alcançasse aquela luz, eu planejava estar lá.

Segurei Savannah pelos ombros, beijei-lhe o pescoço e me sentei a seu lado. Abracei-a com força e aconcheguei o rosto em seus cabelos. Evitei olhar para os curativos em seus pulsos.

— Ei, Savannah, como vai, querida? – falei suavemente. – Tudo vai ficar bem porque eu estou aqui. Estou muito triste por você se sentir mal, mas vou ficar aqui até você sarar. Vi papai outro dia e ele mandou dizer que a ama. Não, não se preocupe, ele não mudou. Continua sendo um imbecil. Mamãe não pôde vir desta vez porque tinha de lavar as meias. Sallie e as crianças estão bem. Jennifer está começando a ter seios. Outro dia, ela veio para mim depois do banho, abaixou a toalha e disse: "Veja, paizinho, estou com galos." Então saiu correndo, dando risadinhas e gritando pelo hall, enquanto eu corria luxuriosamente atrás dela. A Carolina do Sul não mudou quase nada. Ainda é o maldito centro cultural do mundo. Até a ilha Sullivan começa a ter alguma cultura. Outro dia, cortaram a fita inaugural de uma nova churrascaria na estrada. Ainda não consegui emprego, mas estou lutando para encontrar. Sei que você tem se preocupado com isso. Vi a vovó Wingo no outro dia, lá no asilo em Charleston. Era aniversário dela. Ela pensou que eu fosse o bispo de Charleston em 1920 e que estivesse tentando fazer amor com ela. Também vi...

Falei com minha irmã durante trinta minutos, até que a dra. Lowenstein me tocou no ombro, interrompendo o monólogo para avisar que era hora de irmos embora. Levantei-me. Em seguida, levantei Savannah nos braços e a carreguei para a cama. Ela emagrecera e seu rosto estava escuro e encovado. Os olhos não demonstravam nada; eram duas gemas turquesa que jaziam inertes em um campo esbranquiçado. Quando a coloquei na cama, ela se enrolou como um feto. Tirei uma escova do bolso e comecei a desembaraçar seus cabelos. Escovei-os com força até ver que voltava um pouco do ouro, até que seu brilho glorioso ressurgisse. Cantei então uma canção de nossa infância:

> "Leve-me de volta ao lugar onde vi a luz pela primeira vez,
> para o doce e ensolarado Sul, leve-me para casa,
> onde os passarinhos cantam para que eu durma todas as noites.
> Oh, por que fui tentado a vagar?"

Fiquei perto dela em silêncio por um momento e depois disse:
– Voltarei amanhã, Savannah. Sei que você pode ouvir e, então, lembre-se disto: já estivemos aqui antes e você vai sair novamente. Leva tempo. Quando sair, você vai cantar e dançar, eu vou dizer bobagens sobre Nova York e você vai socar meu braço e me chamar de caipira. Eu estou aqui, querida. Estarei enquanto você precisar de mim.

Beijei minha irmã nos lábios e a cobri com o lençol.

NA RUA, SENTINDO O AR do fim de primavera, a dra. Lowenstein perguntou se eu havia comido. Percebi que não. Ela sugeriu um restaurantezinho francês, Petite Marmite, que conhecia bem e gostava. Pensei instantaneamente no preço, uma reação automática de um professor da Carolina do Sul, humilhado por anos de salários insignificantes. Em minha condição de desempregado, eu me esquecera de que os professores americanos são treinados para pensar sempre em termos de pouco dinheiro; adoramos conferências, feiras de livros com despesas pagas e banquetes com frangos que parecem feitos de borracha, molhos adocicados e ervilhas indescritíveis.

– É caro, doutora? Já paguei algumas refeições nesta cidade que me fizeram pensar que estava ajudando a mandar o filho do *chef* de cozinha para a escola particular.

– Acho que é bem razoável para os padrões de Nova York.

– Espere aqui. Vou ligar para o banco e ver se consigo um empréstimo.

– Eu pago, Treinador.

– Como macho completamente liberado, eu aceito, doutora.

O *maître* cumprimentou a dra. Lowenstein com uma intimidade que mostrou imediatamente que era uma *habitué*. Conduziu-nos a uma mesa de canto. O casal na mesa ao lado estava resmungando apaixonadamente, as mãos entrelaçadas, o olhar orgástico e, só de observar, podia-se dizer que tinham vontade de se lançar sobre a imaculada toalha de mesa e copular em meio ao molho *béarnaise*. A doutora pediu uma garrafa de Macon Blanc e olhou rapidamente o cardápio com capa de couro.

– Posso pedir uma entrada? – perguntei.

– Claro. Peça o que quiser.

– Posso pedir todas as entradas?

– Não, quero que você coma uma refeição bem balanceada.

– Você é judia.

– Certíssimo – disse ela, sorrindo. Em seguida, tornando-se mais séria, perguntou: – O que você achou de Savannah?

– Está pior do que nunca. Mas eu me sinto muito melhor.

– Não entendi.

– Acho muito mais difícil lidar com ela quando está fora de controle, gritando e tendo alucinações. Quando está assim, como hoje, é quase como se estivesse descansando, recuperando as forças, aprontando-se para voltar para o mundo. Ela vai sair disso em um mês ou dois, doutora. Eu lhe prometo.

— Você consegue fazer prognósticos como esse?
— Não. Mas conheço o modelo.
— Por que você está sem emprego?
— Fui despedido.
— Posso perguntar por quê?
— É parte de uma longa história e, por enquanto, você não pode perguntar por quê.

O *sommelier* trouxe o vinho e colocou um pouco no copo da dra. Lowenstein. Ela sentiu o buquê, provou e confirmou com a cabeça. Adoro as pequenas representações teatrais que se fazem às refeições, a elegância do ritual. Provei gratamente o vinho e o senti penetrar em meu corpo para iniciar o longo cerco noturno contra a enxaqueca. Sabia que não deveria beber, mas queria. Esperava-se que eu contasse minha história àquela mulher, para ajudar minha irmã. Mas eu me decidira por uma estratégia diferente: contaria minha história para salvar-me de mim mesmo.

— Está chegando uma enxaqueca, doutora. Não tenho emprego nem perspectivas de arranjar. Minha mulher, que é médica de clínica geral, está tendo um caso com um cardiologista. Está pensando em me deixar. Odeio meu pai e minha mãe, mas daqui a cinco minutos lhe direi que não é bem isso e que eu os adoro. Meu irmão Luke é a tragédia da família. Você já ouviu falar dele, mas ainda não fez conexão com Savannah. Já falei que meu pai está na prisão? Eis por que ele não respondeu a seu telegrama. A história dos Wingo é cheia de humor, horror e tragédia. Vai perceber que a loucura de Savannah é a única reação natural à nossa família. E que minha reação é a que não é natural.

— Qual foi sua reação?

— Fingi que nada havia acontecido. Tenho o dom para a negação, herdado de minha mãe, e sei usá-lo muito bem. Minha irmã me chama de Técnico do Esquecimento. Mas acho que me recordo de mais do que ela.

— E agora?

— Agora estou num processo de desagregação. Esse nunca foi um papel reservado para mim. Minha família sempre esperou que eu fosse um pilar de força, o homem com o apito, o bom treinador. Sempre fui o primeiro secretário e a testemunha de nosso melodrama familiar.

— Você não está sendo um pouco dramático, Tom?

— Sim. E agora vou parar com isso e ser fascinante.

Depois de pedirmos os pratos, ela me contou sobre sua vida e se tornou mais suave à luz das velas. Comeu siris-moles, cobertos de amêndoas, e eu lhe contei como é pescar caranguejos no rio Colleton. Comi salmão em molho de endro e ela me contou sobre os pescadores de salmão na Escócia. Pedimos mais uma garrafa de vinho e uma salada de cogumelos tão frescos que tinham o sabor da floresta. O molho vinagrete era salpicado com folhas de manjericão. A dor de cabeça desaparecera, mas eu sentia a aproximação da enxaqueca na espinha, subindo, dirigindo seus tristes poderes vagarosamente para a cabeça, como um trem que sobe as montanhas. De sobremesa, comi framboesas com creme. Quando seu sorvete chegou, ela recomeçou a fazer perguntas sobre Savannah.

— A palavra *Callanwolde* significa alguma coisa para você, Tom?

— Sim, por quê?

— É uma das coisas que Savannah ficou repetindo logo que recobrou a consciência. Uma das coisas que gritava. — Passou-me uma folha de papel sobre a mesa e me pediu que a lesse. — Já lhe disse que gravei tudo o que Savannah falou naqueles primeiros dias. Pensei que pudesse ser útil quando ela estivesse em condições de voltar à terapia. Selecionei isso no meio de 12 horas de linguagem inarticulada.

Peguei meu copo de vinho e li as palavras.

"Peça dinheiro ao Príncipe das Marés. Cães para a festa do meu aniversário. Venha morar na casa branca, os pântanos nunca são seguros. Cães negros não relacionados com tigres. Paizinho pegue a câmera. Paizinho pegue a câmera. Os cães estão perambulando em bandos. Três homens estão vindo pela estrada. Callanwolde. Callanwolde. Fora dos bosques de Callanwolde e para a casa de Rosedale Road. Peça dinheiro ao Príncipe das Marés. A boca do irmão não é segura. O pântano nunca é seguro. Os camarões estão correndo, os camarões estão correndo, os cães estão correndo. César. Broches vermelhos e gardênias. Agora. Agora. O gigante e a Coca-Cola. Traga o tigre à porta traseira. Toque

'Dixie" para as focas. Uma raiz para os mortos perto do corvo. Está ouvindo alguém, mamãe? As sepulturas estão falando novamente. Há alguém lá fora? Alguém bonito, mãe. A neve é roubada do rio e alguém mais bonito que eu, mãe. Quantos anjos caíram do útero que vicejou para a feiúra na primavera? Onde está a fruta e vovô está bravo. Parem o barco. Por favor, parem o barco. Onde está Agnes Day?"

— Meu Jesus – disse eu, ao terminar de ler.

A dra. Lowenstein pegou o papel e o dobrou cuidadosamente.

— Há alguma coisa aí que você reconheça como significativa?

— Reconheço muitas coisas. Tudo parece significativo.

— O que significa? – perguntou ela.

— Ela está gritando sua autobiografia para você... para quem escutar... para ela mesma.

— Sua autobiografia... Você vai ficar em Nova York e me contar o que sabe?

— Do princípio ao fim. Enquanto precisar de mim, doutora.

— Pode começar amanhã às 17 horas?

— Tudo bem. Tenho algumas coisas horríveis para lhe contar.

— Obrigada por querer ajudar Savannah, Tom.

— Não – repliquei e, quase sufocando, disse: – Ajudar a *mim*. Ajudar a *mim*.

PASSAVA DA MEIA-NOITE quando entrei no apartamento de minha irmã em Grove Street. Sheridan Square aparecia lânguido e irreal na noite sem lua, e por lá perambulavam os párias da madrugada. A cada noite, atravessavam o caminho uns dos outros sem o menor sinal de reconhecimento. Moviam-se sempre através da luz triste da madrugada, em uma cerimônia nostálgica. Os rostos tinham o brilho de algum sol interior, além da compreensão dos desconhecidos. Sonâmbulos, destemidos, eu os observei quando passaram por mim, esquecidos de mim. Tentei imitar suas expressões, tão etéreas e originais. Mas meu rosto é um péssimo ator. Eles sabiam andar numa grande cidade e eu não. Forasteiro, visitante, pude sentir o cheiro do mar ao entrar no saguão do apartamento de Savannah, o velho aroma familiar da Costa Leste rugindo pelas avenidas.

O elevador antigo, com tamanho e formato de um ataúde, emitiu um som agudo ao subir para o sexto andar. Deixei minha bagagem no chão de mármore e tentei 12 chaves diferentes antes de descobrir as quatro que abriam as enormes trancas que protegiam minha irmã do mundo.

Deixando a porta aberta, fui até o quarto de Savannah e joguei as malas sobre a cama. Tentei acender a lâmpada de cabeceira, mas estava queimada. Na escuridão, tateei à procura do interruptor de parede e fiz um vaso de flores se despedaçar no chão, quando uma voz começou a gritar na entrada:

— Pare! Não se mexa, seu idiota. Sou um grande atirador, a arma está carregada e tenho grande prazer em atirar em criminosos a sangue-frio.

— Sou eu, Eddie – gritei. – Pelo amor de Deus, sou eu, Tom.

— Tom? – disse Eddie Detreville, confuso, para em seguida começar a bronquear. – Tom, você não deve arrombar o apartamento de ninguém em Nova York sem me avisar.

— Eu não arrombei, Eddie. Tenho as chaves.

— Isso não o transforma no Zorro, meu bem. Savannah costuma dar as chaves como se fossem brindes.

— Por que você não me ligou para avisar sobre Savannah, Eddie? – perguntei, pensando nisso pela primeira vez.

— Não fique bravo comigo, Tom. Não posso permitir isso. Tenho ordens estritas de nunca ligar para a família dela por nenhuma razão, a não ser que ela morra. Você acha que eu não quis ligar? Fui eu quem a encontrou. Ouvi quando caiu no banheiro. Fazia meses que ela havia ido embora. Meses! Eu nem sabia que tinha voltado. Pensei que estava sendo assassinada por algum criminoso. Entrei aqui morto de medo, com a arma carregada, e a encontrei sangrando no chão do banheiro. Era uma bagunça total e você bem pode imaginar que eu quase desmaiei. Fico uma pilha de nervos só de pensar.

— Foi você que a encontrou? Eu não sabia.

— Estava uma bagunça inacreditável. Levei vários dias para limpar todo o sangue. Parecia um matadouro.

— Você salvou a vida dela – disse a Eddie, que permanecia no corredor mal iluminado.

— Sim. Eu também gosto de pensar em tudo isso nesses termos heróicos.

— Acho que você pode parar de apontar essa pistola para mim, Eddie.

— Oh, sim. Desculpe, Tom. – Ele abaixou a pistola. – Já fui assaltado duas vezes este ano.

— Por que não tranca sua porta?

— Minha porta tem mais trancas que a de uma penitenciária, meu bem. Esses homens são acrobatas e dublês. Um deles pulou de uma escada de incêndio do prédio ao lado e pousou no meu aparelho de ar condicionado. Já passei óleo nos batentes das janelas para ficarem escorregadios, mas esses ladrões trabalham a sério. A sério. Nem conto o prêmio do meu seguro. É astronômico. Como vai você, Tom? Nem o cumprimentei direito.

Fui até a porta e abracei Eddie Detreville, que me beijou no rosto. Retribuí o beijo antes de irmos para a sala. Ali, ele acendeu um abajur e eu me sentei pesadamente em uma poltrona macia. A luz machucou meus olhos e penetrou em meu cérebro com uma voltagem atordoante.

— Onde está Andrew? – perguntei, com os olhos fechados.

— Ele me deixou por um outro mais novo. Disse que sou uma bicha velha. Uma bicha velha e gasta. Não foi lá muito agradável. Mas ele telefona de vez em quando e parece que continuaremos amigos. Savannah foi um verdadeiro anjo quando isso aconteceu. Eu praticamente vivia aqui o dia inteiro.

— Sinto muito – disse, abrindo os olhos. A luz me incomodava como se alguém tivesse jogado um copo de ácido em minhas retinas. – Eu gostava de Andrew. Vocês dois faziam um bom par. Já apareceu algum rapaz simpático no horizonte?

— Ah! Nenhum. A não ser que eu tente você a cruzar a linha enquanto estiver aqui. Você ainda se mantém naquela ridícula posição de hetero incorrigível?

— Eu me tornei neutro – repliquei. – Não estou mais nessa de sexo. Meu negócio agora é chafurdar na autopiedade.

— Vou lhe fazer um drinque. Em seguida, começo a seduzi-lo devagar.

— Faça alguma coisa suave, Eddie. A enxaqueca já começou.
— Você já viu Savannah?
— Sim. Foi como conversar com uma samambaia.
— Ela ficou algum tempo fora de controle. Você não imagina. Piradinha de vez.
— Tem algum comprimido aí? Esqueci os meus em casa.
— Comprimidos? De todos os tipos. Para levantar o moral, abaixar o moral, intermediários, o que você quiser. E só dar o nome que o dr. Eddie tem. Meu armário de remédios parece uma farmácia. Mas não é bom beber e tomar comprimidos ao mesmo tempo.
— E desde quando eu faço o que é bom para mim?
— Você parece péssimo, Tom. Nunca o vi tão horrível. Você quase nem é mais bonitinho como era antes.
— É assim que você começa sua lenta sedução? – perguntei. – Não é à toa que está sozinho.
— Não falei em tom de crítica – disse, enchendo um copo no bar que ficava ao lado da mesa de trabalho de Savannah. – Você agora é o sr. Sensível. Por falar nisso, ainda não me disse o que achou da minha aparência.

Eddie trouxe um conhaque e eu o observei enquanto atravessava a sala. Eddie Detreville era um homem de meia-idade, elegante e refinado. Usava costeletas grisalhas e havia alguns fios brancos no meio de seu cabelo castanho imaculadamente penteado. O rosto era como o de um rei cansado. A pele era macia e ligeiramente vincada em torno da boca e dos olhos. O branco dos olhos era filetado com pequenas veias vermelhas e havia um tom ligeiramente amarelado, como se ele estivesse olhando através de linho desbotado.

— Já lhe disse antes, Eddie, e vou repetir. Você é um dos homens mais bonitos do planeta.
— Você só está dizendo isso porque procurei ouvir um elogio de maneira tão desavergonhada. Bem, não precisa se desculpar.
— Você é bonito o bastante para se comer – disse.
— Bem, se é assim, talvez a gente possa tratar do assunto.
— Eu não quis dizer isso, Eddie.
— Promessas, promessas. Mas você realmente acha que sou bonito? Eu não envelheci muito, não é?
— Você me pergunta isso a cada vez que o vejo, Eddie.

— É importante a cada vez que o vejo. Já que você só me vê raramente, está em ótima posição para julgar minha deterioração. Outro dia, encontrei algumas fotos velhas e acabei chorando. Eu era tão lindo! Tão lindo quando jovem! Agora, nem acendo as luzes do banheiro ao fazer a barba. Não suporto ver meu rosto no espelho. É muito triste. Recomecei a fazer a ronda pelos bares, Tom. Uma noite, aproximei-me de um rapaz. Um gatão. Eu queria lhe oferecer um drinque. Ele se virou para mim e disse: "Tá me gozando, vovô?" Fiquei pasmo.

— Foi ele quem saiu perdendo, Eddie.

— Tenho mais medo de envelhecer que de morrer. Mas chega de falar de mim. Quanto tempo você planeja ficar aqui desta vez, Tom?

— Não sei. A psiquiatra de Savannah quer que eu lhe conte todos os podres da família para que ela possa juntar os cacos da piradona. Eu gostaria de dizer apenas que minha mãe é biruta, meu pai é biruta, todos os Wingo são birutas, logo, Savannah é biruta.

— Quando é que você conversou com Savannah pela última vez, ou teve notícias dela, Tom?

— Já faz mais de três anos – respondi, com vergonha. – Ela diz que eu a faço lembrar-se de Luke.

— Tom, quero lhe dizer uma coisa. Acho que, desta vez, Savannah não vai melhorar. Foi muita coisa para ela. Ela está exausta. Cansada de lutar.

— Não diga isso, Eddie. Fale o que quiser, mas não quero que diga isso nunca mais.

— Desculpe, Tom. É apenas algo que eu sinto há muito tempo.

— Sinta, Eddie. Mas, por favor, não diga mais isso.

— Foi uma besteira minha. Retiro cada palavra. Vou fazer um jantar para você amanhã.

— Eu gostaria muito. Vamos ver como é que eu me sinto amanhã.

DEPOIS QUE EDDIE SAIU, dei uma vista geral no apartamento e esperei que a enxaqueca passasse por meu cérebro como a sombra de um eclipse lunar. Ainda iria demorar duas horas, mas eu já sentia a área de alta pressão se formando na base do crânio. Só quando chegasse à têmpora esquerda eu ia me considerar derrotado. Tomei o primeiro comprimido, engolindo-o com o último gole de conhaque. Meus olhos pousaram na fotografia que Savannah colocara na parede, sobre sua mesa. Era uma foto que meu pai havia batido no deque do barco camaroneiro quando estávamos no último ano do ensino médio. Luke e eu sorríamos para a câmera e estávamos com os braços em torno dos ombros de Savannah. Ela sorria e fitava Luke com afeição. Os três estavam bronzeados, eram jovens e bonitos. Atrás de nós, pequena e difícil de enxergar, minha mãe acenava para meu pai, em frente à nossa casinha branca. Se algum de nós soubesse o que aquele ano ainda nos traria, não estaríamos rindo. Mas a fotografia fazia o tempo parar e aquelas três crianças Wingo que sorriam ficariam naquele barco para sempre, unindo-se em um vínculo de amor, frágil porém inextinguível.

Peguei minha carteira no bolso e retirei dela a carta que Savannah me escrevera depois do primeiro jogo de futebol do time que eu treinava. Fitei a menina que sorria na fotografia, perguntando-me qual seria o exato momento em que a havia perdido, o momento em que a deixara se afastar tanto de mim, o momento em que traí a menina que sorria e deixei que o mundo a levasse. A fotografia me partiu o coração. Logo, comecei a ler a carta em voz alta:

Querido treinador,

Eu estava pensando sobre o que você pode ensinar a seus alunos, Tom. Que linguagem você pode usar para que os meninos sejam impelidos por sua voz a atravessar o gramado que você mesmo ceifou. Quando vi você e seu time vencerem o primeiro jogo, toda a magia do esporte me atingiu, como o som de um apito. Não há palavras para descrever como você estava maravilhoso enviando mensagens urgentes para os jogadores, fazendo sinais para pedir tempo, amado por sua irmã por seu inimaginável amor pelo esporte, por seu imenso amor por todos os meninos e todos os jogos do mundo.

Mas há algumas coisas que somente as irmãs podem ensinar aos treinadores em suas vidas. Ensine a eles, Tom, e ensine muito bem: ensine-lhes os verbos da bondade. Estimule-os a darem o melhor de si, induza-os à suavidade, conduza-os para a idade adulta, mas com muito carinho, como um anjo pondo ordem nas nuvens do céu. Deixe seu espírito se dirigir a eles com suavidade, como se dirige a mim.

Chorei na noite passada, ao ouvir sua voz acima da multidão. Mas, Tom, meu irmão, ensine a eles aquilo que você mais sabe. Não há poema nem carta que possa passar seu dom mais inefável. Quero que eles recebam de você a lição de como ser o irmão mais delicado e mais perfeito que existe.

Savannah

Ao terminar de ler, fitei novamente a fotografia. Depois recoloquei cuidadosamente a carta na carteira.

Fui para o quarto, troquei a lâmpada e limpei os cacos de vidro do vaso quebrado. Tirei rapidamente a roupa e a joguei na cadeira ao lado da cama. Deitei-me e fechei os olhos, abrindo-os em seguida.

Então, a dor tomou conta de mim. Chegou como uma língua de fogo queimando a parte de trás de meus olhos.

No silêncio completo, fechei os olhos e fiquei deitado na escuridão, e fiz o voto de mudar minha vida.

4

Não há veredictos para a infância, apenas conseqüências e o fardo vivo da memória. Refiro-me agora aos dias cheios de sol e de vida em meu passado. Sou mais um fabulista que um historiador, mas tentarei passar ao leitor o insolúvel terror da juventude. Eu trairia a integridade de minha história familiar se transformasse tudo, até mesmo a tristeza, em romance. Não há romance nesta história; há apenas a história em si.

Vamos começar com um simples fato: os cães da ilha estão chamando uns aos outros.

É noite. Meu avô escuta os cães e não gosta do barulho que fazem. Naquela melodia das matilhas está contida toda a solidão elegíaca de minha parte do mundo. Os cães têm medo. É o dia 4 de outubro de 1944, dez horas da noite. A maré está subindo e vai continuar assim até a uma e quarenta e nove da madrugada.

Minha irmã nasce na casa branca à beira do rio. O parto só deveria acontecer no mês seguinte, mas isso é de pouca importância agora.

Sarah Jenkins, de 85 anos, parteira há 60, está inclinada sobre minha mãe enquanto Savannah nasce. O dr. Bannister, único médico de Colleton, está morrendo em Charleston nesse exato momento.

Sarah Jenkins está cuidando de Savannah quando percebe o aparecimento inesperado de minha cabeça. Cheguei como uma surpresa, uma reflexão tardia.

Há um furacão vindo em direção à ilha Melrose. Meu avô está reforçando as vidraças com fita adesiva. Ele vai até o berço em que Luke está dormindo e o examina. Escuta novamente a confusão de sons dos cães, mas quase não pode ouvi-los por causa do vento. A eletricidade havia acabado uma hora antes e fui posto no mundo à luz de velas.

Sarah Jenkins limpa nossos pequenos corpos e cuida de minha mãe. Foi um parto difícil e trabalhoso e ela teme que possam surgir complicações. Ela havia nascido escrava em uma cabana atrás da plantação Barnwell. Era a última escrava que restara no condado de Colleton. Seu rosto era coriáceo e lustroso, de cor café-com-leite.

— Ah, Sarah — disse meu avô aproximando Savannah da luz da vela. — Isto é um bom sinal. É a primeira menina nascida na família Wingo em três gerações.

— A mãe num tá passando bem.

— Você pode ajudá-la?

— Estou fazendo o que posso. Você sabe disso. Ela precisa de um médico.

— O vento está aumentando, Sarah.

— Igualzinho à tempestade de 1893. Aquela foi perigosa. Matou todos os pobres.

— Você não tem medo?

— Tenho de morrer de alguma coisa.

— Foi bom você ter vindo, Sarah.

— Gosto de estar com minhas filhas quando chega a hora delas. Pretas ou brancas, não importa. São todas minhas filhas nessa hora. Tenho mil filhos andando por essas ilhas.

— Você se lembra do meu parto? — perguntou vovô.

— Você gritava um bocado.

— Gêmeos... O que isso significa?

— Boa sorte – disse a negra, voltando para atender minha mãe. – Deus sorrindo com força dobrada para um mundo desgraçado.

Lá fora, na floresta, o vento começou a acossar as árvores. As chuvas cinzelavam a terra com mãos poderosas. As ondas iam de encontro ao cais. As cobras saíram das tocas e começaram a subir nos galhos mais altos das árvores, pressentindo a inundação. Uma pequena palmeira caiu pela estrada que levava à casa, como se fosse um homem rolando pelo chão. Nenhum pássaro cantava na ilha. Até mesmo os insetos haviam batido em retirada.

Meu avô entrou no quarto e encontrou minha mãe quase adormecida, exausta, enquanto Sarah passava um pano em seu rosto.

— Belo trabalho, Lila querida.

— Obrigada, pai – respondeu ela. – E a tempestade?

— Não parece muito ruim – ele mentiu. – Agora durma um pouco e deixe que eu me preocupe com a tempestade.

Meu avô voltou para a sala. Retirou do bolso traseiro da calça um telegrama que minha mãe recebera do Departamento de Guerra dois dias antes. Meu pai fora atingido durante um ataque aéreo e estava desaparecido em plena Alemanha. Supunha-se que estivesse morto. Chorou amargamente pelo filho, mas logo lembrou-se de que tinha deveres e de que gêmeos eram um sinal de sorte.

Foi para a cozinha e preparou um bule de café para si e para Sarah. Quando ficou pronto, levou uma xícara para a negra. Sentiu o vento soprando contra a casa e ouviu o zumbido que fazia nas janelas, uma "canção do vidro em perigo". A água subira até quase o nível do cais e a maré ainda forçava seu caminho para o interior da ilha, induzida pelo vento. O ninho de uma águia-pescadora voou do topo de uma árvore morta, como se fosse um chapéu de mulher; e foi levado rapidamente pela correnteza do rio.

Meu avô pegou a Bíblia branca que dera a meus pais como presente de casamento, abrindo-a nas páginas que ficavam entre o Antigo e o Novo Testamento. Minha mãe escolhera dois nomes, um para menino e um para menina. Pegou uma caneta-tinteiro e escreveu sob o nome de Luke o nome Savannah Constance Wingo. Abaixo desse nome, ele colocou o meu: Thomas Catlett Wingo.

A tempestade receberia o nome de Bathsheba, dado pelos negros, e mataria 217 pessoas ao longo da costa da Carolina do Sul. Meu avô olhou para o relógio. Eram quase onze horas. Abriu a Bíblia no livro de Jó e leu durante uma hora. Pensou no filho e na esposa. Minha avó o abandonara durante a Depressão. Em seu coração, havia vezes em que meu avô se entristecia com Deus. Leu a respeito de Jó e se sentiu confortado. Em seguida, chorou novamente pelo filho único.

Levantou-se e fitou o rio. Havia uma luz sobrenatural, um brilho sinistro que acompanhara a tempestade, mas não conseguia ver o rio. Calçou as botas, vestiu a capa de chuva e colocou o chapéu. Pegou uma das lanternas na cozinha, deu uma nova olhada em minha mãe, em Sarah e nos bebês, e saiu para a tempestade.

A porta quase saltou das dobradiças quando ele a abriu. Foi necessária muita força para fechá-la. Inclinou o corpo contra o vento e saiu cambaleando pelo quintal em direção ao rio. Um galho de árvore bateu em sua testa, cortando-a como uma lâmina. Protegeu os olhos com as mãos e escutou as árvores que se quebravam ao longo do rio. A 20 metros do rio, a água lhe subia até os joelhos. Assustado, cego pela chuva, ele se ajoelhou e provou a água. Era salgada.

Rezou para o Deus de Abraão, o Deus que havia dividido o Mar Vermelho, para o Deus que destruíra o mundo inteiro com a água; rezou para ter forças.

Deixou o vento levá-lo de volta para a casa, mas não conseguiu abrir a porta que estava selada pela ventania. Correu para a porta dos fundos e foi derrubado por um pedaço de madeira que saía da janela do banheiro. Levantou-se, atordoado e sangrando, com um ferimento na parte posterior da cabeça, e engatinhou para o quintal. A tempestade parecia uma montanha que se inclinava sobre ele. Abriu a porta dos fundos da casa e viu que havia água na cozinha. Por um momento, ficou parado, muito aturdido, no chão. Mas a água estava subindo. Lavou o sangue da cabeça na pia. À luz inumana da lanterna, foi até o quarto de minha mãe. Sua sombra, imensa e prodigiosa, o acompanhava. Sarah

Jenkins dormia em uma cadeira ao lado da cama. Ele a sacudiu suavemente para que acordasse.

— O rio — murmurou. — Está subindo, Sarah.

NAQUELE EXATO MOMENTO, perto da cidade de Dissan, na Alemanha, meu pai estava escondido no coro de uma igreja, assistindo a um padre católico rezar a missa. O lado esquerdo de seu rosto estava paralisado, o braço esquerdo, entorpecido e formigando, e sua visão estava obscurecida pelo sangue. Observava o padre que conduzia a missa em latim, que meu pai, em sua inocência e dor, pensou ser a língua alemã. Tentava julgar o caráter do homem pelos gestos que fazia, pela maneira como se ajoelhava perante o crucifixo, por sua expressão quando se voltou para abençoar as três pobres mulheres presentes à missa naquela manhã, pela maneira como levantava o cálice para a consagração. Esse é o tipo de homem que me ajudaria?, pensou meu pai. Matei seu povo com minhas bombas, mas o que um homem dedicado a Deus pensará de Hitler? O que esse homem dedicado a Deus faria se eu lhe pedisse para me ajudar? Meu pai nunca estivera em uma igreja católica em toda a sua vida. Nunca conhecera bem um católico. Nunca vira um padre.

— *Agnus Dei qui tollis peccata mundi* — disse o padre, e as palavras o atingiram com sua beleza, apesar de não terem significado para ele.

— *Agnus Dei* — ouviu novamente.

Meu pai abaixou a pistola que estava apontada para os paramentos do padre. Observou enquanto as três mulheres se encaminhavam ao altar e recebiam a comunhão. Pensou ter visto o padre sorrir para cada uma delas, mas não tinha certeza. Sua cabeça doía. Nunca sentira dor tão grande, nunca soubera que fosse possível existir dor tão intensa. Antes do fim da missa, meu pai desmaiou, batendo a cabeça na balaustrada de pedra, seu corpo preso entre o órgão e a parede.

O padre se chamava Günter Kraus, tinha 60 anos e era nativo de Munique. Sua aparência era austera por causa do cabelo branco, do nariz afilado e do rosto nervoso. Era um rosto maligno em um homem bom. Escolhera a vocação em parte por causa do que considerava sua incorrigível simplicidade.

Já havia sido pároco da terceira maior congregação de Munique e entrara em conflito com o bispo por causa da colaboração deste com os nazistas. O bispo exilara o padre Kraus no campo na Baváría, por seu próprio bem. Muitos de seus colegas, mais corajosos que ele, haviam abrigado famílias judias e tinham sido mortos em Dachau. Certa vez, ele mandara embora uma família de judeus que procurava refúgio na igreja. Era um pecado que, ele acreditava, nenhum Deus, por mais misericordioso que fosse, perdoaria jamais. Meu pai não havia chegado à igreja de um homem corajoso. Mas chegara à igreja de um homem bom.

Depois da missa, o padre Kraus acompanhou as três mulheres até a porta e passou dez minutos tagarelando com elas nos degraus da igreja. O coroinha apagou as velas, lavou as galhetas e pendurou a batina e a sobrepeliz no armário ao lado do guarda-roupa do padre. Foi o coroinha quem percebeu a janela quebrada no banheiro do religioso. Mas não percebeu as gotas de sangue no chão junto à pia. Ao sair da igreja, contou ao padre, que ainda estava conversando na porta, a respeito da janela quebrada.

A distância, o padre podia ver os picos dos Alpes bávaros brilharem à luz do sol. Os aliados haviam bombardeado quatro cidades alemãs na noite anterior.

Trancou a porta, verificou o nível da água benta e foi até o altar lateral, no qual acendeu uma vela em frente a uma pequena imagem do Menino Jesus de Praga. Disse uma prece pela paz. A primeira gota caiu em seu paramento branco, manchando-o de vermelho. A segunda gota caiu em suas mãos, entrelaçadas para a oração. Olhou para cima e uma gota caiu em seu rosto.

Ao recuperar a consciência, meu pai viu o padre parado a seu lado, examinando-o, tentando tomar uma decisão.

– *Buenos dias, señor* – disse meu pai.

O padre não respondeu. Meu pai percebeu o tremor de suas mãos.

– *Bonjour, monsieur* – tentou novamente meu pai.

– Inglês? – perguntou o padre.

– Americano.

– Você não poder ficar aqui.

– Parece não haver muita coisa que algum de nós possa fazer a respeito. Acho que eu e você formamos uma equipe.

– Devagar. Minha inglês não ser bom.
– Preciso de sua ajuda. Todos os alemães estarão procurando por mim quando acharem meu avião.
– Eu não poder ajudar você.
– Por quê?
– Estou com medo.
– Está com medo! Passei a noite inteira com medo. Você é nazista?
– Não, sou um padre. Devo comunicar sua presença aqui. Não gostar de fazer isso, mas é o melhor. Para mim. Para você. Para todos. Eles poder estancar seu hemorragia.

Meu pai levantou a pistola e apontou para o padre.

– TEMPESTADE TERRÍVEL – disse Sarah, levantando-se. – Como a de 1893.
– Temos de ir para o celeiro e subir para a parte de cima – disse vovô.
– É ruim para os bebês. Ruim para a mãe.
– Não podemos evitar, Sarah. Vou levar você primeiro.
– Que é que você tá falando? Sarah é velha, mas Sarah inda num morreu. Vou ajudá com os bebês, Amos. – Sarah se reservava o direito de chamar até mesmo os homens brancos pelo nome se os tivesse colocado no mundo.

Meu avô me tirou do berço e me colocou nos braços de Sarah. Ela enrolou o xale em torno dos ombros e me protegeu junto ao peito. Ele então pôs Savannah e Luke sobre um cobertor de algodão, cobriu-os e os enrolou com a capa de chuva.

Abrindo a porta dos fundos, entraram na chuva terrível e correram para o celeiro. O vento, estourando em rajadas de 300 quilômetros por hora, rugia em torno deles, demoníaco. Sarah perdeu o equilíbrio, ou foi levantada pelo vento, e saiu pelo quintal com o xale se elevando à sua volta como se fosse uma vela, mas me protegeu ao ser atirada contra a lateral de um anexo do celeiro.

Meu avô lutou para chegar perto dela, passou-lhe um dos braços em torno da cintura e a machucou ao levantá-la do chão. Segurou-a por um momento, ficando os dois ali em pé, juntos, cobertos de lama e encharcados pela chuva. Começaram então a lutar para chegar ao celeiro carregando três crianças que gritavam muito. Mais uma vez, meu avô lutou contra o vento ao abrir a porta, que se quebrou ao bater de encontro à parede do celeiro.

Uma vez dentro do celeiro, subiu a escada que desaparecia na escuridão acima deles. Deitou Luke e minha irmã lado a lado sobre uma pilha de feno e sentiu o pânico dos animais no celeiro. Desceu para buscar Sarah, que ainda me carregava.

– Sarah machucou – disse ela. – Não pode subir.

Ele levantou a negra nos braços. Ela era frágil como uma criança e se lamentava enquanto vovô subia a escada, deixando-me no chão do celeiro. O vento escancarou a porta. Vovô escorava Sarah como se fosse um fardo de feno. Ela chegou até onde estavam Luke e Savannah e tentou enxugá-los. Mas os cobertores e as roupas estavam encharcados. Desabotoou a blusa e os abraçou com força, apertando-os contra o peito nu, deixando seu próprio calor passar para eles.

Quando meu avô surgiu novamente na escuridão, comigo nos braços, ela me colocou entre os outros dois. Meu avô desceu rapidamente a escada e entrou outra vez no coração da tormenta. Não tinha idéia do que faria para levar minha mãe até o palheiro.

Ao entrar na casa, viu a água passando pela porta da frente. Olhou através da escuridão. A visão que teve permaneceria em sua mente para o resto da vida. O rio, selvagem e dominador, corria com força e velocidade contra nossa casa. Um bote, solto das amarras, levantou-se com o vento e, tal como num sonho, vovô o viu lançar-se para fora da escuridão, iluminado pela luz estranha dos furacões. Meu avô levantou a mão como se quisesse detê-lo, e fechou os olhos quando ele colidiu com a janela do outro lado da sala, espatifando a mesa de jantar. Uma lasca de vidro se alojou em seu braço. Ele começou a correr para o quarto de minha mãe, rezando enquanto corria.

O PADRE TREMEU violentamente ao ver a pistola. Fechou os olhos, colocou as mãos no peito e abençoou meu pai em latim. Meu pai abaixou a pistola. O padre abriu os olhos.

– Não posso atirar em ninguém vestido assim, padre – disse fracamente meu pai.

– Você está muito ferido?

Meu pai deu uma risada e, em seguida, disse:

– Muito.

– Venha. Mais tarde eu comunicar sua presença a eles.

O padre Kraus ajudou-o a se levantar e o fez andar até a porta que levava para a torre do sino, da qual se via a cidade inteira. Os dois lutaram para subir a escada estreita. O sangue de meu pai manchava cada degrau pelo qual passavam. Ao chegarem ao pequeno quarto no topo da escada, o padre colocou-o no chão. Tirou os paramentos manchados de sangue e fez com eles um travesseiro para apoiar a cabeça de meu pai. Em seguida, tirou a casula e a rasgou em longas tiras, amarrando-as na cabeça dele.

– Você perder muito sangue – disse o padre. – Preciso pegar um pouco d'água para lavar o ferimento.

Meu pai olhou para o padre e disse:

– *Gesundheit.** – Era a única palavra que sabia em alemão. Depois, ele perdeu os sentidos novamente.

À noite, quando acordou, viu o padre debruçado sobre ele, administrando-lhe os últimos ritos da extrema-unção. O padre havia percebido que a temperatura do ferido subira demais e que seus ferimentos eram muito graves. Meu pai não podia enxergar com o olho esquerdo, mas sentiu a suavidade das mãos do padre que lhe aplicavam os santos óleos.

– Por quê? – disse meu pai.

– Porque eu achar que você estar morrendo. Vou ouvir seu confissão. Você é católico?

– Batista.

– Ah, então você foi batizado. Eu não ter certeza e por isso batizar há alguns minutos.

– Obrigado. Fui batizado no rio Colleton.

– Ah. Um rio inteiro.

Não. Apenas uma pequena parte dele.

– Eu batizar você uma segunda vez.

– Acho que não faz mal algum.

– Eu trazer comida. Consegue comer?

Anos mais tarde, meu pai descreveria, sempre maravilhado, o sabor daquele pão preto alemão, a manteiga preciosa que o cobria e o vinho tinto que o padre tirara de uma garrafa. Falava sobre o pão em

---

*Palavra alemã que significa "Saúde", usada também nos Estados Unidos quando uma pessoa espirra. (*N. do T.*)

sua boca, sobre a manteiga e o vinho, e todos nós os saboreávamos com ele, o vinho se espalhando por nossas bocas como veludo; o pão, perfumado como a terra, derretendo-se sobre nossa língua; a manteiga cobrindo nosso céu da boca; o padre segurando nossas mãos, com o cheiro dos óleos da morte em suas mãos trêmulas de medo. Lá fora, na escuridão, uma patrulha alemã encontrara o avião destruído e a população da região fora alertada de que um piloto americano escondera-se por ali. Havia uma recompensa por sua captura e, se alguém fosse encontrado ajudando-o, seria sumariamente executado.

— Estão procurando você – disse o padre quando meu pai terminou a refeição. – Vieram hoje à aldeia.

— Eles vieram à igreja?

— Sim. E eu lhes dizer que, se encontrar você, eu matar você com minhas próprias mãos. Isso os divertir, vindo de um padre. Eles vão voltar, estou certo, para procurar você.

— Irei embora assim que puder viajar.

— Eu gostaria que você não tivesse vindo.

— Não era esse meu plano. Fui derrubado.

— Ah! Então ser Deus que mandar você aqui.

— Não, senhor. Acho que foram os nazistas.

— Rezei por você hoje.

— Obrigado.

— Rezei para que Deus o fizesse morrer – explicou o padre. – Mas então senti muita vergonha e rezei para que vivesse. Um padre só dever rezar pela vida. Isso é um grande pecado. Peço que me perdoe.

— *Gesundheit* – disse meu pai, desejando fervorosamente que o padre espirrasse para poder usar a palavra na hora correta. Em seguida, perguntou: – Onde aprendeu a falar inglês?

— No seminário em Berlim. Gostar muito de filmes americanos. Caubóis.

— Eu sou um caubói.

"Por que você mentiu para ele, pai?", perguntaria Luke, sempre perturbado por essa parte da história todas as vezes em que nos foi contada durante nossa infância. "Ele era um homem apavorado e você ali, fingindo ser um caubói."

"Bem, Luke", diria meu pai, pensando em seus atos à luz da própria história, "imaginei o seguinte: estou meio cego, meio morto e sendo caçado por cada alemão que vive no país. Então, estou ali com aquele padre supernervoso, que gosta de caubóis. Tomo uma decisão rápida. Vou lhe dar um caubói de verdade para alimentar. Ele quer Tom Mix e terá Tom Mix".

– Você é da Carolina, não é? – perguntou o padre.
– Carolina do Sul.
– Ficar no oeste, não?
– Sim.

Ao deixar meu pai no esconderijo na torre da igreja, o padre disse:
– Agora, durma. Meu nome é Günter Kraus.
– Henry Wingo, Günter.

O padre o abençoou em latim e, mais uma vez, meu pai pensou que estivesse falando alemão.

Meu pai dormia enquanto os soldados procuravam por ele na escuridão. Acordou ao som dos sinos do Sanctus à luz surpreendente do mês de outubro. Ouviu a voz de Günter Kraus recitando antigas orações. O café-da-manhã estava em uma bandeja a seu lado. Havia um bilhete sobre a bandeja. Dizia:

> Fique tranqüilo. Coma todo o seu desjejum. Vai fazer você ficar forte. Prenderam um piloto americano ontem à noite, perto de Stassen. Acho que você está seguro agora. Vamos rezar para que seja assim.
> Seu amigo, padre Günter Kraus.

MEU AVÔ SACUDIU minha mãe suavemente.
– Lila, detesto ser obrigado a acordá-la, meu bem.
– Os bebês – disse minha mãe –, os bebês estão bem?
– Estão ótimos. Têm ótimos pulmões. Realmente bons.
– E a tempestade?
– Preciso tirar você de casa, querida. O rio subiu.
– Os bebês!
– Não se preocupe. Sarah e eu os levamos em segurança para o celeiro.

— Pai, você tirou meus bebês de casa com essa tempestade?
— Temos que ir, Lila.
— Estou muito cansada. Me deixe dormir.
— Vou carregar você, meu bem. Não quero machucá-la porque sei que você está dolorida. Você trabalhou bem ontem à noite. Dois ótimos Wingo. Lindas crianças.
— Henry está morto. Ele nunca os verá – disse ela, começando a chorar.
— E eles também não terão mãe se você não se levantar dessa cama. Presume-se que ele esteja morto. Presumir não é estar. Henry é um garoto do rio e eles são difíceis de matar.

Ele passou as mãos pelas costas de minha mãe e a levantou da cama. Carregou-a para fora do quarto, machucando-a a cada passo. Ao passar pela porta da cozinha, a água lhe chegava aos joelhos. O vento e a água quase o fizeram cair. Caminhou vagarosamente, com cautela, firmando cada pé no chão antes de movimentar o outro. A chuva o atingia no rosto como agulhadas. Pensou em José, conduzindo Maria e a criança, Jesus, para o Egito durante a perseguição de Herodes. José era um homem forte, pensou meu avô, enquanto lutava com a água que subia cada vez mais, e tinha fé em Deus. Porém, não era mais forte que Amos Wingo e não havia nem um homem ou mulher no planeta com tanto amor por Deus para sustentá-lo. Minha mãe, agarrada a seu pescoço como uma criança, gemia quando ele começou a subir a escada, segurando-a com um único braço. Ele a estava machucando muito. Quando chegaram ao lugar onde estavam Sarah e os bebês, o cobertor no qual ele a enrolara estava empapado de sangue.

Demorou mais de uma hora até estancar a hemorragia de minha mãe. Ele não entenderia nunca a natureza daquela hemorragia ou qual era sua parte no trabalho de estancá-la. Meu avô rasgara a camisa e a segurava entre as pernas de minha mãe, o sangue jorrando entre seus dedos a cada vez que o coração dela batia. Atrás dele, Sarah cuidava das três crianças o melhor que podia, lastimando-se cada vez que mudava de posição.

Minha mãe estava visivelmente mais fraca. Vovô pensava que ela fosse morrer, mas não podia nem ao menos tentar fazê-la voltar à consciência por causa das águas que subiam desgovernadas e passavam por dentro do celeiro. Na parte de baixo, ouvia-se o pânico dos animais e o uivo cataclísmico do vento que varria o galpão. Sentiu a tensão em cada prego do celeiro, como se a madeira tivesse inchado com a água passando por suas raízes e seus veios e voltado subitamente a viver. A mula começou a chutar a porta do cercado quando a água chegou. Amos continuou a segurar a camisa de encontro a minha mãe, apertando com força, porque era a única coisa que poderia fazer. Viu o bote que havia tirado do rio mover-se em direção à parte de trás do celeiro.

Duas horas da manhã, espera-se que a maré baixe a esta hora, pensou ele. Não conseguia entender por que a água não recuava. A maré era uma das coisas invariáveis da vida à beira do rio, e ele não compreendia por que ela escolhera aquele momento para traí-lo e à sua família. Lá fora, os ventos prodigiosos devastavam as árvores da ilha, soprando à velocidade de 300 quilômetros por hora. Carvalhos eram arrancados do chão do mesmo modo que uma criança tira as velas de um bolo de aniversário. As árvores novas voavam pelo ar como folhas. Ah, pensou meu avô, escutando o vento passar pelo celeiro como um trem entrando em um pequeno túnel, é o vento que está segurando a maré. Ele sabia que a tempestade anulava até a força da lua e que as leis diárias da natureza eram canceladas por sua passagem majestosa.

A água não pode baixar, pensou. Está subindo contra sua vontade.

Diminuiu a pressão sobre a camisa e quase chorou ao ver que a hemorragia havia parado. Minha mãe, em estado de choque, jazia inconsciente em seu próprio sangue. Sarah e os bebês estavam exaustos e silenciosos. Meu avô encontrou no palheiro uma lona coberta de óleo e palha e cobriu minha mãe com ela, colocando mais palha por cima.

Descendo a escada, mergulhou na água e nadou até os cercados dos animais. Forçou as portas e os libertou. Amarrou o bote à escada. No pandemônio que se formou com a fuga dos animais, quase foi chifrado por uma vaca que passou nadando sobre ele em seu desespero para sair do celeiro.

Ao voltar ao palheiro, os três bebês estavam arrumados como uma pilha de lenha sobre o peito de Sarah, que os protegia com seu braço. Ele se inclinou para ver se minha mãe ainda estava viva. Ela respirava, mas tinha o pulso muito fraco.

Meu avô se deixou cair no chão, exausto e derrotado, escutando a voz da tormenta cujo lamento parecia quase humano para ele. Pensou em seu filho, Henry, queimado e retorcido sob a escultura de aço de um avião destruído. Imaginou a alma do filho, livre do corpo, forte e impetuosa, flutuando como um animalzinho, dirigido pelo sopro suave de Deus em direção a um paraíso de luz e paz.

– Já dei o bastante, meu Deus – disse meu avô para o vento. – Não darei mais nada.

Exausto, lutou contra a imensa vontade de dormir e, enquanto lutava, adormeceu.

Acordou para a luz do sol e o canto dos pássaros. Olhou para baixo e viu o bote pousado sobre o chão enlameado do celeiro. Acordei chorando. Os olhos de minha mãe se abriram ao ouvir meu choro e seu leite jorrou numa reação reflexiva e harmoniosa.

Sarah Jenkins estava morta e meu avô teve de abrir seus braços à força para soltar as três crianças brancas que ela ajudara a salvar. Minha primeira noite sobre a terra havia terminado.

MEU PAI PASSOU três semanas na torre da igreja, ouvindo a vida de uma aldeia alemã correr lá embaixo. A cada noite, o padre o visitava, trocava as ataduras, ensinava-o a falar alemão e lhe dava notícias da guerra. O padre trazia salsichas, pão, vidros grandes de chucrute amargo, garrafas de vinho e a melhor cerveja que meu pai provara na vida. Os primeiros dias foram muito ruins por causa da dor, mas o padre cuidou dele com suas longas mãos desajeitadas e macias e, depois disso, meu pai começou a ficar mais forte.

No início, por causa do medo, o padre só aparecia à noite. A imagem dos nazistas chutando sua porta o perseguia. E o rosto inocente e sardento de meu pai ajudava essa imagem a se tornar real. A presença de meu pai transformara-se num pesadelo moral para o padre e era um teste constante para o valor de seu caráter. Ele sentia que recebera uma alma de coelho em uma época que requeria leões. A vinda de meu pai exigia que o padre que existia dentro dele predominasse sobre o homem que era.

Conforme a saúde de meu pai melhorava, as visitas noturnas do padre se tornavam mais longas. Ele sempre achara as noites muito difíceis e a solidão de sua vocação era, por vezes, intolerável. Desejava ansiosamente uma das amizades descomplicadas que testemunhava entre os homens da aldeia.

Chegando depois do pôr-do-sol, o padre ficava freqüentemente até depois da meia-noite. Em meu pai encontrara o amigo perfeito: cativo, ferido e sempre à disposição.

– Por que você se tornou padre? – perguntou meu pai certa noite.

– A Primeira Guerra. Eu estava nas trincheiras na França. Prometer a Deus que, se me deixasse sair vivo, eu me tornar padre. É isso.

– Você nunca quis ter uma família, uma esposa?

– Sou muito feio – replicou o padre com simplicidade. – Quando jovem, eu nem conseguia falar com uma moça.

– Eu tenho um filho. O nome dele é Luke.

– Bom. Isso é muito bom... Eu sempre pensar como seria um filho meu. Às vezes sonhar com os filhos e filhas que nunca terei.

– Você já amou uma mulher?

– Sim, uma vez. Em Munique. Eu amar uma mulher muito bonita cujo marido ser banqueiro. Ótima mulher. Ela gostar muito de mim, mas de maneira amigável. Era uma mulher muito boa, mas cheia problemas. Veio pedir conselhos. Eu lhe dar conselhos. Então começar a amá-la. Acho que ela também me amou, mas como um amigo. Eu dizer a ela que não deve deixar o marido por causa da vontade de Deus. Mas ele bater nela. Ela deixar marido e ir para casa da mãe em Hamburgo. Ela me beijar no rosto quando vem dizer adeus. Pensei muitas vezes em ir a Hamburgo. Pensei que a amava mais do que amava a Deus. Mas não fiz nada

– Por que você não foi a Hamburgo e simplesmente a procurou?

– Porque eu temer a Deus.

– Ele entenderia, Günter. Ele fez aquela mulher linda para você por alguma razão. Talvez tenha perdido muito tempo fazendo-a. Ela possui um belo corpo?

– Por favor, eu sou um padre. Não presto atenção a essas coisas.

– Oh, claro.

99

— Tinha uma boa alma. Espero encontrá-la no outro mundo.

— Estou contente por você não ter seguido aquela mulher de Hamburgo, Günter.

— Porque você achar que é pecado?

— Não. Porque você não estaria aqui nesta igreja quando eu precisasse de você.

— Ah! Por que você tinha de escolher minha igreja? Eu não precisar disso.

— Bem, na verdade, você salvou este velho vaqueiro – disse meu pai, virando a cabeça no travesseiro para olhar direto para o padre. – Quero que você me visite quando a guerra terminar.

— Esta guerra não vai terminar nunca. Hitler é louco. Todos os dias rezo para que Deus o transforme em um homem bom. Meus preces não significar nada para Deus.

— Você não pode fazer uma salada de frango com esterco de frango.

— Não entendo.

— É só um ditado.

— Rezo muito, mas Hitler ainda é Hitler.

A LUA CHEIA brilhava sobre a Alemanha na noite em que meu pai saiu da torre da igreja. A sensibilidade de seu braço esquerdo retornara aos poucos, mas o rosto ainda estava parcialmente paralisado. O padre lhe trouxera roupas para a viagem. Fizeram juntos uma última refeição. Meu pai, comovido e agradecido, tentou encontrar as palavras para agradecer ao velho, mas elas lhe faltaram e os dois comeram em completo silêncio.

Depois da refeição, meu pai estudou a rota de fuga planejada pelo padre, prestando atenção aos lugares onde teria maior probabilidade de encontrar os nazistas e o ponto exato onde poderia entrar na Suíça.

— Eu trazer uma enxada para você levar, Henry – disse o padre.

— Para quê?

— Se você for visto, vão pensar que é um fazendeiro. Pode dormir nos celeiros quando estiver cansado. Esconda-se bem, Henry. Coloquei comida nesta sacola, mas ela não vai durar muito. É melhor você ir agora.

— Você foi muito bom para mim – disse meu pai, dominado por um grande carinho por aquele homem.

— Você precisava de ajuda, Henry.

— Mas você não tinha obrigação de me ajudar. Não sei como lhe agradecer.

— Estou feliz por você ter vindo. Deu-me a oportunidade de ser um padre. Na primeira vez em que Deus me testar, não agir como padre.

— Qual primeira vez?

— Muito antes de você chegar, veio uma família. Eram judeus. Eu conhecer bem o pai. Era um homem bom, um comerciante da aldeia vizinha. Tinha três filhas. Uma boa esposa, muito gorda. Ele chegar para mim uma noite e dizer: "Padre, por favor, esconda-nos dos nazistas." Eu me recusar a esconder os judeus. Isso já é bastante mau. Mas meu medo ser tão grande que eu os entregar aos nazistas. Eles morreram em Dachau. Tento fazer penitência pela família Fischer. Peço a Deus para tirar o sangue dos Fischer de minhas mãos. Mas não, nem mesmo Deus é tão poderoso assim. Nem mesmo Ele poder perdoar o que fiz. Não poder fugir dos olhos da família Fischer. Eles me olhar, quando rezar a missa. Zombar de minha vocação. Saber toda a verdade sobre Günter Kraus. Assim, se eu não tivesse feito isso aos Fischer, não teria deixado você ficar, Henry. Não teria tolerado outro par de olhos me seguindo. Tenho medo de tantas coisas. Tantas coisas!

— Sinto muito por causa dos Fischer, Günter. Isso significa que lhes devo alguma coisa. Quando a guerra terminar, vou voltar para vê-lo. Iremos a Munique tomar cerveja e perseguir mulheres.

— Eu sou padre. Eu não andar atrás de mulheres. Peço a Deus que o entregue são e salvo à sua família, Henry. Rezo por você todos os dias. Estarei com você sempre em meu coração. Vou sentir saudades, Henry Wingo. É melhor você ir agora. Já é tarde.

— Antes de ir, gostaria de fazer uma coisa, padre.

— O quê, Henry?

— Aquela parte depois do *Agnus Dei*, sabe qual é? Escuto você dizê-la todas as manhãs para aquelas três mulheres que vêm à igreja. Depois que tocam os sinos, você lhes dá algo para comer. Vi isso na primeira manhã.

— É a Eucaristia, Henry. Eu as alimento com o corpo e o sangue de Cristo.

— Quero que você me alimente antes de ir embora.

— Não, Henry, isso não é possível – disse o padre. – Você ter de ser católico antes de receber a comunhão.

— Então quero me tornar católico – disse meu pai, inflexível. – Faça com que eu seja um católico imediatamente. Talvez isso me traga sorte.

— Não é assim tão fácil, Henry. Você ter de estudar muito. Há muito que aprender antes de se tornar um católico.

— Eu aprendo mais tarde, Günter. Prometo. Não há tempo agora. Estamos em guerra. Olhe, você me batizou e me deu a extrema-unção. Droga, uma comunhãozinha não vai fazer mal.

— Isso é irregular – disse o padre, esfregando distraidamente o queixo com a mão. – Mas também nada é regular. Em primeiro lugar, precisar ouvir sua confissão.

— Ótimo. O que é isso? – perguntou meu pai.

— Você ter que me contar todos os seus pecados. Tudo o que fazer de errado desde que era criança.

— Isso eu não posso fazer, fiz muita coisa errada.

— Então diga que estar arrependido de seus pecados e será suficiente.

O padre Kraus começou a dizer as preces de confessor. Absolveu meu pai de todos os pecados e a lua brilhou palidamente como uma alma limpa, com sua luz envolvendo-se sob o sino que dominava Dissan.

Os dois desceram a escada que levava ao interior da igreja. O padre foi para o altar, abriu o tabernáculo com uma pequena chave e retirou um cálice de ouro. Em seguida, ajoelhou-se perante o crucifixo. A imagem brutalmente crucificada de Cristo fitava meu pai, que se ajoelhou na escuridão fria da igreja de pedra e rezou por sua libertação. O padre se voltou e o encarou.

— Henry, você é um católico agora – disse ele.

— Tentarei ser um bom católico, Günter.

— Terá que criar seus filhos como católicos.

— Será feito – disse meu pai. – Esse é o corpo e o sangue de Jesus?

— Tenho que abençoá-lo.

— Você tem de dizer o *Agnus Dei* para ele? – perguntou meu pai.

O padre abençoou a hóstia em uma língua morta e, então, voltou-se para o mais novo católico no mundo e mudou a história de minha família para sempre. Ajoelhou-se ao lado de meu pai e os dois rezaram juntos, padre e guerreiro transfigurados pelo luar, pela guerra, pelo destino e pelos inefáveis gritos e segredos misteriosos das almas que se voltam para si mesmas.

Quando se levantou, meu pai se voltou para Günter Kraus, abraçou-o e o manteve em seus braços.

– Obrigado, Günter – disse ele. – Muito obrigado.

– Gostaria que os Fischer pudessem dizer a mesma coisa, Henry. Agora sou um padre novamente.

– Vamos nos encontrar depois da guerra.

– Eu gostar muito.

Meu pai hesitou e, então, pegou a enxada e a sacola. Abraçou o padre mais uma vez.

Günter olhou nos olhos de meu pai e disse:

– Durante três semanas, Deus enviar um filho para se abrigar em minha casa. Vou sentir sua falta, Henry Wingo. Vou sentir sua falta.

E Henry Wingo saiu pela porta lateral da igreja, em direção ao luar e à zona rural alemã. Olhou para trás e acenou para o padre, que ainda o olhava da porta. O padre o abençoava. Meu pai se voltou, sem pecado e consagrado, e deu os primeiros passos em direção à Suíça.

Durante duas semanas, andou pelas colinas da Baviera, seguindo as águas claras do rio Lech e guiando-se pelas estrelas, registrando seu progresso no mapa que o padre Kraus lhe fornecera. Ficava maravilhado ao ver que as estrelas que brilhavam sobre a Alemanha eram as mesmas que brilhavam no céu de Colleton. Podia olhar para o céu durante a noite e sentir-se em casa. Sentia uma ligação fraternal com a luz que via no céu.

Durante o dia, dormia nos palheiros dos celeiros ou nos bosques. Os cães se tornaram seus grandes inimigos quando passava pelas casas das fazendas à noite. Certa noite, matou dois deles com a enxada e lavou seu sangue nas águas límpidas de um riacho da montanha. A altitude aumentava conforme progredia. Uma vez, acordando durante o dia, viu claramente os Alpes à sua frente e pensou como um estrangeiro poderia encontrar os vales certos e as passagens não patrulhadas que o levariam para a segurança. Como sulista americano, não estava acostumado à neve e, como habitante das terras baixas, não sabia nada sobre os segredos das montanhas. Foi aprendendo à medida que avançava, calculada e cuidadosamente.

Certo dia, a mulher de um fazendeiro o encontrou dormindo no celeiro. Estava grávida, tinha os cabelos pretos e um rosto bonito que o fez se lembrar de minha mãe. Ela gritou e correu à procura do marido. Meu pai correu pelos campos de trigo e milho, escondendo-se pelo resto do dia em uma caverna ao lado de um rio que descia a montanha. Passou a não confiar mais em fazendas depois desse dia, a não confiar em nada que parecesse humano. Posteriormente, começou a se aproximar das fazendas apenas para roubar comida. Tirava leite das vacas na escuridão e tomava no próprio balde, roubava ovos e os comia crus; saqueava pomares e hortas. Vivia para a escuridão e tornou-se impaciente com a luz do sol. A caminhada o transformara em uma criatura da noite. Mas chegou finalmente às montanhas, e andar à noite tornou-se uma coisa perigosa e desorientadora.

Acidentalmente, descobriu que a enxada lhe dava proteção e identidade. Um fazendeiro, arando um pasto montanhoso, avistou meu pai andando por um atalho no campo, logo depois do nascer do sol, e acenou para ele. Meu pai retribuiu ao aceno fraternalmente. Isso o tornou mais arrojado e ele começou a andar pelos atalhos em plena luz do dia. Certa vez, foi surpreendido por um grande comboio que levava centenas de soldados alemães em caminhões abertos que passavam por ele em alta velocidade. Acenou entusiasticamente para os soldados, dando-lhes um belo sorriso. Vários soldados, talvez com inveja dele, acenaram de volta. A enxada lhe dava o direito de estar ali. Seu trabalho produzia a comida que alimentava a máquina de guerra alemã. Ele mesmo quase acreditou nisso. Depois de passar à margem da cidade alemã de Oberammergau, cruzou sem ser visto a fronteira superpatrulhada da Áustria.

Ele se desesperou ao chegar às montanhas. Durante uma semana, subiu cada vez mais alto. As fazendas desapareceram. Passou com dificuldade ao longo de uma terra linda, repleta de gargantas e penhascos vertiginosos. Percebeu que estava desorientado e completamente perdido. O mapa agora era inútil e as estrelas tinham perdido seu significado. Descobriu a deslealdade das montanhas, suas passagens falsas e seus trechos sem saída. Subiu uma montanha apenas para perceber que não poderia descer pelo outro lado. Voltou pelo mesmo caminho e subiu em direção a outro pico. Cada montanha era diferente, com seus próprios desvios e surpresas. Via a neve pela primeira vez na vida e acabou por comê-la. Comeu besouros e lagartas. À noite, cobria-se com os galhos dos pinheiros para impedir o congelamento e a morte. Como pode um homem congelar em pleno mês de outubro?, pensava consigo mesmo o nativo da Carolina do Sul. Depois de dois dias andando pela Suíça, quase morto, chegou a uma aldeia chamada Klosters. Pensou estar se rendendo aos austríacos. Desceu a montanha e entrou na aldeia com as mãos para o alto, ouvindo os aldeões confusos falarem alemão. Naquela noite, jantou na casa do prefeito de Klosters.

Três dias mais tarde, minha mãe recebeu um telegrama em que dizia estar vivo e passando bem, e que se tornara católico romano.

Meu pai voltou ao esquadrão e, até o fim da guerra, fez vôos de reconhecimento sobre o território alemão. Ao soltar suas bombas sobre as cidades e vendo-as explodirem em chamas lá embaixo, murmurava "Fischer, Fischer, Fischer", quando o barulho das bombas o alcançava. "Fischer" se tornou o grito de guerra de meu pai, quando espalhava a morte e o fogo atrás de si, um piloto de talento sobrenatural.

Depois da guerra, ao se juntar às forças de ocupação, voltou a Dissan para agradecer a Günter Kraus e lhe dizer que não havia caubóis na Carolina do Sul. Mas havia um novo padre, com cara de cavalo e inexperiente, que levou meu pai à parte de trás da igreja para lhe mostrar o túmulo do padre Kraus. Dois meses depois de meu pai ser derrubado, dois pilotos britânicos haviam saltado de pára-quedas, buscando segurança em algum lugar perto de Dissan. Na busca que se seguiu, os alemães encontraram o uniforme ensangüentado de meu pai, que o padre guardara como lembrança muito querida de sua visita. Sob tortura, ele admitiu ter escondido um piloto americano, ajudando-o mais tarde a fugir para a Suíça. Eles o enforcaram na torre da igreja e seu corpo pendeu durante uma semana como advertência aos aldeões. No testamento, o padre deixara todas as suas posses, por mais escassas que fossem, para uma mulher que morava em Hamburgo. Aquilo tudo era muito estranho e triste, disse o jovem padre. Além disso, Günter Kraus nunca fora um padre muito bom e isso era sabido em toda a aldeia.

Meu pai acendeu uma vela para a imagem do Menino Jesus de Praga, no lugar exato em que seu sangue caíra sobre o padre que o salvaria. Rezou pelo descanso da alma de Günter Kraus e pelas almas dos membros da família Fischer. Em seguida, levantou-se, com lágrimas nos olhos, esbofeteou o novo pároco e o advertiu a falar sempre com respeito sobre Günter Kraus. O jovem padre saiu correndo da igreja. Meu pai pegou a imagem do Menino Jesus de Praga e saiu, carregando-a embaixo do braço. Era um católico agora e sabia que os católicos preservavam as relíquias de seus santos.

A guerra de meu pai terminara.

A CADA ANO, no dia de nosso aniversário, minha mãe levava Savannah, Luke e eu até o pequeno e maltratado cemitério dos negros, onde estava enterrada Sarah Jenkins. Sua história nos foi contada e recontada várias vezes, até sabermos de cor. No mesmo dia, meu pai mandava colocar rosas no túmulo de Günter Kraus. Aquelas figuras heróicas eram tão míticas e imemoráveis para nós quanto qualquer César pode ser. Entretanto, anos mais tarde, eu iria pensar se sua coragem e sacrifício, as escolhas mortais que levaram à sua própria ruína e à sobrevivência da família Wingo, não seriam parte de uma brincadeira obscena que levaria anos para se desenvolver. Quando crescemos, meus irmãos e eu compramos uma lápide para o túmulo de Sarah Jenkins. Um ano antes de me casar com Sallie, fiz uma curta viagem à Europa e visitei o túmulo de Günter Kraus. Nada do que vi na Europa, nem as pinturas do Louvre, nem a beleza severa do Fórum romano, me comoveu tanto como a visão daquele nome gravado na pedra cinzenta. Visitei a torre em que meu pai se escondera. Visitei Klosters, onde ele ficou ao descer das montanhas. Jantei na casa do prefeito. Tentei reviver toda a história novamente. Ou pensei ter feito isso. Meu pai não havia contado a história inteira. Havia uma parte que ele deixara de lado.

QUANDO CONTEI essa parte da história de minha família na sessão seguinte com a dra. Lowenstein, ela escutou sem interromper.

– Que parte ele havia deixado de lado? – perguntou.

– Um detalhe insignificante. Você se lembra da mulher grávida do fazendeiro que o encontrou dormindo?

– Aquela que era bonita e o fez lembrar-se de sua mãe – respondeu ela.

– Eu lhe disse que ela gritou e saiu correndo à procura do marido. Até aí, é verdade. Mas meu pai não correu para se esconder em uma caverna ao lado do rio. Ele agarrou a mulher e a estrangulou naquele celeiro. Por ser piloto, nunca via o rosto das pessoas que matava. A mulher alemã estava a 15 centímetros dele e ele esmagou os ossos de seu pescoço. Ela morreu perante seus olhos.

– Quando você descobriu essa parte da história, Tom? – indagou ela.

– Ele me contou na noite em que minha mãe o abandonou. Acho que ele precisava explicar a mim e a si mesmo o que o transformara em um pai que devia ser temido. A mulher alemã era seu segredo e sua vergonha. Somos uma família de segredos bem guardados, e eles acabam quase nos matando.

– A história é fascinante, mas não tenho certeza se me diz alguma coisa quanto a Savannah.

– As fitas gravadas. As transcrições – disse eu. – Ela menciona isso nas fitas gravadas.

– De que maneira, Tom? – perguntou ela. – Onde? Não havia nada sobre a Alemanha ou a tempestade. Nada sobre o padre ou a parteira.

– Oh, sim, havia. Pelo menos, eu acho que havia. Ela mencionou Agnes Day. Eu acabo de lhe contar sobre Agnes Day. Sua origem. De onde Agnes Day vem.

– Sinto muito, Tom. Você não fez isso – disse a dra. Lowenstein, o rosto confuso.

– Quando éramos crianças, doutora, ouvimos essa história muitas e muitas vezes. Era como uma história que se conta para as crianças dormirem. Nunca estávamos satisfeitos. Com quem se parecia o padre Kraus? Tinha barba? Onde Sarah Jenkins morava? Quantas pessoas havia na família Fischer? Pensávamos, na verdade, ver o padre Kraus rezando a missa. Mas confundíamos a história quando éramos crianças. Sarah Jenkins acabava alimentando meu pai na torre da igreja. Ou o padre Kraus carregava minha mãe através da inundação. Você sabe como as crianças fazem com as histórias. Sabe como fazem confusões e criam um novo enredo.

– Mas quem é Agnes Day?

– Ela era um erro. Savannah foi a primeira a cometê-lo. Luke e eu o assimilamos. Savannah gritou isso nas fitas. Agnes Day foi a primeira coisa que meu pai ouviu o padre dizer.

– Eu não me lembro disso, Tom.
– *Agnus Dei*. No coro. Savannah pensou que Agnes Day fosse a mulher que o padre amava em Hamburgo, e que ele a amava tanto que gritava seu nome quando celebrava a missa.
– Maravilhoso – disse a doutora. – Simplesmente maravilhoso.

5

Passada a primeira semana, formou-se uma rotina que caracterizou todos aqueles dias de verão em Nova York – dias introspectivos e confessionais em que desenrolei a história de minha triste família para a adorável psiquiatra de Savannah, cujo trabalho era consertar o dano que fora feito em uma daquelas pessoas.

A história progredia vagarosamente e, enquanto se desdobrava, senti uma força interior começar a palpitar. Passei os primeiros dias revendo as fitas gravadas que registravam de maneira indiferente a extensão do colapso de minha irmã. Ela falava em fragmentos de linguagem. Anotei seus gritos em um papel, estudei-os e, a cada dia, me chocava com algum fragmento de recordação que eu havia suprimido ou esquecido. Cada uma de suas frases, por mais irreais ou grotescas que fossem, tinha fundamento na realidade, e cada recordação levava a outra e a mais outra, até que minha cabeça ardia com pequenas geometrias intrincadas de pensamento. Havia dias em que era difícil esperar até as cinco horas da tarde para encontrar a dra. Lowenstein.

Mas comecei a encontrar no inconsciente desde a fruta silvestre até os grandes pomares cuidadosamente cultivados. Tentei cortar todo o supérfluo e o lugar-comum, apesar de saber que há grandes verdades escondidas entres os trevos, a relva e a vegetação rasteira. Como catador do passado tumultuado de minha irmã, queria que nada ficasse de lado, mas desejava encontrar a única rosa que poderia conter a imagem do tigre quando fosse encontrada florescendo em alguma grade.

Quando me sentava, cercado de livros e plantas na sala do apartamento de minha irmã, o inimigo era a falta de determinação. A tarefa que eu estabelecera para mim mesmo naquele verão era bastante simples: eu deveria embarcar em uma grande viagem em mim mesmo. Estudaria os fatos e os incidentes que levaram à criação de um homem defensivo e medíocre. Passei aqueles dias vagarosamente. O tempo só se fazia notar quando eu percebia o movimento do sol sobre Manhattan. Tentei me colocar na confluência das coisas, estudar meus satélites interiores de maneira tão imparcial como um astrônomo percebendo as 12 luas presentes na massa perolada de Júpiter.

O silêncio do início das manhãs passou a me agradar. Nele, comecei a fazer um diário, com anotações solenes, em uma letra que se tornara menor a cada ano, espelhando minha própria diminuição. Inicialmente, concentrei-me apenas no que era essencial à história de Savannah. Mas logo voltei-me para mim mesmo, capaz de contar a história apenas por meio de meus próprios olhos. Não tinha direito ou credibilidade para interpretar o mundo pelos olhos dela. O melhor que eu poderia fazer por minha irmã seria contar minha própria história, com toda a honestidade possível. Eu levara uma vida singularmente sem coragem, passiva, apesar de vigilante, cheia de terror. Algo, porém, que dava forças à tarefa que tinha nas mãos era o fato de que estivera presente em quase todas as ocasiões significativas na vida de Savannah. Minha voz teria o som puro do testemunho e eu a levantaria em uma canção de purificação.

Eu tinha ali uma missão, um trabalho. Queria explicar por que minha irmã gêmea cortava suas veias, tinha visões medonhas e era perseguida por uma infância de tantos conflitos e aviltamentos que havia apenas uma chance muito pequena de que, algum dia, viesse a aceitá-la. Ao tentar explodir os diques da memória, eu registraria a inundação das ruas imaginárias da única cidade que amei. Contaria à dra. Lowenstein a respeito da perda de Colleton e como a morte de uma cidade deixava esculturas de cal e entalhes brancos como casca de ovo luzindo na memória. Se pudesse reunir coragem para contar tudo sem obstruir a verdade, murmurando as melodias daqueles hinos sombrios que nos fizeram marchar tão resolutamente em direção a nossos compromissos com um destino tão impiedoso, poderia explicar a guerra de minha irmã com o mundo.

Mas, em primeiro lugar, era preciso haver um tempo de renovação, um tempo para aprender o auto-escrutínio. Eu perdera quase 37 anos para a imagem que carregava de mim mesmo. Emboscara a mim mesmo, acreditando na definição de meus pais a meu respeito, palavra por palavra. Eles me definiram muito cedo, me cunharam como a uma palavra que tivessem traduzido em algum hieróglifo misterioso, e eu havia passado a vida inteira tentando corresponder àquela cunhagem ilusória. Meus pais tiveram êxito em sua tentativa de me tornar um estranho a mim mesmo. Transformaram-me na imagem exata do que precisavam naquele momento e, pelo fato de haver algo essencialmente complacente e ortodoxo em minha natureza, eu lhes permiti que me moldassem de acordo com as feições da criança incomparável que tinham em mente. Fui fiel à sua maneira de ver as coisas. Eles assobiavam e eu dançava de acordo com a música. Queriam um menino amável, e as velhas amabilidades sulistas brotavam de mim com um fluxo incessante. Almejavam ter um gêmeo estável, um pilar de sensatez para equilibrar a estrutura familiar, depois que perceberam que Savannah seria sempre a vergonha secreta, seu crime sem absolvição. Conseguiram não só me tornar normal, como também medíocre. Mas nem eles sabiam que estavam me dando sua dádiva mais perversa. Eu almejava a aprovação e o aplauso dos dois, seu amor por mim, simples e descomplicado, e procurei por isso durante anos, depois de perceber que não eram capazes de me deixar tê-lo. Amar uma criança é amar a si mesmo; esse era um estado de graça supérfluo que fora negado a meus pais por seu nascimento e pelas circunstâncias. Eu necessitava reencontrar algo que perdera. Em algum lugar do passado, eu perdera contato com o tipo de homem que poderia ser. Precisava me reconciliar com aquele homem que estava por nascer e tentar levá-lo delicadamente pelo caminho da maturidade.

 Pensei muitas e muitas vezes em Sallie e em nossas filhas. Havia me casado com a primeira mulher que beijara. Pensava ter me casado com ela porque era bonita, dotada de senso comum e de uma boa dose de insolência, diferente de minha mãe em todos os sentidos. Tinha me casado com a garota adequada, inteligente e habilidosa, e, abandonando todos os instintos de autopreservação, consegui, depois de anos de negligência, frieza e traição, transformá-la na imagem exata de minha mãe. Por alguma falha endêmica de minha masculinidade, eu não podia ter apenas esposas ou amantes; precisava de inimigas delicadas, murmurando canções mórbidas, e de franco-atiradores em vestidos estampados, que atiravam em mim do alto de torres de igrejas. Não me sentia bem com ninguém que não me desaprovasse. Pouco importava quanto lutasse com todas as forças para atingir padrões incrivelmente altos para mim, jamais conseguia fazer nada inteiramente e certo. Assim, acabei me acostumando àquele clima de inevitável fracasso. Odiava minha mãe e me desforrei dela passando seu papel para minha esposa. Em Sallie, eu formara a mulher que seria uma versão mais sutil, mais atraente, de minha própria mãe. Do mesmo modo que minha mãe, Sallie começou a se sentir desapontada e envergonhada com relação a mim. A configuração e o teor de minha fraqueza definiriam a impetuosidade da ressurreição de ambas; meu fracasso serviria de moldura para sua força, seu desabrochar e sua libertação.

Apesar de odiar meu pai, eu expressava com eloqüência esse ódio imitando sua vida, tornando-me mais inútil a cada dia, ratificando as tristes profecias que minha mãe fizera para meu pai e para mim. Pensei ter alcançado êxito em não me tornar um homem violento, mas até mesmo essa crença ruiu por terra. Minha violência era subterrânea, invisível. Era representada por meu silêncio, o longo retraimento que eu transformava em coisas perigosas. Minha malignidade se manifestava no terrível inverno de meus olhos azuis. Meu olhar ferido podia trazer a idade do gelo para a mais ensolarada e agradável das tardes. Eu estava para completar 37 anos e, com aptidão e habilidade naturais, descobria como levar uma vida perfeitamente sem sentido, mas que poderia, imperceptível e inevitavelmente, arruinar a vida dos que comigo conviviam.

Assim, contei com aquele verão de liberdade inesperado como a última chance para me medir como homem, um intervalo agitado antes de me aventurar pelas armadilhas e pelos cerimoniais da meia-idade. Queria, por um ato de vontade consciente, fazer daquele verão um tempo de avaliação – se tivesse sorte, um tempo de cicatrização e reconstituição de um espírito malogrado.

Com o processo da recordação, tentaria me curar, para reunir a força que precisaria manifestar quando guiasse a dra. Lowenstein pelas ladeiras e vertentes do passado.

Eu acordava com as primeiras luzes do dia e, depois da anotação superficial dos sonhos daquela noite, me levantava, tomava banho e me vestia. Em seguida, tomava um copo de suco de laranja fresco, aquela primeira ferroada cítrica que era uma alegria para a língua. Ia até a escada dos fundos do prédio e descia até Grove Street. Em Sheridan Square, comprava o *The New York Times* do vendedor anônimo – representante de uma subespécie de nova-iorquinos que fazem serviços ínfimos porém essenciais e que têm a aparência tão indiferenciada como a de uma passagem do metrô. Voltando pela rua Bleecker, comprava dois croissants em uma padaria francesa dirigida por uma despreocupada madame de Lyon. Enquanto voltava para o apartamento, comia um dos croissants, que eram admiráveis, leves e quentes como pássaros, que se quebravam em pequenas folhas enquanto ainda continham um pouco do calor do forno. Minhas mãos cheiravam a pão quando me sentava na poltrona da sala e abria a seção de esportes do jornal. Eu era um prisioneiro perpétuo da leitura matinal da seção de esportes e memorizava sua longa coluna de estatísticas. Por sua obsessão hierática com os números, a temporada do beisebol era a minha favorita, a cada dia enobrecida pela numerologia lúcida dos resultados dos jogos.

Com o jornal lido e espalhado em torno de mim, enfrentava então o terror das manhãs de verão. A derrota era meu tema.

O TERMOSTATO DO AR-CONDICIONADO do consultório da dra. Lowenstein estava sempre posicionado em uma temperatura muito baixa. Eu chegava daquelas ruas tórridas, besuntado com suor e poeira, e estremecia involuntariamente ao entrar naquele conjunto de escritórios bem equipados, com seu clima falso independentemente das estações do ano. O escritório externo, onde trabalhava a recepcionista, sra. Barber, estava com a temperatura sempre um ou dois graus acima da temperatura quase ártica da sala de espera. A luz do sol às cinco da tarde se dividia em tiras simétricas quando eu entrava para meus solilóquios diários com a dra. Lowenstein.

A sra. Barber levantou os olhos para mim quando cheguei para uma de minhas sessões.

– Oh, sr. Wingo – disse, verificando a agenda –, tivemos uma mudança de horários hoje. A dra. Lowenstein espera que o senhor não se importe.

– O que aconteceu?

– Emergência. Uma amiga telefonou completamente descontrolada. A dra. Lowenstein gostaria que o senhor a esperasse e, quando ela terminasse, poderiam sair e tomar um drinque em algum lugar.

– Está bem. Posso ficar na sala de espera e pegar aquelas revistas pretensiosas?

– Claro, eu aviso a ela – disse a sra. Barber. Então, com um olhar suave e maternal, perguntou: – Tudo bem, Carolina do Sul?

– Não muito, sra. Barber. – Minha voz tremeu com a insuspeitada sinceridade da resposta.

– Você ri e faz muitas piadinhas para alguém que não está bem.

– E consigo enganar você, não consigo?

– De jeito nenhum. Tenho lidado com pessoas com problemas por muito tempo. Os problemas aparecem no olhar. Se eu puder fazer alguma coisa por você, qualquer coisa, é só dar um grito.

– Sra. Barber, pode se levantar um minuto? – perguntei, subitamente dominado por um vasto e insuportável amor por aquela estranha.

– Para quê, meu bem?

– Quero cair de joelhos e beijar seu traseiro. É um reflexo que tenho atualmente com qualquer pessoa que seja minimamente gentil comigo.

– Você só está preocupado com sua irmã.

– Não, nada disso. Ela é só a fachada que eu uso. Todas as vezes em que desmorono, eu a utilizo como desculpa ou justificativa. Ponho nela a culpa de minha tristeza e faço isso da maneira mais baixa e covarde.

– Bem – disse ela, abrindo a bolsa e dando um olhar furtivo em direção ao consultório da dra. Lowenstein –, toda vez que tenho um arranca-rabo com meu marido ou estou preocupada com as crianças, procuro o dr. Jack para um pequeno alívio.

Tirou uma garrafa de uísque Jack Daniel's da bolsa e despejou uma dose num copinho de papel do bebedouro.

— O dr. Jack atende a domicílio e cura aquilo que nos aflige.

Tomei o uísque de um só gole e senti seu brilho marrom em meu estômago.

— Obrigado, sra. Barber.

— Não diga à dra. Lowenstein que eu lhe dei isso, Carolina.

— Meus lábios estão selados! Por falar nisso, como vão os pingüins?

— Que pingüins?

— Faz tanto frio aqui que pensei que a doutora estivesse criando pingüins ou que a maioria dos clientes fosse esquimós maníaco-depressivos.

— Caia fora daqui agora, Carolina — disse a sra. Barber, livrando-se de mim com um sumário aceno de despedida. — A dra. Lowenstein gosta que fique frio no verão e quente no inverno. Preciso usar malhas durante o verão, e Deus sabe que tenho vontade de andar por aí de biquíni quando a neve se acumula lá fora no mês de fevereiro.

— Então ela cura um monte de loucos e depois perde-os para a pneumonia?

— Cai fora! — ordenou ela, voltando para a máquina de escrever. Estremeci novamente ao entrar no santuário gelado em que os pacientes aguardavam as intimações da dra. Lowenstein.

Peguei uma pilha de *Architectural Digest* na mesinha de centro e comecei a folheá-la ociosamente, rindo ao pensar que qualquer ser humano podia viver e sofrer naquelas casas voluptuosas. Havia uma sensibilidade excessiva no trabalho de criação de cada casa que eu observava. Vi a biblioteca de um arquiteto italiano, tão ebuliente e rococó que se notava que nem um único livro fora lido naquelas cadeiras brilhantes de couro, colocadas artisticamente em intervalos perfeitos ao longo das paredes. Até os livros se tornaram parte do mobiliário. O decorador furtara janelas de casas demolidas e painéis de castelos arruinados. Nada era original. Tudo era resultado de pilhagens em casas de leilões — o toque pessoal se rendia à majestade da ornamentação elaborada.

— Onde estão os chiqueiros, as latas de lixo e os cinzeiros? — disse em voz alta, virando as páginas e vendo as fotografias de um castelo restaurado do vale do Loire. — Onde está o lenço de papel, o papel higiênico e as escovas de dente sobre a pia?

Conversar com revistas e jornais era um de meus passatempos favoritos; considerava essa conversa uma ginástica mental. Não vi nem ouvi a mulher entrar na sala e sentar-se perto da porta.

Ela sentou-se ereta, quase imaterial em sua imobilidade, aflita e exausta. Era uma daquelas mulheres de beleza clássica que me inspiravam admiração muda. A beleza excessiva na mulher é freqüentemente uma carga incômoda, tanto quanto a simplicidade, e muito mais perigosa. É necessária muita sorte e integridade para sobreviver à dádiva da beleza perfeita; e a impermanência é sua pior traição.

Ela chorava sem lágrimas e parecia estar sendo estrangulada. Seu rosto estava desfigurado pelo esforço de controlar a tristeza, como uma daquelas madonas exaustas que pairam amorosamente sobre seus filhos mortos em Pietás espalhadas por toda a Europa.

Apesar de eu estar na mesma sala, resmungando para as fotografias, ela não me olhou nem tomou conhecimento de minha presença.

Ah! Nova-iorquina, pensei comigo. Nenhuma conversa fiada ou pequenas cortesias para diminuir o desconforto daquele encontro casual.

Voltei às páginas da *Architectural Digest* e guardei as críticas para mim mesmo. Li em silêncio durante vários minutos, quando então ouvi que chorava novamente, desta vez com lágrimas.

Cuidadosamente, imaginei algumas táticas para me aproximar. Ou deveria ignorá-la e ficar na minha? Deixei de lado essa preocupação por ser inconsistente com meu caráter intrometido e bem-intencionado. Deveria ser atencioso de um modo profissional ou deveria perguntar-lhe diretamente o que estava errado e se poderia ajudá-la de algum modo?

Por ser tão linda, ela talvez pensasse que eu estava tentando lhe passar uma cantada, sem levar em conta o que eu dissesse ou fizesse. Esse é um perigo que uma mulher bonita com problemas certamente deve correr, e eu não queria aumentar sua preocupação. Então, pensei, vou usar a técnica de aproximação direta e admitir de imediato que sou impotente, um cantor castrado de coro infantil, um homossexual que tem caso com um estivador, que quero ajudá-la porque não agüento vê-la tão infeliz.

Mas não digo nada. Não sei como me aproximar das pessoas em Nova York. Sou um estranho aqui, pouco familiarizado com os códigos que governam o comportamento humano nestes gloriosos vales de vidro. Por outro lado, penso, vamos acreditar que sou como todas as pessoas alienadas, que não sinto por ela nada além do que sentiria vendo um bêbado vomitando em uma estação do metrô. Sei, com toda certeza, que, se ela fosse simples ou apenas bonitinha, eu falaria imediatamente com ela, me ofereceria para procurar um lenço, encomendar uma pizza, comprar um martíni, flores, enviar-lhe um cartão Hallmark ou dar um cacete no marido que a está maltratando. Mas estou fascinado por sua beleza incrível, perdi por completo a fala por causa dela. Todas as mulheres que eu havia encontrado, louvadas e classificadas por sua extraordinária beleza, tinham também recebido as chaves para um mundo de intolerável solidão. Esse era o coeficiente de sua beleza, o preço que eram obrigadas a pagar.

Abaixei a revista e, sem olhar para ela, disse:

— Desculpe-me, senhora. Meu nome é Tom Wingo e sou da Carolina do Sul. Posso fazer algo para ajudar? Sinto-me mal ao vê-la assim tão triste.

Ela não respondeu. Sacudiu a cabeça com raiva e chorou ainda mais. Minha voz pareceu incomodá-la.

— Sinto muito – murmurei. – Quer que eu pegue um copo d'água?

— Vim aqui – disse ela, entre lágrimas e soluços – para ver uma merda de uma psiquiatra. Não preciso da ajuda de um de seus pacientes de merda.

— Há um pequeno mal-entendido aí, senhora. Não sou paciente da dra. Lowenstein.

— Então por que está aqui na sala de espera? Isto aqui não é ponto de ônibus. – Abriu a bolsa para procurar algo e ouvi o chacoalhar de chaves. – Pode arrumar um lenço de papel para mim, por favor? Parece que esqueci o meu.

Corri para a porta, aliviado por poder ser de alguma ajuda e agradecido por ter sido poupado de explicar por que estava como um bobo esperando naquela sala. A sra. Barber me deu o lenço de papel e murmurou:

— Ela está mal, Carolina.

Voltei à sala de espera e lhe entreguei o lenço. Ela agradeceu e assoou o nariz. Uma coisa que sempre me deixou curioso é o fato de que mulheres maravilhosas também têm de assoar o nariz. Parecia uma incongruência, até mesmo uma obscenidade, que elas também tivessem de se submeter a essas funções corporais tão inconvenientes. Ela enxugou as lágrimas e esse processo lhe sujou o rosto com pequenos triângulos roxos, desiguais, causados pelo rímel que escorreu. Tirando um estojinho de pó compacto da bolsa Gucci, ela consertou habilmente a maquiagem.

– Obrigada – disse, recompondo-se. – Desculpe-me por ter sido tão desagradável. Estou passando por um mau momento.

– O problema é um homem?

– O problema não é sempre um homem? – Sua voz denotava amargura.

– Quer que eu dê uma surra nele? – perguntei, pegando o último número da *The New Yorker*.

– Claro que não – ela respondeu com impaciência. – Eu o amo muito.

– Foi só um oferecimento. Meu irmão costumava fazer isso para minha irmã e para mim. Se alguém estivesse nos incomodando na escola, Luke simplesmente perguntava: "Quer que eu dê uma surra nele?" Ele nunca deu a surra, mas sempre nos fez sentir muito melhor.

Ela sorriu para mim, mas o sorriso se dissolveu em uma careta comovente. Uma medida de sua beleza era o fato de que a careta apenas realçava a perfeição de seu rosto.

– Tenho ido ao psiquiatra há mais de quatro anos – disse ela, batendo de leve nos olhos para secá-los –, e nem ao menos tenho certeza se gosto daquele filho-da-puta.

– Você deve ter um seguro de saúde muito bom. O meu não cobre doenças mentais. Não cobre nem mesmo as doenças físicas.

– Eu *não* sou mentalmente doente – retrucou ela, remexendo-se na cadeira. – Sou apenas muito neurótica e estou sempre me apaixonando por idiotas.

– Os idiotas compõem uma porcentagem da população do mundo. Tentei fazer um cálculo matemático e acho que chega a mais ou menos 73%. E está subindo.

— Em que categoria você se coloca?

— Eu? Sou um idiota. Membro vitalício do clube. A única coisa boa a esse respeito é que não tenho de pagar mensalidades e isso me coloca em considerável vantagem.

Seu sorriso foi áspero e forçado.

— O que você faz para viver? – perguntou.

— Sou treinador de futebol de times do ensino médio, ou melhor, era. – Envergonhado, percebi muito bem a incredulidade em sua reação.

— Não – disse ela. – Quero saber a verdade.

— Sou advogado – repliquei, desejando terminar aquele interrogatório humilhante o mais rápido possível. Sempre gostei da admiração espontânea que recebia quando confessava a estranhos que representava alguma companhia multinacional particularmente arrojada e voraz.

— Você não parece um advogado. – Desconfiada, olhou para minhas calças cáqui e camisa Lacoste desbotada, com o heráldico jacaré quase caindo. – Também não se veste como advogado. Em que faculdade você estudou?

— Harvard – respondi, modestamente. – Olhe, eu poderia contar muita coisa sobre a faculdade de direito, mas só iria aborrecê-la. A agonia de ser o editor da *Law Review*; o desapontamento que senti ao terminar a faculdade em apenas segundo lugar...

— Sinto muito por ter chegado chorando – disse ela, fazendo o assunto voltar outra vez para si mesma.

— Não há problema. – Eu estava satisfeito por ela ter aceito minhas credenciais.

— Pensei que você fosse me passar uma cantada. Por isso fui tão rude.

— Não sei como cantar as pessoas.

— Mas você é casado – comentou ela, olhando para minha aliança. – Deve ter passado uma cantada na mulher que se tornou sua esposa.

— Não, senhora. Ela me agarrou em um shopping center e abriu meu zíper com os dentes. Foi assim que eu soube que ela queria alguma coisa comigo. Fui muito tímido com as moças quando era jovem.

— Sou apenas amiga de Susan – disse ela, tirando os luxuriantes cabelos loiros de cima dos olhos com um gesto distraído e indiferente.

– Não sou paciente dela. Meu maldito psiquiatra está fora da cidade, aquele cretino. Susan deixa que eu a use em emergências.

– É muito simpático da parte dela.

– Ela é um ser humano maravilhoso. Tem problemas, como todo mundo, mas você está em mãos muito hábeis. Oh, droga, tive um dia muito difícil.

– Qual é o problema?

Ela me olhou de um modo estranho e disse friamente, sem malícia:

– Olhe, quando eu precisar fazer um testamento, posso até ligar para você. Mas costumo procurar profissionais para meus problemas pessoais.

– Sinto muito. Eu não tinha a intenção de me intrometer.

Ela voltou a chorar, cobrindo o rosto com as mãos. Nesse instante a dra. Lowenstein saiu do consultório e chamou:

– Monique, entre, por favor. – Quando Monique entrou, a doutora disse rapidamente: – Espero que você não se importe, Tom. Minha amiga está com problemas. Depois de falar com ela, vamos tomar um drinque.

– Será um prazer, doutora.

ENTÃO, MINHA IRMÃ e eu começamos nossas vidas em Colleton como os filhos da tormenta, os gêmeos de Bathsheba. Durante os seis primeiros anos de nossa vida, não saíamos do condado de Colleton; aqueles anos são imemoráveis para mim, perdidos nos emaranhados e revestimentos da memória avara, com as imagens incrivelmente pródigas de uma ilha da Carolina do Sul. Eis aqui como minha mãe se recorda daqueles anos: seus filhos levaram a sério o trabalho de crescer e ela esteve sempre ao nosso lado, quando demos os primeiros passos, quando balbuciamos as primeiras palavras para o rio e quando nos molhávamos com a mangueira sobre os gramados perfumados do verão.

Enquanto o tempo passava do solstício para o meio-solstício, naquelas zonas escuras de minha primeira infância, eu brincava sob a distraída majestade do olhar azulado de minha mãe. Com aqueles olhos sobre mim, eu sentia como se estivesse sendo estudado por flores. Parecia que ela nunca se fartava de nós; tudo o que dizíamos ou pensávamos lhe dava prazer. O som de sua risada seguia nossas corridas descalças pela relva. Por sua própria definição, ela era uma daquelas mulheres que adoram bebezinhos e crianças pequenas. Em seis anos fascinantes e ensolarados, pôs todo seu coração nos deveres insuperáveis da maternidade. Não foram fáceis aqueles anos, e ela se achou no direito de nos lembrar de suas agruras a cada dia para o resto de nossas vidas. Mas éramos crianças alegres, loucas para brincar e nos dedicarmos aos segredos da floresta e à sua visão extraordinária do universo. Não sabíamos que ela era uma mulher profundamente infeliz nem que nunca nos perdoaria por termos crescido. Mas crescer não era nada, comparado ao nosso outro crime imperdoável: ter nascido. Minha mãe não era fácil de se conhecer. Nascemos em uma casa de confusões, drama e dor. Éramos os sulistas típicos. Em cada sulista, embaixo do verniz do lugar-comum jaz um filão muito mais profundo de lugares-comuns. Mas cada lugar-comum é encoberto quando se trata de crianças.

Meu pai quase sempre chegava em casa quando já estava escuro. Geralmente eu estava na cama quando ouvia seus passos na varanda e, por causa disso, comecei a associá-lo à escuridão. A voz de minha mãe se transformava e perdia a música quando ele chegava. Ela se tornava uma mulher diferente a partir do momento em que meu pai abria a porta; todo o ambiente doméstico também se transformava. Eu escutava suas vozes, baixas e sussurrantes, falando durante o jantar tardio, com cuidado para não nos acordarem enquanto conversavam sobre o que acontecera durante o dia.

Certa vez, ouvi minha mãe chorar enquanto meu pai lhe batia. Na manhã seguinte, ela o beijou nos lábios quando ele saiu para o trabalho.

Havia dias em que minha mãe não nos dirigia a palavra, quando sentávamos na varanda fitando o rio e a cidade de Colleton, e seus olhos se anuviavam com uma melancolia resignada e um torpor que nem mesmo o choro conseguiria retirar. Seu silêncio nos assustava. Ela passava distraidamente os longos dedos pelos cabelos, as lágrimas jorravam de seus olhos, porém sua expressão não mudava. Aprendemos a nos afligir em silêncio quando a víamos assim, e nos reuníamos em torno dela em um círculo protetor. Era impossível penetrar sua alma porque ela não partilhava a mágoa conosco. O que minha mãe mostrava ao mundo e a nós era uma essência branca, uma fachada filigranada e brilhante, representando uma parte íntima de si mesma. Ela era sempre um pouco mais que a soma de suas partes, porque havia partes essenciais que não vinham à tona. Passei a vida inteira estudando minha mãe e ainda não sou um perito no assunto. De certo modo, era a mãe perfeita para mim; por outro lado, era o exemplo do apocalipse.

Já tentei entender as mulheres e essa obsessão me deixou irritado, e me fez sentir ridículo. O abismo é vasto e traiçoeiro. Há uma cadeia de montanhas entre os sexos e não existe uma raça exótica de xerpas para traduzir os enigmas dos desfiladeiros que nos separam. Por ter fracassado em conhecer minha mãe, foi-me negado o dom de conhecer as outras mulheres que cruzassem meu caminho.

Quando minha mãe estava triste ou magoada, eu me culpava ou sentia que tinha feito algo imperdoável. Uma porção de culpa é coisa comum para os meninos sulistas: passamos a vida inteira nos desculpando com nossas mães por nossos pais terem sido maridos tão péssimos. Nenhum menino consegue agüentar por muito tempo o peso e a magnitude da paixão deslocada de sua própria mãe. Entretanto, alguns resistem às investidas maternas, solitárias e inocentemente sedutoras. Há tanta doçura proibida em se tornar o amante casto e secreto da mulher do pai, tanto triunfo em se tornar o rival que recebe o amor insuportavelmente terno de mulheres frágeis nas sombras da casa paterna! Não há nada mais erótico no mundo que um menino apaixonado pela figura e pelo carinho da mãe. É a luxúria mais requintada e proibida que existe. E também a mais natural e prejudicial.

Minha mãe veio das montanhas ao norte da Geórgia. Os montanheses são pessoas isoladas; os que vivem nas ilhas são cidadãos do mundo. Um habitante das ilhas cumprimenta um estranho com um aceno; um montanhês se pergunta por que ele veio. O rosto de minha mãe, etereamente bonito, sempre sorridente, era uma janela para o mundo, mas apenas na aparência. Ela era mestra em extrair as biografias dos estranhos e igualmente adepta de não revelar nenhum fato, por mais insignificante que fosse, a seu respeito. Ela e meu pai combinavam de maneira muito estranha. A vida a dois foi uma guerra que durou trinta anos. Os únicos prisioneiros que podiam fazer eram os filhos. Mas havia épocas de calmaria, em que eram assinados muitos tratados e armistícios, antes que pudéssemos fazer uma avaliação do massacre. Essa foi nossa vida, nosso destino, nossa infância. Vivemos da melhor maneira que pudemos e a ilha era agradável e generosa.

De repente, fomos arrancados daquela vida e o período que se seguiu ficou completamente gravado em minha mente.

Em agosto de 1950, para sua surpresa e seu desprazer, meu pai foi reincorporado ao serviço militar e recebeu ordens de seguir para a Coréia. Minha mãe decidiu que não era seguro uma mulher viver sozinha com três crianças pequenas na ilha Melrose. Aceitou o convite de minha avó para passar aquele ano em Atlanta, onde a velha morava em uma casa na Rosedale Road. Até então, eu não sabia que tinha avó, pois meus pais nunca haviam mencionado seu nome. Ela encarnou em nossas vidas como um mistério e um presente.

Despedimo-nos de vovô Wingo em Colleton, trancamos a casa e fomos para Atlanta passar nosso único ano como crianças da cidade. Ao chegar à Rosedale Road, beijei a mãe de meu pai pela primeira vez, enquanto ela nos conduzia pelo estreito caminho que levava à sua casa. Morava com um homem chamado Papai John Stanopolous. Vovó abandonara o marido e o único filho no auge da Depressão e fora para Atlanta procurar trabalho. Trabalhara durante um ano no departamento de lingerie da loja de departamentos Rich's e mandara metade do salário para a família em Colleton. Quando o divórcio foi aprovado, casou-se com Papai John uma semana depois de se conhecerem, quando ele se perdera na loja de departamentos. Ela lhe disse que nunca fora casada. Escutei com perplexidade quando meu pai nos apresentou a Papai John como primos de vovó. Essa história iria evoluir vagarosamente ao longo dos anos. Nossos pais não acreditavam que se devesse contar muitas coisas às crianças e, por isso, só nos contaram aquilo que pensaram que devíamos saber. Desse modo, ao chegarmos à Rosedale Road, já tínhamos aprendido a manter o bico calado e guardar nossos pensamentos. Meu pai me apresentou à minha avó, Tolitha Stanopolous, e mandou que a chamasse prima Tolitha. Como era um menino obediente, fiz exatamente como ele disse. Naquela noite, quando pedi uma explicação à mamãe, ela respondeu que não era da minha conta e que explicaria quando eu fosse mais velho.

Quando chegamos, Papai John se recuperava do primeiro de uma série de ataques do coração que, depois, acabariam por matá-lo. Seu rosto era comprido e encovado, com um nariz incrivelmente grande e uma careca majestosa. Por não ter filhos, ele nos amou apaixonadamente desde o primeiro momento em que entramos no quarto em que, mais tarde, ele morreria. Nunca lhe bastavam os beijos que nos dava. Amava o sabor, o cheiro e o barulho das crianças. Chamava meu pai de primo Henry.

A casa fora construída sobre uma colina, em um condomínio de casas bonitas e despretensiosas, todas com o mesmo estilo de arquitetura. Situava-se na região conhecida como Virginia Highlands, em Atlanta, mas minha avó insistia em dizer que morava em Druid Hills, endereço muito mais grã-fino, a alguns quarteirões dali. A fachada da casa era sombria, de tijolos vermelhos, cor de sangue seco, que conferiam àquela porção nordeste da cidade certa pátina enferrujada e sinistra. Tinha telhados angulosos e pontudos e, vista da rua, havia um ar confortável e ligeiramente desagradável. Por dentro, espalhava-se em inúmeros cômodos, pequenos e claustrofóbicos, todos com formatos estranhos, cantos assustadores, nichos nas paredes, recortes e lugares nos quais uma pessoa podia se esconder. Era uma casa planejada para alimentar os pesadelos de uma criança.

Embaixo, havia um horrível porão inacabado, medonho, que provocava tantas fantasias nas pessoas que nem mesmo minha mãe entrava ali depois que escurecia. Duas paredes de concreto, transpirando umidade e água de chuva, contrapunham-se a duas outras, de barro vermelho da Geórgia, nuas e feias.

A casa ficava quase escondida por quatro imensos carvalhos cujos galhos se espalhavam pela fachada como um guarda-sol. Eram árvores tão grandes e largas que a casa quase não se molhava quando havia temporais. Mas eram consistentes com a cidade e a vizinhança.

Atlanta é um lugar onde se construiu a cidade sem tocar na floresta. Os gambás e os guaxinins vinham passear em nosso quintal durante a noite e minha mãe lhes dava doces. Na primavera, o ar se perfumava com o aroma dos gramados recém-cortados e, ao descermos a avenida Stillwood, o céu parecia completamente branco de tantas flores que havia nas árvores.

Foi uma época em que eu não estava consciente de nada além do fato de ser criança. Mas um ano é um tempo bastante longo e instrutivo, e esse período que passei em Atlanta me fez entrar em contato com o mundo. Na primeira semana em que estávamos lá, minha avó nos deteve quando saíamos pela porta dos fundos levando barbante, um balde e dois pescoços de galinha para pegar caranguejos. Íamos procurar o mar ou o rio que devia existir em Atlanta. Era inconcebível para nós que, com todos os prazeres proporcionados por aquela cidade, não fosse possível ir caçar caranguejos. Não podíamos imaginar um mundo sem ilhas ou uma rua que não terminasse no mar. Mas a rua de que sempre nos recordaríamos – aquela que tentaríamos obliterar pelo simples prazer de caçar caranguejos em uma cidade privada de oceanos – era a que levava ao sopé da montanha Stone.

No sábado anterior a sua partida para a Coréia, meu pai nos levou para fora da cidade antes do amanhecer, estacionou o carro na escuridão e nos conduziu ao atalho que subia até o topo da montanha Stone, onde vimos o sol nascer. Era a primeira montanha que víamos ou subíamos. Ficando ali, no topo de granito, com a luz do sol começando a atravessar a Geórgia, parecia que o mundo inteiro se espalhara sobre nós. A distância, podíamos ver a modesta silhueta de Atlanta emoldurada pela luz do sol. De um lado da montanha, as efígies inacabadas de Robert E. Lee, Jefferson Davis e Stonewall Jackson* estavam sendo talhadas na pedra, como cavaleiros incompletos trotando pelo granito em uma cavalgada eterna.

Minha mãe trouxera uma cesta de piquenique e estendeu uma toalha branca no topo do maior fragmento de granito exposto do

---

*Robert E. Lee, Jefferson Davis e Stonewall Jackson – heróis da guerra civil norte-americana. (*N. do T.*)

mundo. Não havia vento, o dia estava claro e a toalha aderiu à rocha como um selo. Nós, as crianças, brincávamos de lutar com nosso pai, sobre a montanha que era só nossa. Foi ali, no topo da montanha Stone, que recebi a primeira lição sobre a personalidade de meu pai e como ela afetaria minha infância. Naquele dia tomei consciência dos perigos de nossa família.

— Por que você precisa ir para a guerra novamente? — perguntou Savannah a meu pai, que estava deitado de costas com a cabeça sobre a pedra, fitando o céu azul. As veias em seus braços eram grossas e salientes sob a pele.

— Desta vez, não tenho a menor idéia, meu anjo — disse ele, levantando-a no ar.

Dando uma olhada geral pela região, Luke disse:

— Quero voltar para Colleton. Aqui não há camarões.

— Vou ficar fora por um ano. Quando voltar, iremos para Colleton.

Minha mãe espalhou um banquete de sanduíches de presunto, ovos e salada de batatas e fiquei surpreso ao descobrir uma colônia de formigas avançando em fileiras disciplinadas em direção à comida.

— Vou sentir saudades de meus bebês — disse meu pai, observando Savannah. — Vou escrever todas as semanas e selar as cartas com um milhão de beijos. Mas não para vocês, meninos. Vocês não querem nada com beijos, não é?

— Não, paizinho — respondemos, Luke e eu, simultaneamente.

— Estou criando vocês para serem lutadores. Não para serem amáveis — disse ele, dando tapas em nossas cabeças. — Digam-me que não vão deixar sua mãe torná-los amáveis quando eu estiver fora. Ela é muito delicada com vocês. Não deixem que ela lhes ponha roupas femininas e os leve a chás. Quero que vocês me prometam uma coisa: que os dois batam em um menino por dia. Não quero voltar da Coréia e encontrá-los agindo como meninos da cidade grande. Está bem? Lembrem-se, vocês são meninos do campo, e os meninos do campo são sempre lutadores.

— Não — disse minha mãe com firmeza, porém calmamente. — Meus meninos vão ser amáveis. Quero que sejam os meninos mais doces que já se viu. Eis a sua lutadora, Henry. – E apontou para Savannah.

– Sim, paizinho – concordou Savannah. – Eu sou uma lutadora. Posso dar uma surra no Tom na hora que quiser. E quase venço Luke quando ele usa uma só mão.

– Não, não, você é uma menina e meninas são sempre amáveis. Não quero que você lute. Quero que seja suave e doce para o seu paizinho.

– Não quero ser suave e doce – disse Savannah.

– Você? – disse eu. – Você não é.

Savannah, mais forte e mais rápida do que eu, surpreendeu-me com um forte soco no estômago. Chorando, corri para minha mãe, que me envolveu em seus braços.

– Savannah, pare de amolar seu irmão. Você passa o tempo todo incomodando-o – repreendeu minha mãe.

– Está vendo? – disse Savannah, voltando-se para meu pai. – Sou uma lutadora.

– Tom, estou com vergonha de você – disse ele, ignorando Savannah. – Chorando quando uma menininha bate em você. Que coisa mais feia. Meninos nunca choram. Nunca. Não importa o motivo.

– Ele é sensível, Henry – disse minha mãe, afagando-me a cabeça. – Por isso, cale a boca.

– Oh, sensível – zombou meu pai. – Bem, eu não gostaria de dizer nada que pudesse magoar alguém tão sensível. Agora, você nunca encontraria Luke chorando como um bebê por causa disso. Eu já o surrei com o cinto e não vi uma lágrima. Ele é homem desde o dia em que nasceu. Tom, venha cá e lute com sua irmã. Dê-lhe uma lição.

– É melhor ele não vir, ou eu bato novamente – disse Savannah, e eu percebi pelo seu tom de voz que ela estava triste por ter me posto naquela situação.

– Não, Henry, não é assim que se faz – disse minha mãe.

– Você cria a menina, Lila! Eu cuido dos meninos. Venha cá, Tom.

Saí dos braços de minha mãe e andei cinco metros que pareceram quilômetros. Parei em frente a meu pai.

– Pare de chorar, bebezão – ordenou ele, e eu chorei ainda mais.

– Não, Henry – disse minha mãe.

– É melhor você parar de chorar ou eu lhe dou uma boa razão para isso.

– Não consigo parar – respondi, entre soluços.

– A culpa é minha, paizinho – gritou Savannah.

Meu pai me esbofeteou e me jogou no chão.

– Eu disse para parar de chorar, garotinha!

Meu rosto estava dormente e pegava fogo no lugar onde ele havia batido. Escondi a cabeça no chão e berrei.

– Não toque nele novamente, Henry – ouvi minha mãe dizer.

– Não recebo ordens de mulheres, Lila – meu pai disse, voltando-se para ela. – Você é mulher e nada além de uma maldita mulher. Cale a boca quando eu estiver disciplinando um dos meninos. Eu não interfiro entre você e Savannah porque não ligo a mínima para a maneira como você a educa. Mas *é* importante criar direito os meninos porque não há nada pior no mundo do que um menino que não tenha sido bem criado. Olhei para cima e o vi sacudindo minha mãe, cujos olhos estavam cheios de lágrimas e de humilhação. Nunca amei ninguém tanto como a amei naquele instante. Olhei para meu pai, que estava de costas para mim, e senti o nascimento do ódio em algum dos recantos escuros da alma, senti seu grito em um êxtase proibido.

– Solte minha mãe – disse Luke.

Todos nos voltamos para o lugar de onde viera a voz de Luke, que segurava uma pequena faca de cozinha retirada da cesta de piquenique.

– Não, Luke, meu querido, está tudo bem – disse minha mãe.

– Não, não está tudo bem – respondeu ele, os grandes olhos brilhando de raiva. – Solte minha mãe e não bata mais no meu irmão.

Meu pai fitou o filho mais velho e começou a rir. Levantei-me e corri outra vez para os braços de minha mãe, enquanto a risada de meu pai me perseguia pela montanha. Eu iria correr daquele riso zombeteiro, que me rebaixava, pelo resto da vida, sempre fugindo dele, sempre seguindo em direção a lugares onde fosse bem recebido.

– O que você em pensa fazer com essa faca, menino? – perguntou meu pai ao chegar perto de Luke.

– Por favor, pare, Luke – gritou Savannah. – Ele vai te machucar.
– Não, Luke – implorou minha mãe. – Ele não machucou a mamãe. Ele só estava brincando.
– Sim, Luke. Eu só estava brincando – disse meu pai.
– Você não estava brincando. Você é malvado – replicou Luke.
– Dê essa faca! Antes que eu arrebente você com o cinto.
– Não! Por que você é tão malvado? Por que machuca minha mãe? Por que quer bater em um menininho tão bom como Tom?
– Abaixe a faca, Luke – implorou minha mãe, deixando-me de lado e colocando-se entre meu pai e ele.

Meu pai a empurrou asperamente e disse:
– Não preciso de nenhuma mulher para me proteger de um menino de 7 anos.
– Eu estava protegendo Luke de você! – O grito de minha mãe foi levado pelo vento até a floresta lá embaixo.
– Eu posso tirar essa faca de você, Luke – disse meu pai, abaixando-se e avançando em sua direção.
– Eu sei que pode – disse Luke, a lâmina cintilando na mão –, mas só porque eu sou pequeno.

Meu pai deu um salto e agarrou-lhe o pulso. Girou-o até a faca cair no chão. Em seguida, vagarosamente, tirou o cinto e começou a bater em Luke com um movimento brutal de seus braços cobertos de pêlos avermelhados. Minha mãe, Savannah e eu nos juntamos, chorando, aterrorizados. Luke olhava as montanhas em direção a Atlanta, e agüentou a surra, a selvageria e a humilhação sem derramar uma única lágrima. Vergonha e exaustão, ou apenas a exaustão, fizeram meu pai parar. Ele recolocou o cinto nas presilhas da calça e deu uma olhada ao redor do triste piquenique de seu último dia nos Estados Unidos.

Luke voltou-se para ele e, com a intolerável dignidade que se tornou sua marca registrada para o resto da vida, disse em voz trêmula:
– Espero que você morra na Coréia. Vou rezar para você morrer.

Meu pai ameaçou tirar o cinto novamente, mas parou de repente, olhando para Luke e para todos nós.
– Ei, vocês, por que essa choradeira? Ninguém nesta família aceita uma brincadeira?

Luke virou-se para o outro lado e pude ver o sangue em suas calças.

No dia seguinte, meu pai embarcou para a Coréia e desapareceu de nossas vidas rumo a outra guerra. Acordamos cedo naquela manhã. Ele nos beijou brutalmente no rosto. Foi a última vez que me beijou. Luke não conseguiu andar durante uma semana, mas eu me entreguei às calçadas de Atlanta, órfão de pai, feliz da vida por ele ter ido embora.

À noite, secretamente, rezava para que seu avião fosse abatido. Em sonhos, eu o via com o aparelho em chamas, fora de controle, morrendo. Não eram pesadelos, mas os sonhos mais agradáveis de um menino de 6 anos que, subitamente, percebera ter nascido na casa de um inimigo.

A partir daquele dia subi com freqüência a montanha Stone. Esperando por mim no topo, há sempre um menino de 6 anos que teme a aproximação do pai. Aquele menino, aquele homem incompleto, vive na memória da montanha. Chego ao topo e descubro as aparas invisíveis do granito no lugar onde, certa vez, ouvi meu pai chamar-me de menina. Nunca esquecerei as palavras dele naquele dia, ou o que senti no rosto depois que me esbofeteou, ou a visão do sangue na calça de meu irmão. Não entendi na época, mas tive certeza de que queria ser igual a minha mãe. Daquele dia em diante, renunciei a qualquer coisa que me associasse a ele e odiei o fato de ser homem.

EM SETEMBRO, começou o ano escolar. Savannah e eu entramos juntos na primeira série. Nossa mãe e nossa avó nos levaram até o ponto do ônibus, em Briarcliff Road. Luke ia para a segunda série e foi encarregado de vigiar para que saíssemos do ônibus em segurança e na hora certa. Nós três tínhamos papeizinhos presos nas camisas brancas. O meu dizia: "Oi, meu nome é Tom Wingo. Se você me encontrar e eu estiver perdido, por favor, telefone para minha mãe, Lila, no seguinte número: BR3-7929. Ela deve estar bastante preocupada comigo. Obrigado, vizinho."

Carregávamos lancheiras novas e calçávamos sapatos novos em folha. A professora da primeira série era uma freira baixinha e tímida, parecendo criança, que nos fez entrar no assustador reinado do conhecimento de um modo tão delicado quanto um ato de amor podia ser. Minha mãe nos acompanhou no ônibus naquele primeiro dia e disse que iríamos aprender a ler e a escrever e que estávamos embarcando em nossa primeira aventura da mente.

Só chorei quando ela me deixou no pátio de recreio, saindo silenciosa e despercebida, e a vi na calçada da avenida Courtland, observando a freira colocar os alunos da primeira série em fila. Olhei ao meu redor, à procura de Luke, mas ele estava entrando por uma porta lateral, com os outros alunos da segunda série.

Quando chorei, Savannah também chorou, e saímos correndo da fila de crianças subitamente órfãs, procurando nossa mãe, com as lancheiras batendo em nossas pernas. Ela correu para nós e se ajoelhou para nos receber nos braços. Todos choramos e eu a agarrei com fúria, no desejo de não me separar daqueles braços.

A irmã Immaculata se aproximou de nós e, piscando para minha mãe, levou-nos para a classe, onde mais da metade dos alunos chorava. As mães, parecendo gigantes, andavam pelos corredores de minúsculas carteiras, consolavam-se mutuamente e tentavam soltar os braços dos filhos agarrados a suas pernas com meias de náilon. Havia muita dor e tristeza naquela sala. A perda e a passagem dos dias apareciam nos olhos daquelas mulheres delicadas. A freira as conduziu para a porta, uma a uma.

A religiosa mostrou a Savannah e a mim o livro de leitura que usaríamos durante o ano, apresentou-nos a Dick e Jane, que seriam nossos vizinhos, e nos colocou em um canto especial para contarmos as maçãs e as laranjas que a turma comeria ao almoço. Minha mãe deu uma olhada pela porta e foi embora sem ser vista. A irmã Immaculata, com suas macias mãos brancas flutuando em nossos cabelos, iniciou naquela turma o processo de criação de um lar longe do lar. No fim do dia, Savannah já havia decorado o alfabeto. Eu só sabia até a letra D. Savannah recitou o alfabeto para a turma e para a irmã Immaculata, tocada pela magia daquela professorinha que lhe dera as chaves do reino da língua inglesa. Em seu primeiro livro, o poema *Immaculata* falaria daquela mulher frágil e nervosa, envolta no hábito preto de sua ordem, que fez a sala de aula parecer parte de um paraíso perdido. Anos mais tarde, quando a irmã Immaculata morria no Mercy Hospital, em Atlanta, Savannah foi até lá, leu o poema e segurou-lhe a mão, em seu último dia de vida.

Naquele primeiro dia de aula, só fui chorar novamente ao encontrar um bilhete de minha mãe dentro da lancheira. A irmã Immaculata o leu para mim:

> Estou muito orgulhosa de você, Tom. Eu o amo muito e sinto muito a sua falta.
>
> Mamãe.

Apenas isso. Apenas isso me fez chorar nos braços da irmã. Então rezei para que a Guerra da Coréia não terminasse jamais.

NA CASA EM Rosedale Road, Papai John Stanopolous jazia no quarto dos fundos, prestes a morrer. Minha mãe exigira absoluto silêncio de nós. Aprendemos a falar por sussurros, a dar risada sem fazer barulho e a brincar silenciosamente como insetos quando passávamos pelos quartos próximos ao de Papai John.

A cada dia, quando chegávamos da escola, íamos comer biscoitos e tomar leite na cozinha e contávamos tudo o que havíamos aprendido. Savannah sempre parecia ter aprendido o dobro que eu ou Luke. Meu irmão geralmente narrava a última atrocidade cometida em nome da educação católica pela temida irmã Irene. Minha mãe franzia a testa, perturbada e preocupada com as histórias que ele contava. Em seguida, ela nos levava silenciosamente ao quarto dos fundos e nos deixava visitar Papai John durante meia hora.

Papai John ficava deitado sobre três travesseiros. O quarto sempre estava escuro, e seu rosto se materializava na meia-luz proporcionada pelas venezianas entreabertas, que dividiam o cômodo em ângulos simétricos de luz. Havia cheiro de remédios e fumaça de charutos no ar.

Com aparência pálida e doentia, o velho tinha o peito tão branco e sem pêlos como a barriga de um porco. Livros e revistas espalhavam-se em sua mesa-de-cabeceira. Ele se virava e acendia a luz do abajur quando entrávamos. Subíamos na cama e o cobríamos de beijos enquanto minha mãe e minha avó nos diziam para termos cuidado.

Mas Papai John, com os olhos animados e brilhantes como os de um cão de caça, mandava que fossem embora e dava muitas risadas quando subíamos sobre ele para que nos fizesse cócegas embaixo dos braços com seu narigão.

– Sejam delicados com Papai John, crianças – dizia minha mãe na porta. – Ele teve um ataque do coração.

– Deixe as crianças, Lila – dizia ele, acariciando-nos.

– Mostre-nos a moeda de seu nariz – exigia Savannah.

Com grande habilidade manual e algumas palavras mágicas, ele tirava uma moeda do nariz e a entregava a Savannah.

– Existem mais moedas aí dentro, Papai John? – gritava Luke, examinando suas narinas escuras.

– Não sei, Luke – dizia ele tristemente. – Hoje eu assoei o nariz e as moedas saíram, espalhando-se pelo quarto inteiro. Mas dê uma olhada aqui. Estou sentindo uma coisa esquisita nas orelhas.

Ele procurava dentro de suas orelhas peludas e não encontrava nada. Então, Papai John repetia frases em grego, acenava com as mãos dramaticamente, gritava *Presto* e tirava duas moedas de trás dos lóbulos das orelhas e as colocava em nossas mãos ansiosas.

À noite, antes de irmos para a cama, minha mãe permitia que fôssemos novamente ao quarto de Papai John. Recém-saídos do banho, nós nos colocávamos em torno de seu travesseiro como três satélites ao redor da lua e nos revezávamos ao acender o charuto que o médico proibira. Ele se reclinava com o rosto cercado pela fumaça perfumada e nos contava histórias.

– Será que devo lhes contar sobre aquela vez em que fui capturado por duzentos turcos, Tolitha? – perguntava à minha avó.

– Não, não os assuste antes de irem para a cama – respondia ela.

– Por favor, conte a história dos turcos – implorava Luke.

– Eles não vão pregar o olho se você lhes contar essa história, Papai John – dizia minha mãe.

– Por favor, mãe – dizia Savannah. – Nós não vamos pregar o olho se não ouvirmos a história dos turcos.

A cada noite, aquele homem magro e pálido nos levava em viagens improváveis e miraculosas ao redor do mundo, onde encontrava turcos traiçoeiros que o atacavam em batalhões incontáveis. A cada noite inventava maneiras engenhosas para repeli-las e voltar em segurança aos lençóis brancos de sua cama, onde morria devagarinho, dolorosamente, sem a intercessão dos soldados de Agamenon. Morria sem honras, cercado, não pelos turcos, mas por três crianças para quem suas histórias eram tão importantes e essenciais como o eram para ele. Sua imaginação acendia fogueiras naquele quarto como uma última faísca que existisse dentro dele. Papai John nunca tivera filhos e aquelas histórias lhe jorravam aos borbotões.

Atrás de nós, observando e ouvindo, ficavam minha mãe e minha avó. Eu não sabia quem era Papai John, de onde viera ou de que maneira se relacionava comigo. E ninguém explicava nada para nenhum de nós. Havíamos deixado com tristeza nosso avô em Colleton. Minha mãe e meu pai nos instruíram cuidadosamente para chamar nossa avó pelo nome e disseram que, sob nenhuma circunstância, deveríamos revelar que era a mãe de nosso pai. Papai John podia ser um grande contador de histórias, mas não sabia nada sobre minha avó.

Quando ele terminava a história, minha mãe nos levava para fora do quarto, até o corredor pouco iluminado no qual passávamos pela porta que dava para o temível porão. Subíamos a escada em caracol até o quarto do segundo andar onde nós, as crianças, fizemos nosso lar. Se o vento soprava, os galhos dos carvalhos arranhavam as vidraças. Havia três camas, colocadas lado a lado. Savannah dormia na do meio, ladeada pelos dois irmãos. A única luz era uma pequena lâmpada na mesa-de-cabeceira. Quando nos mexíamos, produzíamos enormes sombras nas paredes.

Meu pai escrevia uma vez por semana. Minha mãe lia as cartas para nós antes de irmos dormir. Ele escrevia de maneira entrecortada e militar que mais parecia uma ordem do dia. Descrevia-nos cada missão como se estivesse falando de algo tão simples como comprar pão ou encher o tanque do carro:

> Eu estava fazendo um vôo de reconhecimento com Bill Lundin. Observávamos um esquadrão de nossos soldados subindo uma montanha quando vi algo engraçado acontecendo bem próximo deles. Comuniquei-me com Bill. "Ei, Bill, está vendo o que eu

vejo?" Olhei para cima e vi Bill forçando a vista. Era claro que Bill também via. Lá pela metade da montanha, mais ou menos trezentos coreanos esperavam para embosbar nossos soldados. Eu disse: "Ei, rapazes, façam uma pausa em sua viagenzinha." "Por quê?", me perguntou o cara. "Porque vocês estão indo direto para os braços de metade da Coréia do Norte", respondi. Ele recebeu minha informação. Então, Bill e eu decidimos descer e arruinar a tarde daqueles imbecis. Desci na frente e lancei alguns napalm em suas cabeças. Atraí a atenção deles. Vi mais de trinta tentando apagar o fogo em seus corpos como se estivessem tentando tirar fiapos das roupas. Mas não funcionou. Bill jogou mais algumas bombas e a festa começou. Passei um rádio e um esquadrão inteiro veio nos ajudar. Perseguimos aquele batalhão durante três dias. Reabastecendo e caçando, reabastecendo e caçando novamente. Por fim, pegamos o que havia sobrado deles atravessando o rio Naktong, em campo aberto. O rio ficou vermelho. Foi divertido, mas não adiantou nada. Os caras se reproduzem como coelhos e logo havia muitos mais no lugar de onde tinham vindo. Diga às crianças que eu as amo muito. Diga para que rezem pelo velho pai e que tomem conta de você.

— Mãe, quem é o Papai John? – perguntou Savannah uma noite.

— É o marido de Tolitha, você sabe disso – respondeu ela.

— O que ele é para nós? É o nosso avô?

— Não. Seu avô Amos mora em Colleton.

— Mas Tolitha é nossa avó, não é?

— Ela é sua prima enquanto vocês estiverem aqui. Ela não quer que Papai John saiba que vocês são seus netos.

— Ela é a mãe de papai, não é?

— Enquanto estivermos nesta casa, ela é a prima de seu pai. Não me peça para explicar. É muito complicado. Eu mesma não entendo bem.

— Por que ela não está casada com o vovô Wingo?

— Faz muitos anos que eles não estão casados. Você vai entender mais tarde. Não faça tantas perguntas. Isso não é da sua conta. Além disso, Papai John trata vocês como se fossem seus netos, não é?

— Sim – disse Luke –, mas ele é seu pai? Onde estão seu pai e sua mãe?

— Morreram muito antes de vocês nascerem.

— Quais eram os nomes deles? – perguntei.
— Thomas e Helen Trent – respondeu minha mãe.
— Como eram eles? – Savannah quis saber.
— Eram muito bonitos. Pareciam um príncipe e uma princesa. Todos diziam isso.
— Eram ricos?
— Foram muito ricos antes da Depressão. Isso acabou com eles.
— Você tem fotografias deles?
— Não. Foram todas queimadas no incêndio que destruiu a casa deles.
— Foi assim que morreram?
— Sim. Aconteceu um incêndio terrível – disse ela sem nenhuma emoção, o rosto cansado e apreensivo. Minha mãe, a bela. Minha mãe, a mentirosa.

COMO CRIANÇAS, tínhamos apenas um dever. No porão, em fileiras de potes de vidro, Papai John mantinha uma coleção de aranhas viúvas-negras que vendia para professores de biologia, entomologistas, zoológicos e colecionadores do mundo inteiro. Recebemos a incumbência de cuidar daqueles pequenos bichos venenosos que flutuavam como camafeus negros dentro dos vidros. Duas vezes por semana, Savannah, Luke e eu descíamos para aquelas trevas úmidas, acendíamos uma lâmpada e alimentávamos os aracnídeos, cada um dos quais podia nos deixar mortinhos da silva, dizia Papai John. Desde que aprendemos a andar, ajudávamos a alimentar as galinhas. Mas aquelas idas ao porão requeriam uma coragem e um senso de responsabilidade que nenhuma galinha havia inspirado. Quando a hora da descida se aproximava, reuníamo-nos no quarto de Papai John, ouvíamos suas instruções cuidadosas e descíamos a escada de madeira para enfrentar aqueles animais minúsculos e diabólicos, que nos observavam no silêncio como se fôssemos insetos que se aproximavam.

Aos sábados, levávamos os vidros com aranhas para Papai John inspecionar. Ele tirava o pó dos frascos com um pano e olhava as aranhas com atenção. Fazia perguntas sobre seus hábitos alimentares. Contava as bolsas de ovos, em formato de pêra, e fazia anotações em um caderninho sempre que havia um novo grupo de aranhas. Com muito cuidado, tirava uma delas de dentro do vidro e a deixava andar para a frente e para trás sobre um prato, virando-a com uma pinça quando se aproximava da borda. Apontava para a ampulheta vermelha, delicadamente tatuada no abdome da fêmea, e dizia:

– Eis o que vocês procuram. Esta ampulheta significa "Eu mato".

– Por que você coleciona viúvas-negras, Papai John? – perguntou Savannah certo dia. – Por que não peixinhos dourados, selos ou alguma coisa bonita?

– Porque eu era vendedor de sapatos, meu bem – respondeu ele –, um vendedor de sapatos muito bom. Mas ser vendedor de sapatos é a coisa mais comum do mundo. Queria fazer alguma coisa que ninguém que eu conhecia fizesse. Então, tornei-me criador de viúvas-negras no porão. É uma maneira de chamar a atenção dos outros.

– E elas realmente matam os maridos? – perguntou Luke.

– Elas são fêmeas muito rigorosas. Comem os maridos logo depois que acasalam.

– Elas podem matar a gente? – eu quis saber.

– Acho que podem matar uma criança com bastante facilidade – disse ele. – Mas não sei se conseguem matar um adulto. O sujeito que me introduziu neste negócio tinha sido picado duas vezes. Ele me disse que ficou doente o bastante para pensar que iria morrer. Mas ainda estava vivo.

– Como é que ele foi picado?

– As viúvas-negras são meio tímidas, exceto quando defendem os ovos. Aí se tornam agressivas. Ele gostava de deixá-las andar em seu braço. – Papai John sorriu.

– Fico até doente ao pensar nisso – disse Savannah.

– Mas ele criava belas aranhas – comentou o velho, examinando os animais.

O cuidado com as viúvas-negras inspirava uma paciência e uma concentração raras em crianças. Levávamos nossa responsabilidade a sério e estudávamos o ciclo de vida das aranhas com zelo exagerado, nascido do cuidado com criaturas que poderiam nos matar. Meu amor por elas e pelos insetos começou com meu nariz grudado nos vidros repletos de aranhas, observando a existência tediosa e apavorante das viúvas-negras. Elas pendiam quietas em suas teias e, quando se moviam rapidamente, era para matar. Durante meses, observei as fêmeas matarem e devorarem os machos. Ficamos sintonizados com os cios das aranhas e o tempo fluía pelas ampulhetas vermelhas em teias malformadas e trêmulas. Observávamos as bolsas de ovos explodirem em várias aranhas novas, que se espalhavam como sementes marrons e alaranjadas dentro dos vidros. Nosso medo se transformava em fascinação e desejo de protegê-las. Havia tanta beleza na estrutura simples das aranhas! Elas se moviam pelas teias, levando o segredo da confecção de suas rendas de seda encerrado no dorso. Eram muito boas na execução daquilo para que haviam sido programadas.

Atrás da casa, uma grande floresta decídua, circundada por uma cerca baixa de pedras, estendia-se até Briarcliff Road. Havia cartazes que diziam "Entrada Proibida" colocados na cerca, a intervalos de 300 metros. Nossa avó, com voz ofegante e conspiradora, nos informou que "pessoas muito, muito ricas" moravam na propriedade e que não devíamos, sob hipótese alguma, passar pela cerca para brincar no bosque proibido. A família muito, muito rica era a família Candler, os herdeiros da Coca-Cola, e, sempre que minha avó falava deles, era como se estivesse descrevendo uma associação muito cuidadosa com a nobiliarquia de seus membros. Segundo ela, os Candler eram o que mais se assemelhava à nobreza em Atlanta, e não nos permitiria profanar o santuário murado deles.

Mas, a cada dia, nós nos aproximávamos da cerca, daquele reinado perfumado que nos era proibido, e sentíamos o cheiro do dinheiro vindo por entre as árvores. Queríamos ao menos ver de relance algum membro daquela família nobre e encantada. Éramos crianças e logo começamos a pular a cerca e dar alguns passos proibidos dentro do bosque para, em seguida, voltar correndo à segurança. Na vez seguinte, andávamos uns dez passos para dentro do bosque antes de perder a coragem e voltar correndo para nosso próprio quintal. Aos poucos, passamos a desmistificar os bosques proibidos e acabamos por conhecer o terreno melhor do que qualquer pessoa da família Candler. Aprendemos seus segredos e limites quando nos escondíamos nos arvoredos e sentíamos a estranha emoção da desobediência flamejar em nossos jovens corações, com coragem bastante para ignorar as estranhas leis dos adultos. Cercados por árvores, caçávamos esquilos com estilingues, subíamos nos galhos mais altos das árvores para observar as crianças Candler, que pareciam sérias e enfadadas cavalgando puros-sangues pelos atalhos do bosque, e espionávamos o jardineiro que cuidava de grupos de azaléias.

Em uma noite quente de novembro, saímos discretamente do quarto, descemos pelo imenso carvalho que dominava um dos lados da casa e andamos pelo bosque até a propriedade vizinha. Chegando lá, nós nos arrastamos pelo chão em direção à opulenta mansão em estilo Tudor e observamos a família Candler jantar. Os criados levavam a comida em carrinhos enfeitados. Os Candler, eretos e pálidos, comiam como se estivessem em uma cerimônia religiosa, tal era sua seriedade e sua conduta respeitosa.

Observamos, com reverência, o fulgor dos candelabros como línguas de fogo, a luz suave dos lustres e a letargia e a grandeza dos ricos. Deitados em um gramado recém-cortado, prestamos atenção a cada detalhe daquela refeição casual que se desenrolava lentamente. Não havia risadas ou conversas na família real, o que nos fez presumir que os ricos era silenciosos como peixes. Os criados se moviam rigidamente, parecendo pingüins. Controlavam a velocidade da refeição, colocavam vinho em copos pela metade e deslizavam em silêncio como papa-defuntos, passando na frente das janelas sem perceber nossa presença. Naquele momento, disfarçados de criaturas noturnas, sentíamos os aromas deliciosos do jantar, que nos iniciavam nos ritos e costumes dos príncipes da Coca-Cola. Eles não sabiam que aquele bosque nos pertencia.

A casa era conhecida como Callanwolde e, em seus bosques, encontramos o substituto perfeito para a ilha que nos fora negada pela Guerra da Coréia. Construímos um abrigo em cima de um de seus imensos carvalhos e continuamos nossa vida interrompida como crianças do campo no meio da maior cidade do sul dos Estados

Unidos. Uma família de raposas cinzentas vivia sob um choupo caído. Íamos até o bosque para lembrar quem éramos, de onde vínhamos e para onde voltaríamos. Quando atravessamos o muro e tomamos posse daquele terreno, a cidade de Atlanta passou a ser perfeita para nós.

Mais tarde, percebi que amava Atlanta porque era o único lugar no mundo em que vivera sem um pai. Por essa época, a cidade se apagara de minha imaginação, os bosques da Callanwolde haviam se tornado assustadores e o gigante entrara em nossas vidas – nós, que não tínhamos medo de aranhas, aprenderíamos a dura lição de que ainda havia muito o que aprender e temer no mundo dos homens.

No início de março, quando as árvores começavam a florir e a terra a estremecer com o tumulto da maturação – dias de sol muito suave –, andávamos pelos bosques à procura de tartarugas. Foi Savannah quem o viu primeiro. Estacou e apontou para alguma coisa à nossa frente.

Ele estava de pé, ao lado de uma árvore, aliviando-se. Era o homem maior e mais forte que eu já vira, apesar de ter sido criado com homens de força legendária que trabalhavam nas docas de Colleton. Saía da terra como uma árvore fantástica e grotesca. Tinha o corpo pesado, maravilhoso e colossal. Seus olhos eram azuis e inexpressivos. O rosto, coberto por uma barba vermelha. Mas havia algo errado nele. Era a maneira como nos olhava, muito diferente de como os adultos em geral olham para as crianças. Isso nos alertou para o perigo. Nós três sentimos a ameaça em seu olhar vazio. Seus olhos não pareciam ligados a nenhuma emoção humana. Ele fechou o zíper da calça e se virou em nossa direção. Media mais de 2 metros. Saímos correndo.

Ao alcançar a cerca de pedra, subimos por ela e entramos em nosso quintal, gritando apavorados. Na porta dos fundos de nossa casa, nós o vimos parado no início do bosque, observando-nos. A cerca que tivemos de escalar mal chegava à sua cintura. Minha mãe saiu pela porta da cozinha ao ouvir nossos gritos. Apontamos para o homem.

– O que o senhor quer? – gritou minha mãe, dando alguns passos em direção ao homem.

Ela também viu a mudança em seu rosto e sentiu o ar demoníaco.

— Você — disse ele, e sua voz tinha um tom estranhamente alto para um homem daquele tamanho. Não parecia cruel ou desequilibrado; simplesmente não parecia ser humano.

— O quê? — Minha mãe estava assustada com a falta de expressão do estranho.

— Quero você — disse o gigante, avançando um passo em sua direção. Corremos para a casa e, enquanto minha mãe trancava a porta, eu o espiei pela da janela da cozinha, jamais vira um homem fitar uma mulher com tanta lascívia até vê-lo fitar minha mãe. Eu nunca vira olhos programados para odiar as mulheres.

Notando a presença dele pela janela, minha mãe fechou as cortinas.

— Eu vou voltar — disse ele, rindo alto, enquanto minha mãe discava para a polícia.

Quando a polícia chegou, ele havia ido embora. Os soldados vasculharam o bosque e a única coisa que encontraram foi nosso abrigo na árvore e uma única pegada feita por um sapato pequeno. Minha mãe nos deu uma surra por invadirmos a propriedade Callanwolde.

Eu e meus dois irmãos acreditávamos ter provocado o aparecimento do gigante, como se ele fosse a manifestação de nossa teimosia e desobediência, que ele tivesse vindo do outro mundo como instrumento da justiça divina para nos castigar por termos pulado a cerca para entrar nas fronteiras de Callanwolde. Pensamos ter profanado as terras dos ricos e que Deus enviara o gigante para nos punir.

Não voltamos a entrar em Callanwolde, mas o gigante já havia exposto a gravidade de nosso pecado. Ele iria exigir expiação. Traria Callanwolde para dentro de nossa casa. Viria com um inquisidor e puniria os pecados das crianças Wingo de um modo perverso e imaginativo. Não puniria os pecadores por seus crimes, porque sabia muito bem como punir crianças. Quando chegou, foi à procura de mamãe.

Outro segredo foi acrescentado àquela casa repleta de mistérios. Não podíamos contar a Papai John sobre o intruso que viera do bosque, pois ele tinha o coração fraco, segundo explicou minha avó. Por mim, o velho deveria saber de tudo — eu sentia que precisávamos ter ao nosso lado alguém que pudesse assassinar duzentos turcos de uma vez. Porém, minha avó nos assegurou que ela e minha mãe eram grandes o bastante para tomar conta de nós.

Durante a semana seguinte, tivemos muito cuidado, mas os dias se passaram sem nenhum incidente. As ruas de Atlanta foram sacudidas por uma explosão de flores brancas. Abelhas zumbiam no êxtase de trevos e azaléias. Mamãe escreveu uma carta para vovô Wingo, contando a data exata em que voltaríamos à ilha depois que meu pai retornasse. Pediu-lhe também que contratasse uma negra para fazer uma boa faxina na casa antes de nossa chegada. Teve o cuidado de dizer que minha avó mandava lembranças. Em seguida, deixou cada uma das crianças escrever "Eu te amo, vovô" no fim da carta. Colocou nosso endereço da ilha Melrose no envelope, porque sabia que meu avô verificava nossa caixa de cartas com mais freqüência que a dele. Pôs a carta na caixa de correspondência em Rosedale Road, levantou a bandeirinha de metal vermelho para alertar o carteiro, mas somente quando voltamos para a ilha naquele verão descobrimos que vovô nunca recebeu a carta. Ela só seria entregue uma década mais tarde.

NO DOMINGO À NOITE estávamos vendo televisão na sala. Mamãe e minha avó, sentadas nas poltronas marrons, viam *Ed Sullivan Show*. Eu estava sentado no chão, entre as pernas de minha mãe. Luke, deitado de bruços, assistia ao programa e tentava terminar a tarefa de matemática ao mesmo tempo. Savannah alojava-se no colo de vovó. Minha mãe me ofereceu uma tigela de pipocas. Agarrei um punhado generoso, deixando cair dois grãos de milho no tapete. Peguei-os e os comi. Então, senti o medo tomar conta da sala e ouvi Savannah dizer uma única e apavorante palavra: Callanwolde.

Ele estava de pé, na varanda às escuras, olhando para nós pela porta de vidro. Não sei quanto tempo estivera nos observando; havia certa imobilidade vegetal nele, como se tivesse brotado como uma videira diferente no meio da parreira. Seus olhos estavam fixos em minha mãe. Voltara por ela e apenas para ela. Estava pálido, uma verdadeira tintura de alabastro, e preenchia a porta tal qual uma coluna que sustentasse uma ruína.

Colocando a enorme mão na maçaneta, ele a girou com violência. Ouvimos o rangido do metal ao ser forçado. Enquanto se levantava, minha mãe disse à vovó:

– Ande lentamente até o corredor e chame a polícia, Tolitha. – Seguiu até a porta e encarou o estranho: – O que você quer?

– Lila. – Minha mãe deu um passo para atrás com o choque de ouvi-lo pronunciar seu nome. A voz do homem, além de desagradável, tinha um tom muito alto. Ele deu um sorriso horrível e tentou novamente abrir a porta.

Então, expôs o pênis enorme, que se levantava com a cor da pele de um porco: Savannah gritou e Luke saiu de perto da porta.

– A polícia está chegando – disse minha mãe.

De repente, o homem quebrou um dos vidros da porta com um tijolo e seu longo braço entrou pelo buraco. Ao procurar a fechadura, o vidro quebrado cortou-o, fazendo-o sangrar. Minha mãe agarrou-lhe o braço, tentando evitar que abrisse a porta. Lutou por alguns instantes, mas ele lhe deu um soco no peito, derrubando-a. Eu ouvia Savannah e Luke gritarem em algum lugar, mas parecia ser muito longe dali, como vozes que se escuta embaixo d'água. Meu corpo parecia anestesiado como uma gengiva no dentista. O intruso conseguiu abrir um dos trincos e tentou girar a chave que o mantinha longe de nós. Emitia um gemido animal, quando Luke se aproximou brandindo uma das ferramentas da lareira e bateu com ela em seu pulso. O homem gritou de dor, puxando o braço. Depois enfiou-o novamente pelo buraco, mas Luke o esperava: golpeou-o com o atiçador, com toda a força que um menino de 7 anos podia ter.

Ouvi alguma coisa atrás de mim, o som dos chinelos de minha avó deslizando pelo chão encerado do corredor. Voltei-me e a vi no canto da sala com um pequeno revólver na mão.

– Abaixe-se, Luke – ordenou ela, e Luke mergulhou no chão.

Tolitha abriu fogo contra a porta de vidro.

O gigante correu quando a primeira bala perfurou um dos vidros bem perto de sua cabeça. Correu com o pênis balançando frouxamente de encontro às pernas. Fugiu da varanda em direção à segurança do bosque de Callanwolde. Ouvimos a distância o som das sirenes da polícia passando por Ponce de Leon.

Minha avó gritou na escuridão da varanda:

– Isso vai te ensinar a não foder com uma moça do campo.

— Cuidado com esse palavreado, Tolitha – disse minha mãe, ainda em estado de choque. – As crianças...

— As crianças acabam de ver um cara com o pinto na mão tentando agarrar sua mãe. Um palavrão não vai lhes fazer mal.

Quando tudo terminou, minha mãe me encontrou comendo pipoca assistindo ao *Ed Sullivan Show* como se nada tivesse acontecido. Mas, durante dois dias, não consegui falar. Papai John dormia durante o ataque e não havia acordado nem mesmo com os tiros ou a chegada da polícia. Quando quis saber a razão de meu silêncio, mamãe disse que eu estava com laringite. Minha avó confirmou a mentira. Eram mulheres sulistas que se sentiam com a responsabilidade de proteger seu homem do perigo e das más notícias. Meu silêncio, minha patética falta de palavras, afirmava sua crença na fragilidade e na fraqueza dos homens.

Durante uma semana, a polícia estacionou um carro na Rosedale Road e um detetive em trajes civis rondava nossa casa várias vezes durante a noite. Minha mãe não conseguia dormir e a encontrávamos pairando sobre nós, depois da meia-noite, verificando mais uma vez os trincos das janelas do quarto. Certa vez, acordei e a vi emoldurada pelo luar, fitando os bosques de Callanwolde. Enquanto estava ali parada, percebi seu corpo pela primeira vez. Observei, com um sentimento de culpa e terror, suas formas voluptuosas, admirei o formato de seus seios e a curva da cintura enquanto ela esquadrinhava o quintal iluminado pelo luar, à procura do inimigo.

A palavra *Callanwolde* mudou de significado para mim e, seguindo o exemplo de Savannah, comecei a me referir ao homem como Callanwolde.

— Callanwolde veio esta noite? – perguntávamos no café-da-manhã. A polícia já agarrou Callanwolde, mãe? – perguntávamos enquanto lia para nós na hora de dormir.

Tornou-se uma palavra-chave para definir tudo o que havia de perverso no mundo. Quando a irmã Immaculata descrevia os horrores do inferno com sua voz doce, estava explicando os limites de Callanwolde para Savannah e para mim. Quando meu pai escrevia contando que seu avião fora atingido por tiros de metralhadora e que ele lutara para conseguir voltar à base, com a pressão do óleo baixando e o aparelho perdendo altura, chamamos Callanwolde àquele vôo assustador. Era uma pessoa específica, um lugar específico, uma condição geral de um mundo subitamente apavorante e um destino incontrolável.

Depois de duas semanas de patrulha, a polícia assegurou a minha mãe que o homem jamais voltaria.

Ele voltou naquela noite.

O telefone tocou enquanto estávamos vendo televisão e comendo pipocas. Minha mãe atendeu no corredor e a ouvimos dizer "Olá" à sra. Fordham, uma velhinha que morava na casa vizinha. Vi minha mãe empalidecer, colocar o fone sobre a mesa e dizer numa voz inexpressiva:

– Ele está no telhado.

Levantamos os olhos lentamente até o teto e ouvimos sons de passos vindos das telhas inclinadas.

– Não subam – recomendou minha mãe. – Ele pode estar dentro de casa. – Então ligou para a polícia.

Durante dez minutos, ouvimos o homem andar sem pressa pelo telhado. Não fez nenhuma tentativa de entrar por alguma janela. Aquela visita não tinha significado, a não ser o de novamente estabelecer suas credenciais em nossa vida e inspirar um pânico renovado em nossos corações. Logo, o som distante das sirenes pairou sobre Atlanta como o grito de anjos redentores. Ouvimos os passos correrem pelo telhado e sentimos quando o intruso pulou nos galhos do enorme carvalho plantado ao lado da entrada de automóveis. Minha mãe caminhou até as janelas da sala de música e viu quando ele chegou ao chão. O homem fez uma pausa, olhou para trás e a viu pela janela. Acenou e sorriu para minha mãe, antes de sair correndo com facilidade em direção ao bosque escuro.

No dia seguinte, a polícia levou cães de caça para o bosque, mas perdeu a pista do homem em algum lugar perto de Briarcliff Road.

E ele não voltou durante dois meses.

MAS ESTAVA LÁ mesmo quando não se fazia presente. Habitava cada nicho e cada canto escondido da casa. Não conseguíamos abrir uma porta sem esperar encontrá-lo escondido atrás dela. Começamos a temer a aproximação da noite. As noites em que não aparecia eram tão exaustivas espiritualmente como aquelas em que aparecia. As árvores do jardim perderam sua beleza saudável e luxuriante e se tornaram grotescas a nossos olhos. O bosque de Callanwolde tornou-se seu domínio, seu refúgio seguro, uma região de grande pavor em nossa imaginação. Seu rosto estava desenhado subliminarmente em cada janela. Se fechávamos os olhos, sua imagem ficava impressa em nossa consciência como uma face embaixo de um véu. Ele aparecia em nossos sonhos com seus olhos assassinos. O terror marcava o rosto de minha mãe. Ela dormia durante o dia e perambulava pela casa durante a noite, verificando as trancas.

Com a permissão dela, tiramos os quarenta vidros com as viúvas-negras do porão e os transportamos com grande concentração para o quarto do andar superior. Nenhuma das crianças conseguia descer às profundezas do porão quando Callanwolde ameaçava a casa. O porão também tinha uma porta para fora, e a polícia dissera à minha avó que aquela era a maneira mais fácil de se entrar na casa. Ela ficou tão aliviada quanto nós quando colocamos os vidros de aranhas em longas filas sobre uma estante pouco usada no canto de nosso quarto. Quando a Escola do Sagrado Coração fez o Dia do Bicho de Estimação, cada um de nós levou uma viúva-negra. Ganhamos coletivamente o prêmio para o animal de estimação mais incomum.

À noite, com as lâmpadas iluminando tudo, o interior da casa parecia um aquário, e nós flutuávamos pelos quartos, sentindo os olhos de Callanwolde a nos estudar embaixo das sombras dos carvalhos. Supúnhamos que nos observava e avaliava; supúnhamos que era onipresente e estava aguardando a hora certa, o momento perfeito para lançar seu próximo ataque sobre nós. Flutuando através da iluminação daquela casa sitiada, esperávamos na atmosfera carregada e abafada de nossas obsessões. A polícia examinava a casa duas vezes por noite. Procurava com lanternas por entre os arbustos e as árvores, entrava nos bosques, mas, quando iam embora, a noite pertencia novamente a ele.

Foi o ano em que Luke repetiu a segunda série, um fato que o humilhou, mas causou grande alegria a mim e a Savannah, já que iríamos ficar os três juntos na mesma turma quando voltássemos a

Colleton. Foi também o ano em que perdi meu primeiro dente, o ano em que Savannah e eu tivemos sarampo, o ano em que um tornado destruiu três casas em Druid Hills. Porém, em nossa lembrança, nas sombras de nosso inconsciente, tornou-se o ano de Callanwolde.

Uma semana antes da volta de meu pai, tínhamos ido todos ao quarto de Papai John para lhe dar um beijo de boa-noite. Ele estava esgotado e o médico o proibira de nos contar histórias na hora de dormir. Então, falávamos com ele em sussurros. Havíamos testemunhado seu declínio diário, a fuga de sua vitalidade, e ele nos ensinou, dia a dia, um pouquinho sobre a morte, enquanto se sentia cada vez mais distante de nós. Seus olhos já haviam perdido o brilho. Minha avó começou a beber muito à noite.

Mamãe se sentia mais segura agora que a chegada de meu pai era iminente. Todos o encarávamos como uma figura heróica, o redentor, o cavaleiro errante que nos libertaria do perigo e do medo de Callanwolde. Eu não rezava mais para que meu pai morresse. Rezava para que ficasse perto de mim e salvasse minha mãe.

NAQUELA NOITE, quando ela lia um capítulo de *The Yearling* para nós, um vento forte fazia as árvores esbarrarem na casa. Fizemos nossas orações e ela beijou cada um de nós. Apagou a luz e, apesar de ouvirmos seus passos descendo pela escada em caracol, seu perfume permanecia na escuridão. Caí no sono ouvindo o vento nas árvores.

Duas horas mais tarde, acordei e vi o rosto dele na janela. Ele pôs o dedo nos lábios e mandou que eu ficasse em silêncio. Ouvi a faca cortando a tela da janela como se estivesse rasgando seda barata. Não fiz nenhum movimento nem falei nada. Uma paralisia causada pelo terror tomou cada célula de meu corpo. O olhar dele me atravessava e fiquei tão rígido como um pássaro perante o olhar de uma cobra.

Então Savannah acordou e gritou. O pé do homem quebrou a janela, provocando uma chuva de cacos de vidro. Luke pulou da cama, gritando por minha mãe. Eu não me movi.

Savannah agarrou uma tesoura na mesa-de-cabeceira e, quando aquele braço entrou pela janela, tateando à procura do trinco, ela o atingiu com força, e a lâmina penetrou sua carne. Ele uivou de dor e retirou o braço. Em seguida, chutou o caixilho da janela. Pedaços de madeira e vidro começaram a cair no quarto. Ele sorriu ao ver minha mãe parada no corredor.

– Por favor, vá embora. Por favor, vá embora – implorava ela, trêmula de medo.

Savannah atirou uma escova de cabelo no rosto do homem. Ele riu. E riu novamente ao ver minha mãe tentando controlar o tremor.

Então, o primeiro vidro se quebrou contra a parede acima de sua cabeça. Luke jogou o vidro seguinte direto no rosto de Callanwolde. Não conseguiu acertá-lo, e o vidro se espatifou de encontro ao parapeito da janela.

Em seguida, a cabeça do homem desapareceu e vimos sua perna enorme passar pela janela, entrando devagarinho, como se ele estivesse tentando diminuir seu tamanho para passar pela abertura. Luke abriu dois vidros e os esvaziou na perna da calça do homem. Savannah correu até a estante e voltou com outro vidro, atirando-o contra a perna que avançava. Minha mãe gritava por vovó. A segunda perna passou pela janela e o homem arqueou a coluna, preparando-se para entrar no quarto, quando a primeira viúva-negra lançou o veneno em sua corrente sanguínea. Foi um imenso urro de dor que lembraríamos com mais clareza mais tarde. À luz do corredor, vimos as enormes pernas se retirarem enquanto uma pequena nação de aranhas se via solta e assustada nas dobras de sua calça. Ele as sentia andando pelo corpo. Rolou pelo telhado, em pânico e fora de controle. Ouvimos seu corpo atingir o chão. Ele gritava muito, confuso, rolando pelo chão, batendo nas pernas e na virilha com as mãos imensas. Então, levantando-se, olhou para minha mãe, que o observava pela janela destruída, gritou novamente e correu em direção ao bosque de Callanwolde, como se estivesse pegando fogo.

Nunca soubemos quantas aranhas o picaram. Os cães vieram no dia seguinte, mas perderam a pista na altura do posto de gasolina, na avenida Stillwood. A polícia alertou todos os hospitais, porém nenhum gigante de 2 metros de altura, com barba vermelha, picado por viúvas-negras, apresentou-se para tratamento em hospitais da Geórgia. Seu desaparecimento foi tão misterioso quanto fora sua chegada.

Meu pai retornou no fim de semana seguinte. Voltamos para a ilha no mesmo dia. Mamãe nos proibiu de contar uma única palavra sobre o homem que havia sacudido nossas vidas. Quando lhe perguntamos por quê, explicou que papai acabava de voltar de uma guerra e tinha o direito de encontrar uma família feliz. De maneira discreta, sugeriu que papai poderia pensar que ela fizera algo para atrair a atenção de Callanwolde. Meu pai dizia com freqüência que nenhuma mulher era estuprada sem ter pedido. Ela nos contou isso por acaso e disse que havia muitas coisas que os homens não entendiam.

Luke, Savannah e eu passamos os três dias seguintes tentando capturar as aranhas que faltavam. Encontramos algumas em nosso quarto, duas no sótão e uma em um velho tênis que eu não usava mais. Não voltamos a dormir naquele quarto. Depois que partimos, vovó continuou a encontrar viúvas-negras em diferentes lugares da casa. Quando Papai John morreu, ela as soltou nos emaranhados do bosque de Callanwolde. Vovó, assim como nós, nunca mais mataria uma aranha em sua vida. A aranha se tornou a primeira de uma lista de espécies sagradas em nossa crônica familiar.

Muitos anos mais tarde, quando fazia uma pesquisa na Biblioteca Pública de Atlanta, encontrei uma fotografia ao lado da seguinte notícia: "Otis Miller, 31, foi preso em Austell, na Geórgia, ontem à noite, sob suspeita de ter estuprado e assassinado a sra. Bessie Furman, professora da escola local separada do marido."

Fiz uma fotocópia da história e escrevi uma única palavra sobre ela: Callanwolde.

6

Passamos por palmeiras frondosas e mensageiros atarefados quando atravessamos o saguão do hotel Plaza a caminho do bar Oak Room, onde sentamos em uma mesa num canto discreto. Cinco minutos depois, o garçom se aproximou. Sua expressão era uma mistura imperturbável de presunção e indiferença estudada. Recebeu solenemente nosso pedido, como se estivesse emitindo opção de compra de ações. Pensei em pedir um churrasquinho, mas ele não pareceu do tipo que se divertisse com facilidade. Pedi então um martíni *on the rocks* com uma casquinha de limão, sabendo que ele me traria a bebida ostentando uma azeitona, em vez de casquinha de limão. A palavra, "limão" é sempre traduzida como "azeitona" em certos bares muito caros, localizados dentro de hotéis. A dra. Lowenstein pediu um copo de Pouilly Fuissé.

Quando as bebidas chegaram, pesquei a azeitona dentro do martíni e a coloquei no cinzeiro.

— Você disse azeitona, irmão — declarou o garçom ao se retirar.

— Sempre cometo esse erro — respondi.

— Você não acha os garçons de Nova York formidáveis? — perguntou a dra. Lowenstein.

— Talvez eu prefira os nazistas criminosos de guerra, mas não tenho certeza. Afinal, nunca encontrei um criminoso de guerra. — Ergui o copo e disse: — Um brinde a você, médica de almas. Meu Deus, como é que você agüenta passar dia após dia com pessoas tão problemáticas?

Ela bebericou o vinho, deixando uma marca de batom no copo.

— É porque sempre acho que posso ajudá-las.

— Mas isso não a deprime? Depois de algum tempo você não fica arrasada?

— Os problemas deles não são meus. Já tenho problemas suficientes com que me preocupar.

— Hum... Aposto que eu adoraria ter os seus problemas.

— É o que você pensa. Você tem absoluta certeza de que poderia resolver meus problemas, mas tem dificuldade em resolver os seus. É assim que eu me sinto a respeito da minha profissão. Quando saio do consultório no fim da tarde, deixo tudo para trás. Não penso uma única vez nos pacientes que vi naquele dia. Aprendi a separar a vida profissional da particular.

— Isso me soa muito frio e impessoal. Eu jamais seria um psiquiatra. Escutaria as histórias dos pacientes durante o dia, e elas me deixariam louco à noite.

— Desse jeito você nunca ajudaria alguém. É preciso manter alguma distância, Tom. Com certeza, você deve ter encontrado alunos com problemas quando dava aulas.

— Sim, claro, encontrei. — Dei um gole no martíni e estremeci ao sentir o gosto salgado da odiosa azeitona. — E era difícil suportar. Posso até aceitar que um adulto tenha problemas, mas me sinto muito mal quando encontro uma criança na mesma situação. Havia uma menina especial em minha turma do segundo ano. Era feia, mas muito vivaz e divertida. Tinha péssimas notas. O rosto, cheio de acne. Mas os meninos gostavam dela. Sua enorme alegria lhe dava charme. Um dia, ela chegou na escola com o rosto todo machucado. O olho esquerdo estava fechado de tão inchado. O lábio estava intumescido. Ela não disse uma palavra sobre o que tinha acontecido, mesmo quando os outros começaram a importuná-la. Respondia com brincadeiras. No fim da aula, detive-a na sala de aula e perguntei o que havia de errado. Seu nome era Sue Ellen. Ela começou a chorar assim que os outros deixaram a sala. Contou que o pai batera nela e na mãe na noite anterior. Disse também que ele geralmente batia em lugares que não aparecessem, mas, naquela noite, ele as espancara no rosto. Então, lá estava eu, doutora, na qualidade de profissional, ouvindo aquela menininha dizer que o pai a socava no rosto. Não sou o tipo de manter distância profissional.

— O que você fez?

— Não estou certo se o que fiz foi o melhor para Sue Ellen, para sua família ou para mim, mas fiz alguma coisa.

— Espero que não tenha sido nada de imprudente.

— Talvez você ache que foi. Você entende, a lembrança do rosto de Sue Ellen ficou comigo o dia inteiro. Depois do treino daquela noite, fui até a ilha das Palmas e descobri a casa onde Sue morava. Bati a porta e o pai dela veio atender. Eu lhe disse que queria conversar sobre Sue Ellen. Ele me mandou à merda. Então, escutei Sue chorando em algum lugar da casa. Empurrei-o para trás e entrei. Ela estava deitada no sofá, com o nariz sangrando. Ficou perturbada e disse: "Olá, treinador, o que o traz a este buraco?"

— Você deveria ter apelado para os canais competentes — interrompeu a dra. Lowenstein. — Deveria ter entrado em contato com as autoridades.

— É claro que você está certa, e essa é uma das razões pelas quais você é rica e respeitada e eu uso agasalhos esportivos quando vou para o trabalho.

— E o que aconteceu então?

— Chutei o homem pela casa inteira, joguei-o contra as paredes e bati sua cabeça no chão. Foi quando ouvi um barulho. Percebi que era Sue Ellen me aclamando a plenos pulmões. Outro som era o da mãe dela, gritando para que eu parasse. Quando ele voltou a si, eu disse que se tocasse em Sue Ellen novamente eu voltaria para matá-lo.

— Isso é a coisa mais violenta que eu já ouvi, Tom! — Lowenstein estava horrorizada.

— Eu levo tudo comigo para casa. Não consigo deixar essas coisas no escritório.

— Entretanto, deve haver uma maneira mais proveitosa de agir do que essa que você usou. Você é sempre assim tão emocional?

— Sue Ellen está morta, dra. Lowenstein — disse, fitando seus olhos escuros.

— Como?

— Do mesmo modo que muitas moças, ela escolheu um marido igualzinho ao pai. Acho até compreensível. Elas começam a associar o amor à dor. Procuram homens que irão machucá-las, pensando estar em busca do amor. Sue Ellen encontrou um perdedor igual ao pai e ele a matou durante uma briga. Deu-lhe um tiro de espingarda.

— Que coisa horrível — ofegou a dra. Lowenstein. — Mas dá para ver que você não fez nada de bom por ela. Dá para perceber que a violência não absolve seus próprios atos violentos. Que vidas horríveis! Que desesperança!

— Hoje tive vontade de contar à sua amiga Monique o caso de Sue Ellen. Eu estava muito curioso. Nunca tinha visto uma mulher tão bonita quanto ela. Sempre pensei que Sue Ellen teve aquela vida horrível por ser feia.

— Isso não é verdade, Tom, e você sabe.

— Não tenho certeza, doutora. Estou tentando descobrir como é que tudo funciona. Por que o destino seleciona algumas pessoas para serem feias e azaradas? Uma dessas coisas sozinha já é o bastante para tornar a vida difícil. Eu queria ouvir a história de Monique e compará-la com a de Sue, para ver se ela estava tão magoada quanto parecia.

— A dor de Monique é tão real para ela mesma quanto era a de Sue Ellen. Tenho certeza. Ninguém tem patente sobre o sofrimento humano. As pessoas sofrem de maneiras diferentes e por razões diferentes.

— Eu seria um péssimo psiquiatra.

— Concordo, você seria um péssimo psiquiatra. Mas o que aprendeu com o incidente com Sue Ellen, Tom? O que essa história significa para você?

Pensei bem no caso, tentei evocar o rosto da menina morta e, por fim, disse:

— Nada.

— Nada mesmo?

— Olhe, doutora, já refleti sobre mim mesmo à luz daquela história durante anos. Ela fala alguma coisa sobre meu temperamento, meu senso do que é certo ou errado...

— Você acha que estava certo ao ir à casa dela e bater no pai?

— Não, mas também não estava totalmente errado.

— Explique-se, por favor.

— Não sei se você vai entender... Quando eu era criança e meu pai maltratava um de nós ou minha mãe, prometi que nunca deixaria um homem bater na mulher ou nos filhos se eu pudesse fazer algo para detê-lo. Isso me fez participar de muitas cenas desagradáveis e até mesmo terríveis. Já segurei pais que batiam nos filhos em aeroportos, me intrometi no meio de discussões entre casais completamente desconhecidos e dei uma surra no pai de Sue Ellen. Acontece algo que não sei explicar. Mas acho que estou mudando.

— Talvez você esteja crescendo.

— Não. Acho que eu não me importo mais.

— Você já bateu na sua mulher ou nas suas filhas? – ela perguntou com repentina veemência.

— Por que pergunta isso, doutora?

— Porque os homens violentos são geralmente ainda mais violentos em casa. Quase sempre são violentos com pessoas indefesas.

— E você resolveu que eu sou um homem violento?

— Você acaba de descrever uma cena em que foi violento. Você treina um esporte violento.

— Não – disse, girando o gelo parcialmente derretido dentro do copo. – Sou incapaz de tocar em minha mulher ou em minhas filhas. Prometi que não seria de nenhum modo igual a meu pai.

— Essa promessa funcionou?

— Não. Sou igual a meu pai em quase tudo. Exceto na violência. Os cromossomos me parecem terrivelmente poderosos.

— Às vezes eles não me parecem tão poderosos. – A dra. Lowenstein acabou de beber o vinho e fez um gesto para o garçom. – Você quer mais um?

— Claro.

O garçom chegou e ficou pairando sobre nós, torcendo os lábios como sinal de que estava pronto para receber o pedido.

— Eu gostaria de um martíni *on the rocks* com uma azeitona – pedi.

— Vinho branco novamente.

Ele voltou rapidamente do bar. Notei triunfante a casquinha de limão tremulando entre os cubos de gelo.

O rosto da dra. Lowenstein se suavizou e vi pontinhos de cor lilás em seus olhos castanhos quando ela levantou o copo de vinho.

— Conversei com sua mãe hoje, Tom.

Levei a mão ao rosto como se estivesse me protegendo de um soco.

— Por favor, Lowenstein, considere um ato de caridade de sua parte se não me recordar que tenho mãe. Ela é uma personagem muito importante nessa autópsia de minha família, e você vai descobrir que sua única função é espalhar a insanidade. Se ela passar pelo departamento de verduras de um supermercado, até as couves-de-bruxelas terão esquizofrenia quando ela sair.

— Ela parece maravilhosa quando você a cita – disse a dra. Lowenstein.

— Quando eu era pequeno, achava que minha mãe era a mulher mais maravilhosa do mundo. Não sou o primeiro a se enganar por completo a respeito da mãe.

— Ela foi muito simpática ao telefone. E parecia bastante preocupada.

— Isso é pura encenação. Ela deve ter lido em algum livro que se espera que as mães demonstrem preocupação quando as filhas cortam os pulsos. O telefonema dela faz parte de uma estratégia, e não de instinto.

A dra. Lowenstein me estudou com olhos serenos, porém indecifráveis. Então disse:

— Ela me contou que você a odeia.

— Não é verdade. Simplesmente não acredito em nada do que ela diz. Já a observei durante anos e fico completamente abismado com sua capacidade de mentir. Fico me dizendo que ela vai fracassar ao menos uma vez na vida e falar a verdade a respeito de alguma coisa. Mas minha mãe é uma mentirosa de primeira, e tem tanta prática com as pequenas mentiras quanto com as grandes, que podem arruinar um país.

Lowenstein sorriu.

— Engraçado... Ela me disse que você, provavelmente, contaria muitas mentiras a respeito dela.

— Mamãe sabe que eu vou lhe contar tudo, doutora. Sabe que vou lhe contar coisas que são dolorosas demais para Savannah recordar ou para ela mesma admitir.

— Sua mãe chorou ao me contar como você e Savannah se sentem a respeito dela. Devo admitir que me comoveu muito, Tom.

— Quando minha mãe chora, é capaz de arranjar emprego como crocodilo ao longo do Nilo, devorando as gordas nativas que batem as roupas nas pedras à margem do rio. As lágrimas de minha mãe são simples armas que devem ser contadas quando se calcula a seqüência de uma batalha.

— Ela tem muito orgulho dos filhos e me disse que se sente orgulhosa por ter uma filha poetisa.

— Ela lhe contou que não tem notícias de Savannah há três anos?

— Não, não contou. Mas me disse que você foi o melhor professor de inglês do curso secundário que já se viu. Falou também que um dos seus times de futebol venceu o campeonato estadual.

— Toda vez que mamãe elogia alguém, a pessoa se vira subitamente, na esperança de surpreender o momento exato em que ela vai lhe enterrar uma espada nas costas — declarei, feliz por existir martíni e por estar bebendo um copo dele. — Depois que ela lhe contou essas coisas maravilhosas a meu respeito, doutora, aposto como lhe informou ansiosamente que tive um esgotamento nervoso.

— Sim – confirmou ela, fitando-me com uma ternura meticulosa. – Foi exatamente isso que ela disse.

— Esgotamento nervoso. Sempre gostei do som dessas palavras. Soa racional e seguro.

— Ela não mencionou Luke nem uma vez.

— Claro que não. Essa é uma palavra impronunciável. Quando o assunto é Luke, ela sempre fica em silêncio. Quando lhe conto essas histórias, doutora, observe Luke cuidadosamente. Nenhum de nós suspeitou disso enquanto estávamos crescendo, mas Luke era o que percebia a vida plenamente, era o único que importava – disse eu, exausto de tanto discutir sobre minha mãe.

— O que quer que tenha acontecido, Tom – seu tom era suave e ligeiramente amoroso –, você se saiu muito bem.

— Há muito tempo sou objeto de piedade de toda minha família na Carolina do Sul, Lowenstein. Eu não ia lhe contar nada sobre minha própria ruína. Pretendia manter em segredo essa parte da história, porque queria aparecer como um homem completamente novo para você. Tentei ser charmoso, espirituoso, e no fundo esperava que você me achasse atraente.

A voz da dra. Lowenstein estava mais fria quando ela respondeu:

— Por que você quer ser atraente para mim, Tom? Não vejo em que isso possa ajudar sua irmã ou você mesmo.

— Não há por que se alarmar, doutora. Não me expressei muito bem. Por favor, peço desculpas. Estou vendo que ativei cada um dos alarmes feministas em seu sistema nervoso. Eu só queria que gostasse de mim porque você é uma mulher linda e inteligente. Faz tempo que não me sinto atraente, Lowenstein.

Ela relaxou novamente e observei sua boca se suavizar quando disse:

— Eu também, Tom.

Ao olhar para ela, percebi com surpresa que estava dizendo uma verdade dolorosa. Havia um grande espelho atrás do bar; vi nele nosso reflexo como imagens langorosas sob os copos de coquetel.

— Você se vê naquele espelho, dra. Lowenstein?

— Sim — respondeu, virando-se e olhando em direção ao bar.

— Aquele não é um rosto atraente, dra. Lowenstein? — Levantei-me para sair. — Por qualquer padrão que se siga, é um rosto lindo. Tem sido um prazer para mim fitá-lo nas últimas semanas.

— Meu marido não me acha tão atraente, Tom. É bom ouvir você dizer isso.

— Se seu marido não a acha atraente, ele é homossexual ou um imbecil. Você é muito bonita, Lowenstein, e eu acho que já é tempo de você desfrutar desse fato. Posso ver Savannah amanhã pela manhã?

— Você mudou de assunto.

Achei que você iria pensar que eu estava flertando.

— Você estava flertando, Tom?

— Não. Estava apenas pensando em começar a flertar. Só que as mulheres dão risada quando flerto e me acham ridículo.

— O pessoal do hospital diz que você incomoda Savannah quando a visita.

— É verdade. A simples visão de meu rosto a enche de dor. Como a visão de qualquer pessoa da família.

— A equipe tem tentado ultimamente ajustar a medicação dela. Creio que as alucinações estão sob controle, mas o nível de ansiedade aumentou nesses dias. Por que você não espera um pouco para visitá-la, Tom? Vou conversar sobre isso com eles.

— Não falarei coisas que a perturbem, Lowenstein. Prometo. Só converso sobre coisas que a fazem feliz. Leio poesias para ela.

— Ela pediu para você fazer isso?

— Não. Ela conversa muito com você?

— Tem sido um processo lento, Tom. Mas ela me disse que não queria que você fosse visitá-la.

— Com essas palavras?

— Precisamente com essas palavras. Sinto muito.

MINHA AVÓ, Tolitha Wingo, está morrendo em um asilo de velhos em Charleston. Sua mente, como eles dizem, está bastante incoerente, mas ela ainda tem momentos de rara lucidez em que se pode divisar a personalidade brilhante que a idade avançada cobriu com um véu de senilidade. Os capilares de seu cérebro parecem estar secando lentamente, como os riachos afluentes de um rio em perigo. Para ela, o tempo não significa mais o mesmo que para nós. Ela não o mede mais em horas e dias. O tempo é um rio ao longo do qual ela caminha desde a nascente até a foz. Há momentos em que é uma criança pedindo uma boneca para a mãe. Em um piscar de olhos, é uma jardineira, preocupada com suas dálias, ou uma avó que se queixa porque os netos não vêm visitá-la. Em várias visitas que fiz, ela me tomou por seu marido, seu melhor amigo, por meu pai ou por um fazendeiro do Zimbábue chamado Philip que, evidentemente, foi seu amante. Nunca sei em que parte do rio vou entrar quando me aproximo de sua cadeira de rodas. Na última vez em que a vi, ela levantou os braços para mim e disse, com voz trêmula: "Oh, paizinho. Oh, paizinho. Você veio me abraçar." Eu a sentei cuidadosamente em meu colo e senti a assustadora fragilidade de seus ossos quando deitou a cabeça em meu peito e chorou como uma criança de 8 anos, sendo consolada por um pai que estava morto há mais de quarenta. Seu peso agora é de apenas 38 quilos. Ela morrerá possivelmente do mesmo modo que morrem os velhos nos Estados Unidos; de humilhação, incontinência, enfado e negligência.

Há vezes em que me reconhece, em que sua mente está atenta e brincalhona, e passamos o dia rindo e recordando. Mas quando me levanto para ir embora, seus olhos registram medo e traição. Ela agarra minha mão com suas mãos cheias de veias azuis e implora: "Me leve para casa com você, Tom. Eu me recuso a morrer entre estranhos. Por favor, Tom. Eu sei que você me entende." A cada vez que parto, ela morre um pouco. Isso me faz muito mal. Eu a amo tanto quanto amo qualquer outra pessoa no mundo; no entanto, não permito que more comigo. Falta-me coragem para alimentá-la, para limpar seu cocô, para aliviar seu sofrimento e amenizar as profundezas de sua solidão e exílio. Por ser americano, eu a deixo morrer aos poucos, isolada e abandonada pela família. Freqüentemente, ela me pede para matá-la, como um ato de bondade e caridade. Quase não tenho coragem para visitá-la. Quando chego à recepção do asilo, fico um bom tempo discutindo com os médicos e enfermeiras. Grito com eles e lhes digo que uma mulher extraordinária vive entre eles, uma mulher digna de consideração e ternura. Reclamo de sua frieza e falta de profissionalismo. Alego que tratam os velhos como carcaças penduradas em ganchos de aço num congelador. Há uma enfermeira, uma negra de uns 50 anos chamada Wilhemina Jones, que recebe a pior parte de meu discurso frustrado. Certa vez ela me disse: "Se ela é uma mulher tão extraordinária, sr. Wingo, por que a família dela a deixou apodrecer neste buraco infecto? Tolitha não é carne e nós não a tratamos como se fosse. A coitada apenas ficou velha e não entrou aqui por suas próprias pernas. Foi arrastada por você, contra a vontade."

Wilhemina Jones tem meu número de telefone. Sou o arquiteto dos últimos dias de minha avó sobre a terra e, por causa de uma singular ausência de coragem e de dignidade, ajudei a torná-los miseráveis, insuportáveis e desesperadores. O beijo que lhe dou apenas disfarça o estratagema do traidor. Quando a levei para o asilo, eu lhe disse que iríamos fazer um longo passeio no campo. Não foi mentira... o passeio ainda não terminou.

QUANDO PAPAI John Stanopolous morreu, em 1951, Tolitha o sepultou adequadamente no cemitério Oak Lawn, em Atlanta, vendeu a casa de Rosedale Road e partiu em uma extravagante odisséia que a faria dar três voltas ao mundo em três anos. Ela associava tão profundamente a tristeza pela perda de Papai John com a cidade de Atlanta que nunca mais voltou lá, nem mesmo para visitar. Era o tipo de mulher que sabia que a felicidade extrema não pode ser duplicada. Sabia como fechar adequadamente uma porta sobre o passado.

Tolitha viajou de navio, sempre em primeira classe, e conseguiu visitar 47 países. Enviou centenas de cartões-postais que ilustravam suas viagens. Esses cartões, rabiscados de maneira quase ilegível, tornaram-se nossa primeira literatura sobre viagens. No canto direito, traziam sempre os selos mais luminosos e lindos, aquarelas minúsculas paisagens de lugares desconhecidos ou réplicas de obras de arte dos países europeus. As nações africanas celebravam a fabulosa claridade do sol sobre as florestas chuvosas e a amplidão das savanas; seus selos mostravam frutas maravilhosas, papagaios pousados em mangueiras, mandris com carrancas nos rostos coloridos, elefantes perambulando em rios profundos e uma procissão de gazelas atravessando as planícies no sopé do monte Kilimanjaro. Sem saber o que estava fazendo, ela nos transformou em filatelistas apaixonados, enquanto lutávamos para decifrar as narrativas apressadas que escrevia durante os temporais de certas regiões do Atlântico, em suas navegações pelo mundo. A cada carta que escrevia, ela incluía um punhado de moedas dos países onde estivera. Aquelas moedas, sólidas e exóticas, foram nossa introdução às alegrias da numismática. Nós as armazenávamos em um vidro de geléia de uva e as espalhávamos pela mesa da sala de jantar para combiná-las com seus países, colocando-as sobre um mapa-múndi que meu pai comprara para acompanhar as excursões de Tolitha. Usávamos um giz de cera amarelo-pálido para colorir cada país onde Tolitha tivesse estado. Começamos a ficar fluentes na citação de nomes misteriosos como Zanzibar, Congo Belga, Moçambique, Cingapura, Goa e Camboja. Esses nomes tinham um sabor de fumaça em nossa boca e reverberavam com os ecos de um sino dos povos primitivos e desconhecidos. Considerávamos Tolitha corajosa, pródiga e sortuda. No dia em que Savannah, Luke e eu fomos crismados pelo bispo de Charleston, um rinoceronte branco atingiu o jipe em que minha avó viajava nas planícies do Quênia. Na semana em que entramos na terceira série, Tolitha testemunhou a morte de uma adúltera, por apedrejamento, na Arábia Saudita. Arriscou-se enormemente e falou sobre os perigos por que passara com detalhes divertidos. Nos confins do Amazonas, observou um cardume de piranhas reduzir uma anta a ossos em alguns minutos repletos de horror. Os gritos da anta ecoavam pelas paredes da floresta impenetrável até que os peixes chegaram à língua do animal. Esta era como uma sobremesa, acrescentou ela travessamente, em um daqueles detalhes exóticos e indiferentes que davam vida a seus relatos. Em outra ocasião, minha avó contou que foi ao Folies-Bergere, onde viu mais tetas no palco, do que já vira em fazendas de criação de gado leiteiro. De Roma, ela nos enviou um cartão-postal que mostrava a arrumação macabra de crânios de monges empilhados como armas em um arsenal sobre um altar lateral das catacumbas dos capuchinhos. Também nos enviou caixas cheias de conchas que havia juntado na costa leste da África, uma cabeça encolhida, que comprara por uma bagatela de um caçador de cabeças regenerado e que tinha péssimos dentes. Houve um Natal em que ela comprou para meu pai uma língua de búfalo aquático conservada no sal. Também comprou e remeteu uma flauta usada por encantadores de serpentes, um pedaço da cruz de Cristo que lhe foi vendido por um árabe zarolho, um dente de camelo, as presas de uma surucucu e a tanga de um selvagem que a tirou do corpo para vender (a qual minha mãe queimou imediatamente, dizendo que já tínhamos germes suficientes na Carolina do Sul, não necessitando dos germes africanos). Tolitha se deliciava como uma criança com o grotesco, o irreal e o invulgar.

Ela se gabava de haver contraído diarréia em 21 países. Para ela, uma forte diarréia era uma espécie de insígnia de mérito do viajante, significando uma disposição para a renúncia ao que é meramente pitoresco em troca dos lugares mais selvagens do mundo. Por exemplo: ela havia comido na Síria uma tigela repleta de olhos de carneiros, os quais, segundo relatou, tinham o sabor exato que se imaginaria que olhos de carneiro tivessem. Minha avó era mais uma aventureira que uma grande conhecedora, mas acrescentou cuidadosamente alguns itens à sua dieta. Em diversos lugares do mundo provou cauda de caimão, a carne venenosa do baiacu (que fez seus dedos ficarem entorpecidos), filé de tubarão, ovos de avestruz, gafanhotos cobertos de chocolate, enguias conservadas em salmoura, fígado de antílope, órgãos genitais da cabra e sucuri cozida. Ao estudar sua dieta, ninguém se surpreendia muito com os repetidos ataques de diarréia pelos quais ela passava. A única coisa que surpreendia era que ela não vomitasse durante essas refeições.

Durante três longos anos, minha avó só fez viajar, descobrir coisas incomuns em lugares incomuns e estudar a si mesma no contexto de geografias desconhecidas. Mais tarde, ela admitiu que queria armazenar bastantes recordações faiscantes para a velhice que estava se aproximando rapidamente. Viajava para se maravilhar, para ser transformada em uma mulher diferente da que fora até então. Não de maneira intencional, mas por meio do exemplo, ela acabou se tornando a primeira filósofa de viagens de nossa família. Passeando de um lado para outro, Tolitha descobriu que havia coisas para se aprender nas tangentes e nas extremidades e começou a respeitar as margens, achando que o lado incivilizado fazia a diferença. No solstício de verão de 1944, um bando cordial de xerpas conduziu minha avó em uma excursão de duas semanas pelo Himalaia. Ali, numa madrugada brutalmente fria no teto do mundo, ela observava enquanto o sol expunha os flancos nevados do monte Everest. Um mês mais tarde, viu a migração de serpentes marinhas no mar do sul da China e resolveu voltar para casa.

Chegou a Colleton um tanto exausta e maltratada e, muito significativamente, sem um centavo. Minha mãe fazia contas em voz alta, com a obsessão de descobrir quanto fora perdido, e resmungava que Tolitha gastara mais de 100 mil dólares. Entretanto, se ela já surpreendera a família e a cidade ao satisfazer seu desejo secreto de viajar, chocou-os por completo quando tratou de se instalar novamente. Sem nosso conhecimento, ela havia reaberto os canais de comunicação com meu avô – reatara por meio de cartas insinuantes e simpáticas, escritas durante suas peregrinações, os antigos laços de amizade ou afeição que porventura tivessem sido extintos com a Depressão. Fosse por um senso de privacidade ou por tato, vovô nunca mencionou tais cartas a ninguém. Ele foi a única pessoa na cidade a não ficar abismada quando vovó chegou a Colleton depois de uma ausência de mais de vinte anos e seguiu diretamente para sua casa em Barnwell Street, desfez as malas e colocou as roupas na mesma cômoda que abandonara havia tanto tempo.

— Até um pássaro marítimo tem que descansar de vez em quando – foi a única coisa que ela ofereceu como explicação a qualquer pessoa.

Dez baús cheios das coisas mais maravilhosas e inúteis do mundo a seguiram até Colleton, e sua casa foi inundada com os *souvenirs* mais excêntricos do planeta. A sala de estar de meu avô, que sempre fora a quinta-essência da decoração sulista, encheu-se de máscaras e objetos de arte africanos, elefantes de cerâmica da Tailândia e enfeites de todos os bazares da Ásia. Cada objeto tinha uma história, um país, um conjunto específico de aventuras. Tolitha podia rememorar cada passo que dera simplesmente deixando os olhos passearem pela sala. Seu segredo, nós descobrimos mais tarde, era o de que, uma vez que você viaja, a jornada nunca termina, mas se repete mais e mais nos compartimentos silenciosos de sua mente.

A família de meu pai se reconstituiu quando ele estava com 34 anos de idade.

Minha mãe teve um prazer incansável de rebaixar os feitos de vovó.

Não havia uma mulher no mundo que minha mãe não considerasse uma rival. Assim, a volta de minha avó às origens, depois de tanta folia pelos continentes, provocou uma grande quantidade de denúncias mundanas por parte de minha mãe.

– Não entendo como uma mãe pode abandonar os filhos durante uma crise – resmungava para nós. – Os homens abandonam a família o tempo todo, mas as *mães* não fazem isso. As *verdadeiras mães*. Sua avó cometeu um crime contra a natureza, contra todas as leis da natureza, e nunca a ouvi mencionar isso ou se ajoelhar para pedir perdão a seu pai. E não pensem que ele não ficou magoado. Não pensem que isso não o afetou. Não, vocês podem situar os problemas de seu pai voltando até o dia em que ele acordou e descobriu que não tinha mais a mãe para alimentá-lo e cuidar dele. Por isso que ele é um doente mental. É por isso que às vezes ele age como um animal. Tolitha foi embora e desperdiçou o futuro com seus desatinos, em vez de investi-lo em caderneta de poupança. Ela voltou para cá sem um centavo. Se eu fosse Amos, teria lhe dado um belo de um chute. Mas os homens são mais sentimentais que as mulheres. Ouçam o que lhes digo!

Ela revelava essas apreensões apenas para os filhos. Quando estava com Tolitha, minha mãe elogiava sua independência, sua coragem e sua completa indiferença à atitude da cidade em relação a ela. Tolitha não ligava a mínima para a opinião pública de Colleton. Foi a única mulher divorciada que conheci naquele período de minha vida. Sob diversos pontos de vista, foi a primeira mulher moderna surgida em Colleton. Não dava explicações nem se desculpava por seus atos. Depois que retornou, surgiram boatos de outros casamentos pelo caminho, uniões com homens solitários em navios, casos de conveniência e de amor. Tolitha não disse nada. Simplesmente voltou para a casa de meu avô e recomeçou a viver com ele como esposa. Amos ainda a aborrecia com o arrebatamento de suas convicções religiosas, mas havia algo inefável entre eles, algo confortável e amigável. Meu avô estava satisfeitíssimo com sua volta. Ele nunca olhara para outra mulher. Era um daqueles raros homens capazes de se apaixonar loucamente apenas uma vez na vida. Acho que minha avó poderia amar uns cem homens. Quando cresci e a conheci melhor, vi que ela provavelmente o fez. Era irresistível para os homens e uma ameaça para cada mulher que cruzasse seu caminho. Sua fascinação era fora de série, indefinível.

Atualmente, acredito que ela tenha voltado porque já havia feito tudo o que queria, e também para salvar os netos da fúria de seu filho e da frieza emocional da nora. Seja como for, funcionou como uma voz, uma consciência e uma corte de apelação à qual podíamos recorrer durante as crises. Ela entendia a natureza do pecado e sabia que sua forma mais volátil era a do tipo que não reconhecia a si mesma. Como muitos homens e mulheres que cometem erros terríveis e irreparáveis com os próprios filhos, ela se redimiu sendo a avó perfeita. Tolitha nunca brigava conosco, não nos disciplinava nem desaprovava e, de modo algum, condicionou seu amor a nosso comportamento. Simplesmente ela nos adorava em todas as manifestações, agradáveis ou não, da infância. Com base em seus erros, montara um código natural de ética: o amor não estava ligado ao desespero, o amor não tinha que magoar. Armada com sabedoria tão poderosa, ela voltou rapidamente à vida que abandonara. Sempre que meu pai nos batia, minha mãe dizia: "Ele só fez isso porque ama vocês." Sempre que minha mãe batia em nós com a escova de cabelo, a vassoura ou as mãos, ela o fazia em nome do amor. O amor que recebíamos pairava sob o signo de Marte, um frágil refugiado de algum zodíaco falsificado e arruinado. Mas minha avó trouxe de suas jornadas uma doutrina revolucionária: o amor não tem armas; não tem punhos. O amor não machuca nem faz sangrar. Inicialmente, nós três nos afastávamos quando ela tentava nos abraçar ou nos fazer sentar em seu colo. Ela afagava nossa cabeça e nosso rosto e nos beijava até que começávamos a ronronar como gatos. Inventava canções de louvor para nós. Dizia que éramos lindos, extraordinários e que faríamos grandes coisas.

Sua volta deu mais força ao já formidável matriarcado Wingo. A linhagem Wingo produzia homens fortes, mas nenhum deles poderia se comparar às mulheres Wingo. Nos olhos delas, víamos o brilho metálico do czar, o orgulho frio do tirano. Quando Tolitha voltou, iniciou-se um duelo de poder que só terminou quando minha mãe me convenceu a colocá-la no asilo 25 anos mais tarde.

O homem para quem ela retornara, Amos Wingo, era um dos mais estranhos que já encontrei e, certamente, um dos melhores. Qualquer estudo feito sobre ele se torna uma meditação a respeito da santidade. Toda sua vida foi um longo hino em louvor a Deus. Seu único passatempo era a oração; e Deus, a Trindade, seu grande assunto. Para analisar a biografia turbulenta e profana de minha avó é preciso ter um pouco de compaixão pela impossibilidade de se viver com um homem comprometido com a santidade. Os santos são avós maravilhosos, porém péssimos maridos. Anos mais tarde, minha avó revelou que, quando Amos fazia amor, ficava murmurando: "Obrigado, Jesus. Obrigado, Jesus", enquanto se revolvia dentro dela. Ela reclamou que não podia prestar atenção ao que estava fazendo enquanto ele convidava Jesus para debaixo dos lençóis.

Quando éramos muito pequenos, meu avô nos levou ao cais da ilha Melrose e contou a história de sua vida espiritual. Não foi surpresa para mim quando revelou o segredo de que Deus aparecera para o jovem Amos Wingo e o instruíra a viver uma vida de acordo com suas palavras. Deus freqüentemente honrou meu avô com aquelas visitas esporádicas durante toda sua vida. Amos escrevia longas cartas ao editor da *Gazeta de Colleton*, explicando em detalhes onde ocorrera cada visão e contando, palavra por palavra, tudo o que o Criador tinha em mente. Com base nessas cartas (que Savannah preservou cuidadosamente), pode-se deduzir que Deus falava sem ligar muito para a gramática e a ortografia, e tinha uma preferência esquisita pelo modo de falar dos sulistas.

— Deus fala como um caipira sulista – disse Luke depois de ler uma dessas epístolas.

Na verdade, Deus falava com voz muito parecida com a de meu avô, e aquelas cartas inconstantes para seus concidadãos eram o veneno e a glória secreta de minha infância. Mas o próprio Amos admitiu que era difícil levar uma vida normal quando Deus o interrompia constantemente com entrevistas espetaculares e demoradas.

Savannah certa vez perguntou:

– Que cara tem Deus, vovô?

– Bem, Savannah, ele é um sujeito bonito. Há sempre muita luz em torno dele, de modo que não posso vê-lo direito, mas suas feições são normais, e o cabelo é mais escuro do que você poderia suspeitar. Também é meio comprido e achei que talvez devesse me oferecer para cortá-lo. Eu não cobraria nada. Daria apenas uma aparadinha e cortaria um pouco nas laterais.

Savannah foi a primeira pessoa que falou em voz alta que vovô Wingo era louco. Mas de uma loucura doce e descomplicada, se é que era mesmo loucura. No auge da Depressão, Deus lhe aparecia diariamente, e sua família tinha de viver do que conseguia pescar no rio e apenas isso. Ele deixou o emprego como barbeiro e parou de vender as bíblias, acreditando que a Depressão fosse um sinal celestial de que estava para acontecer a segunda passagem de Jesus pela Terra. Começou a proclamar o Evangelho nas esquinas da cidade, gritando estranhos salmos de fé e perdição para quem estivesse ao alcance de sua voz, às vezes falava em uma língua desconhecida que se manifestava como algum ataque epilético da alma.

Ele também tinha um lado de viajante; "sangue cigano", como minha avó chamava, embora meio cinicamente, porque sentia que Amos não usava muito a imaginação em suas viagens. Ele apenas gostava da sensação de estar na estrada, e não lhe importava muito o lugar para onde ia. Essa vontade de viajar o atingia sem aviso prévio. Ele saía imediatamente de Colleton e vagueava a pé por todo o Sul, passando meses fora de casa enquanto vendia bíblias e cortava cabelos. Mesmo quando descansava, tinha um maneirismo nervoso – sua perna direita tremia e gingava como se houvesse um motor funcionando abaixo do joelho. A perna que vibrava servia como lembrete de que ele iria embora no dia seguinte, em direção à Flórida, mais ao sul, ou ao Mississippi, a oeste, para espalhar a palavra do Evangelho e borrifar talco em pescoços recém-barbeados. Depositava a palavra do Senhor como pólen nos estames e pistilos de cada alma que encontrava em seu ministério itinerante e não premeditado.

Em suas caminhadas pelas estradas rurais do Sul, meu avô levava uma maleta com roupas e utensílios de barbearia e outra mala maior repleta de bíblias de todos os formatos e tamanhos. As mais baratas eram pequenas, pretas e utilitárias, do tamanho de sapatos infantis. Mas eram escritas em letras miúdas e poderiam induzir à miopia se lidas com muito fervor e pouca luz. Ele considerava seu dever forçar a compra das mais vistosas. O *cadillac* das bíblias era uma de couro branco leitoso, com franjas douradas para se usar como marcadores de páginas. Era ilustrada suntuosamente com pinturas bíblicas dos "Grandes Mestres". Mas a coroa de glória desse volume era que as palavras de Cristo eram impressas em tinta vermelha. Essas bíblias muito caras eram invariavelmente escolhidas pelas famílias mais pobres, que as adquiriam em um generoso plano de pagamentos. No rastro deixado por meu avô, os cristãos pobres teriam de fazer uma opção difícil entre pagar a prestação mensal de sua linda Bíblia ou colocar comida na mesa da família. A recordação da presença piedosa de meu avô deve ter tornado a opção ainda mais difícil. Para meu avô, não pagar a prestação comparava-se a um pecado indescritível. Só que ele nunca chegaria ao ponto de exigir a devolução da Bíblia, uma vez que havia preenchido gratuitamente a cronologia familiar no meio do livro. Acreditava que nenhuma família americana podia se sentir realmente segura até que todos estivessem relacionados em uma Bíblia decente em que Jesus falava em vermelho. Mesmo que isso às vezes prejudicasse suas relações com a companhia que lhe fornecia as bíblias, recusava-se a tirar a palavra de Deus da casa de um pobre. A editora precisava enviar outros homens nas pegadas de meu avô para exigirem a devolução das bíblias ou receber o que lhes era devido. Mas vovô Wingo vendia mais que qualquer outro vendedor, e era desse modo que se fazia realmente dinheiro.

Como vendedor de Bíblias, meu avô se tornou algo como uma lenda nas pequenas cidades do sul. Em cada lugarejo que chegava, começava a bater de porta em porta. Se uma família não precisava da Bíblia, sempre havia alguém necessitando cortar o cabelo. Ele cortava os cabelos de uma família inteira por um preço especial. Adorava a sensação do cabelo humano entre seus dedos e tinha uma simpatia tolerante pelos carecas. Falava sobre a vida de Cristo mais alto que o zumbido do barbeador e entre as densas nuvens de talco, enquanto tirava os restos de cabelo caídos no pescoço de meninas e meninos enfadados. Quando se aposentou, a editora o presenteou com um conjunto de grampos de cabelo folhados a ouro e um certificado de gratidão que legitimava um fato do qual nós sempre havíamos suspeitado: Amos Wingo vendera mais bíblias que qualquer vendedor ambulante em toda a história da editora. Em seu derradeiro presente e num momento de poesia, a editora se referiu a ele como "Amos Wingo – O Rei das bíblias de Letras Vermelhas".

Mas, como vendedor ambulante, cujo território cobria cinco estados do Sul, vovô freqüentemente deixava meu pai sob os cuidados afetados e inconstantes de empregadas, primas, tias solteironas ou qualquer pessoa que ele conseguisse convencer. Por diferentes razões, nenhum de meus avós tocou em frente o negócio fundamental de criar o único filho. Havia algo de irreconciliável na luta inarticulada de meu pai com o mundo. Sua infância fora uma sucessão de negligência. E meus avós eram os responsáveis inimputáveis pelas violências de meu pai contra os filhos.

MEUS AVÓS eram como duas crianças que não combinavam muito bem, e sua casa tinha para mim um sabor de santuário ou de jardim-de-infância. Quando eles se falavam, era com a mais profunda cortesia. Não havia conversas verdadeiras entre os dois nem gracejos, flertes ou troca de mexericos. Jamais pareciam estar vivendo juntos, mesmo depois do retorno de minha avó. Nada que fosse humano interferia na afeição mútua. Estudei aquele relacionamento com algo que se aproximava da reverência, porque não conseguia descobrir o que o fazia funcionar. Sentia amor entre aquelas duas pessoas, mas era um amor sem ardor ou paixão. Tampouco havia rancores ou ressentimentos, elevações ou declínios do ânimo que me permitissem traçar um gráfico – apenas um casamento sem nenhum tipo de clima, imobilidade, resignação, somente dias de calmaria na corrente do golfo de seu silêncio. A alegria descomplicada na companhia um do outro fazia com que o casamento de meus pais parecesse obsceno. Eles tinham esperado metade de uma vida para ficarem perfeitos um para o outro.

Confiei em meus avós quando precisei de algumas explicações sobre meu pai. Não consegui descobrir nada. Ele não estava presente nas preocupações dos dois. A aliança entre eles produzira algo completamente novo e inobservado. Nunca ouvi Tolitha ou Amos levantarem a voz. Jamais nos espancavam e quase se desculpavam quando nos corrigiam nas menores coisas. Entretanto, haviam criado o homem que me criava, que me batia, batia em minha mãe, batia em meus irmãos, e foi impossível descobrir alguma explicação, uma pista, na casa de meus avós. A decência e a calma inviolada de ambos me perturbava. Eu não podia contar com eles para descobrir de onde viera: havia algo que faltava, que estava quebrado ou não era respondido. De qualquer modo, duas almas delicadas tinham gerado um filho violento que, por sua vez, gerara a mim. Eu vivia em uma casa em que o pescador de camarões era temido. Isso nunca era expresso com palavras. Minha mãe nos proibia de dizer a qualquer pessoa de fora da família que ele nos batia. Dava a maior importância ao que chamava de "lealdade familiar", e não toleraria nenhum comportamento que a atingisse como uma traição. Não tínhamos permissão para criticar papai ou reclamar da maneira como nos tratava. Ele nocauteou Luke, deixando-o inconsciente, três vezes antes de meu irmão completar 10 anos. Luke era sempre seu primeiro alvo, o primeiro rosto para o qual ele avançava. Geralmente, mamãe apanhava quando tentava intervir a favor dele; Savannah e eu apanhávamos ao tentar tirá-lo de cima de nossa mãe. Formou-se um círculo vicioso, acidental e mortífero.

Passei toda a minha infância achando que meu pai acabaria me matando algum dia.

Mas eu vivia em um mundo em que nada era explicado às crianças, exceto a supremacia do conceito de lealdade. Aprendi com minha mãe que a lealdade é a máscara bonita que a pessoa usa quando baseia a vida inteira em uma série de mentiras terríveis.

Dividíamos os anos pelo número de vezes que nosso pai nos batia. Apesar das surras serem suficientemente ruins, era a irracionalidade da natureza de meu pai que as piorava ainda mais. Nunca sabíamos o que o faria começar; nunca conseguimos prever que mudanças em sua alma soltariam atrás de nós a fera que existia dentro dele. Não havia um padrão no qual nos basearmos, uma estratégia para improvisar ou um tribunal imparcial ao qual pudéssemos apelar por uma anistia, exceto nossa avó. Passamos a infância esperando pelo próximo ataque.

Em 1955, ele me jogou no chão três vezes. Em 1956, fui abatido cinco vezes. Ele me amou ainda mais em 1957. Seu ardor aumentou em 1958. A cada ano, ele me amava mais, enquanto eu me encaminhava para a idade adulta de maneira servil.

Desde aquele ano que passamos em Atlanta, eu rezava para que Deus o destruísse.

— Mate-o, por favor, Deus — eu murmurava, ajoelhado. Minhas preces o enterravam até o pescoço no pântano, enquanto eu rezava para que a lua fizesse o oceano se levantar sobre ele e observava os caranguejos se atropelarem em seu rosto, procurando-lhe os olhos. Aprendi a matar com minhas orações e a odiar quando deveria estar louvando a Deus. Eu não tinha controle sobre o modo como rezava. Quando voltava minha alma para Deus, o veneno jorrava de mim. Com as mãos entrelaçadas, cantava hinos de louvor à pilhagem e à matança, e meu rosário se tornou um garrote. Aqueles anos foram perigosos e introspectivos para mim. Sempre que matava um veado, via o rosto de meu pai entre os chifres; era o coração de meu pai que eu cortava e jogava no alto das árvores; era o corpo dele que eu abria e do qual retirava as vísceras. Tornei-me extremamente mau, um crime contra a natureza.

Quando minha avó voltou, percebi lentamente que meu pai a temia e, por isso, liguei-me ao destino daquela mulher que tivera coragem de abandonar a família durante a Depressão e que nunca pedira desculpas a ninguém por fazer isso. Aquela mulher delicada e meu delicado avô haviam criado um homem perigoso para as crianças. Minha mãe nos ensinou que a mais elevada forma de lealdade era cobrir nossas feridas e sorrir para o sangue que víamos no espelho. Ensinou-me a odiar as palavras *lealdade familiar* mais que qualquer outro termo de nossa língua.

Se os pais de uma pessoa a desaprovam, mesmo que ela seja habilidosa para lidar com essa desaprovação, nada a convencerá de novo de seu próprio valor. Não há como consertar os danos da infância. O melhor que se pode esperar é que a criança continue a viver.

7

Os primeiros sintomas inconfundíveis de meu pavor por Nova York só apareceram na segunda semana em que eu estava na cidade. Sempre senti uma culpa invencível quando ficava apenas curtindo Nova York, deixando que os museus, bibliotecas, teatros, concertos e aquela vastidão de oportunidades culturais me acenassem com promessas de diversão. Comecei a ter dificuldade para dormir. Sentia que deveria estar lendo a obra completa de Proust ou aprendendo uma língua estrangeira; fazendo meu próprio macarrão ou assistindo a um curso de história do cinema na New School. Sempre que eu atravessava suas pontes, a cidade despertava alguma glândula de auto-aperfeiçoamento há muito tempo adormecida em mim. Nunca me sentiria suficientemente bom para Nova York, mas ao menos me sentiria melhor se desse alguns passos no sentido de me igualar a seus padrões elevados.

Quando não conseguia dormir, quando o barulho do tráfego da madrugada se tornava muito dissonante ou o passado se elevava como uma cidade arruinada no imediatismo de meus sonhos, eu me levantava da cama de minha irmã e me vestia na escuridão. Na primeira manhã que passei em Nova York, tentei correr até o Brooklyn, mas só consegui chegar ao Bowery, onde topei com as figuras ociosas de vagabundos malcheirosos que dormiam nas entradas de cinqüenta lojas de lâmpadas em uma rua repleta de arandelas e lustres. No dia seguinte, corri em outra direção e me surpreendi entrando no distrito das flores, quando os caminhões descarregavam sua carga perfumada de orquídeas, lírios e rosas. Era como se estivesse correndo pelo pulso de uma linda mulher que tivesse friccionado as veias com água de colônia. Eu já sentira o cheiro de muitas Nova Yorks, mas nunca o que era comandado pela doce monarquia de milhares de jardins. Na melhor das circunstâncias, Nova York era uma cidade de manifestações divinas acidentais. Assim, fiz o voto de permanecer disponível para tais momentos enquanto estivesse na cidade, durante aquele verão.

Redigi uma lista de coisas que faria antes de voltar à Carolina do Sul: correr 10 quilômetros em menos de cinqüenta minutos; encontrar, na biblioteca de minha irmã, dez ótimos livros que ainda não tivesse lido e lê-los; ampliar meu vocabulário; aprender a fazer um delicioso molho de manteiga; fazer uma refeição no Lutèce, no Four Seasons, no La Grenouille, no La Côte Basque e no La Tulipe; assistir aos jogos de futebol dos Mets e dos Yankees; escrever em meu diário todos os dias e escrever para a família quando acordasse pela manhã; contar à dra. Lowenstein todas as histórias de minha família que pudessem ajudá-la a manter minha irmã viva.

Durante o verão, de tempos em tempos eu acrescentaria itens à lista. Minha tarefa era simples: ao elucidar as crônicas mordentes do passado, queria redescobrir aquele menino esperto e ambicioso que eu vira naquela ilha da Carolina do Sul onde cresci, que sabia o nome de cada criatura que caía no deque do barco camaroneiro quando meu pai soltava as redes cheias de peixes. Com um pouco de sorte, eu desejava voltar à minha terra natal em grande forma. Minha condição física me incomodava enormemente, mas eu era um treinador hábil e sabia como melhorar a situação, como fazer meu corpo pagar por anos de cordial negligência.

Fazia uma semana que não visitava Savannah quando trouxe à tona para a dra. Lowenstein o tema da revogação de meus privilégios de visita. Ela havia marcado uma hora para mim no fim de uma terça-feira, mas parecia distraída e irritadiça durante a sessão. Quase não pude conter meu aborrecimento quando a vi olhar para o relógio três vezes nos últimos dez minutos da entrevista.

Eram quase sete da noite quando ela se levantou da cadeira, assinalando o fim de mais uma sessão. Fez um sinal para que eu esperasse um momento e foi até a mesa para usar o telefone.

– Alô, querido – disse, despreocupadamente. – Desculpe por não ter ligado mais cedo. Estava muito ocupada. Você vai poder ir ao jantar?

171

O cansaço transformara seu rosto delicado. Era uma mulher que amadurecia extraordinariamente bem. Exceto a marca delicada em torno dos olhos e da boca – linhas que pareciam mais uma concordância que uma disputa com o tempo –, ela poderia ser confundida com uma adolescente. Usava os cabelos escuros escovados para o lado e desenvolvera um gesto nervoso, mas adorável, de afastá-los da frente do olho enquanto falava.

— Pena seu ensaio ter sido tão ruim, querido – disse ela. – Sim, claro, entendo. Bernard chegará para o jantar amanhã. Ele ficará desapontado se você não estiver lá. Está bem. Falo com você mais tarde. Tchau.

Ao se virar, seu rosto tinha um ar magoado ou desapontado, porém ela logo se recuperou, sorriu e folheou a agenda para ver quando poderia me encaixar novamente em seus horários.

— Quando poderei ver minha irmã? – perguntei. – Vim a Nova York porque pensei que seria bom para ela saber que a família estava por perto. Creio que tenho o direito de ver Savannah.

Sem levantar os olhos, a dra. Lowenstein respondeu:

— Tenho um cancelamento amanhã às duas horas. Você pode vir, Tom?

— Você está ignorando minha pergunta, Lowenstein. Acredito que posso fazer algum bem a Savannah. Ela precisa saber que ainda estou por aqui e que estou tentando ajudá-la.

— Sinto muito, Tom. Já lhe disse que a equipe médica percebeu que essas visitas perturbam enormemente sua irmã. E, como você sabe, Savannah mesma pediu que fossem suspensas por algum tempo.

— Ela explicou o motivo?

— Sim. – A psiquiatra olhou-me nos olhos.

— Você se incomoda de me contar?

— Savannah é minha paciente. E o que ela me conta como paciente é confidencial. Gostaria que você confiasse em mim e na equipe médica...

— Você poderia parar de chamar aqueles imbecis de "equipe médica"? Isso soa um pouco como um time de futebol.

— Como você gostaria que eu os chamasse, Tom? Posso lhes dar o nome que você quiser.

– Diga "aqueles imbecis do Bellevue". Equipe, o cacete. Tem o psiquiatra que a vê uma vez por semana e que lhe dá drogas suficientes para anestesiar uma baleia azul. Há aquele residente imprestável, de cabelos vermelhos, e a linha de frente de enfermeiras encrenqueiras, levantadoras de peso e sem um pingo de senso de humor. Além do mais, encontrei também um risonho terapeuta ocupacional que quer encorajar Savannah a fazer protetores para pegar panelas no forno. A equipe! Equipe de merda! Quem mais está nessa equipe maravilhosa? Ah, sim. Os assistentes de enfermagem. Aqueles trombadões com QI de ameba. Criminosos em liberdade condicional, empregados em troca de um prato de comida para dar surras nos loucos. Por que você não tira minha irmã daquele lugar, Lowenstein, e a coloca em um clube de campo bacana, onde os birutas da classe média vão para aperfeiçoar seu pingue-pongue?

– Porque Savannah ainda é um perigo para si mesma e para os outros – disse a doutora, sentando-se. – Ela vai ficar em Bellevue até deixar de ser uma ameaça a si mesma, até que tenha se estabilizado o suficiente...

– Você quer dizer até que esteja suficientemente drogada – interrompi, com a voz mais alta do que pretendia. – Você quer dizer quando ela estiver tão cheia de Thorazine ou Stelazine ou Artane ou Trifalon ou qualquer outra droga que esteja na moda no momento. Estabilizada! Minha irmã não é um maldito giroscópio, Lowenstein. É uma poetisa e não pode escrever poesias quando a corrente sanguínea tem mais drogas que glóbulos brancos flutuando no cérebro.

– Quantos poemas você acha que Savannah vai escrever se conseguir se matar? – A doutora estava furiosa.

– Pergunta injusta, Lowenstein – respondi, abaixando a cabeça.

– Errado, Tom. É uma pergunta justa e relevante. Entenda uma coisa: a primeira vez que vi Savannah depois que ela cortou os pulsos, fiquei muito grata aos "imbecis do Bellevue" porque qualquer terapia que eu tivesse usado com ela não teria funcionado. Savannah tem os mesmos medo e desconfiança das drogas que você, e não me permitiria receitar o remédio que talvez evitasse sua tentativa de suicídio. Estou agradecida porque ela está agora em um hospital em que é forçada a tomar as drogas quando se recusa a cooperar. Isso porque quero que Savannah saia viva de tudo isso. Não me incomodo se ela é tratada com drogas, vodu, extrema-unção ou com a leitura de cartas do tarô. Eu a quero viva.

— Você não tem o direito de me manter a distância de minha irmã, Lowenstein.

— É claro que tenho.

— Então, por que diabos estou aqui? Com que finalidade? Por que é que eu fico decodificando uma fita que você gravou quando minha irmã estava na fase mais lunática, quando foi eleita comandante suprema do exército dos loucos? Eu nem mesmo tenho certeza do que ela queria dizer quando gritou aquela papagaiada. Sei o que algumas coisas me sugerem, mas não sei se têm o mesmo significado para ela. Sinto como se fosse eu quem estivesse fazendo terapia. Como é que a visão da minha terrível infância pode ajudar Savannah? Foi horrível ser um menino naquela família. Ser menina é inimaginável. Deixe que ela lhe conte todas aquelas histórias enquanto eu volto para o lugar ao qual pertenço, para fritar meus peixes.

— Você não é meu paciente, Tom – disse Lowenstein, suavemente. – Estou tentando de todas as formas ajudar sua irmã. Você me interessa por causa da luz que pode lançar sobre o passado dela. A situação de Savannah ainda é desesperadora. Nunca vi tanta angústia em nenhum paciente anteriormente. Preciso que você continue a me ajudar com Savannah. Não temos de gostar um do outro, Tom. Isso é o que menos importa. Nós queremos que sua irmã tenha uma vida.

— Quanto você está recebendo para isso, doutora?

— O dinheiro é o de menos para mim. Estou fazendo isso por amor à arte.

— Oh, claro! – escarneci. – Uma psiquiatra que não pensa em dinheiro é como um lutador de sumô que não pensa na gordura.

— Pode rir de mim, eu não ligo a mínima. Você pode até fazer suposições muito superiores quanto aos meus motivos e pensar que é uma viagem interior em que eu vá reconstruir a psique da poetisa e torná-la uma coisa só novamente. Eu gostaria do fundo do coração de realizar esse serviço.

— E Savannah, curada por suas mãos mágicas, escreveria infinitos poemas exaltando os poderes miraculosos da psiquiatra que exorcizou os demônios que possuíam sua frágil alma.

— Você está certo, Tom, eu receberia um crédito que não é desprezível se pudesse salvá-la, se pudesse lhe fornecer os meios para voltar a escrever. Mas existe uma coisa que você não entende em mim. Amei a poesia de sua irmã muito antes de saber que seria sua médica. Amei e ainda amo. Leia os poemas dela, Tom...

— O quê? – gritei, levantando-me furioso da cadeira e indo na direção dela. – Ler os poemas de minha irmã? Eu lhe disse que sou um treinador, doutora, não um orangotango. E você deve ter esquecido um detalhezinho insignificante em meu lamentável currículo: sou professor de inglês, um maravilhoso professor, com talento surpreendente para fazer aqueles mentecaptos sulistas, que só sabem ficar de boca aberta, se apaixonarem pela língua que nasceram para estragar. Eu já lia a poesia de Savannah muito antes de você começar a ter diálogos com neuróticos incorrigíveis, minha amiga.

— Desculpe, Tom. Peço que me perdoe. Não achei que você os lesse por causa do assunto. Os poemas de sua irmã são escritos para e sobre as mulheres.

— Não são – suspirei cansadamente. – Droga, eles não são. Por que todo mundo nesta cidade de merda é tão burro? Por que todos dizem exatamente a mesma coisa sobre a poesia dela? Isso empobrece o trabalho de Savannah. Empobrece o trabalho de qualquer escritor.

— Você não acha que ela escreve principalmente para as mulheres?

— Não, ela escreve para as pessoas. Homens e mulheres que sentem apaixonadamente. É uma poesia destinada a edificar, até mesmo a maravilhar, e não requer nenhuma opinião política para ser entendida ou apreciada. O mais extraordinário na poesia dela não é a opinião política. Isso não passa de lugar-comum, de coisa trivial, que enfraquece sua poesia e, às vezes, a torna previsível e banal. Há um milhão de mulheres putas da vida nesta cidade que têm a mesma opinião política. Mas apenas Savannah é capaz de pegar a linguagem e fazê-la voar alto como um pássaro ou cantar como um anjo ferido e desfigurado.

— Seria difícil esperar que você entendesse um ponto de vista feminista — comentou a dra. Lowenstein asperamente.

Olhei de repente para ela e alguma coisa em sua expressão me atingiu.

— Pergunte-me se sou feminista, doutora.

Ela deu uma risada sarcástica.

— Você é feminista, Tom?

— Sim.

— Sim? — Ela começou a rir, a primeira risada genuína que ouvi da firme e decidida dra. Lowenstein.

— Por que está rindo?

— Porque essa é a última resposta que eu esperava que você me desse.

— Por causa daquela história do homem branco sulista, etcétera, etcétera?

— Sim — confirmou seriamente —, homem branco sulista, etcétera e tal.

— Por que você não lambe minhas botas? — retruquei com frieza.

— Eu sabia que você era chauvinista — respondeu ela.

— Foi Savannah quem me ensinou a dizer isso. Sua paciente feminista. Ela me ensinou a não acreditar em nada que os feministas, racistas, terceiro-mundistas, obscurantistas, domadores de leões ou malabaristas com um só braço dissessem, se eu achasse que estavam errados. Ela me ensinou a confiar em meus instintos e chamá-los da maneira que quisesse.

— Isso é maravilhoso, Tom. Muito avançado para um treinador.

— Qual é seu primeiro nome, doutora? Faz três semanas que venho aqui e ainda não sei como se chama.

— Isso não tem importância. Meus pacientes não me chamam pelo primeiro nome.

— Não sou seu maldito paciente. Minha irmã é que é. Por isso gostaria de chamá-la pelo primeiro nome. Não conheço uma alma sequer nesta cidade além de alguns amigos de Savannah. Estou me sentindo de repente muito solitário e sou até mesmo proibido de visitar minha irmã quando sinto que ela precisa que eu esteja perto mais do que qualquer coisa no mundo. Você me chama de Tom e eu quero chamá-la pelo nome.

— Prefiro manter nosso relacionamento de maneira profissional — ela respondeu, e me senti preso numa armadilha no vácuo esterilizado daquela sala dominada por um excesso de tons pastel e discreto bom gosto. — Mesmo que você não seja meu paciente, precisa vir aqui para tentar me ajudar com uma de minhas pacientes. Gostaria que me chamasse de doutora porque me sinto mais à vontade com essa forma de tratamento neste ambiente. E me assusta quando um homem como você chega muito perto, Tom. Quero manter tudo no nível profissional.

— Ótimo, doutora — respondi, exasperado e exausto. — Concordo plenamente. Mas pare de me chamar de Tom. Quero que me trate por meu título profissional.

— E qual é?

— Quero que me trate por treinador.

— O treinador feminista.

— Sim, o treinador feminista.

— Existe uma parte de você que odeia as mulheres, Tom? — Ela se inclinou em minha direção. — Que realmente as odeia?

— Sim — disse, igualando a intensidade de seu olhar.

— Tem alguma idéia do motivo pelo qual odeia as mulheres? — perguntou, novamente como a profissional calma, corajosa em seu papel.

— Sim, sei exatamente por que odeio as mulheres. Fui criado por uma mulher. Agora faça a pergunta seguinte. A próxima pergunta lógica.

— Acho que não estou entendendo.

— Pergunte se eu odeio os homens, doutora feminista. Pergunte se eu odeio os homens.

— Você odeia os homens?

— Sim. Odeio os homens porque fui criado por um.

Por um momento, nós nos apertamos no abraço elástico da hostilidade mútua. Eu tremia dos pés à cabeça e uma enorme tristeza se alojava em meu coração. Ardia com o desespero que domina os que não têm poder e os deserdados. Alguma coisa em mim estava morrendo naquela sala, e não havia nada que eu pudesse fazer contra isso.

— Meu nome é Susan — disse ela, tranqüilamente.

— Obrigado, doutora. — Quase engasguei com minha gratidão. — Não vou usar seu nome. Só queria saber.

Vi que seus olhos se suavizavam quando começamos a retirada voluntária do campo de batalha. Ela perdia a calma rapidamente, mas também era rápida em sua disposição de recuar sem infligir nenhuma outra mágoa. Havia encanto e uma integridade escrupulosa na maneira como salvara algo essencial de nossa perigosa competição de vontades. Ela me permitira uma pequena e inconseqüente vitória, e foi sua submissão voluntária que a tornou importante para mim.

— Obrigado, Lowenstein. Você lidou maravilhosamente com a situação. Não me importo de fazer o papel de bobo, mas detesto fazer papel de *macho* bobo.

— Por que você continua morando no sul, Tom? — ela perguntou, depois de alguns instantes.

— Eu deveria ter saído de lá, mas me faltou coragem. Pelo fato de não ter tido uma infância adequada, pensei que, se permanecesse no sul, poderia consertar o passado e tornar minha vida adulta maravilhosa. Viajei um pouco, mas nada dava certo. Nunca confiei o suficiente em um lugar para me estabelecer nele. Assim, como um imbecil, fiquei na Carolina do Sul. Não tanto por falta de coragem, como por falta de imaginação.

— E?

— Bem, a cada ano, perco um pouco mais daquilo que me tornava especial quando criança. Não penso muito nisso e nem questiono. Não ouso fazer nada. Até minhas paixões agora são gastas e patéticas. Certa vez, sonhei que seria um grande homem, Lowenstein. Agora, o melhor que eu espero é lutar para voltar a ser um homem medíocre.

— Parece ser uma vida desesperada.

— Não. Parece uma vida comum. Olhe, fiz você ficar aqui até tarde. Gostaria de jantar comigo para compensar meu comportamento indesculpável?

— Meu marido deveria me encontrar para jantar, mas seu ensaio não está dando certo.

— Há um lugar onde levei Savannah e Luke quando o primeiro livro dela foi lançado.

— Onde é?

— O Coach House.*

Ela riu.

— O Coach House? Isso foi intencional?

— Não, não foi. Savannah pensou que fosse brincadeira e tive de explicar que havia lido um artigo dizendo que era um dos melhores restaurantes de Nova York.

— Eu deveria ir para casa... Meu filho chega da escola amanhã.

— Nunca recuse comida e bebida grátis, Lowenstein. É de mau gosto e dá má sorte.

— Está bem. Para o diabo com tudo isso. Essa é a quarta vez em duas semanas que meu marido me deixa plantada. Mas você tem de me prometer uma coisa, Tom.

— O que quiser, Lowenstein.

— Você tem de me dizer novamente durante o jantar que me acha linda. Você ficaria abismado se soubesse o número de vezes que pensei nisso desde que você disse aquelas palavras no Plaza.

Eu lhe ofereci o braço.

— A linda Susan Lowenstein vai acompanhar o treinador Wingo a um dos melhores restaurante de Nova York?

— Sim – disse ela –, a linda Susan Lowenstein ficará muito feliz em ir com você.

ATÉ 1953, MINHA FAMÍLIA era a única família católica na cidade de Colleton. A conversão de meu pai durante a guerra, único ato radical de seu espírito em toda sua vida, era uma viagem perigosa e revigorante ao longo dos mares da doutrina. Mamãe aceitou converter-se sem uma única palavra de protesto. Do mesmo modo que meu pai, ela via seu resgate na Alemanha como uma prova irrefutável de que Deus estava vivo e se intrometia nos incidentes cotidianos da humanidade. E era tal a ingenuidade de minha mãe que ela pensou que a conversão ao catolicismo significaria um aumento automático de seu prestígio social. Ela iria aprender, lenta e dolorosamente, que não há nada mais estranho ou alienígena no sul dos Estados Unidos que um católico romano.

---

*Literalmente, "casa do treinador" ou "cocheira". (*N. do T.*)

Meus pais chegaram à fé com toda a sua ignorância intacta e reluzente. Não sabiam nada daquela arquitetura imensa e intrincada que sustentava a Igreja romana. Aprenderam teologia aos poucos, um dogma de cada vez, e, como muitos convertidos, colocaram uma escrupulosa pertinácia em seus esforços para se tornarem os primeiros papistas praticantes ao longo de sua faixa do litoral do Atlântico. Mas, apesar de se regalarem com aquela suculenta coleção de dogmas, permaneceram rigidamente batistas, disfarçados sob os véus e outros adornos de uma teologia já ultrapassada. Suas almas eram como campos estivais acostumados a colheitas nativas, subitamente forçados a produzir uma vegetação surpreendente e contrária às leis da natureza. E sua percepção das regras e codicilos mais obscuros da igreja era sempre incompleta.

Durante anos, minha mãe diariamente lia para nós um trecho da Bíblia, após o jantar. Sua bonita voz saltitando em arpejos ofegantes que subiam e desciam as escalas da versão do rei James. Somente quando fiz 10 anos foi que ela descobriu que sua nova igreja proibia a leitura daquela prosa cantada pós-elisabetana e exigia o estudo dos versos mais vulgares da versão Douay-Rheims. Ela não conhecia as leis religiosas, mas se adaptou rapidamente, e a última fase de nossa juventude ressoou com a fraseologia cansativa e primorosa da Bíblia católica. Nem mesmo a voz de minha mãe, como água corrente, conseguia produzir ritmos autênticos da versão Douay. Soava sempre como uma guitarra um pouco desafinada. Mas o que sacrificamos em termos de poesia foi compensado pela compreensão de que havíamos corrigido um erro teológico. Minha mãe até alegou preferir a versão Douay-Rheims – disse que soube que aquela era a coisa certa desde a primeira vez que abriu suas páginas ao acaso e leu a partir do Deuteronômio.

Era tanta a sua incoerência que meus pais pareciam ser os únicos católicos dos Estados Unidos que levavam a sério a doutrina papal sobre o controle da natalidade. Apesar do desamor de seu casamento, levavam uma vida sexual saudável e, imagino, vigorosa – se a quantidade de vezes que minha mãe engravidou servir como indicação de alguma coisa. Mais tarde, descobri que usavam diligentemente o método da tabela menstrual, verificando o calendário a cada noite, discutindo se deveriam compartilhar o sexo (a maneira como falavam sobre sexo permaneceria sempre obscura e casta). Havia, com certeza, mais crianças nascidas pelo método da tabela na década de 1950 do que as que foram geradas pelo sexo aleatório. Savannah, muito mais adiantada no conhecimento dessas coisas que os irmãos, apelidou posteriormente nossa mãe de Nossa Senhora da Menstruação. Quando mamãe descobriu o apelido, não achou nada engraçado; mas era bastante preciso e tinha estilo.

Durante quatro anos seguidos, de 1952 a 1956, minha mãe esteve grávida. A gravidez se estendia até o fim e a criança nascia morta. Enterramos aquelas meias-crianças, que nunca tiveram visão nem voz, no meio do bosque de carvalhos atrás da casa, fazendo cruzes rústicas de madeira com seus nomes entalhados, enquanto minha mãe chorava na cama. Meu pai nunca participou dessas pequenas cerimônias de pesar e nunca falou de nenhuma emoção que tivesse sentido com a perda daqueles bebês. Ele as batizava com indiferença sob a torneira da pia da cozinha e as congelava em sacos plásticos até que minha mãe tivesse alta do hospital.

— Esta é Rose Aster – disse ele no verão de 1956 enquanto nós o observávamos silenciosamente da mesa da cozinha. — Acho que ela não seria de muita utilidade num barco camaroneiro.

— Eu sou boa num barco camaroneiro, paizinho – disse Savannah, os olhos fixos na criança morta.

— Você não vale nada num barco camaroneiro, Savannah. Você só serve para tirar as cabeças dos camarões. – Ele batizou a delicada Rose Aster em nome do Pai, do Filho e do Espírito Santo, com uma voz inexpressiva e átona, sem sinais de tristeza ou pena, como se estivesse dando graças antes de uma refeição. Saiu para a varanda dos fundos da casa, pôs a criança minúscula em um saco plástico e a deixou sobre as caixas de camarão e peixe no congelador.

— Eu não tive chance de dizer olá para minha irmã, paizinho – disse Savannah, seguindo-o na varanda.

Ele abriu a tampa do congelador e disse:

— Eis aí sua chance. Diga olá. Diga qualquer coisa. Isso não importa, menina. Rose Aster não é nada mais que carne morta. Não há nada ali. Está me ouvindo? É igual a 2 quilos de camarão morto. Não há por que você dizer olá ou adeus. Somente uma coisa para plantar no chão quando sua mãe voltar para casa.

Quando meu pai saiu para o trabalho na manhã seguinte, fiquei deitado em minha cama, escutando algum pequeno animal não identificado ganir na escuridão. Não distingui se era um gato-do-mato, que tinha se arrastado até embaixo da casa a fim de dar à luz seus filhotes, ou que outro animal poderia ser. Saí da cama e me vesti sem acordar Luke. Fui até a sala e percebi que o barulho vinha do quarto de Savannah. Antes de bater à porta, escutei o choro violentamente reprimido, aquela excitação assassina da alma que se tornaria o hino e a marca registrada da loucura de minha irmã. Entrei, silencioso e amedrontado, e a encontrei agarrando alguma coisa de encontro ao peito. Havia tanta angústia em seu pranto que por pouco não retrocedi; mas sua tristeza era tão brutal que não pude sair dali. Fiz com que se virasse e, com uma espécie de torpor ou dominado por uma piedade fraternal, tirei de seus braços o corpo gelado e rígido de Rose Aster.

— Deixe-me abraçá-la, Tom — gritou Savannah. — Ela ia ser nossa irmã e ninguém parou um momento para amá-la. Eu só queria conversar um minuto com ela. Ela precisa saber que o restante do mundo não é igual a eles.

— Não está certo, Savannah — murmurei. — Não há nada que você possa lhe dizer. Mamãe e papai iriam bater em você se soubessem que a tirou do congelador. Além disso, você pode estragá-la antes que a enterremos.

— Existe alguma coisa que eu posso dizer. — Savannah arrebatou de mim aquele corpinho e apertou-o novamente contra o peito. — Há muita coisa que eu posso contar a ela. Acabei de lhe dizer que teríamos tomado conta dela. Não deixaríamos que eles a machucassem. Nós a teríamos protegido deles. Diga-lhe isso, Tom. Ela precisa saber.

— Savannah, você não pode falar assim. Deus escuta tudo. É pecado falar desse jeito de nossos pais.

— Ela é a quarta que morre, Tom. Isso é algum sinal de Deus, você não acha? Desconfio de que essas pobres criaturas preferem não viver. Acho que eles ouvem o que se passa nesta casa e dizem: "Não, senhor, isto realmente não é para mim." Eles não sabem que você, Luke e eu somos bons.

— Mamãe diz que nós somos maus. Repete isso diariamente. Diz que ficamos piores a cada ano que passa. Papai diz que ela perde os bebês porque somos tão maus que não lhe damos paz de espírito.

— Ela nos culpa por tudo. Mas sabe o que eu acho, Tom? Que essas criancinhas como Rose Aster têm muita sorte. São mais espertas do que nós. Sabem que papai e mamãe são malvados. Elas devem sentir que a hora está chegando e cometem suicídio na barriga da mamãe. Eu gostaria que a gente tivesse sido assim tão esperto.

— Deixe que eu leve Rose Aster de volta para o congelador. Acho que é pecado mortal tirar um bebê do congelador.

— Eu só a estou consolando. Ela nem chegou a ver o mundo.

— Ela agora está no céu. Papai a batizou.

— Quais são os nomes dos outros? Eu sempre esqueço.

— David Tucker, Robert Middleton, Ruth Frances e agora Rose Aster.

— Se eles estivessem vivos, teríamos uma grande família.

— Mas não viveram, Savannah. Estão todos no céu tomando conta de nós, é o que mamãe diz.

— Eles não estão fazendo um bom trabalho – comentou ela com surpreendente amargura.

— O sol já vai se levantar. A casa vai ficar com o cheiro de Rose Aster e nós ficaremos em apuros.

— Dormi com ela a noite toda. Ela tem mãos e pés tão lindos... os menores dedinhos que já vi. Pensei a noite inteira em como seria maravilhoso tê-la como irmãzinha. Eu mataria papai e mamãe se eles tentassem machucá-la.

— Papai e mamãe a teriam amado – disse eu, preocupado –, do mesmo modo como nos amam.

Savannah riu ruidosamente.

— Mamãe e papai não nos amam, Tom. Você ainda não descobriu isso?

— Que coisa terrível para se dizer! Nem pense nisso. É claro que eles nos amam. Nós somos seus filhos.

– Eles nos odeiam, Tom – insistiu ela, com o olhar astuto e desconsolado. – É tão fácil enxergar. – Segurou o pequeno cadáver nas mãos e o beijou ternamente na cabecinha ainda sem cabelos. – E por isso que Rose Aster tem sorte. Eu estava chorando de inveja dela. Gostaria de estar com ela e com os outros.

Peguei delicadamente o corpinho azulado dos braços de minha irmã e o levei até a varanda. O sol começava a se levantar enquanto eu embrulhava novamente minha irmã no plástico e a colocava mais uma vez no meio dos peixes e dos camarões.

Quando voltei, ouvi Savannah falando consigo mesma com uma voz que não pude reconhecer. Mas não quis incomodá-la novamente. Em vez disso, acendi o fogo e coloquei seis pedaços de bacon na frigideira. Era meu dia de preparar o café-da-manhã e mamãe só voltaria do hospital à tarde.

ENTERRAMOS ROSE ASTER em terreno não consagrado no fim daquele dia, antes que meu pai voltasse do rio. Meus avós haviam trazido minha mãe, que estava deitada quando chegamos da escola. Ela se recusara a deixar que meus avós lhe fizessem companhia, dizendo que precisava ficar algum tempo sozinha.

Luke e eu cavamos o túmulo e Savannah embrulhou o corpinho congelado em uma manta branca que minha mãe trouxera do hospital. Mamãe ficou no quarto até que Luke fosse buscá-la. Apoiava-se pesadamente nele quando chegou ao quintal para a cerimônia; andava como se cada passo fosse perigoso e extremamente doloroso. Sentou-se na cadeira que Savannah pegara na cozinha. Seu rosto, desolado e anêmico, era tão sofredor como o de uma madona bizantina, enlouquecida de dor embaixo da cruz, esperando pela morte do filho transfigurado. A tristeza transformara sua boca em uma linha fina. Ela não nos dissera uma palavra desde que chegara à casa, nem permitira que disséssemos quanto estávamos tristes. Depois que se sentou, acenou com a cabeça para que Luke e eu iniciássemos a cerimônia.

Savannah colocara Rose Aster na pequena caixa de madeira que fizemos para o enterro. Não era muito maior do que uma casa de passarinhos, e a própria criança parecia uma espécie de pássaro sem penas. Fechamos a caixa com pregos e a colocamos no colo de minha mãe. Ela chorou ao vê-la. Em seguida, levantou o pequeno caixão e o cobriu de beijos. Elevou os olhos para o céu e gritou subitamente com desespero e raiva:

— Não, eu não o perdôo, Deus. Isto não pode acontecer. Já enterrei quatro deles embaixo desta árvore e não vou lhe dar mais um. Está me ouvindo, Deus? Não me interesso mais pela sua Santa Vontade. Não tire outra criança de mim. Não se atreva. – Abaixando os olhos, completou: – Tragam sua irmã, meninos, e rezem comigo. Entregamos aos céus outro anjo. Vá para os braços de Deus, Rose Aster. Tome conta da família que a amaria e protegeria. Você agora é um anjinho de Deus. Tome conta desta casa junto com seus irmãos e irmãs. Agora existem quatro anjos Wingo; devem ser suficientes para tomar conta desta casa. Se não forem, que Deus nos ajude. Mas essa decisão é claramente de Deus e não minha. Os desejos Dele sobre a Terra são um mistério para aqueles que o adoram. Ó, Deus. Ó, Deus. Maldito seja.

Apesar de podermos recitar o *Confiteor* em latim, acreditarmos na transmigração e transubstanciação da alma, havia em todos nós algo estranho e não assimilado, que nos fazia reagir ao êxtase e à loucura mais que à simples devoção religiosa. A alma católica é mediterrânea, barroca e não floresce nem se enraíza com facilidade no solo americano do sul.

— O mínimo que vocês podem fazer é rezar por sua irmã. Ajoelhem-se. Eu os chamo na hora do jantar.

— Está chegando uma tempestade, mãe – ouvi Luke dizer.

— Vocês nem ao menos vão rezar pela alma de sua irmã? – A voz de minha mãe soava exausta e perturbada.

Nós nos ajoelhamos, inclinamos a cabeça e fechamos os olhos enquanto minha mãe andava com dificuldade em direção à casa. O vento levantava o musgo nas árvores e as nuvens escuras chegavam rapidamente do norte. Rezei muito pela pequena alma de Rose Aster. Enxergava-a como algo leve e perfumado como um biscoito. Sua alma subiu do túmulo para a chuva e o trovão que pairavam sobre a ilha. Os raios a empurravam para cima. Os trovões louvavam aquela pequena e frágil relíquia de nossas vidas desesperadas.

A chuva caiu pesadamente e olhamos para a casa, esperando que mamãe nos chamasse.

Ouvi Savannah dizer novamente:

— Você é que tem sorte, Rose Aster. Você tem sorte por não ter de viver com eles.

— Se um raio atingir esta árvore, vai enterrar todos nós – sugeriu Luke.

— Temos de rezar – eu disse.

— Se Deus quisesse que a gente rezasse na chuva, não teria feito construírem igrejas – retrucou Luke.

— Eles estão loucos – continuou Savannah, as mãos ainda entrelaçadas no peito. – Eles estão loucos, Deus, e eu gostaria que nos ajudasse a sair daqui.

— Savannah, cale a boca. Deus não quer ouvir isso – repreendi.

— Ele pode não querer ouvir, mas eu vou dizer. Ele nos colocou aqui com eles, de modo que deve saber que são malucos.

— Eles não são malucos, Savannah. São nossos pais e nós os amamos.

— Eu observei como as outras pessoas agem, Tom. Estudei os outros. Ninguém age como eles. São completamente esquisitos.

— Sim, quem é que já ouviu falar de alguém rezando por um bebê morto durante uma tempestade? – resmungou Luke.

— Nós queremos que Rose Aster vá para o céu – respondi.

— Bobagem – disse Savannah. – Me diga uma boa razão pela qual Rose Aster não possa estar no céu neste exato momento. Que tipo de Deus a mandaria para o inferno?

— Isso não é da nossa conta – repliquei piedosamente.

— Para o diabo que não é da nossa conta! Por que estamos aqui quase nos afogando se não é da nossa conta? A pobrezinha apenas nasceu morta, foi batizada numa pia, congelada com 50 quilos de camarões. Quero que você me diga o que a coitadinha fez para merecer o fogo do inferno, Tom Wingo.

— Isso é problema de Deus. Não temos nada com isso.

— Ela é minha irmã! Portanto, é da minha conta! Principalmente quando tenho de rezar por ela no meio de uma tempestade – declarou Savannah, os cabelos escurecidos e embaraçados pela água da chuva.

Comecei a tremer e a tempestade piorou. Esfregando os olhos para enxugá-los, voltei-me em direção à casa, pensando se seria possível que mamãe não soubesse que estava chovendo. Quase não podia enxergar a casa através da chuva, de modo que me virei novamente para o pequeno e solitário túmulo.

– Por que mamãe está sempre grávida? – perguntei, sem nenhuma razão particular e também sem esperar nenhuma resposta.

Com as mãos entrelaçadas como se estivesse rezando, Savannah suspirou e disse num tom exagerado:

– Porque ela e papai estão sempre tendo relações sexuais.

– Pare de falar indecências – preveniu Luke enquanto rezava. Ele era o único que conseguia pensar no repouso da alma da irmã.

– Eles têm? – perguntei. Era a primeira vez que eu ouvia aquela frase extravagante e singular.

– Sim, eles têm – garantiu Savannah categoricamente. – E me vira o estômago. Luke sabe tudo a esse respeito. Apenas é tímido e não gosta de conversar sobre isso.

– Eu *num sô* tímido. Estou rezando como mamãe mandou.

– Você e Tom precisam parar de dizer "num sô", Luke. Vocês parecem caipiras.

– Nós somos caipiras, e você também é – respondeu ele.

– Fale por si mesmo – disse Savannah. – Mamãe me contou em segredo que nós descendemos da mais elevada aristocracia sulista.

– Oh, claro – disse Luke.

– Eu certamente não sou caipira. – Savannah mudou os joelhos de posição na terra molhada. – Mamãe diz que tenho certo refinamento.

– De fato. – Eu dei uma risadinha. – Você realmente tinha um bocado de refinamento na noite passada enquanto dormia ao lado de Rose Aster.

– O quê? – espantou-se Luke.

Savannah fitou-me através da chuva, com um olhar penetrante, frustrado e reservado, como se tivesse perdido a frase mais importante de uma piada.

– Do que você está falando, Tom?

– Estou dizendo que encontrei você chorando abraçada a um bebê morto que você tirou do congelador a noite passada.

– Eu não fiz isso, Tom – ela falou seriamente, dando de ombros para um Luke horrorizado. – Por que alguém faria uma coisa tão estranha? Nada me dá mais arrepios que um bebê morto.

– Eu a vi, Savannah. Depois levei Rose Aster de volta para o congelador.

– Você deve ter andado sonhando, menino – disse Luke.

– Como é que alguém pode sonhar uma coisa dessas? Diga, Savannah. Diga a Luke que não foi um sonho.

– Me parece um pesadelo, Tom. – Savannah continuava séria. – Não sei do que você está falando.

Quando eu estava prestes a responder, ouvi o caminhão de meu pai chegando pela estrada de terra que ia em direção à casa. Nós três inclinamos a cabeça e começamos a rezar respeitosamente pelo anjo Wingo recém-consagrado. Ele encostou o caminhão atrás de nós e pudemos ouvir o limpador de pára-brisa jogando a chuva de um lado para o outro. Ele nos observou por um minuto ou dois, com uma perplexidade muda, antes de gritar:

– Vocês perderam a cabeça, seus idiotas?

– Mamãe nos disse para rezar por Rose Aster – explicou Luke. – É o que estamos fazendo, pai. Nós a enterramos hoje.

– Vamos ter de plantar vocês três embaixo dessa árvore se não saírem a chuva. Já não é suficiente que eles todos nasçam mortos; ela também tenta matar os que estão vivos. Vão já para casa!

– Mamãe vai ficar louca se entrarmos agora – disse eu.

– Há quanto tempo vocês estão ajoelhados aí na tempestade?

– Mais ou menos uma hora – disse Luke.

– Jesus Cristo! Quando se trata de religião, não dêem atenção a sua mãe. Quando ela era criança, costumava apanhar cascavéis para provar seu amor a Deus. Eu batizei Rose Aster. Neste momento ela está em situação melhor do que a nossa. Agora se mandem para casa que eu darei um jeito na mãe de vocês. Ela está passando pelo que chamam de depressão pós-parto. Acontece com mulheres que perdem os filhos. Sejam bonzinhos com sua mãe nas próximas semanas. Tragam flores para ela. Tenham bastante carinho por ela.

– Você trouxe flores para ela, pai? – Savannah quis saber.

– Eu quase trouxe. Ao menos pensei nisso – respondeu ele, levando o caminhão para o celeiro.

Ao levantarmos, encharcados e tremendo, Savannah zombou:

– Que amor! O bebê morre e ele nem traz flores para a mulher.

– Ao menos ele pensou nisso – disse Luke.

– Sim – acrescentei. – Ele quase trouxe.

Entramos em casa reprimindo uma risada proibida e dissidente, o humor grosseiro de crianças que desenvolviam a inteligência perversa dos desafortunados, a risada negra da derrota. Era essa risada que encerrava nossa hora de oração sobre o pequeno corpo de minha irmã, a risada protetora que nos mantinha em pé enquanto andávamos em direção à casa de nossos pais, para longe daquele pequeno jardim de Wingos adormecidos. Minha mãe plantaria rosas sobre cada túmulo e essas flores cresceriam com vigor, esplendidamente, roubando toda cor e beleza dos ricos corações das criancinhas. Ela os chamava "anjos do jardim", e eles contavam suas histórias por meio de rosas em cada primavera.

Naquela noite, minha mãe não saiu do quarto. Fizemos sanduíches de manteiga de amendoim e geléia como jantar. Nós três havíamos preparado uma elegante refeição de camarões fritos e milho na espiga e a levamos em uma bandeja até a cama de minha mãe, junto com um buquê de flores do campo. Sem conseguir parar de chorar, ela só comeu um dos camarões e não tocou no milho. Meu pai sentou-se na sala da frente e leu números antigos da revista *Southern Fisherman*, folheando-os com raiva, olhando ocasionalmente para o quarto onde a mulher estava chorando, seus olhos brilhando à luz da lâmpada como se tivessem sido amaciados com vaselina. Era um daqueles homens incapazes do menor gesto de ternura. Suas emoções eram como uma perigosa cadeia de montanhas obscurecida pelas nuvens. Quando pensava em sua alma, eu tentava visualizar o que era verdadeiro e essencial para meu pai e só enxergava uma infinita área de gelo.

– Tom – disse ele, percebendo que eu o fitava. – Vá dizer à sua mãe para parar com a choradeira. Isso não é o fim do mundo.

— Ela está triste por causa do bebê.

— Eu sei por que ela está triste. Só que agora está chorando sobre o leite derramado. Vá até lá. É trabalho de vocês, crianças, fazer sua mãe se sentir melhor.

Entrei na ponta dos pés no quarto de minha mãe. Ela estava deitada de costas, as lágrimas rolando por seu rosto, chorando com facilidade e suavemente. Receoso de me aproximar, fiquei perto da porta, sem saber ao certo o que fazer em seguida. Ela me fitava com o rosto mais desolado que eu já vira. Havia derrota e desesperança em seus olhos.

— Papai quer saber se você precisa de alguma coisa — murmurei.

— Eu ouvi o que ele disse. Venha cá, Tom. Deite-se a meu lado.

Quando subi na cama, mamãe colocou a cabeça em meu ombro e chorou ainda mais, enterrando as unhas em meu braço. Suas lágrimas molharam meu rosto e eu fiquei ali, paralisado por aquela intimidade tão súbita e impetuosa. Seu corpo estava grudado ao meu; senti seus seios, ainda pesados com o leite que não iria usar, comprimidos contra meu peito. Ela beijou meu pescoço e minha boca, abriu-me a camisa e cobriu meu peito de beijos. Não me mexi, mas estava atento aos ruídos na sala.

— Eu só tenho você, Tom — murmurou ela em meu ouvido. — Não tenho mais ninguém. Vai ficar tudo por sua conta.

— Você tem a todos nós, mãe — disse eu, calmamente.

— Não. Você não entende. Eu não tenho nada. Quando alguém se casa com o nada, não tem nada. Você sabe como é que as pessoas da cidade nos olham?

— Eles gostam de nós. As pessoas gostam bastante de você. Papai é um bom pescador de camarões.

— Eles nos consideram uma merda. Você conhece essa palavra, não conhece? Seu pai a usa o tempo inteiro. Eles nos consideram merda do rio. Classe baixa. Temos de mostrar a eles, Tom. E é você quem vai mostrar. Luke não pode fazer isso porque é burro. Savannah também não, porque é apenas uma menina.

— Luke não é burro, mamãe.

— Ele pode até ser considerado retardado em relação à escola. O médico acha que foi por causa do fórceps que tiveram de usar quando ele nasceu. Vai caber a você e a mim mostrar a esta cidade de que material somos feitos.

— Que material?

— Precisamos mostrar que somos melhores do que todo mundo nesta cidade.

— Está certo, mãe. Nós somos.

— Mas temos de mostrar a todos. Eu queria encher a casa de crianças. Queria oito ou nove filhos, para criar espertos e orgulhosos; no momento certo, tomaríamos conta da cidade. Vou casar Savannah com o menino mais rico da cidade. Não sei o que fazer com Luke. Talvez venha a ser ajudante do delegado. Mas você, você, Tom, é a minha esperança para o futuro.

— Eu vou conseguir. Prometo.

— Prometa que não vai ser nada igual ao seu pai.

— Prometo.

— Diga. Diga com todas as palavras.

— Prometo que não vou ser nada igual ao meu pai.

— Prometa que você será o melhor em tudo.

— Serei o melhor em tudo.

— O melhor mesmo.

— Serei o melhor mesmo.

— Não vou morrer em uma casa como esta, Tom. Isso eu prometo a você. Ninguém sabe ainda, exceto eu, mas sou uma mulher surpreendente. Você é a primeira pessoa para quem eu conto isso. Acredita?

— Sim, senhora.

— Vou provar a todos, até mesmo a seu pai.

— Sim, senhora.

— Você nunca vai deixar ninguém me prejudicar, não é, Tom? Não importa o que eu faça, posso contar com você, não posso?

— Sim, senhora — repeti, e seus olhos me atravessaram com desolamento e veemente intensidade.

— Você é a única pessoa em quem posso confiar — murmurou minha mãe. — Estou tão isolada aqui nesta ilha. Tão só! Mas há algo errado com seu pai. Ele vai nos fazer mal.

— Como?

— Ele é um homem doente, Tom. Muito doente.

— Então deveríamos contar a alguém.

— Não. Temos de ser leais. A lealdade familiar é o mais importante. Precisamos esperar a hora certa. Devemos rezar por ele. Rezar para que suas boas qualidades derrotem as más.

— Eu vou rezar. Prometo que vou rezar. Posso voltar agora para a sala?

— Sim, Tom. Obrigada por ter vindo. Eu precisava dizer isso a você. Mais uma coisa, querido. Uma coisa importante. Muito importante. Amo você mais que a qualquer um deles. Mais que a todos eles juntos. E sei que você sente a mesma coisa por mim.

— Mas Luke e Savannah a amam tam...

— Não – interrompeu com aspereza, abraçando-me novamente. – Savannah é uma criança detestável. É assim desde que nasceu. Não é boa. Desobediente. Luke é burro como uma porta. Você é o único que me interessa. Este vai ser nosso segredo, Tom. Você e a mamãe podem partilhar um segredo, não é?

— Sim, senhora. – Levantei-me e fui até a porta. – Se precisar de alguma coisa, por favor me chame, e eu pego para você.

— Eu sei, querido. Sempre soube disso desde a noite em que vocês nasceram.

Saí do quarto cambaleante, carregando um peso terrível, inadmissível, e quase não agüentei os olhares confusos de meu irmão e minha irmã. Estava abalado pela monstruosidade e pela nudez da confissão de mamãe e pensava na relação que isso teria com a perda da criança. Ela me aprisionara com a amargura e a honestidade de seu testemunho. E, ao me fazer depositário de seus segredos, transformara-me em participante, a contragosto, da guerra não declarada que movia contra Savannah e Luke. Forçara-me a um dilema insolúvel: se concordasse em me tornar seu companheiro de maior confiança, eu estaria também dando meu apoio à traição contra as duas pessoas que mais amava no mundo. Contudo, a crueza, a premência de sua aproximação, a marca de seus lábios em meu pescoço e em meu peito – tudo isso era proibido quando se tratava da maneira como eu entendia a ordem das coisas no mundo; apesar de ser atraente o fato de ser o escolhido por minha mãe no dia em que ela estava semi-enlouquecida pela perda de uma criança. Assim, tomei essa escolha como uma honra e uma prova de que eu era especial e extraordinário. Com sua revelação escandalosa, ela se assegurara da inviolabilidade de meu juramento de segredo. Meu pai não teria acreditado numa palavra se eu confessasse cada sílaba do que mamãe dissera naquele quarto. Nem eu toleraria magoar meu irmão e minha irmã, revelando o contexto da violenta recusa de minha mãe em tê-los como aliados. Ela estava à procura de guerreiros, não de parentes. E, embora seu método fosse um pouco obscuro para mim, eu entendia que ela, em quem até aquele momento eu só pensara como mãe, tinha um plano de ataque de forma e estrutura indefinidas, o qual planejava iniciar algum dia no futuro. Antes disso, eu só pensava nela como uma pessoa linda e de difícil aproximação; agora me conscientizava de algo insatisfeito, talvez até astucioso, por trás dos mais lindos olhos azuis que já vira.

Quando deixei seu quarto, já não era tanto uma criança. Caminhei em direção ao restante da família com o coração cheio de terror adulto. Minha mãe se cansara da solidão e do martírio daquela casa à beira do rio. A partir daquela noite, comecei um longo estudo sobre aquela mulher que eu subestimara por tanto tempo. Corrigi quase diariamente meus valores em relação a ela. Aprendi a temer as coisas que ela não dizia. Minha mãe nasceu em minha percepção naquela noite e, pela primeira vez em minha jovem vida, eu me senti vivo e consciente das circunstâncias.

Muitos anos mais tarde, contei a Luke e a Savannah o que minha mãe revelara naquela noite em seu quarto. Esperei que se sentissem ultrajados quando se confrontassem com seu pacto secreto, quando ela me alistara como soldado de sua guerra contra a família e a cidade de Colleton. Mas não, não houve raiva contra sua perfídia sussurrada, apenas um grande deleite. Luke e Savannah morreram de rir quando lhes revelei o fato que me causara tanta vergonha e culpa. Minha mãe podia ser nova no ramo da conspiração, mas era mestra em truques e estratagemas, o que indicava certa afinidade com o assunto.

Na mesma semana em que Rose Aster foi sepultada, minha mãe levou Savannah e Luke de lado, isolou-os como fizera comigo e lhes disse as mesmas coisas que me dissera – que os outros não eram de confiança e que exigia deles um voto de obediência, uma afirmação solene de que ficariam a seu lado durante qualquer conflito, prova ou tempestade. Disse-lhes (conforme comparamos depois) que eu era medroso, inseguro e que não merecia confiança durante uma crise. Estava alistando Savannah porque era mulher e podia intuir as dificuldades e a injustiça da situação feminina. Luke era forte, inabalável, o perfeito soldado – ela precisava dele como intermediário e defensor. Todos nós fomos seduzidos pela confissão pura e simples de sua necessidade de ajuda. Não havia espaço para a recusa nem possibilidade de revelarmos nada a ninguém. Sua fé em nós nos deixou intimidados. Ao nos dividir, ela tomou o controle, criando o enigma mais suave de nossas vidas.

Na época em que troquei essas confidências com Luke e Savannah, minha mãe já provara ser a mulher mais espantosa que já percorrera as ruas de Colleton.

AINDA CHOVIA quando fomos para a cama naquela noite. Meu pai apagou as luzes e fumou cachimbo na varanda cercada de tela, antes de se recolher. Parecia não se sentir bem entre nós quando minha mãe não estava dirigindo a vida familiar. Várias vezes durante a noite ele berrou conosco quando alguma coisinha insignificante o irritou. Era fácil perceber seu estado de espírito. Quando havia um perigo real, sabíamos instintivamente como evitá-lo. Tinha um talento genuíno para a tirania, mas não tinha estratégias coerentes. Era, ao mesmo tempo, brutal e ineficiente, e seria sempre um estranho em sua própria casa. Como seus filhos, éramos tratados como operários migrantes que, por acaso, estavam lá. Meu pai foi a única pessoa que conheci que encarava a infância como uma vocação desonrosa da qual se saía o mais rápido possível. Teria sido uma pessoa adorável por sua futilidade e suas excentricidades se não tivesse nascido violento e imprevisível. Acho que meu pai nos amou, mas nunca houve um amor mais desajeitado ou pervertido. Considerava um tapa na cara uma demonstração de afeto. Quando criança, ele se sentira negligenciado e abandonado por não ter apanhado dos pais. Nunca percebia nossa existência a não ser para nos repreender, e nunca nos tocou a não ser que fosse com raiva. À noite, cercado pela família, parecia preso em uma armadilha, e isso me ensinou bastante sobre a solidão criada pela própria pessoa. Comecei minha vida sendo prisioneiro na casa de meu pai; começaria minha vida adulta passando sobre ele a caminho da porta.

QUANDO SAVANNAH me pediu para ir a seu quarto naquela mesma noite, a chuva continuava a tocar sua música delicada no telhado de cobre. Sentei-me no chão ao lado de sua cama e observei os raios que caíam sobre as ilhas ao norte.

— Tom – murmurou ela –, se eu perguntar uma coisa seriamente, você me responde?

— Claro.

— Você não pode rir ou debochar de mim. É muito importante.

— Está bem.

— Você realmente me encontrou na cama com Rose Aster hoje pela manhã?

— Claro que sim – respondi, irritado. – Depois você mentiu para Luke sobre isso.

— Eu não menti, Tom – ela disse, o rosto preocupado. – Não me lembro de nada.

— Ela estava em seus braços quando cheguei. Papai teria matado você se encontrasse Rose Aster aqui.

— Pensei que você estivesse louco quando contou aquilo no quintal...

— Ah! Quem é o louco nessa história?

— Eu não acreditei em você até vir para a cama agora à noite.

— O que fez você mudar de idéia?

— Há um lugar na cama que está molhado.

— Ela estava no congelador. Estava meio derretida quando cheguei aqui.

— Tom, não me lembro de absolutamente nada. É assustador.

— Não faz diferença, Savannah. Não vou contar a ninguém.

— Tom, há muita coisa de que não me lembro depois que acontece. Então tenho de fingir que me lembro de tudo. Fica meio confuso.

— O que mais?

— Você se lembra daquela vez em Atlanta quando fomos à montanha Stone e eu bati em você?

— Claro. Você foi fogo naquela dia.

— Não me lembro de nada que aconteceu lá. O dia inteiro é um branco em minha cabeça, como se nunca tivesse existido. E o gigante. Quando ele entrou no quarto, Luke e eu jogamos aqueles vidros cheios de aranhas...

— Eu sei, e eu apenas fiquei deitado na cama, sem fazer nada.

— Não lembro absolutamente nada daquela noite. Só sei que aconteceu quando ouço as pessoas dizerem que aconteceu.

— Você está falando sério?

— Tom, preciso que você recorde as coisas para mim. Às vezes não consigo. Há muitos dias que desaparecem da minha cabeça e isso me assusta mais que qualquer outra coisa no mundo. Tentei contar a mamãe, mas ela apenas riu e disse que eu não estava me concentrando.

— Claro. Ficarei feliz em fazer isso, Savannah. Só que você não pode me chamar de mentiroso e caçoar de mim quando eu contar alguma coisa que aconteceu. Luke me olhou como se eu fosse um idiota quando falei sobre Rose Aster e você.

— Eu não acreditei em você até sentir que havia uma parte de minha cama molhada. E minha camisola também estava úmida. Por que eu faria uma coisa dessas?

— Você estava triste por causa do bebê e pensou que ele poderia se sentir solitário. Não tinha intenção de fazer nada errado. Você se importa com as coisas. Mamãe diz que você é muito sensível por ser menina e que isso vai lhe causar muita tristeza na vida.

— Alguma coisa está errada comigo, Tom. — Ela segurou minha mão, olhando para a tempestade sobre o rio. — Há algo terrivelmente errado comigo.

— Não, não há. Você é maravilhosa. Você é minha irmã gêmea. Somos exatamente iguais.

— Não! Não! Você deve ser o gêmeo que se recorda. Vou fazer todo o restante. Prometo. Mas você tem de me contar as histórias. Vou começar a escrever um diário. Você me conta as histórias e eu as anoto.

E assim Savannah começou a escrever, enchendo um caderninho com pequenas lembranças e detalhes de sua vida diária. Não havia revolta ou ameaças naqueles primeiros escritos. Eram leves e infantis. Minha irmã registrou as conversas que teve com suas bonecas preferidas e seus companheiros imaginários. Mesmo naquela época, sua vida interior era muito mais importante para ela que a exterior.

Foi o ano em que mamãe nos ensinou a oração para o anjo da guarda. Toda a nossa religião era decorada, e as orações não constituíam exceção. Foi também nesse ano que decorei o Ato de Contrição e o Ato de Esperança. Entretanto, mamãe nunca pôde explicar quem eram nossos anjos da guarda. Eles se sentavam, incógnitos, em nosso ombro direito, sussurrando para nós sempre que nos arriscávamos a cometer ações que ofenderiam Deus. Designados para cada um de nós quando nascíamos, não abandonariam seu posto em nossas omoplatas até morrermos. Monitoravam nossos pecados como contadores escrupulosos. Em nosso ombro esquerdo, um embaixador de Satã atuava como contrapeso maleficente ao anjo da guarda. Esse diabo, um serafim negro articulado, tentava nos dirigir para as suculências da perdição.

Essa dualidade levava a muita confusão teológica. Mas Savannah recebeu com alegria as duas companhias invisíveis em sua vida. Chamava o anjo bom de Aretha, e o anjo negro era chamado Norton.

Só que ela não entendeu bem a pronúncia de minha mãe da palavra "guarda" e, quando anotou os diálogos entre Aretha e Norton, descreveu-os como "anjo de farda". Havia muitos "anjos de farda" cercando nossa casa, pairando como um exército sobre nós. Havia crianças Wingo ainda não nascidas tremulando sob os espinhos das rosas no jardim. Os "anjos de farda" tinham a obrigação divina de amar e proteger nossa casa. Sobre as árvores nos vigiavam, não porque Deus o exigisse, mas porque nos estimavam e não podiam deixar de fazê-lo. Savannah recrutou até mesmo Norton como soldado de infantaria no silencioso exército de ocupação que patrulhava os ventos sobre o rio. Mesmo um anjo negro podia receber as propostas entusiásticas de Savannah. Ela nunca acreditou que Norton fosse agente de Satã; alegava que ele era apenas presbiteriano.

"Os anjos de farda", no entanto, não intervieram quando minha mãe queimou o caderno de minha irmã no fogão, depois que Savannah ali registrou uma briga entre meu pai e minha mãe, palavra por palavra. Num ataque de raiva, minha mãe queimou o trabalho de um ano, página por página, enquanto Savannah chorava e lhe implorava que parasse. As palavras de uma criança se tornaram fumaça sobre a ilha. As sentenças criaram asas e caíram em fragmentos negros por toda a região. Minha mãe gritou que Savannah não deveria escrever mais nenhuma palavra sobre a família.

Na semana seguinte, encontrei Savannah ajoelhada sobre um banco de areia do rio quando a maré estava bastante baixa. Escrevia freneticamente na areia, com o dedo indicador. Observei-a por meia hora. Quando terminou, a maré já estava subindo e a água começava a cobrir as palavras.

Ela se levantou, olhou em direção à casa e me viu a observá-la.

– Meu diário – gritou, feliz.

ALGO METÓDICO e refinado fazia o Coach House parecer território familiar. Uma cocheira sempre retém a lembrança secreta do negócio de alimentar cavalos de raça exaustos. Suas proporções são graciosas, nunca ostentatórias, e ainda estou para ver uma cocheira que fracasse ao ser transformada em residência ou restaurante. O Coach House, no número 10 de Waverly Place, era incomparável nesse aspecto. Até seu formato era agradável à minha alma; o lugar transpirava seriedade com relação à comida, e todos os garçons pareciam competentes o suficiente para cuidar de um cavalo puro-sangue se, porventura, entrassem na cozinha e se encontrassem transportados de volta aos dias em que os troles deslizavam pelas ruas de paralelepípedos de Greenwich Village. Era o único restaurante de Nova York que eu encontrara sem a orientação de Savannah. Luke e eu a levamos até lá para jantar no dia do lançamento de *A filha do pescador de camarões*. O Coach House nos servira uma esplêndida refeição enquanto Luke e eu brindávamos à nossa irmã a toda hora, e a fizemos autografar exemplares do livro para o garçom e para Leon Lianides, o proprietário. Antes de sairmos, o sr. Lianides fez com que nos servissem um copo de conhaque para cada um, como cortesia da casa. Em nossa memória, aquela noite guardou todo o esplendor da comemoração, todos os pratos de um banquete que consideramos infinito e todo o amor que fluía sem esforço quando os três nos abraçamos em nossa extravagante afeição, mútua e perfeita. Levei aquela noite comigo, impecável e divertida, e a recordei com freqüência durante anos de tristeza, sofrimento e perda. Recordei-a com o sabor feliz do champanhe sobre minha língua e do riso em meus olhos; recordei-a quando minha vida se desmoronou – meu irmão se fora e minha irmã não podia confiar em si mesma perto de facas. Era o último final feliz que nós três teríamos juntos.

Chovia quando cheguei à Coach House às nove e trinta para encontrar Susan Lowenstein. O maître me levou a uma mesa confortável no andar superior, colocada ligeiramente abaixo de várias pinturas populares que envelheciam sobre as paredes de tijolos vermelhos. Pedi um Manhattan, em honra à ilha onde me encontrava, e, somente quando provei a terrível mistura, lembrei-me de que nunca desenvolvera nenhum tipo de predileção particular por aquele coquetel. O garçom entendeu perfeitamente e trouxe um *dry martini* para purificar meu paladar.

Sozinho, observei os maneirismos das pessoas em outras mesas quando faziam seus pedidos e conversavam entre si, à luz inescrutável e melancólica das velas. Enquanto bebia sozinho, senti uma ligação íntima comigo mesmo – aquela complexa aprovação que uma pessoa de fora podia sentir quando a cidade começa a lhe permitir acesso aos seus lugares mais raros e excitantes. Um bom restaurante me libertava da mesquinhez desolada do homem provinciano. Sobre a toalha perfeita, eu podia adquirir meu próprio lugar na cidade por aquela noite e compor uma refeição da qual me recordaria com ilimitado prazer pelo resto da vida. Bebericando meu martíni, pensei em todas as refeições requintadas que estariam sendo preparadas em Manhattan naquele exato momento. Ao vir ao Coach House, eu me associara à liberalidade e à excelência da cozinha refinada de uma cidade. Apesar de levantar minha voz em uma infinita serenata maligna contra Nova York, havia ocasiões em que a comida e o vinho daquela cidade insuperável me transformavam no homem mais feliz do mundo.

Susan Lowenstein se aproximou da mesa sem ser vista enquanto eu estudava uma lista absolutamente impecável de aperitivos. Senti seu perfume, que entrou em modesta sintonia com o das flores frescas sobre a mesa, antes de levantar os olhos e ver seu rosto.

Tinha um rosto que parecia diferente a cada vez que eu a via. Apesar de atraente em todas as suas formas, não parecia pertencer a uma só pessoa, mas a uma nação de mulheres bonitas. Podia mudar o penteado e, ao mesmo tempo, a maneira como o mundo a enxergava. Sua beleza era indefinida e eu apostaria que não fotografava bem. Diante de seu vestido branco curto, pela primeira vez eu percebia a aparência esplêndida da psiquiatra de minha irmã. Seus cabelos estavam presos no alto da cabeça, longos brincos de ouro balançavam-se de encontro a seu rosto e um grosso colar de ouro pendia do pescoço.

— Lowenstein, você está com um ar perigoso hoje – disse eu. Ela riu, satisfeita.

— Comprei este vestido como presente para mim mesma no ano passado. Nunca tive coragem de usá-lo. Meu marido diz que pareço muito virginal com roupa branca.

Examinei-a, numa generosa avaliação, e comentei:

— Você não parece muito virginal vestida de branco.

— O que há de bom para comer aqui, Tom? – disse ela, sorrindo com o cumprimento. – Estou morta de fome.

— Tudo aqui é bom, Lowenstein – respondi, enquanto o garçom trazia uma garrafa de Chablis gelado que eu pedira que servissem quando minha convidada chegasse. – A sopa de feijão-preto é famosa, mas prefiro a lagosta. Escalfam os peixes com perfeição. E são perfeitos na preparação e na apresentação de carnes de qualquer tipo. As entradas são excelentes, principalmente a truta defumada com molho de raiz-forte. As sobremesas são simplesmente deliciosas.

— Como é que você sabe tanto sobre comida?

— Por duas razões – disse ao brindar com ela. – Minha mãe era uma excelente cozinheira sulista, que achava que iria melhorar de status social se conhecesse a cozinha francesa. Seu status permaneceu precário, mas seus molhos eram incríveis. Quando Sallie foi para a faculdade de medicina, fui forçado a aprender a cozinhar. Fiquei surpreso comigo mesmo quando descobri que adorava fazer isso.

— Se eu não pudesse pagar uma cozinheira, minha família morreria de subnutrição. A cozinha sempre me pareceu uma galé de escravos... Hum, este vinho é delicioso!

— Porque é muito caro, Lowenstein. Vou pagar esta refeição com o cartão American Express. A fatura será enviada para a Carolina do Sul e paga pela minha mulher.

— Você teve notícias dela desde que chegou a Nova York?

— Não. Conversei várias vezes com minhas filhas por telefone, mas ela nunca estava em casa.

— Você não está com saudades? – perguntou, enquanto eu via meu copo de vinho refletir-se em seu colar.

— De maneira nenhuma. Tenho sido um péssimo marido por dois longos anos e me sinto grato por estar longe dela e das crianças por algum tempo, para tentar voltar a ser algo parecido com um homem.

— Toda vez que você diz alguma coisa pessoal, Tom, é como se estivesse colocando mais espaço entre nós. Há vezes em que você parece muito acessível, mas é uma abertura falsa.

— Sou um macho americano, Lowenstein. – Sorri. – Não faz parte do meu trabalho ser acessível.

— E qual é exatamente o trabalho do macho americano?

— Ser enlouquecedor. Ser enigmático, controlador, cabeça-dura e sensível.

— Você ficaria surpreso com os diferentes pontos de vista expressos por meus pacientes mulheres e homens. É como se estivessem falando sobre cidadãos de países inteiramente diferentes.

— Só há um crime pelo qual uma mulher não pode ser perdoada... Nenhum marido vai perdoá-la por ter se casado com ele. O macho americano é uma massa trêmula de insegurança. Se uma mulher comete o erro de amá-lo, ele a faz sofrer terrivelmente por sua completa falta de gosto. Não acho que os homens possam algum dia perdoar as mulheres por amar somente eles, excluindo os outros.

— Você não me disse que Sallie estava tendo um caso, Tom?

— Sim, e é engraçado. Percebi a existência de minha mulher pela primeira vez em mais de um ano. Somente quando ela deixou de me amar foi que notei quanto a amava.

— Você disse à sua mulher que a ama? — perguntou ela, bebendo o vinho.

— Sou um marido, Lowenstein. É claro que não contei à minha mulher que a amo.

— Por que você brinca quando faço uma pergunta séria, Tom? Você sempre foge das perguntas sérias com seu humor.

— Até mesmo pensar em Sallie é doloroso. Quando falo sobre ela, quase não posso respirar. O riso é a única estratégia que já funcionou para mim quando meu mundo se desmoronava.

— Eu julgava que as lágrimas fossem muito mais eficientes que o humor.

— Para mim, as lágrimas brotam apenas dos momentos mais triviais. Choro ao assistir às Olimpíadas, ao ouvir o Hino Nacional, nos casamentos e nas formaturas.

— Mas você está falando sobre sentimentalismo. E eu falava de tristeza e mágoa.

— Os sulistas não encaram o sentimentalismo como um defeito de caráter, Lowenstein. Um sulista pode se comover até as lágrimas com praticamente tudo. Isso os vincula aos outros sulistas e os torna ridículos aos olhos dos nortistas. Acho que é mais uma questão de clima que de temperamento. A linguagem de tristeza é muito pobre no Sul. O sofrimento só é admirado se for silencioso.

Ela se inclinou sobre a mesa e retrucou:

— A linguagem da tristeza de Savannah certamente não é empobrecida, Tom. Seus poemas ressoam com uma angústia terrível e poderosa que ela articula brilhantemente. E não há um pingo de sentimentalismo em sua poesia, apesar de ela ser sulista também.

— Só que ela está num hospital para birutas, doutora, ao passo que eu estou tomando Chablis com sua psiquiatra no Coach House. Ela pagou um preço muito alto por sua falta de sentimentalismo.

Fiquei agradecido quando o garçom chegou para anotar o pedido. Senti que irritara Susan Lowenstein com meu comentário inadequado sobre a situação de minha irmã. No entanto, havia algo esquisito em sua curiosidade quanto ao Sul, que produzia uma poetisa suicida de talento magistral e um treinador de esportes decadente que vinha a ser seu irmão gêmeo. Havia ocasiões em que ela me estudava com tanta intensidade que parecia um geólogo que esperasse encontrar algum resquício de ouro no esplendor do gnaisse. Além disso, eu tinha a leve impressão de que a dra. Lowenstein estava me escondendo algo sobre o estado de Savannah. A revogação de minhas visitas me parecera estranha e, de certo modo, inevitável, como se Savannah houvesse predeterminado minha exclusão muito antes de ir para o hospital. Sempre que eu contava à dra. Lowenstein alguma recordação de minha família, esperava que ela dissesse: "É exatamente assim que Savannah recorda essa passagem" ou "Isso é muito útil à luz do que Savannah me contou, Tom". Era como se eu estivesse gritando na entrada de uma caverna sem eco, na qual estivesse proibido de entrar. Meu dever era o de dançar de acordo com a música de meu interrogatório, minha interpretação dos gritos magoados de minha irmã. Eu não receberia corroboração em troca, nem aplauso por minha honestidade, nem censuras por minhas mentiras. Receberia simplesmente a pergunta seguinte, feita pela dra. Lowenstein, e continuaríamos a partir daquele ponto. De certo modo, eu me tornara o repositório da memória em uma família na qual a memória entrara em um concubinato fatal com o sofrimento. Era a única testemunha disponível para explicar por que a loucura de minha irmã era apenas a reação natural a um currículo indiscriminado de ruínas.

Voltando minha atenção ao cardápio, pedi, para começar, dois siris-moles passados em manteiga e limão, e cobertos com *beurre blanc* adornada com alcaparras. Lowenstein havia pedido truta defumada como aperitivo e badejo escalfado como entrada. Não havia uma única entrada no cardápio que não me atraísse; mas, afinal, decidi-me por molejas ao molho de vinho e *morilles*.

— Molejas? — perguntou a dra. Lowenstein, levantando uma das sobrancelhas.

— É parte de minha crônica familiar — expliquei. — Houve uma ligeira referência a isso nas fitas gravadas. Minha mãe fez esse prato uma vez e causou certo desentendimento entre meus pais.

– Você fala sobre sua mãe meio com admiração e meio com desprezo. Isso me deixa confusa.

– Mas reflete o equilíbrio apropriado quando se trata de minha mãe. Ela é uma mulher extraordinária e linda, que passou a vida inteira procurando saber exatamente quem era. Com sua perícia assassina, teria arranjado um emprego como afiadora de guilhotinas. Caso contrário, estaria simplesmente desperdiçando seu talento.

– Savannah partilha dessa maneira exagerada de enxergar os poderes de sua mãe?

Mais uma vez, senti-me constrangido ao perceber que a doutora tentava entrar em terreno ainda não explorado.

– Você deveria saber a resposta melhor do que eu – respondi, enquanto o garçom se aproximava com os aperitivos. – Ela é sua paciente e tenho certeza de que possui sentimentos fortes a esse respeito.

– Bem, Savannah foi minha paciente por dois meses antes da tentativa de suicídio. Há algumas coisas que não posso falar sobre meus encontros com ela nesse curto espaço de tempo, mas tentarei lhe contar um pouco. Vou precisar da permissão de Savannah, e ela não está em condição de dá-la neste momento.

– Então você realmente não conhece bem minha irmã, Lowenstein?

– Não, Tom, na verdade não a conheço. Mas estou aprendendo coisas espantosas a cada momento. E sei que meu impulso de lhe pedir para ficar em Nova York foi absolutamente certo.

– Savannah poderia lhe contar essas histórias muito melhor do que eu.

– Mas ela iria sugerir comida tão maravilhosa nos restaurantes? – retrucou ela ao provar a truta defumada umedecida com molho de raiz-forte.

– Não, Savannah é uma dessas nova-iorquinas sem apetite, que sobrevivem à custa de saladas, tofu e bebidas dietéticas. Não come nada que contenha calorias ou vestígios de gordura animal. Comer com Savannah é uma experiência mais ascética que voluptuosa.

– Certa vez nós comparamos nossas dietas. Ela podia ficar sem duas refeições num mesmo dia sem ter nenhum problema. Eu comprei todos os livros sobre regimes publicados nos últimos dez anos, mas...

— Por quê, Lowenstein? — perguntei, enquanto saboreava um siri-mole.

— Meu marido me acha muito gorda. — Havia uma mágoa real em sua revelação.

Sorri e continuei a comer o siri enquanto o garçom voltava para completar nossos copos de vinho.

— Por que está sorrindo, Tom? — Olhei para ela por sobre a mesa.

— Seu marido está errado novamente. Você não é virginal e não é gorda. Aliás, é uma vergonha que nenhum de vocês sinta prazer em comer.

Lowenstein mudou de assunto, passando a falar a respeito de sua infância. Mas era evidente que percebera o elogio e que ficara satisfeita com ele. Contou sobre a frieza da mãe, uma discrição tão inata e imensa que ela não conseguia recordar uma única vez na vida em que tivesse merecido seu apoio restrito. Por outro lado, vivera para a admiração do pai, que era preciso mas exagerado — o tipo de pai que não perdoava a sexualidade da filha. Susan foi a filha preferida até atingir a puberdade; a partir daí, ele a abandonara em troca de seu irmão mais novo. Apesar de seus pais terem ficado orgulhosos com seu curso de medicina, ambos ficaram horrorizados quando ela decidiu estudar psiquiatria. Mas Susan chegara à conclusão de que aquela infância abandonada e negligenciada a ajudaria a entender os pacientes que chegassem até ela com suas próprias infâncias infelizes reluzindo nos olhos. Pensara poder levar a dádiva da compaixão àquelas almas exaustas que não haviam recebido a porção justa das pessoas que as tinham criado. Se a compaixão e a terapia não adiantassem, restava-lhe enviar os pacientes à farmácia local para comprar remédios que os ajudassem. Como psiquiatra, sentia-se como um pai todo-poderoso, mas capaz de perdoar a filha pelo crime de se tornar mulher. Era o poder da psiquiatria o que a assustava e a atraía: a seriedade irresistível da ligação com os pacientes, a delicadeza de cada relação e a responsabilidade de penetrar naquelas tênues relações familiares com humildade e boa-fé.

Enquanto conversávamos, comecei a ver mais uma vez um relaxamento nas feições de Susan Lowenstein, um lento abandono do profissionalismo resoluto que mostrava no consultório. Ao falar dos pacientes, sua voz se tornava mais suave e carinhosa. Imaginei quanto deveria ser realmente maravilhoso para alguém que não estivesse bem ser atendido por ela, com seu olhar cálido e generoso. O arquiprofissionalismo era uma fachada construída para repelir a superioridade perturbadora de homens como seu pai e eu. Quando mencionava aquele pai a quem havia adorado e que a abandonara, Susan fazia-o parecer invulgar em sua própria experiência. No entanto, alguma coisa em sua voz, algo que soava com todos os meios-tons de uma sabedoria adquirida a duras penas, mostrava que a história de seu pai era a mais velha e desanimadora das histórias do mundo. Ela me fez pensar em todas as mulheres de minha vida – minha mãe, minha irmã, minha esposa e minhas filhas –, de onde eu poderia tirar um bom exemplo pela maneira como traí cada uma delas, graças ao colapso estratégico de meu amor quando elas mais precisaram. Não conseguia ouvir o que Susan falava sobre o pai sem estremecer, lembrando o dano que causara às mulheres de minha própria família. Nos tempos felizes, o amor jorrava de mim como mel de uma colméia. Mas, nos tempos de dor e perda, retirei-me para uma clausura de impenetrável solidão, construída por mim mesmo. As mulheres que tentaram se aproximar – todas elas – retiraram-se horrorizadas enquanto eu as magoava mais e mais por ousarem me amar quando eu sabia que meu amor era só perversão. Eu era um daqueles homens que matam lentamente suas mulheres. Meu amor era um tipo de gangrena que fazia definhar os tecidos suaves da alma. Tinha uma irmã que tentara se matar e não desejava me ver; uma esposa que encontrara um homem que a amava; filhas que não sabiam nada a meu respeito e uma mãe que sabia demais.

– Mude tudo – eu disse a mim mesmo enquanto Susan Lowenstein relaxava sob a influência do vinho e do ambiente tranqüilo do Coach House. – Mude tudo em você e mude por completo.

Meu prato principal chegou. Estava esplêndido. As molejas, macias; e as *morilles*, com sabor de terra trufada transformada em carne escura e defumada. Susan gemeu de admiração ao provar o badejo, cuja carne branca e brilhante se soltava da espinha em pedaços macios. Senti-me feliz e agradeci a Deus pelo cuidado dos cozinheiros talentosos e pela beleza incansável das mulheres enquanto observava Susan, que comia e bebia um vinho que envelhecera para nós, e somente para nós, nos generosos campos da França. Pedi outra garrafa em homenagem àqueles campos gloriosos.

Susan contou que tivera um sonho no qual nos encontrávamos por acaso no meio de uma nevasca. Para fugir da tempestade, íamos até o Rockefeller Center e tomávamos o elevador até o último andar. Ali, observamos a cidade tornar-se branca enquanto bebíamos um drinque no Rainbow Room. Dançávamos ao som de música lenta quando a tempestade ficou mais forte e não pudemos mais enxergar a cidade através da neve.

– Que sonho incrível, Lowenstein – disse eu. – Nunca consigo recordar detalhes de meus sonhos. Eles às vezes me acordam e sei que devem ter sido horríveis, mas não me lembro de nenhuma cena.

– Então você está perdendo uma parte importante e maravilhosa de sua vida, Tom. Para mim, os sonhos são as cartas de amor e de ódio do subconsciente. Lembrar-se deles é apenas uma questão de disciplina.

– Posso passar sem as cartas de ódio. Tenho pilhas delas que escrevo para mim mesmo.

– Mas não é bastante surpreendente que você estivesse em um de meus sonhos, já que o conheço há tão pouco tempo?

– Estou satisfeito porque você não o tomou como pesadelo.

– Eu lhe asseguro que não foi um pesadelo – disse ela, rindo. – A propósito, Tom, você gosta de concertos?

– Claro. Exceto de música moderna. Música moderna sempre soa para mim como trutas peidando em água salgada. Naturalmente, Savannah adora música moderna.

– Por que ela é tão aberta à cultura moderna e você parece tão fechado? Devo admitir, Tom, que fico irritada cada vez que você assume seu manto de selvagem cultural intimidado pela cidade grande. Você é um homem muito inteligente para representar bem esse papel.

– Sinto muito, Lowenstein. Ninguém acha meu papel de detrator de Nova York e de caipira cultural mais cansativo do que eu. Gostaria que o ódio por Nova York não fosse um clichê, mas uma nova doutrina espantosa lançada por Tom Wingo.

— Toda vez que ouço alguém dizer que odeia Nova York, automaticamente penso que essa pessoa é anti-semita.

— Qual é a ligação entre anti-semitismo e não gostar de Nova York? Venho de Colleton, na Carolina do Sul, e esse tipo de distinção às vezes me confunde.

— Há mais judeus em Nova York do que em Israel.

— Provavelmente aqui há mais albaneses do que na Albânia, mais haitianos do que no Haiti e mais irlandeses do que na Irlanda. Pode até haver mais sulistas aqui que na Geórgia; não tenho certeza. Não gosto de Nova York porque é imensa e impessoal. Você é sempre assim tão paranóica?

— Sim. Sempre achei a paranóia uma posição perfeitamente justificável.

— Agora você entende como me sinto a respeito de ser sulista quando venho a Nova York. O que você pensava sobre o Sul, antes de conhecer Savannah e eu?

— A mesma coisa que penso agora, Tom. Acho que é a parte atrasada, reacionária e perigosa do país.

— Mas você gosta dela, Lowenstein? — Ela deu uma risada gostosa enquanto eu continuava: — Por que existem épocas na História em que o certo era odiar judeus ou americanos, negros ou ciganos? Há sempre um grupo merecedor do desprezo em todas as gerações. Uma pessoa se torna até suspeita se não os odiar. Quando eu estava crescendo, fui ensinado a odiar os comunistas. Nunca vi nenhum, mas odiava os filhos-da-puta. Também odiava os negros porque era como uma crença religiosa em minha parte do mundo considerá-los inferiores aos brancos. Tem sido interessante vir a Nova York, Lowenstein, e ser odiado por ser um branco sulista. É estimulante e agradável, mas estranho também. Faz com que eu entenda sua teoria sobre a paranóia.

— O motivo pelo qual perguntei se você gosta de concertos, Tom, é porque meu marido vai dar um no mês que vem. Consegui um ingresso para você e espero que venha como meu convidado.

— Vou gostar muito de ir se você me prometer que ele não vai tocar nada moderno.

— Acho que o programa é, em maioria, barroco.

— Como se chama seu marido?

— Herbert Woodruff.

— O Herbert Woodruff? – perguntei, surpreso.

— O primeiro e único.

— Você é casada com Herbert Woodruff! Puxa, Lowenstein. Você vai para a cama todas as noites com um cara famoso no mundo inteiro.

— Não todas as noites. Herbert viaja mais da metade do ano. Está sendo muito requisitado, principalmente na Europa.

— Nós temos alguns discos dele. Pelo menos uns dois. Sallie e eu costumamos nos embebedar e ouvi-los. Que coisa maravilhosa! Preciso ligar para Sallie e contar a novidade. Ele é judeu, doutora?

— Não. Por que você pergunta?

— Pensei que os judeus fossem como os católicos. Quando me casei com uma mulher que não era católica, meu pai agiu como se me encontrasse urinando nas galhetas do altar.

— Meu pai é o judeu mais incorporado à sociedade que já vi – explicou a dra. Lowenstein, seriamente. – Nunca íamos ao templo, não celebrávamos a Páscoa e armávamos uma árvore de Natal todos os anos. Eu nunca soube com que seriedade ele encarava a religião até que me casei com um cristão. Pensei que ele ia rezar a Shiva para mim no dia do casamento.

— O que é Shiva?

— Na tradição hindu, é o deus da destruição.

— Mas ele deve estar orgulhoso por ter um genro famoso no mundo inteiro.

— Não sei, Tom. Ele nunca me perdoou e nunca conheceu o neto.

— Isso explica muitas coisas. Eu pensava que você fosse uma presbiteriana convertida ao judaísmo. Por que você não assumiu o sobrenome de seu marido quando se casou?

— Preferi não assumir – disse ela, cortando com eficácia aquela linha de conversa.

— Quantos anos tem seu filho?

— É sobre isso que eu queria conversar com você, Tom. É por causa disso que quis vir jantar com você.

— Por causa de seu filho? – perguntei, confuso.

— Tenho um filho interessado em atletismo.

— Você está brincando!

— Por que diz isso? – retrucou ela, incapaz de disfarçar a irritação na voz.

— É que fiquei surpreso. Duvido de que ele tenha recebido muito estímulo para isso em casa.

— O pai dele ficou chocado. Bernard estuda em Phillips Exeter. Entrou este ano. Recentemente, recebemos um exemplar do anuário da escola e meu marido encontrou uma foto de Bernard no time de futebol dos calouros. Nunca permitimos que ele praticasse esse tipo de esporte por causa do risco que suas mãos correriam. Você entende, nós queremos que Bernard se concentre nas aulas de violino. Por isso nos preocupamos com suas mãos.

— A-há! – Não pude evitar o sarcasmo. – E apareceu um atleta de surpresa para a família!

Ela sorriu.

— Não é nada engraçado. E o mais lamentável nessa história é que Bernard mentiu para nós. Ou, pelo menos, não contou nada. Além disso, entrou também para o time de basquete dos calouros. Evidentemente, é bastante competente como esportista.

— Por que vocês simplesmente não o deixam jogar bola e ter lições de música ao mesmo tempo?

— Meu marido quer que Bernard seja um músico completo.

— E ele é bom nisso?

— Sim, ele é bom. Só que não chega a ser um gênio. Você pode imaginar a dificuldade que é seguir os passos de Herbert Woodruff. Sempre achei que deveríamos tê-lo feito estudar um instrumento diferente do de seu pai. Assim, as comparações não seriam tão ameaçadoras. Herbert venceu um concurso internacional quando tinha 19 anos!

— A gente vê muito isso quando é treinador. Nem sei dizer a quantidade de meninos que vêm para um time porque o pai está tentando reviver a própria juventude por intermédio deles. É triste quando isso não funciona.

— Triste para o pai ou para o filho? – perguntou ela, com uma expressão séria e atormentada.

– Para os filhos. Os pais que se fodam. Eles deveriam saber o que estavam fazendo.

– Não acho que seja assim com Herbert. O fato é que não existe nenhum outro instrumento em sua imaginação. Ele ama tanto o violino que não consegue imaginar que alguém não partilhe desse amor. Sobretudo alguém tão intimamente ligado a ele. Sobretudo seu único filho.

– Como é que eles se relacionam? – Vi o rosto dela ficar sombrio e alguma coisa passar por seu olhar. Lowenstein escolheu cuidadosamente as palavras e eu senti seu peso e sua gravidade quando ela falou.

– Bernard respeita muito o pai. Tem muito orgulho dele e do que ele realizou.

– Eles saem juntos? Vão juntos aos jogos? Jogam bola juntos no parque? Brincam de lutar na sala de estar? Esse tipo de coisa...

Ela riu, uma risada tensa e nervosa. Ao discutir sobre seu filho, eu estava tocando em algo essencial para ela.

– Não consigo imaginar Herbert brincando de lutar no chão da sala. É um homem sério e exigente. Além disso, poderia machucar as mãos, que são sua vida.

– Mas ele é divertido, doutora? É isso que eu quero saber.

Depois de pensar por um longo momento, ela disse:

– Não, eu não descreveria Herbert como divertido. Em todo caso, não para um adolescente. Talvez Herbert aprecie muito mais o filho depois que ele se tornar adulto.

– Como é Bernard?

Mais uma vez, vi uma sombra em seus olhos, algo que a incomodava intimamente em face daquele interrogatório sobre a família. Ocorreu-me que ela preferia escutar os lamentos de outras pessoas em seu consultório a falar das próprias preocupações. Seu rosto estava pálido quando o inclinou para trás e descansou a cabeça de encontro à parede de tijolos que ficava atrás da cadeira. Parecia uma daquelas mulheres de pescoço comprido que aparecem de perfil contra um fundo de ágata escura nos camafeus.

– Bernard é uma pessoa difícil de ser descrita – disse com um longo suspiro. – É um menino atraente que pensa que é feio. É alto, muito mais alto que o pai. Tem pés enormes e cabelos pretos ondula-

211

dos. Não é de falar muito, principalmente com os adultos. É um aluno medíocre. Tivemos de mexer muitos pauzinhos para fazê-lo entrar em Exeter. Fizemos com que fosse testado e ele se saiu bem. Mas parece que ele gosta de magoar os pais com suas notas baixas. Que mais posso dizer, Tom? Os anos da adolescência são duros para todos.

– Ele é muito complicado?

– Não. – Seu tom era áspero. – Ele não é complicado. É um adolescente perfeitamente normal cujos pais trabalham. Com certeza Herbert e eu cometemos o erro de não ter ficado mais com ele durante seu crescimento. Admito isso e assumo completa responsabilidade.

– Por que você está me dizendo tudo isso, Lowenstein?

– Bem – disse ela, inclinando-se sobre a mesa –, já que você parece ter tanto tempo livre pensei que poderia treinar Bernard uma ou duas vezes por semana.

– Minha primeira oferta de emprego em um século!

– Você aceita?

– Já conversou com Bernard a esse respeito?

– Por que eu deveria fazer isso?

– Ele pode não querer um treinador. Além disso, é educado saber sua opinião. Por que você não tenta fazer com que Herbert vá ao Central Park com ele treinar um pouco, talvez até forçar um joguinho?

– Herbert odeia esportes, Tom. – Ela deu uma risadinha ao pensar no assunto. – Na verdade, ele ficaria furioso se soubesse que eu quero arranjar um treinador para seu filho. Mas Bernard me disse que iria praticar esportes no próximo ano, qualquer que fosse nossa opinião a respeito. De mais a mais, você seria bom para Bernard, Tom. E ele também gostaria porque você é o pai que ele sempre sonhou em ter. Um atleta, divertido e irreverente. E aposto que você não sabe tocar violino.

– Você nunca ouviu meus discos. Wingo tocando arrasa com os grandes mestres. Você está me estereotipando novamente, doutora.

– Você também já me estereotipou – disse ela, mordaz.

– Não, eu não fiz isso.

– Sim, você fez, Tom. Você estava pensando consigo mesmo que a velha doutora Lowenstein, psiquiatra e médica de almas, não consegue criar um filho feliz.

212

— Bem... eu pensei nisso. Deve haver uma razão pela qual psiquiatras não podem criar os próprios filhos. É um clichê, eu sei, mas é um problema, não é?

— Não neste caso – ela declarou com firmeza. – Bernard só é tímido. Logo ele vai superar isso. Quanto aos motivos pelos quais os psiquiatras têm problemas com os filhos, e não são todos, é bom que isso fique claro, é porque eles sabem demais sobre as conseqüências prejudiciais de uma infância ruim. Ter muito conhecimento os deixa paralisados e faz com que tenham medo de dar o menor passo em falso. O que começa como excessivo cuidado termina às vezes como negligência. Agora, como fica sua remuneração?

— Dinheiro? Não se preocupe com o dinheiro.

— Não, faço questão de manter isso em bases estritamente profissionais. Qual é seu sistema de cobrança?

Ela havia tirado um caderninho da bolsa e fazia anotações com uma delicada caneta-tinteiro Dupont.

— Quanto você cobra por hora? – perguntei.

— Não vejo que relação isso pode ter. – Lowenstein ergueu os olhos do caderninho.

— Pois a relação é isso, doutora. Já que você quer manter isso em base estritamente profissional, vou satisfazê-la. Mas não sei quanto as pessoas cobram em Nova York. Preciso de algum número em que me basear.

— Eu cobro 75 dólares por hora.

— Ótimo. – Sorri. – Eu aceito.

— Mas eu não concordei em lhe pagar isso.

— Bem, por você ser amiga da família, vamos fazer um abatimento. Sessenta paus a hora e não precisa agradecer.

— Não acho que treinar alguém durante uma hora seja comparável a uma hora de terapia psiquiátrica. – Sua voz era suave, mas não gostei da ênfase depreciativa que colocou na palavra *treinar*.

— Oh! é mesmo? Por que não? Qual é a diferença?

— Você não faz idéia do que se paga para ir à faculdade de medicina. Qual foi o máximo que você já ganhou como treinador?

— Ganhei 70 mil dólares num ano, sem os impostos.

— E quanto dá isso por hora?

— Vamos partir de 365 dias. Eu ensino e treino durante nove meses por ano. E poderia treinar beisebol durante o verão. Isso dá 46 paus por dia. Vamos dividir isso por um dia de dez horas.

Ela anotou os números em seu caderninho, depois levantou os olhos e anunciou:

— Dá 4,60 dólares por hora. Eu lhe pago 5 dólares.

— Quanta generosidade!

— Esse é o pagamento mais alto que você já recebeu.

— Céus, que humilhação – lamentei, olhando pelo restaurante. – A absoluta e constante humilhação. Um treinador compara seu preço com o de uma psiquiatra e perde por setenta paus!

— Então, está feito o negócio – concluiu ela, fechando o caderninho.

— Não. Agora que fui abatido nesse campo de batalha, quero ganhar um pouco de respeito próprio nessa história. Eu gostaria de treinar seu filho de graça, doutora. Mais uma vez fui aniquilado ao tentar igualar o ofício de treinador com uma maneira real de ganhar a vida. Diga a ele que começaremos depois de amanhã. Agora, vamos pedir alguma sobremesa fabulosa.

— Já comi demais.

— Não se preocupe com excesso de peso, Lowenstein. Vamos topar com algum ladrão depois do jantar e deixá-lo nos perseguir até o Central Park. É a maneira perfeita de perder calorias após um jantar em Nova York.

— Isso me faz lembrar uma coisa, de quando você encontrou Monique em meu consultório. Por que disse a ela que é advogado? Ela me contou quando entrou em minha sala.

— Ela não acreditou quando eu disse que era treinador. Como ela era linda, eu quis impressioná-la. Além disso, sentia-me solitário e queria continuar conversando.

— Você acha que ela é linda?

— Achei que era a mulher mais linda que já vira.

— Que coisa estranha, Tom. Aquela foi a segunda vez que ela apareceu histérica e fora de controle no meu consultório. Está tendo um caso horrível com um banqueiro de investimentos que trabalha para Salomon Brothers, pelo que me contou.

— O psiquiatra dela está fora da cidade. Existe alguém em Nova York que não vá ao psiquiatra ou eles fazem todo o pessoal se mudar para Nova Jersey?

— Ela toca flauta no grupo de meu marido — informou a dra. Lowenstein. — Você vai vê-la novamente no próximo mês.

— Ah, merda. Ela vai me perguntar sobre meu trabalho como advogado. Deixe-me pedir um conhaque para você. Está bem, você fica sem a sobremesa.

Quando o conhaque chegou, brindamos mais uma vez. O sabor da bebida me fez voltar ao passado, à última vez em que estive naquele restaurante com meus irmãos. Enquanto saboreávamos o conhaque que o proprietário do restaurante nos oferecera como cortesia da casa, Savannah tirava da bolsa quatro poesias novas nas quais vinha trabalhando. Estava preparando uma autobiografia num longo ciclo de poemas e leu o que escrevera sobre a toninha branca de Colleton, sobre a caminhada anual de meu avô na Sexta-Feira Santa e sobre o primeiro jogo de futebol de Benji Washington. Com linguagem luxuriante e feroz, ela arrancava imagens brilhantes de sua vida como pêssegos em um pomar perfumado. Ao serem lidos, os poemas eram como uma dádiva de frutas. E nós, naquela noite, perfumamos as frutas com o conhaque.

— Em que está pensando, Tom? — perguntou Susan.

— Estava lembrando o dia em que vim aqui com Savannah e Luke. Estávamos tão felizes!

— Que aconteceu?

— A natureza abomina o vácuo, mas abomina ainda mais a felicidade perfeita. Você lembra que eu mencionei um esgotamento nervoso?

— Claro — disse ela, suavemente.

— Não foi esgotamento. Foi uma tristeza tão esmagadora que eu quase não podia falar ou me mexer. Não pensei na época que fosse uma doença mental, nem penso agora. Durante dois anos consegui viver, apesar de carregar toda aquela tristeza no coração. Eu sofrera uma perda terrível e estava simplesmente inconsolável. Treinei três tipos diferentes de esportes e dei cinco aulas de inglês por dia. Foi o trabalho que me amparou. Então, não pude mais suportar o peso da tristeza. Certo dia, estava dando uma aula e lendo "Fern Hill", de Dylan Thomas; fiquei tão comovido com o poema que meus olhos se encheram de lágrimas. É um lindo poema, que me comove a cada vez que o leio, mas naquela vez foi diferente. Não conseguia parar de chorar. Os alunos ficaram perturbados. Eu estava perturbado, mas não podia evitar.

— E você não considerou isso um tipo de esgotamento, Tom?

— Não. Pensei que fosse a reação natural a uma grande tristeza. Era anormal carregar o peso de uma tristeza tão grande durante tanto tempo sem chorar. Uma semana mais tarde, eu caminhava pela praia quando passei por um homem que parecia com meu irmão. Desmoronei novamente. Sentei-me nas pedras de onde se vê o porto de Charleston e solucei durante mais de uma hora. Então, achei que deveria estar fazendo alguma coisa. Eu me esquecera de algo importante, mas não sabia o que era. Sallie me encontrou naquela noite na praia, tremendo de frio.

— O que você havia esquecido?

— Um jogo. Meu time ia jogar naquela noite. Esqueci que o time que eu próprio treinara, modelara e disciplinara iria jogar.

— Foi então que despediram você?

— Sim, foi assim que me despediram. Fiquei em casa e me recusei a receber ajuda de quem quer que fosse. Deixei que a tristeza tomasse conta de mim e ela me dominou para valer. Depois de um mês, minha mulher e minha mãe me obrigaram a assinar alguns papéis e me levaram ao décimo andar do Medical College, onde fiz um pouco de tratamento de choque.

— Você não precisa me contar tudo isso, Tom.

— Já que vou treinar Bernard, você deve saber que está comprando mercadoria estragada.

— Você é um bom treinador?

— Sou ótimo, Susan.

— Então, tenho muita sorte por você ter aparecido em minha vida neste momento. Obrigada por me contar tudo. Fico feliz por você ter contado aqui em vez de fazê-lo no consultório. Acho que vamos ser bons amigos.

— Existe alguma coisa que você não me contou a respeito de Savannah, não existe?

— Há muita coisa que não contei a respeito de Savannah e a respeito de uma série de outros problemas. Quando citei Monique, quase me matei quando você disse que a achou linda.

— Por quê?

— Acho que ela tem um caso com meu marido.

— Por que você acha isso?

— Ah, eu conheço meu marido muito bem! Só não entendo por que ela vem me pedir ajuda, se é por crueldade ou por curiosidade. Ela sempre me faz jurar que não contarei a Herbert que veio me ver.

— Sinto muito, Susan. Talvez seja apenas sua imaginação.

— Não acho que seja.

— Bem, Lowenstein, já encontrei você e Monique. Ela é linda, mas tem péssima personalidade e está um pouquinho no lado ruim da vida. Como você colocou hoje esse vestido maravilhoso, é impossível não perceber que tem um corpo lindo. Você é um pouco séria para o meu gosto, mas adoro estar com você. Monique não chega a seus pés, querida.

— Querida, não, Tom. – Ela sorriu. – Lembre-se, sou feminista.

— Monique não chega a seus pés, senhora feminista.

— Obrigada, treinador. Os homens são bons para fazer elogios e estou precisando demais deles.

— Quer ir dançar no Rainbow Room?

— Hoje, não, Tom. Mas espero que você me convide outra vez neste verão.

— Promete que vai usar esse vestido?

— Preciso ir para casa – disse ela. – Rápido.

— Você está completamente a salvo, Lowenstein. Passei por um tratamento de eletrochoques. – Levantei-me da mesa. – Vamos lá. Vou pagar a conta e arranjar um táxi horrível, porém colorido.

– Foi uma noite maravilhosa – declarou Susan Lowenstein quando abri a porta do táxi sob a garoa, em Waverly Place. Ela me beijou nos lábios suavemente, apenas uma vez, e eu observei o carro afastar-se na noite chuvosa.

8

Algumas semanas depois de seu retorno surpreendente, minha avó foi comprar seu próprio caixão na firma Winthrop Ogletree. Descobrimos então que ela gostava de visitar o cemitério de Colleton para conversar com os mortos. Como a maioria dos sulistas, Tolitha modelara uma forma de arte pessoal em sua adoração pelos ancestrais, e a intimidade com os cemitérios a tornava feliz. Encarava a morte como uma longitude sombria e inexplorável que rodeava a geografia secreta da Terra. O assunto de sua própria morte a enchia de devaneios agradáveis sobre viagens iminentes e surpreendentes.

Pelo fato de não freqüentar regularmente a igreja nem professar abertamente uma crença em Deus, minha avó sentia-se à vontade para abraçar perspectivas mais exóticas do espírito, purificações mais vívidas para adicionar mais personalidade aos seus pontos de vista sobre o mundo. Mantinha uma confiança inocente nos horóscopos e planejava seus dias com base no alinhamento das estrelas e nas insinuações e nos palpites obscuros do zodíaco. Com curiosidade incessante, procurava o conselho de cartomantes, acreditava no poder das bolas de cristal, nas alusões crípticas dos desenhos das folhas de chá, nas ordens que recebia de cartas do tarô cuidadosamente embaralhadas e em qualquer coisa que parecesse suspeita ou revolucionária em uma cidade sulista. Uma cigana de Marselha lera a mão de Tolitha, estudara sua linha da vida, abreviada e bifurcada, e predissera que minha avó não passaria dos 60 anos. Tolitha acabava de completar 56 quando voltou a Colleton para fazer as pazes com o mundo. A cada dia, consultava o I Ching, texto que meu avô considerava, na melhor das hipóteses, satânico. Acreditava em cada divagação e declaração do tabuleiro de

Ouija – não importava quanto fossem emaranhadas na obscuridade. Sua fé era um catecismo de verdades não digeridas. Associava-se a médiuns, feiticeiros e futurólogos. Eram todos meteorologistas de sua alma vigorosa e despreocupada. Tolitha foi a mulher mais cristã que conheci.

Mas assimilava a sentença de morte da cigana com uma gravidade estóica e confusa, e começara a se preparar para a morte como se esta fosse sua viagem a um país fabuloso cujas fronteiras estivessem há muito fechadas para os turistas. Quando chegou a hora de comprar o caixão e fazer os últimos arranjos para seu confinamento, insistiu em que os netos a acompanhassem. Sendo sempre nossa professora, Tolitha queria que aprendêssemos a não temer a morte. Falava com alegria sobre a compra iminente de seu caixão e agia como se estivesse para confirmar a reserva de um hotel no fim de uma viagem muito cansativa.

– É simplesmente o último estágio da vida. O estágio mais interessante, imagino – comentou, enquanto caminhávamos pela rua das Marés, passando pelas vitrines das lojas e perguntando "Como vai?" a vizinhos e a estranhos.

– Mas você está em perfeita saúde, Tolitha – disse Luke, olhando para ela à luz do sol. – Ouvi papai dizer que você vai mijar nos nossos túmulos.

– Seu pai é vulgar, Luke. Por favor, não imite o linguajar dos pescadores de camarões – retrucou minha avó, sem parar de caminhar, ereta como um mastro. – Não, não vou sobreviver ao sexagésimo aniversário. Não foi uma simples cigana que leu isso na minha mão. Aquela era a *rainha* das ciganas. Eu só procuro a opinião de especialistas. Nunca estive num clínico geral até hoje.

– Mamãe disse que é pecado ter o futuro lido por uma cigana – disse Savannah, segurando-lhe a mão.

– Sua mãe só esteve em dois Estados durante a vida inteira – resmungou Tolitha. – Ela não tem minha visão do mundo.

– A cigana disse de que você vai morrer? – perguntei, observando-a, com medo de que caísse morta no meio da rua.

– Parada cardíaca – anunciou a velha, orgulhosa como se acabasse de dizer o nome de uma criança muito querida. – Vou cair dura como uma pedra.

— Você vai ser enterrada como uma zen-budista? — Savannah quis saber.

— É pouco prático. — Tolitha acenou docemente com a cabeça para Jason Fordham, dono da loja de ferragens. — Queria que seu avô me levasse para Atlanta e me deixasse nua sobre a montanha Stone, permitindo que os abutres devorassem minha carne mundana. Mas ele ficou horrorizado. É assim que fazem na Índia. Só não sei se há abutres suficientes na Geórgia para resolver a situação.

— Essa é a coisa mais terrível que já ouvi, Tolitha — disse Luke, olhando-a com verdadeira admiração.

— Odeio fazer as coisas da maneira que todos fazem, crianças. Mas, que remédio? Cada sociedade tem seus próprios costumes.

— Você não está com medo de morrer, Tolitha? — perguntei.

— Todos nós temos de bater as botas algum dia, Tom. Minha sorte é poder planejar a morte de modo que ela não chegue como um choque grande demais para a família. Quero que tudo esteja pronto.

— Que tipo de caixão você vai comprar? — perguntou Savannah.

— De pinho. Não preciso de nada muito chique. Quero que os vermes me alcancem o mais rápido possível. Vamos encarar a situação. É assim que eles sobrevivem. E eu nunca seria contra a maneira como um homem sobrevive.

— Como é que os vermes comem a gente? Eles não têm dentes — disse Luke enquanto passávamos pela barbearia de Wayne Fender.

— Eles esperam que a terra nos amacie um pouco — explicou Tolitha num tom de voz mais elevado. Esses detalhes excitavam e animavam minha avó. — A coisa funciona assim: o papa-defunto tira todo o nosso sangue, de modo que ficamos secos como uma espiga de milho. Em seguida, ele nos preenche com um fluido embalsamador para que não apodreçamos rapidamente.

— Por que não deixam o sangue no corpo? — Savannah tinha os olhos arregalados de terror.

— Porque o corpo se deteriora com mais rapidez quando o sangue está lá dentro.

— Mas eles enterram a gente no chão e esperam que a gente apodreça lá — acrescentei.

– É que ninguém quer que o fedor estrague a cerimônia do enterro. Você já sentiu o cheiro de um cadáver estragado?
– Com que se parece, Tolitha? – perguntou Luke.
– Cheira tanto quanto 50 quilos de camarão podre.
– É tão ruim assim?
– Pior. Me vira o estômago só de pensar.

Chegamos ao cruzamento da Baitery Road com a rua das Marés, onde havia um dos dois semáforos existentes na cidade. Lá fora, no porto, os veleiros rangiam ao vento, com as velas finas como papel e inundadas de sol. Um iate de 50 pés fez a volta no rio e deu um sinal para o zelador da ponte com quatro buzinadas fortes. O sr. Fruit, ostentando um boné de beisebol e luvas brancas, dirigia o tráfego no cruzamento. Esperamos que nos desse permissão para atravessar a rua. Ele não se importava se a luz do semáforo era verde ou vermelha. Confiava na intuição e em seu próprio senso de equilíbrio e simetria para dirigir o tráfego em sua esquina do mundo.

Era um negro alto e magro, esquisito e vigilante, de idade indeterminada, que parecia considerar a cidade de Colleton sua responsabilidade pessoal. Até hoje não sei se era retardado, ingênuo ou apenas um lunático gentil que gostava de vaguear por sua cidade natal espalhando entre os vizinhos a alegria de um evangelho inarticulado. Não sei seu verdadeiro nome, nem quem era sua família ou onde passava a noite. Só sei que nascera ali e que ninguém questionava seu direito de dirigir o tráfego na rua das Marés.

Houve uma época em que um auxiliar do delegado tentou ensinar ao sr. Fruit a diferença entre a luz vermelha e a verde, porém ele resistiu a todos os esforços para corrigir o que fizera tão bem durante tantos anos. Ele não apenas controlava as entradas e saídas da cidade – sua presença suavizava a maldade arraigada que florescia ao longo das margens invisíveis da consciência do lugar. Qualquer comunidade pode ser julgada em sua humanidade ou corrupção pela maneira como consegue acomodar os senhores Fruit da vida. Colleton simplesmente se ajustou às harmonias e disposições do sr. Fruit. Ele fazia o que achasse necessário e o fazia com classe. Aquele era o modo de agir sulista, dizia minha avó. Aquele era o modo agradável de agir.

– Ei, boneca – gritou ele ao nos ver.
– Ei, boneca – gritamos de volta.

Usando um apito prateado em volta do pescoço e com um sorriso beatífico e indelével no rosto, ele apitou e acenou com os longos braços em arremetidas graciosamente exageradas. Girou e dançou em direção ao único carro que se aproximava, a mão esquerda fazendo um ângulo no pulso. O carro parou e o sr. Fruit acenou para que atravessássemos a rua, soprando o apito em perfeito sincronismo com os passos de minha avó.

Nascido para dirigir o tráfego, ele também conduzia os desfiles em Colleton, não importa quanto as ocasiões fossem festivas ou solenes. Aquelas eram suas duas funções na vida da cidade e ele as realizava muito bem. Vovô sempre dizia que ele tivera tanto sucesso no que fazia quanto qualquer outro homem que ele conhecera.

Quando nasci, a cidade de Colleton tinha uma população de dez mil almas estagnadas e, a cada ano, perdia uma pequena porcentagem de habitantes. Era construída sobre as terras dos índios Yemassee – considerava-se um símbolo de eminência o fato de que não restara um único Yemassee sobre a face da terra. *Yemassee* era uma palavra que tremeluzia com o brilho sombrio da extinção. A última batalha entre colonos e índios fora travada em nossa ilha, no lado norte de Melrose. A milícia de Colleton surpreendera a tribo com um ataque noturno, massacrando tantos quanto pudessem enquanto ainda dormiam. Em seguida, usando cães, perseguiram os sobreviventes através das florestas, como se fossem animais, até que, quando o dia clareou, os índios estavam encurralados na planície arenosa à beira do rio. A milícia agrupou-os dentro da água e os abateu com espadas e mosquetes, não poupando nem as mulheres nem as crianças. Certa vez, achei um pequeno crânio quando procurava pontas de flechas com Savannah e Luke. Uma bala de mosquete chocalhou ali dentro pela boca quando a levantei da relva.

Ao passarmos pela série de mansões brancas ao longo da rua das Marés, vimos a casa onde o sonho mais ameaçador de nosso tempo estava em nascimento. Acenamos para Reese Newbury, que estava na varanda de sua casa, olhando em direção ao rio. Era o homem mais poderoso de Colleton. Advogado brilhante, era dono do único banco da cidade e de uma vasta extensão de terras ao longo do município, sendo também presidente do conselho da cidade. Com aquela saudação, estávamos admitindo nosso futuro, o mais surpreendente sonhador de nossa cidade; acenávamos sincera e sorridentemente para a queda da dinastia Wingo.

O PAPA-DEFUNTO, Winthrop Ogletree, esperava na entrada da grande casa vitoriana no fim da rua das Marés onde tinha seu negócio. Vestia um terno escuro e as mãos estavam entrelaçadas sobre o estômago numa atitude de compaixão forçada. Era alto, magro e de compleição que lembrava um queijo de cabra que tivesse ficado por muito tempo fora da geladeira. A sala de velórios cheirava a flores secas e preces não respondidas. Ele nos deu bom-dia, com uma voz melíflua, mas percebia-se que só se sentia realmente à vontade na presença dos mortos. Parecia ter morrido duas ou três vezes a fim de conhecer melhor as sutilezas de sua vocação. Winthrop Ogletree tinha o rosto de um vampiro azarado que nunca conseguia receber a porção adequada de sangue.

– Vou direto ao assunto, Winthrop – disse minha avó decididamente. – Vou morrer a qualquer hora depois do meu sexagésimo aniversário e não pretendo ser uma carga para a família. Quero o caixão mais barato que você tenha em estoque e não admito que nenhum vendedor tente me empurrar um caixão de um milhão de dólares.

O sr. Ogletree pareceu magoado e ofendido, mas respondeu com voz apaziguadora.

– Oh, Tolitha, Tolitha. Estou aqui apenas para servir a seus interesses. Nunca me ocorreria forçar alguém a fazer qualquer coisa. Estou aqui para responder às suas perguntas e ser útil. Mas eu não sabia que você estava doente. Você parece capaz de viver mil anos.

– Não suporto pensar num destino mais horrível – respondeu ela, perscrutando a sala à direita, onde um cadáver jazia em um caixão aberto. – Aquele é Johnny Grindley?

– Sim, ele partiu para uma vida melhor ontem pela manhã.

– Você trabalha rápido, Winthrop.

– Faço o melhor que posso, Tolitha – disse com humildade o sr. Ogletree, inclinando a cabeça. – Ele viveu como um bom cristão e é um privilégio poder lhe dar uma despedida digna.

— Johnny era o pior filho-da-puta que já pisou nesta cidade, Winthrop — disse minha avó, indo até o morto e dando uma olhada no rosto que parecia feito de cera.

Nós três nos amontoamos em torno do caixão, estudando as feições do cadáver.

— Ele parece estar tirando uma soneca, não é? — O papa-defunto fez um ar orgulhoso.

— Não, ele parece morto como uma pedra — replicou minha avó.

— Ao contrário, Tolitha — ofendeu-se o sr. Ogletree. — Para mim, ele parece prestes a se levantar e assobiar uma marcha de John Philip Sousa. Veja a animação do rosto. Uma leve insinuação de sorriso. Você não imagina como é difícil colocar um sorriso no rosto de uma vítima de câncer. Quer dizer, qualquer um pode pôr um sorriso falso num cadáver. Mas quem consegue fazer esse sorriso parecer natural é um artista.

— Não quero sorriso em meu rosto quando eu bater as botas, Winthrop. É melhor você anotar isso. Não quero estar sorrindo como uma boneca enquanto as pessoas vêm dar uma olhadinha no caixão. E prefiro que use minha própria maquiagem, não essa porcaria que você usa.

— Eu uso os melhores cosméticos que o dinheiro pode comprar, Tolitha.

— Quero ficar bonita em minha morte — disse minha avó, ignorando-o.

— Eu posso deixá-la esplêndida — garantiu ele, inclinando a cabeça com modéstia.

— Pobre Johnny Grindley. — Tolitha fitou o cadáver com uma estranha ternura. — Vocês sabem, crianças, eu me lembro do dia em que Johnny nasceu na casa da mãe, em Huger Street. Eu tinha 8 anos, mas é como se isso tivesse ocorrido 15 minutos atrás. É a única parte estranha da vida. Ainda me sinto como uma menina de 8 anos presa num corpo velho. Johnny era feio como um rato desde o dia em que nasceu.

— Teve uma vida plena — acrescentou o sr. Ogletree, a voz séria como um ré bemol maior tocado por um órgão.

— Ele não fez nada interessante a vida inteira, Winthrop. Bem, agora mostre-me a sala em que você guarda os caixões.

— Tenho um que parece feito especialmente para você – disse o sr. Ogletree enquanto nos conduzia por uma escada em caracol. Passamos ao lado de uma capelinha e entramos em uma sala repleta de caixões de todos os formatos e tamanhos. O homem caminhou até um de mogno no centro da sala, deu-lhe uma pancadinha afetuosa e declarou: – Não há necessidade de olhar mais nada, Tolitha. Este é o caixão apropriado para uma dama de sua importância na comunidade.

— Onde está o caixão de pinho? – perguntou ela, percorrendo a sala com o olhar. – Não quero ser um fardo para minha família.

— Isso não é problema. Temos um plano de pagamentos generoso. Você paga apenas alguns dólares por mês e, quando partir em sua derradeira viagem, não vai custar um centavo à família.

Tolitha observou o caixão com um olhar astuto durante um longo minuto. Depois, correu a mão ao longo da seda bordada que forrava o interior da peça. Caminhei até o caixão que tinha uma imagem de Cristo e os apóstolos reunidos para a última ceia brasonada em seda na parte inferior da tampa.

— É um excelente caixão esse que você está olhando, Tom – disse o sr. Ogletree. – Percebe que Judas não está retratado? É ótimo ser enterrado com Jesus e seus seguidores mais próximos, mas o fabricante decidiu que Judas não deveria ter um lugar na última morada de um bom cristão.

— Parece excelente – respondi.

— E vagabundo – sussurrou Savannah.

— Prefiro o caixão "mãos rezando" – disse Luke, do outro lado da sala.

— Os metodistas parecem preferi-lo, Luke. – O papa-defunto tinha um ar satisfeito. – No entanto, não pertence a nenhuma congregação em particular. Essas mãos rezando poderiam ser budistas ou muçulmanas. Entende meu ponto de vista? Mas não creio que Tolitha se importaria com uma figura decorando seu último lugar de descanso. Ela sempre teve a elegância da simplicidade, se me permite cumprimentá-la, Tolitha.

— Não há necessidade de elogios, Winthrop – replicou minha avó. – Quanto custa aquele primeiro modelo que você me mostrou?

— Geralmente ele sai por mil dólares. — Sua voz se tornara mais baixa como se estivesse rezando. — Mas, como você é amiga da família, deixo por 825,16 dólares, mais os impostos.

— Vou pensar nisso, Winthrop. Agora, você poderia me deixar a sós com meus netos para discutirmos um pouquinho o assunto? É uma decisão importante e quero discuti-la com eles em particular.

— Claro, entendo perfeitamente. Eu ia até sugerir isso. Estarei no escritório, no andar térreo. Dê uma passadinha por lá quando estiver saindo. Se nada for do seu agrado aqui, tenho um catálogo especial de vendas pelo correio que traz uma lista de todos os caixões feitos nos Estados Unidos.

— Qual é o caixão mais barato que você tem aqui?

Bufando como se tentasse tirar alguma sujeirinha da narinas, Winthrop Ogletree andou com as costas eretas até um canto escuro da sala, onde tocou, com uma ligeira repugnância, um caixão pequeno e pouco atraente, da cor do cano de uma arma.

— Esta coisinha lamentável sai por 200 dólares, Tolitha, mas eu nunca deixaria uma mulher de sua importância na comunidade ser enterrada nisso. Só os vagabundos não-identificados e os tipos mais baixos dos negros são enterrados neles. Não, você não gostaria de envergonhar sua família sendo vista nesta coisa. — Olhou para minha avó como se ela tivesse sugerido que ele a enterrasse em esterco até o pescoço. Depois, com uma inclinação afetada, retirou-se para que confabulássemos em particular.

Quando ouvimos seus passos na escada, minha avó disse:

— Fico doente ao pensar que esse ladrão de sepulturas vai me ver nua em pêlo quando eu morrer.

— Que nojo, Tolitha — reclamou Savannah. — Nós não vamos deixar. Não deixaremos nem espiar.

— Ele tem que nos despir quando corta nossas veias para drenar o sangue. Embora não vá fazer muita diferença para mim, gostaria que fosse outra pessoa que não Winthrop Ogletree. Daria para se juntar um pouco de vinagre à voz dele e temperar uma salada Caesar. Se a gente está respirando normalmente, ele fica deprimido por muitos dias. Bem, segure isto para mim. — Tirou uma pequena câmera fotográfica Brownie de dentro da bolsa e a entregou a Luke.

— Para que isso, Tolitha? – perguntou ele.

Minha avó arrastou uma cadeira até o primeiro caixão que Winthrop sugerira. Retirou com cuidado os sapatos e subiu agilmente na cadeira. A seguir, entrou no caixão como se estivesse se instalando no leito de um vagão de primeira classe. Deitada, ajustou-se ao caixão girando o corpo de um lado para outro. Sacudiu os dedos dos pés e tentou esticar-se. Então, fechou os olhos e ficou completamente imóvel.

— Não gosto das molas destes caixões – disse, afinal, com os olhos ainda cerrados.

— Isso não é um colchão, Tolitha – disse Savannah. – Não se espera que seja macio como uma cama de hotel.

— Como *você* sabe de que modo se espera que seja? Olhe, estou pagando um bom dinheiro por esta coisa. Ao menos, tem de ser algo que me deixe confortável. Além disso, vou ficar dentro dele por muito tempo.

— Ande logo e saia daí, Tolitha – implorei, correndo até a janela. – Antes que alguém a veja e nos crie problemas.

— Como estou? – perguntou minha avó, confusa.

— O que você quer dizer com isso? – indagou Savannah. – Você está ótima.

— Quero saber como é que eu fico dentro do caixão. Este vestido combina com esta cor ou devo pôr aquele vestido roxo que usei na última Páscoa em Hong Kong?

— Nós não estávamos em Hong Kong na última Páscoa – disse Luke.

— É verdade. Bem, acho que este aqui tem um aspecto mais digno. Odeio que as pessoas pareçam frívolas depois de mortas. Tire algumas fotos, Luke.

— Não posso fazer isso, Tolitha. Não é certo.

— Eu não vou comprar esta geringonça a não ser que veja com que cara fico dentro dela. Você não esperaria que eu comprasse um vestido sem experimentar, não é?

Convencido, Luke bateu algumas fotos, dando de ombros para nós enquanto avançava o filme e escolhia diversos ângulos.

— A sra. Blankenship está vindo para cá, Tolitha – avisei, meio gritando. – Por favor, saia daí.

— Quem se importa com o que aquela puta velha pensa? Ela e eu freqüentamos juntas a escola. Ela não valia um centavo naquela época e continua não valendo nada hoje em dia. Prestem atenção, crianças. Quero que meu cabelo seja penteado para o alto quando minha hora chegar. Chamem Nellie Rae Baskins para penteá-lo, e *não*, repito, *não* Wilma Hotchkiss, que só deveria ter licença para varrer o cabelo que cai no chão, não para tocá-lo. Digam a Nellie Rae que me faça um penteado para cima num daqueles novos estilos exagerados franceses sobre os quais tenho lido ultimamente. Algo bem espalhafatoso. Vou dar às fofoqueiras um pretexto para que suas línguas funcionem mesmo depois que tenha partido. E também... alguém está tomando nota de tudo? Alguém tem de fazer isso. Vocês, crianças, nunca se lembram de tudo... Gostaria que meu cabelo fosse pintado de vermelho.

— Vermelho! — surpreendeu-se Savannah. — Você pareceria uma boba com o cabelo vermelho, Tolitha. Não pareceria natural.

Tolitha, com os olhos ainda fechados e a cabeça confortavelmente pousada no travesseiro de cetim, disse com calma:

— Quando eu era criança, meu cabelo era ruivo, num lindo tom de vermelho, não aquela cor doentia de latão da menina Tolliver, que mora na Burnchurch Road. Guardei um cacho do meu cabelo desde que tinha 15 anos, de modo que agora podem tentar igualá-lo. Nellie Rae é boa em tinturas. Wilma nunca conseguiu pintar um ovo de Páscoa sem fazer a maior sujeira. Além disso, Savannah, quem quer ser um presunto com aparência natural? Pelo amor de Deus, só estou tentando pôr um pouco de vida em meu enterro.

— Ninguém espera que um enterro tenha muita vida — discordou Savannah. — Agora, por favor, saia daí antes que o sr. Ogletree volte.

— Que tal está minha boca? Quero que fique como está agora. Bata outra foto, Luke. Lembrem-se, não deixem aquele imbecil do Ogletree colocar um baita sorriso em meu rosto. Ele é famoso por isso. Vocês sabem, para fingir que a gente se sente feliz por estar com Jesus e aquela besteirada toda. Quero parecer séria e digna, como uma rainha-mãe.

— O que é uma rainha-mãe? — perguntei.

— Não sei exatamente, Tom, mas parece algo que eu gostaria de ser. Vou procurar no dicionário quando chegar em casa. Savannah, querida, pegue o pó compacto em minha bolsa. Quero verificar minha maquiagem. Savannah pegou a gigantesca bolsa, tirou dela um pequeno estojo dourado de pó compacto e o entregou à vovó dentro do caixão. Tolitha abriu-o e observou seu rosto no pequeno espelho redondo. Passou um pouco de pó no nariz e nas bochechas e, então, satisfeita com o resultado, fechou o estojo, entregou-o a Savannah e fechou os olhos novamente.

– Perfeita. Minha maquiagem está perfeita. Esta é exatamente a tonalidade do batom que deve ser usado. Ogletree usa um batom que parece tinta para pintar carros de bombeiros. Ele só deveria ter permissão para pintar os negrinhos...

– Vem vindo alguém – berrei, apontando para a porta. – Por favor, Tolitha, por favor, saia desse caixão.

– Você não fica nem um pouco atraente quando está histérico, Tom.

– Você não deveria usar a palavra "negrinho", Tolitha – repreendeu Savannah. – Não é gentil.

– Tem razão, princesa. Não faço mais isso.

– Está vindo alguém, Tolitha – sussurrou Luke em seu ouvido. – Por favor, saia daí.

Minha avó deu uma risadinha marota e retrucou:

– Isto vai ser ótimo. Como um ensaio.

Ruby Blankenship entrou rapidamente na sala, curiosa e com ar superior, os cabelos grisalhos penteados severamente para trás e olhos que pareciam uvas-passas colocadas sobre a massa flácida de seu rosto. Era uma mulher enorme, de proporções agigantadas, que infligia um terror instantâneo no coração das crianças. Era conhecida na cidade de Colleton como "a presença". Parada na porta, olhou-nos com aquela intensidade dominadora que as pessoas mais velhas que detestam crianças desenvolvem até um ponto próximo à arte. Parte de sua fama vinha da curiosidade insaciável que sentia sobre a saúde dos outros. Era uma onipresença tanto no hospital como na casa funerária. Precisava ser segurada em incêndios, possuía um rádio da polícia em casa e no carro e podia ser vista rondando até mesmo o acidente mais terrível.

– O que estão fazendo aqui? – perguntou ela ao entrar na sala. – Há anos não acontece nada na família de vocês.

Antes que pudéssemos responder, ela divisou Tolitha deitada tranqüilamente, as mãos entrelaçadas sobre o estômago.

– Deve ter sido de repente. Não ouvi falar nada a respeito – completou a sra. Blankenship. Sem prestar atenção em nós, atravessou vivamente a sala e parou ao lado do caixão, examinando minha avó. – Veja o sorriso imbecil que o pobre Ogletree colocou no rosto dela. – E acenou para Luke com um dedo indicador ossudo e descolorido. – Todo mundo é enterrado com um sorrisinho nos lábios. Por outro lado, ele fez um bom trabalho. Ela não parece natural, crianças? Até parece estar viva.

– Sim, senhora – disse Luke.

– De que ela morreu?

– Não sei direito, senhora. – Com um ar de tristeza verdadeira, Luke olhou para nós pedindo ajuda. Savannah e eu balançamos a cabeça, indicando que não entraríamos na dele. Sacudindo os ombros e próxima da histeria, Savannah foi até a janela e olhou em direção ao rio. Eu estava aflito demais para me divertir com a situação.

– Como você não sabe? – inquiriu a sra. Blankenship. – Foi o coração? Ou algum tipo de câncer que ela pegou na África? Ou o fígado? Deve ter sido o fígado. Ela bebia demais. Aposto que nenhum de vocês sabia disso. Ela abandonou o marido no meio da Depressão. Lembro-me do dia exato em que foi embora. Levei uma panela de comida para o avô de vocês. Calculo que ela tenha alguma coisa a explicar ao Todo-Poderoso. Quando vai ser o enterro?

– Não sei exatamente, senhora – respondeu Luke.

– Você não sabe quando sua avó vai ser enterrada?

– Não, senhora.

– Quando aconteceu?

– Por favor, senhora, estou muito chateado para conversar. – Luke cobriu o rosto com as mãos; seus ombros sacudiam com uma risada reprimida.

– Não fique chateado, rapazinho – consolou a sra. Blankenship. – A morte é natural. O cavaleiro negro vai vir algum dia para nos levar em seu cavalo até o lugar do julgamento. O melhor que podemos fazer é ficar prontos para quando a intimação chegar. Você está triste porque acha que sua avó deve estar queimando no inferno neste exato momento. Mas foi a escolha dela. Ela preferiu uma vida de pecado e isso pode ser um exemplo para todos nós tentarmos levar uma vida melhor aqui na Terra. Olhe aqui, um pouco de chiclete para vocês – concluiu, tirando o pacotinho do bolso e puxando com habilidade três pedaços embrulhados em papel amarelo. – Mascar chicletes vai ajudá-los a não chorar e refrescar o hálito. Percebi que as crianças têm um hálito terrível. Sabem por quê? Porque as mães não os ensinam a escovarem a língua. Vocês acham que sou louca, não é? Mas minha mãe me ensinou que é preciso escovar a língua com tanta força quanto se escovam os dentes.

Quando a sra. Blankenship foi dar um pedaço de chiclete a Luke, minha avó levantou o braço e agarrou-lhe o pulso, fazendo-a parar. Então, Tolitha sentou-se dentro do caixão, pegou a goma de mascar, desembrulhou-a, colocou-a na boca e deitou-se outra vez, mascando-a lentamente.

Houve um momento de absoluto silêncio na sala, antes que Ruby Blankenship gritasse e saísse a toda velocidade pela porta. Ouvimos seus passos na escada, descendo três degraus de cada vez.

Tolitha saltou com agilidade do caixão, usando ambas as mãos para dar impulso. Calçou os sapatos rapidamente e, com um sorriso demoníaco, sussurrou:

– Eu sei onde fica a porta dos fundos.

No andar térreo, a sra. Blankenship estava histérica. Podíamos ouvi-la tentando explicar ao sr. Ogletree o que acabara de ver, mas estava tão nervosa que não conseguia fazer uma narrativa coerente. Seguimos vovó por uma escadinha estreita e passamos pelo pequeno jardim de tijolos vermelhos na parte posterior do necrotério. Quando chegamos a um lugar seguro onde não poderíamos ser vistos, caímos os quatro sobre um pequeno gramado e gargalhamos até o estômago doer. Tolitha ria levantando os pés e mostrando a calcinha. Savannah e eu, um nos braços do outro, tentávamos sufocar o riso colocando a boca no ombro um do outro. Só a risada de Luke era muda – em compensação, ele parecia um cachorrinho molhado no gramado.

Mas foi a risada de Tolitha que tomou conta da rua. Era uma risada musical, como se houvesse um sino em sua garganta, titânica e vigorosa, parecendo subir como uma onda dos dedos do pé até a boca.

Entre os acessos de riso, nós a ouvimos implorar:

– Por favor, façam com que eu pare de rir. Por favor, me façam parar.

Quando consegui falar, eu lhe disse:

— Por quê, Tolitha?

Ela riu mais um pouco, ainda incapaz de parar, e então confessou, ofegante:

— Eu sempre mijo na calça quando rio demais.

Isso foi o suficiente para estancar minha risada, mas fez Luke e Savannah rirem ainda mais.

— Por favor, Tolitha. Não mije na calça. Você é minha avó – implorei, mas a dignidade e a súplica em minha voz fizeram com que ela recomeçasse. As pernas finas dançavam sobre sua cabeça como se ela fosse um inseto ferido. A calcinha branca resplandecia à luz do sol.

— Abaixe as pernas, Tolitha. Estou vendo sua sei-lá-o-nome – disse eu.

— Vou mijar. Vou mijar. Oh! Deus, não consigo evitar – gritou Tolitha em êxtase enquanto tentava se levantar. Depois ela correu para trás de um arbusto de azaléia, tirou a calcinha e riu sem controle, as lágrimas correndo pelo rosto ao mesmo tempo em que urinava ruidosamente sobre a planta.

— Meu Deus, vovó regando as plantas no meio da cidade! – gritei.

— Quieto, menino – retrucou ela enquanto recuperava o controle da respiração. – Fique quieto e traga minha calcinha.

Depois de vestir a calcinha, ela saiu de trás do arbusto, com sua extasiante feminilidade e a aparência régia restauradas. Ainda ouvíamos os gritos de Ruby Blankenship, que ecoavam através das vastas paredes vitorianas do necrotério.

Então, nós nos reagrupamos e, de braços dados, continuamos nosso caminho pela rua das Marés, deixando que o sr. Fruit nos fizesse atravessar a rua mais uma vez.

9

Na primavera minha mãe usava gardênias no cabelo. Quando vinha ao nosso quarto para nos dar um beijo de boa-noite, a flor refulgia como uma jóia branca roubada da estufa de um rei. Quando as gardênias se exauriam no pé e começavam a jazer no chão, como se estivessem machucadas, assombrando o ar com seu cheiro doce, sabíamos que as rosas não demorariam a chegar. Podíamos determinar os dias de verão e de primavera apenas observando o jardim móvel colocado diariamente nos cabelos de minha mãe. Ver uma mulher levantar os braços e colocar uma flor nos cachos de seu cabelo ainda é para mim um gesto de indescritível beleza. Naquele movimento sensual, coloquei toda a tristeza e a compaixão pelas mães que desperdicei. E foi a partir desse hábito inocente e fascinante que aprendi minha primeira lição inesquecível sobre a crueldade desfigurante das classes sociais em minha cidade. Haveria muitas lições ainda, mas nenhuma me magoou como a primeira; não me lembro de outra com tão autêntica clareza como esta.

Minha mãe sempre usava gardênias quando ia fazer compras em Colleton. Apesar de raramente comprar muita coisa, ela amava os rituais e cortesias das compras em uma cidade pequena, os gracejos trocados sobre os balcões, o mexerico alegre dos lojistas e todas as ruas animadas com o burburinho dos vizinhos. Naqueles dias, vestia-se com cuidado para ir à cidade. Enquanto passava pela rua das Marés, Lila Wingo era a mulher mais bonita da cidade e tinha consciência disso. Era uma alegria vê-la caminhar, observar os olhares masculinos atenciosos e respeitosos quando se aproximava. As mulheres, por sua vez, demonstravam outra coisa quando minha mãe passava. Com elas, aprendi que a beleza pode ser o dote mais desagradável, o menos generoso... e que sua duração é curta e irrenovável. Vi as mulheres de Colleton refrearem seu entusiasmo enquanto minha mãe abria caminho em frente às lojas, parando rapidamente para admirar seu reflexo no vidro das vitrines e perceber a agitação que causava com sua presença adorável. Movia-se instintivamente, e seus movimentos eram pura beleza. Com uma gardênia no cabelo e a maquiagem aplicada com habilidade, ela entrou na loja de roupas de Sarah Poston, em maio de 1955. Disse bom-dia a Isabel Newbury e a Tina Blanchard, que procuravam vestidos para o baile anual da primavera da Liga de Colleton. A sra. Newbury e a sra. Blanchard retribuíram educadamente seu cumprimento. Minha mãe pegou um vestido que não tinha condições de pagar e foi ao provador no fundo da loja para experimentá-lo. Luke e eu olhávamos as varas de pesca na loja de ferragens

Fordham's. Enquanto estava no provador, mamãe ouviu Isabel Newbury dizer à amiga:

— Não ficaria surpresa se Lila comparecesse aos bailes de gala com uma rosa presa entre os lábios e estalando os dedos como uma dançarina de flamenco. Seu instinto para coisas de gosto duvidoso é enervante. Eu gostaria de arrancar aquelas flores do cabelo dela e ensiná-la a fazer as unhas.

Savannah estava na cabine com minha mãe quando aquelas palavras foram ditas. Isabel Newbury não as vira entrar no provador. Minha mãe sorriu e colocou os dedos sobre os lábios. Em seguida, voltou-se para o espelho. Tirou a gardênia do cabelo, jogou-a no cesto de papéis e, então, observou suas unhas. As duas ficaram no provador durante uma hora, enquanto minha mãe fingia estar indecisa quanto ao vestido que nunca teria condições de pagar. Daquele dia em diante, nunca mais a vimos enfeitar o cabelo com um único botão; ainda assim, ela nunca foi, durante nossa longa infância, convidada para um baile de gala. Senti falta das gardênias e das vezes em que ela passava por mim deixando para trás o cheiro adocicado de sua passagem, aquele irresistível perfume que atraía as abelhas e os filhos apaixonados. Ainda hoje em dia, não posso sentir o perfume de uma gardênia sem pensar em minha mãe, do mesmo modo que pensava quando criança; e não consigo pensar nas unhas de uma mulher sem odiar Isabel Newbury, por roubar as flores do cabelo de minha mãe.

EXISTEM DOIS TIPOS de Wingo: o que perdoa, exemplificado por meu avô, que passou a vida inteira absolvendo os vizinhos de todos os pecados e delitos cometidos contra ele; e o outro tipo, que guarda rancor por um século ou mais. Essa porção da família, a grande maioria, tinha uma memória heróica e impiedosa para guardar mágoas e injustiças. Atravessar o caminho de um Wingo asseguraria a qualquer um a certeza de atrair a atenção de um Wingo vingador séculos mais tarde. Esses Wingo passavam suas próprias ofensas para os filhos. As rixas e vinganças dali brotadas entravam em nossa corrente sanguínea como uma espécie de herança. Sou membro do batalhão constituído pela segunda espécie.

Atrás da roda do leme de seu barco, meu pai nos instruía nessa parte de nossa herança. Dizia:

— Se você não puder dar uma surra num colega de escola, espere vinte anos e então dê uma surra na mulher dele e no filho.

— Vá sempre pela estrada principal, não é assim, pai? – perguntava Savannah, repetindo um dos clichês mais freqüentes de mamãe.

— As pessoas têm de entender a situação, Savannah – respondia ele.

— Se não entendem, às vezes é preciso colorir de vermelho seu nariz.

— Mamãe não nos deixa brigar – disse eu.

— Sua mãe! Aquela mulher é a maior assassina da família. Ela arranca fora o coração de alguém e o devora na frente da própria pessoa se esta não se cuidar. – Meu pai disse isso cheio de admiração.

UM ANO DEPOIS daquela fatídica expedição de compras o assunto das gardênias voltou à tona. Eu ia do bar do colégio para a sala onde ficavam os armários quando vi Todd Newbury e três amigos apontando para meus pés. Todd, único filho de Isabel e Reese Newbury, tinha aquele ar cheio de si comum aos filhos únicos. Tudo nele parecia mimado e irritante. Era o centro de um grupo agitado, porém articulado. Dicky Dickson e Farley Bledsoe, filhos de banqueiros, trabalhavam para Reese Newbury. Marvin Grant era filho de um advogado que representava o banco. Eu os conhecia desde muito pequeno.

— Belos sapatos, Wingo – comentou Todd quando passei por eles. Os outros riram.

Olhei para baixo e vi o mesmo par de tênis que usara pela manhã. Não era velho nem novo, estava simplesmente usado.

— Que bom que você gostou, Todd – respondi, e os outros riram ainda mais alto.

— Parece que você os arrancou dos pés de algum negrinho morto – continuou Todd. – Dá para sentir o cheiro daqui. Você não tem um par de mocassins?

— Sim. Mas estão em casa.

— Está economizando para a primavera? Admita, você nunca teve um mocassim na vida.

235

— Meu pai diz que sua família não tem dinheiro nem para comprar um osso para fazer uma merda de uma sopa – acrescentou Farley Bledsoe. – Então como é que podem pagar um mocassim para você, Wingo?

— Eles estão em casa, Farley. Não tenho licença para usá-los na escola – expliquei.

— Você é um mentiroso! Nunca conheci um rato do rio que não fosse um grandessíssimo mentiroso. Outro dia, minha mãe falou que um Wingo é a forma mais baixa do homem branco sobre a Terra. E eu concordo com ela. – Dizendo isso, Todd tirou uma nota de 5 dólares da carteira e a jogou a meus pés. – Aí está, Wingo. Não dá para comprar mocassins novos, mas você já tem um par em casa, não é, mentiroso? Compre então um par de tênis para não andar por aí com os pés fedendo.

Abaixei-me e peguei a nota e a estendi para ele.

— Não, obrigado, Todd. É melhor você guardar isso. Não preciso de seu dinheiro.

— Estou tentando ser um bom cristão, Wingo. Só quero ajudar a vestir os pobres.

— Por favor, ponha isso na carteira. Estou pedindo amavelmente.

— Não depois que você tocou no dinheiro, seu merda do rio. Agora seus germes estão nele. – A bravata de Todd juntava-se ao riso dos amigos.

— Se você não a colocar de volta na carteira, vou fazê-lo engolir essa nota, Todd. – Pela reação dele, percebi pela primeira vez na vida que era grande.

— Você não consegue bater em nós quatro – disse Todd com presunção.

— Sim, consigo. – Mal acabei de falar, silenciei-o com três socos na cara, cada um dos quais arrancou-lhe sangue. Todd escorregou de encontro à parede e ficou sentado no chão. Chorando, olhando incrédulo para os amigos, gritou:

— Peguem ele! Ele me machucou. – Enquanto os outros se afastavam, voltei ao trabalho:

— Engula o dinheiro, Todd, do contrário bato em você novamente.

— Você não pode me obrigar a isso, seu merda do rio!

Soquei-o novamente e, quando ele estava prestes a engolir o dinheiro, um professor agarrou-me por trás e me acompanhou à sala do diretor.

O pandemônio se instalou nos corredores quando a notícia da briga espalhou-se entre os alunos. O sangue de Todd manchara minha camiseta e tive de encarar o diretor, sr. Carlton Roe, com a prova de culpa gravada no peito.

O sr. Roe era um loiro magro que fora atleta universitário. Em geral era bem-humorado, embora tivesse um temperamento volátil quando estimulado. Era um dos raros educadores cuja vida inteira girava em torno da escola. Portanto, não tolerava murros pelos corredores. Eu nunca tivera problemas com ele antes.

– Muito bem, Tom – ele começou quando o professor saiu –, conte-me o que aconteceu.

– Todd falou mal de meus sapatos – expliquei, com os olhos voltados para o chão.

– E então você o esmurrou.

– Não, senhor. Ele chamou minha família de merda do rio. Me deu "cinco paus" e disse para eu comprar um novo par de sapatos.

– E então você o esmurrou.

– Sim, senhor. Aí eu o esmurrei.

Depois de um barulho na porta, Todd Newbury entrou tempestuosamente na sala, segurando um lenço sujo de sangue junto ao lábio.

– É melhor açoitá-lo bastante, sr. Roe. Quer dizer, açoitar para valer. Acabo de ligar para meu pai e ele está pensando em chamar a polícia.

– Que aconteceu, Todd? – perguntou o sr. Roe. – Não me lembro de ter convidado você para entrar.

– Eu estava perto do armário, cuidando de minha vida, quando esse moleque pulou para cima de mim. Tenho três testemunhas para confirmar o que digo.

– O que você disse a Tom? – O sr. Roe não tinha nenhuma expressão nos olhos castanhos.

– Não falei nada. O que eu ia conversar com ele? Espero que você goste do castigo, Wingo.

O telefone da sala tocou e o sr. Roe levantou o fone sem tirar os olhos de Todd. Quem estava ligando era o superintendente das escolas, ao qual o diretor respondeu:

— Sim, sr. Aimar, estou a par da situação. Os dois meninos estão na minha sala neste momento. Não. Se o sr. Newbury quer me ver, pode vir até aqui. Isso é um problema escolar e não há necessidade de eu ir ao escritório dele para conversar a respeito. Sim, senhor. Vou cuidar de tudo. Obrigado por ligar.

— Você vai aprender a não se meter com um Newbury – ameaçou Todd. – Isso eu garanto.

— Cale a boca, Todd – repreendeu o sr. Roe.

— É melhor não falar assim comigo, sr. Roe. Meu pai não vai gostar nem um pouco.

— Eu lhe disse para se calar! Agora vá para sua aula, que eu cuido do sr. Wingo.

— O senhor vai castigá-lo para valer? – perguntou ele, apertando o lenço na boca.

— Sim, vou castigá-lo para valer – garantiu o sr. Roe, levantando uma palmatória de madeira. Sorrindo para mim, Todd saiu da sala.

O diretor chegou perto de mim, obrigou-me a levantar da cadeira, inclinar-me e agarrar os tornozelos com as mãos. Levantou a palmatória como se fosse me quebrar no meio, mas bateu em meu traseiro levemente, amorosamente, de modo tão suave quanto um bispo dando um tapinha no rosto de uma criança crismada.

— Se você entrar em outra briga na escola, Tom, eu lhe tiro a pele da bunda. Isso é uma promessa. E se brigar com Todd Newbury novamente e não fizer nada melhor do que apenas lhe fechar a boca, vou açoitá-lo até deixá-lo em carne viva. Entendeu?

— Sim, senhor.

— Agora, vou bater a palmatória no livro de geografia e, a cada pancada, você dá um grito. Seja convincente porque vou dizer a Reese Newbury que deixei sua bunda esfolada.

Ele bateu fortemente a palmatória no livro e eu gritei. Foi naquele dia, no escritório do sr. Roe, que decidi me tornar professor.

MINHA MÃE me esperava quando cheguei da escola naquele dia. Eu já a vira enfurecida antes, mas nunca tão fora de controle. Começou a me esbofetear assim que entrei pela porta dos fundos. Luke e Savannah tentavam afastá-la de mim.

— Se você quer lutar com alguém, seu bastardozinho de classe baixa, lute comigo — gritava, atingindo-me mais e mais enquanto eu procurava refúgio num canto vazio entre o fogão e a geladeira. — Se você quiser ser igual aos outros, vou tratá-lo como eles. Que vergonha para mim e para a família! Você age como a escória quando o ensinei a ser melhor.

— Sinto muito, mãe — gritei, cobrindo o rosto com os braços.

— Saia de cima dele — gritou Savannah, tentando agarrar os braços de minha mãe. — Ele já apanhou do diretor.

— Não do jeito como vai apanhar de mim.

— Pare, mãe! — exigiu Luke. — Pare imediatamente. Ele estava certo em socar o menino Newbury.

— O que as pessoas vão pensar se deixo meus filhos crescerem como desordeiros? As crianças boas nunca mais vão ligar para você.

— Newbury insultou nossa família — explicou Luke. — Foi por isso que Tom bateu nele. Eu também teria batido.

— O que foi que ele disse sobre nossa família? — perguntou minha mãe, o braço parado no ar.

— Ele nos chamou de classe baixa — eu disse, abaixando a guarda. Ela me esbofeteou, obrigando-me a me defender mais uma vez.

— E você provou exatamente isso para ele, seu burro. Nunca vi ninguém tão estúpido. A melhor coisa a fazer seria ignorá-lo. Você teria provado que é melhor... que tem melhor educação. Teria sido o cavalheiro perfeito em que tentei transformá-lo.

— Oh! mãe — interrompeu Savannah —, você está falando novamente como a presidente das Filhas da Confederação.

— Sou eu quem tem de andar pelas ruas tentando manter a cabeça erguida, com orgulho. Agora todo mundo sabe que criei desordeiros, em vez de gente decente.

— Você queria que aquele ordinário do Newbury falasse mal da família? — desafiou Savannah.

— As pessoas têm direito a ter suas opiniões — retrucou minha mãe, chorando, frustrada. — Acredito na Quarta Emenda ou seja lá que emenda for. É um direito sagrado de todos os americanos. Portanto, o que ele pensa não nos interessa em absoluto. Precisamos andar de cabeça erguida e mostrar que somos muito finos e orgulhosos para nos incomodarmos com sua opinião.

— Eu me incomodo com as opiniões dos outros – disse. Ela me bateu de novo e gritou:

— Pois trate de se incomodar muito mais com a minha opinião. Se eu não conseguir ensiná-lo a agir neste mundo, acabo matando você na tentativa. Não quero que fique igual a seu pai. Não admito, ouviu bem?

— Você está agindo igualzinho a ele. – Quando Savannah disse isso, um silêncio mortal caiu sobre a sala, até minha mãe voltar-se para ela.

— Estou agindo da única maneira que conheço, Savannah. Bato em Tom porque sei o perigo que ele corre. Conheço o perigo que ronda todos vocês. Se eu não educá-los muito bem, se não forçá-los até os limites, esta cidadezinha fedorenta e este mundo fedorento vão devorá-los. Você pensa que eu não aprendi com nossos próprios fracassos? Olhe para mim. Que sou eu? Nada. Absolutamente nada. A mulher de um pescador de camarões, sem um tostão, vivendo numa casinha da ilha. Sei até demais o que eles pensam a meu respeito e como olham para mim. Mas não vou deixá-los vencer.

— Você se importa demais, mãe – continuou Savannah. – Você tenta demais ser alguém que não é.

— Proíbo vocês de resolverem os problemas com os punhos. Isso é influência de seu pai.

— Tom só queria que as pessoas soubessem de uma coisa – interveio Luke. – É fácil zombar de um Wingo, mas não é uma atitude sensata. Tudo bem que as pessoas pensem que somos lixo; só não é legal que digam isso.

— Brigar só prova que estão certos. Cavalheiros não brigam.

— Tom estava defendendo *sua* honra, mãe. Ele sabe que a opinião dos outros a nosso respeito é importante para você. Papai não se importa, nem nós.

— Eu me importo – insisti, entredentes.

— Se você se importa – disse minha mãe –, vá comigo à casa dos Newbury e peça desculpas a Todd de homem para homem. E peça desculpas à mãe dele. Hoje ela me telefonou e disse as coisas mais horrendas sobre nós.

— Então é por isso que você está tão enfurecida – disse Savannah. – É por isso que você tentou matar Tom a pancadas. Por causa de Isabel Newbury.

— Não vou me desculpar, mãe – repliquei. – Não há nada que você possa fazer para que me desculpe com aquele idiota, nada mesmo.

A CASA DOS NEWBURY ficava sob um bosque fechado de carvalhos em um pequeno outeiro ao longo da rua das Marés, localizada entre um grupo elegante de 11 casas bem cuidadas que haviam abrigado a aristocracia agrária antes que a guerra entre os estados acabasse definitivamente com o sistema que sustentava aquela classe. Antes da guerra, um parlamento secreto de secessionistas se reunira ali para discutir a criação da Confederação. O bisavô de Isabel Newbury, Robert Letelier, presidira a reunião e morrera posteriormente, na batalha de Tulafinny. Durante a Guerra Civil, Colleton caiu nas mãos da União depois da batalha naval de Port Royal Sound e o Exército da União requisitou a casa para servir de hospital. Os soldados feridos esculpiram seus nomes nas vigas de mármore das lareiras e no piso de madeira, enquanto esperavam sua vez para a amputação. A casa devia sua singularidade àquela lista ainda visível de homens feridos, aos grafites estragados de soldados não-anestesiados que esperavam sua hora de enfrentar as facas do cirurgião numa terra estranha e inóspita. A dor e a história se amalgamaram por detrás da porta da casa dos Newbury. E era essa ladainha de homens anônimos, que profanaram o mármore e a madeira, o que emprestava um senso de distinção e imortalidade à casa onde Todd Newbury passava sua infância.

Atravessamos o jardim e nos aproximamos da porta da frente. Então minha mãe sussurrou-me ao ouvido as instruções finais sobre a arte delicada de se rebaixar perante uma mulher.

— Diga que sente muito e que daria tudo para que aquilo não tivesse acontecido. Fale que não conseguiu nem dormir à noite de tão mal que se sentia a respeito do que fez.

– Dormi como um bebê – respondi –, e não pensei nisso uma única vez.

– Silêncio. Estou lhe dizendo o que deve dizer. Preste atenção. Se você for realmente delicado, ela talvez o leve para ver os nomes daqueles pobre soldados ianques esculpidos na lareira. É isso que acontece quando se deixa rapazes ianques entrarem numa casa fina. Eles escrevem o nome pela casa porque não tiveram educação. Você nunca vai ouvir falar de um sulista fazendo essas coisas.

Subimos os três degraus da varanda e minha mãe bateu a aldrava de latão brilhante à porta de carvalho. Soou como uma âncora indo de encontro ao casco de um navio submerso. Fiquei ali, no lugar onde batia sol, pigarreando, brincando com o cinto e transferindo o peso do corpo de um pé para o outro. Eu já me sentira mais constrangido, tinha certeza, só não sabia dizer quando. Escutei passos leves que se aproximavam da porta e então Isabel Newbury apareceu à nossa frente.

Sua presença era a mais desagradável que já encontrei em minha vida. Lábios finos e descoloridos, a boca demonstrando uma narrativa articulada de desaprovação muda... O nariz, fino e bem-feito, a única coisa perfeita em seu rosto, contraiu-se lindamente como se nosso cheiro lhe fosse repugnante. Cabelos loiros, porém com ajuda de tintura.

Entretanto, foi o brilho frio de água-marinha de seus olhos, cercados por inúmeras rugas que se dirigiam para as têmporas, o que mais me chamou a atenção, pois eram como raios de sol num desenho infantil. Havia três rugas profundas em sua testa, uniformemente espaçadas, que se moviam em conjunto quando ela franzia o cenho. Cada mágoa e cada queixa do passado marcavam presença em seu rosto, tal como as assinaturas nas paredes dos soldados ianques temerosos de se entregarem aos cirurgiões. Como era um ano mais jovem que minha mãe, pela primeira vez percebi que os seres humanos envelhecem de modo diferente. A beleza generosa de mamãe aprofundava-se a cada ano, e eu pensava que isso acontecesse com todas as mulheres. Parado ali na porta, mudo e envergonhado, sabia todo o tempo, por instinto, por que aquela mulher não gostava de minha mãe – o que não tinha nada a ver com o fato de ela ser uma Wingo. O tempo marcara a sra. Newbury muito cedo e de maneira cruel, com todos os símbolos de sua heráldica. Havia uma aura de repugnância em torno dela, o tipo de deterioração que começa no coração e abre caminho até os olhos.

— Sim? – disse, afinal.

— Meu filho tem algo a lhe dizer, Isabel. – A voz de minha mãe soava esperançosa e sentida, como se tivesse sido ela quem brigara com Todd Newbury.

— Sim, sra. Newbury – confirmei. – Sinto muito pelo que houve ontem e quero pedir desculpas ao Todd e à senhora. Foi tudo minha culpa; assumo inteira responsabilidade pelo que aconteceu.

— Ele ficou tão preocupado, Isabel! – acrescentou minha mãe. – Isso eu lhe garanto. Ele não teve um momento de descanso na noite passada. Na verdade, até me acordou no meio da noite para contar que queria vir aqui a fim de lhe dizer como estava sentido com o que aconteceu.

— Comovente – respondeu a mulher num tom neutro.

— Todd está em casa, sra. Newbury? Eu gostaria de falar com ele, se fosse possível – sugeri.

— Não sei se ele quer falar com você. Espere aqui, por favor. Vou perguntar. – Fechou a porta, deixando minha mãe e eu na varanda, fitando-nos nervosamente.

— Não é uma linda vista? – comentou minha mãe, indo até a balaustrada e olhando para a baía por entre a folhagem das palmeiras. – Sempre sonhei em morar numa casa dessas. Assim que me trouxe para Colleton, seu pai me prometeu que compraria uma dessas mansões quando ficasse rico. – Depois de uma pausa, ela concluiu: – Não há camarões suficientes nesta parte do mundo para comprar uma casa assim.

— Ela foi muito simpática em nos convidar para entrar – ironizei, furioso.

— Ah, com certeza nós a surpreendemos, de modo que ela esqueceu por um momento as boas maneiras.

— Ela fez isso de propósito.

— Você não gostaria de sentar-se à noite numa dessas cadeiras de vime, tomar um chá gelado e acenar para todo mundo que passasse?

— Quero ir para casa!

– Não enquanto você não se desculpar com Todd. Ainda estou com vergonha por você ter feito o que fez.

A porta se abriu novamente e a sra. Newbury, austera e espectral nas sombras da casa, deu um passo em direção à luz do sol. Minha mãe e eu nos voltamos para encará-la.

– Meu filho não tem nada para dizer a você, menino – declarou ela, pronunciando o "menino" de modo pouco amável. – Ele quer que você saia de nossa propriedade.

– Deixe Tom ver seu filho, Isabel. Só um segundo. Tenho certeza de que poderiam se despedir como amigos.

– Amigos! Eu nunca permitiria que Todd fizesse amizade com um menino como esse.

– Isabel – continuou minha mãe –, nós somos amigas. Nós nos conhecemos há muito tempo. Ora, outro dia, eu até contei ao Henry alguma coisa que ouvi você dizer na reunião da APM, e nós dois rimos bastante por causa disso.

– Nós nos conhecemos, Lila, porque estamos em uma cidade pequena. Conheço todo mundo, mas nem todo mundo é meu amigo. Quero lhe dizer que, se esse valentão tocar em meu filho novamente, eu chamo a polícia. Bom dia. Você sabe onde é a saída, não sabe?

– Sim. – A voz de minha mãe assumia um tom duro. – Nós sabemos onde é a saída já que não fomos convidados a entrar. Adeus, Isabel, e obrigada por ter perdido seu tempo conosco.

Segui minha mãe para fora da varanda e a ouvi resmungar pragas incompreensíveis. Caminhou a passos rápidos pelo caminho que ficava entre duas ilhas de grama impecavelmente aparada. Era uma pessoa que em geral andava devagar, e qualquer aumento de velocidade dava a medida certa de seu desprazer. Quando virou à esquerda, em direção à cidade, quase derrubou Reese Newbury, que vinha pela rua.

– Epa, Lila – disse ele –, não ouvi o alarme de incêndio.

– Oh, olá, Reese – cumprimentou ela, encabulada.

– O que você faz deste lado da cidade? – perguntou o homem, tornando-se sombrio ao me divisar atrás de minha mãe.

– Nossos meninos tiveram uma briguinha ontem, Reese. Você deve ter ouvido falar.

— Sim, claro. — O sr. Newbury me observou severamente.

— Bem, eu trouxe Tom para se desculpar. Ele queria fazer isso e achei que seu filho merecia uma desculpa.

— É muito gentil de sua parte, Lila — disse ele, a expressão se suavizando ao se voltar para minha mãe. Mas eu percebera a fúria no brilho duro de seu olhar. — Os meninos às vezes aprontam esse tipo de coisa. É o que os faz valer alguma coisa. Isso constrói os meninos.

— Não tolero esse tipo de comportamento, Reese. Simplesmente não admito que meus filhos façam isso. Arranquei o couro dele ontem à noite quando o diretor telefonou.

O sr. Newbury me olhou novamente, de modo avaliador, como se estivesse me vendo pela primeira vez na vida, como se de repente eu começasse a valer alguma coisa que merecesse sua atenção.

— É preciso ser um grande homem para se desculpar, filho — disse ele afinal. — Eu mesmo não tenho facilidade para isso.

— Nem o seu filho — retruquei.

— O que você quer dizer com isso?

— Ele não se rebaixa a aceitar minhas desculpas — expliquei. — Disse para sairmos de sua propriedade.

— Sigam-me, por favor. — O homem caminhou em direção à casa, subindo os degraus da varanda de dois em dois.

Entrou em casa sem esperar por nós. Hesitamos por um instante e acabamos dando alguns passos para dentro da casa, onde aguardamos um convite. Um tapete decorado estendia-se por todo o comprimento do hall de entrada e chegava à escada de mogno no fundo da casa. Minha mãe apontou para ele e disse:

— Oriental. Vem do Oriente. — Mostrando um lustre no teto, murmurou: — Feito na Inglaterra. Lembro-me disso por causa do Tour da Primavera.

— Por que nossa casa não está no Tour da Primavera? — sussurrei, tentando fazer uma piada.

— Porque moramos num depósito de lixo — disse ela calmamente.

— Por que estamos cochichando?

— Quando se é convidado na casa de Reese Newbury, a maneira certa de se comportar é com discrição.

— É isso que nós somos? Convidados nesta casa?
— Claro. Reese foi gentil em nos convidar para entrar. Ouvimos a porta dos fundos bater e logo o sr. Newbury apareceu, vindo da parte dos fundos da casa.
— Isabel teve de sair para fazer umas compras, Lila. Disse para você ficar à vontade. Por que não toma alguma coisa ali no barzinho enquanto eu levo Tom para ver meu filho?

Conduziu minha mãe pelo braço ao longo da sala, chegando a uma saleta suntuosa em que as cadeiras de couro brilhavam e faziam com que o ambiente recendesse a curtume.

— E então, Lila? — perguntou ele, sorrindo. — O que você gostaria de beber?
— Um pouquinho de vinho seria ótimo, Reese. Que sala mais linda! Ele encheu uma taça de vinho para minha mãe e a conduziu a uma poltrona ao lado da lareira.
— Por favor, fique à vontade. Voltaremos num instante — disse o sr. Newbury, com a voz tão densa que quase se podia pegá-la. — Agora nós, os homens, vamos ter uma pequena reunião em meu escritório do andar superior.
— Nem sei dizer quanto fico satisfeita com isso, Reese. É tão gentil de sua parte se interessar pelo assunto.
— Gosto de meninos corajosos. Também sou conhecido por ter um pouco de coragem, não sou? — Ele deu uma risada. — Venha comigo, Tom.

Eu o segui escada acima e vi suas pernas muito brancas no ponto em que terminavam as meias. Ele tinha uma compleição ampla, porém flexível.

Entramos no escritório, onde havia uma estante que ocupava uma das paredes, repleta de livros encadernados em couro. Ele me fez sentar em uma cadeira em frente à escrivaninha e saiu para buscar o filho. Observei os títulos dos livros: as obras de Thackeray, Dickens, Charles Lamb e Shakespeare. Não levantei os olhos quando Todd entrou na sala com o pai. O sr. Newbury fez Todd acomodar-se na cadeira ao lado da minha, deu a volta na escrivaninha e sentou-se em uma imensa cadeira. Tirou um charuto do umidificador e circuncidou uma das pontas com os dentes, acendendo-o em seguida com um isqueiro de ouro que pegou no bolso do paletó.

— Bem, acho que você tem alguma coisa para dizer a meu filho – disse ele, dirigindo-se a mim.

Quando olhei para Todd, fiquei chocado com o inchaço de seu rosto. Os lábios estavam intumescidos e havia um feio hematoma sob o olho direito. Só então compreendi por que ele não quisera me receber.

— Todd, eu vim aqui para lhe pedir desculpas. Sinto muito pelo que fiz. Isso nunca mais vai se repetir. Esperava apertar sua mão para podermos ser amigos.

— Eu não apertaria sua mão por nada neste mundo – retrucou Todd, olhando para o pai.

— Por que você bateu em meu filho, Wingo? – O sr. Newbury soltou uma baforada de fumaça azul em minha direção.

Todd levantou-se e disse:

— Ele e o irmão dele me emboscaram no pátio da escola, pai. Eu só estava andando por ali, cuidando da minha vida, quando o irmão dele pulou em cima de mim pelas costas e esse aí começou a me bater no rosto.

— Por que seu irmão não veio pedir desculpas também? Nunca gostei de dois contra um – declarou o sr. Newbury.

— Por que você está mentindo, Todd? – perguntei, incrédulo. – Você sabe que Luke nem estava por perto quando tudo aconteceu. Além disso, ele não precisaria de minha ajuda. Ele poderia te comer vivo, você sabe bem disso.

— Você está dizendo a verdade, Todd? – o sr. Newbury quis saber.

— Se você quiser acreditar nesse lixo em vez de acreditar em mim, pai, pode continuar. Esteja à vontade. Não me importo.

— Ontem ele chamou minha família de lixo, sr. Newbury – denunciei, olhando diretamente para o homem.

— Você disse alguma coisa sobre a família dele?

Todd olhou furioso em torno de si antes de responder.

— Eu simplesmente lhe contei alguns fatos da vida. Estava brincando com ele.

— Você disse que a família dele é um lixo?

— Falei alguma coisa assim. Não me lembro direito.

Voltando o olhar inquiridor para mim, o sr. Newbury continuou:

— Então você se ofendeu e chamou seu irmão para ajudar a bater em meu filho.

— Meu irmão não tem nada a ver com essa história.

— Wingo, você é um grande mentiroso – disse Todd, quase derrubando a cadeira.

— Sr. Newbury, não preciso da ajuda de ninguém para bater em Todd. Ele é fraco como um pássaro.

O homem falou com o filho, olhando para mim:

— Por que você chamou de lixo a família dele?

— Porque eles são lixo. Os Wingo sempre foram negrinhos brancos nessa terra – gritou Todd, os olhos fixos em mim.

— É por isso que seu filho apanha, sr. Newbury – disse eu, com raiva. – Ele não sabe ficar com a boca fechada.

— Ele não tem de ficar com a boca fechada aqui, Tom. Esta é a casa dele.

— E eu não gosto que você traga seu fedor para dentro de minha casa – acrescentou o garoto.

— Abaixe a voz, filho. A sra. Wingo está lá embaixo – preveniu o sr. Newbury. Em seguida, dirigiu-se a mim: – O que você pensa da sua família, Tom? Estou interessado, muito interessado nisso.

— Tenho orgulho da minha família.

— Por quê? De que você tem orgulho? Sua mãe é uma ótima mulher. Talvez um pouco rude, mas tenta ser melhor. O que mais? Seu avô não bate bem da cabeça. Sua avó poderia ser chamada de puta se não tivesse convencido alguns vagabundos a subirem com ela para o altar. Seu pai sempre foi um fracasso em tudo o que tentou fazer. Conheci também seu bisavô e sei que ele não passou de um bêbado inofensivo que costumava bater na mulher até que ela estivesse quase morta. Não vejo por que ficar tão furioso com Todd por ele dizer a verdade. Por que você não admite que sua família é uma merda? É preciso ser muito homem para encarar a verdade, para enfrentar os fatos.

Fitei-o num silêncio estupefato e ele sorriu por trás do charuto.

– Mesmo que você não admita a verdade, Tom, vou lhe dizer uma coisa. Se você tocar meu filho outra vez, mesmo que seja só com o dedo, você vai virar comida de caranguejo em algum lugar do rio. Minha mulher quis chamar o delegado, mas esse não é meu modo de agir. Faço as coisas do meu jeito, na hora que eu quero. Eu me vingo e você nem vai saber que fui eu quem te pegou. Mas será esperto para entender. Porque quero que você aprenda alguma coisa com esta experiência. Um Wingo não deve tocar em um Newbury, é a lei que vigora nesta cidade. Você não sabia antes, mas agora sabe. Está me entendendo, Tom?

– Sim, senhor.

– Ótimo. Agora, Todd, quero que você aperte a mão de Tom.

– Não vou apertar a mão dele.

– Levante-se, menino! Você vai apertar a mão de Tom. Só que, antes disso, vai dar um tapa com força.

Todd olhou para o pai sem acreditar no que ouvia. Percebi que estava quase chorando. Aliás, os dois meninos na sala estavam quase chorando.

– Não posso fazer isso, pai. Ele vai me pegar na escola.

– Ele nunca mais vai tocar em você. Eu prometo.

– Não posso, não posso bater no rosto de alguém.

– Só lhe dê um bofetão, filho. Veja como ele humilhou você. Você tem de bater no rosto feio dele. Um Newbury não deixa alguém como ele escapar impunemente. Ele está sentado aí e quer que você bata nele. Veio aqui hoje para que você se desforre. Ele está se arrastando porque sabe que não é inteligente ter o ódio dos Newbury contra si.

– Não vou fazer isso, pai. Por que você sempre piora as coisas? Por que você tem sempre de fazer isso?

O sr. Newbury levantou-se e colocou o charuto no cinzeiro. Deu a volta na escrivaninha e parou à minha frente, fitando-me. Abaixei a cabeça e me concentrei no desenho de tapete.

– Levante a cabeça, Tom! – Quando atendi sua ordem, ele me esbofeteou uma vez, com força. Comecei a chorar e ouvi Todd chorar também. Então, o sr. Newbury abaixou o rosto em minha direção e murmurou: – Não conte a ninguém que fiz isso, Tom. Foi para seu próprio bem. Se algum dia você contar a alguém, expulso sua família da cidade. E, por favor, nunca mais cometa a burrice de incomodar um Newbury. Agora, apertem as mãos e façam amizade. Fique aqui até se acalmar. Depois lave o rosto e vá lá para baixo. Estarei conversando com sua bela mãe.

Chorando, Todd Newbury e eu apertamos as mãos quando seu pai saiu do escritório. Eu tinha consciência de que precisava descer e enfrentar o interrogatório de minha mãe a respeito daquela entrevista. Minha humilhação era total, mas eu não queria partilhá-la com ela. De maneira muito primitiva, imaginei ter descoberto o segredo do modo como os homens poderosos atingem e mantêm seu status no mundo. Fui até o banheiro, sequei as lágrimas e lavei o rosto. Deixei a água correr bastante tempo e mijei cuidadosamente por todo o chão do banheiro, pensando: Tom Wingo, impenitente classe baixa até o fim. Quando saí do banheiro, Todd ainda estava chorando, cabeça jogada de encontro à cadeira de couro, as lágrimas correndo por suas bochechas gordas.

— Por favor, não conte a ninguém, Tom. Eu imploro, não conte a ninguém na escola. Eles já me odeiam o suficiente.

— Se você não agisse como um bobo, ninguém o odiaria, Todd.

— Sim, odiariam. Porque ele é meu pai. Todo mundo o odeia. Você não viu que eu não consegui fazê-lo parar?

— Eu sei. Não foi sua culpa.

— Ele faz coisas como essa o tempo inteiro. É com isso que tenho de conviver.

— Por que você disse a ele que Luke me ajudou?

— Fui obrigado a fazer isso. Ele até entenderia se eu tivesse apanhado de dois caras. Mas teria me feito lutar com você na escola novamente se soubesse que era só um. Ele é assustador quando fica com raiva.

— Meu pai também.

— Mas o seu não odeia você. Papai me odeia desde o dia em que eu nasci.

— Por quê?

— Porque não sou bonito. Porque não sou forte. Porque não sou igual a ele.

— Eu ficaria feliz por não ser igual a ele.

— Ele é o homem mais importante da Carolina do Sul – defendeu-se Todd.

— E daí? Você mesmo diz que ninguém gosta dele.

— Ele diz que é possível controlar as pessoas se elas tiverem medo da gente.

— Então ele fica sentado aqui, batendo em crianças que se envolvem com o filho dele. Acho ótimo que você seja rico, poderoso e descendente de uma antiga família, Todd. Mas não gostaria de ser você por nada nesse mundo.

— Eu não deveria ter dito aquilo sobre sua família, Tom.

— É, não deveria.

— Eles não são tão ruins assim. Há dezenas de famílias piores em Colleton. Talvez centenas.

— Muito obrigado, gordinho de merda – retruquei, com raiva novamente.

— Eu não quis ofender, saiu tudo errado. Eu queria dizer que você pode vir aqui a hora que quiser. Tenho uma coleção de selos e uma mesa de sinuca. A gente pode fazer alguma coisa depois da escola.

— Não pretendo vir aqui nunca mais.

— Posso mostrar onde os pobres ianques gravaram seus nomes.

— Eu não me interesso que você possa até me mostrar onde o general Sherman cagou; não vou freqüentar esta casa.

— Talvez eu pudesse ir à sua casa qualquer dia.

— Você nem sabe onde eu moro.

— Sei, sim. Você mora na ilha Melrose. – Todd levantou-se e foi até um grande mapa da região, uma carta náutica que enumerava a profundidade de todos os rios e riachos.

Olhei o mapa e observei o contorno de nossa ilha, um diamante verde, de formato irregular, cercado por uma fronteira azul de água.

— Por que há um alfinete vermelho sobre nossa ilha? – perguntei. O mapa inteiro estava enfeitado com fileiras de alfinetes.

— Bem, papai coloca alfinetes vermelhos nos lugares que planeja comprar. Os verdes significam as propriedades que possui.

— Ele já tem o município inteiro. Por que ainda quer nossa terra?

— Esse é o hobby dele. Diz que terra é dinheiro.

— A nossa ele nunca terá. Isso eu garanto.
— Se quiser mesmo, ele consegue – declarou Todd, sem arrogância. – Ele sempre consegue.
— Vá lá se quiser, Todd. Não posso impedi-lo.
— Mas você não quer realmente que eu vá?
— Não, não quero. Agora preciso ir encontrar minha mãe.
— Sabe o que eu não consigo entender, Tom? Por que os meninos na escola gostam muito mais de você que de mim!
— Isso é fácil. Não há segredo. Eu sou um cara mais simpático que você. Digo olá para a pessoas sem me preocupar com o que os pais delas fazem para viver. Você jamais conseguiria fazer isso. Você não cumprimenta ninguém.
— Não me sinto à vontade em falar com qualquer pessoa.
— Isso é ótimo. Mas não fique chateado se todo mundo o achar um imbecil.
— Vou descer com você.

Minha mãe continuava na saleta, dando risadinhas a tudo o que o sr. Newbury dizia. Estava sentada, as pernas cruzadas graciosamente, bebericando um copo de vinho. O dono da casa parecia jovial e encantador, pontuando suas histórias com gestos solenes e precisos. Enquanto esperava que ele terminasse de falar, fiquei o tempo inteiro memorizando suas feições. Pertencia à mesma raça de olhos azuis que sua mulher, mas os dele eram pontilhados de verde; mudavam de cor ou pareciam mudar quando capturados pela luz do sol que entrava na sala, vinda do quintal. Suas mãos eram pequenas, atarracadas e não tinham calos. Todos os seus movimentos eram letárgicos, como se houvesse uma camada de seda isolando seu sistema nervoso central. Com voz profunda e pegajosa, as palavras jorravam dele em esboços pontificais de auto-elogio. Minha mãe, é claro, estava encantada até o dedão do pé.

— E então, eu disse ao governador, Lila: "Fritz, você sabe que não adianta conversar sobre isso tomando aperitivos. Venha a Colleton na próxima semana e nós nos encontraremos em meu escritório e resolveremos tudo." Ele veio na segunda-feira de manhã, com o chapéu na mão. Agora tenho todo o respeito do mundo por nosso governador. Na verdade, participei de seu comitê de campanha, mas minha filosofia é a de que negócio é negócio.

– Eu não poderia estar mais de acordo com você, Reese – disse minha mãe, entusiasticamente. – Nunca achei que a amizade devesse interferir nos negócios.

O sr. Newbury levantou os olhos, viu que Todd e eu estávamos parados na porta e acenou para que entrássemos. Antes que ele pudesse falar, minha mãe ofegou ao ver o rosto de Todd pela primeira vez.

– Oh! Deus! O estado de seu rosto, querido – disse ela, saindo da cadeira e tocando solicitamente sua face. – Sinto muito pelo que aconteceu. Espero que Tom tenha lhe contado que eu o castiguei para valer ontem à noite. Oh! Todd, meu pobre querido.

– Está tudo bem, sra. Wingo. Eu mereci – declarou Todd, para meu grande alívio.

– Vocês bateram um bom papo? – perguntou duramente o sr. Newbury.

– Sim, senhor – respondi.

– Se você algum dia tiver qualquer problema, Lila – continuou o sr. Newbury enquanto nos acompanhava até a saída –, por favor, não hesite em me chamar. Afinal de contas, para que servem os vizinhos?

Ao chegar à porta, passou o braço pelos meus ombros e me acompanhou pela escada, apertando o ombro esquerdo com força, como uma advertência.

– É preciso ser corajoso para pedir desculpas, Tom. Foi muito bom você ter vindo para esclarecer as coisas. Não vou dizer nada a ninguém sobre isso. Já valeu meu dia conhecer você um pouco melhor. Sempre tive interesse pelos jovens. Eles são o nosso futuro. Sim, senhor, o futuro da cidade inteira.

– Tchau, Tom. Gostei muito do nosso papo – disse Todd, parado atrás do pai.

– Tchau, Todd.

– Tchauzinho, Reese. Tchau, Todd – despediu-se minha mãe.

Quando já havíamos caminhado metade de um quarteirão, ela, um pouco tocada pelo vinho e pela meia hora de visita à casa dos Newbury, declarou:

– Eu sempre disse, a quem quisesse ouvir, que os homens de maior sucesso são também os mais agradáveis.

– Tom, por que você me contou essa história? – perguntou a dra. Lowenstein. Eu acabava de falar durante quase uma hora em seu consultório. – Não me parece que isso tenha algo a ver com Savannah. Joga bastante luz no motivo por que você se tornou o homem que é, mas como isso se adapta à história dela? Ela sequer estava presente quando o sr. Newbury bateu em você.

– Savannah foi a única pessoa a quem contei esse episódio. Não falei nada a meu pai ou a Luke, porque eles poderiam pegar Newbury na rua e quebrar suas pernas. Assim, contei a ela naquela noite e ficamos acordados até tarde, tentando descobrir o significado de tudo aquilo.

– Só que ela não foi diretamente afetada. Isto é, tenho certeza de que se solidarizou com você, sentiu as mesmas dor e humilhação, mas não parece ter havido nenhum impacto direto sobre sua vida.

– De certo modo, esse episódio é essencial à história de minha irmã, doutora. Você ainda não pode entender, mas vou chegar lá. Estou falando o mais rápido possível, tentando eliminar as partes que apenas me dizem respeito, mas tudo agora parece se relacionar. Os fragmentos começam a se encaixar em minha cabeça, como nunca aconteceu antes.

– Mas você não está esclarecendo as coisas para mim. Precisa me dizer quais são as conexões assim que as vê. Entendo que a paranóia de sua mãe quanto à posição social teve um efeito intenso sobre Savannah. Você deixou isso bastante claro. Mas Savannah teve algum tipo de ligação com os Newbury?

– Minha mãe escreveu para você alguma vez?

– Sim, logo depois que falamos pela primeira vez ao telefone.

– Você tem a carta?

Lowenstein foi até o arquivo ao lado da mesa e voltou com uma carta. Reconheci a letra de minha mãe no envelope.

– Aqui está. É uma carta muito confortadora.
– Minha mãe escreve cartas maravilhosas. É uma boa escritora. O talento de Savannah não provém do vácuo. Você viu o endereço para resposta?
– É em Charleston – disse ela, levantando o envelope.
– O que mais você vê?
– Não! – exclamou, perplexa.
– Sim – eu disse.

10

Observei um urso polar, no Central Park, que sofria com dignidade silenciosa em um dia mormacento de fim de junho. Por trás de mim, a imensa parede formada pelos edifícios da Central Park South produzia enormes sombras que ofuscavam a maior parte da luz sobre o zoológico, mas não diminuíam o desconforto do animal. Um pombo, que flutuava nas correntes de ar entre o hotel Sherry-Netherland e o zoológico, não viu o falcão abrir as asas e mergulhar 60 metros com as garras estendidas. O falcão pegou-o pelas costas e pequenas penas caíram sobre a jaula do babuíno. Do mesmo modo que eu, o pombo certamente esperava que a cidadania em Nova York o pusesse a salvo de falcões. Mas essa cidade nunca se privou de seu direito de surpreender. Quando caminhava pelo zoológico, eu sempre esperava ver animais extraordinários me fitando de dentro de celas tristes – animais dignos da cidade, unicórnios afiando suas presas de encontro às barras das grades já estragadas pelo tempo, ou dragões tocando fogo às páginas do *Daily News,* que voavam ao longo dos caminhos. Em vez disso, os gamos escarvavam timidamente o solo crestado pelo sol e os ocelotes tiravam pulgas de Manhattan de sua pele lustrosa.

Saindo do zoológico, atravessei o parque para me encontrar com o filho de Susan Lowenstein. Continuei a procurar outro falcão, mas vi apenas as fileiras de edifícios imensos agrupados em torno do parque.

Bernard Woodruff esperava por mim embaixo de um carvalho, perto do apartamento de seus pais na Central Park West. Ao me aproximar, percebi que ele herdara o rosto bonito e animado da mãe, exceto pelo nariz mais proeminente. Era mais alto do que eu esperava e tinha mãos longas e elegantes. Com os braços relaxados, seus dedos quase tocavam os joelhos. Possuía uma magnífica cabeleira escura que lhe emoldurava o rosto magro. Mas seu comportamento me preocupou de imediato. Aquele rosto demonstrava insolência reprimida. Percebi o desafio insubordinado e o olhar vulnerável com que os jovens, em sua impotência, acreditam poder mascarar o próprio medo de se comprometerem. Bernard me encarou como um durão, um rapaz de Manhattan amadurecido nas zonas de guerra, um menino de rua. Antes de começarmos a falar, este velho treinador, veterano de uma geração de meninos, viu a luz noturna que se movia pelos horizontes de seus olhos escuros e ouviu o ribombar distante de sua pequena, mas importante guerra contra o mundo.

– Olá, Bernard – gritei para avisá-lo de minha chegada. – Eu sou Tom Wingo.

Sem nada dizer, ele levantou o olhar e me observou com enfado e desconfiança.

– Sim, achei que fosse você – retrucou, quando me aproximei.

– Como vai?

– Tudo bem – respondeu, olhando em direção ao tráfego e ignorando minha mão estendida.

– O dia está ótimo para se jogar bola, você não acha?

– Tudo bem. – Seu tom de voz hostil me dizia que Bernard não faria nada para facilitar aquele primeiro encontro.

– Está esperando há muito tempo?

– Bastante – respondeu, mais para o tráfego que para mim.

– Eu me perdi. Sempre me perco no Central Park. É sempre maior do que me recordo.

– Ninguém lhe pediu para vir aqui – resmungou ele, olhando-me rapidamente.

– Errado, amigo. – Baixei a voz, começando a ficar cansado de sua insolência. – Sua mãe pediu.

— Ela vive me forçando a fazer coisas que eu não quero.
— É mesmo?
— Sim. É mesmo.
— Você não quer que eu o treine.
— Ei, você saca as coisas rapidamente, não? Além disso, já tenho um treinador na escola.
— Você participou de alguma partida no ano passado? – Senti que ele percebeu a dúvida em minha pergunta.
— Eu era apenas calouro.
— Mas participou de alguma partida?
— Não. Em todo caso, onde você treina?
— Eu treinava na Carolina do Sul.
— Grande coisa, hein? – Ele riu.
— Não, não é grande coisa, Bernard. Mas quero esclarecer que já treinei equipes que poderiam enfrentar qualquer grande time de Nova York e dar-lhe uma bela lavada.
— Como é que você sabe?
— Porque não treino menininhos ricos que são mandados para escolas longe de casa porque os pais não agüentam conviver com eles.
— E daí?
Mesmo sentindo que tocara em um ponto sensível de sua vida, decidi não afrouxar com ele.
— Daí que nenhum de meus meninos toca violino, Bernard. Eles jantam meninos que tocam violino.
— É, sou capaz de apostar que nenhum deles é forçado a tocar violino.
— Nem eu vou forçá-lo a aprender a jogar futebol. Detesto perder tempo com garotos esnobes que se acham muito espertos. Não treino meninos cujas mães os forçam.
— Minha mãe nem soube que joguei futebol no ano passado.
— Realmente, você não jogou futebol no ano passado, Bernard – disse eu, impressionado com a recusa dele em fazer contato. – Você me disse que não entrou em nenhum dos jogos.
— Você não entende. Eu estava atrás dos outros caras. Nunca estive numa escola que tivesse time de futebol.

— Em que posição você joga?

— *Quarterback*.

— Eu também joguei *quarterback*.

— E daí? — O olhar arrogante desfigurava por inteiro o lado direito de seu rosto. — Vim até aqui para lhe dizer que não preciso de você.

Num movimento ágil, passei a bola que tinha comigo para ele. Bernard segurou-a com precisão. Corri 10 metros e pedi:

— Mande a bola.

Ele deu um passe vacilante, porém correto. E sabia manejar a bola direito. Peguei-a e, sem dizer uma palavra, voltei-me rumo à saída do Central Park, certo de que seus olhos não me deixavam.

— Ei, para onde você está indo? — perguntou.

— Para casa. — Sem olhar para trás, ouvi-o correr atrás de mim.

— Por quê?

— Porque você não vale um peido, garoto. Vá praticar violino e fazer a felicidade de seus pais. Não suporto sua atitude e, se eu não agüento, como é que você algum dia vai liderar um time? Como diabos vai se transformar em atacante com essa sua cabeça reclamona e cheia de autopiedade?

— Olhe, esse passe foi o primeiro que fiz em seis meses.

Como, naquele momento, meu humor não incluía caridade ou perdão, respondi:

— Parecia o primeiro passe de toda sua vida.

— Jogue a bola que eu vou tentar novamente. — Pela primeira vez sua voz se modificou, fazendo com que eu parasse e o encarasse.

— Em primeiro lugar, vamos conversar.

— Sobre o quê?

— Sobre sua boca, por exemplo.

— O que você quer que eu faça?

— Fechá-la, garoto. Pouco me incomoda se você gosta ou não de mim. E ainda não sei se vou treiná-lo. Mas, quando eu falar com você, quero que me olhe direto nos olhos. É isso aí. Não vai doer nada. Da próxima vez que eu estender a mão e você fingir que não a vê, vou lhe quebrar cada osso da mão. Depois, quando você falar comigo, exijo que fale com respeito e gentileza. Agora... me diga por que está puto com o mundo. Não vou contar nada a sua mãe, prometo. Mas você é um desagradável filho-da-puta e eu gostaria de ajudá-lo a descobrir por quê.

Bernard respirava fundo, tremendo e desalentado.

— Vá se foder, cara – disse, numa voz que prognosticava lágrimas.

— Já me fodi quando concordei em me envolver com você.

— Não há nada errado comigo. – Ele se controlava com dificuldade.

— É aí que você se engana, Bernard. – Decidi partir para o massacre, odiando a mim mesmo enquanto minha voz se tornava mais fria e maldosa: – Você é um dos garotos mais infelizes que já encontrei até hoje. E isso eu percebi em cinco minutos de papo. Você não tem um único amigo neste mundo maldito. É muito solitário lá no Phillips Exeter, no inverno, não é, garoto? Eles enchem o saco? Gozam você? Sei que o excluem, mas também fazem da sua vida um pesadelo? Ficam insultando você? Está vendo, conheço meninos muito bem e sei como tratam os intrusos. Como se chama algum amigo seu, Bernard? Diga um nome.

Ele tentou reprimir as lágrimas, que encheram seus olhos como uma inundação sobre um dique. Com os ombros trêmulos, soluçava ruidosamente, cobrindo o rosto com as mãos. As lágrimas escorriam entre seus dedos e caíam na grama.

Então, ele levantou os olhos e fitou as mãos molhadas.

— Estou chorando. Você me fez chorar.

— Maltratei você de propósito. Queria que você chorasse para ver se havia algo de humano aí dentro.

— É assim que você treina? – perguntou com amargura.

— Com garotos como você, é assim que eu treino.

— Não gosto disso.

— E eu não ligo a mínima.

— Minha mãe disse que você era simpático. Ela mentiu.

— Sou muito simpático com pessoas simpáticas. Com pessoas que gostam de mim.

— Vou contar a minha mãe o que você me disse, contar como você me tratou, tudo.

— Meus joelhos estão tremendo, garoto.

— Ela acha que os adultos deveriam tratar as crianças como se elas fossem adultas.

— Isso está certo?

– Claro. E ela não vai gostar de sua atitude, tenho certeza – disse Bernard, ainda sem conseguir controlar a respiração.

– Então vamos vê-la. Já.

– Ela está trabalhando. Atendendo os pacientes.

– E daí? A gente fala com ela durante uma de suas folgas de dez minutos. Você lhe conta o que eu disse e então eu explico por que disse.

– Ela não gosta de perder tempo quando está trabalhando.

– Nem eu, garoto. E você acaba de gastar um bocado do meu.

– Você chama isso de trabalho? – desdenhou ele.

– Chamo isso de trabalho árduo, Bernard. – Levantei a voz novamente. – Castigo cruel e incomum. Tortura. Odeio ficar com crianças como você.

– E quem lhe pediu para ficar?

– Sua mãe. Vamos ao consultório dela para acertar tudo.

– Não. Isso só vai me criar problemas.

– De jeito nenhum – disse, incapaz de controlar a zombaria. – Ela só vai conversar como se você fosse um adulto.

– Vou contar ao meu pai e criar problemas para vocês dois.

– Você não pode me criar problemas, Bernard.

– Ah, não? – Ele apontou o dedo em minha direção. – Você sabe quem é meu pai? Sabe? É Herbert Woodruff.

– Mesmo sobrenome, hein?

– Você sabe quem é ele? É um dos mais famosos violinistas do mundo.

– Sempre me caguei de medo de violinistas.

– Ele conhece algumas pessoas poderosas. Muito poderosas mesmo – Bernard falou com voz tão desvairada, tão patética que pensei que fosse chorar outra vez.

– É muito duro, Bernard? – perguntei cansadamente. – É muito duro ser um imbecil? Sempre quis fazer essa pergunta toda vez que encontrei um, mas nunca tive oportunidade.

Ele jogou as mãos para o alto, num gesto estranho e inadequado.

– Então é isso que você pensa de mim? Você não me conhece. Não pode conhecer uma pessoa depois de conversar com ela durante apenas 15 minutos.

– Errado de novo, Bernard. Em certas ocasiões é possível saber o que quiser a respeito de uma pessoa em apenas 30 segundos.

Ele se voltou como se fosse embora, mas parou, respirando com dificuldade.

— Prefiro que você não converse com minha mãe.

— Tudo bem.

— Quer dizer que não vai conversar com ela? — Bernard voltou-se para me encarar.

— Claro. É um pedido razoável e você o fez amavelmente. Gosto de recompensar o bom comportamento.

— E o que você vai dizer quando encontrá-la?

— Que você é um príncipe que decidiu com muita naturalidade tocar violino em vez de treinar futebol.

Bernard voltou os olhos para o chão e começou a chutar a terra com o tênis.

— Não joguei futebol no ano passado.

— Sua mãe disse que seu pai o descobriu numa fotografia de um time.

— Eu só administrava o equipamento. Participei do time e não servi. O treinador nos mandou agarrar os caras no primeiro dia e eu simplesmente não consegui. Todos eles riram de mim.

— Você se lembra de quem riu?

— Claro. Por quê?

— Bem, se você me deixar treiná-lo, vamos arrancar o sorriso da cara deles... Posso ensiná-lo a derrubar os outros com tanta força que vão pensar que foram atingidos por um carro. Mas, por que você disse a seu pai que estava no time?

— Eu queria que ele pensasse isso.

— Por quê?

— Não sei direito... Talvez só para que ele detestasse a idéia. Ele odeia esporte. Fica furioso ao me ver interessado.

— Pois você não está interessado, Bernard. Você acaba de passar a tarde provando isso.

— Você não gosta muito de mim, não é? — perguntou ele, num meio apelo, meio lamúria.

— Realmente, não gosto de você, nem do modo como me tratou. Detesto sua atitude. Você é um filhinho-da-mamãe, infeliz e mau, e não

261

sei se o futebol vai ajudá-lo. Porque a única coisa boa no futebol, a única coisa realmente boa, é que pode ser um bocado divertido. Só isso. Por outro lado, é um jogo idiota e inútil. Você não parece ter tido muita diversão em toda a sua vida. Porém, o mais importante, Bernard, é que treinar você não seria divertido para mim. Porque eu gosto disso e levo a sério. Futebol é algo alegre para mim, e não quero que você arruíne isso.

– Meu pai me fez praticar duas horas de violino por dia.

– Eu preferiria tocar violino a jogar futebol. Juro. Se eu soubesse tocar violino, faria os passarinhos saírem das árvores de tão bem que tocaria aquele filho-da-puta!

– Você toca algum instrumento?

– Não. A única coisa que ainda sei fazer é passar uma bola a 40 metros de distância. Isso me torna um grande sucesso em jantares de gala. Bem, Bernard, preciso ir embora. Foi ótimo conhecer você. Sinto muito que a gente não tenha se dado bem. Gosto muito de sua mãe e não vou contar a ela o que aconteceu. Isso é uma promessa.

Afastei-me daquela criança zangada e desconsolada e tomei o caminho da Park Avenue. Andei 20 metros, carregando a bola na mão direita e gostando da sensação de tê-la ali, com os cordões mordendo as juntas de meus dedos. Bernard não disse adeus, não falou nada, até que o ouvi me chamando:

– Treinador Wingo!

Fazia tanto tempo que eu não era chamado de treinador que fiquei surpreso e comovido. Quando me virei, vi suas mãos meio levantadas, num gesto suplicante. Sua voz tremeu, tornou-se mais alta e desapareceu enquanto ele lutava para fazer sair as palavras, enquanto procurava dar um sentido a elas.

– Me ensine – disse, com lágrimas nos olhos. – Me ensine, por favor. Quero que eles parem de rir de mim.

Voltei-me e caminhei a passos largos em direção a ele, como se eu fosse alguma coisa nova e desconhecida na vida de Bernard Woodruff. Retornei a ele como seu mentor, seu treinador.

– Vamos fazê-los sangrar – declarei com ênfase. – Em primeiro lugar, eles vão rir. Depois, vão sangrar. Isso eu garanto. Agora, você tem de me prometer algumas coisas.

— O quê? – perguntou, desconfiado.
— Você tem de calar a boca, Bernard. Sua boca me deixa puto da vida.
— Sim. Está bem, está bem.
— Bem, a maneira correta de responder a partir de agora é "sim, senhor". Há certas formalidades e cortesias que vamos seguir. Quando nos encontrarmos aqui neste campo, você pode me chamar de "treinador" ou de "senhor", o que preferir. Você nunca se atrasará, em hipótese alguma. Vai fazer tudo o que eu mandar, e com entusiasmo. Vamos começar com um programa pesado. Vou acabar com você todos os dias. Não estou interessado em sua vida familiar, nas lições de música, na vida sexual, nas espinhas de seu rosto ou em qualquer outra coisa. Não serei um amigo do peito nem tentarei impressioná-lo. Vou ensiná-lo a agir como um jogador de futebol. Vou ensiná-lo a bloquear, derrubar, chutar, correr e fazer passes. Você tem boa altura, muito boa mesmo. Vou deixá-lo forte e mais duro do que você jamais pensou que pudesse ser. Porque o que você vai bloquear e derrubar vai ser eu mesmo.
— Mas você é muito maior do que eu.
— Cale a boca, Bernard.
— Sim, senhor.
— Então, depois que o fizer correr até cair, levantar pesos até não poder se mexer, fazer exercícios abdominais até não poder mais respirar, depois que obrigar você a me derrubar até seus braços ficarem com cãibras, vai acontecer uma coisa completamente nova em sua vidinha de merda.
— O que é, senhor?
— Você vai me adorar, Bernard!

11

Na realidade, minha mãe nunca concluiu a tarefa de criar a si mesma – era sempre um trabalho que estava em andamento. Raramente contava algum espisódio de sua infância que não fosse mentira e estudava a própria história com o olho descuidado e renegado de um fabulista. Sem nunca se intimidar com algo tão inconveniente a verdade, tornou as mentiras parte essencial de sua identidade infantil.

Em mil dias de minha infância, tive mil mães diferentes para observar. Enquanto criança, nunca possuía uma visão clara de sua pessoa; enquanto homem, jamais recebi dela um sinal sem ambigüidade. Tornei-me um geógrafo de seu caráter por toda a minha vida, mas nunca pude analisar as irregularidades ao longo dos pólos ou das zonas quentes. Em certos momentos, ela podia sorrir e me fazer pensar nas relações tímidas entre os anjos; no momento seguinte, porém, o mesmo sorriso sugeria uma toca de moréias ou um abrigo para terroristas. Ela era sempre mulher demais para mim.

Em seu eu secreto, legislava uma série completa de leis de comportamento ainda não testadas, que se tornaram sua própria associação de astúcia e de escopo. Não havia uma única pessoa em Colleton que não subestimasse os poderes de Lila Wingo, incluindo eu. Seriam necessários trinta anos para que eu percebesse que a mulher que me criou era uma guerreira de talento inalienável. Ao discutir a variedade de seus dons, seus filhos delinearam posteriormente uma lista de ocupações nas quais ela teria se sobressaído. Assim, julgamos que teria prosperado como princesa de algum país obscuro do Himalaia, como assassina de oficiais de gabinete de segunda linha, como comedora de fogo, esposa do presidente da AT&T ou dançarina do ventre capaz de virar a cabeça dos santos. Quando, certa vez, perguntei a Luke se achava que mamãe era bonita, ele me lembrou de que sua beleza tivera poder suficiente para atrair um gigante homicida para fora da floresta em Atlanta, para inspirar a obsessão demoníaca de Callanwolde.

— Isso provou que ela era linda? – perguntei.

— Para mim, provou – disse ele.

A infância de minha mãe nas montanhas da Geórgia foi terrível. O pai, um beberrão de temperamento ruim, havia morrido de cirrose hepática no 12º aniversário dela. A mãe trabalhava no turno da noite em uma tecelagem e morrera de tuberculose quando Lila tinha 16 anos. Depois da morte da mãe, Lila tomou um ônibus com destino a Atlanta, conseguiu um quarto no hotel Imperial e entrou em treinamento na loja de departamentos Davidson. Dois meses mais tarde, conheceu meu pai e cometeu um erro infantil ao se apaixonar pelo divertido e falante piloto da Carolina do Sul. Meu pai apresentou-se como um grande proprietário de terras com interesses na "indústria da pesca". Ele não lhe disse que era pescador de camarões até chegar à ilha Melrose.

Minha mãe, entretanto, já iniciara o processo de revisão de sua própria vida. Ela contou às pessoas em Colleton que seu pai fora um banqueiro bem-sucedido em Dahlonega, Geórgia, arruinado pela Depressão. Por meio de simples força de vontade, a mãe tão austera, cuja fotografia mostrava um rosto triste e torturado – tão indefinível quanto uma costeleta –, foi transformada numa dama refinada com acesso à melhor sociedade. "A melhor sociedade", repetiria minha mãe anos depois. Sua voz fazia aparecer, como num passe de mágica, uma subcultura privilegiada que flutuava sobre gramados de golfe, sentava-se languidamente ao lado de piscinas azuis, com o murmúrio suave de cavalheiros no crepúsculo infinito e sorvetes exóticos servidos por mãos enluvadas. Apesar de descendermos de operários e pescadores, começamos a construir uma imagem imprecisa a nosso respeito baseada no palácio de vidro das mentiras de minha sonhadora mãe. Savannah foi a primeira poetisa produzida pela família, mas Lila Wingo certamente foi a primeira a praticar a arte da ficção.

Como seus filhos, ela nos encarava ora como cúmplices, ora como inimigos. Foi a única mãe que encontrei em minha vida a responsabilizar os filhos por sua escolha infeliz ao se casar. Entretanto, era extraordinariamente raro que se queixasse de seu destino. Jamais admitia, exceto durante algum raro ataque de sinceridade, que alguma coisa fosse desagradável. Possuía um glossário heróico de frases otimistas e, quando estava em público, exagerava a felicidade. Era combativamente alegre. Quando chegamos à idade de ir para a escola, ela se ofereceu para todas as tarefas de caridade em Colleton. Aos poucos, tornou-se conhecida na cidade como alguém com quem se podia contar na hora de um aperto. As pessoas de fora da família a consideravam doce, linda, diligente e boa demais para meu pai. Lila Wingo era todas essas coisas... além de ser um marechal-de-campo.

Herdei de meu pai o senso de humor, a capacidade para o trabalho pesado, a força física, um temperamento perigoso, um grande amor pelo mar e uma atração pelo fracasso. De minha mãe, recebi dons muito mais sombrios e valiosos: o amor pela linguagem, a habilidade de mentir sem sentir remorsos, um instinto assassino, a paixão pelo ensino, a loucura e o pendor para o fanatismo.

Luke, Savannah e eu herdamos todas essas tendências em um mosaico de genes variado e mortífero. Num grito de pura amargura, minha mãe iria posteriormente resumir tudo isso, dizendo:

"Luke, o fanático. Tom, o fracasso. Savannah, a lunática."

Por essa época, ela devastara a cidade e a família, que haviam fracassado na avaliação da ressonância assustadora de sua vergonha por ser apenas a esposa de um pescador de camarões.

ENQUANTO EU CRESCIA, meu coração estava cheio de pesar por minha mãe e de raiva reprimida contra meu pai. Não havia necessidade disso. Henry Wingo não fazia parte da confederação de minha mãe. Enquanto ele tinha seu temperamento, sua imensa força, suas idéias infelizes sobre a riqueza súbita e seus punhos, minha mãe tinha um plano. E ela provou a todos nós que nada é tão poderoso e invencível quanto um simples sonho que se desenvolve vagarosamente. Desejava ser levada em consideração pelos outros, uma mulher de notável capacidade. Sua posição social na cidade de Colleton estava estabelecida, porém ela se recusava a aceitar aquela dolorosa realidade. E, de algum modo, resolveu ser nomeada em 1957 para a Liga de Colleton. Foi então que nasceu uma tarefa mortal.

A Liga de Colleton fora fundada em 1842 pela bisavó de Isabel Newbury. Por seus estatutos, tinha como propósito iniciar trabalhos e projetos lucrativos entre os cidadãos de Colleton. As sócias viriam das melhores famílias e incluiriam sempre as mulheres mais extraordinárias dentro dos limites do município. Foi essa última condição que fez com que minha mãe tivesse a incrível expectativa de que, um dia, viria a ser empossada como membro efetivo da Liga. O que começou como uma aspiração logo se tornou um desejo insaciável. A indicação de minha mãe para a Liga de Colleton foi unanimemente rejeitada pelo comitê de seleção e Isabel Newbury disse, na justificativa desmoralizadora que acabou chegando aos ouvidos de minha mãe, que Lila Wingo definitivamente não servia para a Liga.

Não servia para a Liga... Como essa frase sumária deve ter devastado minha mãe! Quase não há discrição ou protocolo nesses descorados autos-de-fé da vida de cidade pequena do Sul. Minha mãe representou bem seu papel e nunca se queixou; continuou em sua tarefa de convencer os membros da Liga de que poderia ser de utilidade no clube. E somente em 1959 teve a primeira chance real de mostrar seu valor às senhoras da Liga de Colleton.

Em abril daquele ano, a Liga anunciou em uma página inteira do jornal semanal um convite a todas as mulheres da cidade para enviarem receitas para possível inclusão num livro de culinária contendo os melhores pratos da região. Minha mãe viu aí uma esplêndida oportunidade para impressionar os membros do comitê do livro, que incluíam uma saudável porcentagem de suas detratoras mais articuladas. Procurou no armário e encontrou todos os números antigos da revista *Gourmet* cuja assinatura Tolitha lhe dera em 1957 e que abrira a ela uma janela para o mundo da cozinha. Foi exatamente essa revista que fez de minha mãe uma das melhores cozinheiras da Carolina do Sul.

Ela não apenas lia a *Gourmet*, mas a estudava exaustivamente. Sempre fora uma cozinheira de mão-cheia, que possuía uma mágica personalizada tanto trabalhando com biscoitos, com um punhado de feijões ou com uma ave recém-abatida. Era capaz de fazer até a banha ficar saborosa. Mas, em leituras cuidadosas da revista, percebeu que a preparação da comida era uma identificação eloqüente da classe social. Uma vez assimilada a idéia de que havia uma cozinha mais sofisticada que a sulista, iniciou outro de seus projetos de autovalorização, que mais tarde a distanciaria de meu pai e a tornaria mais querida para nós. Henry Wingo, que adorava carne e batatas, considerava o molho *béarnaise* de minha mãe uma trama francesa para arruinar um ótimo bife.

— Pelo amor de Deus, Lila, você pôs vinho aqui dentro — disse ele certa noite quando minha mãe preparou *coq au vin*. — Não se derrama vinho sobre um frango. Derrama-se pela garganta abaixo.

— É só uma experiência, Henry. Não sei se devo enviar várias receitas ou uma só. Que tal está?

— Tem gosto de frango embriagado.

— Está ótimo, mãe — comentou Luke, estabelecendo as linhas de batalha.

267

Durante vários meses, minha mãe debruçou-se diante dos exemplares da revista *Gourmet*, fazendo diversas anotações com sua letra sensual e usando o jantar para a improvisação e a experiência. Estudou sua vasta coleção de receitas e começou a fazer correções sutis e melhorias, emprestando ingredientes de uma receita para aumentar o corpo ou a consistência de outra. Aos poucos, teve a idéia de inventar sua própria receita, de alguma coisa interessante e original, que brotasse de sua imaginação e de seu conhecimento apurado, ainda que limitado, dos ingredientes e de suas propriedades. Os quatro queimadores do fogão trabalhavam sem parar e a cozinha transpirava enquanto as chamas azuladas cozinhavam caldos brancos e marrons que minha mãe transformava posteriormente em molhos aveludados que se agarravam aos talheres como tinta a óleo. Durante os meses de abril e maio, as panelas exudaram a fragrância de ossos moídos, tutano de vaca, aves, temperados com ervas e verduras fresquinhas de nosso próprio pomar. Os aromas se misturavam criando um perfume misterioso que lembrava uma camada de seda sobre a língua. Meu nariz se tornava mais sensível quando eu me aproximava de casa. Ali haveria caldos perfumados, da cor do couro tostado pelo sol, caldos brancos, mais leves, e os de peixe, cheios até a borda com cabeças de trutas que cheiravam como uma porção comestível do pântano.

Em junho, voltávamos de um dia exaustivo no barco, cansados, queimados de sol e esfomeados. Ao sairmos do caminhão, o cheiro das comidas que minha mãe preparava invadia-me as narinas, e minha boca, seca e salgada, tornava-se viva como o nascimento de um rio. O caminho até minha casa tinha uma variedade de aromas para os quais não havia um glossário adequado. Dentro da cozinha, minha mãe estava coberta de suor, cantando uma canção das montanhas, feliz com a ostentação de sua arte. Nunca comi tão bem antes ou depois dessa época. Cresci 7 centímetros naquele verão e engordei 5 quilos graças ao melancólico fato de minha mãe não pertencer à Liga de Colleton.

No fim de junho, minha mãe chegou àquilo que chamou "a grande surpresa de verão". Ela havia feito um acordo com o açougueiro, que começara a lhe guardar pedaços e órgãos de animais que normalmente jogava fora por serem impróprios para consumo humano.

Assim, a família Wingo tornou-se a primeira de Colleton a comer molejas preparadas a partir de uma receita da revista *Gourmet*.

Papai sentou-se à cabeceira da mesa; Luke e eu tomamos banho, trocamos de roupa e nos juntamos a ele. Savannah trouxe as molejas da cozinha e, com um imenso sorriso no rosto, serviu meu pai, que observava tudo melancolicamente e mexia na comida com o garfo. Mamãe entrou na sala e tomou seu lugar na outra ponta da mesa. Pela expressão do rosto, meu pai parecia interessado em descobrir os segredos das entranhas do animal sacrificado. Mamãe estava radiante; e havia rosas recém-colhidas sobre a mesa.

— Que diabo é isso aqui, Lila? — perguntou meu pai.

— Molejas ao molho de creme e vinho branco — respondeu, orgulhosamente. — É um molho francês muito especial, Henry.

— Pois para mim parece uma boceta!

— Como é que você ousa falar assim na frente das crianças e na mesa de jantar? Isto aqui não é um barco camaroneiro. Não admito esse palavreado em minha mesa. Além disso, você nem ao menos experimentou a comida, portanto não sabe se gosta ou não.

— Esta coisa aqui não é normal, Lila. E eu não ligo para o que seu livro de culinária fala.

— Simplório! Casei-me com um perfeito simplório — resmungou minha mãe, com raiva. — Essa é a glândula do timo de uma novilha, querido.

— Meu bem, não quero comer porcaria de vaca quando poderia estar comendo um belo bife. Não é demais pedir isso. Faz três meses que como esta merda e já estou cheio!

— Isso são as bolas da vaca, mãe? — perguntou Luke, revirando a comida no prato.

— Claro que não. E você também cuidado com esses palavrões, Luke Wingo. O timo fica em outra parte do corpo da vaca.

— Onde? — perguntei.

— Não sei direito. Mas é bem longe dos órgãos genitais. Disso eu tenho certeza.

— Droga, será que um homem não tem o direito de comer um pouco de carne no fim do dia? — Meu pai depositou o garfo sobre o prato. — É só isso que eu quero saber. Por que não peixe ou camarão, pelo menos? Estamos comendo uma carne que nem os negrinhos comem. Nem os cachorros. Onde está Joop? Venha cá, rapaz. Venha cá, Joop.

O cão, que dormia em sua poltrona, levantou a cabeça simpática, com manchas cinzentas, e pulou pesadamente no chão. Aproximou-se com cuidado de meu pai, os olhos leitosos por causa da catarata, tremendo por causa dos vermes que viviam em seu coração e que acabariam por matá-lo depois daquele verão.

– Venha cá, Joop. Venha até aqui – gritou meu pai com impaciência. – Droga, cachorro, traga essa sua bunda preta até aqui.

– Dá para ver que Joop é esperto – comentou Savannah. – Ele sempre detestou o jeito de papai.

O cão parou a 1,5 metro de meu pai e aguardou os acontecimentos. Papai era o único ser humano que Joop não adorava sem reservas.

– Ei, seu cachorro burro, coma essas molejas, amigo. – E ele colocou o prato no chão.

Joop aproximou-se lentamente. Cheirou com desdém a comida, lambeu um pouco do creme, virou-se e voltou para a poltrona.

– Passei o dia inteiro preparando essa comida – lamuriou-se minha mãe.

– Está vendo? – tripudiou meu pai. – Eis aí a prova viva. Você quer que eu coma uma coisa que nem o cachorro aceita. Eu me levanto às cinco da manhã, dou um duro danado para pegar alguns camarões, trabalho como um negrinho do cais desde a manhã até a noite e, quando volto para casa, tenho de agüentar uma comida que até o cachorro mais idiota do mundo rejeita!

– Procure encarar isso como uma ousadia em matéria de culinária, querido. Apenas uma aventura. É bom que as crianças experimentem todo tipo de comida. Estou tentando alargar seus horizontes. Esse é um prato francês clássico. Um clássico! Descobri na revista *Gourmet* – explicou, a voz magoada.

– E eu lá sou francês? Odeio os malditos franceses. Você nunca ouviu como eles falam? Meu Deus, Lila, é como se tivessem 20 quilos de queijo Cheddar no traseiro. Eu sou americano, um sujeito simples tentando ganhar alguma grana. Gosto de comida americana, bifes, batata, camarões, quiabo, milho e toda essa merda. Detesto lesmas, caviar, fígado de rã, bolas de libélula e tudo o mais que os franceses adoram. Não quero aventuras com a comida, meu bem, eu só quero comer. Espero não tê-la magoado com isso.

Luke, que começara a comer com um apetite exagerado, comentou:

— A comida está ótima, mãe. É a melhor que já provei até hoje.

Dei uma pequena garfada no prato e fiquei surpreso ao descobrir que a comida tinha um sabor agradável.

— Hum, está ótimo!

— Legal – concordou Savannah. – Relaxe, pai, que agora vou fritar um peixe para você.

— Esse cachorro idiota não quis comer – desconversou meu pai, sentindo contra si a pressão da solidariedade familiar.

— Ele não come *tudo* o que não saia de uma lata – explicou Luke.

— *Nada* – corrigiu minha mãe, sorrindo novamente. – Vocês precisam dar mais atenção à gramática.

— Você devia dar uma lata de comida de cachorro a papai – sugeriu Savannah.

— E deixá-lo disputar com Joop – completei.

Naquele momento, se mamãe tivesse servido bosta de cavalo ao molho de vinho branco, nós teríamos elogiado a textura e a delicadeza do prato. Aquilo era parte de um complexo código de ética que fazia com que nos uníssemos impensadamente em torno dela sempre que papai a agredia com seus ataques gratuitos. Por mais correto que fosse seu ponto de vista, Henry Wingo jamais perderia a pose de valentão. Isso o isolava e o enfurecia, mas era um destino prefixado. Ao perceber que saboreávamos aquelas glândulas frescas, num desafio ao homem da casa, ele comentou:

— Bem, você conseguiu voltar todos os meus filhos contra mim, Lila. Parece que quem se ferrou fui eu.

— Tente ser educado, pai – interveio Luke suavemente. – Mamãe trabalhou duro para fazer este prato.

— Ei, seu intrometido, eu é que trabalhei duro para sua mãe colocar essa droga na mesa. Eu sou o ganha-pão desta família de faladores, e não o ganha-molejas. Se eu quiser reclamar, tenho todo o direito.

— Fale de maneira agradável, pai – pediu Savannah, a voz tranqüila, mas com uma ponta de medo. – Você é tão simpático quando não banca o valentão.

— Cale-se!

— Por quê? Tenho todo direito às minhas opiniões. Afinal de contas, também sou uma cidadã americana. Você não pode me mandar calar a boca.

— Eu disse cale-se! – repetiu meu pai.

— Oh, Deus, que grande homem corajoso! – zombou minha mãe.

— Vá fazer alguma comida decente, Lila. Imediatamente. Trabalhei o dia inteiro e tenho direito a uma refeição razoável.

— Tenha calma, pai – ponderou Luke, com voz magoada e conciliadora.

Meu pai deu-lhe um soco na boca. Surpreso, Luke fitou-o antes de inclinar a cabeça em direção ao prato.

— Agora, traga um pouco de carne, Lila – exigiu meu pai. – Qualquer uma serve. Preciso ensinar essa família a ter um mínimo de respeito por um homem trabalhador.

— Você está bem, Luke? – perguntou minha mãe.

— Sim, senhora. Estou bem.

— Há um resto de picadinho e um pouco de arroz. Vou esquentá-los, Henry – disse ela.

— Eu ajudo, mãe – ofereceu-se Savannah.

Empurrei minha cadeira para longe da mesa e levantei-me.

— Eu também vou. – Então procurei refúgio na cozinha, pois a experiência me ensinara a me afastar do ângulo de ataque de meu pai quando ele estourava.

— Você pode picar uma cebola para mim, Tom? – pediu minha mãe.

— Claro.

— E você, Savannah, esquente o arroz, querida. Está num prato coberto, no fundo da geladeira.

— Sinto muito pelo que aconteceu, mãe – disse Savannah, abrindo a porta da geladeira.

— Não há o que sentir. Essa é a vida que escolhi. A vida que eu mereço. – Dizendo isso, ela saiu da despensa, segurando uma lata de comida para cachorro. Alheia a nossos olhares de descrença, abriu-a e aproximou-se do fogão. – Pique outra cebola, Tom, por favor – disse, enquanto o cheiro da cebola refogada invadia a cozinha. – E descasque dois dentes de alho.

Quando as cebolas e o alho ficaram transparentes na manteiga, minha mãe despejou a comida para cachorro na panela e pôs-se a misturar vigorosamente os ingredientes. Temperou com pimenta, um pouquinho de molho Worcestershire e de Tabasco, e em seguida adicionou uma xícara de purê de tomate. Para completar, acrescentou um punhado de cebolas picadas, o arroz amanhecido e deixou esquentar bem. Depois, colocou a gororoba bem arrumada sobre uma travessa limpa e a enfeitou com alho-poró picado e salsinha fresca. Então levou a travessa para a sala e a depositou com um floreiro triunfante na frente de meu pai. Joop acordou mais uma vez, pulou para o chão e se aproximou de papai.

– Está vendo? Esse cachorro burro sabe o que é bom para comer. – Animado, meu pai serviu uma pequena porção para Joop, colocando depois o pratinho no chão. O animal comeu tudo e voltou para a poltrona, rosnando de prazer.

– O provador do rei – declarou Savannah ao retomar o jantar.

Com sua autoridade restaurada, meu pai experimentou o picadinho, fazendo uma ar bastante satisfeito.

– Isso sim é comida, Lila. Simples, porém boa. Sou um homem modesto e não tenho vergonha disso. Mas sei o que é bom e o que não é. Esta refeição está ótima e eu lhe agradeço pelo trabalho que você teve.

– Imagine, querido, foi um prazer – respondeu minha mãe, acidamente.

– Detesto essas discussões na hora de comer – opinou Luke. – Quando estou na mesa, sinto-me pronto para aterrissar numa praia da Normandia.

Savannah emendou:

– Esse é um dos prazeres da vida em família, Luke. Você já devia estar acostumado. Você come ervilhas para ficar forte e agüentar um soco na boca.

– Vamos parar com isso, mocinha – advertiu minha mãe.

273

— É assim que se constrói um caráter, Luke. — Meu pai deu uma garfada na comida para cachorro e então completou, falando com a boca cheia: — Gostaria que meu pai tivesse me dado umas palmadas quando eu aprontava alguma, em vez de me obrigar a ler dez páginas da Bíblia.

— Foi a Bíblia que ajudou seu pai a se tornar o grande sucesso que hoje ele é. — A voz de minha mãe denotava amargura.

— Sinto muito se não sou um cirurgião cardíaco nem um banqueiro de colarinho branco, Lila. Mas acho que está na hora de você parar de ter vergonha de mim por eu ser pescador de camarões.

— Sinto vergonha porque você não consegue nem ao menos ser o melhor camaroneiro. Há dez homens no rio, metade deles de cor, que pegam muito mais camarões que você.

— Só que eles não têm as idéias sobre negócios que eu tenho. Ao contrário de mim, são incapazes de descobrir como fazer dinheiro.

— Você perdeu mais grana do que muitos homens conseguiram ganhar!

— Acontece que minhas idéias sempre estiveram à frente no tempo, Lila. Você tem de admitir isso. Sou mais corajoso do que qualquer um. Só preciso de um pequeno capital emprestado e de um toque da dona sorte.

— Você já nasceu perdedor e tem cheiro de camarão — retrucou minha mãe com crueldade.

— Pesco camarões para viver. O cheiro vem daí.

— Se você esfregasse um dente de alho no peito, ficaria o próprio camarão ao alho e óleo!

— Adoro o cheiro de camarão fresco! – exclamou Luke.

— Obrigado, rapaz – disse meu pai.

Minha mãe não se conformou:

— O que você acharia de ir para a cama com um camarão de 110 quilos, Luke?

— Estão vendo o que eu disse? – replicou ele. — Tudo aqui vira discussão.

— É difícil imaginar papai como um camarão — comentou Savannah, olhando para ele, que terminava tristemente seu prato de comida de cachorro.

— Por que não conversamos, rimos e falamos sobre nossas atividades como fazem as famílias na televisão? – continuou Luke. – Aqueles homens sempre usam paletó e gravata para jantar, pai.

— Você consegue me ver tentando abaixar as redes durante uma tempestade, usando paletó e gravata, Luke? Além disso, aqueles pais não são verdadeiros. São bichas de Hollywood.

— Mas eles sempre estão felizes durante o jantar!

— Você também estaria feliz se tivesse alguns milhões de dólares bem guardadinhos num cofre. – Meu pai deu um arroto animal de pura satisfação. – Agora, Lila, essa sim foi uma bela refeição. Lembre-se, você está cozinhando para um americano, não para um francês.

— Se eu fritasse pedras, você iria devorá-las do mesmo jeito, Henry. Acontece que eu quero educar as crianças, ensinando-lhes o que há pelo mundo. Ao mesmo tempo, tento me aprimorar. Estou procurando a receita certa, aquela que vai impressionar o pessoal da Liga de Colleton, que sempre me recusou. Portanto, vou continuar com meus experimentos até chegar a algo tão original que fará com que todos lá percebam que eu seria de grande valia para a organização.

Papai olhou-a nos olhos e recitou as palavras que jamais tinham sido pronunciadas em torno da mesa:

— Meu bem, elas nunca deixarão você entrar na Liga de Colleton. Será que ainda não percebeu? A Liga existe apenas para impedir pessoas como você de pertencer a ela. Você pode fazer todo tipo de comida francesa ou italiana que de nada vai adiantar. Aliás, é melhor que você escute isso de mim do que delas. Tente encarar a realidade; não custa nada.

— Nem se dê o trabalho de enviar uma receita, mãe. Papai está certo – acrescentei.

— Sim, por que você quer ajudar aquelas senhoras da Liga? – reforçou Savannah. – A única coisa que elas sabem fazer é magoar você.

— Os sentimentos da gente só são magoados se a gente permite – retrucou minha mãe, com orgulho. – Sei que sou tão boa quanto cada uma daquelas mulheres e, lá no fundo, elas também sabem disso. A meu modo, contribuo para a cidade, tanto quanto elas. Lembrem-se, Roma não foi construída em um dia. As outras mulheres tiveram vantagens que eu nunca tive. Mas eu me utilizo de todos os recursos e algum dia entrarei na Liga, não há dúvida.

– Por que você quer ser admitida? – estranhou Savannah. – Eu não gostaria de ser sócia de um clube que não me quisesse.

– Elas me querem... Só que ainda não sabem.

– Você não tem a menor chance de ser admitida na Liga de Colleton, Lila. E isso por minha causa, não por você – declarou meu pai, levantando-se da mesa.

– Sim, eu sei, Henry – disse ela, menosprezando aquele traço de benevolência tão raro no marido. – Você não é exatamente o que se poderia chamar uma grande aquisição para a Liga.

DURANTE O RESTANTE do verão, mamãe concentrou-se em trabalhar com materiais nativos da região. Sua capacidade de dedicação era heróica e surpreendente. Cozinhou frangos de dez maneiras diferentes, e cada modalidade parecia a criação de um novo pássaro. Sempre que meu pai se queixava, acabava recebendo comida para cachorros, que por sinal até melhorou com o tempo. Fazendo mágicas com a carne de porco, ela mudou para sempre a maneira como eu encarava esse tipo de carne. E se tivesse publicado sua receita para churrasco de porco, teria mudado a qualidade de vida do Sul tal como eu a conhecia. Mas o churrasco era indissoluvelmente ligado a seu passado e ela o eliminou da disputa por ser simples e prosaico. Tivemos discussões de família sobre qual receita enviar para as senhoras da Liga. Havia uma musse de camarões que pensei que fosse a coisa mais gostosa que eu já pusera na boca. Savannah preferiu uma *bouillabaisse,* que minha mãe preparou com o resultado de um dia de trabalho do barco de pesca. Meu pai permaneceu leal ao frango frito que ela fazia.

Foi o verão mais feliz que minha família teve. Mesmo quando Joop morreu, houve certa doçura em seu falecimento, uma tranqüilidade no modo como choramos, uma beleza calma em seu funeral. Nós o encontramos morto na poltrona e decoramos seu caixão com fotografias dele conosco, desde os tempos de filhote até seu último ano de vida. Aquele cão sempre estivera conosco e representava a melhor parte de nós, a parte que podia amar sem recompensa ou expectativa. Nós o enterramos perto de nossos irmãos e irmãs, tendo o cuidado de colocar junto duas latas de ração para ajudá-lo em sua longa jornada e para que todos soubessem que Joop era um cachorro cuidado com carinho por uma família que o amava muito.

No dia seguinte ao enterro de Joop, Luke pescou uma cavala de 5 quilos, perto do cais, antes do jantar de domingo. Mamãe a recheou com camarões, mexilhões e vôngoles. Assou-a com vinho, creme e um punhado de ervas que escolheu ao acaso. Quando fomos comer, a carne branca soltava-se dos ossos em segmentos perfeitos e os frutos do mar tinham os sabores maravilhosamente combinados do vinho, dos temperos e do próprio mar. Duas horas antes de ser fisgado, o peixe estivera se alimentando no rio Colleton. Tanto que Luke encontrara um camarão inteiro em seu estômago, engolido alguns momentos antes de ele morder a isca do anzol. Meu irmão limpou o camarão e minha mãe juntou-o ao recheio para dar sorte.

— Pois é – disse ela –, este tem de ser o prato certo.

— Talvez não – discordou meu pai. – Acho peixe frito ótimo.

— É impossível encontrar uma comida tão boa como essa mesmo em um restaurante fino – comentou Luke.

— Como é que você sabe? – brincou Savannah. – Você nunca esteve num restaurante fino, a não ser naquele que serviu semolina amarela.

— Não ficou lá essas coisas todas – interrompeu minha mãe, provando a comida. – Muito pesado e, sob certos aspectos, lugar-comum. Li hoje que a simplicidade é a chave da elegância em todos os sentidos. Mas acho que existem coisas simples demais.

— Claro, papai é um exemplo disso – ironizou Savannah.

Em vez de se irritar, ele riu animadamente.

— Simplicidade? Então isso significa que eu sou um dos filhos-da-puta mais elegantes da região!

— Não – retrucou minha mãe. – Tenho certeza de que não é bem assim.

— Você encontrou outras receitas boas hoje, mãe? – perguntei.

— Encontrei uma sopa napolitana que inclui partes do pulmão, do coração e da traquéia do porco. Achei melhor não fazê-la.

— Ótimo – aplaudiu meu pai. – Dá vontade de vomitar só de ouvir você descrevê-la.

— É repulsiva – concordou Savannah.

— Pois eu acho que é boa – garantiu minha mãe. – O que causa aversão é a idéia que a gente faz. Aposto que a primeira pessoa que comeu caracol sentiu uma pontinha de repulsa.

— Aposto que essa pessoa vomitou – afirmou papai.

NO COMEÇO DE AGOSTO, minha mãe anunciou que afinal descobrira a receita. Depois de descongelar oito patos selvagens que Luke caçara no inverno anterior, fez com os ossos e partes descartadas das aves um caldo escuro como chocolate e de sabor forte e ligeiramente excitante. Cortou a força do caldo com vinho branco e um pouquinho de conhaque. Então, ficou cerca de uma hora pensando no que fazer, até decidir por cozinhar os patos com nabos, cebolas, maçãs azedas e uvas amarelas tiradas da parreira. Tudo isso, pesando cuidadosamente os mistérios do equilíbrio e da proporção para uma refeição perfeita. Quando enfim se sentou para jantar, percebemos sua apreensão. Ela estava preocupada com as uvas. Não tinha consultado nenhum livro de culinária e partira para o desconhecido sem os exemplares de *Gourmet* para guiá-la. Usando apenas o que havia na despensa, fizera tudo por conta própria.

Eu estava desconfiado dos nabos, mas minha mãe me assegurou que a carne do pato selvagem era a única capaz de manter a integridade quando confrontada com esse legume. Foi o que mais me incomodou; afinal de contas, eu odiava nabos. Entretanto, as frutas tinham cortado seu amargor e eles funcionavam maravilhosamente bem em seu papel de diminuir o excesso de doçura das uvas. Diante da carne cor-de-rosa silvestre, até meu pai deixou de lado as preleções diárias sobre as alegrias das frituras e comeu com prazer. Aquilo era uma criação de minha mãe, uma criação maravilhosa. Assim, ao término da refeição, nós nos levantamos para aplaudi-la. Aliás, era o sétimo aplauso que ela recebia naquele verão.

Com uma reverência, mamãe nos mandou beijos enquanto seus olhos brilhavam com um prazer raro naquela casa. Depois, numa demonstração incomum de afeto, ela deu a volta na mesa e beijou cada um de nós, incluindo meu pai! Os dois começaram a valsar em direção à sala de estar. Minha mãe ria e entoava uma melodia que lembrava os dias agradáveis de seu namoro em Atlanta. Parecia tão bem, tão à vontade nos braços de meu pai que, pela primeira vez, percebi quanto combinavam nos braços um do outro. Aquele foi um verão de felicidade extravagante, quase elegíaca, para todos nós. Minha mãe se desempenhava na cozinha como um mago inspirado e meu pai conseguia encher seu barco com os camarões. A casa começou a parecer um lar, o ancoradouro seguro pelo qual eu esperara toda a vida. Era um verão ensolarado e feliz. Eu achava meus pais bonitos e comia como um rei depois de trabalhar o dia inteiro retirando camarões do mar.

Após o jantar, mamãe sorria sozinha enquanto endereçava o envelope para o comitê do livro de culinária. As portas da casa estavam abertas e o vento fresco do rio varria todos os cômodos. Observei minha mãe umedecer um selo e grudá-lo no canto do envelope. Vi então que Savannah a contemplava com tristeza. Ela se virou rapidamente para mim, e nossos olhos se encontraram na presciência ofuscante, na telepatia que por vezes ocorre com os gêmeos. Sentíamos que nossa mãe mais uma vez se preparava para servir de vítima, e não podíamos fazer nada para evitá-lo.

A resposta veio em uma semana. Desconfiamos de que chegara porque não saía nenhum cheiro da cozinha quando voltamos naquela noite. Diante da casa vazia, Luke e eu fomos ao quintal. Encontramos Savannah consolando mamãe, que fora até a parreira para chorar sozinha. Savannah nos deu a carta.

> Prezada sra. Wingo,
> O comitê e eu gostaríamos de lhe agradecer do fundo do coração por sua "velha receita de família" de Canard Sauvage da Maison Wingo. Infelizmente, concordamos em que o livro deve representar o melhor da cozinha regional. Assim, não temos espaço para incluir as contribuições estrangeiras mais exóticas das melhores cozinheiras de nossa cidade. Agradecemos muito por sua atenção e seu tempo.
> Atenciosamente,
>
> Isabel Newbury
>
> P.S.: Lila, você precisa me contar de que livro copiou essa receita. Parece absolutamente divina!

Louco de raiva, eu explodi:
— Diga a ela que você copiou do "Guia dos cogumelos venenosos das Américas", e que ficará feliz em servi-lo no próximo chá que ela fizer.

— Agora chegou ao limite — acrescentou Luke. — Vou quebrar a cara do filho dela.

— Por favor, por favor — implorou minha mãe entre lágrimas. — Não há necessidade de ser vulgar e Todd não tem nada a ver com isso. Não foi nada, realmente. O problema é que elas querem apenas certos nomes e certas famílias no livro. Estou contente por ter aproveitado a oportunidade. Já foi uma honra o fato de enviar uma receita. Não vou deixar que uma coisinha como essa me incomode. Tenho muito orgulho para permitir que elas vejam como fiquei magoada. Vocês perceberam alguma coisa engraçada no título do meu prato? Só tive medo de que fosse um pouco exagerado.

— Não entendo esse título — confessou Luke, examinando o texto da carta. — Pensei que você tivesse feito pato...

— Achei que se pusesse o nome em francês soaria mais elegante. — Minha mãe enxugava as lágrimas.

— É um nome perfeito para um prato maravilhoso! — elogiou Savannah.

— Elas adorariam se tivessem uma chance de prová-lo, você não acha, querida? — perguntou minha mãe.

— Seria muito difícil que elas provassem a comida no lugar onde eu iria colocá-la!

— Savannah ia enfiar tudo na bunda gorda delas, mãe — explicou Luke, cinicamente.

— Talvez elas saibam que meus filhos são vulgares — replicou mamãe, levantando-se do banco no qual estava sentada. — Talvez pensem que, se não consigo controlar meus próprios filhos, não mereço pertencer à Liga de Colleton.

Luke aproximou-se dela e a ergueu nos braços. Beijou-a com suavidade no rosto e, segurando-a no ar, declarou:

— Sinto muito que elas a tenham magoado, mãe. Não suporto ver você chorar. Se isso acontecer novamente, eu entro na reunião delas e chuto o traseiro de cada uma. E ainda faço com que comam pato selvagem com uvas e nabos até que comecem a voar para o sul, para passar o inverno.

— Aquilo é apenas um clube, Luke — minimizou minha mãe, endireitando o vestido enquanto ele a colocava cuidadosamente sobre a relva.

– Sou capaz de jurar que vocês estão mais aborrecidos com isso do que eu. Minha intenção é melhorar um pouco nossa vida para que vocês tenham algumas vantagens além das que eu tive. Só chorei porque percebi ter estragado tudo com o nome do prato. Tem uma coisa errada ali. Mas só descobri quando Isabel Newbury escreveu o nome inteiro da receita na carta. Como se fosse uma grande piada! Como se ela tivesse gargalhado por causa do nome. *Maison* é a palavra francesa para casa, não é, crianças?

– Sim – respondemos em uníssono, apesar de nenhum de nós saber se era realmente.

Naquela noite, ficamos acordados na escuridão ouvindo os ventos do Norte que rugiam e as ondas quebrando ao longo do rio. Mais forte que o barulho tremendo do vento e da água, escutávamos o choro de mamãe em seu quarto e o murmúrio da voz rude e ineficaz de meu pai tentando consolá-la. Após o jantar, ela descobrira que a palavra francesa que deveria ter usado era *chez*. Ela seria capaz de agüentar qualquer humilhação, exceto a causada pelas deficiências de sua educação.

– Alguém pode me dizer por que mamãe quer tanto entrar para a Liga de Colleton? – perguntei.

– Ela não gosta de ser quem é – esclareceu Savannah.

– Onde diabos ela arranjou essas idéias? – indagou Luke. – É isso que eu não entendo. De onde elas vieram?

– Ela foi pegando essas idéias ao longo do tempo – explicou minha irmã.

– Droga! Ela vai ser presidente do Clube de Jardinagem no ano que vem. Por que não se contenta com isso?

– Qualquer um pode pertencer ao Clube de Jardinagem. Basta ser branco e ter capacidade para enterrar uma semente. Não, mamãe precisa possuir algo inacessível. É a única coisa que tem significado para ela.

Então, os maus tempos começaram para minha família – a estação mortífera na qual o rio nos traiu e a todos os habitantes da Carolina do Sul que tiravam seu sustento do mar. Foi em janeiro, seis meses após o episódio dos patos, com um frio como jamais havíamos sentido antes.

Pela primeira vez em nossas vidas, encontramos neve ao acordar, 10 centímetros que cobriam toda a ilha e congelavam o pequeno lago de águas negras que havia no centro dela. Com as bordas do pântano brancas, coelhos e ratos-do-mato andando em busca de comida eram alvos fáceis para os falcões. O céu estava triste e cinzento e a temperatura manteve-se em torno dos 12 graus negativos durante uma semana inteira. Os canos se congelaram e, em seguida, estouraram, deixando-nos sem água em casa por duas semanas. Os fios que traziam eletricidade para a ilha foram derrubados por um galho congelado, fazendo com que mergulhássemos na escuridão. Vivíamos à luz suave dos lampiões de querosene. Fizemos grandes fogueiras e mamãe derretia a neve de nossos sapatos no fogão de lenha quando chegávamos de nossas expedições para recolher a madeira. Havia uma sensação de alegria e uma surpreendente atmosfera de festa em nossa casa, enquanto as escolas eram fechadas por cinco dias. Não existia uma única máquina removedora de neve em todo o estado, e tampouco um só trenó no município de Colleton. Fizemos nossa primeira guerra de bolas de neve no jardim e construímos nosso primeiro boneco de neve.

Um velho negro artrítico, Clem Robinson, morreu de frio a menos de 5 quilômetros de nossa casa. Antes que a neve derretesse definitivamente, uma tempestade de gelo cobriu toda a região e nos ensinou que o gelo podia ser muito mais traiçoeiro do que imaginávamos. Durante a noite, ouvíamos os ruídos desconsolados das árvores que se quebravam sob o peso de sua carga brilhante. Os galhos rompiam-se com terrível violência, como se fossem ossos saudáveis. Não sabíamos que as árvores podiam morrer sob uma lâmina de gelo. Tampouco que morriam ruidosamente, com estampidos que faziam a floresta ressoar com o fantasmagórico poder do fogo de um exército armado. A temperatura das águas do Atlântico caiu abaixo dos sete graus centígrados. Os camarões com os quais meu pai tinha um encontro marcado na primavera começaram a morrer. Pereceram milhões deles e as notícias sobre a dizimação não vieram a público até que os pescadores da Carolina voltassem com as redes vazias em março. Os camarões não retornaram aos braços de mar e riachos em seus incontáveis cardumes fervilhantes. Pareciam vir sozinhos, ou aos pares, e as fêmeas prenhes, inundando os pântanos com seus ovos, carregavam consigo a responsabilidade de preservação da espécie enquanto se forçavam a alcançar os riachos onde fariam a desova. Aquele foi o ano em que o banco reintegrou a posse de 17 barcos de pesca de camarões e os vendeu em leilão. Em duas semanas de implacável e exaustiva pesca, desde o amanhecer até a noite, o barco de meu pai conseguiu somente 20 quilos de camarões. O mar estava estéril. Os peixes e os pássaros marinhos se comportavam de maneira estranha. Havia pobreza e fome nas marés. Pela primeira vez nos tempos modernos, o camarão se tornou um acepipe raro e valorizado nas mesas de Colleton.

Em maio, meu pai deixou pela primeira vez de fazer o pagamento do barco e, no dia seguinte, rumou para as águas da Geórgia. Mas lá também as redes voltaram tão magras que não foi possível juntar camarões suficientes para cobrir a despesa com o combustível. Ele continuou em direção ao sul, conversando com outros pescadores, ouvindo boatos de grandes pescarias na região das ilhas ao sul da Flórida e no golfo do México. Foi pego pelas autoridades em Saint Augustine quando varria o canal de um rio que fora fechado aos camaroneiros por causa do frio. Seu barco foi retido e multado em 500 dólares. Meu pai arranjou um emprego de mecânico em uma oficina da Highway 17, onde levaria seis meses para pagar a multa e reaver o barco para voltar às águas da Carolina. Então, ele ligou para minha mãe e disse que cabia a nós manter em dia o pagamento das prestações do barco.

Luke, Savannah e eu iniciamos um ritual em que nos levantávamos às cinco da manhã e colocávamos uma série de puçás no rio. Depois de esvaziar as armadilhas de siris dentro de um grande barril no meio do barco, fazíamos novas iscas com restos de peixe. Começamos com vinte puçás e, no fim do verão, tínhamos cinquenta, distribuídos ao longo de 30 quilômetros de rio e riachos. Por sermos novos no rio, precisávamos respeitar os direitos dos pescadores comerciais e preparávamos nossas armadilhas em canais distantes, longe da cidade de Colleton propriamente dita. Abarcávamos uma grande extensão do município, deixando as armadilhas como sinal de nossa passagem. Amarrando bóias brancas em uma corda, arrastávamos os puçás repletos de iscas pelas marés altas ou baixas. Podíamos ser seguidos de bóia em bóia ao longo das regiões mais selvagens e desoladas do município. No início, trabalhávamos vagarosamente – nossos movimentos eram inexperientes e imprevidentes. Mas melhoramos aos poucos, aprendemos o ritmo do trabalho e desenvolvemos uma técnica com base em nossos erros iniciais. No primeiro mês, levávamos dez minutos para esvaziar um puçá de siris e pôr novas iscas para a próxima maré. No segundo mês, porém, a mesma operação tomava menos de dois minutos por armadilha. Era uma questão de aperfeiçoar a técnica da pesca de siris. Refinamos nossos movimentos, assimilamos a economia dos gestos precisos. E aprendemos que a pesca de siris, como tudo no mundo, tinha sua beleza e algumas qualidades de dança. Empatamos dinheiro no primeiro mês porque todo o lucro serviu para a compra de novos puçás. No segundo mês, pagamos o débito de meu pai do barco. Os pescadores mais velhos observavam nosso progresso quando trazíamos o resultado de nosso trabalho para ser pesado. No início, éramos objeto de escárnio e de piadas. Em agosto, éramos introduzidos em sua irmandade. Eles se reuniam ao redor de nós para admirar as mãos calejadas de Savannah. Davam conselhos e nos ensinavam os mistérios de sua arte rude. Então, depois que dominamos a fundo o essencial, eles nos brindaram com seu silêncio. Havíamos nascido para o rio e eles esperavam que fôssemos bons naquilo a que estávamos destinados.

Mesmo trabalhando como loucos no rio, no entanto, não conseguíamos afastar os temores de mamãe, pois não havia dinheiro suficiente para pagar as contas. Em setembro, a eletricidade foi cortada. O rosto de minha mãe mostrava insegurança e preocupação sob a luz do lampião de querosene. Em seguida, não pudemos pagar o seguro do barco. O telefone foi desligado. Os colegas de escola zombavam de mim por usar calças muito pequenas. Mamãe tentou arranjar emprego em alguma loja de Colleton, mas não havia vagas. A cada noite, depois de voltar da escola, eu perambulava pelos riachos, jogando a tarrafa para garantir nosso jantar. Caçávamos veados fora da estação e matávamos até as corças e seus filhotes para ter carne à mesa. Ficamos desesperados diante do terror silencioso, mas visível de mamãe. Ela não permitia que contássemos a ninguém, sequer a nossos avós, a seriedade de nosso problema. O orgulho a tornava incapaz de pedir ajuda até aos vizinhos. Seu afastamento da cidade foi como o de um índio primitivo. Impossibilitada de pagar as contas do açougue e do armazém, ela simplesmente deixou de ir lá. Voltou-se para si mesma, cultivando silêncios prolongados, preocupantes, e então pôs-se a trabalhar no jardim com ímpeto compulsivo. Uma atmosfera de expectativa pairava em nossa casa enquanto esperávamos pela mudança da sorte. Logo, os camarões retornaram ao rio e novamente as redes começaram a se encher. Mas papai ainda tentava ganhar dinheiro para resgatar seu barco na Flórida.

Na véspera do Dia de Ação de Graças, ouvimos um carro que passava pela estrada elevada do outro lado da ilha. Dez minutos mais tarde, o veículo estacionou em nosso quintal e quatro mulheres bem-vestidas se aproximaram de nossa casa. Eram Bettina Potts, Martha Randall, Thelma Wright e Isabel Newbury, as administradoras da Liga de Colleton. A sra. Newbury perguntou-me se poderia falar com mamãe.

Minha mãe veio até a porta e algo morreu em seus olhos no momento em que as viu. Enxugou as mãos no avental e as convidou para entrar.

— Não vamos demorar, Lila. Ainda temos três perus para entregar antes que escureça — comentou docemente a sra. Newbury.

— O que aconteceu? Não estou entendendo... — retrucou minha mãe, enquanto as quatro senhoras se sentavam pouco à vontade na sala de estar, relanceando os olhos pelo ambiente.

— Bem, você deve saber que uma das funções da Liga de Colleton é distribuir perus no Dia de Ação de Graças, para as famílias menos afortunadas, Lila. Queríamos ter certeza de que você e sua família não ficariam sem um deles nesse dia — esclareceu Bettina Potts.

— Deve haver algum engano, Bettina. Minha família está muito bem.

— Você não quer acender a luz, Lila? — sugeriu a sra. Newbury. — Está difícil enxergar nessa escuridão.

— Eu lhes agradeço por terem pensado em nós, senhoras. — Minha mãe quase não controlava o nervosismo. — Mas garanto que há outras famílias precisando de caridade mais do que nós.

— Ora, não encare isso como uma caridade, Lila — interveio Thelma Wright. — Pense nisso como um gesto de boa vontade entre amigos que estão preocupados com você.

— Não façam isso comigo. Por favor, eu imploro.

— Pense em seus filhos no Dia de Ação de Graças, Lila — disse a sra. Potts. — Não seja egoísta.

Então ouvi a voz de Luke, trêmula de fúria assassina, enquanto ele aparecia da cozinha.

— Saiam desta casa imediatamente!

— Que rapazinho grosseiro – queixou-se Martha Randall enquanto Savannah e eu saíamos do quarto em que estávamos refugiados.

— Não consigo ver o rosto de seus filhos com essa escuridão, Lila – insistiu a sra. Newbury. – Por favor, acenda uma lâmpada.

— Meu filho pediu que vocês saíssem, Isabel.

— Vamos embora assim que dermos o peru.

— Podem deixá-lo no quintal. Mais tarde, um dos meninos vai buscá-lo – declarou minha mãe, recuperando aos poucos a compostura.

— Você complicou as coisas para nós, Lila – reclamou a sra. Randall.

— O mesmo eu poderia dizer de vocês – retrucou minha mãe enquanto elas se levantavam. Depois de deixarem o peru congelado sobre a grama, ouvimos quando o carro saiu do quintal.

Com lágrimas de raiva nos olhos, minha mãe dirigiu-se ao lugar onde guardava as armas na sala, pegou a espingarda, um punhado de cartuchos, carregou-a e pôs os cartuchos restantes no bolso do avental. Foi até o quintal e parou próxima do peru que recebera como um ato de caridade e humilhação da Liga de Colleton.

— Elas estavam esperando que isso acontecesse. Estavam apenas esperando – declarou, ao levantar a espingarda até o ombro. O primeiro tiro fez o peru saltar na grama e o segundo o desmembrou em mil pedaços. – Quero que vocês se lembrem desse peru, crianças. Aquelas mulheres são iguais a ele. Todas elas. – Abaixando a arma, caminhou de volta para a casa.

Não me recordo do jantar de Ação de Graças daquele ano.

No FIM DE DEZEMBRO, após a volta de meu pai da Flórida, uma tartaruga marinha foi levada pelas águas até o pântano perto de nosso ancoradouro. Quando a encontramos, já estava morta. Papai mandou que Luke e eu a removêssemos dali antes que começasse a se decompor e a empestear o quintal. Naquele dia, Savannah lera para nós, durante o café-da-manhã, uma nota na coluna social dizendo que Reese e Isabel Newbury, juntamente com seu filho Todd, estavam em Barbados para passar as férias de inverno. Foi Luke quem fez a ligação entre o réptil e Barbados. Tiramos a tartaruga do lugar e a colocamos dentro da baleeira. À noite, antes de irmos dormir, Luke revelou seu plano para Savannah e para mim.

Acordamos às três da manhã e saímos de casa pela janela do quarto. Sem barulho, fomos até o ancoradouro. Luke só ligou o motor do barco quando já havíamos flutuado até uma boa distância de casa. Pegando o canal principal, seguimos em direção às luzes de Colleton, do outro lado do rio. Com o motor acelerado, deslizamos em um mar encapelado com a maré alta. Ríamos ao passar sob a ponte, mas permanecemos em silêncio ao nos aproximarmos do desembarcadouro no fim da rua das Marés. Luke desligou o motor e flutuamos por 30 metros até a terra. Saltei do barco e o amarrei ao cais comunitário. Tiramos a tartaruga do barco e, parando várias vezes para descansar, passamos pelas ruas desertas da cidade, rumo à mansão dos Newbury. Caminhamos sob os carvalhos que formavam a abóbada verde que se estendia ao longo da fileira de casas mais elegantes entre Savannah e Charleston. Os cães latiam a distância, na cidade. Cortei a mão em uma das cracas grudadas ao casco da tartaruga. O ar estava frio e as luzes das árvores de Natal piscavam em algumas janelas.

Ao chegarmos à casa dos Newbury, pusemos a tartaruga no quintal enquanto Luke dava a volta na mansão para experimentar as janelas. Subindo por uma das colunas, ele descobriu a janela aberta de um banheiro, no segundo andar. Savannah e eu ouvimos a porta dos fundos se abrir e vimos Luke, que acenava para nós. Levantamos a tartaruga e subimos a escada dos fundos o mais rápido que podíamos. Fomos diretamente ao quarto principal, onde Luke removera com cuidado as cobertas da imensa cama de quatro colunas do casal Newbury. Depositamos a tartaruga entre os lençóis, ajeitamos sua cabeça sobre um dos travesseiros e a cobrimos com os cobertores. Savannah ligou o aquecedor para trabalhar a todo vapor. Luke encontrou um dos gorros de dormir da sra. Newbury e o colocou de maneira travessa na cabeça do animal. O quarto cheirava como um barco repleto de camarões. A tartaruga já começara a se decompor. Mais tarde, quando mamãe nos chamou para o café-da-manhã, estávamos sossegadamente em nossas camas.

Os Newbury não puderam morar em sua casa por seis meses depois que retornaram de sua viagem anual a Barbados, e tampouco voltaram a fazer essa viagem. A decomposição da tartaruga fora terrível no calor extremo do quarto. A cama de quatro colunas e os cobertores tiveram de ser queimados e, durante um mês, nenhuma empregada entrou no quarto sem vomitar. Reese Newbury prometeu 1.000 dólares a quem fornecesse alguma informação que possibilitasse a prisão da pessoa que deixara a tartaruga em sua cama. Houve um editorial na *Gazeta de Colleton,* denunciando o crime. Nunca vi minha mãe mais feliz do que no dia em que leu esse editorial.

No aniversário dela, Savannah deu-lhe um exemplar do livro de culinária da Liga de Colleton. Aliás, foi um presente dos três filhos. Percebi a antiga expressão de mágoa e desapontamento enquanto minha mãe segurava o livro nas mãos. Visivelmente perturbada, ela pensou que estivéssemos nos divertindo à sua custa.

— Abra-o no fim, mãe. Luke, Tom e eu escrevemos uma receita — anunciou Savannah.

Na última página, Savannah escrevera a receita completa do Canard Sauvage Chez Wingo. Na página anterior, havia uma receita inventada por nós:

Tartaruga Marinha Chez Newbury
Pegue uma tartaruga marinha, de preferência velha. Escolha uma noite escura e leve-a pelo rio quando seus pais estiverem dormindo. Tenha cuidado para não ser visto por ninguém. Descubra uma janela aberta. Destranque a porta dos fundos. Deposite a tartaruga sobre uma cama de quatro colunas e ligue o aquecedor ao máximo. Deixe cozinhar lentamente até que esteja no ponto, geralmente duas semanas. Sirva com torradinhas e vinho tinto forte. Deseje feliz aniversário à sua mãe. Diga que a ama. Lembre-a do peru.

Com amor,

Savannah, Luke e Tom.

Acreditarei para sempre que essa receita foi o primeiro poema autêntico de Savannah. Em primeiro lugar, minha mãe nos repreendeu, gritou que estava nos educando para sermos cidadãos decentes, obedientes às leis, e não arrombadores de casas; ameaçou contar a Reese Newbury e receber a recompensa de mil dólares. Disse que deveríamos nos entregar ao delegado, que mais uma vez havíamos desgraçado a família e que a faríamos motivo de zombaria em Colleton. Então, parou de nos repreender e leu novamente a receita. Começou a rir como uma colegial e não conseguia mais parar. Agarrou-nos e nos apertou num raro abraço. Murmurou com fúria e regozijo:

— Meus filhos são fogo. Lila Wingo pode não ser nada, mas, graças a Deus, seus filhos são um inferno!

12

No ponto morto de uma adolescência perturbada, Bernard Woodruff fez do futebol um grande prazer. Era um menino inseguro e magoado, que precisava apenas de uma pequena oportunidade para conquistar a admiração de seus pares. Desejava realmente ser um atleta e, por mais que eu o forçasse, aprendera a sempre pedir mais. Parte de seu treinamento consistia em dominar a difícil tarefa de se fazer querido e respeitado pelos treinadores, e jamais perder o entusiasmo. Os treinadores eram criaturas simples, eu lhe expliquei, que desejavam que seus pupilos se comportassem como animais hidrófobos no campo e perfeitos cavalheiros nos corredores das escolas. No campo, eles louvavam a aura de intrepidez; fora dele, recompensavam a virtude silenciosa da cortesia. Os treinadores queriam que seus alunos machucassem o jogador que estava com a bola, mas que ajudassem a carregá-lo para fora do campo, que escrevessem uma carta desejando a ele melhoras no hospital e que a gramática dessa carta fosse correta. Se você não for um grande atleta, instruí Bernard, finja que é.

— Os grandes atletas não necessitam ser atores, mas o restante de nós precisa – disse-lhe durante a primeira semana, mostrando-lhe como se portar e pensar como um atleta.

Partindo dos fundamentos do jogo, ensinei-lhe tudo o que sabia sobre futebol. No primeiro dia, trabalhamos a posição dos pés durante uma hora. Mostrei-lhe como lançar a bola corretamente, como erguer os braços, quantos passos dar para retroceder até a proteção do *pocket*, como caminhar em direção ao jogador que recebe a bola e como cobrir esta quando a proteção é derrubada. Comecei o longo processo de treiná-lo em todas as posições do campo, ofensivas e defensivas. Minha irmã ainda se recusava a me ver, portanto eu tinha tempo de sobra à disposição. Sentia-me bem treinando novamente e fiquei satisfeito ao descobrir que Bernard era veloz, capaz de dar bons passes, e que precisava de um treinador tanto quanto eu, de um time.

Ensinei-o a jogar contra uma defesa rápida e a se defender de um atacante em disparada. Pegando cada coisa vagarosamente, repetíamos o exercício até que os movimentos dele no campo parecessem instintivos, em vez de aprendidos.

Nós nos encontrávamos às oito da manhã. Bernard sempre estava à espera quando eu entrava correndo no parque, vindo do Village. Terminávamos cada sessão com uma série de corridas de curta distância. No primeiro dia, de dez corridas eu venci seis. Na sexta-feira da mesma semana, Bernard venceu sete vezes. Após o treino, eu lhe comprava uma Coca-Cola e o mandava para casa tomar banho antes da aula de violino. Como seu treinador, estava fazendo com que fosse obediente a uma disciplina fria e exaustiva. E, por causa de seu desejo, ele descobriu com grande surpresa que adorava aquilo. Tanto que, no fim da primeira semana, passou a pensar em si mesmo como um jogador de futebol. Eu o transformara em algo que nunca se esperava dele. Por sua vez, ele me devolveu esse favor fazendo-me sentir treinador novamente. Sua língua ainda me incomodava – ele fazia perguntas demais. Embora demorasse a aprender os pontos básicos do jogo, continuava tentando e ardendo de amor pelo esporte. Assim, emocionava-me e me levava a entender de novo o mistério do amor que eu sentia por ensinar aos garotos os rudimentos do jogo que pratiquei quando criança. Se um menino chegasse até mim de boa-fé e quisesse aprender futebol, eu seria capaz de torná-lo melhor do que ele jamais pensara ser possível. Poderia acender nele uma chama, de modo que os outros meninos odiariam tê-lo no mesmo campo. Desde já, eu podia dizer que havia alunos do Phillips Exeter que ficariam sentidos no outono seguinte porque Bernard Woodruff passara o verão aprendendo o que havia de melhor no jogo.

Durante dez dias, trabalhei duro para que Bernard e eu ficássemos em forma. Então, fui conversar com sua mãe a respeito da compra de um uniforme para ele.

Agora, a cada vez que ia ao consultório de Susan Lowenstein, tentava descobrir em que seu filho parecia com ela. Bernard herdara as longas pernas da mãe, os lábios cheios, os olhos escuros e expressivos e uma compleição suave. Não fosse a carranca constante, seria um menino excepcionalmente bonito. Todas as manhãs, nosso primeiro exercício consistia em fazê-lo sorrir para mim. Bernard, porém, agia como se o sorriso fosse uma ginástica intolerável – essa era a única parte do treino que ele detestava.

Em minha quarta semana em Nova York, Sallie ainda não me escrevera nem telefonara. Eu planejava pintar o apartamento de Savannah, já completara um de meus diários e iniciara outro. A cada semana, escrevia uma carta para Savannah no hospital e a colocava em um pacote com a correspondência dela que recebia no apartamento. Pela manhã, fazia exercícios e treinamento com Bernard; no fim da tarde, caminhava até o consultório de sua mãe e continuava a relacionar os gritos de minha irmã na fita gravada com sua vida de criança. Li livros maravilhosos na biblioteca de três mil volumes de Savannah. Começando a colocar minha vida arruinada em ordem, pela primeira vez em um ano, sonhei novamente que era professor. Estava em uma classe em que o assunto era Tolstoi. Eu falava a um grupo composto por todos os alunos que já me amaram como professor. Dizia que a grandeza de Tolstoi vinha do fato de ele ser um apaixonado. Por que, pensei, eu era mais eloqüente quando falava sobre os livros que amara? No sonho, isso era fácil. Aqueles livros me honravam; provocavam mudanças em mim. A sós, os maiores escritores se sentariam comigo e me contariam tudo o que se deveria saber sobre o mundo. Quando acordei do sonho, percebi que não tinha uma sala de aulas para entrar sempre que um novo livro se apossasse de mim. Precisava ter alunos para me completar. Recomecei a escrever cartas pedindo emprego nas escolas secundárias de Charleston. Como professor, eu fora um homem feliz. Agora, era apenas um homem diminuído.

Depois que narrei a Susan Lowenstein o esforço infrutífero de minha mãe para pertencer à Liga de Colleton, ela deu uma olhada no relógio e disse:
— Bem, nossa hora terminou, Tom. Agora, você quer saber o detalhe que eu considero mais estranho nessa história? É o fato de sua família ter uma assinatura da *Gourmet*.
— Não se esqueça de que minha avó saiu para um cruzeiro de três anos ao redor do mundo e que adquiriu hábitos um bocado estranhos. Achei muito mais curioso Savannah ganhar uma assinatura da *The New Yorker*. Quem diria que Savannah passaria a maior parte de sua vida adulta nos mais famosos hospitais de birutas de Nova York?
— Você tem escrito para ela, não?
— Certo, Lowenstein – confirmei, furioso com seu tom de censura. – Acontece que temos uma antiga tradição familiar de escrever cartas quando queremos dizer a alguém que o amamos e lhe desejamos tudo de bom.
— As cartas a estão perturbando. Ontem, ela recebeu uma de sua mãe. Tiveram de sedá-la.
— Isso é compreensível. A culpa se transforma em algo palpável quando se lê uma carta de minha mãe. Por outro lado, minhas cartas são um exemplo de decoro. Tenho longa experiência em não ofender a sensibilidade dos lunáticos, mesmo quando se relacionam comigo.
— Savannah não é lunática, Tom. É uma mulher muito perturbada.
— Tudo bem. Só quis fazer uma piada, Lowenstein.
— Não foi engraçada.
— Admito que não foi das melhores, mas, pelo amor de Deus, é difícil ser divertido com alguém cujo senso de humor foi removido cirurgicamente.
— A maioria das coisas não me diverte. Não posso evitar isso.
— Claro que pode, Susan. Já que nos sentamos aqui todos os dias, você devia aproveitar a oportunidade para refinar sua personalidade.

— E você, Tom Wingo da Carolina do Sul, acredita que pode refinar minha personalidade? – A voz dela crepitava de ironia.

— Vou ignorar o desprezo pelo meu estado e continuar com o mesmo assunto. Veja bem, Lowenstein, sou um sujeito brincalhão. Quando conto uma piada ou alguma coisa divertida, você poderia responder com algo simples como um sorriso. Não estou pedindo uma gargalhada. Não fosse por isso, você seria um ser humano perfeito.

— Bernard me contou que você o obriga a sorrir todos os dias, Tom – disse ela, rindo.

— Por que está sorrindo agora?

— Porque ele reclama muito. Diz que se sente um idiota perfeito sorrindo 25 vezes antes que você o deixe chegar perto da bola.

— Ele fica bonito quando sorri. Em compensação, parece um assassino quando usa aquela carranca.

— Você gostaria que eu sorrisse 25 vezes antes de começarmos nossas sessões?

— Você fica linda quando sorri, Lowenstein.

— E como fico quando estou séria?

— Absolutamente sensacional. De qualquer modo eu gostaria que você e Bernard se divertissem mais. Por falar nisso, não quer me convidar para jantar em sua casa algum dia em que Herbert esteja fora da cidade?

— Por quê? – Percebi que ela achou preocupante minha proposta.

— Porque Herbert não sabe nada sobre o filho atacante e eu imagino que você não queira que ele saiba.

— Ele tem um concerto amanhã em Boston. Você poderia vir então?

— Tudo bem. Vou preparar uma refeição fabulosa. Vamos comer como reis.

— Posso lhe fazer uma pergunta, Tom?

— Sobre a refeição?

— Não, sobre meu filho. Ele tem talento para o futebol?

— Sim. Para minha grande surpresa, Bernard é aproveitável.

— Por que tanta surpresa?

— Ora, ele não foi criado no lar de Bear Bryant, certo?

— E quem é Bear Bryant?

– Isso é uma piada, Lowenstein? Você deve estar me gozando. Não, desculpe. No lugar de onde venho, não conhecer Bear Bryant é como se seu marido não conhecesse Yehudi Menuhin. É um treinador de futebol.

– O que é uma linha de ataque?

– Por que diabo você quer saber isso, Susan?

– Porque Bernard pensa que sou uma idiota quando tento conversar com ele sobre seu interesse em futebol. Atualmente, o único assunto dele é esse. E tem tantos termos estranhos que até parece que ele está vindo de algum país estrangeiro.

– Você vai aprender um novo dialeto com o futebol, doutora.

– É necessário que ele levante pesos, Tom?

– Sim. Faz parte da disciplina.

– O que você acha dele? Quero uma resposta franca – pediu Susan, com voz áspera e nervosa.

– Franca até que ponto?

– O suficiente para não me deixar furiosa com você.

Pensei que ela fosse sorrir, mas continuou séria.

– Ele é um bom menino.

– Um pouco mais franca do que isso, Tom. Você deve saber que agüento um pouco mais.

– Ele é infeliz, Susan. Incrivelmente triste, por razões que eu desconheço. E essa infelicidade me toca, porque se equipara à minha ou talvez porque eu possa ver uma saída para ele enquanto que não enxergo nenhuma para mim.

– Ele me contou o que você lhe disse no primeiro dia. Fiquei furiosa com você, Tom. Você o obrigou a chorar duas vezes.

– Ele foi indelicado, Susan. Só isso. Não sei treinar um garoto que não se mostra gentil. Exigi que ele fosse cortês. Isso não vai lhe causar nenhum dano permanente, tenho certeza.

– Ele fez terapia durante três anos – murmurou ela.

– Pois não funcionou muito bem. Alguma coisa está errada. Ele parece ter a palavra "negligência" escrita ao longo do corpo. Nunca mereceu aprovação em toda sua vida. O simples fato de respirar é doloroso para ele.

— Eu sei... Pensei que lhe faria bem estudar longe de casa. Afinal, teria chance para fazer algum amigo. Sabe que ele nunca passou uma noite fora de casa? Bernard é difícil desde o dia em que nasceu. Nunca foi doce e carinhoso como os outros bebês que eu via. Há alguma coisa nele que jamais alcancei em toda a vida, algum lugar solitário...

— A solidão vem de você ou de Herbert?

— Vem de mim.

— Futebol é um jogo em que a pessoa não se sente solitária, Susan. Talvez seja isso o que o atrai. Sei que você se aborrece por ele estar jogando, mas o esporte desperta emoção nele. E só o futebol. Ele o escolheu sem o consentimento dos pais. Quando digo que acho Bernard infeliz, não estou mentindo. Mas ele fica mais eufórico que um porco na lama quando estamos fazendo exercícios.

— Tom, eu nunca assisti a um jogo de futebol.

— Não perdeu nada, Lowenstein.

— E não planejo assistir a nenhum no futuro.

— Duvido! Aposto que você e Herb irão a Phillips Exeter para ver Bernard jogar no ano que vem.

— O quê? Isso vai ser antes ou depois de meu divórcio?

Levantei-me, peguei sua bolsa na estante atrás da mesa e a coloquei no meio da sala. Acenando para que ela se levantasse, posicionei-a de um lado da bolsa e me coloquei na direção oposta.

— Preste atenção, Susan. — Apontei para a bolsa e fiquei em posição de lançamento. — Essa bolsa é a bola. Você é o time defensivo e eu sou o time ofensivo. Estou tentando pegar a bola e colocá-la na linha do gol atrás de você. Seu time tem de se alinhar sempre daquele lado da bola até que ela seja movida pelo meu time. Minha equipe se alinha sempre deste lado da bola até que ela seja posta em movimento.

— Meu Deus, isso é insuportavelmente chato! — exclamou ela, rindo.

— Não interrompa o treinador, caso contrário terá de correr várias voltas ao redor do lago do Central Park. O lugar onde a bola estiver no campo, qualquer que seja ele, é conhecido como linha de ataque. Entendeu?

— Não entendi uma só palavra do que você disse.

— Lowenstein, é uma atitude não-americana ignorar o que é uma linha de ataque!

— Talvez você esteja um pouco enferrujado como treinador.

— Pode ser, mas há algumas coisas que eu ainda sei. Observe os olhos de Bernard amanhã à noite, depois da grande surpresa.

— Que surpresa?

— É uma hora sagrada para qualquer atleta. Amanhã à noite, vou distribuir os uniformes aos meninos que formam o time. Bernard é o representante da escola. Quer que eu lhe traga um livro que explique alguma coisa sobre futebol, Susan?

— Por favor, não faça isso. – Ela deu um passo em minha direção enquanto eu me levantava e tocou-me de leve no braço.

— Impedimento! – exclamei, sentindo o desejo agitar-se dentro de mim, como uma besta quase extinta que sacudisse o corpo para se livrar dos efeitos de uma longa e perturbada hibernação.

13

Minha vida só começou realmente quando adquiri o poder de perdoar meu pai por fazer de minha infância uma longa jornada de terror. O furto não é um crime difícil de se perdoar, a menos que o item roubado seja a infância de alguém. Sem medo de errar, posso dizer que ele era um pai terrível e destrutivo. Entretanto, um dos mistérios mais inevitáveis de minha vida seria o fato de um dia eu sentir compaixão permanente e um amor nervoso por aquele homem. Os punhos eram seus instrumentos de mando e poder. Mas seus olhos eram olhos de pai – alguma coisa neles transmitia amor, mesmo quando suas mãos o negavam. Ele não tinha a aptidão natural de amar adequadamente a família, e tampouco desenvolvera os dons suaves da paternidade. Suas canções de amor eram hinos de batalha. As tentativas de reconciliação, nada mais que um breve e insincero cessar-fogo no meio de uma guerra feroz. Faltando-lhe finura e delicadeza, ele minara todos os portos, todos os caminhos que levavam a seu coração. Somente quando o mundo o colocou de joelhos pude tocar seu rosto sem que ele fizesse o meu rosto sangrar. Aos 18 anos, eu sabia tudo sobre o autoritarismo – só quando deixei a casa dele foi que o longo estado de sítio terminou.

Quando minha primeira filha nasceu, Savannah veio de Nova York para ajudar Sallie quando ela saiu do hospital. Brindamos com conhaque à saúde de Jennifer, enquanto Savannah me perguntava com a voz colorida por uma inefável tristeza:

– Você ama o papai, Tom?

Levei um bom tempo até responder:

– Sim. Eu amo aquele imbecil. E você?

Savannah também demorou bastante até declarar:

– Isso é o mais estranho... Eu também o amo, e não tenho a menor idéia do porquê desse amor.

– Talvez seja um problema cerebral...

– Ou, quem sabe, apenas a percepção de que ele não podia evitar ser quem era. Amando-o, estamos apenas sendo quem somos. Tampouco podemos evitar isso.

– Pois eu continuo achando que é um problema cerebral.

ENORME E CORADO, com superabundância de energia, Henry Wingo dava a impressão de preencher todos os cômodos em que entrava. Ele se considerava um *self made man* e o sal da boa terra sulista. Faltava-lhe, é claro, a profundidade que a introspecção poderia prover. Temerariamente, viera ao mundo a todo vapor, maníaco e exuberante, suportando as piores tormentas que acontecessem à sua passagem. Era mais uma força da natureza que um pai, e sempre havia avisos de furacão quando ele entrava em casa durante minha infância.

Por falta de um sistema estabelecido para medir meu ódio secreto por aquele homem, aprendi as estratégias do silêncio e da ausência. Recebi lições de minha mãe sobre ações de retaguarda e sobre a arte mortífera do franco-atirador, examinando meu pai, em particular, com o olho insurrecto e sem perdão da criança magoada. Estudei-o por uma mira telescópica dirigida a seu coração. Tudo o que sei sobre o amor humano recebi em primeiro lugar de meus pais; com eles, o amor era privação e paralisia. Minha infância foi de tumulto, perigo e pequenos sinais de alerta.

O fracasso era sempre um estímulo para meu pai. Savannah chamava a isso "toque de sadismo". Não lembro quando a frase foi cunhada, mas deve ter sido quando estávamos no curso secundário, quando minha irmã adotou a irreverência como maneira de ter suas opiniões e idéias entendidas com maior clareza. Quando a estação da pesca de camarões terminava, no outono, papai voltava a atenção para outros modos mais criativos de ganhar o pão de cada dia. Seu cérebro fervilhava com planos inexeqüíveis para fazer dinheiro fácil e rápido. Projetos, desenhos técnicos e esquemas fluíam sem cessar e ele prometia aos filhos que seríamos milionários quando saíssemos da escola. Toda a sua vida era fundamentada na premissa de que aquelas idéias, brilhantes e pouco convencionais, nos levariam a inimagináveis riqueza e glória. Ele tinha também um dom partilhado por poucas pessoas: jamais aprendia com os próprios erros. Cada fracasso, e houve dezenas deles, servia apenas para convencê-lo de que sua hora estava chegando, de que seu aprendizado no ambiente duro dos negócios aproximava-se do fim. O que lhe faltava era sorte, ele nos disse várias vezes.

Mas, atrás do leme de seu barco de pesca, quando a madrugada derramava suas tintas mais suaves pelas águas e os guinchos resmungavam com o peso das redes, meu pai era o senhor perfeito daquele ambiente. O tempo que passou no rio deixou suas marcas, de modo que ele sempre pareceu dez anos mais velho do que realmente era. A cada ano, o rosto marcado pelo vento cedia um pouco em torno das bordas e o sol do meio-dia da Carolina do Sul afrouxava as bolsas sob seus olhos. A pele dura e de aparência coriácea dava a impressão de que se poderia riscar um fósforo em seu queixo. As mãos ásperas tinham a palma lustrosa, com camadas de calos da cor do pergaminho. Era um pescador respeitado, trabalhador, embora seus talentos não fossem anfíbios, pois não o seguiam em terra firme. Desde muito cedo, ele vivia obcecado com a idéia de sair do rio – pesca de camarões era sempre situação "temporária". Nenhum de meus pais jamais admitiu que essa atividade fosse um modo de vida interessante. Mantinham-se a distância da comunidade de pescadores e evitavam quaisquer alianças naturais tão comuns entre seus pares. Evidentemente, os pescadores e suas esposas eram simples demais para os gostos ilusoriamente cultivados de minha mãe. Meus pais não tinham amigos íntimos. Juntos, passaram a vida esperando que a sorte mudasse, como se a sorte fosse uma fabulosa maré que um dia inundaria e sagraria os pântanos da ilha, confirmando-nos com os óleos iridescentes de um destino encantado. Era item de fé para Henry Wingo ser um negociante de grande talento. Nunca, porém, a presunção de um homem a respeito de si mesmo foi tão terrivelmente errada ou causou a ele ou à família tanta tristeza prolongada e desnecessária.

Longe do rio, meu pai era capaz de ter idéias maravilhosas e executá-las de maneira desastrada com aparente falta de esforço de sua parte. Alguns de seus projetos poderiam ter funcionado, quase todos admitiam isso: ele inventou e construiu máquinas para cortar as cabeças de camarões, para limpar caranguejos, para tirar a barrigada dos peixes. Todos esses engenhos funcionaram um pouco. Não foram fracassos completos, nem sucessos retumbantes; apenas máquinas de aparência engraçada atravancando a pequena oficina que ele construiu atrás da casa.

Suas idéias mais incríveis e enganadas eram engendradas, entretanto, no rio, numa infinita associação livre da linguagem, enquanto meu pai guiava o barco pelos canais rasos na escuridão da madrugada. Sentado atrás do leme, ouvindo o murmúrio do motor, ele pilotava pelos canais que levavam ao rio principal. Diante da presença enorme, mas invisível do pântano, fazia longos monólogos na cabine escura ao longo daquela hora doce da manhã, antes que os pássaros acordassem com o sol que subia sobre o Atlântico. E, numa atitude rara entre os pescadores, ele levava os três filhos consigo sempre que conseguia tirá-los à força do controle da mãe. Desconfio de que íamos junto para diminuir a solidão de sua vida de pescador.

Na penumbra estrelada das manhãs de verão, meu pai nos acordava delicadamente, nós nos vestíamos sem fazer barulho e saíamos de casa, deixando a marca de nossos passos impressa suavemente no quintal orvalhado. Acomodados na parte traseira da caminhonete, escutávamos o rádio enquanto papai dirigia pela estrada de terra que levava à ponte de madeira no outro lado da ilha. Respirávamos o ar do pântano, ouvindo o locutor dar a previsão do tempo, fazer advertências aos barcos pequenos, indicar a direção e a velocidade do vento, além de fornecer a todos os pescadores de camarão, num raio de 150 quilômetros, os cálculos exatos que eles precisariam saber. A cada manhã, no trajeto de 8 quilômetros até o cais, eu recebia aquela infusão de força conferida a todos os que se levantavam cedo. Lester Whitehead, o ajudante que trabalhou para meu pai durante 15 anos, estaria enchendo o porão de carga do barco com 220 quilos de gelo quando a caminhonete encostasse no cais. As redes ficavam suspensas, presas às forquilhas elevadas como se fossem casulas escuras. Enquanto descíamos pelo longo passadiço que ia do estacionamento até o cais, sentíamos o cheiro do óleo diesel, o cheiro do café que era coado nas baleeiras e o aroma dominante de frutos do mar frescos. Passávamos pelas imensas balanças que reluziam sob a luz tênue. Ali, as negras que tiravam a cabeça dos camarões com mais rapidez do que o olho humano podia enxergar estariam nos aguardando quando voltássemos com a coleta de um dia de trabalho. O perfume penetrante de peixe e camarão sempre me dava a impressão de que a caminhada até o barco era feita sob a água, como se eu respirasse as marés puras através dos poros da pele. Como filhos de um pescador de camarões, éramos apenas mais uma forma de vida marinha na região.

Quando meu pai dava a ordem de partida e ouvíamos o motor ganhar vida subitamente, soltávamos as amarras e pulávamos para bordo. Ele guiava o barco para fora, em direção aos sons e aos canais de nosso reinado aquático, salpicado de ilhas. À direita, passávamos pela cidade de Colleton, ainda adormecida, pelas mansões e pelas lojas da rua das Marés. Meu pai tocava a buzina para avisar ao zelador da ponte que era hora de abri-la para a nobre passagem do *Miss Lila* a caminho do mar. O barco de meu pai, uma lindeza de 58 pés de comprimento, tinha um calado incrivelmente raso para uma embarcação daquele tamanho. Papai fez com que os três filhos decorassem, desde a mais tenra idade, os dados essenciais do barco antes de nos conferir o status oficial de membros da tripulação. A pesca de camarões sempre envolve uma adoração incansável pela numerologia; assim, quando os camaroneiros discutem sobre barcos, costumam mencionar números misteriosos que definem a capacidade de suas embarcações.

O *Miss Lila*, embora não fosse dos melhores nem dos mais sofisticados, tinha capacidade para pegar uma boa quantidade de camarões. Centenas de vezes nós nos reunimos à luz das estrelas, ao redor de meu pai. Quando éramos pequenos, ele colocava um de nós no colo e deixava que pilotássemos o barco, corrigindo nossos erros com uma delicada pressão sobre o leme.

– Acho que devemos ir um pouco a estibordo, meu bem – murmurava para Savannah. – Você está querendo se lembrar daquele banco de areia que sai de Gander's Point, Tom. É isso aí. Esse é o rumo – dizia com suavidade.

Na maioria das vezes, porém, meu pai falava consigo mesmo, sobre negócios, política, sonhos e desilusões. Pelo fato de sermos crianças silenciosas e desconfiadas do homem que ele se tornaria ao voltar à terra, aprendemos muito ouvindo-o falar para a escuridão e os rios, para as luzes dos outros barcos que se moviam em direção aos cardumes fervilhantes de camarões. Pela manhã, ele não parava de falar durante a lenta passagem rumo às ilhas mais longínquas. Cada dia de sua vida na estação da pesca era a cópia do dia anterior. O amanhã seria sempre uma repetição do trabalho de hoje; o ontem, um ensaio para mil dias futuros, uma elaboração dos hábitos comprovados da excelência.

– Bem, crianças – disse meu pai em uma daquelas longas manhãs –, aqui fala o capitão. O capitão e oficial-chefe do *Miss Lila*, uma embarcação de 58 pés, usada na pesca de camarões, licenciada pelo estado da Carolina do Sul para navegar pelas águas entre o Grand Strand e a ilha Danfuskie. Hoje estamos nos dirigindo para leste do farol da ilha Gatch. Vamos jogar as redes a meia milha a estibordo dos destroços do *Windward Mary*. Ontem, arrastamos 100 quilos de camarões-rosas, numa proporção de trinta por cinqüenta. O que quer dizer trinta por cinqüenta, Savannah?

– Significa que havia entre trinta e cinqüenta camarões em cada quilo, paizinho.

– Muito bem. Os ventos virão do norte a 12 quilômetros por hora. Os avisos para pequenas embarcações valem até Brunswick, Geórgia, em direção ao sul, e até Wilmington, Delaware, em direção ao norte. O mercado de ações caiu cinco pontos ontem porque os investidores estão

301

preocupados sabe Deus com o quê! Reese Newbury comprou ontem 80 hectares de terra de Clovis Bishop, a mil dólares o hectare, o que, de acordo com os meus cálculos, faz com que a ilha Melrose valha meio milhão de pacotes à cotação atual. O filha-da-puta me ofereceu 25 mil pela ilha inteira no ano passado. É claro que eu lhe disse que esse preço era um insulto. Ele acha que o velho Henry Wingo não sabe o valor das propriedades neste país. Tenho o melhor pedaço de terra deste estado. Sua mãe também sabe disso. Estou tão na frente de Newbury e daqueles imbecis que é até vergonhoso. Tenho planos para nossa ilha, crianças. Grandes planos. Vou colocá-los em andamento assim que tiver um pequeno capital. Não contem ainda à sua mãe, mas estou pensando em montar uma fazenda de criação de chinchilas perto de casa. Este país está cheio de idiotas enriquecendo com as chinchilas e eu não sou de deixar uma coisa segura escapar assim. Imagino vocês, seus safadinhos, se revezando na alimentação dos bichinhos enquanto eu faço negócio com os peleteiros manda-chuvas de Nova York, e vou ao banco às gargalhadas. O que acham? Esperto, não é? Certíssimo. Eu estava pensando numa fazenda de criação de martas, mas as chinchilas são muito mais rentáveis. Já fiz minha lição de casa. Sim, senhor, se a gente não fizer a lição de casa, não pode dançar com os caras graúdos. Lila ri de mim, e, devo admitir, já cometi alguns erros, mas foram só de cálculo de tempo. As idéias eram absolutamente de primeira. Vocês, crianças, fiquem comigo. Estou tão à frente do homem comum que é até covardia. As idéias estão sempre fervendo nesta velha cachola. Estou cheio de planos. Às vezes, acordo no meio da noite para anotá-los no papel. Ei, crianças, vocês gostam de circo?

– Nunca fomos a um circo – esclareceu Luke.

– Puxa, isso vai ser minha primeira preocupação. Da próxima vez que chegar um circo a Charleston ou a Savannah, vamos encher a caminhonete e pegar lugar na primeira fileira. Até hoje, vocês só viram as feiras mixurucas que acontecem nas cidades pequenas. Mas vou corrigir isso. Gosto do circo Barnun and Bailey. O verdadeiro McCoy. Não falem sobre esse plano a ninguém. Se eu conseguir guardar um dinheirinho, vou fazer tudo sozinho. Estou cheio dos imbecis que usam minhas idéias para ficarem milionários. Preste atenção agora, Luke. Há uma bóia bem à sua frente. Quando passar por ela, dirija o barco num ângulo de 45 graus em direção à Estrela do Norte. Isso. Você é instintivo, filho. Tem uma rocha aí na frente onde o velho Winn se ferrou alguns anos atrás. Uma vez, tirei 100 quilos de camarão desse riacho, na maré alta. Mas em geral ele não é muito produtivo. Nunca descobri por que um riacho fornece mais camarões que o outro, dependendo do ano, mas é assim que acontece. Os camarões são engraçados. Têm suas preferências, como as pessoas.

Meu pai estava no meio de um solilóquio que duraria a vida inteira, um monólogo pouco organizado e não dirigido a ninguém em particular. Havia fluência nesses discursos matinais, que imaginei que fossem recitados mesmo quando os filhos não estavam na cabine. Esses discursos particulares, essas meditações dirigidas ao universo, eram feitas sem que ele pensasse na presença dos filhos mais do que pensava nas estrelas da constelação de Órion. Naquele barco, enquanto ele falava, éramos a paisagem, naturezas-mortas, ouvintes inanimados. Da cozinha do barco, o aroma do café-da-manhã subia até nós, acompanhado pela voz de meu pai. Enquanto Lester Whitehead cozinhava, o cheiro do café, do bacon e dos biscoitos envolvia o barco com véus formados pelos aromas mais penetrantes. Ao passarmos perto da entrada do canal principal, púnhamos mesas de café nos sonhos dos que dormiam perto do rio com as janelas abertas. O motor murmurava na parte de baixo do barco, enquanto uma música tocava através das vigas que formavam sua estrutura.

Antes do amanhecer, o rio tinha a cor da pantera e entoava os cânticos suaves das marés que nos levavam gloriosamente para a arrebentação além das ilhas marinhas mais lindas do mundo. Ali, meu pai se sentia à vontade e relaxado. Somente no rio tínhamos segurança para conversar com ele, que jamais nos bateu quando estávamos no barco. Lá, éramos trabalhadores tratados com a mesma dignidade com que ele se dirigia a todos os homens que viviam da pesca.

Nada do que meu pai realizasse como pescador de camarões, no entanto, teria valor para mamãe. Aos olhos dela, meu pai era frágil e desamparado. Ele se esforçava para se tornar o tipo de homem que pensava que ela queria, ansiava por seu respeito irrestrito, mas seus esforços eram inúteis e patéticos. Aquele casamento era dissonante e sem vida. O sucesso de meu pai como pescador financiava planos desastrosos, que provocavam o riso dos banqueiros às suas costas e o transformavam em motivo de piada na cidade. Seus filhos ouviam as piadas na escola e a esposa as escutava nas ruas de Colleton.

No rio, porém, Henry Wingo vivia em harmonia com o planeta. Os camarões pareciam vir para suas redes cantando de prazer. Pescando toneladas a cada estação, mantinha registros cuidadosos e meticulosos de tudo. Ao consultar o diário de bordo, podia dizer com precisão onde pescara cada quilo de camarão, a profundidade da maré do rio Colleton naquela hora e as condições da água. "A mixórdia toda", como ele a chamava. O rio era um texto sombrio que meu pai memorizara por prazer. Eu confiava nele quando estava sobre a água, embora fosse aquele o lugar onde ele elaborava os planos que o mantinham em equilíbrio precário na corda bamba, entre a ruína e os sonhos de riqueza rápida.

— Estou pensando em plantar melancias no ano que vem – anunciou ele certa noite durante o jantar.

— Não, Henry, por favor – retrucou minha mãe. – Se você plantar melancias, Colleton vai ser coberta por uma nevasca, inundação ou até uma praga de gafanhotos. Não plante nada. Pense em outro modo de perder dinheiro. Você é a única pessoa que eu conheço que não pode plantar nada.

— Tudo bem, Lila. Como sempre, você está absolutamente certa. Sou mais um tecnocrata que um fazendeiro. E me sinto mais à vontade lidando com negócios ou princípios econômicos do que com a agricultura. Aliás, eu sempre soube disso, mas vi tantos manda-chuvas enriquecendo com plantações de tomates que pensei em meter a cara nisso também.

— Não se meta em mais nada, Henry. Vamos investir qualquer dinheiro extra que tivermos em ações "quentes", como as da South Carolina Electric and Gas.

— Hoje eu comprei em Charleston uma câmera Bell and Howell, Lila.

— Pelo amor de Deus! Por quê?

– O futuro está nos filmes – respondeu meu pai, com os olhos brilhando. Quando minha mãe começou a gritar, ele pegou calmamente a câmera portátil, ligou-a na tomada, acendeu um refletor e gravou seu discurso irritado, para nosso divertimento no futuro. Ao longo dos anos, ele operou sem cessar aquela câmera, filmando casamentos, batizados e reuniões familiares. Para isso, colocou um anúncio no jornal local, sob o título absurdo de "Serviços profissionais de filmagem Wingo". De qualquer modo, perdeu menos dinheiro nisso do que nos outros negócios em que se empenhara. E enquanto olhava através do visor da câmera, era um homem perfeitamente feliz e igualmente ridículo.

Henry Wingo era um tipo a quem não faltava coragem em suas convicções. Savannah foi quem notou que essa peculiaridade de seu temperamento ingovernável constituía seu pior defeito.

Assim, meu pai continuou em sua brilhante carreira no rio, diminuída pelas paixões e pela atração fútil pela livre empresa. Houve outros projetos fracassados, dos quais só soubemos muito tempo depois, quando já éramos adultos. Ele foi sócio minoritário de um campo de golfe em Myrtle Beach, que faliu depois de alguns meses; investiu em uma barraca de venda de *tacos* dirigida por um mexicano que falava um inglês cheio de erros e não sabia fazer *tacos*... Meus pais tinham discussões horríveis a respeito de dinheiro e de como gastá-lo. Minha mãe zombava dele, gritava, repreendia-o, bajulava-o e implorava, sem nenhum sucesso: ele não era suscetível a sua propensão para a economia e a moderação. Os argumentos de minha mãe sempre tomavam a forma de parábolas. Mas, quando estas falhavam, ela gritava um resumo aterrorizante do apocalipse que viria se ele continuasse a gastar sem controle o dinheiro da família. Aquelas tempestades e erupções vulcânicas desfiguravam qualquer tipo de tranqüilidade que pudesse existir em nossa casa. Sendo as discussões tão comuns, não percebemos o momento exato em que os ressentimentos e a fúria intratável de minha mãe se transformaram em ódio mortal contra ele. De qualquer forma, o ciclo de sua raiva impotente começou cedo e houve muitos anos de intercâmbio infrutífero antes de minha mãe entrar no campo de batalha com suas próprias retaliações. Henry Wingo achava que as mulheres jamais deveriam discutir negócios. Havia dois tipos de homens sulistas: os que escutavam as esposas e os que as ignoravam. Meu pai era faixa-preta na arte de ficar surdo aos apelos e às reclamações de minha mãe.

Quando uma pessoa cresce na casa de um homem que a ama e a maltrata ao mesmo tempo e que não percebe o paradoxo de seu próprio comportamento, essa pessoa se torna, por instinto de autodefesa, um obstinado estudioso dos hábitos desse homem, um meteorologista de seu temperamento. Fiz estudos sobre os defeitos mais visíveis de meu pai e cedo descobri que ele era a um só tempo óperabufa e instrumento sem corte. Se não tivesse sido cruel, talvez seus filhos lhe dedicassem uma adoração ilimitada, que se acomodaria a toda a estranha geodésica de seu destino. Mas ele se instalara muito cedo em minha vida como um imperador numa casa em que as mulheres e as crianças deviam temê-lo. Sua aproximação era sempre violenta e inconsciente. Ele empregava uma política de destruição no que se referia à educação dos filhos e à domesticação de uma esposa voluntariosa.

Em um de seus primeiros poemas, Savannah chamou-o "o soberano da tempestade, guerreiro dos ventos". E, quando veio para Nova York, declarou que ela e os irmãos tinham sido criados por uma *blitzkrieg*. Ele evitava tudo o que fosse encantador. Temia a delicadeza como se isso fosse uma corrupção capaz de solapar todos os escrúpulos fundamentais que considerava sagrados.

O que lhe faltava era cérebro, dizia minha mãe entre lágrimas.

— O toque de Sadim,* Tom — comentou Savannah por trás de portas fechadas, no Natal em que minha mãe descobrira que ele tinha três mil caixas de cartões de Natal sobrando, que haviam sido compradas pouco tempo antes. Ele vendera apenas 75 caixas, batendo de porta em porta em Charleston.

— Ele tem exatamente o oposto do toque de Midas — continuou Savannah. — Tudo em que toca se transforma em merda.

---

*Sadim – o oposto de Midas, rei que tinha o toque do ouro.

— Ele não contou a mamãe que também comprou milhares de cartões de Páscoa – acrescentou Luke. – Eu os encontrei no celeiro.

— Sempre perde um monte de dinheiro – disse Savannah.

— Vocês viram os cartões de Natal que ele estava vendendo? – perguntou Luke, de sua cama.

— Não.

— Jesus, Maria e José, os pastores, os sábios, os anjos, todos eles eram de cor.

— O quê?

— É isso aí. Papai os vendia para as famílias negras. Ouviu dizer que saíam feito água no Norte e achou que ia ganhar uma boa grana com eles aqui.

— Pobre papai – lamentei. – Mas que burro!

— Dá muita confiança saber que temos seu sangue correndo nas veias – ironizou Savannah. – Que humilhação!

— Ele já conseguiu ganhar dinheiro com alguma coisa?

— Pescando camarões – lembrou Luke. – É o melhor camaroneiro que já existiu. Só que isso não é suficiente para nenhum dos dois.

— Se fosse, não haveria o toque de Sadim – completou minha irmã.

— Você pode brincar com ele quanto quiser, Savannah – disse Luke –, mas lembre-se de que papai se transforma em Midas quando põe as redes na água.

Talvez o casamento de meus pais tivesse se mantido por força do hábito se meu pai não comprasse o posto de gasolina e se nós não fôssemos ao circo que se estabeleceu perto de Colleton pela primeira vez na história. Creio que a vida dos dois em comum teria sido reparável, senão estática, se meu pai tivesse aprendido a controlar os impulsos que o levavam a gestos tão fúteis e imoderados. E ele tomou suas decisões mais extravagantes sem permitir à minha mãe a menor possibilidade de opinar. Tratava suas especulações de negócios como se fossem ações secretas, ou o trabalho de um funcionário de inteligência, cujas comunicações com o escritório estivessem sendo interceptadas e que precisasse operar por conta própria em um ambiente hostil. Cada negócio que fazia tinha a finalidade de restaurar sua honra e seu capital perdidos. Nunca se desenganou de sua habilidade para regenerar os sonhos por meio de extraordinárias improvisações. Para meu pai, os negócios eram uma doença e um refúgio; uma doença incurável, uma forma de jogo e de autodestruição. Com certeza, se alguém lhe tivesse dado um milhão de dólares, ele teria imaginado mil modos diferentes para acabar com cada centavo. Esse não era seu pior defeito – não, ele tinha pelo menos uma dúzia deles –, mas, seguramente, um dos mais dramáticos e o que mantinha sua família em situação precária. Sua fé em si mesmo era endêmica e incorrigível. Para proteger a si própria e a nós, mamãe se tornou extremamente habilidosa e discreta ao lidar com dinheiro. Meus pais minaram toda a superestrutura de seu amor vulnerável por meio de uma vida inteira de evasão e subterfúgios. Ambos se tornaram especialistas em aniquilar as melhores qualidades de cada um. Sob certo ponto de vista, havia algo clássico e essencialmente americano em seu casamento. Começaram como amantes, terminaram como os inimigos mais perigosos. Como amantes, geraram filhos; como inimigos, produziram crianças arruinadas e ameaçadas.

Como em todos os seus pronunciamentos, meu pai esperou até a hora do jantar para anunciar que comprara o defunto Posto Esso próximo à ponte de Colleton. No íntimo, ele acreditava nas boas maneiras de minha mãe à mesa.

— Tenho uma ótima novidade – disse ele, embora sua voz estivesse carregada de incerteza e de rara vulnerabilidade. – Principalmente para os meninos.

— Oh! que coisa excitante para uma garota – gracejou Savannah, enquanto tomava a sopa.

— O que é, pai? – perguntou Luke. – Você comprou uma nova luva de beisebol?

— Não. Sua luva velha ainda está boa. Nós éramos mais durões quando eu jogava bola. Eu não ficava choramingando por uma luva nova a cada ano.

— A luva não serve mais na mão de Luke – expliquei. – Nem na minha. Ele tem essa luva há muito tempo.

— Comprei um pequeno negócio – anunciou meu pai, desviando os olhos de minha mãe. – Sempre acreditei que a chave do sucesso é a diversificação. Depois daquela temporada horrível com os camarões, percebi que precisávamos de alguma coisa que nos amparasse em épocas de necessidade.

— O que é agora, Henry? — Minha mãe controlava-se com dificuldade. — O que você aprontou desta vez? Quando é que vai aprender? Quando é que você vai sossegar? Como diabos pode pensar em comprar alguma coisa se não temos um centavo na poupança?

— Os bancos estão aí para emprestar dinheiro, meu bem. Esse é o trabalho deles.

— Mas só emprestam às pessoas que têm dinheiro. Esse é o verdadeiro trabalho deles. O que você usou como garantia? Você hipotecou o barco de pesca novamente, não é?

— Claro que não. Ainda nem acabei de pagar a última hipoteca. Tive de ser criativo para conseguir esse dinheiro. É o que se chama negociação criativa.

— Quem chama assim?

— Os manda-chuvas. São eles que falam desse jeito.

— Já que somos quase indigentes, você deve ter sido um bocado criativo. — A cada palavra, os lábios de minha mãe tremiam, mostrando quanto ela estava nervosa. — Você não hipotecou a ilha, não foi, Henry? Espero que você não tenha hipotecado a única coisa que possuímos. Diga que não hipotecou nosso futuro e o futuro de nossos filhos. Você não pode ser tão burro, Henry.

— Não hipotequei *toda* a ilha... apenas 15 hectares, perto da ponte. O terreno ali é tão pantanoso que não dá para criar nem repolho do brejo. Acho que levei o pessoal no bico, se vocês querem saber. Já era tempo de diversificar em outros campos. Posso até contar com o combustível para o barco agora que tenho meu posto de gasolina.

— Como é que você vai dirigir o barco nos 300 metros de pântano até chegar à bomba do posto? Isso é inadmissível, Henry. Logo, logo os meninos irão para a faculdade.

— Ah, é? Pois eu nunca pisei lá. Se eles querem tanto ir para a faculdade, deixe que saiam e ganhem dinheiro para isso.

— Nossos filhos vão estudar na faculdade. Pagamos as apólices de seguro desde que eram bebês e pelo menos isso vamos lhes dar. Eles terão a chance que não tivemos, Henry. Não vou permitir que fiquem presos na mesma armadilha em que ficamos. Conversamos sobre isso assim que nos casamos e você concordou comigo em tudo.

— Tive de transformar aquelas apólices em dinheiro. Precisava pagar uma parte do negócio à vista. Mas vou conseguir dinheiro suficiente para a faculdade, se é isso que eles querem.

— Você vendeu a educação de seus filhos em troca do posto de gasolina, Henry Wingo? – A voz de minha mãe demonstrava surpresa real. – Você vendeu a terra e o futuro deles para encher o tanque dos carros e verificar o nível do óleo?

— Os meninos podem trabalhar aqui durante o verão. Lanny Whittington prometeu que tomaria conta do posto para mim. Agora estamos empregando gente, Lila. Os meninos vão assumir o controle do posto algum dia.

— E você pensa que eu quero ver Luke e Tom ganharem a vida enchendo tanques de carros?

— Eu não me incomodo, mãe – esclareceu Luke.

— Tenho planos muito melhores para você, Luke. Para todos vocês – acrescentou ela.

— Você quer que seus filhinhos queridos trabalhem somente com gasolina azul – zombou meu pai. – Não adianta vir com papo-furado a esse respeito. O posto Wingo Esso será inaugurado na terça-feira da semana que vem. Vai ser uma festa de arromba. Balões, Coca-Colas grátis, faixas, fogos de artifício. Contratei até um palhaço daquele circo itinerante para distrair as crianças.

— Você não precisava contratar um palhaço, Henry. O próprio dono do posto já é um!

— Você nunca teve visão, Lila. Eu teria realizado muitas coisas se tivesse me casado com uma mulher que acreditasse em mim.

— Pois eu lhe garanto que você jamais teria feito qualquer coisa que prestasse. – Dito isso, minha mãe levantou-se e foi para o quarto, batendo a porta com força atrás de si.

Quando ela saiu da mesa, meu pai olhou para nós, perguntando:

— Ninguém vai me dar os parabéns? Este é um grande momento na história da família Wingo.

— Parabéns, pai – disse Savannah, levantando o copo de leite para um brinde.

— É a chance que esperei a vida inteira. Não fiquem chateados com sua mãe. Ela está feliz, mas sempre teve problemas para expressar seus sentimentos.

— Ela não teve problemas para expressar o que sentia agora, pai. Ela acha que você vai perder até as calças de novo.

— Errado. Desta vez sinto o cheiro do dinheiro. Está chegando a hora de Henry Wingo. Esperem para ver. Depois que o posto de gasolina decolar, sua mãe vai usar arminho e colares de pérolas verdadeiras, compridos até o tornozelo. Ela não entende que é preciso a gente se arriscar. E sou eu quem se arrisca nesta família, como um jogador. Enfrento riscos que o homem comum nunca sonharia em enfrentar.

O POSTO DE GASOLINA que meu pai comprou ficava exatamente na frente do Ferguson's Gulf, que era, de longe, o posto de maior sucesso no município. Algum tempo antes, três homens tinham tentado fazer o negócio progredir naquela esquina, mas haviam fracassado. Não existia uma razão lógica para que as pessoas parassem seus carros no Gulf em vez de pararem no Esso, exceto alguma coisa misteriosa ligada à localização. Nas cidades pequenas, há a esquina boa e a ruim, o que tem mais a relação com a metafísica do que com a geografia. Uma esquina simplesmente recebe melhor um posto de gasolina que a outra. Meu pai adquiriu o posto na esquina errada, acreditando que o instinto lhe asseguraria o sucesso onde outros haviam fracassado de maneira tão desanimadora.

Mas, com um talento singular para os festejos, Henry Wingo abriu o Posto Wingo Esso com barulho suficiente para atrair metade da cidade até sua esquina do mundo. Convencendo o diretor da banda da escola secundária, fez a charanga marchar pela rua das Marés, ao meio-dia, conduzida por meninas que giravam bastões e pelo sr. Fruit, que tremia em sua dança, marcando o compasso com o apito. O velho jogava a cabeça para trás e, em seguida, mergulhava para a frente, até que o nariz quase tocasse os sapatos. Quando a banda entrou no posto de gasolina, meu pai soltou trezentos balões cheios de gás hélio, que subiram para o ar e pairaram sobre a cidade como flores ao vento. A seguir, distribuiu pirulitos e chicletes entre as crianças. Fogos de artifício foram acesos no telhado, provocando uma chuva de faíscas sobre o chão. O palhaço chegou atrasado e meu pai ficou não só surpreso, como também satisfeito por ele ser anão. Mas estava bêbado, de modo que quebrou uma dúzia de garrafas de Coca-Cola ao tentar fazer acrobacias com elas na parte traseira de nossa caminhonete. Durante a cerimônia do corte da fita inaugural, o prefeito de Colleton, Boogie Weiters, fez um discurso fervoroso sobre a importância de se atrair novas indústrias para o município. O palhaço gritou que aquilo seria fácil, uma vez que Colleton jamais atraíra a velha indústria. A multidão aplaudiu o palhaço, que retribuiu com uma pirueta espetacular sobre a cabine da caminhonete. O Departamento de Bombeiros Voluntários trouxe seu novo caminhão e recebeu um tanque cheio de gasolina, grátis, porque Henry Wingo queria que soubessem quanto apreciava o serviço que faziam ao proteger as propriedades de Colleton. Um repórter da *Gazeta de Colleton* entrevistou meu pai e tirou uma foto do palhaço sentado em seu ombro. Depois que a banda tocou um *pot-pourri* de canções patrióticas, meu pai hasteou uma bandeira americana, que no fim do dia incendiou-se ao ser atingida por um dos fogos de artifício. O fogo foi apagado pelos Bombeiros Voluntários.

Naquela noite, comemoramos com uma ida ao circo as auspiciosas cerimônias de inauguração do Posto Wingo Esso. Apesar de minha mãe não ter comparecido às festividades nem ao circo, nunca vi meu pai tão animado. Se ele fosse ágil, com certeza teria dado cambalhotas pelo circo. Havia uma nova alegria de viver, uma petulância em seu andar, que ele demonstrava entre a multidão que se movia ao ritmo da música. No lado de fora da tenda do circo, atirou bolas de beisebol em garrafas de jogos de boliche até ganhar um urso de pelúcia para minha mãe. E aplaudiu quando Luke e eu acertamos uma bola barata de basquete em lances livres num aro de aço.

Entramos no show de aberrações e assistimos estupefatos quando a mulher barbada cuspiu sarro dentro de uma garrafa de refrigerante. Luke apertou a mão de um bebê de 100 anos, depois ouvimos os gêmeos siameses cantarem "Que grande amigo temos em Jesus".

Aplaudimos quando Altus Rossiter, o valentão da cidade, foi nocauteado por um canguru que usava luvas de boxe.

O proprietário do circo, Smitty Smith, veio conversar com meu pai. Os dois haviam se encontrado no cais dos camarões na manhã em que o circo chegara à cidade. Smitty comprara todos os peixes que meu pai tinha pescado naquele dia, para alimentar as cinco focas que descrevera como a espinha dorsal do circo. Ele dizia possuir o melhor show de focas do sudeste e o pior show de tigres e elefantes do mundo. O elefante era muito velho, explicara, e o tigre, muito jovem. Nada poderia ser pior, que um circo de um só palhaço, dissera meu pai depois que o anão desmaiara na traseira da caminhonete, naquela manhã. Entretanto, nós o vimos distraindo a multidão à entrada da tenda principal e, apesar de parecer cambaleante, realizava uma acrobacia razoável.

Tiramos papai dali e fomos sentar na última fileira da arquibancada. Um mulher vestida com uma roupa cheia de lantejoulas douradas deu a volta ao picadeiro montada num elefante muito enrugado que, quando dobrou os joelhos para fazer uma reverência, precisou ser ajudado pela mulher, pelo palhaço e por Smitty para ficar em pé novamente. O animal parecia exausto, esgotado, a ponto de morrer. O palhaço fez acrobacias com duas bolas no ar, enquanto Savannah dizia que podia fazer a mesma coisa.

— Gostaria de saber por quanto ele venderia o elefante – comentou meu pai. – Seria ótimo no posto de gasolina.

— Claro, com a tromba, ele poderia servir de bomba de gasolina azul – concordou Luke.

O refletor se concentrou sobre Smitty. Vestindo um extravagante smoking vermelho e com cartola, ele falou num microfone que rangia. Os ecos davam a impressão de que quatro homens estavam estimulando a multidão: as palavras se sobrepunham como ondas...

— Senhoras e senhores, vou entrar agora na jaula do grande tigre de Bengala, César, que foi trazido da Índia depois de ter matado 3 rajás e 13 aldeões. Treze aldeões muito lentos. César é a nova aquisição de nossa família circense e fica um pouco nervoso diante da multidão. Por isso pedimos absoluto silêncio durante o próximo ato. César maltratou o treinador anterior e fui forçado a fazer este número porque, como os senhores sabem, o show deve continuar.

Ao contrário do elefante, que podia ser velho, e do canguru, um pouco desanimado, o tigre era um animal jovem e magnífico. Observei com atenção quando o mestre-de-cerimônias entrou na enorme jaula, armado com um chicote e uma cadeira. Tudo naquele tigre demonstrava ameaça. Faltava-lhe a humildade de um animal de circo, o ar conciliatório e de servilismo bajulador, resultado de anos de escravidão sob as luzes fortes. Seu olhar era um exemplo de selvageria. Smitty estalou o chicote sobre a orelha do tigre e o instigou a dar a volta no picadeiro. Sem se mexer, o animal fitou o homem com uma concentração que enervou o público. O chicote cantou outra vez e a voz de Smitty elevou-se sobre o murmúrio da platéia. O tigre saiu do banquinho e deu a volta relutante, rosnando de descontentamento. Smitty jogou a cartola em sua direção, gritando "pegue". O animal atirou-se contra o objeto, arremessou-o para o alto e o cortou em pedaços com suas garras antes que chegasse ao chão. Golpeando-o com o chicote, Smitty forçou-o a ir para um canto e se inclinou para ver o que restava da cartola, que agora parecia tiras de um pneu estourado. Percebia-se que o mestre-de-cerimônias não estava nada satisfeito com a perda da cartola. Então, o número tornou-se secundário em relação ao visível ódio entre o tigre e o homem.

Smitty acendeu um anel de fogo e, açoitando o tigre cada vez mais, obrigou-o a saltar por dentro dele, de modo que sua pele lustrosa ficasse iridescente contra as chamas. A platéia aplaudiu. O mestre-de-cerimônias, coberto de suor, aproximou-se de César, a cadeira na mão, o chicote estalando acima de seus olhos, e gritou outra ordem. Porém, em vez de obedecer, o animal avançou para ele, cortando o ar com suas garras completamente à mostra. Smitty recuou no picadeiro, enquanto os movimentos do felino produziam tremores de pavor na multidão. O homem pôs-se a correr de costas, segurando a cadeira entre ele e a decapitação certa. Então, dois serventes vieram com longas varas para dentro da jaula. Contiveram o ataque furioso do tigre, permitindo que Smitty escapasse pela porta. César abocanhou uma das varas, partiu-a ao meio e, dirigindo-se para o centro da jaula, sentou-se sobre os quadris numa posição majestosa. Frustrado, Smitty chicoteou a jaula, enquanto o público se levantava para aplaudir o gato indomável. César rolou no chão e espreguiçou-se voluptuosamente. Depois, ergueu os olhos ao ouvir as focas que eram transportadas para o picadeiro central. As luzes mudaram de posição, fazendo o tigre desaparecer dentro da noite.

As focas, ágeis e entusiásticas, pareciam ter nascido para serem artistas. Saltitantes, iam para baixo das luzes, equilibrando grandes bolas amareladas em seu nariz de ébano lustroso. Smitty, que já recuperara a pose, dirigia o ato como se fosse a coisa mais fácil do mundo. Depois de cada truque, jogava-lhes um peixe, que era agarrado e consumido em um único movimento. Os animais tinham cabeças bonitas, angélicas e brilhantes. Com alegria, aplaudiam a si mesmas com as nadadeiras dianteiras.

– São meus os peixes que essas focas estão comendo, crianças. Meus peixes. Acho que deviam anunciar isso – comentou meu pai.

As cinco focas chamavam-se Sambone, Helena de Tróia, Nebuchadnezar, Cleópatra e Nashua. Sambone era, sem dúvida, a estrela do grupo. Como se fossem lontras misturadas com golfinhos, moviam-se com uma elegância desajeitada em seus trejeitos animados, jogando a bola, que girava de nariz em nariz, fazendo-a subir muito alto e cair com perícia no nariz de outra foca, que executava os mesmos gestos precisos e outra vez a mandava para o alto. Quando, afinal, com um erro de cálculo, Cleópatra fez a bola desaparecer na escuridão, ficou emburrada por não ser recompensada com um peixe. Em seguida, as focas tiveram uma partida de boliche e outra de beisebol antes que Sambone subisse a uma pequena plataforma e começasse a tocar "Dixie" em uma fileira de cornetas. O restante do grupo emitia sons em harmonia com a música e logo a multidão juntou-se a elas cantando a canção. Chegávamos à metade da música quando ouvimos um forte rugido de César em sua jaula no picadeiro escuro. Assim que a canção terminou, os refletores mudaram de direção, focalizando o tigre, com a cara encostada às barras da grade, sacudindo as patas e rugindo de ódio pelas focas. Indiferente a isso, Sambone recomeçou sua versão cacofônica de "Dixie". Smitty, por sua vez, deixou o picadeiro central e obrigou César a sair da região iluminada chicoteando-lhe a cabeça, até que ele se retirasse rosnando.

– Ou ele odeia focas ou o som das cornetas machuca seus ouvidos – opinou meu pai.

– Talvez ele apenas deteste a música – replicou Savannah.

Para o *grand finale,* as focas se espalharam num círculo e recomeçaram o jogo, desta vez atirando a bola a mais de 5 metros de altura. Cada uma tentava fazer um arremesso sempre mais alto, enquanto a roda se ampliava toda vez que a bola subia. Sempre que esta saía do perímetro, uma das focas dava uma corrida espetacular para pegá-la. Então, esperando um pouco até controlá-la, lançava-a em uma incrível parábola para a outra extremidade do picadeiro. Mais uma vez, foi Cleópatra quem cometeu o erro que terminou com a apresentação. Nashua mandara a bola, que fez uma curva imensa, quase chegando ao trapézio que descia dos suportes do teto do circo. Sem conseguir alcançá-la corretamente, Cleópatra rebateu-a para o lado escuro do picadeiro. Sambone, que jogava com o entusiasmo de um meio-campista, perseguiu a bola na escuridão. De imediato, Smitty tocou o apito chamando os animais para a reverência final.

Apesar dos aplausos, ouvimos os gritos desesperados de Sambone. As luzes se voltaram para o outro picadeiro. Naquele momento, o tigre levantava a foca contra as barras da jaula e lhe arrancava a cabeça com uma mordida. Smitty, cuja sombra tinha uma forma espectral, chicoteava-o inutilmente. Enquanto as crianças corriam de seus assentos, a multidão gemia ao ver César colocar a foca no chão e estripá-la com uma grande patada. Histéricos e horrorizados, todos correram para as saídas, as mães tampando os olhos dos filhos com as mãos. Afinal de contas, o tigre começava a comer a foca perante trezentos estudantes.

Naquela noite, meu pai comprou o tigre.

De minha parte, pensei que mamãe fosse tirar a espingarda do suporte na parede para matar os dois quando voltássemos para casa rebocando a jaula atrás da caminhonete. César continuava a roer a foca quando minha mãe pôs-se a gritar com o marido, exibindo um ar homicida.

Smitty pretendia matar César após o espetáculo, porém meu pai interveio, oferecendo-se para ficar com o animal. Como haviam se esquecido de alimentá-lo antes do espetáculo, ele argumentou que o tigre agira de modo natural. Assim, preenchendo um cheque de 200 dólares, conseguiu que o chicote, a jaula e o arco de fogo também entrassem no negócio. Sambone era a alma daquele número, única foca que tocava "Dixie" nas cornetas. As outras, explicou Smitty histericamente, só sabiam jogar bola e comer peixes. Quando o palhaço gracejou a respeito de sua destreza como treinador de animais, o dono do circo pendurou-o no gancho para casacos do trailer. A irreverência do palhaço acrescentou um toque de irrealidade à compra do tigre.

Enquanto esperávamos no lado de fora do trailer, vimos César devorar as entranhas da foca, que conseguira puxar para dentro da jaula. Luke comentou que Sambone devia ser a primeira foca da História a ser devorada por um tigre.

— As focas não se preocupam com os tigres na natureza — explicou, enquanto meu pai pechinchava com Smitty. — Eles não são seus maiores problemas.

— Imagine se uma mensagem se espalha entre todas as focas do mundo — brincou Savannah. — Quando você tocar o "Dixie" nas cornetas, cuidado com os tigres. Não é assim que se espera que funcione a evolução?

— Eu tomaria cuidado com qualquer animal daquele tamanho — comentei atemorizado. — Pelo amor de Deus, o que papai quer com um tigre de Bengala?

— A gente não tem animal de estimação desde que Joop morreu — explicou Savannah. — Vocês sabem como papai é sentimental.

— VOCÊ DE NOVO, hein, Henry? — censurou minha mãe, examinando o tigre a distância. — Vamos ser motivo de riso em Colleton novamente. Quero esse tigre longe daqui ao amanhecer. Não estou disposta a ouvir que me casei com o maior bobo da Carolina do Sul.

— Não posso soltar esse animal, Lila. Ele é capaz de comer uma dessas simpáticas famílias enquanto estiverem rindo de nós. Já matou essa foca que está mastigando agora. Foi por isso que o comprei tão barato.

— E... eu não poderia esperar que você deixasse passar uma oportunidade de ouro como essa, não é verdade?

— Ele vai servir como propaganda do posto de gasolina. Pensei nisso quase na mesma hora em que ouvi a foca gritar. Foi uma idéia luminosa. E vai atrair a freguesia.

— Papai vai ensinar o tigre a tocar o "Dixie" nas cornetas — brincou Savannah.

— Não, ele vai jogar uma foca viva dentro da jaula, todas as noites, e deixar a freguesia apostar no vencedor — acrescentou Luke, com uma risada.

— Ou então jogar meus filhos tagarelas se não pararem com o falatório e não começarem a ter respeito pelo pai. Estou de bom humor e não quero ninguém me enchendo o saco, entenderam? Vou lhes ensinar alguma coisa sobre o funcionamento do mundo moderno se vocês me escutarem. Acabamos de comprar um posto Esso, certo?

— Claro — confirmou Luke.

— A Esso faz propaganda no mundo inteiro, não é verdade? Gasta milhões de dólares anunciando produtos para que os imbecis levem seus carros aos postos Esso, quando poderiam com a mesma facilidade encher o tanque num posto Shell, Texaco ou Gulf. Estão acompanhando meu raciocínio?

— Sim, senhor.

— Pois bem, seus goiabas. Qual é a propaganda deles nesse exato momento? — Meu pai levantou a voz, excitado. — O que está tocando em todas as televisões e rádios do mundo inteiro? Fazendo as pessoas comprarem Esso em vez de qualquer outra bosta? Trazendo levas de fregueses para comprar o tipo certo de gasolina porque lhes fizeram lavagem cerebral com uma brilhante campanha de propaganda? Estão sacando? Estão sacando?

— Oh! não — disse Savannah, quase histérica. — Entendi. Entendi.

— Bem, o que é, Savannah? — perguntou minha mãe com impaciência.

— Quando você compra Esso, você põe um tigre no seu tanque.
— Certíssimo – aplaudiu meu pai. – E quem é o único dono de posto Esso neste país que tem um tigre de verdade sentado ao lado das bombas? Wingo Esso. É isso aí. Henry Gênio Wingo!

Henry Gênio Wingo manteve o posto funcionando por seis meses e provou que estava certo a respeito do tigre. Colocou a jaula com o animal na esquina próximo à ponte, de onde os motoristas podiam observá-lo andar e rugir enquanto o carro era abastecido. As crianças imploravam aos pais para levá-los ao posto a fim de ver o tigre, mesmo que não necessitassem de gasolina. César nutria pelas crianças a mesma estima que tinha pelas focas. De início, houve a preocupação de que ele quisesse almoçar algum guri da cidade, o que não ocorreu em razão da estreita vigilância que provocou entre as mães de Colleton. Os dois estados de humor que predominavam nele eram o langor e a ferocidade. No entanto, a chegada dos pequenos sempre o estimulava a interlúdios de extraordinária selvageria. O tigre dava botes, tentava sair da jaula, mostrava as garras e fazia com que as crianças e os pais corressem de volta aos carros, gritando como loucos e se divertindo imensamente. Meu pai achava que o tigre agia como um cão raivoso, embora observasse que excedia o peso de um cão em 200 quilos ou mais.

A alimentação de César foi um problema que ele transferiu calmamente para os filhos. Eu jamais tivera qualquer tipo de preconceito contra tigres, até perceber que aquele me comeria com a mesma facilidade com que engolia um pescoço de galinha. Desde o princípio, meu relacionamento com ele foi simples e limitado, solidamente baseado na aversão mútua. Com o tempo, o tigre acabaria por se dar muito bem com Luke e até por lhe permitir que coçasse suas costas através das barras da jaula. Só que essa relação evoluiu lentamente e não foi posta em prática durante os primeiros meses do posto Wingo Esso. Luke me fazia um sinal para que me aproximasse da parte da frente da jaula, onde eu conversava com o animal com uma voz suave, ao passo que este tentava me decapitar com suas fabulosas garras. Enquanto eu arriscava minha vida, Luke passava discretamente para a traseira da jaula, onde colocava uma calota de automóvel transbordando com pescoços de galinha e comida para gatos. Ao escutar o barulho, César voltava-se e, com os movimentos mais rápidos e imprevisíveis que eu já testemunhara no reino animal, tentava empalar Luke com aqueles impulsos violentos, fazendo meu irmão cair de costas no chão.

– Você tem de mantê-lo ocupado, Tom – reclamava Luke.

– O que você quer que faça? Que o deixe mastigar meu pulso?

– Assobie "Dixie" – dizia Luke, sacudindo o cascalho de suas costas. – Faça qualquer coisa.

– Prefiro que ele não estabeleça nenhum tipo de relação entre a foca e eu. – Luke parava perto da jaula e observava César mastigar os pescoços de galinha como se fossem manteiga derretida sobre sua língua.

– Este é o príncipe do reino animal, Tom. O animal mais lindo do mundo.

– Por que a Esso não arranjou outro tipo de campanha publicitária? Alguma coisa como "Ponha um lebiste no seu tanque" ou "Ponha um hamster no seu tanque"?

– Só porque não são animais interessantes como um tigre. César não se dá com facilidade. Isso me agrada. Obriga a gente a se empenhar para ganhar seu carinho.

O POSTO DE GASOLINA Ferguson's Gulf iniciou a primeira guerra do combustível de Colleton. Baixando um centavo no preço do galão, não deu a meu pai outra escolha senão seguir seu exemplo. O que, aliás, foi em vão. Meu pai fez o que pôde para manter o posto em funcionamento, mas, segundo os boatos, Ferguson havia conseguido um patrocinador poderoso. Assim, quando o banco afinal retomou a posse de nosso posto, o preço do galão de gasolina caíra de 30 para 10 centavos. Papai tentou incluir o tigre como parte da massa falida, mas o banco recusou. Novamente houve discussões terríveis e intermináveis na casa dos Wingo. Papai conseguira pagar a hipoteca sobre o terreno da ilha, porém perdera todo o restante. Mais uma vez, estávamos em situação financeira desesperadora e, mais uma vez, ele nos tornou solventes com a pesca de camarão que nunca foi tão lucrativa como naquele ano. Logo após a perda do posto de gasolina, Reese Newbury dirigiu-se em seu

Cadillac até a ilha e se ofereceu para comprá-la por 50 mil dólares, sem contra-oferta. Meu pai recusou. E, uma semana mais tarde, descobriu que fora Reese Newbury o sócio que assegurara o sucesso do posto Ferguson's Gulf durante a guerra de gasolina.

— Reese pensou que poderia ficar com minha ilha – disse ele, furioso. – Arruinou meu negócio porque queria a ilha.

Assim, meu pai voltou ao rio e minha mãe tornou-se mais silenciosa e amargurada. Os Wingo terminaram sendo a única família em Colleton a possuir um tigre que saltava por um arco de fogo como animal de estimação.

Durante minha infância, flagrei-me várias vezes observando meus pais quando estavam descansados e pacíficos em casa. Eu queria descobrir o que fazia aquele casamento funcionar; que forças sinistras ou benevolentes mantinham intacta aquela aliança militante; que elementos explosivos ou ternos jaziam sob a superfície daquele amor estranho e incandescente. Porque sempre percebi a fúria de um sentimento elevado tremular entre eles, mesmo em seus momentos piores e mais perigosos. Era algo que eu podia sentir, nunca tocar. Não compreendia o que minha mãe via em meu pai ou por que permanecia como administradora e prisioneira naquela casa. Os sinais apareciam misturados e confusos e jamais consegui medir a profundidade daquele relacionamento volátil. Era evidente que meu pai adorava a esposa, mas não ficava claro para mim por que um homem se sentiria compelido a maltratar quem mais amava. Embora mamãe parecesse desprezar tudo o que meu pai defendia, havia momentos carregados de paixão entre os dois que me faziam corar, caso eu os partilhasse acidentalmente com eles. Na tentativa de descobrir como amaria uma mulher, eu imaginava, com uma mistura de prazer e terror, que em algum lugar do mundo havia alguém sorridente e feliz que certo dia se tornaria minha esposa. Quase podia vê-la dançando, brincando e flertando, preparando-se para o dia milagroso em que nos encontraríamos e declararíamos em êxtase mútuo: "Viverei eternamente com você."

Quanto de meu pai eu levaria para a vida daquela moça feliz? Quanto de minha mãe? E quantos dias se passariam até que eu, Tom

Wingo, filho da tempestade, silenciasse sua risada e sua música para sempre? Quanto tempo até que eu terminasse com a dança daquela criatura feliz que não saberia das dúvidas e dos defeitos que eu traria à tarefa de amar uma mulher? Amando a imagem daquela moça muito antes de conhecê-la, desejei preveni-la para que se cuidasse no dia em que eu entrasse em sua vida. Em algum lugar do país, ela me esperava em sua infância, sem fazer idéia do destino que a aguardava. Ela não tinha consciência de estar em rota de colisão com um menino tão machucado e desnorteado, que passaria a vida inteira procurando descobrir como era o amor, como ele se manifestava entre duas pessoas e de que maneira praticá-lo sem violência, mágoa ou sangue. Aos 13 anos, decidi que essa moça maravilhosa merecia um destino melhor e que eu a avisaria antes de interferir em sua passagem adorável pela vida.

Durante aquelas reflexões sobre a natureza do amor, prendi-me a uma história que meu pai contava repetidas vezes enquanto levava o barco pela escuridão rumo à arrebentação do Atlântico. Era sobre seu primeiro encontro com mamãe, quando ele, um jovem tenente, visitava Atlanta pela primeira vez, em licença, e ela vendia roupas infantis na loja de departamentos Davidson's. Sempre que ele relembrava esse episódio, havia arrebatamento e prazer em seu rosto. Completamente estranho naquela cidade e ansioso por conhecer alguma moça, meu pai ouvira de um barbeiro que as mulheres mais bonitas dali costumavam passear ao longo da rua Peachtree, onde se localizava a loja Davidson's. Então, usando a farda que o fazia sentir-se bonito como só os jovens que estão indo para a guerra podem se sentir, ele avistou minha mãe saindo da Davidson's: era a mulher mais bonita que já vira em sua vida. Carregando uma sacola de compras e uma bolsa vermelha, ela atravessou a rua em meio ao tráfego até chegar ao ponto de ônibus. Meu pai a seguiu, pensando numa forma de se aproximar, de lhe dirigir a palavra, de perguntar seu nome. Mesmo tímido com as mulheres, o medo de que o ônibus chegasse, levando-a para sempre de sua vida antes que ele tivesse a chance de elogiar sua beleza ou ouvir o som de sua voz, deu-lhe coragem para se apresentar como piloto da Força Aérea, que apreciaria muito se ela lhe mostrasse a cidade. Sem lhe fazer caso, minha mãe olhou para a rua à procura de ônibus. Desesperado, ele argumentou que aquela atitude era impatriótica, pois ele ficaria um ano ou dois na guerra, com sérias probabilidades de ser morto; no entanto, aceitaria melhor o destino caso ela o acompanhasse para jantar. A seguir, contou piadas, tentou fazê-la rir, afirmando ser o irmão mais novo de Errol Flynn ou então o filho do dono da loja Davidson's, e que, se estivesse chovendo, ele colocaria o paletó sobre a poça de lama para que ela passasse. O ônibus se aproximava e, como qualquer mulher sulista adequadamente educada, minha mãe continuava a ignorá-lo, embora fosse visível que estava se divertindo. Assim, meu pai tirou do bolso traseiro da calça um envelope, que assegurou ser uma carta de recomendação de Flanklin D. Roosevelt, testemunhando que o tenente Henry Wingo era um homem de excelente caráter, merecedor da confiança de qualquer mulher americana, principalmente da mais bonita já vista na rua Peachtree em toda a história de Atlanta. Corando, minha mãe subiu no ônibus, pagou a passagem sem olhar para atrás, seguiu pelo corredor entre os bancos até sentar-se ao lado de uma janela aberta. Meu pai postou-se na calçada, embaixo da janela, e implorou para que ela lhe desse o número de seu telefone. Recebeu apenas um sorriso como resposta. O ônibus pôs-se em movimento. Meu pai, correndo o máximo que podia, ficou para trás, perdendo a imagem do rosto emoldurado pela janela. Continuava a correr, quando minha mãe colocou a cabeça pela janela e gritou as primeiras palavras que lhe dirigiu na vida: "Macon três, sete, dois, oito, quatro".

Toda vez que meu pai contava essa história, Savannah murmurava:
– Diga o número errado, mamãe. Por favor, diga o número errado. – Ou então: – Esqueça o número, papai. Esqueça-o, por favor. – Só que ele o lembrara depois.

O TIGRE NO QUINTAL tornou-se motivo de embaraço para minha mãe e uma fonte de alegria para Luke. Aos olhos dela, César era o símbolo da pior loucura do marido, o testemunho vivo dos restos da derrota entre uma pilha de ossos. Luke, por sua vez, descobriu uma afinidade natural e sincera com os tigres, iniciando um lento aprendizado no sentido de conquistar-lhe a confiança e a afeição. Argumentava que Smitty o maltratara; de modo que aquele animal, como qualquer outro, reagiria a um afago suave depois de um bom período de carinhos estratégicos. Mesmo sendo o único a alimentá-lo, ele levou mais de dois meses até se aproximar da jaula sem que César tentasse agarrá-lo através das grades.

Por fim, chegou o dia em que o encontrei coçando as costas do tigre com um ancinho de jardim. Em seguida, perplexo, observei-o enfiar o braço dentro da jaula e acariciá-lo na cabeça com a mão.

Três meses depois que o tigre foi para nossa casa, Savannah me acordou durante uma tempestade e murmurou:

— Você não vai acreditar.

— São duas horas da manhã, Savannah – retruquei, irritado. – Os júris não condenam as pessoas que matam as irmãs ao serem despertadas em plena madrugada.

— Luke está com César.

— Para mim, ele pode estar até com os três Reis Magos! Quero é dormir.

— Ele tirou o tigre da jaula. Os dois estão no celeiro.

Então, fomos até a janela e saímos silenciosamente rumo ao celeiro. Espiamos pela rachadura que havia na porta e, à luz da lanterna, vi Luke com uma corrente e um chicote, fazendo César andar em círculos pelo galpão. A seguir, ele acendeu alguns trapos ensopados em querosene e chamou o tigre para passar pelo arco de fogo.

— Agora, César! – E o animal atravessou o arco, como um raio de sol passa por uma janela. César deu a volta pelo celeiro e veio rugindo, no mesmo movimento fluido, cruzando outra vez o círculo de fogo numa celebração de força e velocidade. Luke chicoteou o chão, fazendo o tigre ir até a porta aberta da jaula e pular para dentro. Meu irmão recompensou-o com carne de veado e aninhou a cabeça contra o corpo do animal enquanto os bifes eram devorados.

— Ele está louco, Savannah – murmurei, assustado.

— De jeito nenhum. Aquele é seu irmão Luke. E ele é magnífico!

14

Cresci odiando as Sextas-feiras Santas. Era uma aversão sazonal, que tinha pouco a ver com a teologia, mas que se relacionava com os ritos de adoração e a maneira entusiástica como meu avô celebrava a Paixão de Cristo.

A Sexta-feira Santa era o dia em que Amos Wingo ia até o barracão atrás de sua casa em Colleton e tirava o pó de uma cruz de madeira, pesando 35 quilos, que fizera em meio a um violento ataque de religiosidade quando tinha 14 anos. Todos os anos, naquela data, ele andava do meio-dia até as três da tarde, subindo e descendo a rua das Marés, a cruz nas costas para recordar aos apóstatas e pecadores da cidade o inimaginável sofrimento de Jesus na colina de Jerusalém ocorrido tanto tempo atrás. Esse era o ponto mais alto, o *Grand Guignol* do ano litúrgico de meu avô, e personificava as características dos santos e dos loucos. Afinal, havia uma beleza lunática em sua caminhada...

De minha parte, preferiria vê-lo celebrar a Sexta-feira Santa de um modo mais calmo e contemplativo. Eu ficava profundamente embaraçado ao ver aquele corpo esquelético e angular, vergado sob o peso da cruz. Ele caminhava com dificuldade pelo tráfego congestionado, parando nos cruzamentos, sem perceber a mescla de escárnio e respeito de seus concidadãos, o suor desbotando-lhe as roupas de trabalho, os lábios movendo-se continuamente numa adoração inaudível ao Criador. Para alguns, era uma figura majestosa; para outros, um perfeito imbecil. A cada ano, o delegado lhe passava uma multa por obstruir o trânsito, enquanto os paroquianos da igreja batista faziam uma coleta especial para pagar o tributo. Com o tempo, aquela viagem espiritual incomum se tornou algo como um fenômeno, passando a atrair uma quantidade razoável de peregrinos e turistas, que se reuniam ao longo da rua das Marés para rezar e ler a Bíblia enquanto vovô Wingo resfolegava em sua representação solene do episódio que mudara a história da alma ocidental. Todos os anos, a *Gazeta de Colleton* publicava uma foto da caminhada na semana que se seguia ao domingo de Páscoa.

Quando éramos crianças, Savannah e eu implorávamos para que ele fizesse a caminhada em Charleston ou Columbia, cidades que considerávamos mais pomposas e repreensíveis aos olhos do Senhor, como a pequena Colleton jamais seria. Minha avó expressava sua mortificação retirando-se para o quarto com uma garrafa de gim Beefeater e uma coleção de exemplares antigos da *Gazeta Policial*, que pedia à barbearia Fender. Às três da tarde, quando a caminhada terminava, a garrafa estava vazia e minha avó ficava em estado de coma até a manhã seguinte. Quando acordava para sua enxaqueca comemorativa, encontrava meu avô a seus pés, rezando por sua alma gentil e bêbada.

Durante toda a vigília da Páscoa, Amos observava o corpo imóvel da esposa, que elaborara seu próprio ritual como um ato de autodefesa para protestar contra a cerimônia de penitência que ele insistia em realizar. No domingo pela manhã, doente por causa dos excessos, mas tendo feito seu protesto anual, minha avó "levantava-se dos mortos", como costumava dizer, a tempo de acompanhar meu avô às cerimônias da Páscoa. Aquela era sua única aparição anual na igreja, que, a seu modo, tornou-se tão tradicional na vida espiritual da cidade quanto a caminhada de meu avô.

Quando estava no segundo ano colegial, fui com Savannah até a casa de meu avô na quarta-feira anterior à Páscoa. Paramos na mercearia para comprar uma Coca-Cola e sentamos na amurada à beira-mar, observando os caranguejos que acenavam com as patas no lodo.

— Está chegando a Sexta-feira Santa – comentei. – Odeio esse dia.

Minha irmã sorriu zombeteira e me socou no braço.

— Ora, Tom, faz bem para a família enfrentar a humilhação uma vez por ano. É bom para a personalidade ver a cidade rindo de seu avô e de você.

— Eu não me incomodaria se não tivesse que ficar lá – respondi, os olhos presos ao movimento hipnótico dos caranguejos lá embaixo. Pareciam moedas jogadas ao acaso no lodo. – Papai vai colocar você na barraca da limonada este ano. Ele vai filmar novamente os pontos principais da caminhada.

— Que coisa grotesca. Faz cinco anos que ele filma. Tem cinco filmes para provar a qualquer tribunal que vovô é louco.

— Papai diz que é para os arquivos da família, e que algum dia lhe agradeceremos por fazer o registro de nossa infância.

— Ah, claro, é tudo o que eu quero! Uma história fotográfica de Auschwitz. Na certa você acha essa família normal.

— Não sei se é normal ou não. E a única família em que vivi.

— É uma fábrica de loucos. Guarde bem minhas palavras.

A casa de meu avô era simples, térrea, pintada de branco com detalhes em vermelho, construída num terreno de 24 mil metros à beira do rio Colleton. Ao entrarmos lá, encontramos vovó na cozinha observando o trabalho do marido com a cruz no quintal.

— Ali está ele – informou a velha, a voz cansada e exasperada, acenando com a cabeça em direção ao quintal. – Seu avô. Meu marido. O idiota da cidade. Passou o dia inteiro trabalhando naquilo.

— O que ele está fazendo na cruz, Tolitha? – perguntei, chamando-a pelo nome, de acordo com seu desejo.

— Uma roda – Savannah riu ao chegar à janela.

— Ele acha que ninguém vai se incomodar se um homem de 64 anos puser uma roda na cruz. Diz que Jesus tinha apenas 33 quando subiu a colina. Assim, não se pode esperar que alguém tão velho faça melhor. A cada ano ele fica mais pirado. Logo, logo vou precisar colocá-lo no asilo. Não há escapatória. A patrulha rodoviária veio novamente esta semana, tentando convencê-lo a devolver a carta de motorista. Disseram que ele é um perigo na estrada toda vez que pega o Ford para dar uma volta.

— Por que você se casou com ele, Tolitha? – Savannah quis saber. – É ridículo que duas pessoas tão diferentes, sob todos os pontos de vista, vivam juntas.

Minha avó voltou-se outra vez em direção ao quintal. A janela refletia-se em seus óculos e repetia nas lentes o que ela via lá fora. Ao notar sua surpresa, percebi que Savannah fizera uma pergunta proibida, daquelas que tinham implicações assustadoras, cujo mistério era anterior ao nosso nascimento.

— Vou pegar um pouco de chá gelado para vocês – disse por fim. – Ele vai entrar daqui a pouquinho e não tenho chance de conversar muito com vocês agora que estão grandes e passam o tempo todo namorando.

Encheu três copos grandes com chá e salpicou folhas de menta sobre o gelo moído. Quando sentamos no banco, ajustou os óculos sobre o nariz.

— Eu sempre soube que seu avô era um homem religioso. Afinal de contas, na época todos na cidade também viviam na igreja. Eu, por exemplo, era cristã, e só tinha 14 anos quando nos casamos, jovem demais para entender as coisas. Foi mais tarde que percebi que ele era um fanático. Ele escondia isso de mim enquanto namorávamos porque estava apaixonado e louco para pôr as mãos em mim.

— Tolitha – censurei, envergonhado.

— Às vezes você é um bocado criança, Tom – comentou Savannah. – Age como se tivesse sido mordido por uma cobra cada vez que se fala em sexo.

Minha avó riu e continuou:

— Eu deixava ele louco quando era adolescente. Naquele tempo, nunca ouvi muita coisa sobre Jesus quando estávamos sob os lençóis.

— Tolitha, pelo amor de Deus – implorei –, não queremos ouvir isso.

— Queremos, sim – interveio Savannah. – É fascinante.

— A não ser uma tarada como você, quem quer ouvir uma descrição detalhada do sexo entre os avós?

— Então, à medida que os anos se passavam, ele se cansou de mim, como sempre acontece com os homens, e começou a rezar praticamente 24 horas por dia, até que enlouqueceu de vez. Nunca ganhou o suficiente para viver de maneira decente. Cortava cabelos, vendia bíblias e falava sem parar sobre o céu e o inferno, e o que havia entre os dois.

— Mas ele é um homem tão bom! – exclamei.

Ela se voltou e fitou meu avô através da janela. Não havia paixão em seu olhar, mas suavidade e uma afeição tolerante. Ele continuava inclinado sobre a cruz, fixando uma roda de triciclo em sua extremidade.

— As pessoas me perguntam como é ser casada com um santo. É chato, eu respondo. Antes casar-se com o diabo. Já experimentei um pouco do céu em minha vida e também um pouco do inferno, e prefiro o inferno. Mas o que você diz é verdade, Tom. Ele é um homem excelente.

— Por que você o abandonou durante a Depressão? – perguntou Savannah, encorajada pela franqueza da velha, pelo escoar sincero dos antigos segredos. – Papai não quer nem ouvir falar nisso.

— Acho que vocês já têm idade suficiente para saber – replicou Tolitha, com a voz subitamente desanimada, quase sonhadora. – No meio da Depressão, ele largou o emprego, para pregar a palavra de

Deus na frente da mercearia. Isso rendia bem menos que a barbearia, mas ele tinha metido na cabeça que a Depressão era o sinal de que o mundo ia acabar. Era fácil pensar isso. Muita gente imaginou a mesma coisa. Nós estávamos quase morrendo de fome. Nunca gostei de miséria e disse a Amos que ia embora. Evidentemente ele não acreditou, porque ninguém se divorciava naqueles dias. Eu lhe disse para tomar conta de Henry, do contrário eu voltaria para matá-lo. Peguei várias caronas até chegar a Atlanta. Na mesma semana arranjei um emprego na loja de departamentos Rich's. Depois de algum tempo, conheci Papai John e casei-me com ele em seguida.

– Que horror, Tolitha! – exclamei. – A pior coisa que já ouvi.

– Aquele que está no quintal é o santo, Tom. – Ela estreitou os olhos por trás dos óculos de modo que as sobrancelhas quase se tocaram. – A mulher está aqui na cozinha. Não me orgulho de todas as coisas que fiz, mas posso contar tudo.

– Não admira que papai seja tão neurótico – repliquei, assobiando.

– Cale a boca, Tom. Você é muito tradicionalista – disse Savannah com malícia. – Não entende nada de sobrevivência.

– Fiz o melhor que pude sob aquelas circunstâncias. Parecia que o mundo inteiro tinha ficado louco e eu não escapei disso.

– Continue – pedi –, antes que vovô entre.

– Não se preocupem, ele vai se entreter com a cruz até a hora do jantar. Bem, admito que a pior parte de tudo ficou com seu pai. Ele tinha apenas 11 anos quando o levei para Atlanta, depois de passar cinco anos sem vê-lo. Sequer me conhecia e tampouco entendia por que eu o deixara ou por que devia me chamar Tolitha, e não mãe. Costumava gritar "Mamãe, Mamãe" enquanto dormia e Papai John ficava com o coração partido. Ia até o quarto dele e cantava canções gregas até que o menino voltasse a dormir. Seu pai não conhecia nenhuma Tolitha, nem queria conhecer. Hoje em dia eu teria agido de maneira diferente. Com toda a honestidade. Só que já não vivemos na mesma época e não há como voltar no tempo.

– É difícil encarar papai como uma figura trágica – comentou Savannah. – Principalmente como uma criança trágica. Nem consigo imaginá-lo como uma criancinha.

— Você teve outros maridos, Tolitha? – perguntei.
Ela riu.
— Sua mãe andou falando novamente!
— Não. Eu só ouvi alguns boatos pela cidade.
— Depois que Papai John morreu, fiquei arrasada de tristeza. Peguei o dinheiro que ele me deixou, aliás uma quantia razoável, e parti para uma série de lugares que só conhecia de nome. Hong Kong, África, Índia. Dei a volta ao mundo, viajando de navio. Primeira classe, de porto em porto. E tive esse problema. Todos sempre me amavam. Principalmente os homens. Sou desse tipo de pessoa. Os homens adoram estar à minha volta como se houvesse algum cheiro adocicado emanando de mim. Eu simplesmente me sentava enquanto eles se enfileiravam à minha frente, tentando me fazer rir ou querendo me oferecer algum drinque. Casei-me com dois desses rapazes. O casamento mais longo durou cerca de seis meses, exatamente o tempo que levei para ir de Madagascar a Cidade do Cabo. Ele queria que eu fizesse coisas nojentas que não posso contar.

— Que coisas são essas que você não pode contar, Tolitha? – perguntou Savannah com ansiedade, aproximando-se de minha avó.

— Não. Não pergunte isso – implorei. – Pelo amor de Deus!
— Por que não?
— Porque ela vai contar, Savannah. E deve ser alguma coisa horrível e embaraçosa.

— Ele queria que eu chupasse o lugar onde as pernas se encontram – explicou minha avó, de maneira um pouco afetada, devo admitir. Ela sempre contava mais do que queríamos ouvir.

— Ai que nojo! – exclamou Savannah.
— Ele tinha desejos animais – acrescentou Tolitha. – Era um pesadelo.

— Por que você voltou para o vovô? – perguntei, ansioso por desviar o assunto.

Tolitha olhou para mim enquanto levava o copo de chá aos lábios. Por um momento, pensei que não fosse responder.

— Fiquei cansada, Tom. Realmente cansada. Além do mais, começava a envelhecer, a parecer velha e a me sentir velha. Amos sempre estaria aqui, à beira do rio, e sempre esperaria por mim. Eu sabia que poderia voltar e ele nunca tocaria no assunto. Simplesmente estaria agradecido pelo meu regresso. Seu pai age do mesmo jeito com Lila. Sempre esteve interessado na mesma mulher a vida inteira. Igualzinho ao pai. Isso é só para mostrar a vocês que é mais fácil a transmissão da loucura por meio do sangue do que daquilo que fazia com que todos me amassem.

— Mas todos amam vovô — declarei, subitamente triste pelo homem que estava no quintal.

— Eles o amam porque é um fanático, Tom. Porque carrega aquela cruz todos os anos. Mas eu pergunto, quem precisa de um santo? Prefiro mil vezes um drinque e boas risadas.

— Você ama vovô, não ama, Tolitha? — insisti.

— Amor. — A palavra parecia uma pastilha sem gosto em sua boca. — É, talvez você tenha razão. A gente ama aquilo para onde sempre volta, a pessoa que está em casa esperando por nós. Outro dia, eu pensava no tempo. Não no amor, mas no tempo. De certo modo, as duas coisas estão relacionadas, embora eu não saiba exatamente como. Fiquei casada durante quase o mesmo tempo com seu avô e com Papai John. Mas, quando olho para o passado, tenho a impressão de que estive apenas por alguns dias com Papai John. Isso por causa da felicidade que sentia. Parece que estou casada há centenas de anos com seu avô.

— Isso é uma conversa de adulto — declarou Savannah com orgulho. — Esperei muito tempo para ter uma conversa verdadeiramente de adulto.

— Seus pais tentam proteger vocês das coisas que acreditam que as crianças não devem saber, Savannah. Eles não concordam com a vida que levei. Mas, já que é uma conversa de adultos, eles não precisam saber nada sobre o assunto.

— Eu nunca contaria. Mas Tom às vezes age como criança.

Ignorando o comentário, perguntei a Tolitha:

— Você acha que papai se recuperou do abandono que sofreu quando era criança?

— Você quer saber se ele me perdoou? Creio que sim. Quando o assunto é família, pode-se passar por cima de muitas coisas. Isso você

331

vai aprender quando for adulto, juntamente com algumas lições bem piores. Por exemplo, você nunca vai pensar em perdoar um amigo pelas mesmas coisas que os pais fazem a você. Com os amigos é diferente...

– Bem, vou ajudar vovô a consertar a cruz – anunciei.

– E eu preciso ir à loja de bebidas – retrucou Tolitha.

– Você vai se embriagar novamente na Sexta-feira Santa?

– Tom, não seja tão rude – censurou Savannah. Tolitha deu uma risada enquanto dizia:

– Essa foi a única resposta civilizada que encontrei para a caminhada dele. Serve também para lembrá-lo de que não me possui e nunca me possuirá. É minha maneira de expressar o ridículo da situação. Na certa ele já conversou com Deus sobre isso e conseguiu o "vá-em-frente". Assim, não há o que fazer para demovê-lo.

– Ele simplesmente está sendo um bom cristão. Foi o que me falou – comentei. – Disse também que, se o mundo estivesse agindo direito, toda a cidade de Colleton estaria lá com cruzes, caminhando com ele.

– Então teriam de trancafiar toda a cidade. Não, Tom. Não tenho nada contra ser um bom cristão. Pode acreditar. Quero que você também seja um bom cristão. Só não concordo em que se leve o cristianismo tão a sério.

– Você é uma boa cristã, Tolitha? – perguntou Savannah. – Você acha que vai para o céu?

– Não fiz nada para merecer o fogo do inferno por toda a eternidade. Qualquer deus que me condenasse não mereceria o nome que tem. Levei uma vida interessante sem causar dano a ninguém.

– Você acha que vovô também levou uma vida interessante? – perguntei.

– Tom, você diz cada coisa boba! – ralhou Savannah.

– Bem, sempre que você quiser saber o que torna uma vida interessante, Tom, pense nisto: enquanto seu avô cortava cabelos e seus pais pegavam caranguejos e tiravam a cabeça de camarões, eu atravessava o Khyber Pass, entrando no Afeganistão disfarçada de soldado. Provavelmente, serei a única pessoa que você vai encontrar em toda a sua vida que já fez isso.

— Acontece que você voltou, Tolitha. Que vantagem teve tudo isso, para você vir terminar sua vida aqui em Colleton, no lugar onde você começou?

— Significa apenas que o dinheiro acabou. Que eu fracassei naquilo que iniciara.

— Você é o único sucesso que nossa família produziu, Tolitha – declarou Savannah. – Você é a única razão pela qual eu sei que posso fugir daqui algum dia.

— O nome Tolitha está escrito em seu corpo, Savannah. Desde que você era menina. Tente ser mais esperta do que eu. Eu tinha o instinto, mas não a esperteza. As coisas eram mais difíceis para as mulheres naquela época. Mas procure sair daqui. Colleton é um veneno, doce, porém veneno. Uma vez que penetra na alma, você não consegue mais eliminá-lo. É curioso, mas, todos os lugares que vi na Europa, na África e na Ásia, alguns me faziam chorar de tão lindos. Só que nenhum era mais bonito que Colleton. Essa é que é a verdade. Nenhum pôde me fazer esquecer o pântano e o rio. O cheiro deste lugar permanece em nossas entranhas em qualquer lugar que se vá. Só não sei se isso é bom ou ruim.

Tolitha levantou-se para acender o fogo no fogão. A tarde estava tranqüila, com o ar fresco e sedoso. Uma barcaça carregada subia o rio. Vimos vovô acenar para os barqueiros, que responderam com uma buzinada. Quase que ao mesmo tempo, a ponte sobre o rio começou a se abrir vagarosamente no meio.

— Vão lá fora conversar com seu avô, crianças – disse a velha. – Vou preparar um jantar para nós, mas antes vocês podem ir até o rio pegar algumas ostras. Cuidarei delas enquanto esperamos o frango assar.

Fomos para o quintal, o mundo diferente de vovô Wingo. Ele levantara a cruz e a colocara sobre os ombros, testando a nova roda, que rangia de leve enquanto girava pela grama.

— Olá, crianças. – Vovô sorriu ao nos ver. – Não consigo tirar o rangido dessa roda.

— Olá, vovô! – Corremos para beijá-lo no rosto.

— Que tal está a cruz, crianças? Sejam sinceros. Não tenham medo de magoar o vovô. Vocês acham que a roda está boa?

— Está ótima – disse Savannah. – Mas nunca vi uma cruz com roda.
— Depois da caminhada do ano passado, fiquei uma semana na cama. Achei que a roda facilitaria as coisas, mas estou preocupado. Tenho medo de que as pessoas não entendam bem.
— Eles vão entender, vovô – eu disse.
— A cruz tomou chuva no inverno e começou a apodrecer na trave central. Talvez eu tenha de fazer uma nova para o ano que vem. Um modelo mais leve, se eu encontrar o tipo certo de madeira.
— Por que você não se aposenta, vovô? – perguntou Savannah. – Deixe um homem mais jovem assumir essa tarefa.
— Já pensei muito nisso, minha filha. Espero que Luke ou Tom assumam essa responsabilidade depois que eu me vá. É para isso que eu rezo ao Senhor. Seria ótimo manter a tradição na família, vocês não acham?
— Tenho certeza de que Tom adoraria tomar seu lugar. Na verdade, rezo bastante ao bom Deus para que isso aconteça.
Belisquei minha irmã no braço antes de falar:
— Tolitha pediu que fôssemos ao rio para pegar algumas ostras. Quer ir conosco, vovô?
— Ah, seria ótimo. Mas você não pode levar a cruz até a garagem? Preciso descobrir de onde vem esse rangido.
— Ele vai adorar fazer isso – acrescentou Savannah. – Assim, vai adquirindo prática para quando chegar sua vez.
Peguei a cruz, coloquei-a sobre o ombro direito e andei rapidamente pelo quintal, enquanto ouvia minha avó vaiando na cozinha.
— Ei, espere um minuto – pediu vovô. – Já sei de onde vem o rangido. – Inclinando-se, ele pôs óleo na roda, que tirou de uma lata enferrujada. – Isso deve bastar. Experimente de novo.
Retomei a caminhada, ignorando o sorrisinho no rosto de Savannah e a figura zombeteira de minha avó emoldurada pela janela da cozinha. Meu avô, por sua vez, não percebia o que se passava.
— A cruz fica ótima nas mãos dele. Você não acha, Savannah? – perguntou vovô.
— Claro que sim. Esse menino nasceu para carregar uma cruz.
— É pesada – reclamei eu, com raiva.

— Você devia carregá-la sem a roda. Isso sim é um trabalho de homem. Quando penso no sofrimento do Senhor e em tudo o que ele fez por mim...

— É, Tom. Pare de reclamar. Pense no que o Senhor passou – completou minha irmã.

— Venha outra vez pelo mesmo caminho, criança. Quero ter certeza de que acabei com o rangido.

Depois de guardar a cruz na garagem, entramos os três no pequeno bote verde de vovô. Com o motor em funcionamento, reunimos as cordas e nos dirigimos ao outro lado do rio Colleton, rumo a um banco de ostras próximo aos destroços do *Hardeville*, na ilha de Santo Estêvão. O *Hardeville* era uma velha balsa que afundara durante o furacão ocorrido no dia em que Savannah e eu nascemos. Sua grande roda de pá jazia no lodo e, a distância, parecia um relógio inacabado. Milhares de ostras se apinhavam em torno da base do casco da balsa. Com a maré alta, aquele era um dos lugares mais produtivos e abundantes para se pescar no município. Uma família de lontras vivia no interior da balsa desde épocas distantes. A tradição as tornara sagradas e invioláveis, de modo que nenhum caçador tentara prendê-las em armadilha.

Quando meu avô desligou o motor, havia dois filhotes brincando de se perseguir pelas vigas do casco. Então, deslizamos pelos bancos expostos pela maré baixa.

— Jesus foi ótimo ao colocar essas ostras tão perto de nossa casa! Ele sabe quanto gosto delas – declarou vovô enquanto Savannah e eu nos inclinávamos ao lado do barco para desalojar as ostras do banco. Pegamos uma dúzia de ostras grandes, do tamanho da mão de um homem, e, em seguida, cerca de dez pequenas que quebramos com um martelo na frente do barco.

Entrei no lodo, afundando até os joelhos, e, com cuidado, passei a selecionar as ostras maiores, jogando-as no barco.

— As ostras sempre parecem estar rezando – comentou meu avô. – Duas mãos entrelaçadas, agradecendo...

Além disso, afiadas e ameaçadoras. Por isso eu andava sem firmeza, devagar, como se estivesse dançando sobre um campo de lâminas.

Sentia as conchas cortando a borracha de meus tênis enquanto lidava com as tenazes e trazia as ostras para a luz mortal.

Depois que juntamos cerca de quarenta, subi no barco e dei um impulso para voltarmos ao rio. Vovô não conseguiu ligar o motor de imediato, razão por que flutuamos pelas águas como uma folha de carvalho, vendo as lontras passarem rapidamente em círculos brilhantes, seus movimentos ágeis agitando a água. Vovô puxava repetidas vezes a corda de partida do motor, e o suor se formava em sua testa. Nos destroços do naufrágio, uma lontra de cara prateada subiu numa das vigas do barco, com uma truta ainda se agitando entre suas mandíbulas. A lontra parou, apoiada nas patas traseiras, e logo pôs-se a devorar o peixe como um homem que estivesse comendo milho. Savannah foi a primeira a ver Snow.

– Snow! – gritou, levantando-se e quase virando o bote. Estabilizei-o com as mãos, passando meu peso de um lado para o outro até que nos equilibramos novamente. Vovô desistiu de dar a partida ao motor e olhou pelo rio na direção apontada por Savannah. Então, vimos a 150 metros de distância a toninha branca passando pelas ondas e dirigindo-se para nós.

Eu era um menino de 10 anos quando vi pela primeira vez a toninha branca, conhecida como Carolina Snow, seguindo o barco de camarões quando voltávamos para o porto depois de um dia inteiro de pesca nas praias ao longo de Sapulding Point. Era a única toninha branca já avistada na costa atlântica pela comunidade de pescadores de camarão. Tanto que alguns diziam ser a única toninha branca existente sobre a Terra. Ao longo do município de Colleton, com seus infinitos quilômetros de rios salgados e riachos que viviam das marés, a aparição de Snow era sempre motivo de admiração. Por nunca aparecer com outras de sua espécie, alguns pescadores, como meu pai, conjecturavam que as toninhas, como os seres humanos, não eram gentis com as aberrações da raça, e que Snow fora sentenciada, por sua notável brancura, a perambular pelas águas verdes de Colleton, exilada e solitária. No primeiro dia, ela nos seguiu quase até a ponte antes de retornar para o mar. Snow emprestava ao município um ar de acontecimento especial – todos os que a viam lembravam-se disso pelo resto de sua vida. Era como se, de repente, entendêssemos que o mar nunca perderia o poder de criar e surpreender.

Com o passar do tempo, Snow transformou-se em símbolo de sorte na cidade. Colleton iria prosperar enquanto suas águas fossem honradas por aquelas visitas. Houve ocasiões em que a toninha desapareceu por longos períodos, reaparecendo subitamente nas águas das ilhas da Carolina. Até o jornal noticiava suas idas e vindas. A entrada no canal principal, sua passagem lenta e sensual pela cidade, atraía os cidadãos às margens do rio. Os negócios cessavam e o povo parava o que estivesse fazendo para presenciar seu retorno. Ela raramente visitava o rio principal, razão pela qual sua aparição ali sempre fazia a cidade parar. Chegando como um símbolo, um monarca e um presente, sozinha e banida, as pessoas nas margens chamavam seu nome, gritavam cumprimentos, presenciavam sua passagem alva e formavam a única família que ela conheceria.

Ligando o motor, vovô embicou o pequeno bote em direção ao canal. Então, Snow levantou-se à nossa frente, suas costas brilhando intensamente à luz do crepúsculo.

— Ela está indo pelo nosso caminho — comentou o velho guiando o bote àquela direção. — Se isso não for uma prova de que Deus existe, nada mais é. A gente pode até pensar que Ele se satisfaria com uma simples toninha, tão bonita quanto qualquer outra criatura na Terra. Mas não. Ele está lá em cima sonhando com coisas ainda mais bonitas para agradar os olhos dos homens.

— Eu nunca a tinha visto tão perto. — Savannah estava entusiasmada. — Ela é branca como uma toalha de mesa.

Não foi o branco puro, entretanto, que vimos quando a toninha voltou à superfície a 20 metros de distância do barco. Pequenos pontos coloridos tremulavam em suas costas enquanto ela passava rapidamente pela água, um breve luzir de prata em suas nadadeiras, uma cor evanescente que não podia durar. Ela jamais aparecia duas vezes seguidas com a mesma cor.

Observamos ela rodear o bote, vimos quando passou por baixo dele fluindo como leite na água. A toninha se levantava, ficava suspensa no ar, mostrando reflexos cor de pêssego, e caía outra vez na água, alva como leite... Esses são momentos rápidos de minha infância que não consigo reviver por inteiro. Voltam apenas em fragmentos, irresistíveis, emblemáticos, e em tremores do coração. Há um rio, uma cidade, meu avô dirigindo o bote pelo canal, minha irmã presa àquele arrebatamento que mais tarde traduziria em seus mais fortes poemas, o perfume metálico das ostras recém-colhidas, as vozes das crianças na margem... Quando a toninha branca vem, existe tudo isso e também uma transfiguração. Em sonhos, a toninha reina nas águas da memória, uma divindade opaca que alimenta o fogo e o frio mais profundo das águas de minha história. Entre as muitas coisas erradas de minha infância, o rio era uma exceção – a riqueza inestimável que ele concedia não pode ser negociada ou vendida.

Ao cruzarmos a ponte, olhei para trás e vi as sombras das pessoas que se reuniam para assistir à passagem de Snow. Dezenas de cabeças juntas, acima da balaustrada da ponte, a intervalos, lembravam as contas de um rosário danificado. Uma menina implorava a Snow para passar outra vez sob a ponte. Homens e mulheres juntavam-se no cais flutuante que se balançava com a água, todos apontando para o último lugar onde a toninha aparecera.

Quando ela veio, foi como se meu avô tivesse visto o sorriso de Deus vindo do fundo até ele.

– Obrigado, Deus – murmurou atrás de nós em uma daquelas preces não ensaiadas que brotavam naturalmente de seus lábios quando estava muito comovido com o mundo. – Muito obrigado por isso.

Mais tarde, muito depois de sua morte, eu iria lamentar por jamais ter sido o tipo de homem que ele fora. Apesar de adorá-lo quando criança e de me sentir atraído pela segurança de sua suave masculinidade, nunca o apreciei por inteiro; pois não sabia como cuidar da santidade, não tinha uma maneira própria de reverenciar, de dar voz ao louvor de uma inocência tão natural, de tanta simplicidade generosa. Agora, sei que uma parte de mim gostaria de ter viajado pelo mundo como ele viajara, um palhaço cheio de fé, um tolo e um príncipe da floresta transbordando de amor a Deus. Gostaria de ter andado por seu mundo sulista, agradecendo a Deus pelas ostras e pelas toninhas, louvando-o pelo canto dos pássaros, pelo relâmpago, e vendo Deus refletido nas águas dos riachos e nos olhos dos gatos. Gostaria de ter conversado com cachorros nos quintais e com sanhaços, como se estes fossem amigos e companheiros de viagem ao longo das rodovias torturadas pelo sol, intoxicado pelo amor a Deus e cheio de caridade como um arco-íris, na mistura impensada de seus matizes, ligando dois campos distantes em seu glorioso arco. Gostaria de ter visto o mundo com olhos incapazes de qualquer outra coisa que não fosse admiração, e com a língua fluente apenas no louvor.

Enquanto a toninha branca subia o rio em sua solidão de intrusa, associei-me a seu isolamento. Mas meu avô – ah! eu sempre soube o que ele sentia ao ver Snow subindo o rio. Ele via a toninha desaparecer seguindo as águas profundas em torno de alguma curva do canal, aparecendo mais uma vez, antes de seguir para trás de um istmo verde no lugar onde o rio segue para a direita.

Luke estava no cais, esperando por nós. Com o sol a oeste, nos fitava como se não tivesse rosto, um remoto claro-escuro, um pilar de luz e sombra. Quando vovô desligou o motor, Luke guiou o bote com o pé ao longo do cais e agarrou a corda que lhe joguei.

— Vocês viram Snow? – perguntou.

— Ela estava traquinas como um cachorro – respondeu meu avô.

— Tolitha nos convidou para jantar.

— Trouxemos ostras suficientes para todos – eu disse.

— Papai trouxe 2 quilos de camarão. Tolitha vai fritá-los.

— Você parecia um gigante parado no cais quando estávamos no rio, Luke – disse Savannah. – Acho que você ainda está crescendo.

— Estou, irmãzinha, e não quero anões subindo pelo meu pé de feijão.

Juntei as ostras e joguei-as sobre o cais, onde Luke as colocou numa bacia. Amarramos o bote e subimos para a casa, passando sobre a relva.

Savannah, Luke e eu ficamos na varanda dos fundos, para cuidar das ostras e pô-las na tigela que vovó nos deu pela porta da cozinha. Abrindo uma ostra enorme, chupei-a de sua concha. Segurei-a por um momento na boca, senti seu sabor sobre a língua, inalei seu perfume e a deixei deslizar pela garganta. Nada é mais perfeito para mim que o frescor e o buquê de uma ostra crua. É o sabor do oceano transformado em carne. De onde estávamos, ouvi a voz de minha mãe e a de vovó conversando na cozinha, as vozes eternas de mulheres que preparavam comida para suas famílias. Vênus era uma pepita de prata subindo a leste. As cigarras iniciavam sua assembléia noturna nas árvores. Alguém ligou a televisão dentro de casa.

— Hoje conversei com o treinador Sams – comentou Luke, abrindo uma ostra com um movimento gracioso de pulso. – Ele me disse que um menino negro vai realmente entrar em nossa escola.

— Quem é ele? – perguntou Savannah.

— Benji Washington. O menino do papa-defunto.

— Pois eu nunca o vi.

— Ele é negro – informei.

— Não diga essa palavra, Tom – censurou Savannah, olhando-me de modo penetrante. – Não gosto dela. Nem um pouco.

— Posso falar o que quiser. Por que lhe pedir permissão para dizer alguma coisa? Ele vai criar problemas e arruinar nosso último ano.

— É uma palavra nojenta, indecente. E faz com que você pareça malvado quando a usa.

— Ele não quer dizer nada com isso, Savannah – interrompeu Luke suavemente. – Tom sempre tenta parecer mais durão do que realmente é.

— O cara é um negrinho. Qual o problema de eu chamá-lo de negro? – rebati, com mais ênfase ainda.

— As pessoas gentis não usam essa palavra, seu filho-da-puta – retrucou minha irmã.

— Essa é boa! Pelo jeito, as pessoas realmente gentis usam "filho-da-puta" como um termo carinhoso.

— É hora do jantar – lembrou Luke com tristeza. – Está na hora de outra discussão. Meu Deus, vocês dois, parem. Sinto muito ter tocado nesse assunto.

— Não repita essa palavra, Tom. Estou avisando – ameaçou Savannah.

— Puxa, não percebi o momento exato em que você se tornou rainha da beleza da Associação Nacional para o Progresso das Pessoas Negras!

— Vamos comer ostras e escutar as rãs – propôs Luke. – Detesto quando vocês discutem desse jeito.

— Não diga aquilo perto de mim, Tom. Está entendido? Detesto a palavra e odeio as pessoas que a usam.

— Papai a usa o tempo todo.

— Ele tem uma desculpa. É um idiota. Você, não.

— Não tenho vergonha de ser sulista, Savannah. Como algumas pessoas que conheço que lêem *The New Yorker* toda semana.

— Você devia ter vergonha de ser o tipo de sulista que é, escória barata.

— Desculpe, alteza.

— Silêncio, vocês dois – exigiu Luke, olhando para a janela da cozinha. O aroma dos biscoitos de minha avó enchia o ar da noite. – Mamãe não nos permite usar aquela palavra, Tom. E você sabe disso.

— Você não tem o direito de pensar como a pior parte do Sul pensa. Não vou permitir esse tipo de atitude desagradável em você. Eu o faço desistir a tapa, se for preciso – continuou Savannah.

— E eu posso dar uma bela surra em você – repliquei, olhando-a de maneira desafiadora.

— Está certo, durão, você pode. Mas, se tocar um dedo em mim, o Grande Luke aqui presente parte você ao meio. E você é fraco como um bebê comparado a ele.

Olhei para meu irmão, que sorria para nós. Ele acenou com a cabeça.

— É isso aí, Tom. Não vou permitir que você machuque minha menina.

— Ei, espere um pouco. Foi ela quem começou a discussão ou não foi? Eu só falei inocentemente alguma coisa sobre os negrinhos.

— Pois é, ela começou e está vencendo a discussão, irmãozinho. – Ele sorriu.

— Você está cheio de preconceitos!

— Eu sou grande. Só isso.

— Um príncipe – disse Savannah, abraçando Luke e beijando-o nos lábios. – Meu príncipe caipira.

341

— Sem entrar na parte física, Savannah. — Ele corou. — O corpo está além dos limites.

— Vamos supor que eu batesse em Savannah. É só uma suposição. Que eu batesse no rosto dela para me defender, Luke. Você faria alguma coisa? Você me ama tanto quanto ama Savannah, não é verdade.

— Amo você tanto que até dói. Você está cansado de saber. Mas, se algum dia você tocar em Savannah, quebrarei seu pescoço. Vai doer muito mais em mim do que em você, mas não lhe deixarei um osso inteiro.

— Não tenho medo de você, Luke!

— Sim, você tem. E não é motivo para se envergonhar. Sou muito mais forte que você.

— Você se lembra de quando mamãe leu para nós *O diário de Anne Frank,* Tom? – perguntou Savannah.

— Claro que sim.

— Você chorou quando o livro terminou, não foi?

— Isso não tem nada a ver com o que estamos falando. Não havia um único negrinho em Amsterdã, tenho certeza.

— Sim, mas havia nazistas que usavam a palavra *judeu* do mesmo modo que você usa *negro*.

— Dá um tempo, Savannah.

— Bem, quando Benji Washington entrar na escola no primeiro dia de aula do ano que vem, quero que você se lembre de Anne Frank.

— Pelo amor de Deus! Quero comer minhas ostras em paz.

— Savannah acaba de lhe dar umas palmadas na bunda, Tom. Adoro escutar quando vocês discutem. Você começa como se fosse tomar conta do mundo e, no fim da discussão, não consegue dizer uma palavra.

— Acontece que eu não gosto de discutir. É essa a grande diferença entre Savannah e eu.

— Mas não é a principal diferença entre nós, Tom – declarou Savannah, indo até a porta da cozinha.

— Então qual é? – perguntei, voltando-me para ela.

— Quer saber mesmo? Não se preocupa com seus sentimentos?

— Você não pode me magoar. De qualquer modo, sei tudo o que pensa. Somos gêmeos, lembra-se?

— Disso você não sabe.

— Então, diga.
— Sou muito mais inteligente que você, Tom Wingo. – Dito isso, ela entrou na cozinha, deixando-nos a comer as ostras restantes na escuridão. A risada de meu irmão ecoou pela varanda.
— Ela lhe deu umas palmadas na bunda, maninho!
— Tive algumas interferências boas na discussão.
— Nem uma. Nem uma única.
— Anne Frank não tem picas a ver com isso.
— Ela mostrou que tinha.

AO MEIO-DIA da Sexta-feira Santa, meu avô levantou a cruz de madeira e a colocou no ombro direito. Vestia um manto branco e usava um par de sandálias compradas numa loja barateira em Charleston. Luke fez alguns ajustes de última hora na roda, usando um alicate.

O sr. Fruit, atento ao tráfego, esperou o sinal de que a caminhada ia começar. Como ele dirigia o trânsito e conduzia os desfiles, precisava cumprir as duas funções na Sexta-feira Santa. Por razões que somente ele conhecia, considerava a caminhada de meu avô um desfile. Um pequeno desfile, não muito divertido, mas, apesar de tudo, um desfile.

No momento em que meu avô fez um aceno com a cabeça, o sr. Fruit apitou. Empertigado, subiu então a rua das Marés a passos largos, como um tambor-mor, levantando os joelhos tão alto que quase lhe chegavam ao queixo. Meu avô o seguia a dez metros de distância. Ouvi algumas pessoas rirem ao ver a roda. Meu pai, postado na mercearia de Baitman, filmava a primeira pane da caminhada.

Mais ou menos na metade do trajeto, meu avô caiu pela primeira vez. Uma queda espetacular, que o fez bater com força no chão, a cruz despencando sobre ele. As quedas eram o ponto mais alto daquele espetáculo de três horas. Surpreendiam a multidão e constituíam um show à parte. Meu pai fazia um zoom com a câmera, ficando evidente que os dois haviam combinado um sistema de sinais sempre que os pontos altos da caminhada estavam por acontecer. Amos, também especialista em cambalear, viu seus joelhos se dobrarem ao tentar se levantar. Meu avô nada sabia sobre o teatro do absurdo, mas conseguira inventá-lo para si mesmo, ano após ano.

Depois da primeira hora, a roda se quebrou, tendo de ser jogada fora. O delegado Lucas apareceu no semáforo próximo à ponte e preencheu a multa anual por obstrução do tráfego. O sr. Fruit parou de marchar e dirigiu a passagem dos carros pelo cruzamento enquanto uma parte da multidão vaiava o delegado. O sr. Kupcinet, diácono da igreja de meu avô, leu em voz alta um trecho da Bíblia que falava da caminhada de Jesus pelas ruas de Jerusalém, sua crucificação no Calvário, ladeado pelos dois ladrões, a escuridão sobre a cidade, o grande grito de agonia "Meu Deus, meu Deus, por que me abandonaste?" e o centurião dizendo a frase que seria imortalizada ao longo dos séculos: "Este é verdadeiramente o filho de Deus."

Amos Wingo ia e vinha entre as lojas de sapatos, lingerie, agências imobiliárias, o suor porejando de seu rosto, mas os olhos serenos, de quem sabia estar servindo a Deus da melhor maneira que podia. Savannah e eu vendíamos limonada em frente à butique de Sarah Poston, enquanto Luke encarregava-se de parar meu avô em meio à caminhada e forçá-lo a beber um copo de vinagre. Em seguida, representando o papel de Simão, o cireneu, ele o ajudava a carregar a cruz durante uma volta inteira pela rua. À altura da terceira hora, meu avô cambaleava de verdade. Quando caiu pela última vez, não conseguiu levantar-se até que Luke o alcançou e o livrou do peso da cruz que lhe machucava o corpo. Havia um fio de sangue correndo ao longo do manto. Vovô ergueu-se, sorriu e agradeceu a Luke, prometendo cortar seu cabelo no dia seguinte. E continuou a descer a rua, balançando de um lado para o outro.

Eu não sabia naquela época e continuo sem saber até hoje o que fazer do imenso amor de meu avô pela palavra de Deus. Durante a adolescência, considerava sua caminhada humilhante. Mas Savannah escreveria sobre ela em seus poemas com uma beleza incomum, louvando "a tímida representação do barbeiro itinerante elevado sobre um obelisco de fé".

Naquele dia, quando a caminhada de Amos Wingo terminou, nós o erguemos do chão e o levamos à barraca de limonada, onde esfregamos seu rosto com gelo e o fizemos tomar um copo de suco. Foi quando tive a sensação de que a santidade era a doença mais assustadora e incurável do mundo.

Trêmulo, o velho delirava quando o deitamos sobre a calçada. As pessoas se acotovelavam para lhe pedir um autógrafo em suas bíblias, enquanto meu pai filmava seu colapso.

Luke e eu o levantamos e, com seus braços em nossos ombros, sustentamos seu peso e o conduzimos para casa, enquanto Luke dizia durante todo o trajeto:

– Você é lindo, vovô. Você é tão lindo!

15

O porteiro que tomava conta da entrada do prédio em que morava a dra. Lowenstein observou minha chegada com olhos desconfiados. Examinou-me como se soubesse que eu nutria intenções criminosas, embora fizesse parte de seu trabalho enxergar o mundo sob esse prisma. Forte, vestindo uma pomposa farda antiquada, pediu formalmente meu nome e ligou para o apartamento. O saguão repleto de móveis de couro rachado tinha o ar de elegância sombria de um clube masculino cujos membros não votaram pela entrada de mulheres em seu quadro de sócios.

O porteiro acenou com a cabeça em direção ao elevador e voltou à leitura do *New York Post*. Apesar de estar carregando duas enormes sacolas de compras, consegui apertar o botão certo. O elevador estremeceu na hora da partida e subiu tão vagarosamente que me senti como se estivesse subindo pela água do mar.

Bernard esperava-me na porta do apartamento.

– Boa noite, Bernard – cumprimentei.

– Olá, treinador! O que tem aí nas sacolas?

– O jantar e mais algumas coisinhas. – Ao entrar no apartamento, olhei em torno e assobiei. – Meu Deus! que casa. Parece uma ala do Metropolitan Museum.

O hall era decorado com cadeiras cobertas de veludo, vasos *cloisonné*, mesinhas laterais, um pequeno candelabro Waterford e dois austeros quadros do século XVIII. Havia um piano na sala e um retrato de Herbert Woodruff tocando violino.

– Detesto isso aqui – declarou Bernard.

– Não me admiro que sua mãe proíba você de levantar pesos em casa.

– Ela mudou as regras ontem à noite. Agora posso levantar peso quando meu pai não estiver em casa, mas só no meu quarto. Preciso escondê-lo embaixo da cama para ele não os ver.

– Se ele quiser – comentei, olhando o retrato sobre a lareira –, posso matriculá-lo num programa de levantamento de peso. Vocês poderiam praticar juntos.

Herbert Woodruff era um homem bonito, com boa compleição e lábios estreitos que sugeriam refinamento ou crueldade.

– Meu pai? – admirou-se Bernard.

– Está bem, vamos andando. Deixe que eu leve a comida para a cozinha. Em seguida, me mostre seu quarto. Quero que você esteja bem arrumado quando sua mãe chegar.

O quarto de Bernard ficava no outro lado do apartamento. Era decorado com bom gosto e de maneira tão cara quanto os outros cômodos pelos quais passamos. Não possuía os enfeites espalhafatosos típicos dos rapazes, nenhum pôster de astros do rock ou de esportistas, nenhuma desordem ou excesso.

Abrindo a sacola, falei:

– Bem, rapaz, vamos fazer a coisa completa. Arranque fora essas roupas.

– Para quê, treinador?

– Porque gosto de ver os rapazes ficarem nus.

– Não vou fazer isso. – Ele estava profundamente envergonhado.

– Será que vou ter de ensiná-lo a tirar a roupa? Isso não está no meu contrato.

– Você é bicha, treinador? – perguntou ele com a voz nervosa. – Quer dizer, tudo bem. Não me incomoda. Se você for, é claro. Acho que as pessoas devem fazer o que querem.

Sem responder, tirei um lindo par de ombreiras Wilson de dentro da sacola.

– São para mim? – Bernard quis saber.

– Não. Mas eu queria que você as experimentasse antes de dar para sua mãe.

— Por que ela iria querê-las? – perguntou ele, enquanto eu passava as ombreiras por sua cabeça e começava a amarrá-las.

— Bernard, precisamos treinar seu senso de humor em vez de treinar seus passes. Com apenas duas horas por dia, posso ensinar a você o que é uma piada.

— Desculpe ter perguntado se você é bicha, treinador. Você entende, não é? Fiquei um pouco confuso, nós dois aqui sozinhos e tudo mais...

— Certo, certo. Agora, tire a roupa. Tenho um jantar a fazer, mas antes vou lhe mostrar como um jogador de futebol se veste.

MAIS TARDE, SENTEI-ME numa poltrona da sala, olhando para o Central Park enquanto o sol se punha sobre o rio Hudson às minhas costas. O aroma da perna de cordeiro assando no forno enchia a casa com um perfume maravilhoso. Meu reflexo era difuso na janela panorâmica, sob a luz barroca dos candelabros que iluminava delicadamente os cômodos atrás de mim. Naquelas condições, a janela transformava-se em espelho e também num fabuloso retrato de uma cidade às escuras. Com a descida do sol, os enormes edifícios adquiriam tons de safira, de rosa, e respondiam à escuridão com sua própria luz interna. A cidade estendia-se à minha frente como uma floresta de esplêndida arquitetura transfigurada. O sol do fim da tarde envolveu um edifício inteiro em sua última aparição, dando-lhe as cores de um recife de coral. A luz deslizou pelo prédio, passando por cada janela, perdendo-se na metade do caminho. Afinal, a cidade se levantava como um flamingo na noite movimentada e sacudia os restos do crepúsculo; passando além do êxtase, transformava-se num maravilhoso candelabro de luzes assimétricas. De onde eu estava, agora em completa escuridão, a cidade parecia formada de velas votivas de vidro, de claridade e de brasas incandescentes. Na beleza daquelas formas geométricas fabulosas e transformadas, dava a impressão de aumentar o crepúsculo e torná-lo ainda mais bonito.

— Desculpe meu atraso – disse Susan Lowenstein, entrando pela porta da frente. – Houve um problema com um paciente no hospital. Você encontrou o armário de bebidas?

– Eu estava à sua espera.

– O cordeiro está cheirando divinamente! – Então, olhando para a cidade, ela exultou: – Agora, me diga se isso não é uma das coisas mais lindas que você já viu na vida. Quero ver você falar mal de Nova York quando tem diante dos olhos o melhor que ela pode oferecer.

– É formidável. Acontece que não tenho oportunidade de ver isso com freqüência.

– Eu vejo todas as noites e ainda acho absolutamente extraordinário.

– Aqui é um ótimo lugar para se assistir ao outro lado do crepúsculo. Você e seu marido têm um gosto sofisticado, e um bocado de dinheiro.

– Mãe – chamou uma voz atrás de nós.

Era Bernard, que, com todo seu equipamento de futebol, entrava suavemente na sala, calçando meias esportivas. Carregava nas mãos os novos sapatos com travas brilhantes. Sob aquela luz estranha, parecia enorme, disforme, renascido para algo diferente daquilo para que fora programado.

– O treinador Wingo me trouxe isto hoje. Um uniforme completo.

– Meu Deus – foi a única coisa que a atordoada Susan Lowenstein conseguiu dizer.

– Ah, não é possível que você não tenha gostado. Vamos lá, diga que não ficou bom. Tudo me serve, exceto o capacete. Mas o treinador Wingo disse que poderia ajustá-lo.

– Doutora Lowenstein – interrompi –, gostaria de lhe apresentar seu filho, Matador Bernard.

– Seu pai vai pedir o divórcio se vir você vestido desse jeito. Você tem de jurar que ele nunca vai vê-lo com esse uniforme, Bernard.

– O que você achou, mamãe? Que tal estou?

– Você parece deformado. – E ela riu gostosamente.

– Tudo bem, Bernard – eu disse. – Vá se vestir para jantar. Vamos comer como reis daqui a 45 minutos. Você levantou peso hoje?

– Não, senhor. – Ele continuava irritado com a mãe e respirava profundamente.

– Tente forçar 35 quilos. Você já está pronto para isso.

— Sim, senhor.

— E, quando vier jantar, meu nome será Tom. Não gosto de ser chamado senhor quando estou comendo.

— Você está um bocado diferente, Bernard – declarou Susan. – Eu não quis magoá-lo de maneira alguma. Mas vai levar um bom tempo até eu me acostumar com essa aparência feroz.

— Então você acha que eu pareço feroz? – perguntou ele, um ar de felicidade no rosto.

— Você parece absolutamente brutal.

— Obrigado, mamãe! – Ao vê-lo correndo pelo tapete oriental em direção ao quarto, ela não se conteve:

— Puxa, os elogios às vezes tomam formas tão estranhas! Vou fazer um drinque para nós.

O JANTAR TRANSCORREU maravilhosamente, sem nenhum incidente no início. Bernard conversava sem parar sobre futebol, seus times e jogadores favoritos. A mãe o olhava como se tivesse um estranho à mesa. Fez muitas perguntas, revelando um desconhecimento tão surpreendente sobre o esporte que me deixou sem palavras quanto tentei lhe responder.

Percebi que ficavam apreensivos um com o outro e pareciam contentes por terem alguém ali para suavizar a tensão entre os dois. Essa tensão me estimulava de tal forma que logo me descobri no papel de mestre-de-cerimônias, de bobo da noite, com cartas nas mangas e uma piada pronta para preencher cada intervalo de silêncio. Odiei a mim mesmo nesse papel, mas me sentia incapaz de recusá-lo. Nada me tornava mais impaciente e neurótico que a hostilidade silenciosa de duas pessoas que se amavam. Assim, passei o tempo inteiro contando piadas, trinchando a perna de cordeiro com o talento de um cirurgião, servindo o vinho como um *sommelier* e misturando a salada ansiosamente. Na hora em que servi o *crème brûlée* e o café, estava exausto, esgotado com aquela representação teatral. Enquanto comíamos a sobremesa, os velhos silêncios entre mãe e filho retomaram o controle da situação e ouvi o tilintar mortífero dos talheres contra os pequenos potes de vidro.

— Por que você aprendeu a cozinhar, treinador? – perguntou finalmente Bernard.

— Bem, quando minha mulher foi para a faculdade de medicina, comprei um bom livro de culinária e, durante três meses, realizei coisas indescritíveis com bons pedaços de carne. Fiz pães que nem os passarinhos quiseram comer. Mas aprendi que, quando se sabe ler, sabe-se cozinhar. E me surpreendi gostando disso.

— Sua mulher nunca cozinhou?

— Ela era uma grande cozinheira, mas durante o curso não tinha tempo. Aliás, não tinha tempo nem para estar casada. As coisas não mudaram muito desde que ela se formou e tivemos nossas filhas.

— Suas filhas também não viam a mãe quando eram pequenas? – indagou o rapaz, olhando para a mãe.

— Isso só durante algum tempo, Bernard. Ela jamais seria feliz se tivesse de se contentar com um avental e o fogão. É uma pessoa inteligente e ambiciosa, e adora a medicina. Isso a faz melhor como mãe.

— Quantas refeições você prepara por dia?

— Todas elas. Perdi meu emprego há mais de um ano.

— Quer dizer que você não é um treinador de verdade? – Havia uma nota de desconfiança na voz dele. – Minha mãe nem ao menos contratou um treinador de verdade para mim?

A dra. Lowenstein interveio, com a voz mal controlada:

— Já chega, rapaz.

— Por que você não está trabalhando como treinador agora? – insistiu Bernard.

— Fui despedido do emprego – respondi, tomando um gole de café.

— Por quê?

— É uma longa história, Bernard. Uma história que geralmente não conto para crianças.

— Tudo falso! – exclamou o garoto, virando-se para a mãe. – Ele finge que é treinador.

— Peça desculpas imediatamente, Bernard – retrucou Susan.

— Por que eu? Ele fingiu o tempo todo, por isso é ele quem me deve desculpas.

— Então peço desculpas, Bernard – falei, enquanto remexia a sobremesa com a colher. – Não percebi que você precisava de um treinador empregado.

— Os adultos me matam. Realmente me matam. Espero nunca vir a ser adulto.

— Com certeza você nunca será, Bernard. Você já deve ter chegado ao máximo como adolescente.

— Pelo menos eu não minto a respeito do que sou!

— Ah, é? Não esqueça que você contou a seus pais que estava no time de futebol na escola, quando não estava. É uma mentira pequena, mas ajuda a definir os termos desta discussão.

— Por que você sempre faz isso, Bernard? – perguntou a doutora, quase em prantos. – Por que sempre dá coices em quem tenta se aproximar ou ajudar você?

— Sou seu filho, mãe. Não um de seus pacientes. Não precisa falar comigo como psiquiatra. Por que não tenta simplesmente conversar comigo?

— Não sei como conversar com você, Bernard.

— Eu sei – interrompi, vendo o menino se voltar furioso para mim, ofegante e com suor se formando no lábio superior.

— Você sabe o quê? – perguntou ele.

— Como conversar com você. Se sua mãe não sabe, eu sei. Porque compreendo qual é seu problema. Você está se odiando por arruinar a noite, mas não pode evitar. Afinal, é a única maneira que você tem de magoar sua mãe. Tudo bem. Só que isso é assunto entre vocês dois. Ainda sou seu treinador, Bernard. E amanhã de manhã você vai se encontrar comigo no campo, usando todo o seu equipamento de batalha.

— Por que eu devo aceitá-lo como treinador se você acaba de admitir a fraude?

— Você vai descobrir se isso é verdade ou não, amanhã – retruquei, encarando aquele homem triste e insatisfeito.

— O que você quer dizer com isso?

— Amanhã vou saber se você tem medo de entrar na luta. Esse é o verdadeiro teste. Ver se você entra na luta para valer ou se tira o corpo fora. Pela primeira vez em sua vida, você vai entrar num jogo de verdade.

— Ah, sim, e quem eu vou atingir? Uma árvore, um arbusto ou algum bêbado que esteja passando pelo parque?

— Você vai disputar comigo. Vai tentar me agarrar. E eu farei o mesmo com você.

— Acontece que você é muito maior do que eu.

— Não precisa se preocupar comigo, Bernard. Não sou nada além de uma fraude, concorda?

— Grande coisa! – resmungou ele.

— Está com medo porque eu disse que vou agarrá-lo?

— Não. Nem um pouco.

— Sabe por que você não está com medo, Bernard?

— Não.

— Vou lhe dizer. Porque você nunca jogou futebol. Se tivesse jogado, saberia que há motivo de sobra para ter medo. Mas eu sei também que você quer jogar futebol, mais que qualquer coisa no mundo, não é verdade?

— Acho que sim...

— Se você aprender a me segurar, a se livrar quando eu pegá-lo, poderá entrar em qualquer time no ano que vem.

— Tom, você é muito grande para agarrar Bernard.

— Mãe, por favor, você não entende nada de futebol.

— Então me ajude a tirar a mesa, Bernard – disse eu, levantando-me. Enquanto empilhava os pratos, acrescentei: – Em seguida, vá para a cama e descanse o máximo que puder.

— Não vou tirar a mesa. Nós temos uma empregada para isso.

— Escute aqui, Bernard, não me responda novamente. E, por favor, não faça outra cena igual à que fez agora à noite. Agora, pegue os pratos e leve-os para a cozinha.

— Tom, esta é a casa de Bernard e a empregada vem amanhã.

— Fique calada, Lowenstein. Por favor, cale a boca – pedi, exasperado, indo para a cozinha.

Depois de dizer boa-noite a Bernard, voltei para a sala, um ambiente solitário e obsessivamente arrumado. Tudo ali era caro, mas não havia nada pessoal. Até o retrato de Herbert parecia uma representação idealística do homem, em vez de ser o próprio homem. Nele, Herbert tocava violino. E, apesar de não se poder julgar o caráter e a profundidade do homem com base em uma foto, sentia-se o arrebatamento de sua arte. A porta corrediça de vidro que dava para a varanda estava aberta. Foi ali que encontrei a dra. Lowenstein, que havia preparado dois copos de conhaque. Sentei-me e aspirei o perfume do Hennessy: ele floresceu em meu cérebro como uma rosa. Tomei o primeiro gole. A bebida deslizou por minha garganta, meio seda, meio fogo.

— Bem – começou a dra. Lowenstein –, gostou do show da dupla Bernard e Susan?

— Vocês sempre fazem esse espetáculo?

— Não. No geral, tentamos nos ignorar. Mas a situação crítica está sempre ali. Até nossa polidez é mortífera. Fico com nós no estômago quando temos de jantar a sós. É terrível, Tom, ser odiada pelo único filho.

— Como são as coisas quando Herbert está aqui?

— Bernard tem medo do pai e raramente faz uma cena como a de hoje. É claro, Herbert não permite conversas durante a refeição.

— O quê? Não entendi bem...

Susan sorriu e tomou um longo gole de conhaque.

— É um segredo de família. Uma cerimônia doméstica. Herbert gosta de relaxar à mesa de jantar. Ouve música clássica durante a refeição como forma de descomprimir depois de um dia de trabalho. Eu costumava discutir com ele por causa disso, mas acabei me acostumando. Fiquei até aliviada desde que Bernard entrou nesse novo estágio de agressividade.

— Espero que você esqueça que a mandei calar a boca na frente de seu filho – disse eu, olhando sua silhueta na penumbra. – Fiquei com essa obsessão enquanto estava na cozinha. Imaginei que acabaria de arrumar os pratos e você me diria para cair fora daqui e nunca mais voltar, assim que eu terminasse de enxugar os talheres.

— Por que você me mandou calar a boca?

— Eu tinha restabelecido o controle sobre Bernard e não queria quebrar o encanto, conseguido a duras penas, só porque você não agüenta ver alguém magoá-lo.

— Ele é muito sensível. Sua expressão dava dó quando você lhe falou com rudeza. Meu filho se magoa com facilidade.

— Você também, doutora. Mas tivemos de agüentar o fogo cerrado durante dez minutos e não gostei nem um pouco disso.

— Ele tem o caráter igualzinho ao do pai. O que mais o incomodou foi perceber logo que nós éramos amigos. Isso também deixaria Herbert aborrecido. Meu marido sempre despreza os novos amigos que faço sozinha. Costuma tratá-los tão mal, com tanto desdém, que parei de convidá-los para jantar e até de vê-los socialmente. É claro que Herbert tem um fascinante círculo de amizades, que também se tornou meu. Mas a lição foi clara. É ele quem descobre as novas amizades e as traz para nosso círculo. Isso lhe parece estranho, Tom?

— Não. Parece um casamento.

— Você faz isso com Sallie?

Coloquei as mãos na nuca e olhei em direção às estrelas de Manhattan, apagadas como botões acima da luz da cidade.

— Acho que sim... Eu detestava alguns médicos e suas esposas, que durante vários anos ela trouxe para minha casa. Se ouvir mais uma vez um médico falar sobre imposto de renda ou medicina socializada na Inglaterra, sou capaz de fazer uma destruição ritual de mim mesmo diante deles. Então, comecei a convidar amigos treinadores, que passavam a noite desenhando jogadas nos guardanapos de papel e falando sobre a vez em que venceram algum time importante. Os olhos de Sallie ficavam faiscantes de tão farta que ela estava daquelas histórias. Assim, reunimos um grupo de amigos que sobreviveram ao escrutínio de ambos. Há um treinador de escola secundária que Sallie adora. E dois médicos que considero ótimos sujeitos. Um deles agora é o amante de Sallie. Talvez eu mude o sistema quando voltar para casa. Comecei a gostar do sistema de Herbert.

— O amante de Sallie é seu amigo?

— Era. Eu gostava daquele filho-da-puta e, apesar de ter agido como se estivesse chateado por ela escolher tamanho imbecil, entendi perfeitamente a opção. É um cara bonito, fez sucesso, é inteligente e divertido. Coleciona motocicletas inglesas e fuma cachimbos cheios de frescura, dois defeitos que apontei quando Sallie me contou sobre seu relacionamento. Mas eu não podia ser duro demais com ela.

— Por quê?

— Porque entendo a razão pela qual ela o prefere. Jack Cleveland é o tipo que eu teria sido se tivesse me mantido em meu caminho. É o homem que eu tinha potencial para me tornar.

— Quando foi que você parou?

— Tudo começou quando escolhi pais absolutamente errados. Talvez você não acredite que os filhos possam influir nesse assunto. Não sei. Tenho a intuição de que escolhi nascer exatamente naquela família. Assim, passa-se a vida inteira fazendo suposições falsas e movimentos errados até ter início a catástrofe. A gente se descobre em perigo por causa das escolhas que fez e percebe que o destino também trabalha para nos arrasar, para nos levar a lugares nos quais ninguém deveria ser obrigado a entrar. Quando se toma conhecimento disso, já se tem 35 anos e se pensa que o pior ficou para atrás. Não, não é verdade. O pior está à frente por causa do horror do passado. A gente sabe que precisa viver com a lembrança do destino e da própria história para o resto da vida. Essa é a Grande Tristeza e, infelizmente, nosso destino.

— Você acha que Savannah tem essa Grande Tristeza?

— Veja onde ela está agora, doutora. Numa casa de loucos, cheia de cicatrizes pelo corpo, latindo para cães que somente ela pode ver. Sou o irmão imprestável que tenta lhe contar histórias para jogar luz em seu passado, a fim de que você ponha a biruta em ordem novamente. No entanto, quando penso no passado, chego a espaços em branco, a buracos negros da memória. Não sei como entrar nessas regiões escuras. Posso lhe contar a maioria das histórias que estão por trás daqueles fragmentos dolorosos que você gravou na fita. Sou até capaz de explicar de onde vêm. Mas, e as coisas que ela esqueceu? Os espaços em branco? Tenho a impressão de que há muito mais a dizer.

— Você teria medo de me contar essas coisas, Tom? — perguntou Susan, sem que eu visse seu rosto. Só avistava as partes mais elevadas da cidade, subindo em grandes pilares de luz.

— Vou lhe contar tudo, doutora. O que eu estou tentando dizer é que não sei se será o suficiente.

— Até agora, você tem sido extremamente útil. Esclareceu muitas coisas que eu não conseguia entender em Savannah.

– O que está errado com Savannah? – perguntei, inclinando-me em sua direção.

– Com que freqüência você a viu nos últimos três anos?

– Raramente... – Em seguida, admiti: – Nem uma vez.

– Por quê?

– Ela disse que ficava deprimida quando estava com a família. Até comigo.

– Mas eu estou contente por você ter vindo neste verão, Tom. – Susan levantou-se, com as luzes da cidade às suas costas, e aproximou-se de mim.

– Deixe-me encher seu copo novamente...

Observei-a entrar no apartamento e a vi relancear os olhos pelo retrato do marido para, em seguida, desviá-los rapidamente. Pela primeira vez, experimentei a tristeza daquela mulher controlada e cautelosa, que exercia uma função tão crucial e necessária em minha vida durante aquele verão melancólico. Refleti sobre seu papel de ouvinte, de protetora, de médica – imaginei as manhãs em que ela se levantava e se vestia, sabendo que iria enfrentar a dor e o sofrimento daqueles que a tinham buscado por acaso ou por indicação de alguém. No entanto, perguntei-me se as lições que juntava aos poucos, trazidas pelos pacientes, poderiam ser aplicadas com sucesso em sua vida pessoal. O domínio da doutrina de Freud poderia lhe assegurar a própria felicidade? Eu sabia que não, mas por que seu rosto inexpressivo me comovia tanto, sempre que ela não tinha consciência de que eu a observava? Aquele rosto adorável, com o formato da lua, parecia refletir cada caso grotesco que ela escutara, os testemunhos de histórias muito tristes. Ela ficava bem mais relaxada no consultório, protegida pela fortaleza de seus diplomas. Ali, entre os estranhos, não tinha responsabilidade sobre as histórias horríveis que haviam levado alguns pacientes ao limite de suas capacidades. Mas em casa, os próprios fracassos e tristezas se moviam com ela em legiões de espectros. Ela e o filho aproximavam-se um do outro como conselheiros de nações inimigas. O poder da presença do marido e as conseqüências de sua fama manifestavam-se por toda parte. Eu não tinha uma imagem clara de Herbert Woodruff pelo que a esposa ou o filho falaram a respeito. Ambos enfatizaram que era um gênio;

ambos temiam seu desamor e suas represálias, mas sem entender qual a forma que a reprimenda tomaria. Ele ouvia música clássica durante as refeições, em vez de conversar com a família... Só depois de escutar o grito de guerra de Bernard e de sua mãe entendi aquela posição. Por que a dra. Lowenstein me contara sua suspeita de que o marido estava tendo um caso com aquela mulher atordoante e atormentada que eu encontrara em seu consultório?

Sexo, o velho nivelador e destruidor, espalhando suas sementes perniciosas até nas casas cultas e privilegiadas – e quem saberia que híbridos monstruosos ou que orquídeas mortíferas floresceriam naqueles salões silenciosos? As flores do meu jardim, uma variedade sulista raquítica e sem originalidade, eram suficientemente horríveis. Eu achava que nunca mais pensaria em sexo depois que tivesse me casado ou, mais precisamente, que só pensaria nele em relação à minha esposa. Mas o casamento fora apenas uma iniciação para um assustador mundo da fantasia, alarmante por causa de sua ignição furiosa, suas tradições secretas, seu desejo incontrolável por todas as mulheres bonitas do mundo. Eu passava pelo mundo ardendo de amor por mulheres desconhecidas, e não conseguia evitá-lo. Em minha mente, dormi com mil mulheres. Nos braços de minha mulher, fiz amor com mulheres bonitas que nunca falaram meu nome. Vivia, amava e sofria num mundo que não era real, mas existia em algum reino selvagem próximo aos olhos. A lascívia, a devassidão e o instinto rugiam em meus ouvidos. Eu odiava esse meu lado; tremia ao ouvir a risada lúbrica de outros homens quando admitiam ter as mesmas febres. Eu equiparava a foda ao poder e odiava a parte de mim na qual morava essa verdade perigosa e imperfeita. Tinha saudade da constância, da pureza e da indulgência. Eu trouxera um talento assassino ao sexo. Todas as mulheres que me amaram, que me colocaram em seu seio, que me sentiram por inteiro, enquanto me movia dentro delas, murmurando seus nomes, gritando com elas na escuridão, todas elas foram traídas por mim, que as transformei vagarosamente, gradativamente, em amigas em lugar de amantes. Começando como amantes, eu as transformei em irmãs e lhes transmiti os olhos de Savannah. Certa vez, transando com uma mulher, ouvi horrorizado a voz de minha mãe. Apesar de minha amante gritar "sim, sim, sim", seu grito não era tão forte quanto os frios "não, não" de minha mãe. Eu levava mamãe para a cama todas as noites e nada podia fazer para evitá-lo.

Esses pensamentos chegaram sem se anunciar e sem nenhum convite. Enquanto observava Susan Lowenstein voltando para a varanda com dois copos de conhaque, pensava que sexo era o ponto principal de minha masculinidade conflituada e infeliz.

Ela me entregou o copo, tirou os sapatos e se sentou numa cadeira de vime.

— Tom, você se lembra da conversa a respeito do homem fechado que você é?

Mudei de posição na cadeira e olhei para o relógio.

— Por favor, Lowenstein, lembre-se de meu genuíno desprezo pelos psicoterapeutas. Você não está em horário de trabalho agora.

— Desculpe. Pensei nisso enquanto enchia os copos. Sabe, conforme você me conta histórias de sua família, Savannah vai emergindo lentamente. E Luke. E seu pai. Mas ainda não conheço nem entendo sua mãe. E você permanece o mais obscuro de todos. Não revela quase nada sobre *si* mesmo.

— Isso deve acontecer porque nunca tenho certeza de quem sou realmente. Nunca fui apenas uma pessoa. Sempre tentei ser outro, viver a vida de outro. Posso me transformar em outro com muita facilidade. Sei o que é ser Bernard, doutora. Por isso que o sofrimento dele me afeta tanto. Acho fácil ser Savannah. Sinto quando os cães estão sobre ela. Quero livrá-la da doença e colocá-la em minha própria alma. Não acho fácil ser eu mesmo, porque esse estranho cavalheiro me é desconhecido. Essa revelação nauseante satisfaz até ao terapeuta mais escrupuloso.

— Você pode ser eu, Tom? Você sabe o que é ser eu?

— Não. — Inquieto, tomei um gole de conhaque. — Não tenho idéia do que é ser você.

— Você está mentindo. Você consegue saber muita coisa a meu respeito.

— Eu a vejo no consultório e tagarelo durante uma hora. Ou então tomamos alguns drinques. Jantamos juntos três vezes, mas não houve tempo suficiente para fazer uma imagem clara de você. Pensei que você a tivesse feito. É uma mulher linda, médica, casada com um músico famoso, rica e vive como uma rainha. Naturalmente, Bernard tem uma imagem um pouco nublada, mas, acima de tudo, você está entre aquele um por cento da população mundial que tem sucesso.

– Você continua mentindo.

– Você é uma mulher triste, doutora. Não sei por quê, e tenho muita pena. Se pudesse, eu a ajudaria. Mas sou um treinador, não um padre ou um médico.

– Agora você não está mentindo. Obrigada. Você é o primeiro amigo que tenho em um longo período.

– Bem, admiro o trabalho que está fazendo por Savannah. Realmente aprecio. – Eu me sentia terrivelmente envergonhado.

– Você tem se sentido só?

– Lowenstein, você está falando com o príncipe da solidão, como Savannah se refere a mim num de seus poemas. Esta cidade exacerba esse sentimento em mim, do mesmo modo que a água faz o Alka-Seltzer efervescer.

– Ultimamente, a solidão vem me matando – Susan tinha os olhos fixos em mim.

– Não sei o que dizer.

– Você me atrai bastante, Tom. Por favor, não vá embora. Escute...

– Não diga nada, doutora. – Levantei-me para sair. – Sou incapaz de pensar nisso agora. Faz tanto tempo que me considero inútil para o amor que o simples pensamento me aterroriza. Vamos ser amigos. Bons amigos. Eu seria um péssimo acréscimo a sua vida sentimental. Sou um *Hindenburg* ambulante. Desastre puro e simples sob qualquer ângulo que se olhe. Estou em busca da fórmula para salvar um casamento que não tem chance de se salvar. Não posso nem pensar em me apaixonar por uma mulher tão linda e tão diferente de mim. É perigoso. Preciso ir agora, mas quero lhe agradecer pelo que me disse. Foi ótimo que alguém me dissesse isso justamente aqui em Nova York. É bom me sentir novamente atraente e querido.

– Não sou muito convincente nisso, não é, Tom? – perguntou ela, sorrindo.

— Você é ótima, Lowenstein. Você tem sido ótima em tudo. – Dito isso, deixei-a na varanda enquanto ela olhava novamente para as luzes da cidade.

16

Era quase verão quando os estranhos chegaram de barco a Colleton e começaram sua longa e inexorável busca à toninha branca. Minha mãe estava assando pães, cujo aroma, misturado ao perfume das rosas, transformava a casa em uma espécie de frasco do incenso sazonal mais harmonioso que existia. Ao tirá-los do forno, ela os cobriu com manteiga e mel. Em seguida, nós os levamos até o desembarcadouro, sentindo o mel amanteigado escorrer pelos dedos. Atraímos a atenção de todas as vespas que havia no quintal – foi preciso coragem para deixá-las andar em nossas mãos, enquanto se empanturravam com o creme que gotejava do pão. As abelhas pareciam estar nos jardins, nos pomares e nas colméias. Minha mãe encheu com água açucarada a tampa de um vidro de maionese para satisfazê-las a fim de que pudéssemos comer em paz.

Estávamos quase acabando com o pão quando vimos o barco, o *Amberjack*, que portava registro da Flórida, passando pelos canais do rio Colleton. Nenhuma gaivota o seguia, o que indicava não se tratar de um barco pesqueiro. Nem de um iate, pois lhe faltavam as linhas puras e suntuosas. Mas a tripulação visível de seis homens bem bronzeados parecia de veteranos marinheiros. Descobriríamos mais tarde que aquela era a primeira embarcação a entrar nas águas da Carolina do Sul com a missão de manter os peixes vivos.

A tripulação do *Amberjack* não fez segredo a respeito do que queria e, naquela mesma tarde, seu plano nas águas de Colleton era conhecido em toda a cidade. O capitão Otto Blair contou a um repórter da *Gazeta* que o Seaquarium de Miami recebera uma carta de um cidadão de Colleton, o qual desejava permanecer anônimo, dizendo que uma toninha albina freqüentava as águas ao redor da cidade.

O capitão planejava capturá-la e transportá-la para Miami, onde ela serviria como atração turística e objeto de pesquisa científica. A tripulação do *Amberjack* fora até ali no interesse da ciência, como biólogos marinhos, motivada pela notícia de que a criatura mais rara dos sete mares era uma visão diária para o povo das terras baixas.

Eles talvez soubessem absolutamente tudo sobre toninhas e seus hábitos, mas tinham feito uma péssima análise do caráter das pessoas que encontrariam na parte mais baixa da Carolina do Sul. Os cidadãos de Colleton estavam para lhes dar uma bela lição a esse respeito, sem cobrar nada. Com um arrepio coletivo de fúria, toda a cidade se tornou vigilante e assustada. A trama para roubar Carolina Snow era, para nós, um ato inqualificável e aberrante. Por acidente, eles trouxeram o raro sabor da solidariedade ao nosso litoral e sentiriam o peso de nossa discordância. Para eles, a toninha branca era uma curiosidade da ciência; para nós, significava a manifestação da inefável beleza e da generosidade de Deus entre nós, a prova da magia e o êxtase da arte. A toninha branca era algo pelo qual valia a pena lutar.

O *AMBERJACK*, imitando os hábitos dos pescadores de camarões, saiu cedo na manhã seguinte, mas seus tripulantes não avistaram a toninha nem soltaram as redes. Os homens voltaram para o cais com expressão soturna no rosto, ansiosos para ouvir os rumores sobre recentes aparições de Snow. Foram recebidos com o silêncio da população.

Após o terceiro dia, Luke e eu encontramos o barco deles e ouvimos a tripulação conversar a respeito dos dias longos e infrutíferos sobre o rio, tentando avistar a toninha branca. Estavam sentindo o peso eloqüente da reprovação da cidade e pareciam loucos por conversar conosco, a fim de extraírem todas as informações que pudessem.

O capitão Blair levou-nos a bordo do *Amberjack* e mostrou-nos o tanque no convés principal, onde os espécimes eram mantidos com vida até chegarem aos aquários de Miami. Vimos também os 800 metros de rede que seriam usados para rodear a toninha. A mão de um homem passaria facilmente por suas malhas. O capitão era um homem cordial, de meia-idade, o rosto marcado por linhas profundas criadas pelo sol, como se fossem entalhes. Com voz suave e quase inaudível, ele nos contou como treinavam as toninhas para comer peixe morto depois de uma captura. Uma toninha jejuaria durante duas semanas ou mais antes de se dignar a comer presas que ignoraria na natureza. O maior perigo durante a captura era o de que o animal se enredasse na rede e se afogasse. A caça aos golfinhos exigia uma tripulação esperta e experiente para assegurar que não ocorressem afogamentos. Em seguida, o capitão nos mostrou os colchões de espuma de borracha nos quais deitavam as toninhas assim que elas subiam a bordo.

— Por que vocês não as jogam na piscina, capitão? — perguntei.

— Em geral fazemos isso, mas às vezes temos tubarões na piscina. Além disso, a toninha pode se machucar ao se agitar com violência num espaço tão pequeno. É melhor deixá-las sobre os colchões e jogar água sobre elas para evitar que a pele seque. Nós a movemos de um lado para outro a fim de que a circulação não pare. Isso é praticamente tudo o que podemos fazer.

— Quanto tempo elas sobrevivem fora da água? — Luke quis saber.

— Não sei exatamente. O máximo que mantive uma fora da água foi cinco dias, até levá-la a Miami. São criaturas resistentes. Qual foi a última vez que vocês viram Moby nestas águas?

— Moby? O nome dela é Snow. Carolina Snow.

— Moby foi o nome que lhe deram em Miami. Moby Toninha. Alguém do departamento de publicidade saiu com essa.

— É o nome mais idiota que já ouvi! — exclamou Luke.

— Mas vai fazer os turistas aparecerem correndo, filho — explodiu o capitão Blair.

— Ah, por falar nisso, os passageiros de um barco avistaram a toninha ontem no porto de Charleston, quando se dirigiam para Fort Sumter.

— Você tem certeza disso? — Naquele instante, um dos membros da tripulação chegou mais perto para ouvir o restante da conversa.

— Eu não a vi — afirmou Luke —, mas ouvi a notícia pelo rádio. — No dia seguinte, o *Amberjack* zarpou para Charleston, percorrendo os rios Ahley e Cooper à procura de sinais da passagem da toninha branca. Durante três dias, pesquisaram as águas em torno de Wappoo

Creek e Elliot Cut antes de se darem conta de que meu irmão havia mentido. De qualquer modo, eles também tinham ensinado a Luke como manter uma toninha com vida...

A CONVOCAÇÃO ÀS ARMAS entre o *Amberjack* e a população de Colleton não foi feita a sério até a noite do mês de junho, quando a tripulação do barco tentou caçar a toninha à vista de toda a cidade. Eles haviam avistado Snow em Colleton Sound, um lugar de águas profundas demais, para serem bem-sucedidos com suas redes, e a tinham seguido durante todo o dia, permanecendo a uma distância razoável, espreitando-a com paciência até que ela se dirigira aos riachos e rios mais rasos.

Desde o momento em que os intrusos haviam descoberto a toninha, os pescadores da cidade começaram a passar relatórios sobre a posição do *Amberjack* em seus rádios de ondas curtas. Sempre que o barco mudava de rumo, os olhos da frota camaroneira o percebiam e as ondas de rádio se enchiam de vozes de pescadores, que passavam mensagens de um barco a outro até a cidade. As esposas dos pescadores, monitorando seus próprios rádios, iam então até o telefone e espalhavam as notícias. O *Amberjack* não passava pelas águas do município sem que sua posição exata fosse relatada a um regimento de ouvintes secretos.

– *Amberjack* entrando no córrego Yemassee – ouvimos certo dia no rádio que mamãe mantinha sobre a pia da cozinha. – Pelo jeito não encontraram Snow hoje.

– Miami Beach acaba de sair do córrego Yemassee e parece que vai bisbilhotar em Harper Dogleg, para os lados da ilha Goat.

A população ouvia com cuidado esses relatórios freqüentes dos pescadores. A toninha branca não apareceu durante uma semana e, quando finalmente voltou, foi um dos pescadores que alertou a cidade.

– Aqui fala o capitão Willard Plunkett. Miami Beach avistou Snow. Estão subindo o rio Colleton, atrás dela, e preparando as redes no convés. Parece que Snow vai fazer uma visitinha à cidade.

A notícia atravessou Colleton com a velocidade de um boato e acabou por levar todo mundo à margem do rio. Os olhos fixos no rio, as pessoas falavam em voz baixa. O delegado colocou seu carro no estacionamento do banco e pôs-se a monitorar os relatórios dos pescadores. A cidade inteira estava atenta à curva do rio onde o *Amberjack* apareceria. Aquela curva ficava a 1,5 quilômetro do ponto em que o rio se juntava a três de seus afluentes e vicejava, tornando-se um estreito.

Esperamos durante vinte minutos até que o *Amberjack* surgisse ali. Então, um gemido coletivo elevou-se em todas as gargantas. O barco vinha pelo pântano, junto com a maré que subia. Um dos tripulantes, em pé na coberta da proa, olhava através de binóculo para a água à sua frente. Com o corpo imóvel, duro como uma estátua, o homem parecia completamente absorto pela tarefa.

Luke, Savannah e eu observávamos da ponte, ao lado de centenas de pessoas que haviam se reunido para testemunhar a captura do símbolo vivo da sorte da cidade. De início, estavam todos apenas curiosos, até que Carolina Snow fez sua aparição luxuriante na última curva do rio, e começou seu passeio fabuloso ao redor da cidade. A toninha brilhava como prata quando o sol batia em sua nadadeira que passava pela crista de uma onda. Em suas visitas à cidade, ela alcançara uma grandeza frágil pela inconsciência que tinha de sua vulnerabilidade. Com o corpo lustroso, deslumbrou-nos mais uma vez com sua beleza completa. A nadadeira dorsal emergiu novamente como uma divisa branca cada vez mais próxima da ponte. Para nossa surpresa, a cidade aplaudiu espontaneamente a apoteose da toninha branca. A bandeira da indignação de Colleton soltou-se sob ventos secretos e nosso status de observadores passivos se transformou imperceptivelmente em um grito de guerra, desconhecido de todos, que se formou em nossos lábios. Todos os lemas e palavras de ordem apareceram como grafites ferozes nos arsenais do inconsciente dos cidadãos. A toninha sumiu e em seguida reapareceu, nadando com rapidez em direção ao aplauso que saudava sua chegada. Era misteriosa e lunar. Seu colorido, uma mistura delicada de lírio e madrepérola, passando sob as águas iluminadas pelo sol como se fosse de prata. Foi então que vimos o *Amberjack* ganhar terreno e a tripulação colocar as redes no pequeno bote que ia baixar para a água. A cidade precisava de um guerreiro, e fiquei surpreso ao descobri-lo a meu lado.

O trânsito se congestionara na ponte porque todo mundo parara seus carros para ir até a amurada, a fim de assistir à captura da toninha. Um caminhão carregado com tomates de uma fazenda de Reese Newbury encontrava-se ali, e o motorista tocava em vão a buzina, chamando os outros motoristas para voltarem a seus carros.

Ouvi Luke resmungar baixinho:

– Não, isso não é direito. – Em seguida, saindo de onde estava, ele subiu na carroceria do caminhão e começou a jogar caixotes de tomates no meio da multidão. De início, tomei-o por louco, mas logo entendi do que se tratava. Junto com Savannah, abri um engradado e distribuí os tomates às pessoas que estavam ao longo da amurada. O motorista do caminhão saiu da cabine gritando para que Luke parasse, mas meu irmão o ignorou e continuou a passar os caixotes de madeira para os braços de seus amigos e vizinhos. A voz do motorista tornava-se cada vez mais furiosa à medida que as pessoas pegavam ferramentas em seus carros para abrir os engradados. Naquele instante, o carro do delegado deixou o estacionamento, dirigindo-se para a estrada de Charleston, no outro lado da cidade.

Quando o *Amberjack* aproximou-se da ponte, duzentos tomates verdes atingiram o convés numa fuzilaria que fez o homem do binóculo cair de joelhos. Um dos tripulantes que trabalhava nas redes levou a mão ao nariz, próximo à popa do barco, com o sangue fluindo entre seus dedos. A segunda salva de artilharia aconteceu logo depois, obrigando a tripulação a se arrastar com dificuldade, confusa e atordoada em direção à segurança da cabine. Quando uma ferramenta de troca de pneus de automóvel bateu com força em um dos botes salva-vidas, a multidão aplaudiu com entusiasmo. As pessoas continuavam pegando tomates nas caixas, o motorista ainda grita, mas ninguém ouvia suas súplicas.

O *Amberjack* sumiu sob a ponte e duzentas pessoas correram para a outra amurada numa investida impetuosa, delirante. Quando o barco reapareceu do outro lado, nós o cobrimos com uma chuva de tomates, como arqueiros de uma colina soltando flechas sobre uma infantaria desorganizada. Savannah atirava-os com força, boa pontaria e um bom ritmo em seus movimentos, descobrindo um estilo próprio e gritando de puro prazer. Luke jogou um engradado fechado, que se espatifou no convés traseiro, arremessando tomates que deslizavam como bolas de gude em direção ao porão.

O barco saía do alcance de quase todos os braços, exceto dos mais fortes, quando a toninha, num gesto de autopreservação, reverteu seu curso e rumou para a cidade, passando a estibordo da embarcação que a perseguia. Voltara para nosso aplauso e nossa proteção. Nós a vimos mover-se sob as águas embaixo da ponte, cruzando as ondas como um sonho abstrato de marfim. Quando o barco deu meia-volta pelo rio, mais caixas de tomates foram passadas entre a multidão. A essa altura, até o motorista do caminhão se rendera à euforia que se apossara de todos e fora para o lado da amurada, com o braço levantado, segurando um tomate e esperando ansiosamente a volta do *Amberjack*. Este vinha em direção à ponte, mas de repente alterou seu curso para o rio Colleton, ao norte, enquanto Carolina Snow, a única toninha branca do planeta, retornava ao Atlântico.

NO DIA SEGUINTE, o Conselho da cidade baixou uma resolução concedendo a Carolina Snow direitos de cidadania no município e tornando sua remoção das águas da cidade um ato de traição. Ao mesmo tempo, o legislativo da Carolina do Sul baixava uma lei similar, que também condenava o apresamento da espécie *Phocaena* ou *Tursiops* nas águas de nosso município. Assim, em menos de 24 horas, Colleton tornou-se o único lugar do mundo onde era proibida a captura de toninhas.

Tão logo o *Amberjack* aportou no desembarcadouro dos camaroneiros, o capitão Blair dirigiu-se ao gabinete do delegado para exigir que o xerife Lucas prendesse todos os que tinham atirado tomates sobre seu barco. Por infelicidade, não pôde fornecer um único nome do qual pudesse fazer a queixa. Mas o xerife, depois de vários telefonemas, apresentou-lhe quatro testemunhas que poderiam jurar num tribunal que não havia ninguém na ponte quando o *Amberjack* passara sob ela.

– Então como é que recebi centenas de quilos de tomates em meu convés? – perguntou o capitão. E, numa réplica lacônica que foi muito bem recebida em todas as casas de Colleton, o xerife disse:

— Estamos na estação dos tomates, capitão. Essa planta cresce em toda parte.

Os homens de Miami, no entanto, recobraram-se rapidamente e desenvolveram um novo plano para a captura do animal. Mantendo-se longe das vistas da cidade e sem entrar no canal principal do rio Colleton, passaram a freqüentar os limites externos do município, esperando o momento perfeito em que Snow perambulasse fora das águas de Colleton e da proteção daquelas leis recentemente baixadas. Só que o *Amberjack* era seguido de perto pelas lanchas da Comissão de Caça e Pesca da Carolina do Sul e por uma pequena frota de barcos de recreação comandados por mulheres e crianças da cidade. Sempre que os intrusos descobriam a toninha, essas embarcações manobravam para ficar entre eles e diminuíam a velocidade de seus motores. O *Amberjack* tentava desviar-se, mas as mulheres e as crianças de Colleton, que lidavam com barcos pequenos desde muito cedo, interrompiam-lhes o trajeto até que a toninha branca deslizasse nas ondas da enseada de Colleton.

Diariamente, Luke, Savannah e eu pegávamos a baleeira e entrávamos nos canais interiores para nos unirmos à flotilha de resistência. Luke conduzia o barco até a frente do *Amberjack* e, ignorando a buzina de advertência, diminuía pouco a pouco sua velocidade, de modo que, por mais hábil que fosse o capitão Blair no manejo do leme, não conseguia ultrapassá-lo. Savannah e eu amávamos o equipamento de pesca e colocávamos iscas para a cavala espanhola enquanto a baleeira navegava entre o *Amberjack* e a toninha branca. Freqüentemente, a tripulação aparecia na proa do navio para nos ameaçar e insultar.

— Ei, garotos, caiam fora do caminho antes que a gente fique de saco cheio! – gritava um dos marinheiros.

— Só estamos pescando, moço – respondia Luke.

— Pescando o quê?

— Ouvimos dizer que há uma toninha branca nestas águas. – E Luke reduzia a velocidade com um delicado movimento do pulso.

— É mesmo, espertinho? Pois se você for pegá-la, não estará fazendo um bom serviço.

— Estamos fazendo um serviço tão bom quanto o de vocês.

— Se aqui fosse a Flórida, passaríamos por cima dessa droga de baleeira!

— Mas aqui não é a Flórida, moço. Ainda não perceberam? — Luke puxou a alavanca de aceleração e começamos a nos arrastar sobre a água. Ouvimos os motores do *Amberjack* diminuindo a velocidade enquanto a proa do barco assomava sobre nós. — Ele nos chamou de caipiras — comentou meu irmão.

— Eu, caipira? — perguntou Savannah.

— Isso me deixa magoado — acrescentei.

Mais à frente, a toninha branca entrou no riacho Langford, o brilho de alabastro de sua nadadeira desaparecendo por trás da borda verde do pântano. Havia três barcos esperando na boca do riacho, prontos para interceptar o *Amberjack* se este ultrapassasse Luke.

APÓS TRINTA DIAS de protelação e impedimentos, o *Amberjack* deixou os limites ao sul de Colleton e voltou à sua base em Miami, sem levar a toninha branca. O capitão Blair deu uma amargurada entrevista final à *Gazeta,* arrolando os vários obstáculos que os cidadãos de Colleton haviam levantado com a finalidade de fazer fracassar sua missão. Aquela atitude, disse ele, não podia ser permitida porque solapava a investigação científica. Além do mais, em seu último dia, a tripulação recebera tiros de um franco-atirador da ilha Freeman e ele, como capitão, decidira suspender a caçada. A frota de barcos camaroneiros observou o *Amberjack* passar pelas últimas ilhas, manobrar pela arrebentação e voltar-se para o sul, fazendo uma curva em direção ao mar aberto.

Só que, em vez de ir para Miami, o *Amberjack* distanciou-se umas 60 milhas, entrou na boca do rio Savannah e aportou no cais dos camarões em Thunderbolt. Permaneceu ali durante uma semana para reabastecer e deixar esfriar os ânimos em Colleton, monitorando ainda o rádio de ondas curtas, seguindo as viagens da toninha branca por meio dos relatórios minuciosos dos camaroneiros de lá. Após uma semana, o barco deixou o porto no meio da noite e se dirigiu para o norte, além do limite de 3 milhas. Navegando confiantes, fora das vistas das traineiras de pesca de camarão que se postavam perto da costa, esperavam um sinal que viria pelo rádio. Depois de três dias ao largo, eles ouviram afinal as palavras que tanto esperavam:

— Pessoal, acabo de prender a rede numa tora submersa no riacho Zajac. Tenham cuidado se vierem para este lado. Câmbio.

— De qualquer modo, não há camarões no riacho Zajac – respondeu alguém de outro barco camaroneiro. – Você está um bocado longe de casa, hein, capitão Henry? Câmbio.

— Eu pesco camarões onde puder encontrá-los. Câmbio – respondeu meu pai, observando Carolina Snow que induzia um cardume a se aproximar de um banco de areia.

De imediato o *Amberjack* rumou para o riacho Zajac, que era fora de Colleton, com a tripulação preparando as redes enquanto o litoral da Carolina do Sul enchia os olhos do capitão Blair pela última vez. Um camaroneiro de Charleston testemunhou a captura da toninha branca às onze e trinta daquela manhã. Viu Carolina Snow entrar em pânico e arremeter contra as redes que a cercavam; diante daquela cena admirou a rapidez e a habilidade com que os homens passaram as cordas em torno dela, seguraram sua cabeça acima da água para impedi-la de se afogar e a colocaram dentro de uma de suas lanchas.

Na hora que a notícia chegou a Colleton, o *Amberjack* já estava longe dos limites de 3 milhas, navegando para o sul, numa rota que o levaria a Miami em 58 horas. Os sinos da igreja tocaram em sinal de protesto, refletindo nossa impotência e fúria. Era como se o rio tivesse sido conspurcado, expurgado de seus direitos de magia.

"TORA SUBMERSA" era o código que meu pai combinara com o capitão Blair e a tripulação do *Amberjack*. Ele concordara em pescar nas águas limítrofes de Colleton até avistar a toninha branca entrando nas águas territoriais do município de Gibbes. Era ele o cidadão anônimo que escrevera ao Seaquarium de Miami informando sobre a presença da toninha albina em nossa cidade. Duas semanas após o rapto de Snow e uma semana depois que sua foto saiu na *Gazeta de Colleton*, sendo colocada no tanque de sua nova casa de Miami, meu pai recebeu do capitão Blair uma carta de agradecimento e mil dólares a título de recompensa por sua ajuda.

— Tenho vergonha pelo que você fez, Henry – disse minha mãe esforçando-se para se controlar enquanto ele acenava com o cheque à nossa frente.

— Ganhei mil dólares, Lila. Foi o dinheiro mais fácil que já faturei até hoje. Gostaria que todas as toninhas que encontro fossem albinas. Eu passaria o resto da vida comendo do bom e do melhor!

— Se alguém dessa cidade tivesse culhões, iria a Miami e libertaria aquele animal. É melhor que ninguém saiba que você foi o responsável por isso, Henry. O pessoal continua louco de raiva!

— Como é que você se atreveu a vender nossa toninha, pai? – perguntou Savannah.

— Olhe, meu bem, ela vai ficar numa cidade ótima, comendo cavalas como um *gourmet* e saltando no meio de arcos para a alegria das crianças. Snow não precisará se preocupar com tubarões pelo resto da vida. Ela está aposentada em Miami. Você tem de encarar isso de modo positivo.

— Acho que você cometeu um pecado que Deus não perdoa – declarou Luke, com ar sombrio.

— Você acha, é? Pois eu nunca vi a frase "Propriedade de Colleton" tatuada nas costas dela. Simplesmente escrevi para o Seaquarium, contando que aqui existia um fenômeno natural que poderia atrair multidões. Eles apenas me recompensaram pela informação.

— Eles não teriam encontrado Snow se você não os avisasse pelo rádio cada vez que a avistava no rio – disse eu.

— Claro, eu era o oficial de ligação deles na área. Vejam bem, não está nada boa a estação de pesca. Esses mil dólares vão garantir a comida na mesa e roupas para cada um. Daria para pagar um ano inteiro de faculdade para um de vocês.

— Eu não daria uma única garfada na comida comprada com esse dinheiro. E não usaria uma só cueca comprada com ele – garantiu Luke.

— Fazia mais de cinco anos que eu observava Snow – acrescentou minha mãe. – Uma vez, você castigou Tom por matar uma águia careca, Henry. Há muito mais águias no mundo que toninhas brancas.

— Eu não matei a toninha, Lila. Apenas a enviei a um porto seguro onde ela estará livre de qualquer temor. Eu me vejo como um herói neste caso.

— Você vendeu Snow para o cativeiro — retrucou ela.

— Eles vão transformá-la em toninha de circo — emendou Savannah.

— Você traiu a si mesmo e às suas origens — acusou Luke. — Se fosse um negociante, um sujeitinho bem arrumado e de cabelo lustroso, eu entenderia. Mas um camaroneiro! Um camaroneiro vendendo Snow por dinheiro?

— Eu vendo camarões por dinheiro, Luke — gritou meu pai.

— Não é a mesma coisa. Não se vende o que não se pode repor.

— Vi vinte toninhas no rio hoje.

— Sou capaz de apostar que nenhuma era branca. Nenhuma delas era tão especial.

— Nossa família é a razão pela qual capturaram Snow — interveio Savannah. — Sinto-me como se fosse filha de Judas Iscariotes. Aliás, eu teria preferido ser filha dele.

— Você não devia ter feito o que fez, Henry — disse minha mãe. — Isso vai lhe dar azar.

— Não posso ser mais azarado do que já sou. Em todo caso, o assunto terminou. Não há nada que se possa fazer agora.

— Eu vou fazer alguma coisa — declarou Luke.

TRÊS SEMANAS MAIS TARDE, na escuridão da noite, quando ouvíamos o ronco de meu pai, Luke sussurrou seu plano para nós. Era algo que não deveria nos surpreender... No entanto, anos mais tarde, Savannah e eu conversamos, tentando estabelecer a hora exata em que nosso irmão mais velho se transformara de um menino idealista e impetuoso num homem de ação. Ficamos amedrontados e, ao mesmo tempo, muito alegres com a audácia de sua proposta. Só que nenhum de nós quis tomar parte nela. Luke continuou a argumentar, até que nos descobrimos aprisionados pela originalidade magnética de sua eloqüência. Ele já se decidira e passou metade da noite alistando-nos como recrutas em sua primeira passagem pelo lado selvagem da vida. Desde a noite em que o vimos enfrentando o tigre no celeiro, sabíamos que Luke era corajoso; agora, encarávamos a probabilidade de que também fosse temerário.

Três manhãs mais tarde, depois de Luke fazer muitos preparativos, estávamos na Auto-estrada 17, em direção ao sul, com meu irmão pisando firme no acelerador e o rádio tocando a todo volume. Ray Charles cantava "Hit the Road, Jack", e nós cantávamos com ele. Tomávamos cerveja gelada e o rádio estava ligado na Big Ape de Jacksonville, enquanto disparávamos pela ponte Eugene Talmadge Memorial, em Savannah. Diminuímos a velocidade ao passar pelo pedágio. Luke entregou um dólar ao velho que distribuía os tíquetes.

— Vão fazer umas comprinhas em Savannah, crianças? – perguntou o homem.

— Não, senhor – respondeu meu irmão. – Estamos indo até a Flórida para roubar uma toninha.

DURANTE AQUELA ESTRANHA e impetuosa viagem para a Flórida, meus sentidos ardiam como incêndios de verdade. Sentia-me como se pudesse atear fogo em uma palmeira apenas apontando com o dedo. Estava elétrico, carregado, extático e aterrorizado. Cada canção que escutava no rádio parecia ter sido feita expressamente para meu prazer. Apesar de possuir uma voz execrável, imaginava estar cantando maravilhosamente enquanto rodávamos pela auto-estrada costeira e pelas estradas cercadas de carvalhos da Geórgia, com Luke mudando as marchas da caminhonete apenas quando diminuíamos a velocidade ao passar por alguma cidade. Como se a velocidade estivesse no sangue de meu irmão, atravessamos a fronteira do estado da Flórida duas horas depois de sairmos da ilha Melrose. Sequer paramos para tomar suco de laranjas grátis oferecido no posto de recepção.

A cidade de Jacksonville nos obrigou a diminuir o ritmo da viagem, pois o rio St. Johns era algo incrível, além de ser o primeiro rio que víamos que corria para o norte. Uma vez na auto-estrada AlA, novamente queimamos o asfalto e fizemos os pneus cantarem sobre o macadame. O mar aparecia a intervalos à esquerda e, quando o vento morno passou rapidamente por dentro do carro, sentimos que ele corria conosco para o sul, ciente de nossa missão. Sim, ciente, aprobativo e partidário!

Fomos para o sul com coração de ladrões e sensibilidade de proscritos, cada um alimentando a energia desnorteada do outro. Ao ver Luke rindo de algum comentário que Savannah fizera, senti os cabelos dela voarem em meu rosto com um doce perfume. Enchi-me de um amor inefável e perfeito pelos dois, um amor vívido e poderoso cujo sabor eu sentia na língua e cujo calor glorioso queimava profundamente em meu peito. Inclinando-me, beijei Savannah no pescoço e apertei o ombro de Luke com a mão esquerda. Ele alcançou minha mão e a apertou, surpreendendo-me então ao levá-la aos lábios num gesto de ternura insuperável. Recostei-me novamente e deixei o aroma do estado da Flórida inundar meus sentidos à luz pálida daquele domingo.

DEPOIS DE DEZ HORAS de viagem cansativa e duas paradas para encher o tanque, a cidade de Miami surgiu do mar quando passamos pela tabuleta que indicava a pista de corridas de Hialeah. Os coqueiros se agitavam ruidosamente à brisa morna e o perfume dos jardins dominados por *bougainvilleas* passava pelas largas avenidas. Nunca havíamos ido à Flórida e, subitamente, estávamos atravessando as ruas de Miami, à procura de um lugar onde armar nossas barracas sob laranjeiras e abacateiros.

— O que vamos fazer agora, Luke? – perguntei. – Não podemos sair por aí e dizer "Olá, viemos até aqui para roubar a toninha branca. Vocês se incomodam de fazer as malas dela?"

— Vamos primeiro dar uma olhada. Tenho um plano preliminar. Mas precisamos estar preparados. Antes de mais nada, vamos reconhecer o terreno. Deve haver um guarda noturno, algum babaca para vigiar e garantir que as crianças não entrem de fininho durante a noite para tentar pescar o bicho com um caniço.

— O que vamos fazer com o guarda? – indagou Savannah.

— Não quero ser eu a matá-lo – retrucou Luke calmamente. – Que tal vocês dois?

— O quê? Você perdeu a cabeça? – perguntei.

— Isso é apenas um plano para um caso de emergência.

— Se for assim, não conte conosco, Luke — declarou Savannah.

— Ora, eu só estava brincando. Aqui tem ainda uma baleia assassina presa. Podemos tirá-la de lá também.

— Não viemos aqui para isso, mano. Conheço esse seu tom de voz. A baleia assassina está fora da jogada.

— Talvez pudéssemos soltar todos os peixes desse maldito lugar. Promover uma verdadeira fuga em massa.

— Por que a chamam baleia assassina? — perguntei.

— Deve ser porque eles adoram surpreender — explicou Luke. Pegamos o elevado que leva a Key Biscayne e passamos pelo Seaquarium à nossa direita. Luke diminuiu a velocidade da caminhonete ao entrar no estacionamento, observando a única luz que brilhava na sala do guarda. O homem veio até a janela e olhou para fora. Seu rosto emoldurado por um halo de luz elétrica parecia absurdo e sem feições. Uma cerca de 2,5 metros, encimada por arame farpado, impedia a entrada de intrusos. Atravessamos o estacionamento, espalhando cascalho à nossa passagem. Descobrimos que estávamos num zoológico ao passarmos por um certo lugar na estrada que cheirava como a jaula de César ampliada cem vezes. Um elefante guinchou em algum lugar na escuridão e Luke lhe respondeu com um ruído semelhante.

— Não soou como um elefante, Luke — disse Savannah.

— Pensei que estivesse bastante bom. Com que animal pareceu?

— Com uma ostra peidando no óleo de cozinha — emendou minha irmã.

Com uma gargalhada gostosa, Luke passou o braço pelos ombros de Savannah, apertando-a contra o peito. Naquela noite, dormimos num banco de jardim em Key Biscayne. O sol já estava alto quando acordamos na manhã seguinte. Juntamos nossos pertences e fomos fazer uma visita ao Seaquarium.

Pagamos os ingressos e passamos pela catraca. Durante a primeira meia hora, demos a volta no parque, seguindo a parábola formada pela cerca e o feio topete de arame farpado que a coroava. Quando estávamos ao lado de um grupo de palmeiras contíguo ao estacionamento, Luke comentou:

— Vou trazer a caminhonete até essas árvores e cortar um buraco na cerca bem aqui.

— E se nos pegarem? – perguntei.

— Somos simples estudantes de Colleton e viemos libertar Snow porque fomos desafiados pelos colegas. Vamos agir como caipiras e fingir que a coisa mais insolente que já fizemos foi cuspir sementes de melancia nos lençóis pendurados no varal.

— O guarda do portão estava armado – informou Savannah.

— Eu sei, meu bem, mas nenhum guarda vai atirar em nós.

— Como é que você sabe?

— Porque Tolitha me deu um vidro de pílulas para dormir. Aquelas que ela chama de diabinhos vermelhos.

— Então vamos mandar o guarda dizer "ah" e depois enfiar uma pílula na boca dele? – perguntei, temendo que o plano de Luke se mostrasse falho na hora da execução.

— Ainda não pensei nisso, irmãozinho. Acho que descobri o lugar onde abrir o buraco.

— E como vamos tirar Snow da água?

— Do mesmo modo. Com pílulas para dormir.

— Estou vendo que vai ser uma barbada. Pulamos na água, nadamos até cansar, tentando agarrar uma toninha que os especialistas levaram um mês para pegar quando tinham um equipamento completo. Quando a pegarmos, enfiaremos algumas pílulas entre seus lábios. Excelente plano, Luke!

— Muitas pílulas, Tom. Precisamos ter certeza de que Snow ficará completamente dopada.

— Vai ser a primeira toninha da História a morrer de overdose de drogas – ironizou Savannah.

— Não. Imagino que Snow pese mais ou menos 180 quilos. Tolitha pesa 45 e toma pílula todas as noites. Vamos dar a Snow uns quatro ou cinco comprimidos.

— Onde já se viu toninhas tomando remédio para dormir, Luke? Tom é que está certo.

— Acontece que eu ouvi falar em toninhas comendo peixe. Se esse peixe estiver cheio de soníferos, imagino que a toninha estará pronta para umas belas horas de sono.

— As toninhas dormem? – perguntei, desconfiado.
— Não sei – respondeu Luke. – Vamos descobrir muita coisa a respeito de toninhas nessa pequena expedição.
— E se não funcionar, Luke? – indagou Savannah. Ele deu de ombros.
— Não tem problema. Pelo menos, tentamos fazer alguma coisa. Já nos divertimos bastante até agora, não? Está todo mundo em Colleton chorando porque perderam a toninha e nós aqui em Miami planejando sua fuga. Teremos o que contar para nossos filhos. Se conseguirmos tirar Snow daqui, haverá desfiles, confetes e passeios em conversíveis. Vamos falar sobre isso até morrer. Mas, em primeiro lugar, temos de visualizar. Nenhum de vocês fez isso até agora. E é muito importante. Vou ajudá-los. Fechem os olhos...

Savannah e eu fechamos os olhos. Então Luke continuou:
— Muito bem. Tom e eu estamos com a toninha na água. Nós a levamos até o lugar em que Savannah espera com a padiola. Colocamos cordas em torno de Snow, a tiramos delicadamente da água e a amarramos à padiola. O guarda está dormindo porque drogamos a Pepsi dele duas horas antes. E aí, conseguem visualizar? Colocamos a toninha no caminhão e damos o fora. Agora, o mais importante. Escutem bem. Estamos sobre a rampa dos barcos em Colleton; desamarramos Snow e a libertamos no rio onde nasceu e ao qual pertence. Conseguem enxergar? Conseguem enxergar tudo?

Com o eco daquela voz hipnótica, nós dois abrimos os olhos e fizemos que sim com a cabeça, um para o outro. Havíamos visualizado tudo. Continuamos nossa caminhada pelo parque e vimos o *Amberjack* atracado no lado sul do Seaquarium. Não havia sinal da tripulação pelos arredores, mas evitamos qualquer aproximação com o barco. Voltando em direção à casa da toninha, atravessamos uma ponte de madeira suspensa sobre um fosso profundo, onde enormes tubarões se moviam com indolência num círculo infinito. Nadavam a cerca de 15 metros um do outro, porém não parecia que desejassem fazer ultrapassagens. Observamos um tubarão-martelo realizar sua passagem letárgica sob nós enquanto a multidão assistia maravilhada. O movimento das caudas era monótono, a liberdade de movimentos tão proibida que pareciam privados de toda a sua grandeza feroz.

Sob os olhares de turistas, eram tão dóceis e inócuos quanto qualquer peixinho de aquário.

Seguimos a multidão grande e bem-humorada, quase todos usando bermudas e sandálias de borracha, rumo ao anfiteatro onde a baleia assassina, Dreadnought, se apresentaria ao meio-dia. A partir daquele breve contato com a Flórida, o estado nos parecia um lugar em que multidões amigáveis se encontravam para exibir braços brancos deselegantes e quilômetros de pernas depiladas e sequiosas de um pouco de sol. O calor ressecara a grama, tornando-a de um verde muito pálido, e os sistemas automáticos de irrigação trabalhavam nos canteiros, fora dos caminhos de cascalho, enquanto os beija-flores de papo vermelho zumbiam entre os lírios. Ao chegarmos perto do anfiteatro, vimos um cartaz que dizia: Visite a toninha Moby na hora em que é alimentada.

– Acho que eu vou – disse Luke.

Os turistas falavam sobre a toninha branca enquanto se acomodavam nas fileiras de assentos que rodeavam o vasto tanque de 8 milhões de litros de água. Quando estávamos todos sentados, um rapaz loiro, ombros cor de cobre, caminhou por uma prancha de madeira que se projetava sobre a água e acenou para a multidão. Uma apresentadora contou a história de Dreadnought. A baleia assassina fora capturada no meio de um bando de 12 baleias perto do Queen Charlotte Straight, ao largo da ilha Vancouver, e dali despachada para Miami num vôo especial. O Seaquarium pagara 60 mil dólares pela compra e necessitara de um ano para treiná-la. Ela não podia ser incorporada ao show das toninhas porque estas eram a alimentação favorita da *Orcinus orca*.

Enquanto a apresentadora falava, um portão se abriu discretamente sob as águas e a passagem de algo assustador remexeu suas profundezas opacas. O rapaz bronzeado olhou atentamente para baixo, vendo algo que subia em sua direção. A prancha ficava 6 metros acima do nível da água. A intensidade com que se concentrava era visível através das inúmeras rugas em sua testa. Então ele se inclinou para a frente segurando uma cavala pela cauda. Girou o peixe no ar e, como resposta, a água se tornou subitamente agitada, com ondas que partiam do centro do aquário. Em seguida, a baleia foi até o fundo do tanque, mantendo a velocidade e o ímpeto, e saiu da água como um edifício que tivesse sido lançado das profundezas. Mas arrebatou o peixe delicadamente, como uma menina aceitando uma pastilha de hortelã. Depois, caiu de volta ao tanque, fazendo um longo arco. Sua sombra bloqueou o sol por um momento e, ao atingir a água, foi como se uma árvore tivesse caído do alto de um morro dentro do mar.

Uma onda poderosa quebrou sobre a amurada e encharcou a multidão, da primeira até a vigésima terceira fileira. Podia-se assistir à exibição de Dreadnought e tomar banho ao mesmo tempo, com a água salgada escorrendo pelos cabelos e cheirando a baleia.

Enquanto o animal fazia novo circuito em torno da piscina, preparando-se para outro pulo em que mostraria sua beleza bicolor ao sol da Flórida, elevando-se até os fortes aromas de cítricos e de *bougainvilleas*, vimos sua imagem impressionante dentro da água e a iridescência surpreendente de sua cabeça negra; sua cor lembrava um par de sapatos preto e branco. A nadadeira dorsal estava colocada como uma pirâmide negra em suas costas e se movia pela água como uma lâmina passando pelo náilon. As linhas de seu corpo eram simples e flexíveis; os dentes tinham o tamanho de uma lâmpada. Eu nunca vira tanto poder contido e sugerido em um só corpo.

Dreadnought saltou mais uma vez e tocou um sino suspenso sobre a água. Em seguida, abriu a boca e deixou o rapaz loiro escovar-lhe os dentes com uma vassoura. Para a cena final, saiu da água a toda velocidade, a cauda brilhando e espalhando centenas de litros de água salgada; agarrou uma corda com os dentes e hasteou uma bandeira americana no alto de um mastro que ficava acima do aquário. Sempre que a baleia atingia o apogeu de um de seus saltos ágeis, a multidão aplaudia e ela voltava a mergulhar na água, cobrindo-nos mais uma vez com uma onda prodigiosa.

— Puxa, isso é que é animal! — exclamou Luke.

— Você imagina o que é ser caçado por uma baleia assassina? — perguntou Savannah.

— Se esse bicho estiver atrás de você, Savannah, só há uma coisa a fazer. Submeter-se. Você teria de se render ao destino.

— Eu adoraria ver uma baleia como esta em Colleton — comentei, rindo.

— É assim que deveriam executar os criminosos – declarou Luke de repente. – Bastaria dar-lhes um calção de banho, enfiar algumas cavalas dentro da sunga e deixá-los atravessar o tanque a nado. Se conseguissem, teriam a liberdade. Se não, diminuiriam os gastos de alimentação do Seaquarium.

— Bastante humanitário, Luke – ironizou Savannah.

— Eu falo sobre os criminosos realmente maus. Os assassinos de grandes massas, tipo Hitler. Os verdadeiros bandidos do planeta. Não me refiro aos bandidos pés-de-chinelo.

— Que morte horrível – disse eu, observando a baleia saltar por um arco de fogo e apagar as chamas com a água que se espalhou à sua descida.

— Ora, poderiam fazer isso como parte do espetáculo. Papai seria ideal para dirigi-lo. A baleia assassina pularia e tocaria o sino; como recompensa, comeria um criminoso.

A última queda livre de Dreadnought cobriu-nos com uma onda colossal. Juntamo-nos a centenas de turistas encharcados e nos dirigimos para a casa da toninha. Depois da baleia assassina, a toninha parecia diminuta e irrelevante. Seu espetáculo, apesar de muito mais animado e completo, pareceu insignificante depois da atuação de Dreadnought. Eram truques excitantes, claro, mas sem a grandiosidade vista nas baleias. No entanto, constituíam um grupo homogêneo e animado ao pularem fora da água como balas de canhão, saltando 6 metros no ar, exibindo corpos bonitos, da cor do jade. Com uma espécie de sorriso perpétuo nos rostos, emprestavam sinceridade àquelas exibições bem-humoradas. Jogaram beisebol, boliche, dançaram sobre as próprias caudas em todo o comprimento do aquário, atiraram bolas por aros de metal e tiraram cigarros acesos da boca do treinador.

Encontramos Carolina Snow em uma piscina fechada, isolada da companhia das outras toninhas. Uma multidão curiosa circundava o tanque em que ela nadava de um lado para o outro, desorientada e algo aborrecida. Ainda não aprendera um único truque, mas com certeza estava valendo a pena mantê-la como curiosidade. O apresentador descreveu sua captura dando a entender que a aventura fora mais perigosa e exótica que a descoberta da Passagem Noroeste. Às três horas, vimos o tratador levar um balde de peixes para alimentá-la. Quando ele jogou um dos peixes no lado oposto ao que Snow estava, ela se voltou e, num movimento de surpreendente delicadeza, acelerou através da piscina e pegou-o na superfície da água. Escutamos quando os turistas tentaram descrevê-la. Nós, seus salvadores, ficamos cheios de orgulho ao ouvir estranhos falarem sobre sua beleza pálida e luminosa.

Enquanto a toninha era alimentada, percebemos que o tratador alternava os lugares onde atirava os peixes – aquilo era parte do difícil treinamento de Snow. Uma vez que ela adquirisse ritmo na travessia da piscina, ele invertia o procedimento, trazendo-a cada vez mais perto, até que o animal saltasse para agarrar o último peixe de sua mão. Vibrando com aquele homem paciente e habilidoso, a multidão aplaudiu ao ver a toninha branca saltar para fora da água. Quando ele pôs o último peixe na boca de Snow, pareceu-me estar vendo um padre administrando a eucaristia a uma jovem com véu na cabeça.

– Precisamos ir ao mercado de peixes – sussurrou Luke. – Savannah, entre em contato com o guarda noturno antes da hora do fechamento. Aqui só fecha às oito horas.

– Que bom! Eu sempre gostei do papel de vilã sedutora – retrucou ela.

– Você não vai seduzir ninguém. Basta tentar fazer amizade com ele. Em seguida, vai fazer o filho-da-puta dormir.

Em Coconut Grove, compramos meia dúzia de merluzas e um frango frito. Quando retornamos ao Seaquarium, faltava meia hora para o fechamento. Encontramos Savannah conversando com o guarda que acabava de chegar à sala da segurança para seu turno de trabalho.

– Irmãos – disse ela –, quero apresentar o homem mais simpático que já vi.

– Ela está incomodando o senhor? – replicou Luke. – Savannah está em seu dia de licença no hospício.

— Incomodando? De jeito nenhum. Não é sempre que converso com uma moça tão bonita. Sou o cara que geralmente fica aqui quando todos vão para casa.

— O sr. Beavers é de Nova York — informou Savannah.

— O senhor aceita um pouco de frango frito? — ofereceu meu irmão.

— Se não se incomodar, aceito um pedaço. — E o guarda pegou uma coxa.

— Que tal uma Pepsi?

— Sou um homem que só toma café... Ei, está chegando a hora de fechar... Vocês precisam ir embora. Esse emprego deixa a gente muito só. É a única desvantagem. — O sr. Beavers tocou a buzina de aviso, seguida imediatamente por uma mensagem gravada, pedindo que os visitantes deixassem o Seaquarium e informando a hora de abertura no dia seguinte. Depois, o guarda saiu à porta da sala e tocou um apito, andando entre o anfiteatro da baleia assassina e a casa das toninhas. Savannah encheu a xícara dele de café, jogou dentro duas pílulas para dormir e mexeu com a colher até que os comprimidos se dissolvessem por completo.

Luke e eu seguimos o sr. Beavers, que, ao longo do parque, avisava aos turistas para voltarem no dia seguinte. Diante do tanque em que Snow se movia incansavelmente de um lado para outro, o homem comentou:

— É uma aberração da natureza. Mas uma linda aberração. — Ao se voltar, ele avistou um adolescente atirando um invólucro de picolé no gramado. — Meu jovem, na grama é um crime contra quem criou esta terra verde.

Enquanto o guarda caminhava em direção ao menino, Luke jogou uma merluza dentro do aquário de Carolina Snow. A toninha passou duas vezes por ela antes de abocanhá-la.

— Quantas pílulas você colocou nesse peixe? — perguntei, baixinho.

— O suficiente para matar qualquer um de nós — sussurrou ele. Pouco depois, ao sairmos do parque, deixamos o sr. Beavers bebericando um café. Durante o trajeto até a caminhonete, murmurei para Savannah:

— Belo trabalho, Mata Hari.

Luke, que vinha atrás de nós, comentou:
- Estou com calor. Que tal nadar um pouco em Key Biscayne?
- A que horas vamos voltar para pegar Snow? – perguntei.
- Lá pela meia noite...

A LUA SE ELEVAVA como uma pálida marca-d'água contra o céu do leste, enquanto o sol ainda se punha em um Atlântico tão diferente daquele que banhava nossa parte da Costa Leste, que não parecia o mesmo. O mar na Flórida, muito limpo e azul, permitia que eu visse meus próprios pés ao caminhar com água na altura do peito, algo que jamais acontecera na Carolina.

- Essa água até parece outra coisa – disse Luke, expressando exatamente o que eu sentia.

O mar sempre fora feminino para mim, e a Flórida suavizara suas bordas e domesticara com limpidez as profundezas azuladas. O mistério daquela terra se aprofundara quando comemos mangas pela primeira vez em nossas vidas. A fruta tinha um sabor diferente, como se tivesse merecido todos os raios do sol. Éramos estranhos a um mar em que podíamos confiar, cujas marés eram imperceptíveis e delicadas, cujas águas tinham a transparência da água-de-colônia e se mostravam translúcidas e calmas sob as palmeiras. A lua emitiu filamentos de prata, que atravessaram uma centena de quilômetros sobre a água antes de se aninharem nas tranças do cabelo de Savannah. Então, Luke se levantou e tirou o relógio do bolso do jeans.

- Se formos pegos esta noite – declarou –, deixem que eu fale. Meti vocês nessa história e é minha responsabilidade tirá-los se tivermos problemas. Agora, vamos rezar para que o sr. Beavers esteja contando carneirinhos.

PELA JANELA DA SALINHA do guarda, vimos o sr. Beavers com a cabeça sobre a mesa dormindo profundamente. Luke deu marcha à ré na caminhonete até o pomar que ladeava a cerca. Trabalhando rapidamente, fez nela um grande buraco, usando cortadores de arames. Depois de entrar por ali, caminhamos pelas sombras, passando sobre o fosso de tubarões que se moviam pela água num circuito infinito. Estávamos correndo pelo anfiteatro quando ouvimos o barulho da respiração da baleia assassina.

— Esperem um minuto – pediu Luke, tirando da sacola um dos peixes reservados para Snow, no caso de que ela quisesse comer algo a caminho do norte.

— Não – retruquei, alarmado. – Não temos tempo para nenhuma bobagem.

Luke, entretanto, já estava subindo a escada do anfiteatro. Assim, Savannah e eu não tivemos outra escolha senão segui-lo. À luz do luar, vimos meu irmão alcançar a plataforma e a grande nadadeira aparecer sobre a água abaixo dele. Em seguida, Luke caminhou até a ponta da prancha e, imitando os gestos do treinador que tínhamos visto naquele dia, fez um movimento circular com o braço. Dreadnougth mergulhou para o fundo do tanque fazendo com que a água batesse nas laterais, ao mesmo tempo em que reunia forças para saltar. Com a merluza na mão direita, Luke se inclinou sobre a água.

A baleia precipitou-se para o alto e tirou-lhe a merluza da mão, quase sem tocar em seus dedos. Então, caiu de forma majestosa, mostrando a barriga branca e encharcando 23 fileiras de assentos ao entrar novamente na água, com uma imensa onda.

— Burro, burro, burro – murmurei quando Luke se juntou a nós.
— Lindo, lindo, lindo – replicou Savannah, animada.

Corremos ao *Amberjack* e dali até o depósito no qual a tripulação guardava o que iríamos precisar. Luke pegou as cordas e a padiola. Jogamos os colchões de espuma para Savannah, que os agarrou e levou para a caminhonete, a fim de ajeitá-los na carroceria. Luke e eu seguimos para a casa das toninhas, onde ele usou o cortador de arame para entrar na área do tanque de Snow.

Chegamos bem a tempo. O animal estava quase imóvel na parte mais rasa e talvez tivesse se afogado se demorássemos mais uma hora. Quando entramos na água, estava tão drogada que nem se mexeu. Nós a agarramos por baixo da cabeça e da barriga e a levamos para o lado da piscina onde havíamos deixado a padiola. Sua brancura fazia com que minha mão parecesse marrom em contato com seu corpo.

383

Snow emitiu um som suave, quase humano, quando a fizemos flutuar pela piscina. Com a volta de Savannah, nós três passamos a padiola sob a toninha dentro da água e a amarramos com as cordas em três pontos.

Mais uma vez, passamos embaixo das palmeiras e laranjeiras, Luke e eu segurando a padiola como oficiais médicos em uma zona de guerra, mantendo-a baixa e andando rapidamente. Cruzamos a abertura na cerca arrebentada, desamarramos a toninha e rolamos delicadamente seu corpo sobre os colchões. Savannah e eu derramamos sobre ela a água de Key Biscayne que havíamos recolhido em baldes e na geladeira portátil. Luke fechou a parte traseira da caminhonete, correu para a cabine, ligou o motor e saiu do estacionamento, dirigindo pelo elevado em direção às luzes de Miami. Acho que essa foi a hora em que estivemos mais próximos de ser agarrados. Porque, ao descer aquela estrada praticamente deserta, os três irmãos Wingo da Carolina do Sul gritavam e gritavam sem parar.

Em pouco tempo, deixamos Miami para sempre. Luke mantinha o acelerador pisado até o fundo e o ar cálido corria por nossos cabelos, enquanto cada quilômetro que passava nos levava mais perto da fronteira da Geórgia. No início, a respiração de Snow estava agitada, como papel sendo rasgado, e uma ou duas vezes pareceu parar por completo. Então soprei em seu orifício de expiração, ao que ela reagiu com rapidez, embora o efeito das pílulas só diminuísse quando paramos para reabastecer em Daytona Beach. A partir dali o animal se revigorou e permaneceu animado pelo restante da viagem.

Depois de completar o tanque, Luke dirigiu a caminhonete para a praia. Savannah e eu enchemos os baldes e a geladeira portátil com água salgada e voltamos à estrada.

– Estamos conseguindo. Estamos conseguindo! – gritou meu irmão na janela traseira. – Daqui a cinco horas estaremos em casa.

Molhamos a toninha com água salgada e a massageamos da cabeça até a cauda para manter sua circulação. Falamos com ela, usando aquelas frases carinhosas que as crianças geralmente usam com os cachorros. Snow era flexível, maleável, e sua pele, acetinada. Cantamos cantigas de ninar, recitamos poemas infantis e sussurramos que a estávamos levando para casa e que ela jamais voltaria a comer peixes mortos. Quando entramos na Geórgia, Savannah e eu dançamos na traseira da caminhonete e Luke teve de diminuir a velocidade porque achou que acabaríamos caindo.

Ao chegarmos a Midway, na Geórgia, um patrulheiro rodoviário parou meu irmão por estar dirigindo 65 quilômetros acima do limite de velocidade. Luke sussurrou através da janela traseira:

— Cubram a cabeça de Snow com um desses colchões.

O sol já se havia levantado. O patrulheiro, jovem e magro como uma lâmina, tinha a arrogância enlouquecedora de um recruta. Mas Luke saltou da cabine sem demonstrar nenhum temor.

— Senhor guarda – disse, enquanto Savannah e eu cobríamos a cabeça de Snow –, sinto muito, sinceramente. Eu estava excitado por ter pego esse tubarão e precisava levá-lo rapidamente para que meu pai o visse ainda vivo.

O patrulheiro veio até a camionete e assobiou ao olhar para dentro.

— É bem grande – comentou. – Mas isso não é motivo para você correr tanto.

— Entenda bem, meu senhor. Esse aí é um recorde mundial. E o pesquei com vara e carretilha. É um tubarão branco, o verdadeiro comedor de gente. Pesquei perto do píer da ilha Saint Simons.

— Que isca você usou?

— Camarão vivo, por incrível que pareça. No ano passado, pegaram um tubarão branco na Flórida e encontraram uma bota e a tíbia de um homem no estômago do bicho.

— Serei obrigado a multá-lo, rapaz.

— É verdade... Eu corria demais por estar muito excitado. Você já pescou um peixe tão grande?

— Eu sou de Marietta. Uma vez, peguei um peixe de 6 quilos no lago Lanier.

— Então sabe exatamente como eu me sinto. Bem, vou lhe mostrar os dentes do bicho. São como lâminas de barbear. Meus irmãos estão mortos de tanto segurar esse miserável. Deixe o guarda dar uma olhada, Tom.

— Obrigado, não gosto de ver tubarões. Agora, vá embora e diminua a velocidade. Você tem todo o direito de estar eufórico. O peixe que pesquei foi o maior que saiu do lago Lanier naquele dia. Mas meu gato o comeu antes que eu o mostrasse a papai.

— Bem, o senhor tem certeza de que não quer ver os dentes dele? É uma boca poderosa.

— Eu preferiria estar dirigindo a ficar sentado sobre esse monstro – disse o patrulheiro a Savannah e a mim enquanto olhava para seu carro.

MINHA MÃE ESTAVA pendurando roupas no varal quando chegamos pela estrada de terra. Luke deu algumas voltas triunfantes no gramado e parou a caminhonete. Mamãe veio até nós fazendo um pequeno sapateado de alegria pela grama, com os braços levantados. Luke levou o carro em marcha à ré até o mar e então rolamos a toninha outra vez sobre a padiola. Em seguida, entramos todos na maré alta, indo em direção à parte mais funda. Seguramos Snow nos braços, deixando-a acostumar-se com o rio. Fizemos com que flutuasse sozinha, mas o animal parecia desequilibrado e inseguro. Luke segurou-lhe a cabeça sobre a água até que senti a cauda poderosa abanando. Então Snow começou a nadar vagarosa e hesitante. Durante 15 minutos, pareceu estar morrendo. Era doloroso vê-la sofrer. Ficamos parados no desembarcadouro, rezando por ela, minha mãe puxando um rosário sem contas. A toninha lutava para sobreviver, tinha dificuldade para respirar e o senso de equilíbrio e de ritmo aparentemente não funcionava. Logo, porém, tudo mudou perante nossos olhos. O animal mergulhou, demonstrando vigor e elegância. Em seguida, voltou à tona após um longo minuto, já a 200 metros de distância.

— Ela conseguiu! – exclamou Luke. E nós nos juntamos, abraçando uns aos outros. Eu estava exausto, suado, faminto, mas nunca me sentira tão bem em toda minha vida.

Snow veio à tona mais uma vez e, voltando-se, passou por nós no desembarcadouro. Aplaudimos, gritamos e choramos. E ensaiamos uma nova dança no cais flutuante da ilha mais linda do mundo, no melhor, realmente no melhor dia da vida de Tom Wingo.

17

Quando Benji Washington começou a freqüentar a Escola Secundária de Colleton, as equipes de televisão de Charleston e Columbia registraram o momento exato em que ele desceu do Chevrolet verde-lima dos pais e iniciou sua caminhada solene em direção a quinhentos estudantes brancos que o observavam em silêncio. Naquele dia, a atmosfera da escola era alienada, perigosa e tensa. Os corredores estavam magnetizados como o ar marítimo antes do furacão. O ódio perambulava por todas as salas. A palavra *negrinho* aparecia em grafites raivosos, feitos às pressas, em todas as classes em que o aluno negro teria aulas, até que os professores, nervosos e sem graça, entrassem e apagassem com rápidas passadas do apagador. Em cada sala, Benji escolheu a última carteira próxima à janela e passou a maior parte do tempo fitando impassivelmente o rio. As carteiras ao redor ficaram vazias, uma zona proibida em que nenhum aluno branco poderia ou queria entrar. Os boatos correram e se fortaleceram no banheiro masculino, onde os meninos mais durões fumavam escondidos no intervalo das aulas. Ouvi um deles dizer que dera um empurrão no negrinho na fila do refeitório; outro alegava tê-lo cutucado com um garfo. Ele não reagira a nenhuma das provocações, como se não tivesse emoções, como se tivesse sido treinado para nada sentir. Planos para levá-lo sozinho para trás do ginásio de esportes foram murmurados pelo pátio. Correntes e bastões apareceram nos armários do corredor principal. Havia boato de que alguém tinha uma arma. E Oscar Woodland, jogador do time de futebol, jurou que o mataria antes que terminasse o ano letivo. Percebiam-se canivetes automáticos delineados nos bolsos traseiros dos alunos encrenqueiros, que usavam brilhantina no cabelo. Jamais tive tanto medo em minha vida.

387

Meu plano era simples, como o são todos os meus planos. Eu iria ignorar a existência de Benji Washington, seguir meu próprio caminho e perambular indiferente por entre o público maldoso que se levantara na escola secundária. Podia falar mal dos negrinhos com os melhores entre eles e desfiar um glossário de piadas sobre negros para entreter os colegas, caso minha lealdade à tribo viesse a ser questionada. Porém, o racismo brotava mais de minha necessidade de ser igual aos outros do que de um credo sério ou um sistema de vida. Seria capaz de odiar com ardor, desde que tivesse certeza de que esse ódio ecoaria nos sentimentos da maioria. Sem possuir nenhum tipo de coragem moral, achava isso ótimo para mim. Por azar, minha irmã gêmea não partilhava do mesmo modo de pensar.

Só descobri que Benji Washington estava em minha classe de inglês quando vi o grupo sombrio que o seguira durante todo o dia reunir-se à frente da porta da sala. Olhei em torno, à procura do professor, que não estava em nenhum lugar a vista. Abri caminho por entre o pessoal como um xerife passando por uma multidão pronta a linchar alguém num filme vagabundo de faroeste.

Benji olhava pela janela, sentado na última e abandonada carteira da classe. Oscar Woodland estava no batente da janela, murmurando algo para ele. Acomodei-me na primeira fileira e fingi escrever num caderno. Ouvi Oscar dizer:

– Você é um negrinho feio. Ouviu, menino? Um negrinho de merda. Mas isso é natural. Todos os negrinhos são feios, não são?

Não vi Savannah entrar na classe e só soube que ela estava lá ao ouvir sua voz atrás de mim.

– Alô, Benji – cumprimentou com sua voz mais eloqüente. – Meu nome é Savannah Wingo. Bem-vindo à Escola Secundária de Colleton. – E lhe estendeu a mão.

O menino, que sem sombra de dúvida era a pessoa mais perplexa daquela sala, apertou sua mão com relutância.

– Ela o tocou – gritou Lizzie Thompson, perto da porta.

– Se tiver algum problema, conte para mim, Benji – continuou Savannah. – Se precisar de ajuda, basta me chamar. Esses caras não são tão maus quanto parecem. Vão se acostumar com sua presença em alguns dias. Essa carteira está ocupada?

Apoiei a cabeça sobre os braços e gemi baixinho.

— Durante o dia inteiro, as carteiras ao redor de mim ficam vazias – esclareceu Benji, olhando outra vez para o rio.

— Agora, uma está ocupada – declarou minha irmã enquanto colocava os livros na carteira ao lado *dele.*

— Ela se sentou ao lado do negrinho – disse Oscar, em altos brados. – Não posso acreditar!

Então, Savannah chamou do fim da classe:

— Ei, Tom. Traga seus livros para cá. Estou vendo você. Sou eu, Savannah. Sua irmãzinha querida. Venha para cá.

Furioso, sabendo que não adiantava discutir com ela na frente de todo mundo, levei meus livros para o fundo da sala enquanto a turma me observava.

— Eu não deixaria uma menina falar comigo desse jeito – provocou Oscar.

— Nenhuma menina falaria com você, seu bobo – respondeu Savannah como se estivesse dando um tiro. – Porque você é burro e tem mais espinhas na cara do que camarões no rio.

— Mas você não se incomoda em conversar com negrinhos, hein? – replicou o menino.

— Por que você não vai ao departamento de orientação educacional e não faz um teste de QI para ver qual é o resultado, idiota? – Savannah levantou-se de sua cadeira.

— Não se preocupe comigo, Savannah – disse Benji suavemente. – Eu sabia que ia ser assim.

— Seu negrinho, você ainda não sabe como vai ser! – exclamou Oscar.

— Por que você não arruma um emprego de vendedor de espinhas para adolescentes, Oscar? – retrucou minha irmã, aproximando-se dele com os punhos cerrados.

— Você é uma puta que gosta de negrinhos!

Aquela foi a minha deixa. Entrei com cuidado na arena, temeroso e rezando pela chegada do sr. Thorpe, que era notório por se atrasar na sala dos professores.

— Não fale assim com minha irmã, Oscar – eu disse sem firmeza, mais parecendo um eunuco pós-operado.

389

— E o que você vai fazer, Wingo? – resmungou ele, agradecido por ter finalmente um antagonista masculino.

— Eu conto a meu irmão Luke.

— Você já é um bocado grandinho para estar se confiando nos outros!

— Você é muito maior do que eu, Oscar. Eu levaria desvantagem se nós lutássemos. De qualquer modo, Luke viria atrás de você e lhe quebraria a cara. Só estou pulando o degrau em que você me daria uma surra.

— Então diga à sua irmã tagarela para calar a boca!

— Cale a boca, Savannah – disse eu.

— Dane-se – replicou ela docemente.

— Eu lhe disse, Oscar.

— Nós não gostamos que as meninas brancas conversem com negrinhos – continuou o menino.

— Eu converso com quem bem entender, meu querido.

— Você sabe que não adianta dizer nada a ela, Oscar – comentei.

— Venha cá, Tom – chamou Savannah.

— Estou ocupado, conversando com meu amigo Oscar. – E eu sorri para ele.

— Venha cá! – repetiu minha irmã.

Caminhei até ela, sem entusiasmo, e apertei a mão de Benji Washington.

— Ele segurou a mão do negrinho – uivou Lizzie Thompson perto da porta. – Prefiro morrer a tocar num negrinho!

— Você prefere morrer a pensar, Lizzie – replicou Savannah. Em seguida, voltou-se para mim. – Puxe aquela carteira para perto de Benji. É aí que você vai se sentar.

— Estou lá na frente, Savannah. Você não vai dizer onde devo me sentar. E não estou a fim de criar caso com todos os caipiras da escola só porque você leu Anne Frank quando era pequena.

— Puxe aquela carteira, Tom – murmurou ela entredentes. – Não estou brincando.

— Não vou me sentar ao lado de Benji. E você pode me envergonhar quanto quiser.

390

— Você vai sair para jogar futebol, Benji? – perguntou ela, voltando as costas para mim.

— Sim – confirmou ele.

— Nós vamos te matar no campo, menino – ameaçou Oscar.

— Onde está a droga do professor? – perguntei, olhando para a porta.

— Você não vai matá-lo coisa nenhuma, Oscar – zombou Savannah.

— Você pode ser forte, mas Tom disse que você é titica de galinha dentro do campo.

— Você disse isso, Wingo?

— Não, claro que não – menti. Oscar era do tipo marginal, que não sabia evitar que o temperamento violento e anti-social interferisse no esporte. As escolas sulistas estavam repletas de malandros de rua e de manejadores de canivetes que não jogavam de maneira limpa.

— Tom vai tomar conta de você no treino, Benji – anunciou Savannah.

— Estarei muito ocupado cuidando de mim mesmo – respondi. Savannah agarrou-me os pulsos, ferindo-os com as unhas e tirando sangue em quatro lugares diferentes.

— Sim, você vai, irmão.

E então, aconteceu: Oscar aceitou o desafio.

— Ela é uma vagabunda, Wingo. Sua irmã é uma vagabunda que gosta de negrinhos.

— Retire o que disse, Woodland.

— De jeito nenhum. E se quiser fazer alguma coisa a respeito, encontre-me atrás da sala de música depois das aulas.

— Ele estará lá – afirmou minha irmã. – E vai fazer picadinho de você, Oscar.

— Savannah! – censurei.

— Não vai sobrar muita coisa de você para alimentar um caranguejo – continuou ela. – Ei, Lizzie, corra e chame o pronto-socorro. Diga que Oscar vai precisar de uma cirurgia de emergência no rosto hoje à tarde.

— Ele não é de lutar. Vejo pela cara dele que está se cagando de medo. — Oscar avaliou-me corretamente.

— Ele e Luke se tornaram mestres em caratê. Faixa preta ainda por cima. Ele quebra tábuas com as mãos, Oscar. Dê uma olhada nessas mãos. Estão registradas oficialmente. Eis por que ele não quer lutar. Pode ir para a cadeia se bater em você com elas.

Levantei as mãos mortíferas e as observei com ar pensativo, como se estivesse avaliando duas pistolas de duelo.

— Isso é como judô? — perguntou Oscar, desconfiado.

— O judô aleija — disse Savannah. — Caratê mata. Tom aprendeu com um mestre em Savannah durante o verão. Um mestre oriental.

— Negrinhos e orientais. Os Wingo ainda convivem com os brancos? Vejo você atrás da sala de música, Wingo. Leve suas mãos registradas.

UMA ENORME MULTIDÃO se reunia atrás da sala de música quando cheguei com minhas mãos registradas naquela tarde. Eu me concentrava em respirar, dizendo a mim mesmo que me divertia e que sentiria falta daquilo depois que Oscar me matasse. Quando fiz minha trêmula aparição, um súbito grito de encorajamento partiu da multidão. Savannah, comandando nove animadoras de torcida, veio então em minha direção. Cercado pelas meninas, caminhei até Oscar com dez grandes pompons agitando-se em torno de minha cabeça enquanto as meninas iniciavam o hino da vitória da escola:

> "Lutar, lutar, lutar por Colleton
> Que a vitória nos faça corajosos
> Lutaremos toda a noite com todas as nossas forças
> Lutaremos pelo verde e dourado."

Nos olhos de Oscar brilhava a expressão mais brutal e fria que se possa imaginar. Ele estava rodeado por um grupo de filhos de camaroneiros, meninos que eu conhecia há muito tempo, todos com as mangas arregaçadas no alto dos braços e olhando para mim num círculo solidário, rostos sombrios e os lábios apertados. Luke estava parado em frente a Oscar. Caminhei na direção dele, os pompons se movendo comigo como um incansável mar de crisântemos. Eu esperara ser massacrado diante de apenas alguns meninos do rio e não contara com a atitude de minha irmã transformando meu assassinato numa concentração esportiva.

— Ouvi dizer que você chamou minha irmã de puta, Woodland – questionou Luke.

— Ela estava conversando com o negrinho – respondeu Oscar, olhando sobre os ombros de meu irmão, em direção a mim.

— Ela não precisa de permissão para conversar com ninguém. Portanto, peça desculpas a minha irmã.

— Eu sei qual é sua tática, Luke. – Oscar era cuidadoso e respeitoso com ele. – Você quer puxar briga comigo para que a bicha do seu irmãozinho possa fugir da parada.

— Não. Tom vai bater em você. E se, por algum motivo, você o machucar, aí terá de lutar comigo e isso vai acabar com sua tarde. Quero que você peça desculpas a minha irmã por chamá-la de puta.

— Desculpe tê-la chamado de puta que gosta de negrinhos, Savannah – gritou Oscar para a multidão. Os pompons estacaram e os meninos do rio riram nervosamente.

— Quero um bom pedido de desculpas, Woodland. Algo sincero. Se não for assim, vou arrancar fora sua cabeça.

— Desculpe aquilo que eu disse, Savannah – emendou o menino com voz humilde. – Sinto muito por ter dito aquilo.

— Não achei nada sincero, Luke – declarei, num tom que inspirava pena.

— Você simplesmente não quer lutar – desafiou Oscar.

— Quer que eu lute com ele, Tom? – perguntou Luke, fitando os olhos do outro.

— Bem, posso esperar pela minha vez...

— A luta é sua, Wingo – lembrou Artie Florence, um dos filhos de camaroneiros, olhando em minha direção.

— Vou conversar um minuto com Tom – anunciou Luke. – Depois, ele vai arrebentar sua bunda, Oscar.

Luke levou-me para longe dos outros, com o braço passado em torno de meu ombro direito. Savannah continuava com as amigas, dirigindo todos os seus movimentos, animando a torcida.

— Tom — começou Luke —, você sabe quanto é rápido?

— Você quer que eu fuja? — perguntei, incrédulo.

— Não, estou falando de outra coisa. Você sabe quanto é rápido com as mãos?

— O que você quer dizer com isso?

— Oscar só vai te atingir se você cometer algum erro. Ele é forte, mas é lento. Mantenha-se longe, dance em torno dele. Divirta-se. Não se aproxime. Bata quando vir uma abertura e afaste-se de novo. Quando puder, soque os braços dele.

— Os braços?

— É. Quando os braços dele se cansam, eles caem. E vai ser difícil levantá-los. Quando perceber isso, aproxime-se.

— Estou com medo, Luke.

— Todo mundo tem medo numa luta. Ele também está com medo.

— Ele não está nem com a metade do medo que eu estou sentindo. Cadê o Earl Fodido Wren agora que preciso dele?

— Você é rápido demais para perder essa parada. Não se deixe agarrar e procure não cair. Senão ele prende seus braços e mete a mão na sua cara.

— Meu Deus... Posso dar um soco em Savannah, só um, antes de começar a luta? Foi ela que me meteu nisso. Por que diabos nasci na única família de Colleton que adora negros?

— Pense nisso depois. Por enquanto, derrote Oscar Woodland. Mantenha-se longe porque ele bate forte.

O público afastou-se e abriu espaço assim que pisei na grama para enfrentar Oscar Woodland. Eu ia me arrebentar por causa da decisão da Suprema Corte de 1954, por causa da integração racial, por causa de Benji Washington e por causa da minha irmã tagarela. Sorrindo, Oscar levantou os punhos e avançou para mim. O primeiro soco pegou-me com a guarda aberta. Foi um direto que quase atingiu meu queixo e me fez cambalear. Ele chegou mais perto, os punhos socando o ar, um uivo animal escapando de sua garganta enquanto me perseguia na grama.

– Dance! – gritou Luke.

Fui para a esquerda, longe do alcance de sua terrível direita. Um soco passou de raspão em minha cabeça. Bloqueei outro com o braço. Girei em círculo, afastando-me, e durante três minutos saltei de um lado para o outro, percebendo a frustração crescente de meu adversário. Então, inconscientemente, passei a observá-lo. Seguindo com atenção seus movimentos, fitando seus olhos, descobria o momento exato em que ele ia me golpear. Ao contrário de mim, Oscar não fazia idéia de quando eu iria bater, já que até então eu sequer havia tentado atingi-lo.

– Fique quieto e lute, seu titica de galinha – resmungou ele, ofegante.

Parei por um instante e esperei. Quando ele atacou, o esporte mudou e entrei num campo que conhecia e no qual era muito melhor. Afinal de contas, durante três anos, treinara contra *quarterbacks* de times adversários que avançavam sobre mim em movimentos disciplinados. Desviei-me do caminho de Oscar e, quando ele passou por mim, surpreendi-me dando-lhe um violento soco na orelha. O ímpeto da corrida levou-o ao chão. A multidão aplaudiu, enquanto as líderes de torcida, comandadas por Savannah, recomeçavam o hino da vitória.

Mas, em um instante, Oscar levantou-se furioso, e veio ao meu encontro. A respiração pesada demonstrava sua necessidade de terminar rapidamente aquela luta. Escapei de outros seis socos, ou, para ser mais explícito, simplesmente saí do caminho, dando voltas e saltando para trás. Então, passei a atingi-lo nos braços, usando toda minha força contra seus pulsos e bíceps. Avancei de repente e esse movimento o surpreendeu e o fez retroceder; livrando-me de outra salva infrutífera contra meu rosto, procurei apoio no ruído da multidão enquanto continuava golpeando-lhe os braços.

Oscar acalmou-se um pouco e tentou se posicionar para que eu ficasse de costas para a parede. Selecionando os golpes com mais cuidado, atingiu-me com um direto sob o olho que me amorteceu o lado direito do rosto.

– Dance! – Ao ouvir o grito de Luke, fingi que ia para a esquerda, mas fui para a direita. Nesse instante, ergui a mão direita e dei-lhe um lateral no rosto. Oscar cambaleou para trás e abaixou a guarda.

— Agora! – comandou Luke.

Avancei com firmeza e comecei a atingi-lo com golpes de esquerda. Woodland tentou proteger o rosto, mas não conseguiu. Seus braços caíram ao longo do corpo enquanto o sangue escorria de seus lábios e do nariz. Quem o agredia era eu, embora essa atitude nada tivesse a ver comigo, por mais que eu sentisse o movimento de minha mão esquerda, a firmeza ao machucar o corpo do adversário. Então, Luke entrou em meu campo de visão e eu parei de lutar.

Caí de joelhos, chorando de alívio, de medo e por causa da dor que amortecia meu olho esquerdo.

— Você se saiu muito bem, irmãozinho – murmurou Luke.

— Nunca mais vou fazer isso – garanti, as lágrimas inundando meus olhos. – Odiei essa briga. Odiei por completo. Diga a Oscar que sinto muito.

— Mais tarde você diz. Agora precisamos ir para o treino. Não lhe disse que você era rápido?

Savannah sacudiu um pompom franjado em meu rosto e perguntou:

— Pelo amor de Deus, o que aconteceu, Tom? Você venceu a luta.

— Conheço Oscar desde que era pequeno.

— Mesmo pequeno ele era idiota!

— Não gostei dessa briga. – De repente, fiquei envergonhado ao perceber que sessenta pessoas me viam chorar.

— Jogadores de futebol não choram – interveio Luke. – Vamos lá, precisamos ir para o treino.

Naquele dia, o primeiro treino terminou como sempre acontecia com o treinador Sams – com pequenas corridas de 50 metros. Os jogadores da defesa eram os primeiros, partindo do local da chegada em direção ao treinador que tocava o apito do outro lado do campo. Em seguida, foi a vez dos atacantes. Luke passou com facilidade à frente de seu grupo, enquanto eu me alinhava com os últimos jogadores e descobri que estava ao lado de Benji Washington.

— Ouvi dizer que você é rápido – comentei. – Eu era o mais veloz do time no ano passado.

— Era — respondeu ele.

Ao som do apito, pus-me a correr. Fiz uma boa largada e continuei a toda velocidade, ouvindo as travas dos sapatos esportivos revolvendo a terra atrás de mim. Avancei o mais rapidamente possível, com a confiança de um menino que sempre fora o vencedor, desde o primeiro dia da primeira série do colégio, mas Benji Washington me passou pela esquerda e ganhou a corrida com uma vantagem de 5 metros.

Na prova seguinte, corri com a confiança de alguém que sabe que é o segundo mais veloz da classe. O treinador verificava seu cronômetro. No ano anterior, ele fora o membro da equipe que mais vociferara e o mais intransigente contra a integração racial. O cronômetro agora servia para alargar seus horizontes sociais. Benji percorria 35 metros em 4,6 segundos. Meu melhor tempo era 4,9, e isso com ventos de furacão às minhas costas. O apito tocou pelo campo mais uma vez e, novamente, parti a toda velocidade em direção ao treinador. De novo, Benji Washington me passou com uma elegância extraordinária e sem esforço, quase voando baixinho.

— Aquele negrinho sabe correr — ouvi um dos jogadores comentar. Sua expressão era de admiração, não de malícia.

Houve dez corridas e Benji Washington ganhou todas elas. Terminei em segundo lugar dez vezes seguidas. Na hora que o treinador Sams soprou o apito para que o time fosse ao vestiário, os sentimentos dos jogadores em relação ao campeonato haviam mudado. Teríamos um bom time de futebol apenas com a volta dos veteranos do ano anterior. No entanto, agora contávamos com o ser humano mais veloz da Carolina do Sul no *backfield*. Foi quando comecei a pensar no campeonato estadual.

18

É o mês de setembro de 1961, na ilha Melrose, no ano mais profundamente vivido de nossas vidas. Os camarões estão por toda parte e o barco de meu pai se aproxima do desembarcadouro todas as noites transbordando de peixes e camarões. É a melhor estação de pesca para ele desde 1956, e sua alegria revigorante e cheia de animação presta uma homenagem silenciosa à generosidade do mar. Com o preço do camarão fixado em meio dólar por quilo, ele age como um ricaço ao verificar as balanças rangedoras do desembarcadouro dos camarões. À noite, fala em possuir uma frota de camaroneiros. Diz à minha mãe que viu Reese Newbury no banco e que este contou a um grupo de homens que Henry Wingo era casado com a mulher mais bonita do município. Mamãe cora, satisfeita, e comenta que é apenas uma mulher de meia-idade que faz o melhor que pode com o que Deus lhe deu.

Savannah emerge de seu quarto vestida com o uniforme de líder de torcida para o primeiro jogo. Quase não consegue esconder a satisfação. Com sua beleza pálida, cria um campo de energia e de comoção. É uma beleza pouco convencional, que nos impressiona suavemente quando nos voltamos para assistir à sua entrada. O aplauso está presente nas margens de nosso silêncio, na delicadeza de nossa admiração. Ela tem se desabrochado diante de nós numa maturidade despercebida e, ao parar na sala aguardando algum comentário, gira num círculo vagaroso, bonita nos lugares onde as mulheres são bonitas, com uma compleição pura como fruta fresca, os cabelos escovados, lustrosos e loiros como a crina de um palomino. Luke se levanta e começa a aplaudir. Eu faço o mesmo, aclamando-a com idêntico entusiasmo. Levantando os braços, ela se aproxima, pensando que estamos nos divertindo à sua custa, mas pára ao perceber nossa sinceridade. Seus olhos se enchem de lágrimas. É uma menina cheia de sonhos, que nunca ousou sonhar que algum dia seria linda. Entre nós, existe uma perfeita administração de sentimentos. Mais uma vez, eu estava dominado pelo amor que sentia por meus irmãos e pelo amor deles por mim. Minha mãe desvia os olhos do fogão, sabendo que não faz parte daquele momento. Aquele é o início de uma longa e extraordinária estação na casa dos Wingo. Vai haver honra e decência e serão testadas as qualidades de nossa natureza humana – ou a falta delas. Vai haver uma única hora de horror que mudará nossas vidas para sempre. Vai haver massacre, assassinato e ruína. Quando terminar, vamos todos pensar que sobrevivemos ao pior dia de nossas vidas, que suportamos o enredo mais aterrorizante que o mundo poderia ter preparado para nós. E estaríamos errados. Mas esse enredo começa com minha irmã girando numa pirueta encantadora para seus irmãos. Começa com um momento de beleza inocente. Três horas mais tarde, disputaríamos nosso primeiro jogo de futebol. E é setembro novamente na ilha Melrose.

Meu pai logo estabeleceu uma ligação entre os Tigres da Escola Secundária de Colleton e o tigre de Bengala que rugia do lado de fora de nossa casa à noite. Alugou o animal ao Booster Club da escola a 10 dólares por jogo, uma quantia irrisória que mal cobria o preço dos pescoços de galinha por uma semana. Mas a transação o encorajou a pensar em ganhar dinheiro à custa de César.

— E então, garotos? — perguntou antes de sairmos para o jogo. — Posso alugar César para festas de aniversário, Dia das Bruxas etcétera. Seria interessante fotografá-lo comendo um pedaço de bolo de aniversário. Ou tirar uma foto de uma criança montada nele. Que tal se fizermos uma sela para ele?

— César não come bolo — cortou Luke.

— Mas ele gosta de crianças. Poderíamos fotografá-lo comendo uma criança em sua última festa de aniversário. Em seguida, tiraríamos fotos da mãe histérica tentando arrancar o tigre de cima de seu único filho. Depois, fotografamos César devorando a mãe — sugeri.

— Tom! — reclamou Savannah enquanto lixava as unhas.

— A melhor coisa a fazer com o tigre é colocá-lo para dormir — propôs minha mãe. Aquele assunto a enfurecia. — Mal podemos manter um peixinho dourado, quanto mais um tigre.

— César conseguiu 10 dólares por jogo do Booster Club. Seis jogos feitos aqui, vezes dez, e temos 60 dólares extras de puro lucro. Acrescente-se a isso os 20 dólares que me pagam para filmar o jogo e temos uma verdadeira grana entrando.

— Por que você não monta em César? — perguntei.

— Sou o homem das idéias — responde meu pai, ofendido com a sugestão. — Além disso, eu quebraria as costas daquela pobre criatura. Não tenho corpo de jóquei. Pensando bem, Savannah é a pessoa mais leve da família.

— Esqueça isso — disse ela. — Eu monto o elefante. Deixe Tom montar o tigre.

— Que elefante? — perguntou minha mãe.

— Tenho certeza de que, logo, logo, papai vai comprar um elefante — explicou Savannah. — Daqueles que servem para levantar fundos para a campanha republicana. Esse tipo de coisa.

— Ainda acho que devemos nos livrar de César — continuou mamãe. — É a coisa mais humana que poderíamos fazer.

— Nós não estamos matando César — replicou Luke.

— Vou pensar em mais alguma coisa — prometeu meu pai. — Essa idéia de usá-lo em festas de aniversário não é lá grande coisa. Está na hora de sairmos para o jogo. Preciso enganchar a jaula à caminhonete.

— Vou com as crianças — avisou minha mãe.

— Por quê?

— Porque ainda me resta um pouco de dignidade. Não irei a todos os jogos arrastando um tigre atrás de mim. Já damos muito motivo para riso nesta cidade.

— É só para levantar o ânimo da escola, Lila. Para ajudar os meninos a derrotar a North Charleston.

— Você se lembra do nosso jogo contra eles quando éramos calouros, Tom? — perguntou Luke.

— Claro que sim. Eles nos bateram por 72 a zero.

— No fim da partida, a banda tocou a "Valsa de Tennessee" e todos os jogadores deles começaram a dançar, enquanto nós nos encolhíamos num canto.

— Está pronto, capitão? — perguntei.

— Estou pronto, capitão. Quero ser um dos que vão valsar quando o jogo terminar.

— Eu estarei aplaudindo com todas as minhas forças, rapazes — declarou Savannah, socando Luke no ombro. — No papel inferior concedido às mulheres no mundo inteiro.

O time, quarenta pessoas inteiramente uniformizadas, passou pelo comprido corredor que levava do vestiário à sala da concentração. Os cravos dos sapatos esportivos se arrastavam ao longo da superfície cimentada e soavam como a aproximação de uma manada de bisões atravessando uma planície pedregosa. As lâmpadas suspensas iluminavam nossas blusas brancas; enormes sombras criadas pela luz estranha dançavam na parede enquanto caminhávamos vestidos com aquele disfarce inumano de nosso violento esporte.

Ao entrar na sala de concentração, sentamo-nos sem pressa nas cadeiras dobráveis. Lá fora, a multidão murmurava no longo crepúsculo, a banda tocava um *pot-pourri* de canções de luta. Então, ouvimos César rugir e, com Luke liderando os aplausos, imitamos o som. Em seguida, o treinador começou a falar.

— Hoje, eu e toda a cidade vamos saber quem são meus jogadores. Até agora, vocês provaram que sabem colocar suas ombreiras e arranjar meninas para a balada depois da partida. Mas, até vê-los em ação, não terei certeza de que são verdadeiros batedores. O verdadeiro batedor é um caçador de cabeças que agride o peito do oponente e jamais fica feliz se o sujeito ainda estiver respirando depois do jogo. O verdadeiro batedor não sabe o que é o medo, exceto quando o vê nos olhos do adversário que leva a bola e que ele está para partir em dois. O verdadeiro batedor adora a dor, os gritos, o suor, o clamor e o ódio que existem na vida das trincheiras. Gostar de estar no lugar certo quando o sangue flui e os dentes são arrancados. Este esporte é isso, homens. É guerra, pura e simples. Esta noite, vocês devem arrebentar todos naquele campo. Se alguma coisa se move, atinjam-na. Se alguma coisa respira, atinjam-na. E se alguma coisa tiver tetas, fodam-na.

Houve algumas risadas na sala, mas não muitas. Aquele era o quarto ano consecutivo que Sams pronunciava exatamente o mesmo discurso antes do jogo. Até a piada obrigatória era igual. Ele sempre falava sobre futebol como se estivesse nos estágios finais da hidrofobia.

— Então, temos alguns batedores de verdade? – gritou ele, as veias latejando em suas têmporas.

— Sim, senhor! – respondemos em coro.

— Tenho alguns batedores do cacete?

— Sim, senhor.

— Tenho alguns malditos caçadores de cabeças?

— Sim, senhor.

— Vou ver sangue?
— Sim, senhor.
— Vou ouvir os ossos deles se quebrando pelo campo?
— Sim, senhor – gritamos felizes.
— Vamos rezar. – E ele conduziu o time na recitação do Pai Nosso. Então, passou a palavra a Luke, saindo para esperar o time no lado de fora.

Meu irmão levantou-se imenso com as ombreiras. Seu olhar vagou por toda a sala. Com 108 quilos, Luke era um dos maiores homens do município e, certamente, o mais forte. Sua presença reconfortava; sua calma nos tornava calmos.

— Os mais jovens do time – começou ele –, não se preocupem demais com o treinador Sams. Ele gosta de exagerar. As coisas nunca vão tão longe. E ele se esqueceu de dizer algo fundamental para todos nós: a razão pela qual jogamos é para nos divertir. Pura e simplesmente isso. Vamos lá fora para aproveitar, bloquear, atacar e correr o máximo que pudermos, e para trabalhar juntos. Quero falar sobre a equipe de uma maneira específica. Deveríamos ter conversado sobre isso desde o começo da temporada. Precisamos discutir sobre Benji Washington.

Com um murmúrio de descontentamento, todos olharam ao redor até descobrir o negro que se sentava sozinho na última cadeira da sala. Benji encarou seus companheiros de time com a mesma dignidade resoluta e silenciosa com que flutuava pelos corredores da escola. Depois olhou impassível para Luke.

— Bem, nenhum de nós queria que Benji viesse para nossa escola. Mas ele veio. Também não queríamos que jogasse em nosso time. Mas ele veio. Nos treinos, tentamos pegá-lo de todos os modos. Nós o bloqueamos, socamos, batemos, procuramos machucá-lo, fizemos o impossível para que deixasse o time. Eu também fiz. Ele agüentou tudo. E agora, quero que você saiba, Benji, que é um membro deste time de futebol, e me orgulho de que esteja conosco. Você o transformou num time muito melhor do que teria sido. E eu quebro a cara de qualquer pessoa aqui que pense de maneira diferente. Benji, venha cá e sente-se na fileira da frente.

O rapaz hesitou por um instante, depois levantou-se e caminhou pelo corredor central. Todos o encaravam, enquanto que ele tinha os olhos fixos nos de Luke.

— Daqui a pouco, North Charleston vai partir no encalço de Benji. Vão chamá-lo de negrinho e de muitas outras coisas, e não há nada que possamos fazer para que parem. Mas quero que vocês saibam que, depois que passarmos por aquela porta, Benji é apenas mais um companheiro de time. Não há palavras mais lindas do que "companheiro de time". Ele não é negrinho agora e não será pelo restante do ano. É um Tigre da Escola de Ensino Médio de Colleton, como todos nós. E, se o adversário pegá-lo, nós os pegaremos. É assim que encaro a coisa. Benji, espero não tê-lo envergonhado, mas isso não podia ficar sem ser dito. Eu precisava acertar nossos ponteiros. Alguém aí discorda?

Ouviu-se o som da banda, da multidão, a batida nervosa dos cravos no chão, mas nenhuma voz discordante.

— Tom, você tem alguma coisa a dizer ao time?

Levantei-me, voltei-me para os companheiros da equipe e disse, a voz ofegante e excitada:

— Vamos vencer!

Sempre carrego comigo as recordações de meu tempo de atleta e das noites exultantes em que entrava no campo e media força, velocidade e caráter com os outros meninos. Vivi para o louvor das multidões reunidas, para as excitantes músicas da banda, o burburinho das líderes de torcida que se exibiam ao ritmo dos tambores, entoando as banalidades imperativas do esporte com erotismo e convicção religiosa ao mesmo tempo. A visão do time oponente, com capacetes negros e ar sério, provocou-me um calafrio de prazer pela espinha. Escutei as cadências de sua vigorosa preparação para o jogo como um cego encostado a uma janela repleta de pássaros. Jogos, jogos, jogos, cantei enquanto meu irmão e eu comandávamos os exercícios calistênicos do time. Naquele campo verde de Colleton, eu provaria o sabor da imortalidade pela primeira e última vez na vida. Senti o cheiro do ar salgado que vinha do rio, o gosto picante daquela infinita extensão de terras das marés familiares, temperado com a lembrança de safras amadurecendo nas ilhas marítimas. Meus sentidos se aprofundaram, tornaram-se chamas, e eu me eletrizei por completo, como uma figura super-humana fitando os olhos de Deus no primeiro dia do Éden. Senti a respiração de Deus correndo como luz em minha corrente sanguínea. Gritei, exortei meus companheiros, dancei na grandeza de ser talentoso no jogo que escolhera, até que o apito do juiz cortou o ar e Luke e eu fomos para o centro do campo para jogar a moeda. O juiz atirou a moeda no ar e Luke pediu "cara". E lá estava "cara". Escolhemos receber a bola.

Naquela noite, levantei meu punho num gesto de concordância com Benji Washington quando tomamos posição como zagueiros e aguardamos o pontapé inicial dos Demônios Azuis da North Charleston. O chutador aproximou-se e logo o outro time correu enquanto a bola girava alto entre as luzes. Ouvi minha própria voz gritar:

— Você pega, Benji!

De fato, ele a agarrou perto do gol e correu desabaladamente para a linha de 35 jardas. Mas foi derrubado e atingido com força por dois adversários e desapareceu sob uma pilha de jogadores vestidos com blusas azuis. O time oponente, enfurecido, fora de controle, levantou-se em peso, xingando Benji. Quinhentos torcedores de North Charleston haviam feito a viagem até Colleton para assistir ao jogo e um cântico de "negrinho, negrinho, negrinho" se elevava no lado do campo destinado aos visitantes.

— Vamos matar você, negrinho – gritou o número 28, um jogador da defesa, para Benji, que se levantava lentamente.

Correram para ele e o seguiram até quase cercá-lo num grupo violento e ameaçador.

— Negrinho! Negrinho! Negrinho fodido – berravam para ele.

Continuavam gritando quando comecei a primeira jogada daquela temporada. Meus companheiros de time estavam abalados. Benji, em estado de choque.

Ao nos alinharmos, parte dos Demônios Azuis desceu para seu campo em fila, gritando:

— Matem o negrinho.

Quando me inclinei sobre o centro do campo, o sujeito da defesa berrou para mim:

— Quero o maldito negrinho.

Levantei-me, apontei o dedo para o cara e gritei, num tom falsamente agradável:

— Foda-se, seu chupa-caralho.

O apito soou e o bandeirinha assinalou um pênalti contra nós por conduta pouco esportiva. Ele disse *conduta pouco esportiva* com uma pronúncia anasalada que o fez soar como um membro da Ku-Klux-Klan. Claro, eu não iria encontrar juízes da Suprema Corte entre os árbitros de futebol da parte rural da Carolina do Sul.

— Ei, juiz – falei –, que tal fazê-los parar de gritar com o número 44?

— Não estou ouvindo gritarem com ninguém – respondeu o juiz.

— Então não deve ter me ouvido gritar "Foda-se, seu chupa-caralho" para aquele sujeito com cara cheia de espinhas.

O apito soou pela segunda vez e o juiz determinou a metade da distância até a linha de gol. Assim, meu papel de comandante da ofensiva nos fez perder 20 jardas e eu ainda teria de receber a bola que vinha do centro.

— Calem a boca e joguem! – ordenou o juiz.

— Venha buscar a bola, negrinho – provocou o jogador da defesa para Benji. – Vou estourar seus bagos. Vou matar um negrinho hoje. Comer carne de negrinho!

A torcida visitante continuava com a palavra de ordem "negrinho", e a gritaria tornava-se cada vez mais forte. O pessoal de Colleton estava silencioso e apenas observava. Os pais de Benji sentavam-se isolados no alto das arquibancadas. A mãe desviara o rosto do campo. O pai assistia estoicamente. Descobri aí de onde se originava o olhar impassível e majestoso de Benji.

Pedi tempo, e então meus companheiros se juntaram, como cachorros vadios que vivem do lixo. Eu, o *quarterback* sempre previdente, reconheci que a equipe ainda não se definira bem. Sua letargia se equiparava à minha fúria crescente. Eu queria fazer um gol ou amassar a cara dos adversários. Do outro lado do campo, ao longo da pista de atletismo, vi a jaula em que César dormia, sem tomar conhecimento da malevolência daquele linguajar. Ajoelhei-me e disse:

— Tudo bem, rapazes. Sou eu, Tom. O menino de ouro fodido. O velho Tom Wingo vai lhes dar algumas palavras de estímulo.

— Negrinho... Negrinho... Negrinho... – o grito ecoava na parede da escola enquanto os cidadãos de Colleton observavam num silêncio sinistro.

— Agora, quero que vocês se divirtam. Benji, sei que é duro para você. É duro para todos nós. É assustador. Mas antes que a gente mostre a eles que você é o negro filho-da-puta mais rápido do mundo, vamos cuidar de uma coisinha. Vocês, rapazes, estão parecendo mortos. Quero um pouco de vida. Quero algum barulho.

Um murmúrio de encorajamento, absolutamente tênue, escapou da garganta do pessoal.

— Luke – continuei, pegando meu irmão pelas ombreiras e batendo na lateral de seu capacete com a mão aberta. – Faça César rugir.

— O quê?

— Faça César rugir.

Luke deixou o grupo reunido e caminhou em direção ao time de North Charleston, olhando para a jaula que estava estacionada na escuridão. Avançou até quase a linha de ataque, olhou a distância e gritou, mais alto que o ruído da multidão, para o tigre da família Wingo, que, entediado com as luzes e o futebol, dormia em meio a espinhas de peixe e restos de pescoço de galinha. Até que ouviu a voz poderosa do ser humano de que mais gostava:

— Ruja, César, ruja!

O tigre chegou às barras da jaula, não como um animal de estimação, não como brincadeira nem como mascote, mas como um verdadeiro tigre de Bengala, e rugiu num cumprimento de afirmação e constância ao maior meia-direita, de todo o Estado. Luke lhe respondeu com carinho, imitando o mesmo som.

O segundo rugido de César atravessou o campo de futebol como um avião, sobrepujou o coro insignificante de "negrinho, negrinho", diminuiu a voz da multidão, cruzou a linha dos 45 metros, varreu nossos ouvidos, chegou ao estacionamento, bateu na parede de tijolos do ginásio e ecoou de volta como se um segundo felino tivesse nascido atrás de nós. César respondeu a seu próprio eco e então eu gritei para meus companheiros.

— Agora, putada! Respondam a César.

Juntos, eles rugiram como tigres em direção à jaula, várias vezes, até que o animal, acostumado às luzes, nascido para fazer espetáculos e com vocação para o picadeiro central, reagiu com aquela magnífica voz de fera que tinha sua origem nas florestas nevoentas da Índia. Filho de pais que haviam acordado tribos no meio da noite e agitavam a adrenalina dos elefantes, César mandou uma mensagem à alma de meu time. E a multidão de Colleton ferveu, recuperando o espírito do jogo. Quando o tigre se moveu através das fileiras da arquibancada, o campo inteiro tremeu com seu rugido.

Corri para a linha lateral e pedi ao sr. Chappel, regente da banda, para tocar "Dixie". Quando a melodia começou, César ficou ainda mais selvagem. O time de North Charleston fitava o imenso animal que rosnava, enlouquecido, grudado às barras da jaula, as patas dianteiras balançando para o lado de fora, as garras completamente estendidas como uma amostra dos limites de sua ferocidade. Luke veio furioso em minha direção.

— Por que você fez isso, Tom? Você sabe que essa canção deixa ele louco!

— Ele está procurando uma daquelas focas de merda – retruquei, inchado de orgulho. – Aproveite a cena, Luke. Essa é a maior interferência na história do futebol. – Aproximei-me do time de North Charleston, que observava abobalhado enquanto seus torcedores se tornavam silenciosos e perplexos. – Ei, meninos, se encherem meu saco novamente, vou soltar o tigre no campo.

O apito soou e fomos penalizados por atrasar o jogo. Então, o time se reuniu e algo de mágico acontecera. Nos olhos de meus companheiros havia o brilho sagrado da unidade, da solidariedade, da fraternidade, o brilho que é a maior glória no reino do esporte. Vive no coração, mas se mostra nos olhos. A equipe se juntava, refazia-se outra vez.

— Negrinho, Negrinho. (Rugido, rugido.) – O som nos envolveu enquanto eu falava:

— A primeira jogada ofensiva dos Tigres de Colleton é esta: infiltração do beque. Ninguém deve me bloquear. Enquanto esses panacas estiverem no meu rabo, quero que todo mundo, exceto Benji, caia em cima do pentelho da defesa. Só vou correr um pouco pelo campo deles para lhes dar tempo de pegá-lo.

— Negrinho, negrinho (rugido, rugido) – dizia a massa.

Ao receber o arremesso, fiz um pequeno sapateado deselegante em direção a uma pequena abertura no bloqueio esquerdo. Foi quando 220 quilos de carne humana me atingiram ao mesmo tempo, fazendo com que me estatelasse no chão, o rosto amassado na grama de nossa própria linha de 5 jardas. O apito soou e, quando me levantei, vi o jogador da defesa deles deitado de costas, as mãos no rosto e no joelho. Nosso time recebeu outra falta de 15 jardas por dureza desnecessária do jogo e o juiz caminhou metade da distância da linha do gol. Eu arquitetara habilmente aquela retirada que nos deixou 32 jardas atrás de nossa linha de ataque original. Mas assisti com prazer ao transporte do jogador para fora do campo, sangrando por todos os orifícios do corpo, como Luke descreveria mais tarde com alegria.

— O negrinho vai pagar por isso – ameaçou um dos adversários. Reunindo minha equipe, elogiei:

— Vocês foram ótimos. Adoro quando vocês escutam o tio Tom. Agora, na próxima jogada, vamos tentar marcar um *touchdown*.*

— Aí entra o Benji – alegrou-se Luke.

— Ainda não. O mestre da estratégia ainda não vai usar Benji. Mas ele será a isca. Vou mandá-lo para o meio, Benji. Depois de contar a eles que você vai pegar a bola, vou lhes mostrar o buraco por onde você vai passar.

— Ai, meu Deus! – exclamou Benji.

— Isso é burrice, Tom – emendou Luke.

— Mas eu não vou passar a bola. Vou contrabandeá-la pela esquerda. Arrumem alguns bloqueadores para a parte de baixo do campo. E mandem brasa nos dois.

Enquanto me aproximava da linha, antes de pôr as mãos sob o traseiro cheiroso de Milledge Morris, caminhei mais uma vez em dire-

---

*Jogada em que se ganha seis pontos quando se chega em cima ou atrás do gol adversário, mantendo a posse da bola. (*N. do T.*)

ção ao coro monótono "negrinho, negrinho". Disse em voz alta para o time de North Charleston.

– Vocês querem o negrinho? Vou mandá-lo por ali. – E apontei para o buraco entre o centro e a guarda esquerda. – Só que nenhum de vocês vai ter peito para pará-lo.

Alguns jogadores da defesa mudaram ligeiramente de posição, chegando mais perto do buraco enquanto a cadência era dada por mim.

– Preparar, 14, 35, 2.

Parti, segurando a bola embaixo do braço. Os capacetes e as ombreiras do pessoal da defesa se quebravam atrás de mim. Abaixei-me e grudei a bola na barriga de Benji quando este passou a toda velocidade. Ele seguiu em direção ao buraco e puxei rapidamente a bola quando ele desapareceu nos braços dos brancos do Sul.

Com a bola no quadril, olhei para trás, fingindo diminuir a velocidade ao ver a pilha de blusas azuis empurrando Benji para o chão. Então, cheguei ao *corner* e corri pela linha lateral, passando em frente aos torcedores de North Charleston, que, de repente, lembraram-se de que também havia brancos no time de Colleton. Na linha de 20 jardas, Luke juntou-se a mim e ambos corremos com um dos olhos sobre um jogador da defesa que tinha um talento especial para não acreditar em mentirosos. O sujeito tentou bloquear minha passagem pela linha lateral. Fiz de conta que ia para a direita, como se estivesse voltando para meu próprio campo, e ele diminuiu a velocidade. Então Luke o derrubou enquanto eu saltava sobre os dois sem diminuir meu passo, e entrava na zona vazia de nossa linha de 25 jardas.

Guardei o filme que meu pai fez daquele jogo e assisti àquela corrida de 97 jardas pela linha lateral uma centena de vezes. E ainda assistirei outras tantas vezes antes de morrer. Vejo o menino que um dia fui e me maravilho com sua velocidade enquanto ele avança na imagem granulada e surreal do filme, e passo os dedos pelos cabelos que agora se tornam ralos. Tento recapturar o momento em que corri em direção à linha de fundo, entrando em meu próprio território, agora perseguido em vão por rapazes furiosos com blusas azuis. A multidão se deu conta de mim na linha das 50 jardas; senti-o nas pernas – o murmúrio de vozes humanas me estimulava, rumo aos mais altos portais

409

daqueles dias extáticos. Ao correr, era o menino de Colleton que fizera a cidade ficar de pé. E não há nada mais feliz no mundo que um menino correndo, nada tão inocente ou intocado. Eu era dotado e jovem, incapaz de ser agarrado quando avançava loucamente pela linha lateral, seguido de longe por um juiz que havia deixado na poeira. Rápido e brilhante, corri através da luz, passei por meu pai que gritava, que seguia meu avanço por uma abertura de vidro; passei por minha irmã gêmea que saltava e girava na linha lateral, feliz com aquele momento porque se importava comigo; passei por minha mãe, cuja beleza não podia disfarçar a vergonha de ser quem era e de onde viera. Mas, naquele instante – mítico e elegíaco –, ela era a mãe de Tom Wingo, e dera ao mundo aquelas pernas e aquela velocidade como um presente. Atravessei a linha de 40 jardas e, no instante seguinte, a de 30, passando a toda velocidade em direção à linha de fundo. No entanto, assistindo ao filme, freqüentemente penso que aquele menino não sabia realmente para onde ia, que não era a linha de fundo que o aguardava. Em algum momento daquela corrida de dez segundos, o garoto se transformava em metáfora e o homem mais velho podia vê-lo onde o menino não podia. No futuro ele seria um ótimo corredor e sempre fugiria das coisas que iriam machucá-lo, das pessoas que iriam amá-lo e dos amigos autorizados a salvá-lo. Mas para onde corremos quando não há multidões, nem luzes ou linha de fundo? Para onde corre um homem?, pergunta o treinador, estudando seus próprios filmes quando menino. Para onde um homem corre quando não tem a desculpa dos jogos? Onde pode se esconder quando olha para trás e vê que é perseguido apenas por si mesmo?

Cruzando a linha de fundo, atirei a bola 15 metros para o ar. Joguei-me para a frente e beijei a grama. Depois corri para a jaula de César e passei os dedos pelas barras.

– Alegre-se, seu filho-da-puta amarelo! – Evidentemente, ele me ignorou.

Então Luke agarrou-me nos braços, levantou-me do chão e girou comigo duas vezes. Tínhamos, finalmente, nossa valsa. No reinício da partida, soube, pela maneira como corremos em massa ao redor do jogador que levava a bola, que aquela seria nossa noite. Em sua primeira jogada a partir da linha de ataque, Luke pegou um dos beques ali estacionados e o fez andar vários metros para trás sobre a grama. Toda a parte direita da linha estava no bloqueio ao tentarem uma reviravolta. Só que nosso time estava dando tudo o que podia. Batíamos nas ombreiras e nos capacetes uns dos outros, nós nos abraçávamos depois de cada jogada e demos gritos de encorajamento ao atacante que fez o primeiro ponto. Havia fogos incontroláveis soltos pelo campo, um senso de reconhecimento, de retribuição e de destino.

Agora, eu planejava soltar Benji. Enquanto eu estava marcando o *touchdown,* Benji estava sob uma pilha de gente, levando dedo nos olhos, mordidas na perna, e ficando puto da vida.

— Benji, vamos ensinar a esses caras os méritos de Brown *versus* o Comitê de Educação.

Sempre tive pena do garoto que jogasse diante de Luke, do outro lado da linha. No início do jogo, poderia ser um menino simpático e saudável e, no fim, um paraplégico por, no mínimo, um dia. Com tamanho notável e com sua elegância, não era por acaso que Luke descobrira afinidades naturais com os tigres.

Quando me aproximei da linha, a palavra *negrinho* já desaparecera havia algum tempo do vocabulário dos Demônios Azuis de North Charleston.

Joguei a bola para Benji Washington — era a primeira vez que um branco passava a bola para um negro naquela parte do mundo. Ele atravessou o bloqueio, livrou-se com um giro de corpo do beque de linha que se atirara contra ele, derrubou o *quarterback* que tentou prendê-lo pelo braço e, numa série de movimentos extremamente rápidos e enganadores, dançou na área adversária saltitando, frenético e inatingível, e cortou contra o fluxo de jogadores, revertendo seu campo. Em seguida, disparou como um raio pela defesa direita, voltando à linha lateral, de onde partiu a toda velocidade, desviando-se de todo o time de North Charleston rumo à linha de fundo. Três jogadores partiram em seu encalço, mas calcularam mal sua velocidade. Enquanto nós, corredores mais vagarosos o seguíamos para a linha do gol, marcamos o segundo *touchdown* em menos de dois minutos. Era visível a ambivalência da torcida de Colleton. Durante um minuto, não houve nada além de um polido aplauso perplexo. Aquela era uma multidão branca, sulista até os ossos, atolada em tradições desumanas. Em parte, queriam que Benji fracassasse mesmo que isso significasse a derrota do time. Alguns provavelmente até gostariam que Benji morresse. Mas, em certo momento daquela corrida de sete segundos, a resistência à integração racial se enfraqueceu um pouco na cidade de Colleton. E, nas vezes em que Benji Washington carregou a bola ao longo da partida, o imenso amor dos sulistas pelo esporte venceu a triste história que trouxera o mais rápido ser humano do Sul para nosso campo.

Quando o time cercou Benji, quase matando-o com socos e tapas, ele disse a Luke:

– Meus Deus, como esses caras são lerdos.

– Não é isso – respondeu ele. – Acontece que você estava com medo de ser pego.

Naquela noite, aprendi que, com Benji Washington em campo comigo, eu era um *quarterback* muito melhor do que originalmente devia ser. Durante o jogo eu o mandei através da linha trinta vezes. Perto do fim, disparei para a direita numa jogada de opção. Fingi passar a bola lateral para Benji. Corri pelo buraco que havia no bloqueio esquerdo e parti em direção à linha lateral até ser atingido por um beque de linha. Ao cair, passei a bola para Benji, que a agarrou e, numa pura celebração da velocidade, disparou pela linha lateral por 80 jardas, sem ser tocado por mãos humanas.

Logo depois, o North Charleston se organizou para fazer dois *touchdown,* mas foram pontos furiosamente contestados. Nas duas vezes, fizeram pontos após longas marchas exaustivas pelo campo e, em ambos os casos, o jogador que os marcou partiu da linha de uma jarda depois de ser repelido duas vezes anteriormente. Com os ponteiros do relógio correndo e nosso time liderando por 42 a 14, a banda tocou a "Valsa de Tennessee". Enquanto o time visitante se reagrupava, nós dançamos na linha de ataque com a multidão cantando nas arquibancadas.

Quando o apito soou, indicando o fim da partida, a cidade delirou conosco. Todos entraram correndo no campo e voltamos para o vestiário cercados, espremidos e aplaudidos por mil estudantes e torcedores. Ao me encontrar, Savannah beijou meus lábios, rindo quando corei. Luke agarrou-me pelas costas e lutamos sobre a grama. Três jogadores de North Charleston abriram caminho entre a multidão e apertaram a mão de Benji. Um deles pediu desculpas por tê-lo chamado de negrinho. César recomeçou a rugir e foi acompanhado pela multidão. Meu pai filmou toda a cena. Minha mãe pulou nos braços de Luke, que a carregou como uma noiva até o vestiário, ouvindo-a dizer que o achava maravilhoso e se sentia orgulhosa.

No vestiário, a equipe jogou o treinador Sams no chuveiro, completamente vestido. Oscar Woodland e Chuck Richards carregaram Benji quase respeitosamente para o chuveiro, onde o batizaram nas águas rituais da vitória. Luke e eu também fomos carregados até que todo o pessoal, extático e triunfante, parou com o corpo pingando água sobre os ladrilhos enquanto os fotógrafos batiam fotos e nossos pais, do lado de fora, acendiam cigarros e discutiam o jogo.

Depois do banho, sentei-me no longo banco de madeira ao lado de meu irmão, vestindo-me sem pressa, sentindo a agradável dor posterior ao jogo percorrer meu corpo como uma droga que fizesse efeito lento. Ao vestir a camisa, tive dificuldade em levantar o braço para fechar o botão de cima. Meus companheiros estavam vestindo terno e a sala tinha uma mistura aromática de vapor, suor e loção pós-barba. Jeff Galloway, um dos jogadores do time, aproximou-se de mim, escovando os cabelos para trás.

— Você vai ao baile, Tom? – perguntou.

— Talvez a gente dê um pulo lá.

— Você vai vestido desse jeito? – E ele olhou para minha camisa.

— Não, minhas roupas estão penduradas na jaula de César, Jeff... É claro que vou com esta roupa.

— Vocês têm o pior gosto em matéria de roupas que já vi. Por que não entram na onda e compram camisas melhores? Vocês são os únicos caras na escola que não usam sapatos modernos. Cara, todo mundo no time usa.

— Não gosto desses sapatos que estão na moda – respondeu Luke.

— Sim, aposto que você prefere aqueles velhos tênis de chutar merda – comentou Jeff, rindo, enquanto eu amarrava os sapatos.

– Que tipo de camisa é essa que você está usando, Tom? – Puxou meu colarinho e leu a etiqueta. – Belk's – zombou. – Uma camisa pólo Belk's. Meu Deus! Que coisa embaraçosa. Vou sugerir vocês dois como os alunos mais bem-vestidos da turma. Você está usando a mesma calça há duas semanas, Tom.

– Não, não estou. Tenho duas calças cáqui. Eu as uso alternadamente.

– É uma pena. Sinceramente. Não é bom de jeito nenhum. Não serve para a imagem.

– Você não gosta de nossas roupas, Jeff? – perguntou Luke.

– Não há por que gostar. Vocês obviamente não dão bola para a aparência. Todo mundo se veste bem depois do jogo. A gente não só joga um bom futebol, como também dita moda na escola. Quando passamos pelos corredores, as meninas e os caras da banda dizem: "Aí vem o time, aí vem o time e eles estão bonitos." Droga, até Benji sabe se vestir. E ele é apenas...

– Um negrinho – concluiu Luke. – Ele já foi embora, não se preocupe. Ele acaba de ganhar o jogo para nós, mas você pode voltar a chamá-lo de negrinho.

– Benji é negro – corrigiu Jeff. – É apenas um menino negro que foi assim a vida inteira e se veste como um príncipe comparado a vocês dois. É embaraçoso que nossos capitães comprem suas roupas na loja de departamentos Belk's.

– Onde você compra suas roupas? Em Londres? – perguntou Luke.

– Claro que não. Eu e mais alguns meninos vamos de carro para Charleston e passamos o dia fazendo compras na Berlin's e na Krawchek's. Lojas de roupas de homem, especializadas, caras. Qualquer pessoa confirma isso. Lá têm tantos cintos de crocodilo pendurados no mostruário que até parece um país tropical. Vocês deviam ir conosco dar uma olhada naquelas lojas. Precisam desenvolver seu gosto.

– Estou contente por não ter o mesmo gosto que você, Jeff – cortou Luke, fechando a porta de seu armário. – Você não precisa usar nossas roupas, por isso pare de falar delas.

– Estou só dando um conselho amigável. Afinal, sou obrigado a olhar para elas, portanto tenho direito a opinar, concordam? Vocês sabiam que o treinador determinou que a gente usasse paletós esporte na escola nos dias de jogo? Não é uma ótima idéia? Terno com colete pela manhã, suadouro no campo durante o jogo, chuveiro, um pouquinho de água-de-colônia e, em seguida, matar as meninas do coração com ternos de três peças no baile. Comprei este aqui na Krawchek's por menos de 100 dólares.

– Parece uma merda – resmungou Luke, parando um momento para olhar o terno azul-claro de Jeff.

– É o melhor terno que havia por esse preço. Talvez vocês achem essas calças maltrapilhas mais elegantes.

– Eu gosto delas – disse Luke secamente.

– A gente se encontra no baile, seus lançadores de moda. Vocês com certeza não vão me ver, pois estarei cercado de gatinhas tentando colocar as mãos em mim. Mas vocês fizeram um ótimo jogo – concluiu, ao sair do vestiário.

Fechei meu armário e coloquei o cadeado no lugar. Luke fez o mesmo.

– Você quer ir ao baile, Luke?

– Você quer?

– Não faço muita questão.

– Nem eu. Principalmente agora que todos vão olhar para mim e dizer: "Ali está o pobre coitado usando uma camisa pólo Belk's."

– Isso pouco importa. O problema é que não sei dançar.

– Nem eu.

O treinador Sams pôs a cabeça na porta, avisando:

– Hora de apagar as luzes, pessoal. Ei, Tom e Luke, pensei que vocês estivessem no baile. Vocês vão ser estuprados depois do que jogaram hoje.

– Já estamos indo – respondi.

– Onde estão seus paletós esporte? Eu disse a todos para se vestirem bem após o jogo. Vocês são os capitães, pelo amor de Deus!

– Esquecemos, treinador – desculpou-se Luke. – Estávamos excitados demais por causa do jogo.

– Que partida, rapazes, que partida!

Fomos com Sams até a porta dos fundos do vestiário e o vimos desligar a chave que apagava as luzes do campo. Depois, Luke e eu seguimos em direção à música.

Quando recordo a voz de minha mãe no meu tempo de criança, ela é sempre elevada num lamento sobre nossa situação econômica. As canções e os contrapontos demonstravam sua crença arraigada de que nossa vida era marcada pela mais horrenda pobreza. Eu não seria capaz de afirmar se éramos pobres ou não. Tenho dúvidas se minha mãe era miserável ou apenas frugal. Só sei que eu teria preferido pedir para sugar seu seio a lhe pedir 10 dólares. O assunto dinheiro causava nela o nascimento de uma nova mulher; e isso também a diminuía aos olhos dos filhos. Não porque ela não o tivesse; mas por causa do modo como nos fazia sentir quando o pedíamos. Sempre suspeitei de que havia mais dinheiro do que ela dizia, e temi que ela simplesmente amasse mais o dinheiro que a mim. Mas nunca soube com certeza.

A falta do paletó esporte passou a me obcecar. Tanto que na manhã seguinte ao jogo contra o time de North Charleston procurei-a depois do café.

– Mãe, posso falar com você?

– Claro, Tom – disse ela, enquanto pendurava a roupa lavada no varal do quintal. Comecei a ajudá-la nessa tarefa. – Quero que você sempre se sinta livre para falar comigo.

– Posso fazer algum trabalho aqui em casa?

– Você já tem suas funções designadas.

– Bem, eu gostaria de ganhar um dinheirinho extra.

– Eu não recebo pelo trabalho que tenho aqui em casa, Tom. Pense nisso. Se eu fosse paga para cozinhar, limpar a casa, cuidar das roupas de todo mundo, não sobraria dinheiro para comprar comida para nós. Mas eu jamais pensaria em receber dinheiro em troca do meu trabalho. Faço tudo por amor à família.

– Eu também amo a família...

– Você sabe que estamos em dificuldades, não sabe? – Sua voz adquiriu aquele tom íntimo e conspirador que buscava fazer do ouvinte um defensor das mesmas opiniões que ela. – Mesmo com a pesca de camarões rendendo bem, a compra do posto de gasolina e do tigre nos colocaram em péssima situação. Não gosto de falar isso porque sei que você se preocupa muito comigo. Mas podemos falir a qualquer momento. Estou procurando convencer seu pai. Mas que posso fazer?

– Preciso comprar um paletó esporte.

– Isso é ridículo – exclamou ela, a boca cheia de pregadores de roupa. – Você não precisa de um paletó esporte.

– Preciso, sim. – Senti-me como se tivesse pedido um veleiro. – O treinador quer que todo mundo use paletó esporte nos dias de jogo. É uma regra. Luke e eu éramos os únicos do time que não se vestiam assim ontem.

– Bem, essa regra é ridícula e nós não a seguiremos. Você se lembra da má estação de pesca do ano passado, Tom. Além disso, seu pai perdeu um dinheirão com aquela história do posto de gasolina. Você sabe tudo isso e ainda assim não se incomoda de me deixar constrangida por ter de recusar. O que você não sabe é como venho lutando para manter nossas cabeças fora da água. O problema não é a falta de dinheiro, mas uma questão de prioridades. Seu pai subiria pelas paredes se você lhe pedisse um paletó esporte agora. É egoísta de sua parte pensar nisso, Tom. Para ser sincera, estou surpresa com você, mais do que desapontada.

– Todo o pessoal da escola tem paletó esporte. Poderíamos comprá-los de segunda mão.

– Você não é igual aos outros. Você é Tom Wingo e está muito acima do restante. Eles podem se vestir melhor, mas meus filhos são os capitães do time.

– Por que Savannah sempre tem boas roupas e Luke e eu sempre nos vestimos como se fôssemos trabalhar no barco?

– Porque Savannah é uma menina e é importante para as jovens parecer o melhor possível. Não me sinto nem um pouco culpada por sacrificar-me para vestir minha filha de maneira apropriada. Fico surpresa por você se ressentir com isso e não entender por que é necessário.

– Por que é necessário? Diga-me.

— Se ela for se casar com um jovem bem-posto, precisa se vestir com distinção. Os cavalheiros das famílias finas não pensariam em cortejar uma moça que não soubesse se vestir. As roupas são a primeira coisa que o homem vê na mulher. Bom, talvez não seja a primeira, mas é uma das primeiras.

— Qual é a primeira coisa que uma moça procura num rapaz?

— Certamente não é a roupa – zombou minha mãe. – Roupas não significam nada num homem até que ele esteja trabalhando ou se associe a uma firma de advocacia. Uma jovem procura num homem o caráter, suas perspectivas de futuro, família e ambições.

— Era isso que você procurava quando se casou com papai?

— Pensei que estivesse me casando com um homem diferente. Fui burra e me vendi por pouco. Não quero que Savannah cometa o mesmo erro.

— Será que uma moça não vai se preocupar com minha aparência?

— Claro que não, a não ser que ela seja insensível, superficial e sem importância.

— Então por que o homem deveria se importar com as roupas da mulher?

— Porque eles são diferentes das mulheres, muito mais superficiais por natureza.

— Você realmente acredita nisso, mãe?

— Eu sei que é verdade. Vivi muito mais tempo que você.

— Você vai me dar algum dinheiro para eu dar de entrada?

— Nem um centavo. Você tem de aprender a trabalhar para conseguir o que quer. Tudo o que realmente quer. Você vai gostar muito mais do paletó quando tiver suado sangue para consegui-lo. Mereça o paletó, Tom. Você vai se respeitar mais se não receber as coisas numa bandeja de prata.

— Nunca recebi nada em bandeja de prata.

— Tem toda razão. E nunca vai receber. Pelo menos de mim. Sei que você acha que estou sendo pão-dura.

— É isso mesmo que eu penso.

— Não me incomoda. Porque eu sei algo que você não sabe: mais tarde, todos os meninos do time vão relembrar este ano e não vão ser capazes de dizer nem a cor de seus paletós esporte.

— E daí?

— Eles não saberão o valor das coisas. Mas você, Tom, quando recordar este ano, sempre se lembrará do paletó esporte que não tinha. Você conseguirá vê-lo, senti-lo e até saber como era seu cheiro.

— Não entendo seu ponto de vista, mãe.

— Você vai gostar do paletó esporte quando finalmente possuir um. E sempre se lembrará de sua mãe quando usá-lo. Sempre se recordará de que me recusei a comprá-lo e terá de se perguntar por quê.

— Estou perguntando agora.

— Estou ensinando você a valorizar o que não pode possuir, o que está fora de seu alcance.

— Que burrice.

— Pode ser burrice, Tom. Mas você certamente vai adorar seu primeiro paletó esporte. Juro.

— Mãe, esta é a melhor estação de pesca de camarões desde 1956. Nós temos dinheiro.

— Não para comprar paletós, Tom. Estou economizando para o próximo investimento idiota de seu pai. Se não fosse por ele, você teria tudo o que quisesse. Todos nós teríamos.

19

No apartamento de Savannah, comecei a procurar pistas que me possibilitassem conhecer um pouco da vida secreta que ela levava antes de cortar os pulsos. Sua ausência me permitia o tempo necessário para adquirir a intimidade de um *voyeur* com sua vida diária. Os sinais de negligência eram testemunhos vívidos de seu declínio em direção às fronteiras da loucura. Encontrei correspondências fechadas, incluindo uma pilha de cartas de minha mãe, de meu pai e minhas. O abridor de latas não funcionava. Havia dois vidros de pimenta-de-caiena na prateleira, mas não tinha manjerona nem rosmaninho. No quarto, encontrei um par de tênis de corrida Nike que ela nunca usara. No banheiro, faltavam aspirina e creme dental. Quando cheguei, havia

419

uma única lata de atum na despensa e o freezer não era descongelado havia anos. Apesar de obcecada por limpeza, Savannah deixara camadas de poeira se acumularem sobre as prateleiras. Aquele era o apartamento de alguém que queria morrer.

Mas existiam ali mistérios que eu poderia descobrir caso fosse paciente o suficiente para procurá-los. Assim, treinei-me para ter calma e estar atento a qualquer insinuação que pudesse jogar alguma luz sobre a sintaxe de sua loucura.

No domingo à tarde, em minha sexta semana em Nova York, li e reli várias vezes os poemas de minha irmã, tanto os publicados como os que descobri na ocasião. Procurei pistas, segredos superpostos em seus iambos luxuriantes, mas, apesar de conhecer os acontecimentos centrais e os traumas de sua vida, senti que faltava algo essencial em sua história – ela vivera uma existência desesperada e provisória nos três anos em que estivera longe de mim, três anos em que me negara acesso à sua vida.

Quando criança, Savannah desenvolvera o hábito de esconder seus presentes, que nunca estavam sob a árvore na manhã do Natal, ainda que ela nos fornecesse mapas detalhados que nos ajudavam na busca. Certa vez, pegou um anel de opala que daria para minha mãe, jóia que comprara com a ajuda de minha avó, e o escondeu no pântano de águas negras perto do centro da ilha. Colocou-o no ninho de um pássaro, cercado de talos de plantas e musgo, no oco de uma árvore. Mas suas instruções incoerentes e imprecisas jamais poderiam conduzir minha mãe até o ninho. Assim, as opalas passaram a significar, para minha irmã, natais roubados. E, depois de perder o anel, Savannah voltou a dar presentes da maneira tradicional.

Tempos mais tarde, ao escrever sobre o anel perdido, ela o mostraria como o presente perfeito, o mais puro dos presentes. Um presente perfeito – escreveu ela – está sempre muito bem escondido, mas nunca se oculta da poetisa. E, como uma chave para a compreensão desse pequeno cânone, chamou a poetisa de "senhora das corujas". Quando a poetisa fechava os olhos, a envergadura da grande coruja de chifres lançava uma sombra fulva sobre as imensas florestas verdes. A ave voltava aos ninhos abandonados dos pássaros migradores, entrava no círculo perfeito do coração do cipreste e encontrava a opala perdida, da cor do leitelho tingido com violetas esmagadas. A coruja fêmea, rainha cheia de garras, de instinto ingovernável, pegava o anel no bico cruel, manchado com o sangue de coelhos atordoados, e voava através de rendilhados de sonhos fabulosos, pelo ar espiralado e perfumado pela linguagem, e o entregava à poetisa, várias vezes seguidas, poema após poema. As coisas nunca eram perdidas para Savannah; ela transformava tudo em misteriosos jardins sensuais da linguagem. E preservava o amor pelos jogos em sua poesia, escondendo seus presentes por trás de uma treliça de palavras, fazendo buquês de suas perdas e pesadelos. Não havia poemas obscuros no trabalho de Savannah, apenas lindas frutas cercadas por flores capazes de fazer dormir quem as provasse, com seus espinhos cobertos de cianeto – até mesmo suas rosas vinham com espinhos assassinos.

Todos os poemas tinham enigmas, erros de orientação, estratagemas e eixos. Savannah nunca declarava uma coisa diretamente; não podia quebrar o hábito de uma vida inteira de esconder seus presentes. Mesmo quando escrevia sobre a própria loucura, tornava-a atraente, um inferno destruído pelo paraíso, um deserto em que estavam espalhadas a fruta-pão e a manga. Era capaz de escrever sobre um sol mortífero e sair dele triunfante, orgulhosa de seu bronzeado. Sua fraqueza como poeta era singular e profunda: ela podia caminhar ao longo da borda dos Alpes, sua pátria, mas não podia consertar as asas que a fariam voar em direção às correntes elevadas. O anel sempre voltava para ela quando deveria dá-lo por perdido. Até mesmo seus gritos eram postos em surdina, suavizados até a pálida harmonia, como o murmúrio do mar aprisionado nas conchas. Ela simulava ouvir música naquelas conchas, mas sei que não ouvia. Ouvia os lobos, todas as notas negras de sua voz, todos os madrigais satânicos. Mas como eram bonitos quando escrevia sobre eles com a ajuda de sua fantasmagórica coruja e seus sonhos de opala! Savannah louvou os lírios d'água que flutuavam como almas de cisnes nos tanques dos pátios cercados dos asilos de lunáticos. Minha irmã se apaixonara pela grandeza da loucura. Seus últimos poemas, que encontrei espalhados em lugares secretos do apartamento, eram obituários de requintado encanto. A nostalgia pela própria morte tornara seu trabalho grotesco.

Enquanto morava em seu apartamento, paguei o aluguel, as contas e recolhi a correspondência. Com o auxílio de Eddie Detreville, pintei o apartamento num tom quente, da cor da fibra do linho, Arrumei a vasta biblioteca de acordo com o assunto dos livros. Essa biblioteca teria sido valiosa para um bibliófilo não fosse a maneira execrável como Savannah tratava os livros. Eu raramente abria um volume que ela não tivesse conspurcado ao sublinhar suas partes favoritas com caneta esferográfica. Certa vez, eu lhe dissera que preferia ver um museu bombardeado a ver um livro sublinhado. Só que ela descartou meu argumento como sendo mero sentimentalismo: fazia anotações nos livros para que as idéias e imagens que a atordoavam não se perdessem. Havia uma troca frutífera entre suas leituras e seus escritos. Ela desenvolvera o simpático hábito de colecionar livros sobre assuntos dos quais não sabia nada. Encontrei um livro, pesadamente sublinhado, sobre o ciclo de vida das samambaias, e um outro, chamado *The Sign Language of the Plains Indians* [A linguagem de sinais dos índios das planícies, tradução livre]. Havia seis outros sobre vários aspectos da meteorologia, três sobre desvios sexuais do século XIX, um sobre o cuidado e a alimentação das piranhas, um exemplar de *Mariner's Dictionary* [Dicionário do marinheiro, tradução livre] e um longo tratado sobre as borboletas da Geórgia. Uma vez, ela escrevera um poema sobre as borboletas que vinham ao jardim de minha mãe na ilha Melrose e, por meio das anotações nas margens do livro, descobri como adquirira conhecimento sobre as espécies ali citadas. Savannah usava bem seu acervo e nenhum fato era obscuro demais para escapar a seu apaixonado escrutínio. Se precisasse de uma joaninha em sua poesia, comprava dez tratados de entomologia para descobrir a joaninha absolutamente adequada. Criava mundos misteriosos com as informações inestimáveis que recolhia nos livros negligenciados durante longo tempo. Pela marca que sua passagem deixava nos volumes, segui a história de suas leituras, notando quais livros estavam assinalados e quais estavam completamente limpos. Era um modo autêntico, pensei, de aprender sobre minha irmã, folheando sua biblioteca e tomando notas sobre os assuntos que ela comentava ou sublinhava. Era também um abuso de confiança, porém eu estava tentando cobrir a distância de três anos durante os quais nem uma única palavra fora trocada entre nós.

Comecei o verão lendo os poetas amigos de Savannah, que lhe haviam dedicado exemplares de seus livros. Com base no tom das dedicatórias, alegres, apesar de formais, percebi que a maioria deles admirava o trabalho de minha irmã, embora não a conhecessem bem. Quase todos viviam numa obscuridade orgulhosa, que só entendi depois de lê-los. Eram todos trovadores das microscópicas manifestações divinas. Escreviam sobre cálices de flores e romãs, mas seus versos eram inexpressivos. Savannah nunca esteve tão feliz como no dia em que admiti não entender um de seus poemas, pois tomou isso como um sinal seguro de que fora fiel a seu talento. Depois de ler os amigos dela, pensei que todos os poetas modernos deveriam ser imunizados contra a obscuridade. Mas as linhas que ela sublinhara possuíam uma beleza sombria e incongruente. Anotei-as em meu caderno enquanto reconstruía a vida de minha irmã baseado em suas jornadas pelos livros.

Em seus poemas, descobri que Savannah despedia-se do Sul como um de seus assuntos. Encontrei ainda vislumbres de seu passado, mas minha irmã estava conseguindo tornar-se aquilo que mais desejara ser – uma poetisa de Nova York. Achei uma série de poemas sobre o metrô, que davam uma simetria decorosa ao pesadelo da cidade após a meia-noite. Havia versos sobre o rio Hudson e o Brooklyn. Ela já não assinava os poemas assim que os terminava. Deixava-os em pilhas anônimas por todo o apartamento. Restava apenas a magia intocável do talento para designar o trabalho como sendo indiscutivelmente seu. Nos últimos anos, sua poesia se tornara mais forte, mais melancólica e ainda mais linda. No entanto, alguma coisa teria permanecido pouco clara e confusa para mim se eu não tivesse encontrado o livro de recordações azul e branco sob a Bíblia em sua mesa-de-cabeceira. Em um diamante verde centrado sobre uma listra branca, li as palavras *"Seth Low J.H.S."*. Abri um zíper enferrujado e virei a primeira página. Apareceu a fotografia de uma menina da oitava série chamada Renata Halpern. O nome me era vagamente familiar mas não consegui localizá-lo com exatidão. Tinha o rosto bonito, acanhado, e um infeliz par de óculos lhe desfigurava a aparência. Em vez de natural, o sorriso era forçado – quase pude ver o fotógrafo idiota careteando o som da letra "xis", revelando uma desagradável boca cheia de dentes. Suas professoras, ela registrara na página seguinte, eram as sras. Satin, Carlson e Travers. Renata Halpern se diplomara em Seth Low no dia 24 de junho de 1960. Não era líder da classe, mas Sidney Rosen fora grandemente elevado no cargo de presidente da turma. Sidney escrevera em seu livro de recordações: "Para Renata, até o fim dos tempos. Tome a condução que quiser, mas não parta até que tenha alcançado o sucesso." A melhor amiga de Renata, Shelly, que era abençoada com uma letra que parecia seda dobrada, escreveu: "Para Renata, até a eternidade. Brilha, brilha, estrelinha, pompom e pote de creme evanescente, lápis de sobrancelha e também batom – vão fazer de você uma beleza. Parabéns à Rainha dos Corações de Seth Low."

Que maravilha, pensei, que minha nova amiga, Renata Halpern, tenha sido certa vez a Rainha dos Corações da Escola de Ensino Médio Seth Low. Mas fiquei curioso por saber como sua vida se cruzara com a de Savannah. Minha irmã tinha uma prateleira repleta de livros do ano, que recolhera em lojas de sebos pela cidade. Ela adorava relancear o olhar pelas vidas de pessoas completamente estranhas. Mas o nome reverberava em meu cérebro e eu estava certo de tê-lo conhecido antes.

Voltei à sala e procurei nas sobrecapas dos livros de todos os seus amigos poetas. Então, notei a pilha de cartas que minha irmã recebera e lembrei-me de ter visto ali aquele nome.

A *Kenyon Review* enviara seu último exemplar para uma Renata Halpern, e a revista fora mandada para o endereço de Savannah.

Quando verifiquei a correspondência pela primeira vez, pensei em afanar a revista, mas tive medo de melindrar alguma amiga de minha irmã que estivesse usando seu apartamento para receber correspondência. Abri o envelope pardo e encontrei uma carta do editor da *Kenyon Review,* para Renata, colocada entre as páginas da revista.

> Prezada srta. Halpern,
>
> Quero lhe dizer que estou orgulhoso pela honra que a *Kenyon Review* teve de publicar seu primeiro poema. Também gostaria de enfatizar que teremos muito prazer em ver seus trabalhos no futuro. Queremos publicar o máximo que pudermos antes que uma das "grandes" a roube de nós. Espero que seu trabalho esteja progredindo bem.
>
> Atenciosamente
>
> Roger Murrell
>
> P.S. *Mazeltov** pela publicação de seu livro infantil.

Esquadrinhei o conteúdo da *Kenyon Review* e fui até a página 32, onde estava o poema de Renata Halpern. Eu havia lido oito linhas quando percebi que fora escrito por minha irmã.

> Filha, pegue todas as palavras de sangue e lavanda e tempo,
> Traga-as limpas e brilhantes para a luz.
> Examine-as cuidadosamente à procura de defeitos
> Saiba que o tigre se confunde com a astúcia das armadilhas bem colocadas
> e suas narinas se enchem com o incenso da morte.
> Assiste sem medo quando os estranhos se aproximam com facas
> Como vai parecer arrogante e solene a mulher que usar este casaco.

---

*Expressão de congratulações usada principalmente pelos judeus.(*N. do T.*)

Moldo com minhas próprias mãos os pródigos casacos
e os envio como cartas de amor de Sigmund Halpern
àquelas mulheres delgadas e amorosas que louvam meu ofício
cada vez que se movem na luxúria insuperável das peles.
Para você, escolhi meu melhor trabalho, filha,
o único poema do peleteiro.
Este presente é a escritura sagrada que levantei da espinha da marta
ao buscar palavras para louvar as longitudes de tua imagem cuidadosa.

Minhas peles são as curadoras de tua beleza.
Antes que a poetisa sonhe com casacos, deve dominar a fundo a heráldica
das peles
e aprender a fazer arte a partir do sangue de irmãos e tigres.

Ao terminar a leitura, disse a mim mesmo que aquilo podia ser explicado, que existia uma solução simples e que esta se apresentaria a mim no devido tempo. Até onde eu sabia, minha irmã pouco conhecia sobre judeus e sobre peleteiros. Entretanto, eu tinha certeza de que ela escrevera aquele poema. O tigre denunciava seu segredo; sem falar do inimitável ritmo de sua poesia. Reabri o livro de recordações de Renata e olhei novamente as primeiras páginas. Não tardou que descobrisse. Ocupação da mãe: dona de casa. Ocupação do pai: peleteiro.

Desconfiei de que tocava em algo essencial da vida de minha irmã, mas não sabia exatamente o que aquilo significava. Tinha algo a ver com a feroz rejeição que ela sentia pela Carolina do Sul. O peleteiro redirecionara a voz da poetisa de volta à ilha e à infância, e suas imagens eram claras e emocionantes para mim. Ela estava abordando a história que nenhum de nós podia contar. Entretanto, a desonestidade enfraquecera sua arte, que não era fraudulenta, mas abrangente e oblíqua. Sugeria um tema, porém sem desenvolvê-lo a fundo. Se você vai escrever sobre um tigre, Savannah, então escreva sobre a merda do tigre, pensei. E não se esconda por trás do ofício de peleteiro, Savannah. Recuse-se a cobrir seus poemas com pelicas luxuriantes e peles de animais invernais mortos pelas mandíbulas de cruéis armadilhas. Um peleteiro aquece; uma poetisa ferve em seus próprios elixires delicados. Um peleteiro faz um casaco a partir de pedaços combinados de pele de marta e de leopardo; uma poetisa ressuscita a marta e coloca um peixe meneando-se em sua boca, devolve o leopardo à estepe, enchendo suas narinas com o aroma dos babuínos no cio. Você está se escondendo atrás de peles e casacos bem-feitos, Savannah. Está tornando o terror uma coisa quente, linda ao envolvê-lo suavemente em arminho, merino e chinchila, ao passo que ele deveria estar nu e inexperiente no frio. Mas você o abordou, querida irmã. Está chegando lá e eu estou chegando com você.

Voltei ao *post-scriptum* do editor da *Kenyon Review*. Reli-o cuidadosamente: "*Mazeltov* pela publicação de seu livro infantil." Estaria ele falando sobre uma obra da verdadeira Renata Halpern ou teria minha irmã escrito livros infantis sob o mesmo pseudônimo que usara para publicar seus poemas? Durante uma hora, verifiquei atentamente as estantes do apartamento, procurando um livro infantil de Renata Halpern. Ao não encontrar nenhum ali na biblioteca, perguntei-me como Savannah poderia ter planejado escrever um livro daquele tipo. Frustrado, eu estava para cessar a procura quando lembrei que a *Kenyon Review* sempre publicava pequenos esboços biográficos de seus autores no fim da revista. Virei as páginas rapidamente e, sob a letra "H", li a breve descrição de Renata Halpern:

> Renata Halpern vive em Brooklyn, Nova York, e trabalha na biblioteca do Brooklyn College. O poema que aparece neste número é seu primeiro poema publicado. Seu livro infantil *O estilo sulista* foi lançado pela editora Random House no ano passado. Atualmente ela está preparando uma coletânea de poemas.

Quando o vendedor me entregou o livro no setor infantil da livraria Scribner, tremi apenas ligeiramente. Não havia fotografia da autora na quarta capa e a ilustração da frente mostrava três garotas sobre um desembarcadouro alimentando gaivotas. Atrás das meninas ao longe, no meio de um horizonte de árvores, uma pequena casa branca idêntica àquela onde cresci. Até a localização do celeiro era a mesma, assim como o número ímpar de janelas na fachada.

Abri o livro, li a primeira página e soube, sem sombra de dúvida, que o texto fora escrito por Savannah.

QUE EU TROPEÇARA em algo inestimável e essencial eu não tinha dúvida; mas a descoberta me deixou muito mais aturdido que esclarecido. A fusão de Savannah com Renata me parecia outra forma de evasão, outra maneira de circunavegar a ilha, em vez de reunir os materiais necessários para uma barcaça de desembarque aportar rapidamente. Fui direto ao apartamento de Eddie Detreville e bati com força à porta. Ao abri-la, Eddie disse:

— O jantar é às oito, meu bem. Você está apenas quatro horas adiantado. Mas entre, por favor.

— Tudo bem, Eddie — respondi, ao entrar na sala e sentar pesadamente num sofá vitoriano. — Você esteve escondendo coisas de mim.

— Ah, é? Vou lhe preparar um drinque e então você me contará os segredos que o tio Eddie está escondendo. Que tal um martíni?

— Quem é Renata, Eddie? — perguntei enquanto ele ia até o barzinho. — E por que você não me falou dela antes?

— Há uma razão muito boa pela qual nunca te falei a respeito. Nunca ouvi falar de nenhuma criatura chamada Renata.

— Você está mentindo. É uma amiga de minha irmã cujo nome Savannah usa para assinar seu próprio trabalho.

— Então apresente-me a ela, por favor. Gostaria de conhecê-la. Aqui está seu drinque, Tom. Sugiro que tome um bom gole, deixe o álcool entrar em sua corrente sanguínea e então explique por que está tão furioso comigo.

— Porque é impossível que você não conheça Renata. Ela deve ter vindo visitar minha irmã. As duas devem se freqüentar e tenho certeza de que Savannah lhe contou algo a respeito dessa maravilhosa amizade. Ela não usaria um novo nome sem uma poderosa ligação com a pessoa.

— Savannah e eu achamos desnecessário partilhar nossas privacidades. Por razões que até você pode entender.

Abri o livro de recordações de Seth Low na página com a foto de Renata e perguntei:

— Você nunca viu esta mulher, Eddie? Na caixa do correio ou esperando o elevador?

Ele observou a fotografia por algum tempo e então sacudiu a cabeça.

— Não, nunca vi em minha vida. Mas é engraçadinha. Pena que seja mulher.

— Essa foto foi tirada há mais de vinte anos. Pense bem, Eddie. O rosto dela está mais velho agora. Talvez ela tenha cabelos grisalhos. Ou rugas.

— Não conheço ninguém com essa cara, Tom.

— E isto aqui? — Entreguei-lhe o livro infantil. — Foi Savannah quem o escreveu. Ela mostrou esse livro a você?

— Não costumo ler literatura infantil, Tom. Você pode não ter percebido, mas tenho 42 anos. Sei que pareço mais jovem com essa luz suave. Agradeço a Deus pelos reostatos.

— Então você está alegando que sua melhor amiga não lhe mostrou esse livro?

— Sim, Sherlock. É isso que estou dizendo.

— Não acredito, Eddie. Simplesmente não acredito.

— Para mim pouco importa. Por que eu mentiria para você, Tom?

— Para proteger minha irmã.

— Protegê-la de quê, meu querido?

— Bem, talvez ela esteja tendo uma relação homossexual com Renata e você ache que sou incapaz de aceitar esse tipo de coisa.

— Tom, eu ficaria encantado, absolutamente encantado se ela tivesse alguma relação homossexual. E não ligaria a mínima se você não aceitasse isso. Mas faça o favor de acreditar em mim quando lhe digo que não sei nada sobre Renata ou esse livro.

— Tudo bem. Só pensei que você poderia me explicar essa história. Estou tão acostumado a ver Savannah fodida que morro de medo quando desconfio que ela esteja ainda pior.

— Esses últimos três anos têm sido horríveis para ela. Até a mim ela evitou durante esse tempo. Sinceramente, quase não temos nos encontrado, a não ser quando meu amante parte em busca de corpos mais jovens. Então ela é uma princesa. Sempre foi maravilhosa com os amigos em crise.

— Você também, Eddie. Voltarei às oito. Que há para o jantar?

— Tenho lagostas deprimidas e tremendo de frio na geladeira. Serei forçado a assassiná-las; então, estarei obrigado a comer o que matei.

— Obrigado, Eddie. E desculpe ter gritado com você.

— Serviu para colocar um pouco de tempero num dia que teria sido chato.

DE VOLTA AO APARTAMENTO de Savannah, peguei o telefone e disquei o número de informações. Quando a telefonista atendeu, perguntei:

— Gostaria de saber o número do telefone de uma família Halpern que reside, ou residia, no número 2.403 da rua 65, no Brooklyn.

— O senhor tem o primeiro nome?

— Sinto muito, não tenho. É uma velha amiga do colégio. Não sei nem se ela ainda mora lá.

— Há um Sigmund Halpern nesse endereço. O número é 232-7321.

Pouco depois, disquei o número. Ao quarto toque, uma mulher atendeu.

— Alô, é a sra. Halpern?

— Pode ser. Mas também pode ser que não – respondeu ela num tom desconfiado e com sotaque do Leste Europeu. – Quem está falando?

— Sra. Halpern, aqui é Sidney Rosen, não sei se a senhora se lembra de mim. Eu era o presidente da turma de Renata no curso secundário.

— Claro que me lembro de você, Sidney. Renata costumava falar bastante a seu respeito. Tinha uma atração por você, mas, como sabe, era muito tímida.

— Estou ligando para saber como ela vai, sra. Halpern. Estou procurando o velho pessoal da escola e fiquei curioso para descobrir o que aconteceu a Renata. – Não houve resposta, absolutamente nenhuma. – Sra. Halpern, a senhora continua aí?

A mulher estava chorando e demorou algum tempo até se recompor.

— Então você não ouviu falar, Sidney?

— Sobre o quê?

— Ela está morta. Há dois anos, Renata se matou, jogando-se na frente de um trem do metrô no East Village. Ela andava muito deprimida. Tentamos ajudá-la, mas nada funcionou. Ficamos arrasados.

— Ela era uma menina maravilhosa, sra. Halpern. Sinto muito.

— Obrigada. Ela admirava você, Sidney.

— Por favor, transmita ao sr. Halpern os meus pêsames.

— Farei isso. Você foi muito gentil em telefonar. Renata teria ficado muito feliz. Você foi o único da turma que ligou. É o suficiente.

— Adeus, sra. Halpern. E boa sorte. Sinto muito. Renata era uma pessoa tão doce!

— Mas tão triste, Sidney, tão triste...

Desliguei o telefone e liguei de imediato para o consultório de Susan Lowenstein. Depois de três toques, ela atendeu.

— Dra. Lowenstein, amanhã não vamos conversar sobre minha família.

— Por quê, Tom? O que aconteceu?

— Amanhã você vai me contar tudo sobre a Rainha de Copas, Renata Halpern.

— Tudo bem. Conversaremos sobre isso.

Depois de colocar o fone no gancho, abri mais uma vez o livro infantil. Desta vez, li devagar e tomei notas escrupulosamente.

O estilo sulista
por R. Halpern

Em uma ilha da costa da Carolina do Sul, uma mãe de cabelos negros vivia sozinha com suas três filhas de cabelos castanhos. A mãe se chamava Blaise McKissick e era linda, de uma beleza silenciosa que agradava às crianças pequenas. Blaise passara generosamente essa dádiva para as filhas, cujos rostos pareciam três variedades da mesma flor.

O marido de Blaise, Gregory, se perdera no mar durante uma tempestade no início de junho. Ele fora até a corrente do golfo para pescar albacora e golfinhos e simplesmente não retornara. Ao ver que ele não chegava, Blaise alertou a Guarda Costeira e a vizinhança, que partiram numa grande lancha à procura de seu marido. Durante duas semanas, todos os barcos do condado vasculharam o Atlântico, em todos os abrigos, baías e braços de mar, tentando encontrar algum sinal de Gregory McKissick ou de sua embarcação. À noite, as três meninas aguardavam a mãe no desembarcadouro, com tempo bom ou com chuva, até vê-la emergir do nevoeiro que se elevava do ar fresco.

Depois do décimo quarto dia de busca infrutífera, não havia motivo para ter esperança. A procura foi abandonada e Gregory, declarado morto. Houve uma cerimônia fúnebre e, como era costume entre os pescadores do povoado, enterraram Gregory McKissick num caixão vazio sob o carvalho próximo à casa branca. A cidade inteira parou para o enterro. As pequenas cidades têm bom coração. Mas, após o enterro, os amigos, com esposas e filhos, voltaram a sua vida e suas tarefas. A casa branca da ilha, que fora certa vez uma casa de risadas, ficou silenciosa. Todas as noites, as meninas viam a mãe sair para visitar o túmulo. O ar em volta da cova tinha o aroma da penteadeira em que ela guardava frascos de cristal e perfumes misteriosos. Ela sempre se sentava ali antes de ir ao túmulo do marido. Sua passagem pela casa era perfumada e triste. Porém, mais preocupante para as crianças era o fato de que ela perdera a voz depois da morte do pai. Quando lhe dirigiam a palavra, ela sorria e tentava falar, mas não conseguia.

Em pouco tempo, acostumaram-se ao silêncio, sofrendo pelo pai do mesmo modo. Quando conversavam entre si, apenas murmuravam, certas de que suas vozes lembravam à sua mãe o tempo em que o pai vivia. Assim, os dias se passavam cada vez mais silenciosos.

As três garotas eram absolutamente diferentes umas das outras. Rose McKissick, além de mais velha, era a mais bonita e mais tagarela. O silêncio da casa a perturbava mais que às outras, o mesmo acontecendo com relação à perda do pai. Por ter sido a que o conhecera por mais tempo, fora sua favorita; afinal, nascera em primeiro lugar. E lhe era difícil silenciar a respeito das coisas que lhe vinham à cabeça. Ansiava por conversar sobre o pai, determinar exatamente onde ficava o céu e o que ele estaria fazendo lá: queria saber se ele tivera tempo de dialogar com Deus e sobre o que teriam conversado. Mas não havia ninguém a quem perguntar, e isso a amedrontava. Tinha 12 anos, seus seios começavam a crescer e ela gostaria de discutir sobre esse fato espantoso com a mãe, para entender o que aquilo significava. Além disso, queria lhe perguntar por que era tão fácil esquecer o rosto do pai, pois já não conseguia recordá-lo exatamente... Às vezes, quando dormia, podia vê-lo com clareza. Ele ria e a abraçava, fazia uma de suas brincadeiras tolas e lhe coçava as costelas. Por trás dele, Rose enxergava nuvens de tempestade movendo-se em sua direção e sabia que uma delas continha a terrível espada de luz que o mataria. Nuvens escuras transformaram-se em inimigas das crianças McKissick, que agora viviam numa casa na qual se temiam tempestades. Mas, para Rose em particular, era difícil ser feliz numa casa de silêncio.

Já Lindsay McKissick não tinha problema em se manter em silêncio. Recebera esse dom desde o nascimento e o alimentara com sabedoria durante seus 10 anos. Da mesma maneira que a mãe, media as palavras antes de abrir a boca. O que não chegava a ser um hábito. Como ela explicou depois de pensar por um longo tempo: "É apenas o tipo de garota que sou." Além disso, continuou: "Em todo caso, quem pode falar quando Rose está por perto?" Mesmo quando era bebê, não chorava com freqüência. Tinha uma serenidade que tanto preocupava os adultos como os atraía. As pessoas mais velhas suspeitavam de que ela as estava julgando e achando ridículas. Geralmente estavam certas. Ela considerava os adultos não só grandes demais, como também muito barulhentos. Sentia-se perfeitamente feliz como criança e esperando pelos acontecimentos. Preocupava-se ao imaginar que esperara muito e que o pai falecera sem saber quanto ela o amava. Isso a perturbava e a ajudava a se tornar, além de silenciosa, ainda mais retraída e introspectiva. Deitada na rede do jardim, Lindsay fitava o rio. Os olhos azuis mostravam uma expressão feroz e pareciam queimar com a fúria da água pura, ou das flores silvestres na tempestade. Mas não havia fúria ali. Apenas amor por um pai que nunca mais veria, que não a conhecera e jamais conheceria.

Sharon McKissick tinha 8 anos e sentia o peso de ser a mais jovem. Pensava que ninguém na família a levava a sério por ser tão pequena e frágil. Todos a haviam chamado *Baby* McKissick até ela fazer 6 anos e lembrar-lhes que possuía um nome, que era Sharon. Ninguém perdera tempo em lhe explicar a morte do pai porque achavam que era muito pequena para entender. No dia do enterro, sua mãe fora a seu quarto e lhe dissera com voz trêmula que seu pai se fora para dormir. Ela fizera a mãe chorar, perguntando:

– Por quanto tempo?

Em virtude disso, tivera medo de fazer outras perguntas. Sharon observara a grama crescer sobre o túmulo do pai. No início, apenas algumas folhas que saíam da terra; um dia, porém, tudo estava verde como uma bela colcha que cobrisse o lugar em que ele dormia. Conseguia ver o túmulo da janela do quarto e se perturbava à noite, imaginando que o pai poderia se sentir só. Quando o vento se levantava do rio, ela subia na cama e olhava pela janela em direção à cova, à luz do luar. Podia vê-lo, apesar de a figura nada ter a ver com seu pai. Então imaginava anjos reunidos em torno da lápide, ajudando-o a sobreviver à solidão da noite varrida pelo vento. Mas isso de nada servia. Assim, jurou a si mesma que, se algum dia tivesse um filho de 8 anos, a criança saberia tudo sobre a vida, a morte e as relações entre elas. Iria lhe mostrar tudo quando a criança tivesse 9 anos. Nessa idade, os pequenos a escutariam e ela certamente teria coisas a dizer.

A ilha chamava-se Yemassee, nome tirado da tribo de índios que lá vivera antes de o homem branco chegar e tomar posse do lugar. Antes de morrer, Gregory McKissick contara às filhas histórias da tribo fantasma que perambulava à noite pelas florestas. Ainda se podia ouvir o chefe lamentar-se quando a coruja piava nas árvores. As mulheres tagarelavam enquanto as cigarras emitiam seus sons estridentes na floresta que circundava a casa. As crianças índias montavam nos veados que andavam sem destino pela ilha em hordas silenciosas. Só que não havia índios ali, apenas pontas de flechas que apareciam na terra a cada primavera quando o pai das garotas arava as terras férteis no centro da ilha. Eram como orações pelos mortos espalhadas ao acaso. Cada menina tinha uma coleção particular de pontas de flechas, símbolos da extinção reunidos pelos cara-pálidas. Mas o pai lhes dissera que as tribos tinham sobrevivido nas terras baixas da Carolina do Sul por meio das palavras. Parte da linguagem indígena permanecera em fragmentos, em formas simétricas, como pontas de flechas, como poemas afiados. "Yemassee", o pai dissera. "Yemassee e Kiawah. Combahee", ele murmurara. "Combahee e Edisto e Wando e Yemassee." As garotas cresceram na ilha sabendo tudo sobre pontas de flechas e palavras perdidas das tribos.

Cada uma pensava no pai quando observava a própria coleção de pontas de flechas. As tribos estavam extintas, e seu pai também. Ele não lhes deixara pontas de flechas pelas quais recordá-lo. Somente se fizessem bastante silêncio ouviriam sua voz novamente. Ele viria como uma coruja, ou um sabiá da praia, ou um falcão. Elas o escutariam novamente. Elas o veriam. Estavam certas disso. Sabiam. Os pajés tinham feito magia naquelas ilhas, o pai lhes contara. Elas procurariam pelo pai montado nos cervos ou sentado nas costas dos grandes golfinhos verdes que brincavam nas marés que fluíam ao lado da ilha.

Aquelas meninas acreditavam em magia, e a encontraram. Cada uma delas, sozinha, em seu próprio tempo, em seu próprio mundo, a encontrou. Porque eram atentas e silenciosas.

Rose encontrou-a no dia em que recuperava a asa de um passarinho em seu hospital de animais. Ela fundara o hospital ao descobrir os filhotes de um cachorro-do-mato, morto certa noite, atropelado pelo caminhão de seu pai. Pegara os filhotes, alimentara-os com um conta-gotas e os criara para serem animais de estimação bem-educados. Quando tinham idade suficiente, ela os distribuiu em outras casas para viverem com pessoas que apreciavam cães treinados. Isso foi apenas o começo. Com o tempo, descobriu que a Natureza inteira parecia requerer seus serviços. Esquilos bebês e pássaros recém-nascidos caíam constantemente de seus ninhos. Os caçadores, atirando fora de estação, matavam mães gambás e guaxinins, abandonando os filhotes para morrerem de fome em lugares escondidos. Algo sempre a dirigia àquelas árvores e tocos nos quais os órfãos aguardavam o retorno dos pais. Ela caminhava pela floresta e ouvia vozes que a chamavam:

– Um pouco mais para lá, Rose. Um pouco para a esquerda, Rose. Perto da lagoa, Rose. – Ela seguia aquelas vozes. Não podia evitá-lo. Sabia o que era sentir-se abandonado. Descobrira que possuía um dom para a cura, para acalmar o medo das pequenas criaturas, para confortar os feridos. Nada disso a surpreendia. O que a deixava perplexa era o fato de poder conversar com todos eles quando estavam sob seus cuidados. Ela viu uma raposa no rio, ferida, perseguida pelos cães, nadando em direção à ilha Yemassee. O sangue do animal manchava a água e deixava um rastro vermelho como uma bandeira. Os cães quase a alcançavam quando a raposa levantou os olhos e viu Rose, que assistia da margem.

– Ajude-me – pediu.

Houve um estranho murmúrio na garganta de Rose, algo inumano e não-natural.

– Parem – ordenou ela aos cães. Estes, espantados, levantaram os olhos.

– É nosso trabalho.

– Hoje não. Voltem a seu senhor.

– É Rose – disse um dos cães.

– A menina. A menina de cabelos castanhos. A que nos salvou quando nossa mãe foi morta.

– Ah, Rose – falou o segundo cão.

– Obrigado, Rose – emendou o terceiro. – Cuide da raposa. Foi bom você ter vindo.

– Por que vocês caçam?

— É nossa natureza, Rose – explicou o primeiro cão enquanto os três nadavam para a margem oposta.

A raposa lutou para chegar à margem e caiu aos pés de Rose, que a carregou para o celeiro, limpou seu ferimento e cuidou dela durante a noite. Era o qüinquagésimo animal que vinha até ela. O animal lhe contou sobre a vida das raposas. Rose achou aquilo interessante. Em casa, ficava solitária e triste; mas, no celeiro, nunca.

NA CASA SEM PALAVRAS, Lindsay vivia alerta, procurando ouvir a canção dos campos. Cuidava do gado que perambulava pelo lindo pasto no lado sul da ilha. Ia na parte traseira da caminhonete da mãe, jogando fardos de feno a intervalos de 30 metros, cada vez que o veículo fazia uma parada. O rebanho movia-se em torno da caminhonete, com suas caras brancas, serenas e agradáveis – exceto a do grande touro, Intrépido, que a observava a distância, avaliando-a com olhos escuros e selvagens. Intrépido era forte, perigoso, mas Lindsay sustentava seu olhar. Mesmo sabendo que ele era o senhor daqueles campos, queria que o animal compreendesse que nada tinha a temer da parte dela. Lindsay ama o rebanho, diziam seus olhos. Você não é das nossas, respondiam os dele. Não posso evitar ser quem sou, o olhar dela replicava. Nem eu, dizia o dele.

Ela andava sozinha pelos pastos, brincando com os bezerros, dando-lhes belos nomes que faziam cócegas em seus ouvidos: Petúnia e Cásper, Belzebu e Alcachofra de Jerusalém, Rumplestiltskin e Washington, D.C. Lindsay sempre mantinha distância de Intrépido, que certa vez quase matara um intruso numa fazenda perto de Charleston. Ela trancava o portão de seu pasto e caminhava entre as vacas e os bezerros, sem medo e sentindo-se bem-vinda. Toda vez que uma vaca tinha um bezerrinho, ela esperava no campo a seu lado, murmurando-lhe algo e, quando necessário, ajudando no parto. Admirava a resignação daqueles animais enormes e pacientes. Eram boas mães e organizavam suas vidas com simplicidade. Mas Lindsay sentia-se atraída pela presença majestosa de Intrépido. Como seu próprio pai, ele era silencioso. Apenas seus olhos falavam. Até a noite em que a magia mudou sua vida.

Ela estava dormindo e a chuva cantava de encontro ao telhado de zinco. Sonhava que era um bezerro cambaleando para a luz do sol em seu primeiro dia de vida. Sua mãe era uma vaca com uma bela cara branca; e o pai que a observava, um Intrépido mais gentil e suave. Ouviu uma voz, que não a surpreendeu. O que a surpreendeu foi sua resposta, um som murmurante e adorável que subia do sonho como fumaça e se elevava no quarto na linguagem secreta das manadas.

– Você deve vir – disse uma voz profunda. – Há necessidade.
– Quem me pede?
– O rei do rebanho. Você deve se apressar.

Lindsay abriu os olhos e viu a cabeça feroz de Intrépido através da janela, as feições terríveis borradas pela chuva. Os olhos frios do touro encontraram os seus. Ela se levantou da cama, foi até a janela e abriu-a. A chuva morna batia de encontro a seu rosto quando pulou para fora e montou no dorso de Intrépido. Passando os braços em torno do pescoço do touro, agarrou-lhe a pele com os dedos. E segurou com força quando o animal saiu em disparada do jardim rumo à estrada de terra que levava aos pastos. Ao passar sob a sombra dos carvalhos, o musgo molhado que pendia dos galhos tocou-a como se fosse a lavanderia secreta dos anjos da floresta. Na medida em que se distanciavam, ela viu a estrada entre os chifres do animal curvar-se para longe do pântano. Enterrou os pés nos flancos do bicho. Então sua carne se moveu com a dele e sentiu chifres brotarem entre seus cabelos. Percebeu que se tornava parte do touro, metade com cascos e perigoso, metade senhor das pastagens. Lindsay correu com Intrépido e, por um miraculoso quilômetro, avançou como se fosse ele. Chegando ao pasto, diminuiu a velocidade. Logo, ele parou ao lado das três palmeiras gigantes que formavam o limite oriental da pastagem. Uma vaca nova, Margarita, estava dando à luz seu primeiro bezerro. Era prematuro e algo parecia errado. Intrépido ajoelhou-se e Lindsay pulou de seu dorso, correndo para Margarita. A posição do bezerro não estava correta – suas pernas se projetavam para fora num ângulo errado. E a mãe estava em desespero. Lindsay segurou as pernas do filhote e começou a puxá-lo delicadamente. Durante mais de uma hora forçou-o para fora da mãe. Com os cabelos molhados de suor, percebia a presença de Intrépido às suas costas; sentia a força de seu poder. Apesar de não entender o que estava fazendo, notou que, afinal, as coisas se acertavam e o bezerro corrigia sua posição. Pouco depois, uma pequena fêmea descansava sobre a relva, exausta, porém viva. Margarita lambeu a novilha com sua língua prateada e a chuva caiu. Lindsay batizou-a como Bathsheba e aninhou o rosto de encontro ao animal.

Intrépido ajoelhou-se novamente e Lindsay montou em suas costas, girando a mão em torno do chifre direito como se este fosse um mastro. Voltou em triunfo para casa e todas as vacas aplaudiram sua saída do pasto, reverenciando-a com um mugido suave. O grande touro estava em silêncio ao correr pela estrada, mas Lindsay não ligou. Encostou o nariz nele e inalou sua força úmida. Lambeu a água da chuva no pescoço do animal e retornou para sua casa como uma nova criança, alguma coisa nova, selvagem e linda. Subiu de novo pela janela do quarto, enxugou-se com cuidado e nada disse à família.

O poder chegara para ela e Lindsay não abusaria dele. Falar sobre ele seria traí-lo. E isso seria fácil numa casa silenciosa, numa casa sem palavras.

No dia seguinte, Lindsay caminhava pela mesma estrada rumo ao pasto em que passara na noite anterior. Enxergava as marcas dos cascos de Intrépido nos lugares em que se fincaram na terra macia. Fizera uma coroa de flores para colocar em volta do pescoço de Margarita, mas, ao passar pelo brejo, ouviu um grito áspero e lúgubre, um som que nunca escutara na ilha. Sentiu então aquela estranha aura retornar e um som sair de sua própria garganta em resposta ao primeiro grito. Desta vez, não ficou surpresa, mas confiante. Experimentava uma ligação com o mundo selvagem que a deixava invulnerável, viva e alerta a todas as coisas. Um som assustador escapou de seus lábios, um grunhido demoníaco que a espantou. Mas era apenas a resposta à voz abafada que a havia chamado.

– Por favor – gritava a voz. Então Lindsay penetrou na parte do bosque que seu pai proibira que as filhas entrassem. Manteve-se sobre a terra firme, saltou sobre a água, evitou o terreno escorregadio. Enquanto avançava, as cabeças dos *water moccasins* se elevavam da água como periscópios negros. Eles não lhe falavam; não faziam parte de sua magia.

No centro do pântano, ouviu um ruído violento e, rodeando um cipreste, encontrou o javali, Dreadnought, enterrado até o pescoço na areia movediça. Seu pai o havia caçado durante anos e nunca estivera frente a frente com ele. Quanto mais o javali lutava, mais a areia o engolia. Aquilo lembrava o salvamento da novilha que lutara para nascer. As presas de Dreadnought brilhavam intensamente à luz do sol. Seus olhos eram amarelos e o pêlo negro de suas costas estava eriçado como uma fileira de espinhos. Lindsay agarrou um galho morto de um sicômoro e, deitando-se de bruços, avançou pelo terreno instável até sentir que escorregava para dentro da terra. Equilibrou-se e continuou a avançar, impelindo o galho em direção a Dreadnought.

– Por favor – veio o pedido novamente.

Ela se adiantou mais um pouco, até que o galho atingisse o focinho do porco-do-mato. Este o agarrou com seus dentes selvagens. Ela retrocedeu lentamente.

– Tenha paciência – ordenou. – Flutue como se fosse na água.

O porco selvagem relaxou os músculos e o pêlo de suas costas abaixou. Ele flutuou na lama assassina e sentiu a pequena pressão que a menina de 10 anos fazia em suas gengivas. Paciente, ela o movia apenas alguns centímetros de cada vez. Atrás dela, todos os porcos selvagens da ilha estavam reunidos para assistir à morte de seu rei. Lindsay puxava quando podia e descansava quando era necessário. Seu corpo doía, mas há deveres quando se está a serviço da magia. Finalmente, Dreadnought pôs um casco sobre um toro caído. Seu corpo estremeceu na luta para sair da lama, e ele urrou de alívio ao se libertar para a floresta. Caminhando devagarinho pelo toro, não dava um passo sem testar cuidadosamente a terra que estava à sua frente. Lúcifer, o crocodilo de 4,5 metros, moveu-se pela água rasa e observou o porco-do-mato quando este atingiu a terra firme.

– Muito tarde, Lúcifer – gritou o porco selvagem.

– Haverá outra vez, Dreadnought. Comi um de seus filhos na semana passada.

– E eu comi os ovos de mil de seus filhos.

Então, Dreadnought voltou-se para Lindsay. Uma leve passada de sua presa poderia abri-la da cabeça aos pés. Cercada por porcos selvagens, ela estava quase perdendo a crença na magia. Mas o porco-do-mato a confortou com estas palavras, antes de ir embora com seu feroz grupo negro:

– Estou lhe devendo, filha. Obrigado por minha vida.

Os porcos selvagens se dissolveram como sombras na floresta e todas as cobras da ilha tremeram e sibilaram à sua aproximação. Lindsay tentou falar com Lúcifer, mas ele se afundou na água negra sem agitá-la, a 10 metros de onde ela estava. Então não posso conversar com crocodilos, pensou ela. Grande coisa! Foi a primeira vez que ela notou que seu dom era limitado.

O SILÊNCIO NA CASA incomodava Sharon, a caçula das três, mais que às outras. Ela queria conversar sobre o pai, contar suas histórias favoritas a respeito dele. E lhe seria mais fácil recordá-lo se a mãe e as irmãs revelassem o que mais gostavam nele. Quando tivesse 9 anos, elas a escutariam. Tinha certeza. Sendo do tipo que mantém os olhos voltados para o chão ou elevados para fitar o céu, ela ligava pouco para o que estava no meio. Chocava-se com freqüência contra as árvores enquanto caminhava olhando para o alto à procura de patos voando para o norte pela rota sulista. A liberdade dos pássaros a atraía e Sharon considerava um descuido de Deus não ter posto asas em Adão e Eva. A cada pôr-do-sol, ela caminhava até o fim do desembarcadouro, carregada de pão e sobras de comida para alimentar as gaivotas. Jogava os pedaços de pão para o alto e as gaivotas os agarravam em pleno vôo. Ficava cercada pelo frenético bater de asas e pelos gritos impacientes das aves. Centenas de pássaros a esperavam todas as noites. A mãe e as irmãs a observavam nervosamente da varanda cercada de tela. Com freqüência, ela desaparecia no meio da agitação de asas e penas. Mas todos os pássaros a faziam feliz.

E os insetos também. Na criação de abelhas, era a única que ajudava a mãe a recolher o mel das colméias. Para Sharon, uma abelha era uma criatura perfeita. Não apenas voava, como tinha um trabalho maravilhoso: visitar flores e jardins durante o dia, e voltar para tagarelar com as amigas e fazer mel à noite. Mas, uma vez que percebera as abelhas, começou a estudar e a admirar seus vizinhos. O quarto fervilhava com pequenas caixas de insetos, besouros surpreendentes, louva-a-deus, gafanhotos que cuspiam o sumo do tabaco em suas mãos, uma colônia inteira de formigas atrás de vidros, e borboletas. Sharon amava a maravilhosa organização dos insetos. Se eles não faziam muita coisa, o que faziam era bem-feito. Aquele hobby merecia o desprezo de suas irmãs.

– Argh! insetos – dissera Rose certa vez ao entrar em seu quarto.

– Qualquer pessoa, qualquer um pode gostar de um cachorro ou de uma vaca – Sharon respondera. – É preciso ser especial para gostar de insetos. – A irmã rira.

O fenômeno aconteceu quando Sharon caminhava pelo bosque perto de sua casa, à procura de novas colônias de formigas. Carregava uma sacola cheia de biscoitos de chocolate. Sempre que encontrava uma colônia, colocava um biscoito próximo ao formigueiro e sentia prazer quando as operárias topavam com aquele banquete e enviavam uma formiga ao formigueiro com a agradável notícia. As formigas então corriam alegremente para fora da toca, demoliam o biscoito migalha por migalha e levavam todos os pedacinhos para baixo da terra. Sharon encontrara dois novos formigueiros naquele dia e procurava mais um quando ouviu uma voz débil chamando seu nome.

Olhou na direção de onde viera o som. Viu uma vespa enredada na imensa teia prateada de uma aranha de jardim. A aranha caminhava pela teia em direção à vespa, deslizando com a facilidade de um marinheiro mastreando um navio. A vespa gritou outra vez e girou com desespero na teia. Sharon sentiu palavras estranhas se formarem em sua língua. Só que não eram palavras, mas sons secretos que a assustaram quando ela ouviu a si mesma expressando-se num idioma jamais falado pelos humanos sobre a terra:

– Pare!

A aranha parou com uma de suas pernas negras já subindo no abdome da vespa.

– As coisas são assim – disse a aranha.

– Não desta vez. – Sharon tirou um grampo do cabelo e soltou a vespa. A teia, intrincada como uma renda, caiu em pedaços entre as árvores. Então, ouviu a vespa cantando uma canção de amor dedicada a ela enquanto voava acima das árvores. – Sinto muito – disse Sharon à aranha.

– Isso não está certo – respondeu ela, amuada. – Esse é o meu papel. – Procurando entre as folhas, Sharon achou um gafanhoto morto, que colocou no que sobrara da teia. Esta estremeceu como uma harpa quando ela a tocou.

— Sinto ter rompido sua teia. Não podia deixar você fazer aquilo. É terrível demais.

— Você já viu uma vespa matar? – replicou a aranha.

— Sim.

— Não é mais bonito que isso. A vida é assim.

— Gostaria de ajudá-la a consertar a teia.

— Você pode. Agora você pode.

Sharon sentiu um tremor nas mãos, um poder que nascia. O sangue em seus dedos encheu-se de seda. Ao estender as mãos para a teia danificada, linhas prateadas fluíram de suas unhas. No início, não conseguiu fazê-lo. Dava laçadas quando deveria seguir em linha reta. Mas a aranha era paciente e, em pouco tempo, Sharon teceu uma bela teia que pendia como uma rede de pescador entre duas árvores. Então, ouviu da aranha informações sobre sua vida solitária; havia um lagarto que vivia sob um toco de carvalho próximo que quase a comera duas vezes. Sharon sugeriu que a aranha se mudasse para mais perto de sua casa, de modo que pudesse visitá-la com maior freqüência. A aranha concordou e caminhou por seu braço até o ombro. Enquanto a levava em direção à sua casa, ela ouviu as colônias de formigas cantando sob a terra, louvando-a e elogiando seus biscoitos de chocolate. As vespas voavam e lhe beijavam os lábios, fazendo cócegas em seu nariz com as asas. Ela nunca fora tão feliz.

Encontrou uma nova casa para a aranha, sem lagartos por perto. A aranha foi colocada entre dois arbustos de camélias e, juntas, as duas teceram uma teia ainda mais linda que a última. Sharon disse adeus ao sol quando este se pôs. Ouviu os gritos das gaivotas no desembarcadouro.

As gaivotas a esperavam, planando nas correntes de ar sobre o rio como uma centena de pipas presas a fios de diversos comprimentos. Sharon saiu de casa carregando uma sacola com restos de comida que a mãe guardara para ela. Correndo, ouviu as vozes dos grilos e dos besouros que sobre a relva lhe diziam para ter cuidado onde pisava. Ela quase não podia andar até o desembarcadouro sem pôr em perigo a vida de alguma pequena criatura.

Chegando ao cais, jogou para o ar um punhado de migalhas de pão. Cada pedaço era agarrado antes de cair na água. Mais uma vez, ela

443

atirou o pão para o alto e, mais uma vez, o ar ficou cheio de asas. Ela não se surpreendeu por entender o que as gaivotas diziam umas às outras. Eram briguentas, impacientes e reclamavam que alguns pássaros recebiam mais pão que os outros. Perto dali, uma águia-pescadora planava acima do rio, esperando por um peixe. Quando um pequeno mugem faiscou na superfície, ela ouviu a águia-pescadora gritar "Agora", enquanto mergulhava em direção à água. Em seguida, a ave levantou vôo com o peixe debatendo-se em suas garras.

Havia uma gaivota estranha observando-a. Maior do que as outras, tinha o dorso preto e era carrancuda. Uma ave acostumada às longas distâncias do mar, que pairava sobre o rio avaliando Sharon. Esta lhe disse olá, mas não houve resposta. Quando terminou de alimentar os pássaros, desejou-lhes boa-noite. A gaivota de dorso negro voou até o fim do desembarcadouro e bloqueou sua passagem. O cansaço da longa viagem aparecia nos olhos do animal.

– O que você quer? – perguntou Sharon.
– Seu pai está vivo.
– Como é que você sabe?
– Eu o vi – disse a gaivota, cansada.
– Ele está em perigo?
– Sim, está em grande perigo.
– Volte, gaivota. Por favor, ajude-o.

A gaivota bateu as asas demonstrando cansaço, depois elevou-se no ar e se voltou para o sul. Sharon observou-a até ela desaparecer. Os grilos cantavam na relva e Sharon entendia cada palavra.

De volta à casa, encontrou a mãe ao fogão, fazendo o jantar. O cheiro das cebolas tornando-se ouro na manteiga enchia a casa. Sharon quis contar à mãe o que a gaivota lhe dissera, mas não sabia como explicar seu dom. No entanto, sentia-se feliz em saber que o pai estava vivo. Ajudou as irmãs a pôr a mesa. O rádio estava ligado na cozinha. Blaise mantinha-o ligado o dia inteiro para o caso de haver notícias sobre seu marido. Infelizmente não houve novidades importantes para ela: o preço da carne de porco estava caindo; as chuvas haviam danificado a safra de tomates; e três homens tinham fugido do instituto correcional de Columbia depois de matarem um guarda. Pensava-se que se dirigiam para a Carolina do Norte.

NO FIM DA TARDE do dia seguinte, a floresta estava silenciosa e três homens observavam a casa do meio do bosque. Seus rostos haviam esquecido como se sorria. Observavam o movimento das meninas e da mulher entrando e saindo. Ao não perceberem sinal de nenhum homem, começaram a se mover sorrateiramente em direção à casa. Mas foram vistos: a aranha assistiu à aproximação deles de seu lugar entre os arbustos de camélias; uma porca selvagem, filha de Dreadnought, também percebeu a chegada; uma gaivota observava cada movimento do grupo; uma vespa voou entre as árvores, acima dos três; um cachorrinho no celeiro, que mal podia andar, encontrado recentemente por Rose, farejou o ar e ficou curioso com o cheiro dos estranhos; era cheiro de maldade que chegava aos lugares tranqüilos. Os três homens se dirigiram para a casa. Entraram nela por três portas diferentes e o fizeram de maneira violenta, sem deixar espaço para fuga. Rose gritou ao vê-los armados de pistolas. As três meninas correram para a cadeira em que a mãe estava sentada lendo um livro. O homem baixo correu até o suporte das armas e tirou dali três espingardas, jogando as caixas de munição num saco de papel. O gordo se dirigiu para a cozinha e pôs-se a encher um saco de lixo com comida enlatada. O maior deles apontou a pistola para a mãe e as filhas, sem conseguir tirar os olhos daquela.

— O que você quer? – perguntou Blaise. As garotas perceberam o terror em sua voz.

— Vamos – gritou o gordo da cozinha. – Temos de continuar. Ainda fitando Blaise, o homem replicou:

— Antes de matá-las, quero levar a mulher ao quarto dos fundos.

— Não temos tempo para isso – choramingou o gordo.

O homem grande dirigiu-se a Blaise, agarrou-a rudemente pelo pulso e puxou-a para si. Rose o atacou, súbita e furiosamente. Foi até ele com a mão em garra e lhe feriu o rosto com as unhas, tirando sangue. Ele a esbofeteou com força, fazendo-a cair de joelhos. Com lágrimas nos olhos, ela encostou a cabeça no chão. Nesse instante, uma voz estranha saiu de sua garganta em ondas de fúria e terror. Era algo sobre-humano, que provocou riso nos desconhecidos.

O cachorrinho no celeiro, no entanto, não riu. Ele fora trazido por Rose naquela manhã, depois de ter sido abandonado nos degraus da escola. O pequeno animal saiu do galpão e desceu em direção ao rio. Tropeçou uma vez por causa das orelhas desengonçadas e dos pés muito grandes. Ofegando, chegou ao desembarcadouro e parou para respirar. Olhando para o rio, elevou a voz em um agudo pedido de socorro. Seus gritos foram levados ao longo do rio, mas não houve resposta. Tentou mais uma vez. Nada ainda. Mas a raposa que Rose salvara certa vez dos cachorros ouviu o filhotinho. E começou a dar sinal perto de sua toca. Um cão de fazenda do outro lado do rio ouviu e passou a mensagem, que seguiu de fazenda a fazenda até alcançar a cidade. Rose continuava gritando no chão, certa de que ninguém a escutara.

Naquele exato momento, porém, todos os cães da cidade entraram em algazarra por uma vasta região. Cavaram buracos sob as cercas que os prendiam, escaparam dos canis, quebraram as janelas das casas de seus donos... As estradas do município ficaram congestionadas pelo movimento dos animais que migravam por terra. No depósito onde os cães condenados aguardavam a execução, um cachorro mordeu a cerca de arame, fez um buraco e cinqüenta companheiros, que estariam mortos em uma semana, juntaram-se à corrida até a ilha. Formavam um bando feroz e unido, possuído de uma estranha ânsia. Um homem malvado maltratara Rose, a amante dos bichos, a que perdera seu tempo para aprender a linguagem deles. O bando se movia rapidamente. Partilhava uma missão.

Lindsay, ao ver a irmã chorando no chão, pegou um cinzeiro, atirou-o no homem alto e, de cabeça baixa, investiu contra as pernas dele.

– Não vou deixar você machucar minha mãe!

O sujeito levantou o rosto dela e o esbofeteou, fazendo com que seu corpo girasse pela sala, o sangue escorrendo do nariz. Mas Lindsay não chorou como os homens esperavam. Em vez disso, gritou de pura agonia, numa língua de perplexidade e fúria que ninguém entendeu. Não havia delicadeza em sua voz trêmula: era um idioma de chifres, cascos e presas. Ela gritava para o gado que pastava perto dos velhos campos de arroz e para os porcos-do-mato que perambulavam no centro da ilha.

Próxima à casa, Bathsheba, que Lindsay ajudara a trazer ao mundo, afastara-se da mãe. A novilha pouco conhecia daquela língua; sabia apenas algumas palavras desse dialeto secreto que encerrava todos os mistérios do mundo das pastagens e da relva. Mas sabia que alguma coisa estava errada na casinha branca, e correu sobre as pernas finas e pouco firmes pela estrada principal que cortava o centro da ilha. Avançou com rapidez, até sair da floresta e ver o rebanho pastando. Dirigiu-se imediatamente ao touro Intrépido, que pastava sozinho, isolado do rebanho.

O touro a olhou, zangado.

– O que significa isso, filha? Volte para sua mãe.

– Menina – respondeu o bezerro, sem fôlego.

– Menina? Que menina? – indagou o touro, batendo o pé na relva.

– A menina de olhos azuis.

– Você quer dizer a nossa Lindsay? A menina do rebanho?

– Sim. Ela mesmo.

– Que aconteceu com ela? Fale logo.

– Socorro.

– Socorrer o quê, filha? Socorrer quem? Quando?

– A menina diz socorro. Diz que precisa do rebanho.

Ao ouvir um grito de angústia no rebanho, Intrépido levantou os olhos a tempo de ver o porco-do-mato, Dreadnought, vindo rapidamente em direção à novilha. O touro colocou-se na frente do rebanho, abaixando os chifres como advertência.

– Suíno! – alertou.

O velho javali parou, medonho e cruel, menosprezado pelas vacas. Atrás dele, saindo do meio das árvores, apareceu seu bando, as presas brilhando como lanças ao sol.

– O que foi isso que eu ouvi? O que há com a menina?

– Ela é nossa menina. Pertence ao rebanho – disse o touro.

– Ela adora os suínos – garantiu Dreadnought.

— Ela adora o gado – replicou o touro ferozmente.

— Ambos – disse o bezerro. – Foi isso que ela falou. Ama a ambos. Ela disse socorro.

Então a linguagem dos suínos e a do gado se misturaram e os animais perfilaram-se em terrível simetria rumo à casa. Dreadnought e Intrépido marchavam à frente daquele formidável regimento. Mais adiante, ouviram o latido grave dos cães que se atropelavam sobre a ponte que levava à ilha.

Blaise olhou para Lindsay, que sangrava no chão, relanceou o olhar pelos três homens armados e sentiu o cheiro da maldade na sala, como se fosse uma flor aviltada. Do lado de fora, viu o rio fluir pacificamente como sempre fluíra.

— Vou para o quarto com vocês se deixarem minhas filhas em paz. Se não nos machucarem – declarou ela.

— Você não tem escolha, dona – disse o homem grande, agarrando-a pela blusa e rasgando-a no ombro. Então, a menina menor, Sharon, avançou para ele.

— Saia da minha casa – gritou, antes de começar a balbuciar numa língua estranha, recém-aprendida, ininteligível aos humanos que estavam na sala.

A aranha no jardim passou pela teia brilhante como uma dançarina, subiu ao parapeito de uma das janelas e olhou para dentro da sala. Ao ouvir as palavras de Sharon, logo deu o alarme. Naquele instante, a teia tremeu abaixo de si: eram as asas amarelas de uma borboleta monarca adejando de encontro à rede invisível. A aranha aproximou-se do inseto, que entoou sua canção da morte para os ares. Mas, em vez de liquidá-la, apenas tocou-a com suas pernas negras, libertando-a delicadamente. A borboleta elevou-se no ar, confusa e maravilhada.

— Mande um alarme, monarca. A menina está em perigo.

A borboleta voou alto sobre a ilha e murmurou a melodia da desgraça da floresta. A aranha gritou de sua teia, um grito de alarme. As formigas ouviram. As cigarras ouviram. Um milhão de abelhas deixaram sua colméia e seu trabalho nas flores e voaram em direção à casa. Uma gaivota ouviu o aviso da monarca e respondeu com o grito dos pássaros. O ar ao redor da ilha escureceu com as asas agitadas das aves marinhas.

Os porcos selvagens, o gado e os cães avançavam velozmente para a casa, e todos perceberam que as folhas se moviam cheias de vida, que as árvores estavam repletas de insetos, que o chão da floresta fervilhava com o fluxo incontável de insetos que seguiam como um rio em direção à casa. A floresta se mexia; a terra se mexia.

O homem grande empurrou Blaise rudemente para os fundos da casa. As três meninas gritaram para que parasse. Os outros riram. Riram muito. Até que ouviram o ruído do lado de fora. A princípio era como um murmúrio, baixo e sinistro, mas logo aumentou em volume e furor. Os homens se entreolharam, confusos. Aquilo soava como se fosse o dia da criação do mundo, como se todas as criaturas estivessem experimentando a voz pela primeira vez. O temor e a glória do Éden explodiam numa canção de vingança ao redor da casa à beira do rio. Ágeis cervos, montados pelos fantasmas de meninos índios, patrulhavam a margem do rio. O céu estava negro com as asas. A relva, coberta de insetos de todos os matizes. O rebanho urrava. Os suínos estrondavam. Pássaros gritavam.

Os homens na casa ficaram paralisados. E as meninas continuaram a falar em suas novas línguas.

– Matem-nos – era a tradução do que diziam. – Matem-nos.

O homem grande, segurando a pistola para o alto, arrastou-se até a janela e olhou para fora. Olhou e gritou. O grito era facilmente traduzível. Puro medo. Os outros dois se juntaram a ele e lhe fizeram eco.

– Eles são meus – trovejou Intrépido, o touro.

– Deixe que fiquemos com eles – ordenou Dreadnought, o javali.

– As abelhas e as vespas farão um trabalhinho neles – zumbiu uma vozinha.

– Os cães vão estraçalhá-los – garantiu um cão.

– Os pássaros vão usá-los para alimentar os raios – disse uma velha gaivota, planando.

O que os homens viram da janela foi todo o reino animal aparecendo à luz do sol para encontrá-los. Não perceberam o exército silencioso das formigas que se moviam através das rachaduras das portas, subindo por suas pernas e para dentro de suas camisas. Não avistaram as aranhas que caíam do teto como pára-quedistas e invadiam seus cabelos, ou as vespas que se grudavam como pregadores nas costas de suas camisas.

Estavam perplexos com a proximidade da morte. O ar explodia com a temível linguagem das feras, o bater de asas, as pisadas dos cascos, o estrépito dos chifres, o roçar dos insetos, a ira das colméias, a chegada dos cães assassinos. Nos últimos momentos, foi-lhes permitido entender, traduzir, mas não reagir. Não há misericórdia. Esse não é o estilo da floresta.

A aranha do jardim andou pela camisa do homem grande, subiu por sua espinha. Alcançando o pescoço, escolheu um lugar macio, abaixo da orelha. Disse adeus a Sharon e atirou seu veneno na corrente sanguínea do homem. Ele gritou e matou a aranha com um único tapa. Mas então as vespas, percebendo o sinal, perfuraram-lhe a carne e as formigas o encheram de fogo. Os três cambalearam pela sala, batendo em seus próprios corpos. Correram para a porta da frente, em direção ao surpreendente ruído, e tropeçaram em cascos e presas, asas e mandíbulas.

Blaise e as filhas sentaram-se no sofá e escutaram os gritos dos homens. Blaise não permitiu que as meninas se aproximassem da janela. Por serem humanas, sentiam pena dos homens. Mas não havia nada que pudessem fazer, exceto recusar-se a assistir. Depois de algum tempo, os gritos cessaram. A ilha voltou a ser silenciosa.

Quando Blaise olhou pela janela, viu apenas relva e água e céu. Não havia um único vestígio dos homens, nenhuma peça de roupa, uma lasca de osso ou mecha de cabelo.

Naquela noite, enterraram a aranha no cemitério dos animais. Rezaram por sua alma e pediram que suas teias subissem centenas de quilômetros, ligando planetas e estrelas, para que os anjos dormissem sobre a seda e a trama agradasse a Deus.

Dois dias mais tarde, o barco de Gregory McKissick foi levado pela correnteza até a ilha Cumberland, na Geórgia. Ao voltar para casa, ele contou a história das semanas em que flutuara à deriva no mar. Teria morrido, disse, se não fosse por uma gaivota de dorso negro que sempre deixava cair um peixe dentro do barco.

Após seu retorno, a casa tornou-se completa de novo. As meninas cresceram e perderam pouco a pouco os seus dons. Nunca falavam sobre o dia em que os três homens apareceram. Rose continuou a cuidar de cães perdidos pelo resto da vida. Lindsay jamais perdeu a afeição pelo gado e pelos suínos. Sharon manteve seu amor aos pássaros e insetos até o fim da vida. Amavam a natureza e amavam a família. Ouviam a mãe cantar novamente. E todos viveram vidas boas. Era como devia ser.

20

Sempre que estou furioso, a raiva aparece escrita em código em minha boca, na forma de lábios apertados e voltados para baixo. Tenho um perfeito controle do restante do rosto, mas a boca é o renegado que transmite minha irritação e cólera ao mundo exterior. Os amigos que aprenderam a arte de lê-la podem mapear o clima emocional de minha alma com uma estranha precisão. Por causa disso, nunca surpreendo amigos ou inimigos, não importa quanto seja vital o assunto entre nós. Eles decidem sozinhos se devem recuar ou avançar em relação a mim. Na raiva, minha boca é uma coisa medonha.

Mesmo quando eu estava calmo, entretanto, jamais me igualei à pose impenetrável de Susan Lowenstein. Ela era capaz de apaziguar minha raiva com uma retirada estratégica para a indiferença de sua educação impecável. Sempre que eu atacava, ela recuava para os vastos limites de sua inteligência. Podia me debilitar com seus olhos castanhos, que serviam como janelas róseas que iluminavam as recordações de tempos pré-históricos. Quando eu perdia o controle, eles me fitavam como se eu fosse uma aberração da natureza, um furacão que se aproximava de uma cidade costeira batida pelo mar. Calmo, eu me considerava capaz de encará-la como um igual; quando provocado, sabia que ela podia me fazer sentir como um perfeito sulista imbecil.

Minha boca se contorceu em sinal de desprazer quando me defrontei com a dra. Lowenstein e atirei o livro infantil sobre a mesa de centro.

— Muito bem, Lowenstein – disse, sentando-me. – Vamos deixar de lado as pequenas cortesias formais do tipo "Passou um bom fim de semana?" e vamos direto ao assunto. Quem é Renata e o que ela tem a ver com minha irmã?

— Passou um bom fim de semana, Tom? – ela perguntou.

— Vou dar queixa de você às autoridades, e você terá sua licença suspensa. Você não tem o direito de me esconder nada sobre minha irmã.

— Certo.

— Então fale. Ponha-me a par de tudo e talvez salve sua carreira.

— Tom, você sabe quanto gosto de você em situações normais. Mas você fica repulsivo quando se sente ameaçado ou inseguro.

— Eu me sinto ameaçado e inseguro 24 horas por dia, doutora. Mas não é esse o problema. Quero saber quem é Renata. Ela é a chave de tudo, certo? Se eu compreendê-la, entenderei por que estou passando este verão em Nova York. Você sabia sobre ela desde o começo, não é, Susan? Sabia e preferiu não me contar.

— Savannah é que decidiu isso, Tom. Eu simplesmente fazia a vontade dela.

— Mas isso me ajudaria a entender o que está errado com Savannah, não é verdade?

— Pode ser que sim. Não tenho certeza.

— Então você me deve uma explicação.

— Savannah lhe explicará tudo quando chegar a hora. E eu prometi a ela não falar a você sobre Renata.

— Isso foi antes que eu soubesse que Renata tinha alguma ligação com minha irmã. Estamos falando sobre uma ligação esquisita, doutora. Savannah está escrevendo livros e poemas que são publicados sob o nome de Renata.

— Quem lhe contou sobre o livro infantil, Tom? Ignorando a pergunta, continuei:

— Liguei para a casa de Renata no Brooklyn e descobri que ela se atirou nos trilhos do trem há dois anos. Isso permite várias conclusões. Ou Renata fingiu o suicídio e adora torturar a mãe, ou alguma coisa estranha está se passando na cabeça de minha irmã.

— Você leu o livro infantil? – perguntou Lowenstein.

— Claro que li.

— O que você acha?

— Que diabos você pensa que eu acho? É sobre a droga da minha família.

— Como é que você sabe?

— Porque não sou idiota. Sei ler e sei ver mil coisas naquela história que ninguém além de Savannah poderia escrever. Agora eu entendo por que ela usou um pseudônimo para publicá-la; minha mãe teria um ataque se lesse aquela coisa. Savannah nem precisaria se suicidar. Minha mãe comeria o fígado dela com o maior prazer. Mas quem é Renata? Quero saber qual é a relação dessa mulher com minha irmã. São amantes? Pode falar. Savannah já teve outros casos com mulheres antes. Eu as conheci e lhes servi sanduíches de broto de feijão e sopa de casca de batata. Ela se atrai pelos homens e pelas mulheres mais chatos do continente. Não me importo com quem ela esteja trepando, Susan. Mas exijo uma explicação. Faz semanas que você não me deixa vê-la. Por quê? Tem de haver um motivo. Foi Renata quem magoou Savannah? Se foi, vou encontrá-la e dar um chute no rabo dela.

— Você bateria numa mulher, Tom? Que coisa surpreendente!

— Se ela estiver magoando minha irmã, eu parto a cara dela.

— Renata era amiga de Savannah. É tudo o que eu posso dizer.

— Não minta, Susan. Eu não mereço isso de você. Fiz todas as coisas que você pediu. Contei as histórias de que me lembrava sobre minha família...

— Você está mentindo, Tom.

— O que você quer dizer com isso?

— Você não me contou tudo. E omitiu as coisas que realmente interessam. Você me deu a versão que gostaria de recordar e preservar: vovô era uma verdadeira personalidade; vovó, uma verdadeira excêntrica; papai, um sujeito estranho que nos surrava quando estava bêbado; mamãe, uma princesa que nos manteve unidos com seu amor...

— Não cheguei ao fim da história. Susan. Em nosso primeiro encontro, você me deu um monte de fitas em que Savannah grita uma série de bobagens. Algumas coisas não têm sentido para mim. Estou tentando pôr ordem naquilo, mas ainda não posso lhe adiantar o fim, a não ser que você conheça as origens.

– Você está mentindo até sobre o início da história.

– Você tem certeza, Susan? Uma coisa da qual me sinto seguro é saber o que aconteceu com minha família muito mais que você.

– Você apenas conhece melhor uma das versões. Só isso. É uma versão instrutiva, que tem sido útil, mas as coisas que você deixa de lado são tão importantes quanto o que você diz. Fale menos sobre os Huckleberry Finns que você e seu irmão eram e conte um pouco mais sobre a menina que passou a vida pondo a mesa. É sobre ela que eu quero saber, Tom.

– Ela está falando. Savannah está falando e você não me deixa vê-la.

– Você sabe que ela tomou a decisão de não vê-lo, Tom. De qualquer modo, suas histórias sobre a infância de vocês têm sido excepcionalmente úteis para ela. Ajudaram-na a recordar coisas que ela bloqueara há muito tempo.

– Ela não ouviu nenhum desses casos que eu contei sobre nossa infância.

– Ouviu, sim. Gravei todos eles e reproduzo algumas partes quando vou vê-la no hospital.

– Watergate! – gritei, começando a andar de um lado para o outro sala. – Chame o juiz Sirica ao telefone. Quero essas fitas apagadas, Lowenstein, ou usadas para tocar fogo no carvão na próxima vez que você fizer churrasco em seu terraço.

– Eu geralmente gravo minhas sessões, Tom. Não há nada anormal nisso. E você me disse que faria qualquer coisa para ajudar sua irmã. Acreditei em sua palavra. Então, por favor, sente-se e pare de me intimidar.

– Não estou fazendo isso. Estou pensando em lhe dar uma surra!

– Sente-se e vamos resolver com calma nossas diferenças.

Deixei-me cair na cadeira macia e fitei mais uma vez o semblante sereno de Susan Lowenstein.

– É seu ego masculino cheio de autopiedade o que eu mais temo quando você for rever sua irmã, Tom.

– Sou um homem completamente derrotado, doutora. – Eu estava irritado. – Não precisa se preocupar. Fui neutralizado pela vida e pelas circunstâncias.

— De maneira nenhuma. Nunca vi um homem que não fosse dominado pela necessidade de aparecer como tal a qualquer custo. E você é um dos piores que já encontrei.

— Você não sabe nada a respeito dos homens, Susan.

Ela deu uma risada.

— Diga tudo o que você sabe. Tem dez minutos para isso.

— É algo feio para se falar. E não é fácil ser um homem da maneira como você pensa, Susan.

— Ah, já ouvi essa música antes. Metade dos meus pacientes homens tenta ganhar minha solidariedade murmurando os compassos dessa melodia. Meu marido usa a mesma estratégia sem saber que eu a escuto cinqüenta vezes por semana. Agora, você vai me contar sobre a velha agonia do comando? Sobre a pavorosa responsabilidade de ser o chefe da família? Já ouvi isso antes.

— Só existe uma única dificuldade em ser homem. É algo que a mulher moderna não entende. Savannah e suas amigas feministas radicais com certeza não entenderam. As amigas dela costumavam berrar com Luke e comigo quando vínhamos a Nova York para visitá-la. Pelo jeito, minha irmã pensava que seria bom para seus irmãos caipiras ouvir alguns gritos sobre as desgraças de se ter um pênis no mundo moderno. Feministas radicais... Deus me livre! Por causa de Savannah, ouvi mais gritos delas que qualquer outro sulista vivo. Elas acreditavam que, depois de gritar a seu bel-prazer por até 48 horas, ficaríamos tão grato pelas lições que, de boa vontade, colocaríamos o pênis no liquidificador e apertaríamos o botão de alta velocidade.

— Na nossa primeira conversa você me disse que era feminista.

— E eu sou feminista. Sou um homem imprestável e impotente que aprendeu a bater suflê e a fazer um bom molho *bearnaise*, enquanto a esposa abria cadáveres e consolava pacientes com câncer. Digo isso sabendo que um homem que se declara feminista é a figura mais ridícula de nosso tempo. Quando toco no assunto com meus amigos, eles disfarçam uma risadinha e me contam alguma piada suja. Quando falo a respeito com as mulheres sulistas, a maioria delas me olha com desdém e me garante que gosta de ser mulher e de ter alguém que lhes abra a porta do carro. Quando converso com as feministas, elas são as mais malévolas de todas. Interpretam minha posição como um gesto melífluo e condescendente de um espião peludo, infiltrado entre elas pelo inimigo. Mas eu *sou* feminista, Lowenstein. Sou Tom Wingo, feminista, conservacionista, liberal branco, pacifista, agnóstico e, por causa de tudo isso, não posso levar a mim e nem os outros a sério. Estou pensando em pedir uma vaga como membro vitalício dos caipiras, para ver se adquiro pelo menos um pouco de auto-respeito.

— Você ainda é um caipira, Tom. A despeito de todos os seus protestos.

— Não. Um caipira tem integridade.

— Mas você ia me contar alguma coisa a respeito de ser homem. O que era?

— Você riria de mim.

— Provavelmente.

— Bem, a dificuldade em ser homem é apenas uma. Ninguém nos ensina a amar. É um segredo que escondem de nós. Passamos a vida inteira tentando encontrar alguém que nos ensine isso e nunca descobrimos. As únicas pessoas que podemos amar são outros homens, porque entendemos a solidão engendrada por essa coisa que nos foi negada. Quando uma mulher nos ama, somos dominados por esse amor, ficamos temerosos, desamparados e fracos diante dele. O que as mulheres não entendem é que jamais poderemos retribuí-lo. Não temos com que retribuir. Não recebemos essa dádiva.

— Quando vocês falam sobre a agonia de ser homem, nunca se livram do tema recorrente da autopiedade.

— E quando vocês falam sobre ser mulher, nunca se livram do tema recorrente de culpar os homens.

— Não é fácil ser mulher em nossa sociedade.

— Deixe-me lhe contar uma coisa, Susan. Ser homem é foda. Estou tão cheio de ser forte, confiável, sábio e nobre que seria capaz de vomitar se tivesse de fingir novamente que sou algo nesse estilo.

— Não percebi nenhuma evidência de que você fosse alguma dessas coisas — declarou a imperturbável dra. Lowenstein. — Na maior parte do tempo, não sei o que você é, o que representa ou o que pretende. Às vezes, você é um dos homens mais doces que já conheci. Em outras ocasiões, sempre imprevisíveis, torna-se amargurado e distante. Agora, você me diz que não sente amor. Depois, alega amar todas as pessoas a seu redor. Já declarou seu amor por Savannah repetidas vezes e, em seguida, fica furioso comigo quando tento fazer o que está a meu alcance para ajudá-la. Não posso confiar em você, Tom, porque não sei quem você é. Se conto alguma coisa sobre sua irmã, não sei como vai recebê-la. Assim, o que eu peço é que aja como um homem. Que seja forte, inteligente, responsável e calmo. Preciso disso e Savannah também.

— Eu comecei esta discussão simplesmente perguntando sobre o relacionamento entre minha irmã e Renata. Achei que fosse uma pergunta justa. Por alguma manobra retórica, você conseguiu me colocar na defensiva e fazer com que eu parecesse um perfeito idiota.

— Você iniciou a discussão entrando feito um raio na sala e jogando aquele livro sobre minha mesa. Gritou comigo e eu não sou paga para ouvir gritos de ninguém.

Cobri o rosto com as mãos e senti o olhar de Susan sobre elas, firme e crítico. Deixei-as cair e enfrentei seus olhos castanhos. Aquela beleza morena, sensual e perturbadora agitou-me como sempre acontecia.

— Eu gostaria de ver Savannah, doutora. Você não tem o direito de nos separar. Por nada nesse mundo.

— Sou a médica de sua irmã, e a manteria afastada de você para o resto da vida se achasse que isso a ajudaria. E talvez isso realmente ajude.

— Sobre o que você está falando?

— Savannah acredita, e eu começo a entender o motivo, que deve cortar todo e qualquer laço com a família se quiser sobreviver.

— Isso é a pior coisa que ela poderia fazer!

— Não sei. Tenho minhas dúvidas.

— Sou o irmão gêmeo dela, doutora. E você é apenas a psiquiatra. Agora, quem é Renata? Eu gostaria de saber e tenho o direito de saber.

– Renata foi uma amiga muito especial de Savannah. Era uma pessoa frágil, sensível e muito raivosa. Era lésbica, feminista radical e judia. Ela não gostava muito de homens...

– Meu Deus! Parece com metade das imbecis amigas de minha irmã.

– Cale a boca, Tom, ou não continuo.

– Desculpe. Foi sem querer.

– Savannah teve um episódio psicótico há pouco mais de dois anos. Renata cuidou dela. Elas se conheceram num seminário de poesia em que sua irmã deu aulas. E, quando ela teve o esgotamento nervoso, Renata não permitiu que fosse para um hospital psiquiátrico e prometeu-lhe cuidar dela até o fim. Savannah estava mais ou menos do mesmo jeito que você a viu no hospital. Mas Renata a fez sair da depressão. Segundo Savannah, ter Renata a seu lado era como ter o próprio anjo da guarda. Três semanas depois que Savannah voltou a seu apartamento, Renata se atirou na frente do trem.

– Mas por quê?

– Quem sabe? Pela mesma razão pela qual todos cometem suicídio. A vida se torna intolerável e essa parece ser a única saída. Renata também tinha um histórico de tentativas de suicídio. Depois que ela morreu, Savannah passou por outro longo período de crise. Caminhava pelas ruas, desorientada e fora de controle. Acordava em portas estranhas depois de passar a noite perambulando a esmo. Não se recordava desses estados de fuga. Ao se recuperar um pouco, voltou para o apartamento e tentou escrever. A inspiração não veio. Quis se lembrar da infância, e não conseguiu. Só tinha pesadelos sobre essa fase. Certa noite, sonhou que três homens chegavam à ilha. Sabia que o sonho era importante, essencial. Desconfiava de que alguma coisa semelhante acontecera, mas não recordava os detalhes. A história das crianças saiu diretamente do sonho. Savannah decidiu pôr o nome de Renata no livro como uma homenagem à memória de sua amiga. Enviou o texto a um agente que não era o seu para ver se seria publicado. Então, chegou ao que seria a grande idéia de sua vida, à idéia que a salvaria.

– Tremo só de pensar no que é – murmurei.

— Ela decidiu tornar-se Renata Halpern. — A dra. Lowenstein inclinou-se ligeiramente em minha direção.

— Desculpe, não entendi...

— Ela decidiu tornar-se Renata.

— Vamos voltar um pouco no assunto, doutora. Está me faltando alguma coisa.

— Na primeira vez que me procurou como paciente, Savannah disse que se chamava Renata Halpern.

— Você sabia que ela era na verdade Savannah Wingo?

— Não. Como eu ia saber?

— Você tem os livros dela na sala de espera.

— Também tenho os livros de Saul Bellow, mas não o reconheceria se ele entrasse no consultório e dissesse que era George Bates.

— Meu Deus! Sinto-me nauseado. Você poderia me dizer quando foi que descobriu que Savannah era Renata, ou que Renata era Savannah, ou que Savannah era Saul Bellow ou seja lá o que tenha descoberto?

— É difícil me enganar quando a pessoa diz que é judia.

— Ela lhe disse que era judia?

— Ela se apresentou como Renata Halpern. Descreveu os pais, afirmando que ambos tinham sobrevivido ao Holocausto. Lembrouse até dos números tatuados que possuíam nos braços. Disse que o pai trabalhava como peleteiro no distrito das confecções.

— Não estou entendendo nada, Susan. As pessoas geralmente vêm fazer terapia à procura de ajuda, certo? Então, por que ela veio até aqui fingindo ser outra pessoa? Por que se recusou a obter ajuda partindo de sua própria história e agiu como alguém que inventara?

— Ela queria experimentar sua nova identidade para ver se a história que criara tinha fundamento. Além disso, o problema era grave, fosse ela quem fosse. Savannah estava se desintegrando e não fazia diferença se dissesse que era outra pessoa. Estava numa situação desesperadora. Chamar a si mesma de Renata era apenas uma parte da perturbação.

— Quando foi que ela lhe contou que não era Renata?

— Comecei a questioná-la sobre o passado e ela não soube responder. Perguntei qual *shul* freqüentara e ela não sabia o que era um *shul*. Perguntei o nome do templo e o nome do rabino de sua infância. Savannah falou que a mãe possuía uma cozinha *kosher*, mas não me entendeu quando perguntei se ela já provara comida *trayf*. Conhecia poucas palavras em iídiche, apesar de dizer que os pais vinham de um *shtetl* na Galícia. Finalmente, declarei que não acreditava em sua história e que, se ela queria que eu a ajudasse, precisava me contar a verdade. Disse também que ela não parecia judia.

— Você é racista, Lowenstein. Descobri isso assim que bati os olhos em você.

— Sua irmã tem um clássico rosto *shiksa*, um rosto não-judeu — replicou ela, sorrindo.

— Isso é um insulto imperdoável?

— Não. Simplesmente um fato inegável.

— O que ela fez depois que você a desafiou?

— Levantou-se e saiu do consultório sem se despedir. Faltou à sessão seguinte, mas ligou para cancelá-la. Quando nos vimos, na vez seguinte, confessou que se chamava Savannah Wingo, mas que planejava assumir uma nova identidade, mudar-se para a Costa Oeste e viver o resto da vida como Renata Halpern. Além do mais, disse que cortaria o contato com toda a família, porque era doloroso ver qualquer um de vocês. Já não suportava as lembranças e aos poucos perdia cada uma das recordações do passado. Recusava-se a viver cercada por tanta dor. Ela já sofrera por muito tempo. Como Renata Halpern, acreditava ter uma chance de sobrevivência. Como Savannah Wingo, estaria morta em um ano.

Com uma exclamação de dor, fechei os olhos, tentando me lembrar de nós como crianças, loiros e esbeltos ao sol da Carolina. Uma visão do rio apareceu diante de mim: pássaros do pântano pescavam nos estuários, enquanto as três crianças nadavam no rio, com a maré cheia e as águas paradas. Havia um ritual que cumpríamos quando éramos pequenos e que nunca revelamos a ninguém. Sempre que nos sentíamos magoados ou tristes, sempre que nossos pais nos castigavam ou batiam, íamos para a ponta do desembarcadouro flutuante, mergulhávamos na água ensolarada, nadávamos 10 metros pelo canal e dávamos as mãos, formando um círculo. Flutuávamos juntos, dedos entrelaçados num círculo indestrutível. Quando Luke dava o sinal, respirávamos fundo e mergulhávamos até o fundo do rio, sempre com as mãos dadas. Permanecíamos sob a água do rio até que um de nós apertasse as mãos dos outros. Então, subíamos para a superfície, para a explosão de luz e ar. Mas, no fundo do rio, eu abria os olhos e via as imagens turvas de meus irmãos flutuando a meu lado como embriões. Experimentava a deslumbrante ligação que havia entre nós, um triângulo de amor que aparecia sem palavras ao emergirmos, nossas pulsações se igualando, em direção à luz e ao terror de nossa vida. Mergulhando, conhecíamos a segurança e o silêncio de um mundo sem pai nem mãe; somente quando nossos pulmões nos traíam, subíamos rumo à destruição. Os lugares seguros só existiam para serem visitados; apenas para dar uma vaga idéia de santuário. Sempre chegava o momento de retornar à verdadeira vida e encarar as feridas e a tristeza intrínsecas à nossa casa à beira do rio.

Agora, no consultório da dra. Lowenstein, eu ansiava pelo abrigo das lentas correntes, dos lugares escuros, do fundo dos rios. Gostaria de estar com minha irmã, abraçá-la contra o peito e afundar no mar azul segurando-a junto a mim. Como um novo homem, eu destruiria qualquer coisa que se aproximasse para prejudicá-la. Ao pensar ou sonhar com Savannah, sempre tinha um arsenal com os melhores armamentos para defendê-la. Na vida real, porém, era incapaz de proteger as veias delicadas de seus pulsos contra suas próprias guerras interiores.

– Eu disse a Savannah – continuou a dra. Lowenstein – que faria o possível para ajudá-la. Mas para isso precisava conhecer as coisas do passado de que ela tentava fugir. Não haveria chance para Renata Halpern, exceto se ela resolvesse os problemas de Savannah Wingo.

– Você ajudaria alguém a se tornar outra pessoa, Susan? Qual é a ética disso, ou, pelo menos, as estatísticas terapêuticas com as quais você conta? E como saber se isso seria o melhor para Savannah? Você pode estar errada, Susan!

– Nunca tive um caso como esse, por isso não disponho de nenhuma literatura específica a respeito, Tom. E eu não concordei em ajudar Savannah a se transformar em Renata Halpern. Eu simplesmente me propus a ajudá-la a se tornar uma pessoa integrada. Ela precisava fazer opções difíceis. Eu a ajudaria nas escolhas mais acertadas.

– Você não tem esse direito, dra. Lowenstein. Você não tem o direito de transformá-la numa pessoa que não vai voltar a ver a família. Não me conformo com esse tipo de terapia que transforma minha irmã sulista numa escritora judia. Isso que você está fazendo não é ciência. É magia negra, feitiçaria, todas as artes tenebrosas combinadas. Se Savannah quer ser Renata Halpern, isso nada mais é que a manifestação de sua loucura, Susan.

– Ou talvez uma manifestação de sanidade, Tom. Não sei ainda, não sei. – Subitamente exausto, exaurido no fundo da alma, descansei a cabeça no espaldar da cadeira, fechando os olhos e tentando aclarar a mente. Lutei para alinhavar alguns argumentos razoáveis para usar contra Susan Lowenstein, mas me sentia ofuscado demais para ser sensato. Por fim, reuni forças suficientes e declarei:

– Essa é a razão pela qual detesto o século XX. Por que diabo fui nascer no século de Sigmund Freud? Desprezo o discurso dele, seus seguidores fanáticos, os encantamentos misteriosos da psique, as sonhadoras teorias improváveis, as classificações infinitas de todas as coisas humanas. Quero fazer uma declaração, e vou fazê-la depois de muito pensar e de muita deliberação. Foda-se Sigmund Freud. Foda-se sua mãe, o pai, os filhos e os avós. Foda-se seu cachorro, gato, papagaio e todos os animais do zoológico de Viena. Fodam-se seus livros, idéias, teorias, sonhos, fantasias e a cadeira em que ele se senta. Foda-se este século, ano a ano, dia a dia, hora a hora e junte-se tudo nesse miserável aborto do tempo, jogue-se na privada perfumada de Sigmund Freud e dê-se a descarga. Por último, foda-se, Susan, foda-se Savannah, foda-se Renata Halpern e foda-se qualquer pessoa que minha irmã queira ser no futuro. Assim que eu puder me mexer, vou sair deste consultório arrumadinho, reunir meus pertences e pedir a um desses indescritíveis taxistas daqui para me levar ao aeroporto de La Guardia. O velho Tom vai voltar para casa, onde sua mulher está de caso com um cardiologista. Por mais terrível que seja isso, ao menos faz sentido para mim, enquanto que nada a respeito de Savannah e Renata faz.

– Acabou, Tom? – perguntou Susan.

— Não. Estou pensando em algo realmente insultuoso para lhe dizer em outro discurso.

— Pode ser que eu tenha errado em não lhe contar tudo desde o começo, Tom. Foi minha decisão. Afinal de contas, eu tinha sido alertada a seu respeito... Savannah o conhece muito bem e diz que, embora você finja querer ajudar, na verdade está envergonhado dos problemas dela. Você tem medo e faria qualquer coisa para se ver livre deles, para negá-los, lançá-los no esquecimento. Por outro lado, ela sabe que você possui um forte senso de família e de dever. Meu trabalho era equilibrar esses dois contrapesos. Se eu pudesse fazer isso sem você, teria feito. Fiquei apavorada com a perspectiva de você um dia descobrir a verdade; temia sua hipocrisia e sua fúria.

— Como é que você queria que eu reagisse? Já pensou se eu tivesse feito a mesma coisa com Bernard? Se tivesse pego aquela criança infeliz e, em vez de treiná-la, sugerisse a ele fugir de sua desgraçada família? Mude de nome, Bernard. Venha comigo para a Carolina do Sul. Eu coloco você no time de futebol e lhe arranjo uma família simpática com quem você possa começar tudo de novo...

— Não é a mesma coisa, Tom. Meu filho não tentou se matar.

— Tenha calma, Lowenstein. Dê-lhe apenas um pouco de tempo.

— Seu filho-da-puta! — Sem que eu percebesse, ela pegou o dicionário *American Heritage* da mesinha de centro e, com notável pontaria, arremessou-o contra mim. O livro atingiu-me no nariz, caiu em meu colo e foi parar no chão, aberto na página 746, no tópico *load displacement*. Então meu sangue manchou o verbete que descrevia o matemático russo Nicolai Ivanovich Lobachevski. Ao pôr a mão no nariz, o sangue escorreu por meus dedos.

— Oh, Deus! — exclamou Susan, horrorizada com sua própria perda de controle. Ela entregou-me um lenço. — Dói?

— Sim. Está um bocado doloroso.

— Eu tenho Valium. — E ela abriu a bolsa.

Ensaiei uma risada, que fez com que o sangue corresse mais rápido.

— Você acha que vou parar a hemorragia enfiando dois Valium nas narinas? O mundo teve sorte por você não ser uma clínica.

— Pode ajudar a acalmá-lo.

– Não estou agitado, Lowenstein. Estou sangrando. Você me feriu. Isso daria um belo processo por tratamento inadequado do paciente.

– Você me levou aos limites da tolerância. Jamais tive um momento de violência em toda minha vida.

– Agora você teve. Foi um bom arremesso.

– Ainda está sangrando.

– Você quase arrancou meu nariz. – Deitei a cabeça no espaldar da cadeira. – Se você sair e fechar a porta silenciosamente, de boa vontade sangrarei até morrer.

– Acho que você deveria ir a um médico.

– Eu estou com uma médica.

– Você sabe a que me refiro.

– Não quer ir até o hospital psiquiátrico pegar um catatônico para mim? Eu apenas o pressionarei de encontro ao nariz durante uma hora ou duas. Olhe, doutora, não se preocupe. Já tive hemorragias nasais antes. Esta também vai passar.

– Sinto muito, Tom. Estou profundamente envergonhada...

– Não a perdoarei jamais – repliquei, e a tolice daquela cena me levou mais uma vez ao ponto de dar risadinhas. – Santo Deus, que dia! Sou atingido por um dicionário e descubro que minha irmã está treinando para ser uma judia do Brooklyn.

– Quando você parar de sangrar, por favor, aceite meu convite para almoçar.

– Vai sair caro, Lowenstein. Não estou a fim de cachorro-quente no Natham, nem de pizza de queijo. Será no Lutèce, no La Côte Basque ou no Four Seasons. O que eu pedir virá para a mesa imediatamente. Você vai gastar um bocado de dinheiro!

– Durante o almoço, quero conversar seriamente com você, Tom. Preciso lhe dar mais explicações sobre Savannah, Renata e eu... – Ela se interrompeu. Minha gargalhada a fez parar.

QUANDO PASSEI pelas portas do Lutèce, senti que me movia em meu próprio estado de fuga, de tão tonto e exaltado que estava depois da hemorragia e da elucidação do mistério de Renata. Madame Soltner cumprimentou Susan pelo nome. As duas conversaram num francês coloquial durante um minuto, enquanto eu me maravilhava diante da facilidade com que Susan lidava com os costumes e a fluida cortesia de sua vida encantadora e civilizada. Era uma mulher equilibrada e instintivamente correta – uma criatura ilustre, treinada em todas as artes que se podiam cultivar, com acesso aos círculos influentes e cheios de dinheiro. Era a primeira pessoa que eu via em Nova York que não se diminuía nem se tornava ridícula sob a autoridade plenipotenciária da cidade. Nativa daquelas avenidas, tinha gestos discretos e seguros. Para mim, sua autoconfiança parecia um dom exorbitante; mas, até então, eu só encontrara imigrantes. Susan Lowenstein era a primeira pessoa que eu conhecera que se beneficiava daquela grande ilha, minha primeira "manhatense". Eu aprendera que havia um substrato de paixão sob a impassibilidade de seu exterior – meu nariz latejante era testemunha disso.

Fomos conduzidos a uma boa mesa depois de madame Soltner lançar um olhar preocupado ao lenço de papel que eu enchumaçara em minha narina esquerda. Era pouco provável que ela tivesse conduzido muitos clientes que sofressem de hemorragia nasal ao interior silencioso do Lutèce. Desculpando-me, fui ao toalete para remover aquele horrível lenço de papel. Em seguida, aliviado por não estar mais sangrando, lavei o rosto e voltei ao salão principal. Meu nariz inchara como uma bolha. Eu não estava bonito, mas sentia fome.

Um garçom, que parecia ter sido engomado em arrogância, tomou nossos pedidos para os drinques. Inclinei-me sobre a toalha branca e sussurrei:

– Quando a bebida chegar, Susan, você vai se envergonhar se eu colocar o nariz no copo por um minuto ou dois? O álcool vai desinfetar o machucado.

Ela acendeu um cigarro e soprou a fumaça em minha direção.

– Felizmente você está brincando a respeito disso. Ainda não acredito que o agredi com um livro. Mas você às vezes é exasperante!

– Às vezes, sou um perfeito idiota. Eu lhe disse algo imperdoável sobre Bernard e mereci ter o nariz achatado por um dicionário. Devolhe desculpas, Susan.

— Meu fracasso em ser uma boa mãe é uma tortura constante, Tom.

— Você não é uma mãe ruim. Bernard é um adolescente. E os adolescentes são, por definição, impróprios para a sociedade humana. É função deles agir como imbecis e tornar os pais infelizes.

Quando o garçom trouxe os cardápios, estudei o meu com atenção e ansiedade. Era a primeira vez que eu almoçava a poucos metros de um cozinheiro de fama internacional e não queria desperdiçar a oportunidade com um pedido impensado e sem imaginação. Cauteloso, interroguei Susan Lowenstein sobre as refeições que ela fizera no Lutèce e admiti que teria meu almoço arruinado caso pedisse alguma coisa maravilhosa, que fosse ofuscada por seu pedido de algo ainda mais delicioso e fora de série. Por fim, ela se ofereceu para cuidar dos pedidos. Recostei-me enquanto ela encomendava ao garçom uma musse de pato guarnecida com bagas de zimbro como entrada. Para o prato seguinte, escolheu uma *soupe de poisson au crabe* e, com uma piscadela, garantiu-me que era excelente. Senti-me feliz enquanto ela listava as entradas que considerava perfeitas. Pouco depois, Susan pediu um *râble de lapin*.

— Coelho! — surpreendi-me. — Este restaurante é descrito pelas melhores revistas de culinária como um templo gastronômico, e você vai me humilhar pedindo um simples coelhinho?

— Será a melhor refeição que você já comeu — retrucou. — Confie em mim.

— Você se incomoda se eu disser ao garçom que sou o crítico de culinária do *New York Times*? Gostaria de pressionar André para que ele capriche realmente bem lá na cozinha.

— Prefiro que você não faça isso, Tom. Vou pedir o vinho e, em seguida, quero conversar um pouco sobre Savannah.

— Posso pedir ao garçom para tirar da mesa todas as coisas que sirvam para ser atiradas contra mim? Ou você me permite usar uma máscara de apanhador de beisebol?

— Tom, seus amigos e sua família nunca consideram suas brincadeiras exageradas?

— Sim, eles acham minhas brincadeiras repulsivas. Ficarei calado pelo restante da refeição, doutora. Prometo.

O vinho, um Chateau Margaux, foi trazido à mesa, junto com a musse de pato. O vinho era tão encorpado e atraente que me deleitei de prazer ao levar o copo aos lábios. Seu sabor permanecia na boca, vívido como um acorde no ar. E a musse me fez feliz por estar vivo.

— Meu Deus, Lowenstein, esta musse é fabulosa! Sinto um batalhão de calorias marchando para minha corrente sanguínea! Gostaria de ter um emprego como ganhador de peso neste restaurante.

— Savannah suprimiu boa parte de sua infância, Tom.

— O que isso tem a ver com musse de pato, doutora?

— Há períodos inteiros da vida dela que foram simplesmente apagados. Ela os chama de "intervalos brancos". Que coincidem com os períodos em que as alucinações ficam fora de controle. Parecem existir fora do tempo, do espaço ou da razão.

— Ela sempre teve dificuldade para recordar as coisas...

— Ela me disse que isso sempre foi um problema, mas um problema não mencionável. Um segredo terrível. Savannah se sentia diferente, insegura e solitária por causa disso. Tornou-se prisioneira do tempo perdido, dos dias não lembrados. Posteriormente, isso começou a afetar sua poesia. Ela sentiu que a loucura a alcançava, chegando sob a forma de forças dominadoras. E o que ela mais temia era entrar num desses períodos em que a memória sumia e não se recuperar mais.

Enquanto Susan falava seu rosto se suavizava imperceptivelmente, por causa de seu amor pela profissão. Aquela foi uma das poucas vezes em que percebi o zelo que ela levava para o consultório, o espírito que invocava em seu papel de visitante passageira entre almas magoadas e desiludidas. Sua voz tornou-se mais animada ao relatar os primeiros meses de terapia de Savannah, quando minha irmã lhe contava sua vida, sua juventude, seu trabalho, mas sempre com incríveis espaços em branco, dispersões da memória e obstáculos que a levavam repetidamente à frustração e a becos sem saída. Alguma coisa no fundo do subconsciente lhe censurava o período da juventude. Ao mencionar a infância, ela só recordava fragmentos, todos eles vinculados a um vago e debilitante senso de terror. Houve vezes em que, ao rememorar uma imagem solitária da infância – um pássaro do pântano em vôo langoroso, a partida do motor do barco de pesca de camarões, a voz da mãe na cozinha –, ela entrara no reinado da escuridão, da eternidade, numa vida que não era a sua. Isso acontecera durante dois anos e, com muita força de vontade, Savannah lutara para se concentrar apenas em sua fase nova-iorquina. O ciclo de poemas "Pensando em Manhattan" foi completado num período febril de três meses, durante os quais seus poderes retornaram – o velho peso da linguagem –, quando então se viu mais uma vez como o centro do mundo, irradiando canções de amor e réquiens.

A criação do livro infantil a enviou de volta à leve harmonia de sua loucura. A história lhe veio num pesadelo, que ela transcreveu numa explosão de criatividade de oito horas, colocando no papel exatamente o que havia sonhado. Ao fazê-lo, percebeu que estava descrevendo um dos interlúdios perdidos de sua vida. Sentia que faltavam elementos na história, e sabia que eram muito mais poderosos do que os que incluíra. Os três homens tinham tocado uma corda particularmente mordente nela e a aproximação deles à casa fizera com que algo soasse dentro de Savannah, ao longe, como um sino de uma igreja repicando ao vento. Assim, ela estudou a narrativa como se estivesse diante de um texto sagrado que continha alusões inescrutáveis aos mistérios de sua própria vida. Leu-a e releu-a várias vezes, convencida de que era uma parábola ou um esboço de implicações muito mais sérias. Algo lhe acontecera, mas, pelo que havia escrito, apenas um elemento estava faltando: a imagem do Menino Jesus de Praga que o pai trouxera da Segunda Guerra Mundial e que ficava sobre uma mesa perto da porta de entrada da casa. Mesmo sem descobrir que papel a imagem tivera em sua história, sabia que ela deveria estar ali. Após a morte de Renata, a imagem fez uma horrível aparição nas alucinações que sempre lhe vinham em períodos de sofrimento. O Menino Jesus de Praga se juntava ao coro de vozes dentro dela, ligado aos cães negros do suicídio e aos anjos da negação. Mais uma vez, aparições entoavam a ladainha destruidora que ela ouvira desde a infância, insultando-a com sua inutilidade, regalando-a com hinos e cânticos assassinos, exigindo sua morte.

Savannah começou a enxergar cães pendurados em ganchos de metal nas paredes do apartamento, os corpos retorcidos em agonia. Centenas de cães crucificados gritavam, com vozes sibilantes e irreais, dizendo-lhe para se matar.

— "Não são reais. Não são reais", Savannah repetia para si mesma, mas sua voz era abafada pelos uivos dos animais empalados. Ela se levantava da poltrona da sala e ia para o banheiro, tentando fugir deles. Ali, encontrava os anjos sangrentos presos na barra do chuveiro e no teto, os pescoços quebrados, gemendo em intenso sofrimento. Suas vozes, delicadas e suaves, pediam-lhe que subisse até eles, para os lugares seguros, com grandes paisagens, para os corredores do sono infinito, para a longa noite do silêncio em que os anjos eram inteiros, imaculados e gentis. Levantavam os braços para ela, num gesto de solidariedade e possessividade. Suas órbitas eram buracos negros de onde fluía pus. Acima deles, Savannah via os pequenos pés do Menino Jesus de Praga, que pendia do teto com o rosto desfigurado e machucado, falando com a voz de sua mãe, exigindo que ela mantivesse silêncio. Sempre que pegava as lâminas de barbear e começava a contá-las, percebia o prazer dos cães que reviravam nos ganchos, o êxtase dos anjos desfigurados com suas vozes esganiçadas e envolventes. Todas as noites, contava as lâminas e escutava aquela nação violada clamando as leis da tormenta, murmurando odes ao suicídio.

— Encontrei Savannah durante dois meses antes de sua tentativa de suicídio – declarou Susan Lowenstein. – Só que eu não tinha percebido a dimensão de sua insistência em se matar. O tratamento estava tão empolgante! Um terapeuta não devia sentir esse tipo de contentamento. É preciso permanecer calmo, distante e profissional. Mas Savannah era uma poetisa que me falava e me deslumbrava com palavras e imagens. Cometi um erro, Tom. Queria ser conhecida como a terapeuta que tornou possível a uma poetisa escrever novamente. Foi muita arrogância de minha parte.

— De jeito nenhum, Susan – retruquei, enquanto cortava o coelho em meu prato. – Simplesmente foi estranho para você, do mesmo modo como foi para mim.

— Não estou entendendo.

– Vamos partir de minha experiência. Ouço falar que minha irmã cortou os pulsos aqui, na feliz ilha de Manhattan. Venho correndo para cá, representar meu papel ritual de salvador, de Cristo do século XX. Um papel que, por falar nisso, posso representar dormindo, marchando na banda ou com as mãos amarradas nas costas. Porque me faz sentir necessário. Me faz sentir superior. O gêmeo de ouro monta em seu cavalo de batalha para salvar sua adorável irmã, poetisa, louca, suicida malsucedida.

– E se eu tivesse contado em nosso primeiro encontro que Savannah estava pensando em desaparecer de Nova York e ir para uma cidade estranha para viver como Renata Halpern?

– Eu teria me borrado de tanto rir.

– Claro que sim, Tom. Você não fez segredo de seu desprezo pela terapia no dia em que nos conhecemos.

– Cresci numa cidade sortuda, doutora. Ali, a gente nem sabia o que era um psiquiatra.

– Ah, sei... Uma cidade muito sortuda. Pela sua descrição, Colleton parece que sofria de alguma psicose coletiva.

– Bem, atualmente já não sofre de mais nada. – Voltei minha atenção ao coelho antes de continuar: – Você ainda não me explicou por que Savannah não lhe conta as mesmas histórias que eu conto.

– Quando tentei explicar, ou você não estava escutando ou não acreditou em mim. Há grandes espaços em branco na memória de sua irmã, áreas de repressão que às vezes abrangem anos seguidos. Foi ela quem me disse certa vez que você poderia contar essas histórias. Você sempre me falou sobre a estranha intimidade que tiveram como gêmeos. De início não levei isso em consideração porque pensei que você fosse parte do problema dela. Mas você me induziu a acreditar no contrário.

– Obrigado.

– Você teve papel valioso na vida de Savannah quando estavam crescendo, Tom. Você e Luke a protegeram do mundo, principalmente do mundo dela mesma. Apesar de Savannah ser diferente desde o início, vocês lhe deram uma aparência de normalidade. E a conduziram através de uma infância muito difícil. Você, Tom, representou um papel crítico. Ela iniciou cedo o processo de bloquear as lembranças, de subtrair as lembranças mortíferas. Eu chamaria isso de repressão, mas sei quanto você se incomoda quando recorro à terminologia freudiana. Assim, muito cedo na vida de vocês ela lhe deu um emprego. Você se tornou a memória de Savannah, sua janela para o passado. Você sempre lhe contava o que acontecera, onde ela estivera e o que dissera, quando ela emergia de um desses períodos sombrios.

— Se ela não tinha memória, como pôde ser poetisa?

— Porque tem um enorme talento, e a poesia vem da dor de ser humana, da dor de sobreviver como mulher em nossa sociedade.

— Quando você acha que ela passou o dever da memória para mim?

— Ela se recorda da primeira infância muito mais que você, Tom. Lembra-se da brutalidade de sua mãe quando vocês eram bem pequenos.

— Bobagem. Minha mãe não era perfeita, mas também não chegava a ser brutal. Savannah está confundindo ela com meu pai.

— Como é que você sabe?

— Eu estava lá, Lowenstein. Testemunha ocular, pode-se dizer.

— Mas você percebeu que começou sua narrativa com seu nascimento durante uma tempestade, um fato que não pode recordar? Você simplesmente recitou uma fábula familiar que lhe foi repetida várias vezes, o que é perfeitamente natural. Em seguida, você pulou seis anos, indo direto ao seu primeiro dia de aulas em Atlanta. O que aconteceu durante os primeiros seis anos?

— Nós éramos bebês. Vomitávamos, fazíamos cocô, mamávamos em nossa mãe, crescíamos. Como espera que eu me recorde disso tudo?

— Savannah se lembra. Ela se lembra de muita coisa dessa época.

— Tudo besteira, doutora. Besteira completa – disse, enquanto me lembrava de uma única cena daquele período de minha vida, a lua elevando-se no leste, chamada por minha mãe.

— Pode ser, mas tem um eco de verdade para esta velha psiquiatra.

— Não me venha com essa conversa, Lowenstein, por favor. Quero sair desta cidade mantendo intacta minha repugnância por essa maldita profissão.

— Tom, seu ódio pela terapia está perfeitamente claro para mim. Tanto que já não me incomoda mais. Na verdade, começo a achar você repetitivo e burro quanto a esse assunto.

— Proponho discutir isso mais tarde. — Apontei para a sala do restaurante e continuei: — Estamos no Lutèce, Susan. Eu sempre quis comer aqui. Já li bastante a respeito deste restaurante. É descrito no *New York Times* como um paraíso gastronômico. Eu gosto de me sentar em paraísos gastronômicos e gemer de satisfação com a comida. Esse vinho foi o líquido de melhor sabor que já passou por minha boca. O ambiente é maravilhoso. Elegância sofisticada. Claro, eu preferiria elegância exagerada porque meu passado de caipira sulista não se desenvolveu o suficiente socialmente para preferir a variedade sofisticada. Mas é bonito. Realmente bonito. Agora, quando se come no Lutèce pela primeira e última vez na vida, a gente gosta de falar sobre arte, poesia, boa comida, talvez até um pouco de filosofia. O encanto se quebra quando o assunto são as visões de Savannah, com anjos gotejando pus da órbita dos olhos. Entende o que eu quero dizer, Susan? Estou num paraíso gastronômico, meu nariz ainda dói e preciso de um pouco de tempo para absorver tudo isso. Até três horas atrás, eu achava que minha irmã era apenas a velha Savannah biruta. O restante é difícil, muito difícil de aceitar, Lowenstein. Encare isso sob meu ponto de vista. Pela manhã, você me apresentou à minha irmã gêmea, a quem eu conhecia bastante bem há 36 anos. Mas havia uma surpresa para o velho Tommy: esta não é sua verdadeira irmã, cara, é Renata Halpern. Ei, espere, Tom, seu viciado sulista, ainda não disse tudo. Ela planeja mudar-se e não o ver nunca mais. E, quando fico zangado por ter sido mantido na ignorância por tanto tempo, a terapeuta altamente treinada e profissional me atira um dicionário no nariz e perco um litro de sangue. Este almoço é seu ato de contrição pelo derramamento de meu precioso sangue. Portanto, quero mudar o assunto para o último filme em cartaz ou a seleção alternativa do Clube do Livro do Mês.

— Vamos conversar sobre a história infantil de Savannah — sugeriu Susan.

— Ah! A pedra de Roseta. Savannah tentou escrever sobre a maldade, mas não conseguiu. Ela a tornou linda. Traiu-se e traiu seu talento fazendo-a tão bonita.

— É ficção, Tom. É um conto.

— Mas não deveria ser. Ela deveria ter escrito como um fato concreto. Savannah é bastante competente para escrever essa história de modo que se dirija ao mundo todo. Aquele fato não merecia ser embelezado e lido para crianças na hora de dormir. Ele devia ter posto homens e mulheres adultos de joelhos, tremendo de dó e de raiva. Savannah não manteve a integridade do episódio. E é um crime apresentá-lo de maneira falsa e com final feliz. Era para as pessoas chorarem depois de lê-lo. Amanhã, vou lhe contar essa história, Susan. Sem aranhas tagarelas, cães engraçadinhos, bezerros balbuciando mensagens ao rei dos touros ou qualquer outro artifício.

— Não se exige que um artista conte a verdade, Tom.

— Ao diabo com as exigências!

— Você sabe o que eu quero dizer. Os artistas contam as coisas a seu modo.

— Ou mentem a seu modo, Susan. E Savannah está mentindo naquela história.

— Talvez ela tenha contado a verdade que podia.

— Bobagem, doutora. Eu sempre soube que algum dia Savannah escreveria sobre isso. Minha mãe, tenho certeza, vive sob o medo constante de que ela a coloque no papel. Mas nenhum de nós jamais mencionou em voz alta o que aconteceu na ilha naquele dia. Quando comecei a ler o livro, pensei que, finalmente, ela iria contar tudo. Então, percebi o momento em que perdeu a coragem. Foi quando as crianças adquiriram os dons mágicos. Nunca tivemos mágica para nos proteger.

— Tom, ela contou verdades suficientes no que escreveu, tanto que isso a levou ao ponto de tentar se matar.

— É, você tem razão... Agora, você dá a ela um recado meu? Diga-lhe que, se ela decidir se tornar Renata Halpern, eu a visitarei em São Francisco, Hong Kong ou em qualquer lugar que ela decida morar, e nunca darei a ninguém o menor indício de que sou seu irmão. Serei apenas o amigo do Sul que ela conheceu num encontro de poesia ou num *vernissage*. A pior coisa para mim seria que ela desaparecesse. Eu não suportaria, Susan. Eu simplesmente não agüentaria, e ninguém melhor do que Savannah sabe disso. Quero que ela viva. Quero que seja feliz. Posso amá-la mesmo que não a veja e apesar de tudo o que ela fizer.

– Eu lhe direi, Tom. E, se você continuar me ajudando, prometo devolver sua irmã. Ela está trabalhando para se salvar. Está muito empenhada nisso.

Susan Lowenstein tomou minha mão entre as suas e mordeu de leve. Isso é o que mais me recordo daquela refeição no Lutèce.

21

Na noite do mesmo dia em que almocei no Lutèce, telefonei para a casa de minha mãe, em Charleston. Bastaram duas doses de uísque para que eu conseguisse discar a combinação de números que traria sua voz para o presente e me enviaria rumo ao passado, numa espiral fora de controle. Ao atender, minha mãe levou nada mais que dois minutos para revigorar suas faculdades e se empenhar com seriedade em arruinar minha vida.

Eu passara a tarde lendo alguns relatórios sobre psicóticos que a dra. Lowenstein me emprestara. Retratavam almas tristes e feridas, danificadas desde a infância, que tinham criado elaboradas paliçadas para se defenderem das intoleráveis violações de suas vidas. Havia ali uma feira de alucinação e dor. Eram todos sortudos o suficiente para terem nascido dentro do círculo cálido de famílias monstruosas. Um espírito de autocongratulação enobrecia o texto e os comentários dos psiquiatras que os relatavam. Os médicos apareciam como entes maravilhosos e milagreiros, que pegavam seres divididos e os preparavam para plantar grama de Bermuda nas almas suburbanas e, em seguida, nos próprios subúrbios. Aquela literatura de triunfo e afirmação, uma orgia de confirmações, deixou-me enjoado. Mas entendi o ponto de vista da dra. Lowenstein. Por mais chocante que me parecesse a condição de Savannah, havia motivo para ter esperança. Se minha irmã tivesse sorte, se a terapeuta fosse realmente boa e se todas as cartas fossem postas na mesa, Savannah poderia se recuperar, deixando para trás toda a repugnante demonologia de sua vida.

Tomei outra dose de uísque ao ouvir o telefone tocar em Charleston.

– Alô – disse minha mãe.

– Oi – respondi. – Aqui fala Tom.

– Oh, Tom, querido. Como está Savannah?

– Melhorando. Acho que logo ficará boa.

– Acabo de ler que tem havido um progresso espantoso no tratamento das doenças mentais. Recortei alguns artigos e gostaria que você os entregasse à psiquiatra.

– Tudo bem. Eu entrego.

– E quero que você fique de olho para ter certeza de que ela vai lê-los com atenção. Já posso ligar para Savannah?

– Só daqui a algum tempo. Pelo menos é o que espero.

– Bem, o que você tem feito aí o verão inteiro? Sinceramente, acho que você está negligenciando sua mulher e suas filhas.

– Sim, você tem razão. Mas logo, logo voltarei para casa... Olhe, estou telefonando para dizer que vou contar à psiquiatra o que aconteceu na ilha naquele dia.

– Nada aconteceu *naquele* dia – respondeu minha mãe com firmeza, embora calmamente. – Nós fizemos uma promessa, Tom. E espero que você a cumpra.

– Foi uma promessa idiota. E isso é uma das coisas que está incomodando Savannah e que poderia ajudá-la e ajudar a médica se fosse esclarecida. Vai ser um negócio confidencial. É tudo passado.

– Não quero ouvir você falar disso.

– Bem, eu tinha certeza de que você tentaria me culpar... Eu não precisava avisá-la do que ia fazer. Bastava ter contado à dra. Lowenstein. Mas acredito que ajudará todos nós, incluindo você, se o caso for divulgado.

— Não! Você não pode contar isso. O que aconteceu quase arruinou nossas vidas.

— Quase, não. Realmente arruinou boa parte de nossas vidas. Nunca pude falar em voz alta sobre o que aconteceu naquele dia. Sallie não sabe nada a respeito. Luke tampouco tocou no assunto. Savannah nem sequer o recorda. No entanto, aquilo repousa dentro de nós, feio e tenebroso, e está na hora de cuspi-lo.

— Você está proibido de fazer isso.

— Pois eu vou contar.

Houve um silêncio, ao longo do qual eu soube que minha mãe reunira suas forças.

— Tom... — Ao ouvir a velha ameaça lamuriosa em sua voz, retesei-me para o ataque. — Odeio ser eu a lhe dizer isso, mas Sallie está tendo um caso bastante indiscreto com um médico do hospital. É a grande fofoca da cidade.

— Sei que você adorou ser a pessoa a me contar isso e lhe agradeço pelo delicioso petisco. Só que Sallie já tinha me contado tudo antes. O que eu posso dizer? Somos um casal moderno. Gostamos de banheiras, comida chinesa, filmes estrangeiros e de trepar com estranhos. Isso é problema de Sallie, mãe. Não seu.

— E o que você quer revelar é problema meu. Se você falar a Savannah sobre aquilo, mais cedo ou mais tarde ela vai escrever a respeito.

— Então é isso o que a preocupa?

— Não. Estou preocupada com a possibilidade de se abrirem novas feridas, Tom. Já esqueci o que se passou. Não quero voltar a pensar no assunto. E você prometeu nunca mais falar sobre aquele dia.

— Não vai fazer mal a ninguém.

— A mim, sim. Poderia perder tudo o que tenho, incluindo meu marido, se ele descobrisse.

— Vou contar assim mesmo. Bem, gostei de conversar com você. Como estão as meninas? Você as tem visto?

— Elas parecem bem, para o que se espera de três crianças adoráveis que foram abandonadas pelos pais. Quer que eu converse com Sallie e lhe diga como estou enojada com o comportamento dela?

— Pelo amor de Deus, não faça isso. Seria a pior coisa no momento. Deixe que o caso siga seu caminho. Não tenho sido um bom marido nos últimos dois anos.

— Você está igualzinho a seu pai.

— Eu sei, e a tradução disso é que sou uma merda sem nenhum valor. Mas ficarei imensamente grato se você não disser nada a Sallie.

— Quem sabe podemos fazer um trato? Eu fico calada deste lado e você se cala por aí.

— O que eu vou fazer é para ajudar Savannah. Você não acredita e pensa que estou querendo magoá-la. Mas não é verdade.

— Não sei no que acreditar quando se trata de meus filhos. Fui magoada tantas vezes por vocês que não acredito quando estão sendo gentis comigo. Só penso no que estarão querendo e como vão me trair. Se eu soubesse que iriam ser assim, teria matado todos vocês enquanto ainda eram bebês.

— Levando em conta o que foi nossa infância, teria sido um ato de misericórdia. – Senti o sangue latejar nas têmporas e tentei segurar minha língua, sem sucesso. – Mãe, estamos perdendo o controle. Vamos parar por aqui antes que comecemos a tirar sangue um do outro. Só liguei porque achei que lhe devesse uma explicação. Aquilo aconteceu há quase vinte anos. Não reflete em nenhum de nós. Foi um ato de Deus.

— Do diabo, é o que você deveria dizer. Aconselho você a continuar como se nunca tivesse acontecido. Seria muito melhor para Savannah. E para você e para mim também.

— De onde você tirou essa idéia de que, se a gente simplesmente fingir que algo não aconteceu, essa coisa perde o poder sobre nós?

— É apenas o senso comum. Se eu fosse você, Tom, não daria tanta importância ao passado. Olharia para o futuro. É o que eu faria. Jamais olho para trás. Sabe que não pensei uma única vez em seu pai nos últimos dois anos?

— Você foi casada com ele por mais de trinta anos. Tenho certeza de que ele aparece pelo menos como o conde Drácula em algum pesadelo.

— De maneira nenhuma. Quando digo adeus a alguma coisa do passado, fecho a porta e nunca mais penso nela.

– E em relação a Luke?
– O quê?
– Você pensa em Luke alguma vez? – De imediato arrependi-me da crueldade daquelas palavras.
– Você é um homem mau, Tom – disse minha mãe, a voz fraquejando antes de colocar delicadamente o fone no gancho.

Pensei em ligar de novo, no entanto havia muitas histórias não digeridas flutuando entre nós. A conquista da boa vontade de minha mãe seria um processo árduo, que iria requerer delicadeza e tato impossíveis de se ter por telefone. Há muito tempo não nos encarávamos como amigos. Fazia anos que ela não podia emitir uma única palavra sem que eu não a interpretasse como parte de uma estratégia habilidosa para que eu me sentisse desamparado diante de seus ataques suaves à minha alma. Havia uma dignidade ansiosa, até mesmo adoração, em meu ódio por ela. Por não conseguir entendê-la, encarava todas as mulheres do mundo como estranhas e adversárias. Por não compreender seu amor feroz e traiçoeiro por mim, nunca fui capaz de aceitar o amor de uma mulher sem sentir um profundo temor. O amor sempre aparecia para mim disfarçado em beleza, desfigurado pela suavidade. O mundo pode fazer coisas piores do que tornar nossa mãe uma inimiga, mas não tanto.

Disquei novamente o número. Tocou quatro vezes e ouvi Sallie atender do outro lado.
– Oi, Sallie. Aqui é Tom.
– Alô, Tom – respondeu ela num tom fraternal. – Recebemos sua carta hoje e as meninas sentaram-se à mesa da cozinha para lhe escrever.
– Ótimo, Sallie, minha mãe acaba de ameaçar ligar para você a fim de expressar sua afronta moral. Ela descobriu sobre você e seu amigo doutor.
– Você contou a ela, Tom? Oh! Deus, era só o que faltava!
– É claro que eu não contei.
– Você lhe disse que deveria ser apenas um boato maldoso e que você confiava em minha virtude?

— Não. Aliás, gostaria de ter pensado nisso. Agi como se fôssemos adeptos de troca de casais que trepassem como coelhos nos subúrbios. Disse que sabia tudo a respeito.

— Como foi que ela reagiu?

— Ficou como que em êxtase por saber que o filho se reduzira ao status de corno manso. Em seguida, ameaçou ligar para você e lhe fazer um discurso moral. Achei melhor preveni-la. Ela diz que todos em Charleston estão sabendo do caso. – Sallie não disse nada. – Você já chegou a alguma decisão? – perguntei, encostando a cabeça na cadeira favorita de minha irmã. – Sobre nós dois, sobre você, sobre ele. Sobre o fim desse mundo de merda que eu conheço.

— Tom, pare com isso.

— Ele já contou à esposa, Sallie? Esse é o grande momento de qualquer caso parecido.

— Ele está pensando em contar na semana que vem.

— Então é melhor eu voltar para casa.

— Não seria conveniente, Tom.

— Se eu for, você pode se mudar para o hotel Francis Marion. Mas quero que fique aí. Quero você como minha mulher. Quero namorar você, trepar na praia, na mesa da cozinha, no capô dos automóveis, pendurado na ponte Copper River. Vou sapatear, cobrir seu corpo com creme e lambê-lo devagarinho. Vou fazer o que você quiser. Prometo. Descobri um bocado de coisas aqui e uma delas é que amo você e vou lutar para segurá-la.

— Não sei, Tom...

— Você não sabe? – gritei.

— Tom, isso soou maravilhoso. Mas seria bom se você o dissesse sem sua espertezza e sem brincadeiras. Creio que você nunca declarou que me amava sem fazer alguma piadinha com isso.

— Não é verdade, Sallie. Sempre lhe disse que a amava durante a noite, com grande timidez e embaraço. Fiz isso uma série de vezes.

— Jack me diz isso o tempo inteiro, Tom. Ele nunca é tímido nem fica envergonhado. Ele fala com simplicidade, doce e sinceramente.

— É difícil conversar por telefone... Dê um grande abraço nas meninas por mim.

— Ligue amanhã cedo para que elas possam falar com você.
— Vou ligar. Cuide-se, Sallie. Por favor, vá com calma. Pense muito no que vai fazer.
— Não tenho pensado noutra coisa, Tom.
— Tchau, Sallie. — Ao desligar o telefone, murmurei: — Amo você, Sallie. — Disse com simplicidade, doce e sinceramente na escuridão daquela sala vazia sem nenhuma esperteza, sem piadinhas.

22

Na noite da formatura, minha mãe presenteou a Luke e a mim com duas grandes caixas, enquanto nos vestíamos para a cerimônia. Savannah ganhou um pequeno pacote elegantemente embrulhado.

— Se eu fosse rica, haveria Cadillacs estacionados no gramado — murmurou mamãe com voz lacrimosa e nostálgica. — E eu lhes daria apenas as chaves.

— Por falar em ficar rico, tive uma idéia luminosa outro dia... — começou meu pai, mas se calou de imediato ao perceber o olhar desmoralizador da esposa.

Savannah abriu seu presente em primeiro lugar, tirando do embrulho uma caneta-tinteiro folheada a ouro, que levantou até a luz.

— Isso é para você usar quando escrever seu primeiro livro. Em Nova York — declarou minha mãe, enquanto Savannah a abraçava com força.

— Muitíssimo obrigada, mamãe. É linda.

— Era muito cara, mas consegui uma que estava em oferta. Imaginei que você escreveria poemas mais bonitos se usasse uma caneta mais bonita.

— Escreverei lindos poemas com ela. Prometo!

— Escreva um sobre o paizão — disse meu pai. — Um grande poema requer um tema realmente grande. Como eu.

— Que idéia boba, Henry — resmungou minha mãe.

— Tenho certeza de que vou escrever muitos poemas sobre vocês — anunciou Savannah, sorrindo para nós.

— Abram seus presentes — ordenou minha mãe a Luke e a mim. Juntos, Luke e eu desembrulhamos nossas caixas. Na minha, havia um belo casaco esporte azul-marinho que minha mãe fizera. Luke tirou de seu embrulho um idêntico, muito maior. Provamos e ambos serviram com perfeição. Durante meses, minha mãe se sentara à máquina de costura, enquanto estávamos na escola, preparando aquele momento. Fui até o quarto dela e me olhei no espelho. Pela primeira vez na vida, eu me sentia bonito.

Ela surgiu atrás de mim, irreal, silenciosa como um movimento das nuvens e murmurou:

— Eu lhe disse uma vez que você sempre se lembraria de seu primeiro paletó esporte.

— Que tal estou?

— Se eu fosse uma mocinha, lhe daria uma cantada.

— Não diga bobagens — retruquei, corando.

— Estou falando a verdade. Você é muito mais bonito do que seu pai foi, mesmo no melhor dia da vida dele.

— Eu ouvi tudo — gritou meu pai da sala. — É mentira.

A FORMATURA FOI REALIZADA na quadra esportiva. Os formandos entraram pela porta da frente, em fila dupla, ao som de "Pompa e circunstância." Quando o nome de Savannah foi anunciado como oradora da turma, minha mãe, meu pai, meu avô e minha avó se levantaram e aplaudiram ruidosamente enquanto ela caminhava até o pódio para fazer o discurso de despedida. Meu pai postou-se próximo ao palco e filmou o discurso inteiro para a posteridade. Ela começou a falar, citando o trecho:

> "Fomos criados pela música dos rios, simples e sincera, e passamos nossos dias de infância ao lado daquelas águas, seduzidos pelos encantos da cidade mais adorável das terras baixas da Carolina."

O discurso era impressionista e ardia com uma série de imagens indeléveis, comuns a todos nós. A poetisa ia a público pela primeira vez, impudente com a majestade das palavras, que usava como um pavão abanando as penas da cauda suntuosa pelo simples prazer da ostentação. Savannah tinha um talento especial para o ato final e para o gesto de adeus. Despediu-se do mundo que deixávamos para trás e o fez a seu modo: inimitavelmente, inesquecivelmente.

O inspetor da escola, Morgan Randel, entregou os diplomas um a um e nos desejou sorte no mundo. Houve um modesto aplauso da multidão suarenta para cada um de nós, mas um murmúrio perpassou pelas arquibancadas quando Benji Washington aproximou-se para receber o diploma. Foi então que a turma em peso levantou-se e o aplaudiu de pé. Benji recebeu solenemente o diploma e, com a mesma intolerável dignidade solitária, atravessou o palco, voltando para sua cadeira. Mas, surpreso e envergonhado com o rebuliço, ergueu os olhos e viu a mãe, que pressionava o rosto de encontro ao ombro do marido, com o alívio sincero de quem percebia que a longa provação do filho havia terminado. Era a História que estávamos aplaudindo, pensei, enquanto o aclamava. História, mudança e uma coragem tão sobre-humana que eu nunca veria nada igual, nunca sentiria aquela chama ardendo com tanto brilho subjugada a um ideal. O aplauso aumentou quando ele se aproximou de sua cadeira. Em silêncio, perguntei-me quantos Benji Washington haveria naquela noite no Sul, filhos e filhas negros de ar majestoso, que provaram suas habilidades no meio amargo de alunos brancos, treinados desde o berço para amar a Deus e odiar os negros de todo o coração.

Quando a música recomeçou, marchamos ao calor de junho. Eu suava profusamente porque insistira em usar meu novo paletó esporte sob a beca de formatura.

ERA MEIA-NOITE e estávamos sentados na ponte de madeira que ligava nossa ilha e nossas vidas à parte continental dos Estados Unidos. A lua tremula sobre a água como um disco pálido flutuando na corrente. No alto do céu, as estrelas estão no meio de seu trânsito perfeito pela noite e as constelações renascem no espelho luminoso das marés. Em ambos os lados, o pântano aceita a aproximação das marés com uma paciência vegetal, um velho aroma de luxúria e renovação. Nas terras baixas, o cheiro dos pântanos desagrada aos visitantes, mas para os nativos é a essência perfumada do planeta. Nossas nari nas tremem com o incenso do lar, a sutil vela aromática de nossa terra natal. As palmeiras cerram fileiras na ponta de cada península e o riacho se divide em riachos menores como uma veia abrindo-se em capilares. Um raia nada abaixo da superfície como um pássaro num pesadelo. O vento se levanta da ilha como um mensageiro portando o odor da madressilva e do jasmim. Em um instante, o cheiro penetrante da noite se modifica, diminui, aprofunda-se, diminui novamente.

Savannah senta-se entre os dois irmãos, adorável com seu corpo frágil. Passo o braço por seus ombros e seguro o pescoço forte de Luke com a outra mão, apenas encostando. Luke toma um gole de Wild Turkey e passa a garrafa para nós. Ele havia comprado o uísque, não porque fosse caro, mas porque o associava a caçadas de perus selvagens em frias manhãs de inverno.

— Agora terminou tudo – disse Savannah. – O que diabos isso significou?

— Era apenas algo por que tínhamos de passar antes que nos deixassem ir – sugeriu Luke.

Aliviado pelo uísque eu opinei:

— Não foi tão mau assim. Aposto que ainda encararemos esse período como a melhor época de nossas vidas.

— Foi horrível – replicou Savannah.

— Ora, vamos. Veja o lado melhor. Você sempre dá importância às coisas ruins. – Passei a garrafa para ela. – O céu pode estar perfeitamente azul e você logo anuncia que vai haver um furacão.

— Sou realista. – Ela me deu uma cotovelada na cintura. – E você não passa de um pobre atleta burro. É a única pessoa que eu conheço que realmente gostou do ensino médio.

— E isso me torna detestável, é?

— Nunca confiarei em alguém que tenha gostado do ensino médio – continuou Savannah, ignorando-me. – Nunca confiarei em quem pelo menos o pareça ter tolerado. E vou me recusar a conversar com qualquer um que tenha jogado futebol durante esse período.

— Eu joguei futebol – comentei, magoado pelas observações de minha irmã

— Tiro meu time do campo — disse ela, jogando a cabeça para trás numa gargalhada.

— Não entendo esse seu ódio por esse período, Savannah. Você se saiu tão bem! Foi oradora da turma, líder de torcida, monitora da turma do último ano e eleita como a personalidade marcante.

— Personalidade marcante! — gritou ela para o pântano, já meio alta por causa da bebida. — Evidentemente não houve muita competição por esse título. Eu era uma das poucas pessoas naquela escola com alguma personalidade.

— Eu tenho uma personalidade maravilhosa.

— Você sabe é jogar futebol. Não vai iluminar o mundo com sua personalidade.

— É isso aí, Tom — intrometeu-se Luke. — Você tem uma personalidadezinha de merda.

— Quem é esse grandalhão sentado à sua esquerda, Savannah? — Dizendo isso, apertei o pescoço de Luke. — É grande demais para um ser humano e muito burro para ser um hipopótamo. Agora, diga se não fui brilhante. Diga se não está lidando com uma personalidade de primeira classe.

— Eu gostaria de ser um hipopótamo — continuou Luke. — Só para me sentar no fundo dos rios, assustando as pessoas de vez em quando.

— Por que não tenta descobrir quem você é na faculdade, Tom? — perguntou Savannah. — Por que não procura saber quem mora nessa alma que está por baixo das ombreiras?

— Sei exatamente quem eu sou. Sou Tom Wingo, nascido e criado no Sul, um sujeito comum que vai viver uma vida comum, casar-se com uma mulher comum e ter filhos comuns. Apesar de ser ligado a essa família de loucos e possuir um irmão que não se incomodaria em ser um hipopótamo.

— Você é tão superficial que vai se casar com a primeira moça de tetas grandes que aparecer — completou Savannah.

— É uma ótima idéia — emendou Luke, dando um gole no uísque.

— E você, Luke? — indagou Savannah. — O que há aí para você?

— Aí onde?

— Na vida. Hoje foi a noite da nossa formatura, por isso devemos conversar sobre o futuro e fazer planos.

— Vou ser capitão de barco camaroneiro, como papai. Ele vai ao banco no fim do verão para me ajudar a financiar um barco de pesca.

— Papai deve ter uma ficha ótima no banco – repliquei. – Aposto como não lhe financiariam uma tarrafa ou uma vara de pesca.

— Ele precisa livrar-se de algumas dívidas antes de ir lá.

— Você poderia ser algo mais, Luke – insistiu Savannah. – Muito mais. Você escutou e acreditou em tudo o que disseram a seu respeito.

— Por que você não liga para os treinadores da universidade de Clemson ou da Carolina, oferecendo-se para o time deles? – sugeri. – Eles iriam vibrar de alegria se você jogasse futebol.

— Você sabe que não consigo ter boas notas na faculdade, Tom. Eu não teria concluído o curso secundário se vocês dois não tivessem me ajudado. Não preciso da faculdade para me lembrar de que sou burro.

— Você não é burro, Luke – garantiu Savannah. – Essa é uma das mentiras com que o alimentaram, e você a engoliu inteirinha.

— Obrigado por dizer isso, mana, mas vamos encarar os fatos. Deus se esqueceu de me dar inteligência junto com os músculos. Fiquei em penúltimo lugar na turma. Só Viryn Grant teve notas mais baixas.

— No fim do ano, eu estava trabalhando no departamento de orientação educacional, ajudando o sr. Lopatka a registrar as notas dos alunos nos documentos escolares. Um dia, quando ele saiu para almoçar, descobri quais eram os nossos QIs – disse Savannah.

— Não brinca! – exclamei. – Isso é informação supersecreta.

— Pois eu vi. E foi muito interessante. Principalmente no caso de Luke. Você sabe que tem um QI mais elevado do que Tom, Luke?

— O quê? – retruquei, ofendido.

— Oba! – gritou Luke, assustando uma galinha do pântano que saiu do ninho sobre o capim mais alto. – Passe o uísque para Tom. Isso vai estragar a formatura dele.

— Ora, por que estragar a formatura dele? Todo mundo sabe que o teste de QI não significa nada.

485

– Qual foi seu resultado, Savannah? – perguntei.

– Cento e quarenta, o que me coloca nas alturas, junto com os gênios. Imagino que isso não seja uma surpresa para meu querido irmão.

– Quanto foi o meu? – perguntou Luke, num tom de triunfo insuportável.

– Cento e dezenove. Tom alcançou 115.

– Sou seu irmão gêmeo – gritei, com raiva. – Exijo uma recontagem.

– Sempre achei que Tom era um pouco obtuso – comentou Luke, com uma risadinha.

– Vá se danar, Luke! – xinguei, furioso e preocupado. – Eu pensava que gêmeos tivessem automaticamente o mesmo QI.

– Nem os gêmeos idênticos têm o mesmo QI, Tom – explicou Savannah, divertida. – Mas você realmente saiu em desvantagem.

– Imaginem só. Sou mais inteligente que Tom – exultou Luke. – Vou beber a isso.

– Só que eu uso a inteligência muito melhor do que você – repliquei.

– Sim, claro, irmãozinho. Você se saiu muito bem com esse QI mixuruca que tem. – Luke deitou-se na ponte, ao lado de Savannah, dando risada.

– Bem, decidi ser treinador de futebol. Portanto, não preciso de um supercérebro.

– Você não vai precisar de cérebro nenhum para isso. Que desperdício, Tom! – criticou Savannah.

– Por que você diz isso?

– Se eu pudesse arranjaria um time de assassinos para matar todos os treinadores do mundo. Torturaríamos todos os homens e mulheres acima dos 21 anos que estivessem usando agasalho esportivo e apito.

– Como você os torturaria? – perguntou Luke.

– Em primeiro lugar, eu os faria ouvir música clássica. Em seguida, obrigaria eles a freqüentarem aulas de balé por uma semana. Vamos ver... Depois, faria com que lessem as obras completas de Jane

Austen. E para terminar, submeteria cada um a uma cirurgia de mudança de sexo, sem anestesia.

— Quanta violência, Savannah! – disse. – E que pensamentos estranhos passam por sua bonita cabecinha.

— Se Tom quer ser treinador, deixe-o ser treinador – interveio Luke. – Por que ele não pode ser o que deseja?

— Porque ele poderia ser muito mais. Ele está se vendendo ao Sul por uma miséria. Sinto muito, Tom. Você é uma vítima da Doença Sulista e não existe vacina para salvá-lo.

— Imagino que você vá ser muito importante na maldita Nova York...

— Vou ser estupenda!

— Mamãe ainda quer que você aceite a bolsa de estudos do Converse College – informou Luke. – Eu a ouvi conversando com Tolitha sobre isso outro dia.

— Prefiro morrer a ficar na Carolina do Sul um dia além do necessário. Você sabe o que mamãe sonha para mim? Ela quer que eu me case com algum médico ou advogado que conheça na faculdade, que me estabeleça numa cidadezinha do Estado e que tenha quatro ou cinco filhos. Se forem meninos, ela espera que eu os eduque para serem médicos ou advogados. Até os sonhos dela têm o cheiro da morte para mim. Mas eu não vou entrar nessa. Vou ser o que eu quiser. Em Colleton, o pessoal espera que a gente siga um caminho determinado e a cidade inteira nos vigia para que não nos desviemos dele. As moças são todas bonitas e petulantes e os rapazes, uns garanhões. Não, estou cheia de esconder quem eu realmente sou e o que sinto. Vou para Nova York, onde não sentirei medo de descobrir o que há para ser descoberto em mim.

— De que você tem medo? – perguntou Luke, enquanto uma garça noturna, tímida como uma mariposa, levantava vôo sobre o pântano.

— Tenho medo de que, se permanecer aqui, termine como o sr. Fruit. Louca ou idiota, mendigando sanduíches na porta dos fundos dos restaurantes e bares. Quero estar num lugar onde, se eu enlouquecer por algum tempo, isso passe despercebido. Colleton me deixa meio pirada pelo simples esforço que eu faço diariamente para fingir que sou igual a todo mundo. Eu sempre soube que era diferente. Nasci no Sul e, no entanto, não fui sulista um único dia da minha vida. Isso quase me matou. Sou doente, doente mental desde pequena. Vejo coisas e ouço vozes. Tenho pesadelos horríveis. Quando eu contava isso à mamãe, ela dizia: "Tome duas aspirinas e não coma sobremesa depois do jantar." Fiz um esforço terrível para chegar até aqui.

– Por que você não nos contou? – perguntou Luke.

– O que vocês poderiam ter feito?

– Teríamos dito para você tomar três aspirinas e cortar a sobremesa depois do jantar – disse eu.

– Sabem o que eu vejo na água aí embaixo? – Savannah apontou para a maré iluminada pela lua. – Há centenas de cães afogados com os olhos abertos, olhando para mim.

Olhei para baixo e só vi água.

– É. Talvez você deva mesmo se mudar para Nova York.

– Cale a boca, Tom – exigiu Luke, olhando para Savannah de maneira protetora. – Não há nenhum cão lá no fundo, meu bem. É só sua cabeça brincando com você.

– Às vezes, eu vejo o Menino Jesus de Praga, aquela imagem que papai trouxe da Alemanha. O menino Jesus tem pus nas órbitas dos olhos e acena para que eu o siga. Às vezes, papai e mamãe estão nus, pendurados em ganchos de carne, rosnando um para o outro, dando-se dentadas com suas presas e latindo como cachorros.

– É o diabo ter um QI de 140, não é, Savannah? – ironizei.

– Cale a boca, Tom – insistiu Luke, com mais firmeza, e eu me calei. O silêncio caiu sobre nós; um silêncio embaraçoso e desconfortável.

– Meu Deus! Isso é um verdadeiro mistério. Me dê o uísque, Luke. Sugiro que você beba metade dele quando passar pelas suas mãos, Savannah. Na verdade, se eu ouvisse essas vozes e visse todas essas coisas, ficaria bêbado o tempo inteiro. Acordaria pela manhã, tomaria um trago, depois ficaria bebendo até perder a consciência.

— Por que você não vai ser médico em vez de treinador, Tom? — questionou Luke. — Nossa irmã está com problemas e você fica aí sentado, fazendo piadinhas. Precisamos ajudá-la, e não rir dela.

— Vocês não podem fazer nada, Luke — interrompeu Savannah. — Tenho passado por isso sozinha durante muito tempo. Pedi à mamãe que me levasse a um psiquiatra em Charleston, mas eles cobram 40 dólares a hora.

— Quarenta dólares a hora! — assobiei, admirado. — Eles teriam de me fazer uma massagem e me dar uma caixa de charutos para justificar tanta grana. Pô, talvez eu faça psiquiatria. Digamos que eu trabalhe dez horas por dia, seis dias por semana. Em cinquenta semanas por ano, ajudando pessoas que vêem as mães penduradas em ganchos de açougueiro, vou faturar 120 mil dólares, antes dos impostos. Eu não sabia que se podia enriquecer ajudando os louquinhos!

— Você está bêbado, Tom — censurou Luke. — Cale essa boca ou jogo você no rio, para curar a bebedeira.

— Você acha que consegue me jogar nesse riacho? — Eu ri, fora de controle. — Você está falando com um cara que é *muito* homem. *Muito* homem. Está falando com um jogador de futebol universitário, Luke. Não com um atletazinho do ensino médio com penugem no rosto.

— Desculpe, benzinho. — Luke beliscou Savannah de leve na face. — Preciso ensinar meu irmãozinho a respeitar os mais velhos.

— Não o machuque, Luke. Ele simplesmente não sabe beber.

— Eu não sei beber? — gritei, divertindo-me muito e tomando outro gole na garrafa. — Desafio qualquer homem deste país em matéria de bebida. Sente-se, Luke. Não quero embaraçá-lo na frente das mulheres.

Quando Luke se levantou, eu fiz o mesmo, sentindo as pernas bambas. Enquanto avançava para desafiá-lo, sentia em torno de mim uma aura de invencibilidade alcoólica. Dando um bote, tentei prendê-lo numa "gravata", mas Luke me ergueu no ar e me atirou com facilidade dentro do rio. De pé, engasgado e cuspindo água, ouvi a risada de Savannah ecoar pelo pântano.

— Vocês, jogadores de futebol de faculdade, são o diabo — gritou Luke, enquanto eu lutava com a maré e nadava de volta para a ponte.

— Espero que você não tenha estragado meu casaco esporte novo, Luke, do contrário vamos brigar neste verão.

— Você não devia estar usando o paletó com este calor – respondeu ele antes de pular para dentro do rio. Lutamos na água e ele me afundou muitas vezes até eu admitir que fora derrotado. – Ei, Savannah – chamou Luke. – Tire os sapatos e vamos nadar de volta para casa como fazíamos quando crianças.

Tirei os sapatos, a calça e o paletó e os entreguei a Savannah. Ela se livrou do vestido de algodão e ficou em pé, só de calcinha e sutiã, como uma linda estátua à luz do luar. Erguendo a garrafa de uísque, gritou:

— Vamos fazer nossos brindes finais ao futuro. Em primeiro lugar, eu brindo a Tom. O que você quer da vida, *quarterback*?

Boiando de costas, olhei para seu rosto iluminado pelo luar.

— Vou ser um cidadão comum.

— Então vamos brindar ao cidadão comum. – E tomou um gole da bebida. – Agora, Luke, vamos brindar a você.

— Eu sou um camaroneiro. Vou ser um homem estável.

— Um brinde à estabilidade!

— E quanto a você, Nova York? – perguntei. – Podemos lhe fazer um brinde?

— Pretendo escrever poesias e fazer a vida. Planejo não apenas viver desenfreadamente, como levar uma vida cheia de pecado... Ficar nua, desfilar pela Quinta Avenida, ter casos com homens, mulheres e animais. Vou comprar um papagaio e ensiná-lo a xingar. Como papai, vou filmar tudo e mandar para vocês verem.

— Passe a bebida – pediu Luke, nadando em direção à ponte. Pegou a garrafa, tomou um gole e veio até onde eu estava. – A turbulência – disse, passando a garrafa para mim, por cima da água.

— A Savannah Wingo – gritei. – A mulher mais desenfreada a passar pelo túnel Holland.

— Adeus, Colleton – gritou ela em direção ao Atlântico. – Adeus, Sul. Adeus, futebol. Adeus, caipiras sulistas. Adeus, mamãe. Adeus, papai. E olá, Nova York.

Enquanto eu esvaziava a garrafa, ela deu um mergulho perfeito, entrando na água quase sem agitá-la. Então deixamos que a maré suave nos levasse para casa.

AQUELE FOI O MELHOR verão que tive na ilha. Preparando-me lentamente para a partida, surpreendi-me ao descobrir que não sabia viver sem contar com a família em volta de mim. Poucas vezes antes eu dormira longe dos ruídos de minha família adormecida. Ainda não estava preparado para abandonar o único estilo de vida que conhecera até então. E não havia um antídoto para o crescimento. O terror da partida me dominava, insinuando-se no ritmo de meus tênues gestos de despedida, e eu não conseguia formular as palavras secretas que latejavam em meu peito com uma emoção silenciosa e desarticulada. Um banquete de luzes e tristeza, que durara 18 anos, chegava ao fim e eu não suportava sequer exprimir como me sentia. A família é um dos elementos solúveis da natureza: dissolve-se no tempo como sal na água da chuva.

É verão novamente. O silêncio e o calor são reis que lutam entre si ao longo das margens dos rios. Lemos no jornal que as saúvas atravessaram o rio Savannah e estabeleceram uma colônia na Carolina do Sul. Próximo à ilha Kiawah, Luke capturou seu primeiro tarpão, depois de uma luta que durou uma hora. O peixe saltou, dançou pelas ondas, vigoroso como um cavalo. Quando finalmente conseguimos colocá-lo dentro do barco, Luke beijou-o e o libertou, num gesto de reverência e gratidão. Savannah passou o verão pintando aquarelas e escrevendo poemas, numa imitação de Dylan Thomas. Os dias terminavam silenciosamente e os vaga-lumes agitavam o crepúsculo com suas luzes errantes.

Tentei pôr em ordem os fragmentos de sabedoria que aprendera como criança de ilha e arranjá-los como uma espécie de arquipélago ao qual pudesse retornar quando quisesse. Contei a lenta passagem dos dias como se fossem contas de um rosário que se dissolviam em minhas mãos. Acordava cedo pela manhã e via meu pai sair em direção ao barco camaroneiro. À noite, os vaga-lumes flutuavam pela escuridão num zodíaco acidental inconstante. Tensos e constrangidos, éramos delicados uns com os outros naquele verde verão de junho.

Nos olhos de minha mãe, interpretamos um texto sombrio que traduzimos como medo da meia-idade, uma perda de sentido na vida. Ela não sabia encarar o mundo exceto como mãe. Com nossa nova liberdade, perdera o senso de definição. Estávamos preocupados em deixá-la para enfrentar sozinha uma vida com meu pai. Zangada conosco, ela tomava nosso crescimento como uma traição imperdoável. Naquele verão, não nos deixou trabalhar uma única vez no barco de papai. Exigiu que fôssemos seus filhos em período integral para marcar o último verão de nossa juventude. Tinha 37 anos ao terminar sua vida como mãe e não tolerava a idéia de dirigir uma casa sem o riso e as lágrimas dos filhos. Passamos quase todo o tempo em sua companhia, enquanto os camarões enchiam os riachos, e as garçotas, como pilares de sal fresco, formavam pequenas colunatas nos campos da parte central da ilha. Tudo estava como sempre fora, mas logo iria mudar, de maneira horrível, irrevogável. Aproximávamos do momento em que as liturgias do hábito se desmontariam num conflito singular que transfiguraria nossas vidas.

No dia 19 de julho, minha mãe comemorou seu trigésimo sétimo aniversário e nós lhe fizemos uma festa. Savannah preparou um bolo de chocolate e Luke e eu fomos de barco até a cidade para comprar o maior vidro de Chanel nº 5 que Sarah Poston vendia na butique. A sra. Poston nos assegurou que só as mulheres "três elegante" usavam Chanel. Apesar de sua habilidade como vendedora ser muito melhor do que seu francês, compramos o perfume, que ela embrulhou para presente com papel cor de lavanda.

À noite, minha mãe soprou três vezes até apagar todas as velinhas do bolo. Enquanto a família caçoava, ela se preocupava achando que tinha alguma doença no pulmão causada pela idade avançada. À luz dourada das velas, seu rosto irradiava uma beleza incomum. Quando sorriu para mim, senti-me purificado no recanto secreto de sua mais elevada afeição, Ao me beijar, aspirei o aroma de Chanel que perfumava seu pescoço. Durante nosso abraço, desejei chorar com toda a impetuosidade e a ternura que um menino colocava na tarefa de amar sua mãe, mas permaneci em silêncio, a cabeça recostada em seu ombro, sentindo a maciez de seus cabelos.

Naquela noite, Luke nos surpreendeu ao perder o controle enquanto ouvia Savannah e eu conversarmos a respeito de ir embora da ilha no fim de agosto. Como minha mãe, ele se recusava a reconhecer o fato de que nossas vidas seriam diferentes e que a infância não voltaria mais – era um trecho de música perdido no correr do tempo, inefável e emudecido. Trêmulo, Luke chorava num suave adágio de sofrimento, embora seu pesar fosse impregnado de força. Ao vê-lo em lágrimas, aprendia-se algo sobre a melancolia dos reis, a solenidade de um leão banido do lugar de honra. Desejei abraçá-lo e sentir seu rosto de encontro ao meu. Mas não consegui. Foi Savannah quem o abraçou e lhe jurou que nada mudaria. Luke pertencia à ilha. Savannah e eu simplesmente havíamos nascido ali, mas não fazíamos parte dela. Pelo menos, esse era o mito que nos sustentava, que alimentava nosso sonho de partir para além dos limites da família.

– Por que essa choradeira toda? – perguntou meu pai.

– Luke está triste porque vamos deixá-lo – explicou Savannah.

– Ah, essa não, meu rapaz. Agora você é um camaroneiro. Camaroneiros não choram.

– Fique quieto, Henry. Deixe o menino em paz – pediu minha mãe.

– Realmente eu criei uma família sensível. Não há nada que eu odeie mais que uma família sensível.

MAIS TARDE, nós nos deitamos sobre o cais flutuante enquanto o rio se enchia com o esplendor da totalidade ao se aproximar do mar. À luz escassa da lua nova, avistamos todas as estrelas que Deus quisera que o olho humano pudesse ver naquela parte do mundo. A Via Láctea era como um rio claro de luz, mas, simplesmente levantando a mão na frente do rosto, eu aniquilava metade daquelas estrelas. A maré estava descendo e os caranguejos tinham saído das tocas de lama. Os machos acenavam com as pinças em sincronismo com as marés, as estrelas e os ventos. Comunicavam com seus braços de marfim que o mundo estava como fora programado para ser. Milhares deles mostravam a Deus, por meio de gestos, que a maré havia descido, que Pégasus brilhava com a magnitude exata, que as doninhas cantavam nas águas velozes, que a lua fora fiel a seu pacto. Aquele movimento era uma dança, um certificado de fé, uma cerimônia de afirmação divina. Como um caranguejo, ergui o braço e acenei para Órion, que passava sem pressa, em formação de batalha. A constelação estava a milhões de quilômetros e, no entanto, parecia mais próxima que as luzes de minha casa.

No dia 3 de agosto, dormi outra vez no desembarcadouro sob um vento que se elevava de sudeste. Ao meio-dia, a maré estava cheia e, quando se inverteu, os ventos impediram que as águas vazassem. Uma luta titânica aconteceu, com o vento espalhando devastação entre os pomares e as plantações de feijão. Após o almoço, Luke convidou Savannah e a mim para acompanhá-lo ao extremo sul da ilha, onde planejava passar a tarde adubando o bosque de pecãs que não dera frutos durante dois anos. Descontraído, eu lhe disse que pouco me importava se os pés de pecãs de Melrose não produzissem uma única noz nos próximos cinqüenta anos, e que não pretendia andar pela ilha com um tempo tão esquisito. Savannah e eu ficamos com mamãe enquanto ele saía de casa e caminhava pela estrada que atravessava o pântano, com o vento às suas costas.

Sintonizamos uma estação de rádio da Geórgia e fizemos coro, na tentativa de criar um ambiente agradável, a cada vez que tocavam uma música de que gostávamos. Quando a canção favorita de minha mãe começou a tocar, cantamos ruidosamente, cada um fazendo pose de *crooner* de orquestra, em microfones invisíveis para o prazer das multidões extasiadas. No fim da música, aplaudimos uns aos outros e nos revezamos em reverências, curvando o corpo, jogando beijos para nossos fãs exaltados.

Estávamos conversando quando o noticiário interrompeu nosso recital. A parte nacional do jornal falado logo deu lugar ao noticiário local: o governador da Geórgia pedira ao governo federal fundos para evitar erosões posteriores em Tybee Beach; três homens haviam fugido da prisão Reidsville, na Geórgia central; acreditava-se que estivessem armados e que se dirigissem para a Flórida; tinham assassinado um guarda da prisão durante a fuga. A Sociedade Histórica de

Savannah emitira um protesto contra a concessão de licença para a construção de um hotel no distrito histórico. Um homem fora preso por vender bebida alcoólica a um menor num bar de River Street. A voz alegre de minha mãe e a do locutor do rádio misturavam-se naquela hora.

A chuva caía quando o Homem do Tempo anunciou que havia 40% de chance de que isso ocorresse naquela tarde. No fim do noticiário, o som do conjunto Shirelles ecoou pela sala. Com um grito de alegria, minha mãe pôs-se a dançar o *shag* da Carolina com Savannah. Como a maioria dos atletas da escola secundária de minha geração, aprendi os passes de futebol antes de aprender a dançar. Assim, observei seus movimentos sensuais com uma sensação de alegria e ao mesmo tempo de vergonha. Uma timidez inata me impedira de pedir à minha mãe ou à minha irmã para que me ensinassem. Eu me envergonhava só em pensar em segurar-lhes as mãos. Enquanto isso, mamãe conduzia Savannah pela sala com elegância e firmeza.

Sem saber que a casa estava sendo observada, mãe e filha dançavam felizes enquanto eu cantava junto com os Shirelles e batia palmas ao ritmo da música. Apesar dos trovões sobre o rio, nossa casa era um lugar de música, dança e de tamborilar suave da chuva no telhado. Estávamos prestes a aprender que o medo é uma arte tenebrosa que requer um professor perfeito. Estávamos prestes a escrever com sangue nossos nomes nas páginas indiferentes do livro das horas. Os professores perfeitos haviam chegado. E tudo começou com música...

Ao ouvirmos uma batida à porta, nós nos entreolhamos, porque não havíamos escutado nenhum carro se aproximar da casa. Dando de ombros, fui ver quem era. Assim que abri a porta, senti o aço frio da arma de encontro à minha têmpora. Olhei para o homem. Mesmo sem barba eu conhecia muito bem aquele rosto. Através da janela do tempo, recordei a crueldade e o magnetismo de seus olhos pálidos.

— Callanwolde – disse eu, e ouvi minha mãe gritar às minhas costas. Nesse instante, dois homens irrompiam pela porta dos fundos e, mais uma vez, a rádio alertava que três homens armados haviam fugido da prisão Reidsville e se dirigiam para a Flórida. Anunciaram seus nomes: Otis Miller, aquele que certa vez chamamos de Callanwolde;

Floyd Merlin; Randy Thompson. Dominado pela impotência, pelo medo, por uma covardia profunda, caí de joelhos e balbuciei palavras incoerentes.

— Nunca esqueci você, Lila — declarou o gigante. — Em tantos anos na prisão, era de você que eu me lembrava. Guardei isto para me lembrar de você. — E mostrou os fragmentos manchados da carta que minha mãe escrevera em Atlanta para meu avô durante a Guerra da Coréia, aquela carta que jamais fora entregue na ilha.

O homem gordo segurava Savannah pelo pescoço e a forçava em direção à porta do quarto. Minha irmã lutava e gritava, mas o sujeito a agarrava rudemente pelos cabelos e a obrigava a entrar.

— Está na hora de a gente se divertir — disse ele, piscando para os outros antes de bater a porta.

— A mulher é minha! — Callanwolde fitava minha mãe com um olhar tão libidinoso que parecia encher de veneno o ar da sala.

— Tom, ajude-me, por favor.

— Não posso, mamãe... — Entretanto, dei um salto repentino em direção ao lugar onde se penduravam as armas na parede. Callanwolde interceptou-me e me empurrou para o chão. Depois, aproximando-se de minha mãe, a arma apontada para ela, disse algo que não entendi:

— O menino é seu, Randy. Me parece razoável.

— Carne fresca — disse Randy, olhando para mim. — Não há nada que eu mais goste do que carne fresca.

— Tom — repetiu minha mãe —, você tem de me ajudar.

— Não posso... — Fechei os olhos enquanto Randy encostava a faca em minha jugular e Callanwolde empurrava mamãe para o quarto e a jogava na cama em que fui concebido.

Randy cortou-me a camisa nas costas, arrancou-a e me disse para soltar o cinto. Obedeci, sem saber o que ele queria, e minha calça caiu ao chão. Natural da zona rural da Carolina do Sul, eu não sabia que um menino poderia ser estuprado. Mas meu professor viera até minha casa.

— Hum, muito bom. Qual é o seu nome, menino bonito? Diga a Randy seu nome. — Randy pressionava a faca de encontro a meu pescoço, enquanto os gritos de minha mãe e de minha irmã ecoavam pela casa. O hálito dele tinha um cheiro acre e metálico. Seus lábios encostados em minha nuca sugavam minha pele, e sua mão livre acariciava meus órgãos genitais. – Diga seu nome, menino bonito, antes que eu corte sua garganta de merda – murmurou ele.

– Tom – respondi, numa voz irreconhecível.

– Você já teve homem antes, Tommy? – Naquele instante Savannah chorava no quarto. – Não, claro que não. Eu serei o primeiro, Tommy. Vou foder você gentilmente, antes de cortar sua garganta. – Randy apertava meu pescoço com a mão esquerda com tanta força que pensei que fosse perder a consciência. A lâmina da faca roçou-me a cintura quando ele cortou minha roupa de baixo. Então, fui agarrado pelos cabelos e forçado a ficar de joelhos. Eu não sabia o que ele estava fazendo até que senti seu cacete em meu traseiro.

– Não – implorei.

Randy puxou-me os cabelos com força e me feriu com a faca enquanto sussurrava:

– Vou te foder e você vai sangrar até a morte, Tommy. Não me importa.

Quando fui penetrado tentei gritar, mas não pude. Sentia-me incapaz de expressar tanta degradação, tanta vergonha. O cacete enorme me machucava ao forçar caminho para dentro. Senti um fluido correr pela coxa e pensei que ele tivesse gozado. Mas era meu próprio sangue que corria. Randy continuava a forçar mais fundo enquanto minha mãe e minha irmã gritavam meu nome, implorando ajuda.

– Tom, Tom! – era Savannah, com voz exausta. – Ele está me machucando, Tom.

Com os olhos cheios de lágrimas, eu mal sentia os movimentos de Randy, que murmurava:

– Diga que está adorando, Tommy. Diga que está achando delicioso...

– Não – sussurrei.

– Então vou cortar sua garganta, Tommy. Vou gozar no seu rabo enquanto você estiver sangrando até a morte. Diga que adora isso.

– Adoro isso.

— Diga bonitinho, Tommy.

— Adoro isso – repeti, agora com falsa doçura.

Humilhado e impotente, experimentei uma transformação silenciosa dentro de mim enquanto o homem gemia e pressionava mais fundo. Randy não percebeu o momento sutil em que uma fúria assassina tomou meu corpo. Levantei o rosto e tentei afastar o terror de minha cabeça. Meus olhos percorreram a sala e chegaram ao espelho biselado sobre a viga da lareira. Emoldurado ali, vi o rosto de meu irmão, olhando pelas janelas da parte sul da casa. Sacudi a cabeça de leve e fiz com os lábios a palavra '"não". Afinal todos os rifles estavam dentro de casa e nossa melhor chance estava em que Luke corresse para pedir ajuda. Quando olhei de novo, ele não estava mais lá.

— Converse comigo, Tommy – murmurou Randy. – Diga alguma coisa doce, meu bem.

Então, escutei através do vento o som de algum lugar do passado, que não pude identificar de imediato. Parecia o grito de um coelho sendo levantado do campo, empalado pelas garras de um falcão. O vento soprava com força por entre as árvores e os galhos batiam de encontro ao telhado da casa. Escutei o ruído mais uma vez, sem conseguir localizá-lo nem saber de onde vinha. Será que os homens ouviriam?, perguntei-me. E gemi alto encobrindo o som.

— Adoro quando você geme, Tommy – disse Randy Thompson. – Gosto mesmo.

— Por favor, por favor – minha mãe gritava. Então ouvi de novo o som que vinha do lado de fora e, desta vez, reconheci-o. Era o barulho de uma roda girando em torno de um eixo não lubrificado; o som do verão anterior, dos inebriantes dias de disputa em que Luke e eu iniciamos nossa preparação para a última temporada de futebol. Era o som da vida metódica do início de agosto, quando Luke e eu pusemos as ombreiras e sapatos especiais e inauguramos um método pessoal de robustecer o corpo para os jogos de setembro. Ele e eu tomávamos posição atrás da jaula do tigre e, juntos, a empurrávamos para cima e para baixo na estrada até cairmos de exaustão. Naqueles exercícios de condicionamento físico, forçávamos o corpo até os limites extremos da resistência humana, para nos tornarmos mais fortes do que qualquer dos meninos ferozes que se arremeteriam sobre nós em campo. Diariamente, nós nos machucávamos no esforço inflexível para preparar o físico com uma disciplina cruel inventada por nós mesmos. Empurrávamos a jaula pela estrada, indo e voltando até que não nos agüentávamos de pé sem que os joelhos se dobrassem sob nosso peso. Na primeira semana, deslocávamos a jaula apenas alguns metros por vez; na época dos treinos, porém, já podíamos levá-la por 400 metros antes de cairmos tontos com o calor de agosto.

Agora, eu imaginava a luta de meu irmão ao empurrar a jaula sozinho em direção à casa, as rodas afundando-se na terra molhada, os movimentos dele traídos pelo ranger do eixo da roda esquerda.

Gritei quando o homem gozou dentro de mim, seu sêmen misturando-se com meu sangue. Quando ele se levantou, apertou a faca com mais força contra meu pescoço.

— E agora, como é que você quer morrer, Tommy? Do que você tem mais medo? De faca ou de arma de fogo? — E Randy encostou-me na parede, apontando a pistola para minha cabeça e a faca de encontro à minha virilha. — Da faca, não é, Tommy? Eu imaginei. Vou cortar suas bolas fora e entregá-las a você. Está de acordo? Vou fatiar você, pedacinho por pedacinho. Acabo de te foder no rabo, Tommy. Agora você me pertence. Vão te encontrar com minha porra no rabo, Tommy.

Fechando os olhos, estendi imperceptivelmente os braços para os lados. Quando Randy me beijou e eu senti sua língua dentro da minha boca, minha mão direita pousou num pedaço de mármore. Os olhos dele permaneciam abertos enquanto me beijava; mesmo assim, meus dedos envolveram lentamente o pescoço da imagem do Menino Jesus de Praga que meu pai roubara da igreja do padre Kraus, na Alemanha, depois da guerra. Savannah e minha mãe ainda gritavam de seus quartos.

— Tom! — O desespero de suas vozes me partia o coração. Enquanto isso eu escutava a roda mover-se, até que algo encostou na porta dos fundos. De repente, houve uma batida forte ali, como se alguém estivesse chegando.

— Não se mexa, Tommy. Não diga uma palavra, do contrário eu te mato – murmurou Randy Thompson.

Callanwolde saiu do quarto, ainda fechando o zíper da calça. Minha mãe jazia nua sobre a cama, o braço cobrindo os olhos. Callanwolde juntou-se ao estuprador de minha irmã, que veio do quarto apenas de cueca, mal disfarçando a ereção de poucos instantes atrás. Ambos tomaram posição em volta da sala e apontaram as armas para a porta.

— Corra, Luke, corra – gritou minha mãe, do quarto. Callanwolde abriu a porta com um solavanco, quase no mesmo instante em que a jaula se abria ali. Ele acabara de estuprar e sodomizar minha mãe e agora estava face a face com um tigre de Bengala.

Randy Thompson ficou imóvel, os olhos fixos na porta da jaula, enquanto César rugia e avançava para a luz da sala.

O tigre deu um salto, vindo das sombras. Um tiro ecoou no ar junto com o grito de Callanwolde, que cambaleou para trás, o rosto preso entre os dentes do animal. Quando Randy Thompson levantou sua arma eu peguei a imagem de mármore entre as mãos, como se fosse um taco de beisebol. Enquanto César destruía o rosto do sujeito que estuprara minha mãe, pedaços da cabeça de Randy Thompson atingiam a parede do outro lado da sala. Quase o decapitei com a fúria de meu impulso, sentindo o gosto de sua língua ainda fresco em minha boca. Montando nele, alheio ao tigre, ao terceiro homem e aos gritos, continuei a golpeá-lo com fria pontaria, enterrando fragmentos do seu crânio para dentro de seu cérebro. Floyd Merlin gritava e atirava a esmo, mas uma bala atingiu o flanco de César, fazendo o sangue fluir. Callanwolde gemia sob o peso do tigre até que este brandiu a pata e rasgou-lhe a garganta, expondo a espinha. Floyd Merlin retrocedeu, berrando desesperado. O pandemônio se instalara na casa. O cheiro de morte, de sangue fresco e o rádio tocando uma canção de Jerry Lee Lewis fizeram Floyd Merlin descobrir, antes de morrer, que haviam cometido um erro ao escolherem a casa dos Wingo. Ainda recuando, ele deu o último tiro em direção ao tigre e logo me viu levantar com a imagem nas mãos. Corri para a esquerda e impedi sua retirada pela porta dos fundos. Savannah fora até o armário, carregara sua espingarda com incrível concentração e saíra do quarto rugindo, como a mulher mais perigosa do mundo. A garota que Floyd Merlin estuprara encostou o cano da espingarda na virilha dele e puxou o gatilho. O sangue e as vísceras do sujeito quase me cegaram. Então Luke passou correndo por mim e agarrou uma cadeira da sala de jantar, com a qual enfrentou o tigre.

— Parem todos – ordenou meu irmão. – Preciso colocar César de volta na jaula.

— Se ele não voltar para a jaula, eu o mando para o outro mundo – declarou Savannah, chorando. Sangrando, o animal cambaleava. Seus dentes respingavam sangue e ele estava ferido e desorientado. Mas, com uma patada forte, quebrou uma das pernas da cadeira que Luke segurava para dirigi-lo à porta dos fundos.

— Vamos lá, menino. Volte para a jaula. Você foi ótimo, César.

— Ele está morrendo, Luke – disse minha mãe.

— Não, não diga isso. Por favor, não diga isso, mãe. Ele nos salvou. Agora precisamos salvá-lo.

Deixando para trás pegadas sangrentas no chão, como rosas grotescas impressas na madeira de granulação fina, o tigre rumou para a porta. Ainda girou a cabeça uma vez, e depois caminhou com esforço até a segurança da jaula. Luke abaixou a porta e trancou-a.

Então, a família inteira se desmoronou, gritando como anjos feridos ao som do vento que soprava forte de encontro à casa do rádio que continuava a tocar. Choramos copiosamente, com o sangue dos atacantes em nossas mãos e rosto, nos móveis e no chão. A imagem do Menino Jesus de Praga jazia a meu lado, também ensangüentada. Em questão de minutos, havíamos matado os três homens que tinham trazido a destruição e o massacre ao nosso lar e estabelecido sua posse com o ritual negligente do pesadelo. Em nossos sonhos, eles se ergueriam milhares de vezes da poeira do terror e do estupro. Num esplendor imortal, reconstruiriam seus corpos desmantelados e entrariam com ímpeto em nossos quartos como guerreiros da maldade, saqueadores e conquistadores; e nós, mais uma vez, sentiríamos o hálito deles no nosso e as roupas sendo arrancadas de nossos corpos. O estupro é um crime contra o sono e a memória; sua imagem consecu-

501

tiva se imprime num negativo irreversível na câmara escura dos sonhos. Pelo resto de nossas vidas, aqueles três homens mortos e massacrados nos ensinariam repetidamente a terrível constância que acompanha o ferimento do espírito. Apesar de nossos corpos ficarem curados, nossas almas experimentaram um dano além de qualquer compensação. A violência envia raízes profundas para dentro do coração; essas raízes não têm estações, estão sempre maduras, verdejantes.

Eu tremia por inteiro enquanto chorava. E, ao levantar as mãos para esconder o rosto, sem perceber cobri-me com o sangue de Randy Thompson. Seu esperma ainda escorria por minhas pernas. Ele me dissera uma verdade antes de morrer; alguma coisa em mim sempre lhe pertenceria. Aquele homem hipotecara uma porção de minha adolescência, roubara minha certeza de que o mundo era ministrado por um Deus que me amava e que criara o céu e a terra como um ato de divina alegria. Randy Thompson aviltara minha imagem do universo e me instruíra extraordinariamente bem na futilidade de se manter uma fé infinita no Éden.

Durante 15 minutos, ficamos prostrados no chão daquele matadouro que fora nossa casa e esconderijo. Luke foi o primeiro a falar.

— Vamos chamar o delegado, mãe.

— Não ouse fazer isso — respondeu ela, furiosa. — Nós somos Wingo. Temos orgulho demais para confessar o que aconteceu aqui hoje.

— Mas não há outra saída. Três homens estão mortos em nossa sala. Precisamos explicar isso a alguém.

— Isso não são homens, Luke. São animais. São feras. — E ela cuspiu no corpo do homem que estuprara Savannah.

— Temos de levar Tom ao médico — propôs meu irmão. — Ele está ferido.

— Onde é que você se feriu, Tom? — A voz minha de mãe era intangível, metafórica, e ela falava num tom indiferente como se estivesse se dirigindo a estranhos.

— O homem estuprou Tom. Ele está sangrando — informou Luke.

Ela deu uma risada fora de lugar, lunática, e então declarou:

— Um homem não pode ser estuprado por outro, Luke.

— Bom, ninguém disse isso para aquele cara. Eu o vi fazer algo com Tom...

— Quero esses corpos fora daqui. Vocês vão levá-los para as profundezas do bosque e enterrá-los de modo que ninguém os encontre. Savannah e eu lavaremos a casa com a mangueira. Não quero que haja aqui o menor sinal desses animais quando seu pai voltar. Fique calma, Savannah. Tudo terminou. Concentre-se em alguma coisa agradável, como comprar um vestido novo. E ponha uma roupa. Você está nua na frente de seus irmãos. Tom, vista-se também. Imediatamente. Depois, arrastem essas carcaças para fora daqui. Pare de chorar, Savannah. Estou falando sério. Controle-se. Pense numa coisa bonita, um passeio romântico pelo rio Mississippi. A música está tocando. Há bastante vinho e a brisa sopra fresca de encontro ao seu rosto. Um milionário sai para o luar e a convida para uma valsa. Você já viu o rosto dele nas colunas sociais e sabe que ele pertence a uma das famílias mais ricas de Nova Orleans. Ele cria cavalos puro-sangue, come ostras, bebe champanhe...

— Mãe, você está falando como uma louca — interrompeu Luke suavemente. — Deixe-me ligar para o delegado e ele saberá o que fazer. Preciso também falar com o veterinário e ver se ele pode ajudar César.

— Você não vai telefonar para ninguém — cortou ela, furiosa. — Não aconteceu nada. Seu pai nunca mais me tocaria se soubesse que tive relações sexuais com outra pessoa. Nenhum homem de bem se casaria com Savannah se se espalhasse a notícia de que ela não é mais virgem.

— Oh, Deus — gemi, incrédulo, olhando para os corpos nus de minha mãe e minha irmã gêmea. — Meu Deus, por favor, diga que isso é uma brincadeira.

— Vista-se, Tom. Já — ordenou minha mãe. — Temos muito trabalho a fazer.

— Devemos contar isso a alguém — insistiu Luke. — Vocês precisam ir a um médico, e temos de ajudar César. Ele salvou nossas vidas, mãe. Esses homens iam matar vocês.

— Estou pensando na posição de nossa família na cidade. Não podemos expor Tolitha e Amos, nem ficar expostos aos comentários dos outros. Eu me recuso a caminhar pela rua com todo mundo pensando que escrevi aquela carta para esse monstro na prisão. Vão usar essa carta contra mim e dizer que recebi o que merecia. Eu não vou passar por isso.

— Mãe – disse eu –, meu rabo está arrebentado.

— Não permito que essa linguagem seja usada em minha casa. Simplesmente não vou tolerar vulgaridades por parte de meus filhos. Criei vocês para serem cidadãos decentes e refinados.

LUKE E EU CARREGAMOS os três corpos e os empilhamos na parte traseira da caminhonete. Minha mãe me deu um absorvente higiênico, que coloquei embaixo da cueca para estancar o sangue. Quando saímos de casa, Savannah e ela estavam jogando baldes de água com sabão no piso de madeira. Antes minha mãe fizera uma fogueira no quintal para queimar dois tapetes e uma poltrona que se haviam manchado com sangue. Ela parecia estranha, vulnerável e louca ao gritar ordens para nós. César, gravemente ferido, não deixava Luke se aproximar da jaula para cuidar de seus ferimentos. Savannah chorava e não dissera uma palavra desde que a provação terminara.

Enterramos os homens em cova rasa, nas profundezas da floresta, junto a uma árvore coberta de hera. Sabíamos que no próximo verão a hera já estaria cobrindo as sepulturas, com as raízes verdes se entrelaçando entre as costelas dos homens. Acanhado ao lado de meu irmão, com vergonha de que ele tivesse visto o que vira, os dois trabalhamos em silêncio. À medida que o choque daquela tarde diminuía, um cansaço tão dominador quanto um sedativo tomou conta de meu corpo. Sentei-me ao lado das covas e estremeci, frágil e exaurido. Luke teve de me levantar e carregar de volta para a caminhonete.

— Sinto muito que tenham machucado você, Tom. Lamento não ter chegado antes. Eu havia esquecido algo, senão não teria voltado para casa. Nem lembro mais o que foi. Vi as pegadas deles na estrada.

— Mamãe está louca, Luke.

— Não, não está. Ela simplesmente está com medo. Precisamos ficar do lado dela.

— Ela está agindo como se tudo fosse culpa nossa. Ninguém nos culparia. As pessoas teriam pena de nós, se soubessem. Elas nos ajudariam.

— Mamãe não admite que alguém sinta pena dela, Tom. Você sabe disso. E ela não aceitaria ajuda de ninguém. Ela é assim. Devemos nos ajudar e ajudar Savannah.

— Isso não está certo. Por que essa maldita família idiota nunca faz nada certo?

— Não sei. Nós somos esquisitos.

— A família inteira é violentada, e nós matamos os três caras que nos violentaram. E matamos para valer, espalhamos suas tripas pela casa toda, e ela obriga a gente a fingir que não aconteceu nada.

— É esquisito...

— É loucura. Piração, doença. Só porque mamãe e papai são loucos, vamos foder nossas vidas e as de nossos filhos. E a coisa vai ser assim até o fim dos tempos. Isso foi muito ruim para Savannah, Luke. O que vai ser dela? Me diga. Ela vê cães enforcados em ganchos de açougueiro simplesmente por viver o dia-a-dia com nossos pais. O que vai acontecer com ela?

— Ela vai fazer o que tiver de fazer, Tom. Como todos nós.

— E eu? O que será de mim, Luke? – perguntei, recomeçando a chorar. – A gente não passa por um dia como o de hoje sem pagar um preço. Duas horas atrás, havia um cara trepando comigo, enquanto encostava uma faca na minha garganta. Pensei que ia morrer. Pensei que ele ia me abater como a um porco no meio da sala. Ele me beijou, Luke. Mas estava planejando me matar. Você pode imaginar matar alguém que acabou de beijar?

— Não. Não imagino.

— Não podemos fazer como mamãe quer, Luke. Não está certo.

— Já fizemos, Tom. Acabamos de enterrar todas as provas. Agora, teríamos de explicar muita coisa.

— As pessoas entenderiam. Nós estávamos em estado de choque.

— Daqui a um mês, você não vai nem se lembrar do que aconteceu.

— Vou recordar isso, mesmo que viva quinhentos anos.

— É melhor não conversar sobre isso. Aconteceu e pronto. Agora quero ver como posso ajudar César.

Quando voltamos para casa, o tigre estava morrendo. Respirando com dificuldade, seu corpo amarelo e preto estava esticado de encontro às barras da jaula. Luke acariciou-lhe a cabeça, depois encostou o rosto no animal, enquanto lhe alisava o pêlo deslumbrante ao longo da espinha.

— Você foi bom, César — sussurrou meu irmão. — Tão bom que nós não tínhamos o direito de mantê-lo trancado nessa jaulinha cheia de merda. Mas você conseguiu finalmente ser um tigre. Provou ser um tigre de verdade, menino. Você foi infernal, e eu vou sentir muito a sua falta. E você foi o tigre mais valente que já houve. Juro que foi. — Em seguida, Luke levantou o rifle até a cabeça de César e, com lágrimas escorrendo pelo rosto, atirou. Assistindo à cena, incapaz de consolar meu irmão, eu soube que nunca mais veria um menino da Carolina do Sul chorar a morte de um tigre de Bengala.

À NOITE QUANDO meu pai voltou para casa, já havíamos queimado o corpo do tigre, removido os indícios da matança ocorrida à tarde e apagado todos os sinais daquele acontecimento singular que mudaria nossas vidas. Eu tinha coberto com o trator os rastros deixados pelos homens na terra molhada ao longo da estrada da ilha. Encontramos o carro que haviam roubado na Geórgia e um mapa onde a ilha Melrose aparecia no meio de um círculo feito à caneta esferográfica no banco dianteiro. Luke e eu empurramos o automóvel do alto da ponte e ele afundou no canal de 4,5 metros de profundidade. A casa reluzia com a ânsia de minha mãe por apagar todos os vestígios da passagem daqueles homens por lá. Seus joelhos sangravam, refletindo o empenho com que usara a escova de arame no piso de carvalho. A imagem do Menino Jesus de Praga estava de molho numa tina cheia de amoníaco sangrento. Savannah tinha permanecido no chuveiro por mais de uma hora, lavando-se obsessivamente, tentando tirar aquele estranho de seu corpo. Minha mãe orientou-nos quando colocamos a mobília no lugar. Nada deveria ficar como era naquela manhã. Lavamos as janelas, as cortinas e esfregamos as manchas de sangue que haviam secado no tecido dos estofados e nas franjas dos tapetes.

Um drinque esperava por meu pai quando ele entrou em casa naquela noite. A casa recendia a amoníaco e produtos de limpeza, mas meu pai cheirava, como sempre, a peixe e camarão, e nada percebeu, pois o mundo possuía apenas um cheiro para ele. Deixando um balde de peixes na pia da cozinha para que Luke e eu limpássemos, ele foi tomar banho.

Minha mãe preparou os peixes e, durante o jantar, a conversa de meus pais foi tão pouca que quase não resisti ao impulso obsessivo de gritar e virar a mesa. Savannah ficou no quarto e minha mãe contou casualmente que ela parecia estar um pouco gripada. Meu pai não detectou nada fora do comum. Estava exausto depois de um longo dia no barco camaroneiro, lutando contra o vento que viera estranhamente do sudeste. Apelei à sua reserva de disciplina para não contar tudo. Não creio que o estupro tenha me afetado tanto quanto minha lealdade às leis do segredo que mamãe estabelecera. Enquanto durou aquela refeição, aprendi que o silêncio pode ser a forma mais eloqüente da mentira. E eu nunca mais comeria linguado sem pensar no sangue de Randy Thompson em minhas mãos ou em sua língua em minha boca.

Antes da chegada de meu pai naquela noite, minha mãe nos reunira na sala e exigira de cada um a promessa de jamais contar a alguém o que acontecera conosco. Com uma voz que era, ao mesmo tempo, inexpressiva e inflexível, ela dissera que deixaria de ser nossa mãe se quebrássemos a promessa. Jurara não voltar a falar conosco se revelássemos um único detalhe daquele dia. Pouco lhe incomodava se entendíamos ou não seus motivos. Conhecendo a natureza das cidades pequenas, sabia quanto as pessoas se compadeciam e desprezavam as mulheres violentadas, e ela não queria passar por aquilo. Nenhum de nós quebrou a promessa. Sequer conversávamos entre nós sobre o que acontecera. Era um acordo íntimo que nos unia, estabelecido por uma família notável por sua imbecilidade e com uma incrível vocação para o desastre. Em silêncio, reverenciaríamos nossa vergonha particular e a tornaríamos inexprimível.

Apenas Savannah quebrou o acordo, mas o fez com uma grandiosidade terrível e sem palavras. Três dias mais tarde, ela cortou os pulsos pela primeira vez. Minha mãe criara uma filha capaz de ficar em silêncio, mas não de mentir.

Quando terminei de contar esse episódio, olhei para Susan Lowenstein, que estava do outro lado da sala. Após alguns instantes de silêncio, eu disse:

— Está vendo por que a história infantil de Savannah me deixou com raiva? Não acredito que ela não se recorde daquele dia e não quero que escreva sobre isso de maneira embelezada.

— A família inteira poderia ter sido morta...
— Talvez essa não fosse a pior coisa que poderia acontecer.
— O que você acaba de descrever é a pior coisa que já ouvi acontecer a uma família.
— Eu também pensava assim, Susan. Mas estava errado. Essa foi só a preliminar.
— Não estou entendendo, Tom. Você se refere a Savannah e sua doença?
— Não, Susan. Ainda não lhe contei a respeito da mudança para a cidade. Ainda não lhe contei sobre Luke.

23

Um treinador ocupa um lugar de destaque na vida de um menino. Esse é o grande componente de minha questionável vocação inútil. Com um pouco de sorte, os bons treinadores podem se tornar os pais perfeitos com que os jovens sonham e raramente encontram em casa. Os bons treinadores moldam, aconselham e estimulam. É algo lindo observar o processo do esporte. Passei quase todos os outonos de minha vida colocando em movimento multidões de meninos ao longo de grandes extensões de grama. Sob o sol do fim de agosto, escutei os cânticos repetitivos dos exercícios calistênicos, percebi a falta de jeito inicial de meninos que haviam crescido muito, os olhos dos pequenos refreando o medo, e controlei a violência das jogadas. Posso avaliar minha vida pelos times que coloquei em campo – lembro o nome de cada jogador que já treinei. Com muita paciência, esperava a cada ano pelo momento em que conseguia combinar as habilidades e fraquezas dos meninos sob meus cuidados. Sempre esperei por essa síntese miraculosa. Quando ela acontece, olho em torno do campo, para meus meninos, e, num ímpeto de onipotência criativa, tenho desejos de gritar para o sol:
— Por Deus, eu criei um time!

O menino é precioso porque está no limiar de sua geração e sempre tem medo. O treinador sabe que a inocência é sagrada, mas o medo não. Por meio do esporte, ele oferece ao menino uma maneira secreta de penetrar no mistério que é a masculinidade.

Passei o verão com Bernard Woodruff ensinando-lhe todos os métodos secretos. Transmiti-lhe tudo o que sabia sobre o jogo de futebol naquelas sessões de duas horas no meio do Central Park. Ele aprendeu a deter o oponente enganchando-se em mim, e o fez muito bem. Bernard não era um atleta talentoso, porém não se incomodava em machucar o oponente. Machucou-me várias vezes durante os treinos e eu o machuquei muitas vezes mais. Era necessário ser muito ousado para, com apenas 63 quilos, atirar-se na frente de um homem adulto. Jogávamos para uma platéia de grandes edifícios que se elevavam da cidade em torno do parque.

Nossa temporada, no entanto, terminou abruptamente no dia em que ensinei a Bernard a arte do bloqueio de passes. No meio do parque alinhei-me diante dele na posição defensiva.

— Aquela árvore atrás de você é o lançador, Bernard. Tente me impedir de tocá-la.

Ele me encarava, vestido com o uniforme completo, mas eu excedia seu peso em 27 quilos.

— Cuidado com seus pés. Mantenha o equilíbrio e me impeça de chegar perto do seu lançador – continuei.

— Quero jogar como lançador.

— Estou lhe ensinando a avaliar seus atacantes. – Então, atravessei a linha, dei um tapa em seu capacete e o joguei no chão. Toquei a árvore e disse: – Acabo de fazer seu lançador ficar louco.

— Você acaba de fazer papel de atacante. Vamos tentar de novo.

Desta vez, Bernard encostou o capacete em meu peito quando se ergueu para me encontrar. Procurei fugir pela esquerda, mas ele continuou me pressionando enquanto recuava ligeiramente, cuidando de seu centro de gravidade com uma flexão de joelhos e mantendo os pés em movimento. Quando tentei correr, ele me surpreendeu, separando meus pés e passando-me uma rasteira. Caí com força no chão e fiquei sem fôlego.

— Acabo de deixar o lançador feliz, não é, treinador Wingo? – perguntou ele, triunfante.

— Você apenas machucou seu treinador. — Ofegante, lutei para me levantar. — Estou ficando velho para essa merda de jogo. Mas foi ótimo, Bernard. Você acaba de conquistar o direito de jogar como lançador.

— Acertei você naquela jogada, treinador — zombou ele. — Por que você está mancando?

— Porque me machuquei — respondi, caminhando com cuidado, tesido meu joelho esquerdo.

— Os bons jogadores não se preocupam com pequenos machucados.

— Quem lhe ensinou isso?

— Você. Corra um pouco, treinador. Foi o que você disse que eu deveria fazer quando torcesse o pé.

— Você está me irritando, Bernard.

— Então vamos ver você tocar naquela árvore. — Bernard sorria com uma arrogância intolerável.

Alinhei-me na frente dele e, com nossos rostos muito próximos, eu disse:

— Desta vez, vou matar você, Bernard.

Ele tentou o primeiro contato, mas, novamente, eu o fiz perder o equilíbrio empurrando-o com a palma da mão. Bernard recobrou-se e cortou minha arremetida em direção à árvore. Forcei o corpo de encontro ao dele e senti-o cambalear sob meu peso. Eu estava prestes a escapulir pelo lado quando ele me surpreendeu dando um mergulho rumo a meus tornozelos. Caí novamente, com Bernard dando risadinhas embaixo de mim. Deitamos juntos no chão, lutando bem-humorados.

— Acho que você se tornou um jogador de futebol, seu safado! — elogiei.

— Realmente — confirmou uma voz masculina atrás de nós.

— Papai! — exclamou Bernard.

Voltei-me e vi Herbert Woodruff, que observava nossa luta improvisada com um ar que não podia ser classificado como de encantamento. Seus braços estavam cruzados sobre o peito de maneira tão meticulosa quanto duas lâminas num canivete suíço. Ele tinha a pose e a elegância de um dançarino de flamenco e sua beleza morena estava de acordo com isso. No rosto, porém, uma expressão fria e reservada.

— Então é assim que sua mãe permite que você desperdice o verão! – disse rispidamente para o filho. – Você está ridículo.

Pouco à vontade, Bernard não tentou responder ao pai, que fazia absoluta questão de me ignorar.

— O professor Greenberg ligou-me para dizer que você já faltou a duas aulas esta semana. Ele só o aceitou como aluno como um favor especial para mim.

— Ele é mau – murmurou Bernard.

— Ele é apenas rigoroso. Os grandes professores são sempre exigentes. O que lhe falta em talento, Bernard, você precisa compensar com dedicação.

— Olá – interrompi, estendendo a mão. – Meu nome é Tom Wingo, sr. Woodruff. Sou o treinador de futebol de Bernard.

— Não dou apertos de mão. – Ele levantou as mãos longas e bonitas à luz do sol e completou: – Minhas mãos são minha vida. Sou violinista.

— Então, que tal esfregar o nariz como os esquimós? – brinquei, esperando em vão desviar sua atenção de Bernard.

— A empregada me disse que você estava aqui. Vá para seu quarto e treine durante três horas, depois de ligar para o professor Greenberg e pedir desculpas.

— O treino de futebol ainda não terminou – argumentou Bernard.

— Terminou, sim. Terminou para o resto da vida. Isso é mais uma de suas sabotagens com sua mãe.

— Vamos parar por agora, Bernard – ponderei. – Vá para casa e treine como seu pai disse. Talvez a gente descubra se dá para resolver isso. – O rapaz correu para o Central Park West, deixando-me a sós com Herbert Woodruff. – Ele é um bom jogador de futebol – comentei enquanto Bernard atravessava a rua em meio ao tráfego intenso.

Herbert Woodruff se voltou para mim e retrucou:

— E quem liga para isso?

— Bernard liga. – Eu lutava para controlar meu gênio. – Sua esposa me pediu para treiná-lo durante este verão.

— Ela não discutiu esse assunto comigo. Aliás, imagino que isso já lhe seja óbvio, sr... Como é mesmo seu nome?

— Wingo. Tom Wingo.

— Minha esposa fala muito a seu respeito. Você é o amigo sulista que ela arranjou, não?

— Vi você no Festival Spoleto, em Charleston. Você esteve ótimo.

— Sim, obrigado. Conhece a *Chaconne* de Bach, sr. Wingo?

— Conheço pouca coisa sobre música; e tenho vergonha de admitir...

— É uma pena. Quando eu tinha 10 anos, tocava a *Chaconne* sem nem um erro. Bernard mal a incorporou a seu repertório este ano e o melhor que se pode dizer de sua interpretação é que é malfeita.

— Como é que você jogava futebol aos 10 anos?

— Sempre odiei esportes e as pessoas ligadas a eles, sr. Wingo. Bernard sabe muito bem disso. Ele devia considerar o futebol uma coisa exótica comparada às salas de concerto em que cresceu.

— Não creio que o futebol vá lhe causar um dano permanente.

— Pode causar um dano permanente em seu desejo de ser violinista.

— Susan disse que você ficaria aborrecido quando soubesse que estou treinando seu filho.

— Minha mulher é sentimental a respeito de Bernard. Eu não. Também passei por uma adolescência difícil, mas meus pais não me fizeram as vontades. Eles acreditam que a disciplina é a mais elevada forma de amor. Se Bernard precisa de atividade física, a *Chaconne* é um ótimo exercício.

Pegando a bola que estava sobre o gramado, perguntei:

— Por que você não vem aqui de vez em quando com Bernard para jogar um pouco de bola antes do jantar?

— O senhor tem um senso de humor maravilhoso, sr. Wingo!

— Estou falando a sério, sr. Woodruff. Por enquanto, o futebol é apenas uma curiosidade passageira, mas Bernard adoraria se você demonstrasse algum interesse. Isso talvez até acelere seu processo de desinteresse pelo esporte.

— Já dei alguns passos nesse sentido. Vou mandá-lo para um acampamento de músicos nos Adirondacks durante o restante do verão. Minha mulher permitiu que ele desviasse a atenção da música.

— Não é da minha conta, senhor, mas essa não é a maneira como eu lidaria com o problema.

— O senhor está perfeitamente certo, sr. Wingo. Não é da sua conta.

— Se for mandado para o acampamento, Bernard nunca será o violinista que você deseja.

— Sou o pai dele e lhe asseguro que ele será o violinista que eu desejo que seja – garantiu Herbert, voltando-se e caminhando para seu edifício.

— E eu sou o treinador dele – retruquei, às suas costas. – Você acaba de criar um jogador de futebol!

O TELEFONE TOCAVA quando cheguei ao apartamento de minha irmã. Não me surpreendi ao ouvir a voz de Bernard.

— Papai jogou fora meu uniforme – lamentou-se ele.

— Você não devia ter matado suas aulas de violino – respondi.

Depois de alguns instantes de silêncio, ele perguntou:

— Você já ouviu meu pai tocar violino, treinador?

— Claro. E sua mãe vai me levar para outro concerto na semana que vem.

— Ele é um dos 15 melhores do mundo. Pelo menos, é o que diz o professor Greenberg.

— E o que isso tem a ver com suas faltas às aulas de violino?

— Eu não estarei nem entre os dez maiores violinistas do acampamento, treinador Wingo. Entende o que eu quero dizer?

— Sim, entendo. Quando é que você vai para o acampamento?

— Amanhã.

— Posso levá-lo à estação?

— Sim, seria ótimo.

NO DIA SEGUINTE, fomos de táxi para a estação Grand Central. Depois que Bernard comprou a passagem, caminhamos pela plataforma por onde o trem ia chegar, ele transportando a caixa do violino, e eu, a mala.

— Você cresceu neste verão — comentei, enquanto nos sentávamos num banco.

— Quatro centímetros. E engordei 4 quilos.

— Escrevi para o treinador de futebol de Phillips Exeter.

— E daí?

— Contei-lhe que passei o verão ensinando você a jogar. Recomendei você como um provável integrante do time do segundo ano.

— Papai me proibiu de voltar a jogar futebol.

— É uma pena. Você teria se tornado um ótimo jogador.

— Você acha mesmo?

— Você é durão, Bernard. Quando me derrubou ontem, eu lutava com todas as forças para passar por cima de você.

— Diga isso de novo, treinador.

— Dizer o quê?

— Que sou durão. Ninguém nunca me disse isso antes.

— Você é um rapaz durão, Bernard. Achei que seria fácil derrubá-lo e você me surpreendeu. Aprendeu tudo o que ensinei e ainda pediu mais. Os treinadores adoram isso.

— Você é o melhor treinador que já tive.

— Sou o único treinador que você teve.

— Eu quis dizer professor. Tive professores de música desde os 5 anos de idade. Você foi o melhor de todos, treinador Wingo.

Comovido, por alguns instantes não pude falar. Depois agradeci:

— Obrigado, Bernard. Faz tempo que ninguém me diz isso.

— Por que você foi despedido?

— Tive um esgotamento nervoso.

— Desculpe. Eu não devia lhe perguntar nada.

— Ora, por que não?

— Como é que a pessoa se sente ao ter um esgotamento nervoso? Se não quiser responder, tudo bem.

— Não foi nada agradável – disse eu, evasivo, procurando pelo trem.

— Por que aconteceu?

— Meu irmão morreu, Bernard. – E voltei-me para encará-lo.

— Sinto muito... Vocês eram muito íntimos?

— Eu o adorava.
— Vou escrever uma carta.
— Para quem?
— Vou escrever uma carta declarando que você é um ótimo treinador. Diga apenas para onde devo enviá-la.

Eu sorri.

— Não se preocupe com isso, Bernard. Mas há uma coisa que eu gostaria que você fizesse.
— O quê?
— Gostaria de ouvir você tocar violino.
— Claro – disse ele, abrindo a caixa do violino. – O que você gostaria de escutar?
— Que tal a *Chaconne*?

Bernard concordou e executou a peça maravilhosamente bem, com uma emoção que me surpreendeu. Quando terminou, eu declarei:

— Se eu tocasse violino tão bem, Bernard, jamais tocaria numa bola de futebol.
— Qual é o problema de fazer as duas coisas?
— Nenhum. Mas me escreva. Gostaria de ter notícias suas no ano que vem.
— Vou escrever, treinador.

Enquanto ele guardava o violino na caixa, entreguei-lhe uma sacola da Macy's.

— O que é isso?
— Uma nova bola de futebol. Mantenha-a sempre cheia no acampamento. Procure um companheiro com quem possa jogar. E se esforce para ser um cara legal. Faça amizades. Seja simpático com os professores. Seja atencioso.
— Meu pai odiou você, sabia?
— Mas ele ama você. Adeus, Bernard.
— Obrigado, treinador – despediu-se ele, abraçando-me na plataforma. De volta ao apartamento, recebi um telefonema de Herbert Woodruff, que me convidava para jantar depois do concerto do sába-

do. Não entendi por que ele queria que alguém a quem odiava jantasse em sua companhia, mas eu era da Carolina do Sul e jamais entenderia como a cidade grande funcionava.

Susan Lowenstein já estava em seu lugar quando a encontrei minutos antes da hora programada para o início do concerto. Usava um longo preto e se inclinou para me beijar quando me sentei. A cor preta acrescentava um toque de sensualidade à sua tímida beleza.

— Tom, estes são nossos amigos Madison e Christine Kingsley — disse ela, apresentando-me a um dos mais famosos teatrólogos do país e à sua esposa.

— Quem mais você conhece que seja famoso, Susan? — sussurrei pouco depois. — Quero conhecê-los todos, para fazer o maior alarde quando voltar para a Carolina do Sul.

— Esse casal mora no terceiro andar de nosso prédio. Madison freqüentou a escola preparatória com Herbert. Por falar nisso, Herbert me contou que interrompeu você e Bernard no parque.

— Ele não parecia nem um pouco satisfeito.

— Tenha cuidado perto dele, Tom — aconselhou ela, apertando-me o braço. — Ele pode ser encantador ou caprichoso. É impossível prever.

— Terei cuidado, Susan. Você ficou surpresa por ele ter me convidado?

Ela se voltou para mim, os cabelos negros caindo sobre os ombros alvos. Sua pele possuía um brilho todo especial, apesar da palidez. No consultório, Susan disfarçava sua beleza com um guarda-roupa extremamente discreto, algo que em absoluto não ocorria naquela noite. O preto sobre o corpo de uma mulher bonita fazia todas as outras cores parecerem triviais. Seus olhos encerravam a melancolia ambígua com a qual eu já me acostumara e me observavam à luz suave da sala onde ela aparecia na amplitude de sua feminilidade generosa. Seu perfume me embriagava de desejo; senti um pouco de vergonha, mas não muita, por experimentar aqueles maravilhosos ímpetos de luxúria pela psiquiatra de minha irmã.

— Sim – confirmou Susan. – Fiquei chocada. Ele deve ter gostado de você.

O ar estava cheio com os obstinados solilóquios dos instrumentos que eram afinados. Por fim, quando a cortina subiu, Herbert Woodruff apareceu com um ar majestoso, agradecendo os aplausos e acenando aos músicos para que se levantassem e fizessem a reverência inicial.

Eu me esquecera por completo da existência da flautista loira e aflita que conhecera no consultório de Susan, até que a vi levantar-se junto com os outros músicos para agradecer a ovação. Lembrei que nunca vira uma mulher mais bonita – seu nome era Monique, eu lhe havia mentido dizendo ser advogado e Susan achava que ela estava de caso com Herbert. Ela se sentou e ergueu a flauta até os lábios, num fluido movimento prateado. Inspirou profundamente e, ao expirar, uma explosão alegre de notas trouxe Vivaldi recriado para a sala. Herbert, por sua vez, fez um emocionado movimento de braço, respondendo-lhe na mesma linguagem. Juntos, eles moldavam a afinidade erótica entre a flauta e o violino. Herbert tirava música de seu instrumento como se levantasse a seda da mesa de uma costureira. Queixo pousado no violino com formato de corpo de mulher, sua música parecia ressoar por seus músculos e seu sangue. Emanando poder dos braços e pulsos, durante toda a apresentação ele foi um pouco dançarino e um pouco atleta. A música harmonizava-se, aglutinava-se em perguntas em frases de leite e mel; em seguida, ele respondia em tumulto a essas mesmas perguntas. O conjunto de câmera transformava a sala de concertos num lugar em que as borboletas e os anjos deveriam vir para nascer. Durante duas horas, ouvimos o diálogo entre os instrumentos afinados. E, com Herbert Woodruff, aprendemos muito sobre a amplitude invisível de um homem de talento. Cada movimento seu com o violino era algo sagrado, uma técnica eclesiástica, que comovia a plateia com seu ardor e sua reserva. Nunca senti tanto ciúme de um homem em toda minha vida. Certa vez, conseguira atirar uma bola à distância de 45 metros; era meu único talento, que nunca me pareceu tão desprezível e insignificante como naquele momento. Ninguém de minha família sabia ler uma única nota musical, pensei, enquanto a sonata de Bach se encerrava com um belo floreio.

Nós nos levantamos e ovacionamos Herbert Woodruff e os três músicos cuja perícia estabelecera o contraste que realçara a transcendência pródiga de seu talento. Ao aplaudir, eu sabia que aquela seria sempre a minha carga – não a falta de talento, mas a consciência total dela.

HAVIA ALGO ERRADO e preocupante em minha inclusão no círculo íntimo que ia se reunir para jantar no apartamento dos Woodruff. Susan e eu fomos para lá de táxi, junto com os Kingsley. Só então percebi quanto aquela reunião seria restrita e seleta. Com ar distraído, Susan passou a maior parte do tempo dando instruções na cozinha, enquanto eu preparava os drinques para Christine e Madison. Eu lhes contava sobre a vida na Carolina do Sul quando Herbert entrou, de braço dado com Monique. Seu corpo forte ainda vibrava como na apresentação e a adrenalina porejava em suas veias. Eu conhecia aquela torrente superestimulada de alegria e exaustão do atleta depois de jogar a melhor partida de sua vida. Herbert também, como um atleta, tentava imortalizar aquele momento que não se repetiria; um brilho de êxtase dava luz a seus olhos.

Ele me fitou com um surpreendente sorriso de encanto.

– Menino sulista, estou feliz por você ter vindo.

– Você esteve maravilhoso – eu disse.

– Nós nunca tocamos juntos tão bem – declarou Monique antes de Hebert apresentá-la a mim. – Já nos conhecemos – acrescentou, num tom de voz que revelava que o assunto deveria terminar ali.

– Posso lhes preparar um drinque? – perguntei.

– Uísque com gelo para mim, Tom – pediu Herbert. – E vinho branco para a encantadora Monique. Agora, enquanto prepara as bebidas, vou tocar algo só para você. Diga o que gostaria de escutar. Não quero ainda aposentar o Stradivarius por hoje.

– Conheço pouco música clássica, Herbert. Qualquer peça está bem para mim.

— Nosso amigo Tom é treinador de futebol na Carolina do Sul, Monique – explicou ele, segurando o violino sob o queixo.

— Pois eu pensava que fosse advogado!

— Eu não entendia por que Bernard não progredia como violinista, até que descobri que Tom estava treinando meu filho na arte varonil do futebol!

Madison Kingsley acrescentou:

— Eu imaginava que Bernard nem sequer soubesse o formato de uma bola de futebol.

— Mas é ótimo que ele demonstre interesse por alguma coisa – emendou Christine Kingsley.

Senti tensão em torno de mim. Mesmo assim, sorri e entreguei a Monique o copo de vinho branco, e coloquei o uísque de Herbert sobre a mesinha de centro. Os sulistas sempre cometem o erro de acreditar que podem ressuscitar as velhas cortesias e se tornar invisíveis em qualquer festa comprometida por sua presença. Era perigo o que demonstrava o olhar de Herbert sobre mim. Percebi de repente que errara ao aceitar seu convite. Só que era tarde demais para fazer alguma coisa a não ser mergulhar bem-humorado na diversão que se seguia ao recital. Eu tinha poderes de camaleão, ou pensava que os tivesse, poderes de mimetismo e de sublimação. Imaginava-me um ouvinte heróico, um grande apreciador do humor alheio, e trazia comigo a sabedoria instintiva dos sulistas de conhecer seu próprio lugar. Notei a importância daquele momento no instante exato em que entrei em águas profundas demais para mim.

Sob esses presságios, jazia um reinado de sentimentos grandiosos. Uma rara expansividade se insinuara em minha consciência. Quantas noites eu passara sozinho no apartamento de Savannah. A solidão se estendera além dos limites, alimentada à força em doses semanais. O simples som de vozes humanas ali na sala, abafado e agradável, atingia-me como uma música recém-composta e suavizava a couraça de solidão que a cidade grande sempre deixava em volta do meu coração. Eu possuía a curiosidade do intruso nos assuntos que as celebridades conversavam em particular enquanto comiam uma salada mista. E queria fazer parte daquela noite, ganhando o apoio daquelas pessoas ao envolvê-las nas cortesias simples de minha educação.

Herbert Woodruff executou "Dixie" em seu Stradivarius. Nunca "Dixie" fora tocado com tanta perfeição ou com intenção tão irônica. Herbert exagerava os movimentos para salientar seu efeito. Ao terminar, ele me olhou dando uma risadinha maliciosa. Então Susan voltou para a sala, parecendo assustada e irritada.

– Bem, Tom, o que você acha? – perguntou Herbert.
– Beethoven realmente fez algumas canções bonitas.

Em meio à risada que se seguiu, Susan nos acompanhou à sala de jantar, instruindo-nos que levássemos nossos drinques. Herbert esvaziou seu copo e encheu mais um antes de se juntar a nós. Sentou-se à cabeceira da mesa, com Monique à sua esquerda e Christine à direita. A comida estava cuidadosamente disposta em pratos de porcelana Limoges. Parecia ter sido arrumada de acordo com as cores e era mais bonita que gostosa. O vinho, em compensação, era de Bordeaux – delicioso e encorpado. Para meu alívio, a noite readquiriu um pouco do equilíbrio perdido. Como se tivesse me esquecido, Herbert dedicou-se a conversar em particular com Monique na ponta da mesa. Assim, Nova York me mostrava aquilo que tinha de melhor. Logo houve entre Herbert e Madison Kingsley um diálogo animado e petulante.

Era uma conversa irreverente, quase indelicada, na qual cada palavra parecia ter sido escolhida, salpicada de espontaneidade, mordaz e bem dirigida. Ri meio exageradamente diante dos comentários jocosos de Madison a respeito de outros autores teatrais que tinham a metade de sua fama. As mulheres falavam pouco, em geral comentários alegres ou acréscimos picantes aos assuntos introduzidos pelos homens. A despeito de minhas melhores intenções, vi-me memorizando, ou tentando memorizar, trechos da conversa entre o teatrólogo e o músico. Quando Herbert mencionou algo sobre uma apresentação beneficente com Yehudi Menuhin, a sala inteira ficou em silêncio ouvindo ele descrever cada modulação e sutileza daquele encontro. Herbert era um homem sério quando discutia sua arte. Depois, Madison Kingsley contou a respeito dos problemas técnicos que estava enfrentando na montagem de sua nova peça. Os dois começaram a se divertir e a conversa se tornou imperceptivelmente competitiva. Ambos sabiam muito bem como carregar a aura do sucesso e entendiam serem os únicos de quem se esperava uma boa conversa, deslumbramento e entretenimento. Enfim, eram homens de substância e distinção. Portanto, aproveitei bem meu papel de satélite e observador enquanto a refeição se desenrolava. A certa altura, meu olhar encontrou o de Susan; sorri quando ela piscou para mim. Eu não estava preparado para o momento em que Herbert Woodruff voltaria a ser mau.

Madison Kingsley resumia o enredo de sua nova peça, *The Weather in a Dry Season* [O tempo na estação da seca, tradução livre], sobre o anti-semitismo em Viena antes da Segunda Guerra Mundial. Explicava o problema de como dramatizar a vida de um homem bom que também era um nazista convicto. Estava no meio de uma frase quando Herbert o interrompeu e me dirigiu uma pergunta.

– Há muito anti-semitismo em Charleston, Tom?

– Toneladas! Mas os esnobes de lá geralmente não discriminam. Apenas odeiam a todos.

– Não imagino o que seja viver no Sul – comentou Monique. – Nem por que alguém o faria.

– A gente se habitua depois que nasce lá – repliquei.

– Nunca me acostumei com Nova York – disse Christine. – E nunca morei em nenhum outro lugar.

Herbert, que ainda não terminara o assunto comigo, perguntou-me:

– Como você lida com o racismo, quando ele se mostra, quando empina a cabeça? Como você reage quando um amigo faz um comentário que sugere ódio contra os judeus?

– Herbert – falou Susan, colocando o garfo no prato –, pare de incomodar Tom.

– É uma boa pergunta – intrometeu-se Madison. – É o tipo de coisa que estou tentando esclarecer nessa nova peça. O personagem, Horst Workman, não é anti-semita apesar de ser nazista. O que você faz, Tom?

Antes que eu pudesse responder, Monique declarou:

– Eu sempre saio da sala quando percebo qualquer manifestação de racismo.

— Mas eu quero saber sobre Tom — insistiu Herbert. — O que Tom Wingo faz? Como é que nosso convidado, o treinador de futebol da Carolina do Sul, reage?

— Às vezes, faço a mesma coisa. — Olhei nervosamente para Susan. — Ou então parto para cima deles. Pego eles de surpresa. Aí, atiro-os ao chão e, antes que outros anti-semitas venham em sua defesa, rasgo a garganta deles com os dentes e cuspo tudo pela sala. Sou muito duro com os anti-semitas.

— Que maravilha, Tom! — exclamou Christine. — Você mereceu essa, Herbert.

— Bastante espirituoso. — Ele bateu palmas num gesto de escárnio. — Agora que o show terminou, diga o que você realmente faz. Estou interessado nisso, Tom.

— E eu estou interessada em que você cale a boca, querido — retrucou Susan.

Apoiado na mesa, parecendo um louva-a-deus, Herbert tinha nos olhos a concentração do predador. Eu não enxergava nada com clareza, mas ocorreu-me que entrara em alguma velha rixa de marido e mulher. Era insaciável a maneira como Herbert manobrava a conversa. Eu estava certo de que todos ali já o haviam visto realizar aquele ritual em outras refeições. Uma tensão violenta magnetizava o ar em volta da mesa enquanto eu pensava num modo de me retirar educadamente da disputa. Nos bonitos lábios de Monique, apareceu um indício de sorriso quando ela percebeu minha aflição. Qual seria o sentido de tudo aquilo? Por que um homem levaria a amante para sua mesa de jantar e por que a esposa permitiria isso? Por que Herbert estaria atacando? Eu cometera o erro imperdoável de treinar seu filho e fazer amizade com sua mulher, mas era inexperiente naquela dança e Herbert iria me ensinar todos os passos.

— O gato comeu sua língua, Tom? — provocou Monique, para quebrar o silêncio.

— Preciso ir embora, Susan — disse eu, levantando-me.

— Não, Tom. Por favor — pediu Herbert. — Não leve as coisas para o lado pessoal. Você é um treinador de futebol. Pense nisso como um esporte para depois do jantar. O esporte dos desagradavelmente espertos nova-iorquinos. Nunca tivemos um treinador ou um sulista jantando conosco, e é natural que perguntemos sobre sua maneira de pensar. Minha mulher é judia, Tom. Você deve ter percebido isso. Não é fascinante que ela preserve sua identidade judia, apegando-se a seu nome dissonante de solteira? Eu disse a ela que suspeito de que você seja anti-semita. Não há nada de incomum nisso. Tenho certeza de que o Sul está abarrotado de racistas.

— De onde você é, Herbert? – perguntei, voltando a me sentar.

— Da Filadélfia, Tom. É gentil de sua parte querer saber isso.

— Chega, Herbert – implorou Christine.

— Oh, por favor, Chris. Precisamos fornecer material para Madison ou então ele vai ficar desatualizado. – Herbert deu uma risada.

— Não sou anti-semita, Herbert – declarei –, mas tenho aversão pelas pessoas da Filadélfia.

— Ótimo, treinador Tom! – Ele parecia realmente satisfeito com minha resposta. – Devo ter subestimado nosso rapaz sulista. Mas vamos lá de novo para a pergunta dolorosa que você está evitando. O que você faz quando ouve um comentário anti-semita?

— Nada. Do mesmo modo como não faço nada quando estou com pessoas que odeiam sulistas. Apenas fico sentado e escuto.

— Eu sinto pelo Sul o mesmo que pela Alemanha nazista, Tom. Penso no Sul como uma coisa má. É isso que o torna interessante para mim. Por falar nisso, participei da marcha de Selma. Sei como é o Sul. Tomei a resolução de mudar o Sul.

Eu sorri.

— E nós sulistas, pretos e brancos, lhe seremos eternamente gratos, sr. Woodruff.

— Sugiro que mudemos de assunto – propôs Susan, num tom cada vez mais desesperado.

— Por quê, querida? – indagou Herbert. – É um assunto fascinante, muito superior à tagarelice da maior parte dos jantares de Nova York. Vocês concordam? E nós devemos isso a você. Foi você quem descobriu o pequeno Tom e o trouxe para cá; ele proporciona tensão e verdadeira hostilidade, sentimentos reais, como diria minha esposa, a psiquiatra. Estamos tendo sentimentos reais e devemos isso a nosso amigo Tom. Vamos ser sinceros, a festa estava um pouco chata antes que ele começasse a falar livremente. Quem sabe a que profundezas de mediocridade não teríamos caído?

— Faça Herbert parar com isso, Madison – pediu Christine.

— Eles são adultos, querida – respondeu o marido, com algo da luxúria secreta do *voyeur* em seu rosto, o que me fez saber que ele já encorajara cenas como aquela antes. – Eles podem parar por conta própria.

— Por que você está tão furioso, Herbert? – perguntou Monique, sem sequer olhar para mim.

— Porque Tom é fascinante. – Comecei a enfraquecer sob a hostilidade de seu olhar. – Minha mulher praticamente não fala sobre outro assunto. Conta suas frases cheias de espírito, seus casos domésticos que o fazem parecido a um Mark Twain de nossos dias. E eu gosto da atuação dele. Do orgulho tipo *E o vento levou*. De sua irascibilidade.

— Ignore-o, Tom – aconselhou-me Susan em meio àquele clima assassino, na obscuridade criada pela luz das velas. – Tom é um convidado em nossa casa, Herbert. Quero que você o deixe em paz. Você me prometeu que não faria isso.

— Tudo bem, querida. Ah, como eu sou insensível! Tom está em Nova York por causa da irmã, a famosa poetisa feminista caipira que tentou se matar enquanto estava sob os cuidados de minha esposa.

— Desculpe-me por ter revelado essa informação, Tom – disse Susan. – Às vezes, a gente comete erros. Principalmente quando acredita que pode confiar no próprio marido.

— Susan – repliquei –, comparado com o restante da noite, isso não tem a menor importância.

— Não seja melodramática, querida. – Herbert inclinou-se em direção à esposa. – Todos nós sabemos que você sente orgulho de sua clientela de psicóticos literários. Minha mulher é a terapeuta mais procurada no meio dos artistas famosos de Nova York, Tom. Ela cita constantemente os nomes deles e, em seguida, finge que foi acidental. Isso é encantador!

— Susan é uma psiquiatra maravilhosa – declarou Monique. – Sei disso por experiência própria.

— Não precisa me defender, Monique — cortou Susan. — Herbert é daqueles maridos que esperam por uma situação em que haja um grupo para humilhar e atacar a esposa. Isso é muito mais comum do que se imagina. Escuto isso constantemente durante as terapias. Assim, Tom, peço desculpas pelo modo como meu marido está agindo. Você é meu amigo, o que representa o maior crime aos olhos de Herbert. O filho dele também adora você.

— Não acredito que vocês dois sejam realmente amigos — continuou Monique, agitando o dedo elegante num gesto de negativa.

— Cale essa boca de merda, Monique! — gritou Susan, levantando-se.

— O quê? — A flautista estava perplexa. — Eu simplesmente expressei minha opinião.

— Mantenha essa maldita boca fechada — repetiu Susan, ainda aos gritos. — E você, Herbert, se você disser uma única palavra contra Tom, vou atirar todos os pratos desta mesa na sua cabeça feia.

— Minha querida. — Ele sorriu. — As pessoas vão achar que temos problemas conjugais. E não convém dar uma impressão errada.

— Monique — continuou a ultrajada dra. Lowenstein —, tire a mão do pau do meu marido. Discretamente, por favor. Finja que não esteve trabalhando com as mãos embaixo da mesa enquanto ele insultava meu amigo. Já vi você fazer esse truquezinho nauseante umas vinte vezes e estou cheia! É por isso que eu sempre sugiro para você se sentar o mais distante dele que puder. Porque eu tolero que você trepe com ele em particular, mas é demais para mim ver você boliná-lo em público.

Monique levantou-se, olhou em primeiro lugar para Susan e, em seguida, para Herbert. Arrastou-se então para fora da sala rumo ao corredor. Tive a impressão de que Herbert perdera o controle do jantar. Quando ele olhou para mim, eu ironizei:

— A maré se inverteu, rapaz.

Sem me responder, ele se dirigiu à esposa:

— Vá pedir desculpas a Monique imediatamente, Susan. Como é que você ousa humilhar uma con...

— Continue! Diga o que ia falar — desafiou ela. — Uma convidada em nosso maldito lar feliz. Você acaba de humilhar Tom em minha frente. E já humilhou todos os meus amigos que eu trouxe a esta casa. Nem Christine, nem Madison e nem eu jamais tivemos coragem de mandar você parar porque tínhamos medo de que se voltasse contra nós. Vá você e peça desculpas àquela rameira barata.

— É você quem deve fazer isso — retrucou ele.

— Estão se divertindo com a festa? — perguntei a Madison e a Christine, que olhavam para seus pratos.

— Você não pode se levantar, não é, Herbert? — Susan riu. — Diga a eles por quê. Eu sei o motivo. Porque você ainda está de pinto duro depois do trabalhinho dela sob a mesa. Levante-se, Herbert. Deixe que a gente veja. Monique tem muito talento para tocar flauta ou qualquer outra coisa de formato parecido. Todos aqui sabem que você está de caso com ela há dois anos. Todos, menos Tom. Nós somos um grupinho fechado, compreensivo. Tão compreensivo que Christine e Madison receberam vocês na casa de Barbados no inverno passado.

— Nós não sabíamos que ela estaria lá, Susan — desculpou-se Madison.

— Conversaremos sobre isso mais tarde — propôs Herbert.

— Vamos conversar quando você terminar seu caso com ela!

— É um simples namorico, minha querida — insistiu ele, recuperando a pose. — Mas podemos comparar nossos gostos em matéria de amizade a qualquer hora.

— Há uma pequena diferença, Herbert. Tom e eu não estamos trepando.

— Até você tem bom gosto para isso.

— Por Deus, Herbert — censurou Madison.

— Cale a boca, Madison — respondeu ele. — Pare de parecer tão ofendido e tão certinho. Não é a primeira vez que você me vê discutir com Susan. — Então, voltando-se para a esposa, prosseguiu: — O que você gosta é de ser a sra. Herbert Woodruff. A fama é sua fraqueza, querida. Está vendo, Tom, eu analiso o caráter de minha mulher. Ela se sente atraída pelos ricos e famosos. Você não é nada. Mas sua irmã, essa sim, torna você valioso. Mas eu repito: você não é nada. Agora, Susan, vá pedir desculpas a Monique.

— Só vou depois que você se desculpar com Tom!

— Não tenho nada a dizer a seu amiguinho.

Aproveitei um breve intervalo entre eles, dizendo:

— Posso fazer Herbert pedir desculpas a nós dois, Susan.

— Você ainda está aqui? – ironizou Herbert. – Que pena. Como é que você planeja me fazer pedir desculpas?

— Bem, acabo de passar em revista minhas opções, Herbert. Em primeiro lugar, pensei em lhe chutar a bunda para cima e para baixo na escada do prédio. Mas rejeitei esse plano. Ele só provaria que sou o bárbaro pelo qual você me toma. Apesar de ser gratificante dar-lhe uma surra, seria socialmente deselegante. Assim, imaginei outro plano, que demonstra mais espírito e muito mais cultura.

— Herbert nunca pediu desculpas por nada – avisou Christine, enquanto eu ia até o aparador, no outro lado da sala, e me servia de uma boa dose de conhaque.

— Para fazer isso, preciso estar um pouco bêbado. – Então, virei a bebida na garganta. Senti o sangue correr mais rápido nas veias. Em seguida, saí da sala de jantar e fui até a sala de estar. Passei rapidamente pelo piano e abri os fechos da caixa que continha o Stradivarius do anfitrião. Bom, pensei, estou suficientemente bêbado.

— Herbert! – chamei. – O menino sulista passou a mão na sua rabeca. É melhor você vir correndo.

Quando o pessoal me encontrou na varanda, eu estava segurando o violino sobre a mureta, oito andares acima da Avenida Central Park West.

— Isso é um Stradivarius, Tom – alertou Madison.

— Pois é. Ouvi esse fato ser mencionado umas cinqüenta ou sessenta vezes durante o jantar. É bem bonitinho, não?

— Ele vale 300 mil dólares, Wingo – explicou Herbert, com uma ligeira hesitação na voz.

— Mas perderá o valor se eu o deixar cair, certo? Então, não vai valer nem um centavo.

— Tom, você perdeu a cabeça? – questionou Susan.

— Sim, várias vezes. Mas agora, não. Peça desculpa à sua mulher, Herbert. Eu a amo e ela poderia ser a melhor amiga que já tive na vida.

— Você está blefando, Tom. – A voz dele denotava um pouco da antiga força.

— Talvez. Mas é um blefe poderoso, não é, seu idiota? — Joguei o violino para o ar e o agarrei em pleno vôo, inclinando-me sobre a mureta do terraço.

— Ele tem seguro contra tudo — informou Herbert.

— E daí? Você nunca terá outro Stradivarius se eu deixar este cair lá embaixo.

— É uma obra de arte, Tom — ponderou Christine.

— Peça desculpas à sua esposa, idiota — eu disse a Herbert.

— Sinto muito, Susan — ele falou. — Agora, me dê o violino.

— Ainda não, violão. Peça desculpas a seus simpáticos amigos por ter levado Monique para Barbados.

— Sinto muito por ter feito isso, Christine e Madison...

— Com sinceridade, Herb. Quero sinceridade. Deixe a ironia de lado ou então sua rabeca vai pular como uma bola de praia lá embaixo, no meio dos táxis.

— Lamento ter feito aquilo, Christine e Madison — declarou ele, sem ironia.

— Desculpas aceitas. Obrigada — disse Christine.

— Assim está melhor, Herbert. A sinceridade lhe cai bem. Agora é minha vez. Peça desculpas pela sua imperdoável falta de etiqueta à mesa. Sinto muito por você não permitir que sua esposa tenha amigos. O problema é de vocês, mas você não tinha o direito de me tratar daquele modo, seu chupa-caralho. Nenhum direito, entendeu?

Ele olhou para Susan e, em seguida, para mim.

— Desculpe, Tom.

— Ainda não foi convincente, Herbert. Tente agüentar a humilhação com um pouco mais de elegância. Mais um breve momento de humildade e logo eu sairei por aquela porta para sempre. Caso contrário, os bêbados da rua vão usar pedaços da sua rabeca para palitar os dentes.

— Sinto muito, Tom. Sinto muito mesmo. — Em seguida ele acrescentou: — Susan, eu diria isso ainda que ele não estivesse me ameaçando.

— Você é um bom menino, Herb. — Entreguei-lhe o violino. — Sinto profundamente se a ofendi, Susan. — Saí pela porta da frente, direto para o elevador, sem me dar o trabalho de me despedir. Eu estava esperando um táxi na Central Park West quando ouvi a voz de Susan Lowenstein atrás de mim.

— É por isso que você sempre está triste, Susan – comentei, quando ela se aproximou. – E eu pensava que você fosse um sucesso!

— Você já fez amor com uma psiquiatra? – perguntou ela.

— Não. E você, já fez amor com um treinador de futebol?

— Não. Mas pretendo ter uma resposta diferente amanhã de manhã.

Beijei Susan Lowenstein, que estava linda de preto, enquanto ficávamos ali na rua, no início da mais bela noite que passei em Manhattan.

QUANDO ACORDEI no domingo de manhã, fizemos amor outra vez, com o sol batendo em minhas costas enquanto nos movíamos juntos na cama de minha irmã. Então, dormimos até as dez horas, aninhados nos braços um do outro. Fui o primeiro a levantar. Caminhei até a janela da sala onde gritei para as ruas lá embaixo:

— Eu amo Nova York!

Como ninguém olhou para cima, fui para a cozinha fazer uma omelete perfeita para Susan Lowenstein.

— O que fez você mudar de idéia a respeito de Nova York, Tom? – gritou Susan, do quarto.

— Seu corpo vil e pecador. Seu corpo deslumbrante e a maneira como me excita me fizeram enxergar melhor. Nunca estive apaixonado em Nova York. É essa a diferença. Sinto-me absolutamente bem, e nada vai me perturbar hoje.

Susan entrou na cozinha e nós nos beijamos enquanto o bacon crepitava no fogão.

— Você beija gostoso – murmurou ela.

— Depois que provar minha omelete, você nunca vai me abandonar. Você me seguirá por toda parte, suplicando para que eu ponha os ovos batidos na panela aquecida.

— Você gostou de fazer amor comigo, Tom?

— Lembre-se de que sou católico, Susan. Gosto de sexo, desde que seja no escuro e eu não tenha de me explicar mais tarde. Vou me sentir culpado o dia inteiro porque foi incrível e fantástico.

— Foi fantástico mesmo?
— Por que é tão difícil de acreditar, Susan?
— Porque você estava fazendo amor comigo. E eu sempre recebi reclamações dos homens de minha vida a esse respeito. Além do mais, sou neurótica e preciso ter muita segurança a respeito de sexo.

Então, quando o telefone tocou na sala, resmunguei:

— Qual será o horror que me aguarda quando eu atender essa droga? — Em seguida, ao tirar o fone do gancho, quase caí de joelhos ao ouvir minha mãe dizendo "alô".

— Oh, Deus. É você, mãe.
— Estou em Nova York. Vou pegar um táxi para ir ao apartamento de Savannah. Quero ter uma conversa com você.
— Não! Pelo amor de Deus! O lugar está uma bagunça e eu ainda nem me vesti.
— Sou sua mãe. Não me incomodo se você está vestido ou não.
— Por que você veio a Nova York?
— Quero conversar com a psiquiatra de Savannah.
— Jesus do céu! Você quer conversar com a psiquiatra de Savannah...
— Diga a ela que só preciso colocar as meias — murmurou Susan, da porta da cozinha.
— Mãe, hoje é domingo. Os médicos costumam ir para suas casas de campo nos fins de semana. Não há um único psiquiatra na cidade hoje.
— Desculpe, cavalheiro — sussurrou Susan. — Por acaso, eu sou psiquiatra.
— Quero conversar com você hoje, Tom — retrucou minha mãe. — Nunca vi o apartamento de Savannah e gostaria de conhecê-lo.
— Me dê trinta minutos para dar uma limpada aqui.
— Não há necessidade de se incomodar.

Ouvi uma batidinha na porta do apartamento.

— Tchau, mãe. Vejo você em meia hora.

Susan abriu a porta. Eddie Detreville estava parado no hall, com sua sacola de croissants frescos.

— Olá, Sallie — disse ele. — Sou o vizinho aqui do lado, Eddie Detreville. Tom e Savannah já me falaram muito a seu respeito.

– Olá, Eddie. Meu nome é Susan.

O homem virou-se para mim, furioso.

– Não há nada que eu odeie mais que a heterossexualidade barata, Tom!

QUANDO MINHA MÃE entrou no apartamento, beijou-me no rosto e foi logo dizendo:

– Você está cheirando a perfume de mulher.

– O vizinho aí do lado é homossexual. Ele veio aqui agorinha pedir emprestada uma xícara de açúcar.

– E como isso explica o perfume? – perguntou ela, desconfiada.

– Você sabe como são os homossexuais. Sempre esvoaçando, enchendo-se de perfume e comprando Afghan Hounds.

– Sei que você detesta me ver em Nova York...

– *Au contraire!* – brinquei, grato por ela deixar de lado o assunto do perfume. – Estive dançando pelas ruas desde que ouvi essa fabulosa notícia. Quer que eu lhe faça uma omelete?

– Já tomei o café-da-manhã no St. Regis.

– Seu marido veio com você? – perguntei, da cozinha. – Ou ele foi comprar a Indonésia ou algo parecido?

– Ele sabia que você não queria vê-lo. Ficou no hotel.

– Um homem de bom senso. – Levei uma xícara de café para ela. – Enxerga direto no fundo da minha alma.

– Por quanto tempo você vai castigá-lo por algo que sabe que é meu pecado? Hum, o café está bom.

– Provavelmente eu o perdoarei em seu leito de morte. Perdôo a todos na hora da morte.

– Até a mim?

– Já perdoei você há muito tempo.

– Claro que não. Você me trata de maneira abominável. Tem tanta raiva de mim que mal pode me olhar nos olhos.

– Isso não acontece só com você. Tenho raiva de todos. Tenho essa raiva titânica e devoradora por tudo neste planeta.

– Eu não devia ter tido filhos. A gente faz tudo por eles, sacrifica a vida inteira pelo bem-estar deles e no fim eles se voltam contra nós.

Eu devia ter ligado as trompas quando tinha 12 anos. É o que eu recomendaria a qualquer moça de hoje.

— Toda vez que você me vê, parece que gostaria que um médico realizasse um aborto retroativo — disse eu, cobrindo o rosto com as mãos. — Bom, vamos acabar com essa conversa mole. Que razão monstruosa a traz a Nova York? Por qual arena você planeja me fazer passar desta vez?

— Você sabe o que está falando, Tom? Quem lhe ensinou a ser tão cruel? Tudo o que você diz é com a intenção de me magoar.

— Minha única defesa contra você, a única arma que trago para o combate, é uma amarga sinceridade.

— Imagino que não faça diferença o fato de que eu ame meus filhos mais que qualquer coisa no mundo, não é, Tom?

— Eu acredito. Aliás, se não acreditasse nisso do fundo do coração, eu a estrangularia com minhas próprias mãos.

— E você acaba de dizer que me ama!

— Você está pondo palavras em minha boca novamente. Eu disse que a perdôo. Não mencionei amor. No seu entender, o perdão e o amor são a mesma coisa. Para mim, não.

— Você diz as coisas mais cruéis, Tom. — Lila tinha lágrimas nos olhos.

— Isso é apenas modernamente cruel. De qualquer modo, eu lhe peço desculpas. Mas admita que temos uma história juntos e que essa história me tornou consciente de que você com certeza tem alguma coisa ruim escondida na manga.

— Você se incomoda se eu fumar? — Ela tirou um maço de Vantages da bolsa.

— Claro que não. Não me incomoda ter câncer de pulmão por causa de minha própria mãe.

— Você pode acender meu cigarro?

— Oh, não! Estamos assistindo ao início da liberação das mulheres. Seria falta de tato de minha parte acender seu cigarro quando sei que você não acredita que as mulheres devam votar.

— Não é verdade! Mas eu sou antiquada em outras coisas. Adoro ser mulher. Gosto que as portas sejam abertas quando passo e que algum cavalheiro segure a cadeira enquanto me sento. Não sou queimadora de sutiãs nem acredito na Emenda dos Direitos Iguais. Sempre achei as mulheres muito superiores aos homens e nunca fiz nada que levasse um homem a pensar que poderia ser meu semelhante. Agora, por favor, acenda meu cigarro.

Depois que lhe atendi o pedido, minha mãe continuou:

— Conte-me sobre Savannah.

— Ela fica muito bem com camisa-de-força.

— Se você deseja se tornar comediante, Tom, eu ficaria feliz ao vê-lo arranjar qualquer tipo de emprego. Por favor, deixe que eu alugue um teatro ou uma boate, em vez de testar suas piadas comigo.

— Savannah está em péssimo estado. Só consegui vê-la uma vez desde que cheguei aqui. Contei à dra. Lowenstein sobre a vida dela, dando todos os detalhes terríveis de nossa infância.

— E, é claro, achou que era necessário contar a respeito daquele dia na ilha.

— Sim, achei que sim. Era um dado extremamente significativo.

— Será que a dra. Lowenstein merece confiança estando de posse dessa informação?

— Bem, depois que eu conto a ela algum segredo tenebroso, ele aparece misteriosamente no *New York Times* do dia seguinte. Ora, mãe, é lógico que ela merece confiança. É uma profissional.

— Tenho orgulho demais para revelar um episódio tão vergonhoso a uma pessoa estranha.

— Pois eu não me dou bem com a subserviência. Prefiro contar tudo sobre aquilo a pessoas que são perfeitas estranhas para mim. "Oi, meu nome é Tom Wingo. Fui comido no rabo por um prisioneiro foragido, mas, em seguida, matei-o com uma imagem do Menino Jesus!" Isso estabelece uma intimidade imediata.

Minha mãe observou-me calmamente e, então, perguntou:

— Você admitiu seus próprios problemas à dra. Lowenstein? Você é especialista em revelar os segredos da família; eu gostaria de saber quanto você revela de seus próprios problemas.

— Não tenho nada para revelar. Todos podem ver que sou um resto desesperado de um homem infeliz. Os detalhes iriam apenas aborrecê-los.

— Você contou que Sallie e eu tivemos que internar você no décimo andar da faculdade de medicina no ano passado?

— Não, não contei – menti. – Achei melhor fazer a dra. Lowenstein pensar que eu adquirira meu ódio por sua profissão através de leituras, e não por experiência própria.

— Ela precisa saber que as histórias que está ouvindo são narradas por alguém que já esteve internado num asilo de loucos.

— Prefiro descrevê-lo como unidade psiquiátrica de uma faculdade de medicina – declarei, cerrando os olhos. – É muito melhor para minha auto-estima. Sei que você ficou envergonhada por eu ter passado uma semana ali. Aquilo me constrangeu ainda mais. Eu estava deprimido. Que mais posso dizer? Continuo deprimido. Mas estou melhorando. Apesar de Sallie e de seu amigo doutor, este verão tem sido bom para mim. Fiz um balanço de minha vida e da vida da família, e é um privilégio raro um homem ter esse tipo de regalo nesses tempos terríveis. De vez em quando, começo a gostar de mim novamente.

— Vou alertar a doutora de que você mentiu a respeito do estupro e de tudo o mais que lhe contou. Ela vai saber que tiveram de usar eletricidade para seu cérebro se endireitar.

— Recebi dois tratamentos de eletrochoque. Levei muito tempo para recuperar a memória.

— Vou contar à dra. Lowenstein que isso confundiu sua memória e que você vive inventando histórias – afirmou minha mãe, apagando o cigarro.

— Bem... – Acendi o segundo cigarro para ela. – As pessoas são estupradas diariamente neste país. Os homens que fazem isso são pirados. Meninos são estuprados nas prisões a três por quarto. É uma coisa violenta, horrível, e modifica a pessoa para sempre. Mas não faz bem fingir que isso não aconteceu.

— Eu não fui estuprada! – garantiu minha mãe.

— O quê?

— Você não viu o que aconteceu no quarto. – Ela começou a chorar. – Ele não me estuprou. Você não tem provas.

— De que prova preciso? A razão pela qual eu acho que você não estava discutindo filmes de Humphrey Bogart é simples: você saiu correndo nua de lá. Isso é uma prova bastante forte.

Minha mãe chorava cada vez mais. Entreguei-lhe um lenço.

— Nós mostramos a eles, não mostramos, Tom?

— Claro que sim. Mostramos tudo o que podíamos.

— Foi horrível o que ele me fez naquele quarto – ela soluçou.

— A última vez que vi aquele sujeito vivo, ele estava descobrindo se o tigre tinha mau hálito. Isso estragou o dia dele. Naquela mesma noite, havia hera nascendo no meio de seus olhos.

— É estranha a maneira como as coisas funcionam. Nós estaríamos mortos agora se seu pai não tivesse comprado o posto de gasolina. Ter um tigre em casa foi o que nos salvou naquele dia.

— Luke teria descoberto outra forma de nos ajudar. Ele sempre descobria.

— Nem sempre... Savannah vai me ver?

— Ela não quer ver ninguém da família no momento. E não sabe se deve nos ver algum dia novamente.

— Você sabe que faz três anos que ela não fala comigo?

— Comigo também. E é a mesma coisa com papai. Aconteceram algumas coisas ruins em nossa família, mãe.

— O que nos torna exatamente iguais a todas as famílias do mundo...

— Savannah também acha que nossa família é uma das mais fodidas de todos os tempos.

— É difícil encarar Savannah como uma pessoa imparcial. Ela está num asilo de loucos.

— Isso só reforça o argumento dela. Ah, por que você veio a Nova York, mãe?

— Porque quero que vocês comecem a me amar novamente... – Por um instante, sua voz se partiu. Esperei até que ela se recuperasse. Minha mãe parecia insegura e profundamente magoada. Era difícil para mim voltar a adorar alguém de quem desconfiava tanto. – Não posso fazer nada para modificar o passado – suspirou. – Mudaria cada minuto dele se pudesse, mas isso não está ao meu alcance. Não vejo motivo para passarmos o resto da vida como inimigos. Descobri que não suporto o desprezo de meus filhos. Quero contar com sua boa vontade novamente; quero seu amor, Tom. Acho que eu mereço.

— Eu estava zangado com você. Mas nunca deixei de amá-la. Ensinei a mim mesmo que até os monstros são gente. Isso foi brincadeira, mãe.

— Foi uma péssima brincadeira!

— Quero ser seu amigo novamente, mãe. Agora não estou brincando. Talvez eu precise mais disso que você. Sei que tudo o que eu digo a deixa puta da vida. Tentarei não falar mais coisas desagradáveis. Juro. A partir deste momento, vou recuperar meu status de filho maravilhoso.

— Você quer jantar conosco hoje? Isso significaria muito para mim.

— Conosco? Oh, Deus, você está pedindo demais. Será que eu não posso apenas amar você e manter meu desprezo por seu marido? Isso não deve ser tão incomum. Sou um enteado. Faz parte do meu papel odiar meu padrasto. Aliás, isso é um conceito literário que aprendi ao longo de minha vida. A partir de Hamlet, Cinderela, todo esse pessoal.

— Por favor, Tom. Estou lhe pedindo um favor. Quero que você faça amizade com meu marido.

— Tudo bem. Será um prazer encontrá-los para jantar.

— Senti muito a sua falta, Tom — disse ela ao se levantar para sair.

— Eu também senti sua falta. — Nós nos abraçamos por um longo tempo. Era difícil dizer qual dos dois chorava mais. O peso de tantos anos perdidos nos incitava a tocar um no outro.

— Não seja boba de novo, mãe — comentei, por fim.

Ela sorriu por entre as lágrimas.

— Tenho todo o direito de ser boba. Sou sua mãe.

— Perdemos alguns bons anos, não?

— Mas vamos recuperá-los. Sinto muito a respeito de Luke, Tom. Sei que era por isso que você me odiava. Choro por ele todos os dias.

— Luke nos deu algo por que chorar...

— Sallie quer que você lhe telefone. Conversei com ela antes de vir aqui.

— Ela vai me deixar. Estou treinando para viver sem ela desde que cheguei a Nova York.

– Talvez não, Tom. Acho que ela levou um fora.
– Por que ela não pega o telefone e me liga?
– Não sei. Ela pode estar com medo. Disse que você está começando a parecer o velho Tom, tanto por telefone como por carta.
– O velho Tom... Odeio esse sujeito. Também odeio o novo Tom.
– Eu amo o velho Tom. E o novo vai jantar comigo e com meu marido. E eu o amo por isso.
– Seja paciente comigo, mãe. A maior parte do que você diz ainda me deixa puto da vida.
– Nós prometemos nos amar, Tom. O restante virá com o tempo.
– Quero que seu marido me alimente muito bem. Essa reconciliação tem de custar um bocado de dinheiro. Tomara que a pressão sanguínea dele suba e que sua expectativa de vida caia quando ele receber a conta.
– Fizemos reservas no Four Seasons. Para três pessoas.
– Você é uma pilantra. Sabia que eu cairia por seus encantos perversos.

ENCONTREI MINHA MÃE no bar do hotel St. Regis. Quando ela pôs os olhos na porta, virei-me para ver seu marido entrando no bar. Levantei-me para cumprimentá-lo.
– Olá, Tom – disse ele. – Estou muito grato por você ter vindo.
– Tenho sido um perfeito imbecil. Desculpe-me. – E apertei a mão de meu padrasto, Reese Newbury.

24

No fim de agosto de 1962, apresentei-me cedo ao treino de futebol dos calouros da Universidade da Carolina do Sul, tornando-me o primeiro membro da família a se matricular numa faculdade. Na história das famílias, até esses pequenos progressos adquirem dimensões monumentais. No mesmo dia em que eu chegava à universidade, Luke percorria as águas de Colleton, no novo barco camaroneiro que batizara como *Miss Savannah,* e já pescava mais camarões que meu pai. Savannah iria para Nova York em novembro, a despeito dos veementes protestos dos meus pais, que a queriam em Colleton até que "endireitasse a cabeça". Mantendo o voto de silêncio que fizera a mamãe, iniciei o treino com a sensação de ser o único rapaz do time que tivera a sorte de ser estuprado por um prisioneiro foragido. Tornei-me acanhado no chuveiro, temeroso de que minha nudez revelasse algum indício daquela vergonha a meus companheiros de time. Prometi a mim mesmo recomeçar a vida, recuperar o entusiasmo ansioso que perdera durante o ataque à minha casa e me destacar em todos os aspectos da vida universitária. Só que minha sorte já se modificara, e a faculdade me ensinaria que eu era um daqueles que passam pela vida ávidos por sobressair-se, mas sem os dons necessários para isso.

Na primeira semana de treino, o treinador me disse que eu não tinha talento suficiente para ser lançador do time. Fui designado para uma posição de defesa, na qual estava destinado a viver o sonho de um atleta. Durante três anos, devolvi lances e mais lances. No último ano, interceptei quatro passes e fui mudado de posição. Mas nunca atirei um único passe nem fiz sequer uma jogada ofensiva a partir da linha de ataque. Os limiares de meu talento eram modestos, e meu desejo, muito maior do que minha habilidade. Conhecido como uma pessoa incansável, com o passar dos anos os treinadores gostavam cada vez mais de mim. Quando os corredores atravessavam a linha defensiva, eu os obrigava a se lembrarem de mim. Agarrava-os com um atrevimento, uma ferocidade determinada, que não dependiam do talento. Somente eu sabia que aquela ferocidade era produto do terror. Nunca perderia o medo visceral do jogo, mas esse segredo eu jamais partilharia com o mundo. Transformei o medo na ferramenta que me ajudaria a me definir enquanto passava os quatro anos de aprendizado sob sua lânguida jurisdição. Embora jogasse com medo, não me desonrei. Era o pavor que me fazia amar tanto aquele esporte, e amar a mim mesmo por transformá-lo em um ato de fé, quem sabe até de adoração.

Antes de entrar na faculdade, eu não fazia idéia de quanto parecia rústico e ingênuo aos olhos dos outros. O pessoal do time dos calouros vinha dos quatro cantos do país. Assim, com algo que se aproximava da perplexidade, escutei os quatro alunos de Nova York conversarem. Eu não suspeitava de que tanta autoconfiança, tanta bazófia e segurança natural coubessem em rapazes da minha idade. Para mim, eram exóticos como os turcos, e sua conversa viva e rápida soava como uma linguagem alienígena e perniciosa.

Eu estava tão dominado pela novidade da vida universitária, pela magnitude da mudança de condição de menino de ilha para aluno de faculdade, que fiz poucas amizades no primeiro ano. Rápido e vigilante, procurei não mostrar o que sentia, guardei tudo para mim e tentei me adequar, imitando aqueles gloriosos e confiantes rapazes das cidades sulistas que admirava tanto. Os rapazes do terceiro e do quarto anos, vindos de Charleston, caminhavam como reis – tentei copiar suas maneiras elegantes, a sofisticação desembaraçada e seu espírito ágil e civilizado. Meu companheiro de quarto era de Charleston e se chamava Boisfuillet Gailliard, ou Bo, como preferia ser chamado. Ele exalava boa educação e superioridade. Seu nome me soava como um prato francês e um de seus ancestrais huguenotes fora governador da colônia antes da grande revolta contra o rei Jorge. Se fiquei satisfeito com minha boa sorte ao receber um colega de quarto como aquele, minha mãe quase entrou em êxtase ao saber que um Wingo associara seu destino a um Gailliard da Carolina do Sul. Sei, agora, que Bo se assustou ao se ver obrigado a morar com um colega tão pouco ilustre; no entanto, fiel às regras do bom comportamento sulista, jamais demonstrou seu desapontamento para mim. Na verdade, após o choque inicial, ele deu a impressão de me colocar sob sua asa como se tivesse em mente algum projeto de recuperação social. E só estabeleceu uma regra: a de que eu não deveria, sob hipótese alguma, pedir emprestado suas roupas. Com o armário repleto de ternos bem-feitos e paletós esporte, ele pareceu chocado com meu desprezível guarda-roupa. Mas, novamente, nada disse, limitando-se a aparentar uma leve surpresa quando lhe mostrei orgulhosamente o paletó azul que minha mãe fizera para a formatura. Bo alegrou-se ao descobrir que eu jogava futebol e logo me perguntou se era fácil conseguir para sua família alguns ingressos gratuitos para o jogo de Clemson. Declarei que ficaria feliz em fazê-lo e lhe dei ingressos grátis pelos quatro anos seguintes, época em que ele já não era mais meu colega de quarto. Não percebi na época, mas com Boisfuillet Gailliard encontrei pela primeira vez a típica espécie nativa da cultura sulista, o político natural. Em nossa primeira semana juntos, ele me contou que seria governador do estado aos 40 anos... não me surpreendi ao vê-lo assumir o cargo dois anos antes dessa data. Ele me pediu para ficar atento a qualquer moça no *campus* que servisse como uma boa primeira-dama do estado. Prometi manter os olhos abertos. Eu jamais encontrara alguém como Bo Gailliard antes. Menino do campo, eu não era bom na arte de farejar imbecis.

Bo convenceu-me a participar de uma irmandade. Segui-o, de associação em associação, durante a semana em que estas escolhiam seus novos membros. Via-o desaparecer do meu lado assim que entrávamos nas salas enfumaçadas e barulhentas, cheias de rapazes vestidos como gregos, que sempre pareciam as pessoas mais amigáveis que eu já encontrara. Adorei todas as irmandades e todos os irmãos, mas Bo me persuadiu que a SAE era a melhor e a única que eu precisava levar a sério. Entretanto, jantei em todas as casas onde os calouros eram convidados, ri de todas as piadas, entrei em todas as conversas que pude e ofereci minha opinião sobre tudo o que existe sob o sol.

Quando chegou a hora de preencher o cartão de compromisso, pensei durante muito tempo e acabei por colocar as cinco irmandades mais populares do *campus* como minhas opções. Os convites eram feitos por eles às cinco da tarde. Uma enorme multidão de moças e rapazes aglomerava-se na agência do correio onde seriam entregues. Gritos de alegria cortavam o ar quando alguém recebia um convite da irmandade que escolhera. O clima era de tanta alegria e festividade que eu estava ofegante de expectativa ao espiar através da janelinha da minha caixa de correspondência.

Às sete horas, eu continuava lá, ainda atento à caixa vazia, pensando se teria havido algum engano. Bo encontrou-me no correio às oito horas, confuso e irritado, ainda esperando na semi-escuridão.

— Recebi cinco convites, mas já nasci SAE. Vamos sair. Eu pago a cerveja para comemorar – propôs ele.

— Acho que não, Bo. Ainda vão entregar algum convite amanhã?

— Claro que não. O pessoal ficaria louco se tivesse de esperar até amanhã.

— Pois eu não recebi nenhum convite...

— E você está surpreso, Tom?

— Sim, e muito!

— Bem, eu ia lhe prevenir, mas não queria magoá-lo. Você se tornou a piada da turma. Todo mundo fala a seu respeito.

— Por quê?

— Você usou o mesmo paletó esporte em todas as festas, reuniões e atividades do *campus*. Alguém descobriu que foi sua mãe quem o costurou, e então o pessoal enlouqueceu. Algumas moças acharam isso a coisa mais adorável que tinham ouvido. Em compensação, esse fato torna você inadequado para qualquer irmandade. Realmente já pensou num homem de irmandade andando para cima e para baixo com um paletó feito em casa? Isso ficaria bem numa pintura de Norman Rockwell, mas não se encaixa na imagem de nenhuma associação do *campus*. Os Dekes também te rejeitaram?

— Imagino que sim.

— Se você não foi aceito nem pelos Dekes, então perca as esperanças, Tom. Mas há muitos rapazes verdadeiramente inteligentes que não querem nada com as irmandades.

— Eu queria ter sido esperto o suficiente para ser um deles.

— Vamos tomar uma cerveja.

— Não, preciso ligar para minha casa.

Fui até os telefones públicos perto da entrada da agência do correio e sentei-me na escuridão da cabine para pôr os pensamentos em ordem antes de fazer a ligação. Dominado pela dor e pela vergonha, revi mentalmente meu comportamento naquela vertiginosa série de festas a que comparecera. Será que eu rira exageradamente, falara com muitos erros de gramática ou parecera ansioso demais para agradar? Eu sempre contara como certo que as pessoas gostariam de mim. Isso era algo com que eu nunca me preocupara, embora, naquele momento, estivesse tremendamente abalado. Se eu pudesse conversar com alguns dos rapazes das irmandades e contar-lhes a história do paletó, talvez eles reconsiderassem a decisão... Mas até eu percebi a futilidade de um gesto tão lastimável. Na verdade, não entendera a natureza do meio em que procurara entrar. Tentara participar de uma irmandade e encontrara a Liga de Colleton bloqueando meu caminho. E eu não aprendera com minha mãe os perigos de querer ir tão longe.

Foi minha irmã quem atendeu o telefone.

– Olá, Savannah, tudo bem? Aqui é Tom.

– Alô, universitário. – Sua voz fraca e rouca traía a provação pela qual ela passara. – Estou bem, Tom. Estou melhorando a cada dia. Não se preocupe. Vou superar tudo isso.

– Mamãe está aí?

– Está na cozinha.

– Não fui aceito por nenhuma irmandade, Savannah.

– Você se importa com isso, Tom?

– Claro que me importo. É impossível ficar indiferente. Gostei de todo mundo, e pensei que fossem o grupo mais simpático que já encontrei.

– São um bando de idiotas, Tom. Se não aceitaram você é porque não passam de idiotas. – Savannah baixara a voz para que mamãe não ouvisse.

– Devo ter feito alguma coisa errada. Só não descobri o que foi. Vários caras que pensei que não teriam chance receberam convites. A faculdade é estranha, Savannah.

– Sinto muito, Tom. Quer que eu vá aí no fim de semana? Os cortes em meus pulsos já cicatrizaram completamente.

– Não. Mas gostaria que você soubesse quanto sinto sua falta e a de Luke. Não vivo bem sem vocês. O mundo não é o mesmo.

– Você não está sem mim, Tom. Lembre-se sempre disso. Mamãe está aqui.

– Acho que não vou contar nada a ela, Savannah.

– Eu entendo, Tom. Amo você. Estude bastante.

— Tom! – exclamou minha mãe. – Hoje é o grande dia. Você deve estar tão excitado!

— Bem... tenho pensado muito desde que cheguei aqui e decidi não entrar em nenhuma fraternidade este ano. Acho melhor esperar um ano ou dois.

— Não creio que seja uma boa idéia. Afinal, os rapazes que você conhecer na irmandade são aqueles que irão ajudá-lo na vida profissional quando você se formar.

— Na verdade, a irmandade nos afasta dos estudos. Tenho ido a tantas festas que andei negligenciando os estudos.

— Isso parece muito amadurecido de sua parte. Na realidade, acredito que o melhor é entrar numa irmandade logo no primeiro ano. Mas se isso atrapalha seus estudos...

— Sim, fui mal em duas provas na semana passada e o treinador me chamou para conversar sobre isso.

— Se você perder a bolsa, não teremos dinheiro para pagar seu curso, Tom.

— Eu sei, mãe. Por isso que a irmandade vai ter de esperar. Preciso dar prioridade aos estudos durante algum tempo.

— Bem, você agora é um homem e pode tomar suas próprias decisões. Savannah está melhorando, mas eu queria que você lhe escrevesse uma carta tentando convencê-la a não ir para Nova York. É muito perigoso para uma menina sulista andar por aquelas ruas.

— Não é mais perigoso que morar na ilha – retruquei, chegando o mais próximo do assunto do estupro do que já chegara com minha mãe.

— Conte-me sobre seus cursos – disse ela, mudando o rumo da conversa.

Pouco depois, ao desligar o telefone, sentei-me na cabine por um instante, pensando em como encarar novamente os rapazes que haviam votado de maneira tão esmagadora pela minha exclusão. Será que não seria melhor transferir-me para uma faculdade menor e mais próxima de casa?, perguntei-me, fazendo hora antes de voltar ao dormitório, para não ter de enfrentar a compaixão dos colegas que saberiam que eu não recebera um único convite.

Não percebi a moça que passou por mim e entrou na cabine telefônica ao lado. Ouvi quando colocou a moeda no aparelho e perguntou à telefonista se poderia fazer uma ligação a cobrar. Antes que eu pudesse me afastar, escutei uma exclamação que demonstrava tanta angústia que fiquei paralisado, sem me mexer, para que a moça não soubesse que alguém ouvira por acaso aquele seu momento de desolação.

– Oh, mãe – ela chorava. – Ninguém me quis. Ninguém me convidou para participar de uma irmandade.

Encostando a cabeça na cabine ao lado, ouvi seus soluços.

– Não me quiseram, mãe. Elas não me quiseram. Não, você não está entendendo. Não fiz nada contra ninguém. Fui simpática com todas. Você sabe como eu sou. Oh, Deus, estou me sentindo tão mal...

Durante dez minutos, a moça falou, chorou e escutou a mãe, que tentava consolá-la. Ao desligar, reclinou a cabeça sobre o aparelho e continuou a chorar. Apareci em frente à porta da cabine e disse:

– A mesma coisa aconteceu comigo hoje. Quer tomar uma Coca-Cola?

Ela levantou os olhos, espantada, as lágrimas ainda rolando pelo rosto.

– Eu não sabia que havia alguém aí.

– Acabo de ligar para minha mãe para contar a mesma coisa. Só que menti. Não tive coragem de dizer que fui barrado em todas as irmandades.

– Você não entrou? – Ela me olhou, incrédula. – Mas você é tão simpático...

Corei, surpreso diante de sua sinceridade.

– Aceita aquela Coca-Cola? – gaguejei.

– Gostaria muito, mas preciso lavar o rosto.

– Meu nome é Tom Wingo.

– O meu é Sallie Pierson – disse ela em meio às lágrimas. – É um prazer conhecê-lo. – E foi assim que conheci minha esposa.

Iniciamos nossa convivência num momento de derrota e autopiedade que deixou uma marca indelével nos dois. A rejeição me disciplinou, me fez conhecer meu lugar no grande esquema das coisas. Aquela foi a última vez em que fiz um movimento que exigisse ousadia ou um salto de imaginação. Tornei-me hesitante, desconfiado e chato. Aprendi a refrear a língua, a conhecer o caminho de volta e a olhar em direção ao futuro com olhos cuidadosos. Por fim, foram-me roubados um certo otimismo, a despreocupada aceitação do mundo e toda a força que me conduziria pelo caminho. Apesar de minha infância e do estupro, eu achava que o mundo era um lugar maravilhoso... até que a SAE decidira não me incluir entre seus membros.

Sallie Pierson era feita de material diferente. Filha de operários de Pelzer, na Carolina do Sul, a rejeição fora apenas mais uma de uma longa série de catástrofes que se abatera sobre ela desde criança. Uma medida de sua inocência social era o fato de ela considerar uma família de pescadores de camarão exótica e rica. Viera para a universidade com uma bolsa de estudos que a tecelagem em que seus pais trabalhavam conferia todos os anos ao filho de operário que tivesse o melhor desempenho escolar. Ela nunca tivera uma nota abaixo da máxima no ensino médio, e teria apenas duas na faculdade. Quando Sallie Pierson estudava, ouvia a música dos teares da fábrica em sua cabeça, e via a figura dos pais, desfigurados por anos de trabalho exaustivo para que a filha tivesse a chance que lhes fora negada. Na noite em que nos conhecemos, contou que queria ser médica e ter três filhos. Ela planejara sua vida como uma operação militar. Em nosso segundo encontro, disse que, apesar de não querer me assustar, decidira se casar comigo. Ela não me assustou.

Eu nunca encontrara uma moça como Sallie Pierson. Todas as noites, nós nos víamos na biblioteca e estudávamos juntos. Ela levava a faculdade muito a sério e passava essa seriedade para mim. Das sete às dez da noite, exceto aos sábados, trabalhávamos na mesma mesa, atrás da seção de literatura. Ela me permitia que eu lhe escrevesse um único bilhete de amor por noite, e isso era tudo. Aprendera na escola que a dedicação aos estudos tinha recompensas especiais, que só nos caberiam se fôssemos diligentes. Nunca me escrevia bilhetes de amor, mas sim listas de coisas que esperava de nós.

Querido Tom,
   Você vai ser Phi Beta Kappa, vai pertencer ao "Quem é Quem" das faculdades e universidades americanas, capitão do time de futebol e primeiro aluno do departamento de inglês.
   Com amor

Sallie

Querida Sallie (respondi e passei o bilhete por sobre a mesa),
   O que é Phi Beta Kappa?
   Com amor,

Tom

Querido Tom,
   É a única fraternidade em que você pode entrar, menino do campo. Agora, estude. Chega de bilhetes.
   Com amor,

Sallie

Como Savannah, Sallie compreendia a importância de saber escrever. Foi uma noite de assombro para mim quando fui convidado pela Phi Beta Kappa dois anos depois. Eu descobrira, com enorme surpresa, que era o único aluno na classe dos calouros que ouvira falar de William Faulkner. Adorava as aulas de inglês e não acreditava na sorte que tinha de levar uma vida em que meu trabalho era ler os maiores livros já escritos. Iniciei um longo caso de amor com o departamento de inglês da Universidade da Carolina do Sul, cujos membros não acreditavam que um jogador de futebol pudesse escrever uma sentença simples sem causar algum dano à língua. Não sabiam que eu crescera na mesma casa em que crescera aquela que se tornaria a melhor poetisa do Sul, ou que eu estudava três horas por noite com a menina que escrevera uma única palavra em sua lista de objetivos: oradora.

Minha mãe ficou desapontada ao descobrir que eu estava namorando uma filha de operários e fez o que pôde para desencorajar esse relacionamento. Escreveu-me uma série de cartas sobre o tipo de mulher que eu deveria procurar quando estivesse interessado em me casar. Li essas cartas para Sallie, que concordou com minha mãe.

— Não posso apagar a cidadezinha industrial de meu organismo, Tom.. Jamais lhe darei o que outras moças daqui podem oferecer.

— Eu também não posso tirar os camarões do meu modo de ser – respondi.

— Eu gosto de camarões.

— E eu gosto de algodão.

— Então vamos mostrar o que somos, Tom – disse ela, beijando-me. – Vamos mostrar a todo o mundo. Não teremos tudo e sempre faltará algo para nós, mas nossos filhos terão tudo. Nossos filhos terão tudo no mundo.

Aquelas eram as palavras que eu esperava ouvir a vida inteira. E eu soube ali que a mulher certa entrara em minha vida.

NO CAMPO DE FUTEBOL, lutei durante três anos contra meu próprio senso de inadequação. Estava cercado de ótimos atletas que me davam lições diárias sobre as deficiências que eu trouxera para o jogo. Mas, quando não estávamos em campeonato, passei longas horas na sala de musculação, desenvolvendo o corpo como parte de um plano deliberado. Ao entrar na universidade, eu pesava 75 quilos. Quatro anos mais tarde, ao sair de lá, pesava 95. Como calouro, fazia exercícios com pesos de 55 quilos. No último ano, alcancei a marca de 145. Bloqueei no time dos chutadores e fui beque de defesa no primeiro e no segundo anos, até que Everet Cooper, o restituidor dos chutes, machucou-se durante o jogo contra Clemson quando eu estava no segundo ano.

Quando o Clemson marcou um ponto, ouvi o treinador Bass chamar meu nome. A partir daí, meus anos na faculdade se tornaram dourados. Ao voltar para receber o chute, ninguém na platéia sabia meu nome, exceto Sallie, Luke e meus pais. O chutador do Clemson aproximou-se da bola. Percebi o temível movimento de capacetes alaranjados pelo campo e o murmúrio de sessenta mil vozes enquanto a bola se elevava ao sol da Carolina e percorria 55 metros pelo ar, até que eu a agarrasse na linha de fundo e a levasse para onde ela deveria estar.

— O nome, senhores e senhoras, é Wingo – gritei ao enfiar a bola embaixo do braço e correr pelo lado esquerdo do campo. Fui agarrado na linha de 25 jardas, mas saí com um rodopio dos braços do médio esquerdo. Atravessando o campo, um jogador do Clemson tentou me atingir, porém não conseguiu. Continuei minha trajetória, saltei sobre dois companheiros de time que haviam derrubado dois adversários e corri na diagonal pelo campo inteiro até encontrar um bloqueador defensivo. Naquele momento, vi a abertura pela qual eu lançara orações aos céus. Por meio dela, cheguei a campo aberto e senti alguém mergulhar sobre mim pelas costas; cambaleei, mas recuperei o equilíbrio, apoiando-me com a mão esquerda. Ao me levantar, vi o chutador adversário na linha de 30 jardas, o último jogador do Clemson com chance de me pegar em sua área. No entanto, havia sessenta mil pessoas que não sabiam meu nome, quatro que eu amava estimulando-me ao longo do estádio chamado Vale da Morte e eu não planejava ser agarrado por um chutador. Abaixei a cabeça e meu capacete o pegou na altura dos números do uniforme. O rapaz se derreteu como neve perante o olhar de Deus, achatado pelo único jogador em campo que sabia o nome de Byron ou uma única linha de sua poesia. Quando dois jogadores do Clemson me agarraram, ofereci-lhes um passeio gratuito ao entrar em sua área aos trambolhões no fim da jogada que mudaria minha vida para sempre.

A contagem estava a 36 e ainda havia um quarto de jogo pela frente quando ouvi aquelas doces palavras pronunciadas pelo locutor:

– O jogador de número 43, Tom Wingo, cobriu 103 jardas e estabeleceu um novo recorde da Associação da Costa Atlântica.

Voltei para as linhas laterais e fui cercado pelos companheiros de time e seus treinadores. Passei pelo banco e acenei como um louco para o lugar no alto das arquibancadas em que sabia que Sallie, Luke e meus pais estariam em pé me aclamando.

George Lankier chutou o ponto extra. Estávamos seis pontos atrás do Clemson Tigers quando entramos em campo para a última parte do jogo. Faltando dois minutos para o fim, detivemos o adversário em sua própria linha de 20 jardas. Um dos treinadores assistentes gritou para o treinador Bass:

– Deixe Wingo fazer essa jogada.

— Wingo – chamou-me Bass. – Faça aquilo novamente.

Naquele dia, tornei-me um menino de ouro. O treinador pronunciara palavras mágicas, que eu já ouvira em algum lugar distante de minha vida. Tentei recordar onde, antes de tomar posição em nossa linha de 10 jardas, abstraindo por completo o extraordinário barulho da multidão. Enquanto via o zagueiro passar a bola para o lateral, lembrei-me do crepúsculo distante quando, com apenas 3 anos, minha mãe nos levara ao cais flutuante e trouxera a lua para nossa ilha. Minha irmã gritara com voz extática: "Oh, mãe, faça isso novamente."

"Faça isso novamente", murmurei ao ver a bola que se elevara em espiral sobre o campo iniciar sua longa descida até os braços do menino que se tornara de ouro por um único dia em sua vida. Agarrei-a e relanceei o olhar pelo campo. Em seguida, dei o maravilhoso primeiro passo da corrida que me transformaria no mais famoso jogador de futebol da Carolina do Sul durante um ano que eu lembraria com prazer enquanto vivesse. Saindo com a bola da linha de 15 jardas, corri pela lateral direita, avistando apenas um mar cor de laranja que se movia em minha direção. Três jogadores do Clemson chegavam para me agarrar pela esquerda, quando parei por completo, correndo então em sentido oposto, de volta à nossa própria linha de gol, na tentativa de alcançar o outro lado do campo. Um lateral do Clemson quase me pegou na altura das 17 jardas, mas foi derrubado por um bloqueio maldoso de um de nossos beques de linha, Jim Landon. Dois deles corriam passo a passo comigo quando voltei a me dirigir para seu campo. Ao olhar para as linhas laterais, deparei com algo espantoso: nosso bloqueio se desmantelara depois do último ponto, mas meus companheiros de time viram quando mudei de direção, seguido por 11 jogadores de Clemson. Eu via naquele instante uma fila de bloqueadores que se estendia por 50 jardas pelo campo. Cada vez que um jogador do Clemson estava para me agarrar, um jogador da Carolina do Sul colocava-se entre nós e o atingia na altura do joelho. Era como se eu estivesse correndo dentro de uma colunata viva. Naquele dia maravilhoso, eu me sentia o rapaz mais rápido, mais doce, mais elegante que já respirara o ar puro de Clemson. Quando atingi a linha de 30 jardas, mais rápido do que jamais pensara ser possível, não havia um único adversário em pé sobre o campo. Ao atravessar a linha do gol, caí de joelhos e agradeci a Deus, que me fez tão veloz, pelo privilégio de sentir a bondade do mundo por um glorioso e inigualável dia de minha jovem vida.

Depois, George Lanier fez o ponto extra, detivemos o avanço do Clemson na linha de 23 jardas e afinal o apito soou. Então, pensei que seria morto pela investida dos torcedores da Carolina do Sul sobre o campo. Um fotógrafo registrou o momento exato em que Sallie, furando o bloqueio da multidão, pulou em meus braços e me beijou na boca. Essa foto apareceu na primeira página das seções de esporte de todos os jornais na manhã seguinte, até em Pelzer.

À meia-noite, entramos no restaurante Yesterday's, em Five Points, onde meus pais nos levaram para jantar. Senti-me diminuído quando aquele dia maravilhoso terminou.

Na semana seguinte, apareceram colantes de pára-brisas em toda a extensão da Carolina do Sul, dizendo: "Chute para Wingo, Clemson." No domingo seguinte, Herman Weems, do jornal *Carolina State,* escreveu uma coluna a meu respeito, chamando-me de atleta-bolsista e de maior arma secreta da história do futebol da Carolina do Sul. "Ele não é um jogador de futebol tão incrível – era uma citação do treinador Bass –, mas será difícil convencer alguém de Clemson desse fato."

No último parágrafo, Herman dizia que eu namorava a moça de melhor aproveitamento escolar da turma e que, além disso, era bonita como uma pintura. Essa foi a parte favorita de Sallie em todo o artigo.

Algumas semanas mais tarde, fui procurado por um contingente de SAEs, incluindo Bo Gailliard, que me perguntaram se estaria interessado em tomar parte da irmandade. Declinei educadamente, do mesmo modo como recusei os convites de outras sete irmandades no mesmo ano. Nunca a palavra *não* teve uma beleza tão etérea para mim. As Tri Deltas enviaram um grupo composto pelas moças mais bonitas e benquistas do *campus* para convidar Sallie. Numa frase que adorei, ela lhes disse que poderiam puxar seu saco à vontade.

Eu jamais teria outro dia de tão completa transfiguração. Joguei um bom futebol durante o restante de minha carreira na universidade e aprendi que a natureza é extremamente parcimoniosa na distribuição do ouro. Se fosse muito mais talentoso, eu teria vivido outros dias como aquele. No ponto mais baixo de minha história na faculdade, eu encontrara a mulher que amaria pelo resto da vida; no mais alto, escalara as alturas de meu talento como atleta e, por um único dia, soubera o que é ser famoso. A fama não me pareceu grande coisa; e isso me surpreendeu.

Após a formatura, Sallie e eu nos casamos em Pelzer, tendo Luke como meu padrinho e Savannah como dama de honra. Fizemos nossa lua-de-mel na ilha Melrose, na pequena casa que Luke construíra para si nos 8.000 metros quadrados que meu pai lhe dera em um ponto próximo à ponte. Savannah passou uma semana com meus pais e Luke ficou no barco enquanto eu mostrava a Sallie o que sabia sobre a vida nas terras baixas.

À noite, quando me deitava em seus braços, Sallie murmurava:

— Depois que eu terminar o curso de medicina, vamos fazer belos bebês, Tom. Nosso trabalho agora é desfrutar.

Naquele longo verão, repetimos o capítulo mais delicado da história do mundo nos braços um do outro. Com imensa ternura, descobrimos os segredos e mistérios que nossos corpos haviam timidamente escondido. Fazíamos amor como se estivéssemos escrevendo um longo poema com línguas de fogo.

Após a lua-de-mel, trabalhei como ajudante no barco de Luke. Sallie e eu acordávamos antes do nascer do sol e o encontrávamos no cais dos camarões. Luke seguia o barco de meu pai e eu me assegurava de que as portas de madeira se abrissem com cuidado para não emaranhar as cordas. Quando o porão se enchia de camarões cobertos de gelo, eu limpava o convés enquanto Luke dirigia o *Miss Savannah* de volta à cidade. Recebendo 20 centavos por cada quilo de camarão que colocávamos nas balanças, eu tinha dinheiro no banco quando me iniciei como professor e treinador na Escola Secundária de Colleton.

No fim de agosto, o *Saturday Review* publicou o primeiro poema de Savannah em um número especial que apresentava jovens poetas. A revista chegou no mesmo dia em que Luke recebeu pelo correio a notificação de que sua categoria no recrutamento fora modificada para 1-A. Savannah escrevera um poema contra a guerra no exato momento em que esta se abatia sobre nossa família. Em nossa casa, na noite seguinte, Luke perguntou:

— O que vocês acham desse negócio do Vietnã?

— Sallie me obrigou a abandonar o Corpo de Treinamento dos Oficiais da Reserva assim que a guerra começou a esquentar – respondi, entregando-lhe uma xícara de café preto.

— Maridos mortos são péssimos pais – acrescentou Savannah. – Tom não tem o que fazer lá.

— Eles não vão me deixar fora – continuou Luke. – Liguei ontem para Knox Dobbins, no conselho de recrutamento, e soube que não vão adiar a ida dos camaroneiros. Ele disse que, de qualquer modo, há camaroneiros demais aqui.

— Então ele descobriu a maneira segura de diminuir a quantidade de pescadores no rio – disse eu, irritado.

— Vão recrutar você também, Tom? – perguntou Luke.

— Não, não recrutam professores na zona rural da Carolina do Sul. Simplesmente nos tratam como escravos e esperam que nunca procuremos empregos de verdade.

— Você conheceu alguém do Vietnã?

— Conheci um sujeito que dirigia um restaurante chinês em Columbia.

— Ele era chinês, Tom – informou Sallie. – Não é a mesma coisa.

— Para mim, é a mesma coisa.

— Mamãe diz que devo ir porque amamos os Estados Unidos – prosseguiu Luke.

— E o que isso tem a ver com fazer qualquer coisa?

552

— Eu respondi que não amo o país. Disse que amo Colleton. Por mim, os vietnamitas podem ficar com o restante. O pior de tudo é que vou ter de vender o barco.

— Não, Tom pode resolver isso para você, Luke — propôs Sallie. — Assim que a escola entrar em férias no próximo verão, ele cuidará da pesca, pelo menos para continuar pagando as prestações.

— Tom foi para a faculdade justamente para não ser pescador de camarões, Sallie — replicou meu irmão.

— Não. Eu fui para a faculdade para ter condições de decidir se seria pescador ou não. Eu queria ter uma opção, Luke, e considero uma honra manter o barco funcionando até sua volta.

— Eu apreciaria muito isso, Tom. Gostaria de saber que ele está aqui esperando por mim.

— Não vá, Luke — aconselhou Sallie. — Diga que se recusa a tomar parte nessa guerra. Arranje qualquer pretexto.

— Eles me poriam na cadeia, Sallie. Prefiro morrer a ir para a cadeia.

ENQUANTO NOSSO DIA-A-DIA em Colleton começava a se desdobrar nos fragmentos sonolentos da vida de professor sulista, Luke foi dali retirado para representar seu pequeno papel na única guerra com que o país brindou nossa geração. Ao mesmo tempo em que eu ensinava e treinava o time de futebol no campo onde Luke e eu fôramos capitães, Savannah participava de manifestações contra a guerra na Costa Leste, e Luke patrulhava os rios do Vietnã depois de ter sido convocado para a divisão mais secreta e elitista da Marinha, o SEAL.* Pelo jeito, a Marinha não estava a fim de desperdiçar o talento dos jovens mais fortes e inteligentes que tinham se apresentado naquela temporada nauseante de auto-investigação americana. Enquanto eu mandava os meninos treinarem bloqueios no campo, e Savannah escrevia poemas que entrariam em seu primeiro livro, Luke aprendia a fazer demolição subaquática, saltar de pára-quedas de aviões em vôo baixo, lutar na guerra antiguerrilha

---

*Foca, em inglês. (*N. do T.*)

e matar silenciosamente quando operasse por detrás das linhas inimigas. Havia uma inquietante oposição entre as vidas que levávamos, uma harmonia complexa que se realizaria quando o mundo girasse fora de controle e as estrelas se alinhassem em formas fabulosas, sensuais, e conspirassem para levar minha família até a calmaria de nosso rio sem águas e nos cortasse em pedaços para servir de isca.

> SEAL, (escreveu Savannah em uma carta para mim quando soube a respeito da divisão da Marinha a que Luke se incorporara.)
> Um mau presságio, Tom, um péssimo presságio e muito perigoso na mitologia da família Wingo. Você se recorda de quando me escreveu a respeito do jogo contra Clemson, aquele em que você marcou os únicos dois pontos de sua carreira universitária? Havia uma palavra mágica funcionando para você naquela ocasião. Essa palavra era tigre. Você estava jogando contra os Clemson Tigers. A palavra "tigre" sempre foi um símbolo de sorte para nós. Você se lembra do que aconteceu àquela foca no circo? Lembra-se do que os tigres fazem às focas? Acho que Luke está entrando como foca num país de tigres, e isso me apavora, Tom. Poetas encaram as palavras como sinais e símbolos. Perdoe-me, mas não acredito que Luke sobreviva a essa guerra.

Acompanhei a guerra pelas cartas que Luke me escrevia, endereçadas ao escritório do treinador na Escola Secundária de Colleton. Ele escrevia outras cartas para meus pais, avós e Savannah – cartas alegres, cheias de mentiras bonitas. Nelas, falava dos crepúsculos sobre o mar do sul da China, das refeições que comera em Saigon, dos animais que avistava nas margens das florestas e das brincadeiras que ouvia dos amigos. Nas cartas que me escrevia, parecia um homem prestes a se afogar. Relatava operações militares para explodir pontes no Vietnã do Norte, ataques noturnos às posições inimigas, missões de salvamento para libertar americanos capturados e emboscadas nas trilhas por onde passavam os suprimentos. Certa vez, depois de nadar mais de 6 quilômetros subindo um rio, ele cortara a garganta de um chefe de aldeia que se associara aos vietcongues. Fora o único sobrevivente de um destacamento que tentara tomar de surpresa uma coluna do exército regular norte-vietnamita que fugia. Seu melhor amigo morrera em seus braços depois de pisar numa mina de solo. Foi Luke, e não a mina que o matou. O amigo lhe implorara por uma injeção de morfina, dizendo que preferia morrer a viver como um vegetal, sem pernas ou bolas. Teria morrido de qualquer modo, mas sua morte foi mais rápida porque meu irmão o amava. "Eu não sonho mais à noite, Tom", ele me escreveu. "É quando acordo, quando tenho os olhos bem abertos, que convivo com o pesadelo. Há apenas uma coisa errada quando se matam pessoas. Vai ficando cada vez mais fácil. Isso não é terrível?"

Sempre que matava alguém, Luke me contava tudo, numa prosa sem emoção, e me pedia para acender uma vela pelo repouso da alma do homem quando eu passasse pela catedral de Savannah. Tínhamos sido batizados ali e esse era o lugar favorito de meu irmão para rezar. Antes de Luke voltar para casa, acendi 35 velas aos pés da imagem de Nossa Senhora do Perpétuo Socorro e recitei a oração pelos mortos em meio a uma aura de luz trêmula, para aquele pelotão de homens desconhecidos. Para o restante da família, ele manteve a ficção de que não participava de nenhum tipo de ação. As cartas para meus pais pareciam de um agente de viagens tentando seduzir turistas relutantes para um passeio a algum lugar exótico do Oriente. Colhendo orquídeas na floresta, Luke colocou-as entre as páginas da Bíblia que meu avô lhe dera como presente de despedida e enviou como presente de Natal para minha mãe. Ao chegar a seu destino, a Bíblia cheirava como um jardim, e as orquídeas secas, como cabeças de dragões tímidos, apareciam a intervalos de cem páginas. Minha mãe chorou pelo primeiro Natal que Luke passava fora da ilha.

— Flores mortas — comentou meu pai. — Luke ficou mesmo pão-duro lá no Vietnã.

— Meu doce menino — murmurou minha mãe em meio aos soluços. — Graças a Deus, ele não está em perigo.

EM COLLETON, eu entrara na rotina metódica de professor. Ensinava literatura e composição durante cinco horas por dia, treinando os alunos na arquitetura traiçoeira da gramática inglesa e forçando-os a marchar pelos atalhos emaranhados de Silas Marner e Júlio César. Em meu primeiro ano na escola, como castigo por ter-me formado em inglês, o diretor me designou a turma do segundo ano. Esses alunos, inundados de hormônios e cercados pelas modificações ainda incompreensíveis em seus corpos, sentavam-se embasbacados, a boca aberta, ouvindo eu explicar os prazeres da voz ativa, os perigos da gramática ou a perfídia de Cássio. Como conferencista, usei exageradamente palavras como *perfídia,* naquele primeiro ano inseguro. Eu possuía mais coisas em comum com um dicionário de sinônimos do que com o ensino, e os alunos sofreram com minha inépcia.

Na hora do almoço, eu comia na sala dos professores, ao mesmo tempo em que corrigia os péssimos trabalhos de meus alunos, que eram bastante talentosos para destruir todos os vestígios de beleza e elegância da língua inglesa. Depois das aulas, vestia o uniforme, prendia o apito em torno do pescoço e treinava o time do segundo ano até as seis da tarde. Às sete horas, eu estava em casa, preparando o jantar. Sallie chegava mais tarde, exausta pela longa viagem, pois estudava em Charleston. Alugávamos uma pequena casa a um quarteirão da residência de meus avós. Luke queria que morássemos em sua casa na ilha, mas Sallie avaliara corretamente a personalidade de minha mãe e decidira que Melrose deveria ser dirigida por uma única mulher. Nossa casa ficava próxima de um riacho onde se podia nadar com a maré cheia. Pela manhã, eu colocava uma armadilha para caranguejos antes de sair para o trabalho.

Fui a um bailinho depois de um jogo na mesma noite em que minha irmã esteve numa manifestação contra a guerra no Central Park e meu irmão ajudou a minar os acessos a um rio no Vietnã do Norte.

DURANTE OS FERIADOS de Páscoa, meu pai e eu colocamos o *Miss Savannah* sobre os suportes da doca seca e o retiramos da água. Esfregamos o fundo para tirar as cracas e a tinta, depois passamos uma nova camada de pintura sobre a madeira que começava a estragar. Arrumei as redes que utilizaria no verão e trabalhamos no motor até que este ronronasse como um gato. Então conduzimos o barco até o canal para uma viagem de teste.

Naquele verão, saí para o rio como capitão de barco pela primeira vez na vida, um novato naquela irmandade rija e forjada pelo sol.

O *Miss Savannah* estava amarrado próximo à embarcação de meu pai e eu tinha de atravessar seu convés para chegar até ele.

– Bom dia, capitão – dizia meu pai.

– Bom dia, capitão.

– Aposto uma cerveja como porei mais camarões nas balanças que você.

– Odeio roubar cerveja de um velho.

– Aquilo é barco demais para você, capitão – retrucava meu pai, olhando para o *Miss Savannah*.

Pelas manhãs, eu repetia os rituais inconscientes da infância, quando via meu pai conversar sem cessar sobre os planos que tinha para fazer um milhão de dólares, enquanto movia o barco com a intenção de interceptar os cardumes de camarões que floresciam nas baías. Só que, agora, era eu quem estava atrás da roda do leme – movendo a embarcação pelos canais que conhecia como a palma da mão, interpretando as informações dos marcadores que lampejavam por 1.500 quilômetros ao longo dos canais interiores, e mantendo o olho nervoso no marcador de profundidade sempre que pescava em águas que me eram pouco familiares. Na verdade, eu seguia o barco de meu pai, e pescávamos lado a lado.

Ao nascer do sol, depois de concordar a respeito de nossas posições, reduzíamos a potência do motor e ouvíamos a música do guincho quando Ike Brown, o ajudante que eu contratara, preparava o lançamento das redes. Quando as redes se abriam sob a água, eu sentia que quase faziam o barco estacar por completo. Então, ajustava os controles para a velocidade apropriada para o arrasto.

No primeiro verão, pesquei 13.500 quilos de camarão, paguei um bom salário a Ike, outro ainda melhor a mim mesmo e liquidei todos os pagamentos do barco de meu irmão. Quando tive de iniciar os treinamentos de verão, no dia 20 de agosto, já havia preparado Ike para ser capitão de barco. Ele trouxe para bordo seu filho, Irvin, como ajudante. Mais tarde, quando voltou do exterior, Luke foi fiador de Ike quando este comprou seu próprio barco e o batizou como *Mister*

Luke. Em se tratando de dar nome aos barcos, havia sempre um sentido de honra em jogo.

Naquele mês de agosto, quando voltei a ser treinador de futebol, Savannah já fizera a primeira leitura pública de seus poemas e Luke estava para pôr um fim em sua carreira militar – voltando ao rio ao qual pertencia. De maneira invisível, todas as redes colocavam-se em seus lugares ao longo dos silenciosos canais que rodeavam a família dos camaroneiros.

ERA NOITE NO MAR do sul da China. Os aviões retornavam ao porta-aviões depois de várias incursões ao Vietnã do Norte, quando o centro de controle de rádio recebeu uma mensagem urgente de um piloto que estava fazendo um pouso de emergência numa plantação de arroz a menos de 1,5 quilômetro do mar. O piloto deu as coordenadas exatas de sua posição antes de perder o contato. Houve uma rápida assembléia na ponte do porta-aviões e decidiu-se enviar uma equipe até a praia para tentar o salvamento do piloto.

O tenente J. G. Christopher Blackstock, escolhido para liderar a missão, ao ser solicitado pelo comandante para escolher os outros membros da equipe, disse apenas uma palavra: "Wingo."

Após o anoitecer, foram colocados no mar, dentro de um barco salva-vidas negro. Remaram sob o clarão da lua cheia por 3 milhas de mar agitado até a praia. A lua podia significar azar, mas chegaram sem incidentes, esconderam o barco sob um coqueiral, verificaram suas posições e, em seguida, iniciaram seu caminho para o interior.

Demoraram uma hora para descobrir o avião, que estava afundado no centro de um arrozal que espelhava a lua em milhares de piscinas de água fresca. Mais tarde, Luke me contaria que um campo de arroz formava o mais lindo casamento entre a água e a plantação que ele já vira.

O campo de arroz inspirou-lhes admiração e sensação de perigo enquanto se arrastavam ao longo de um dos sulcos que o dividiam em trêmulas piscinas simétricas. O jato perdera uma asa e jazia reluzente, caído de lado, com o arroz alto chegando até a fuselagem. A plantação se movia com o vento e lembrou a Luke os pântanos salgados da Carolina, embora o cheiro fosse mais delicado e sensual.

– Aquilo era arroz de verdade, Tom. Não aquela merda de Uncle Ben. Havia fazendeiros muito bons dormindo naquela parte do mundo.

– Você pensou que o piloto poderia estar vivo? – perguntei.

– Não depois que vimos o avião.

– Por que vocês não deram meia-volta e retornaram ao barco? Um ano mais tarde, quando estava de volta a Colleton, Luke riu.

– Nós éramos SEALs, Tom.

– Tolos – disse eu.

– Blackstock foi o melhor soldado que encontrei em minha vida. Eu teria rastejado até Hanói se ele pedisse.

Quando chegaram ao avião abatido, Blackstock fez um gesto, pedindo que Luke o cobrisse. Então, subiu pela asa intacta e olhou para dentro da cabine do piloto. Ao perceber um movimento numa linha de árvores a 400 metros de distância, Blackstock mergulhou na terra inundada enquanto a primeira salva de artilharia dos AK-47 despedaçava a fuselagem do avião. Luke viu cinco soldados norte-vietnamitas correrem em sua direção, abaixados em meio aos altos feixes de arroz. Esperou que o vento vergasse novamente o arroz e, quando isso aconteceu, apontou a submetralhadora, atirou, e os cinco caíram pesadamente no arrozal. A partir daí, foi como se todo o Vietnã do Norte se levantasse para desafiar o retorno deles ao mar.

Os dois se lançaram por uma barragem sob o fogo dos morteiros que fazia em pedaços o avião danificado. Correram para o sul, ao longo de uma faixa de terra sólida, ao mesmo tempo em que ouviam ordens em vietnamita sendo gritadas na escuridão. Tentaram abrir o máximo de distância entre eles e o avião, antes de se voltarem e rastejarem ao longo de um daqueles sulcos retos e vulneráveis que dividiam o arrozal em desenhos congruentes. Ouviram os soldados caminhando em direção ao lugar de onde haviam saído, concentrando seu poder de fogo. Uma granada de mão explodiu a 100 metros de distância.

— Eles são apenas uns cem — sussurrou Blackstock ao ouvido de Luke.

— Por um momento, pensei que estivéssemos em desvantagem — respondeu meu irmão.

— Esses filhos-da-mãe não sabem que somos SEALs.

— Isso não parece incomodá-los muito, senhor.

— Vamos correr até as árvores. Eles terão de nos descobrir na escuridão — concluiu Blackstock.

Mas, enquanto se arrastavam para as sombras indistintas da floresta, os norte-vietnamitas já haviam cercado a área em torno do avião, percebendo que os americanos tinham escapado da emboscada. Luke escutou passos de homens correndo e sons de pés chapinhando pelo arrozal. Entretanto, o campo de arroz era vasto e suas divisões de água e longas pontes de terra que se cruzavam tornavam impossível a busca disciplinada. Quando um esquadrão inimigo saiu correndo da escuridão, movendo-se impetuosa e descuidadamente, Luke e Blackstock rolaram por instinto para lados opostos do quadrado cheio de água e, deitados submersos, esperaram até que os homens vestidos de preto estivessem quase em cima deles. Mataram sete no espaço de três segundos, e depois saíram em disparada pela plantação, com as balas debulhando o arroz atrás de si. Alcançando a fileira de árvores, Blackstock procurou cobertura na floresta. Luke ouviu a resposta solitária de um AK-47 vindo das árvores. Percebeu que Blackstock atirava com sua submetralhadora em direção ao ponto de onde tinham vindo os tiros e logo depois vi-o cair. Então saiu de onde estava, espalhando tiros em todas as direções. Agachou-se e atirou até a munição acabar. Agarrou a arma de Blackstock e continuou a atirar. Quando já havia esvaziado a submetralhadora, começou a arremessar granadas à esquerda e à direita. Aquilo era inútil, ele concordou mais tarde, mas servia para que o inimigo tivesse alguma coisa com que se ocupar.

Sem armas, Luke levantou o corpo de Blackstock, colocou-o no ombro e partiu em direção ao Pacífico, perseguido por um grande contingente de forças inimigas. Uma vez na floresta, redobrou sua atenção. Sempre que ouvia seus perseguidores, simplesmente parava onde estivesse até deixar de ouvi-los. Encarava aquela retirada como uma longa caçada na qual usou o conhecimento que adquirira no contato de uma vida inteira com o veado de cauda branca. O movimento podia causar a morte ou o salvamento do veado, dependendo da sabedoria da escolha que o animal fizesse quando o cheiro dos caçadores atingisse a floresta. Durante uma hora, Luke escondeu-se sob as raízes de uma árvore derrubada que produzia uma fruta estranha que ele nunca vira. Escutou vozes, passos e tiros de rifle próximos e muito distantes. Mais uma vez, levantou Blackstock nos ombros e o carregou em direção ao ruído das ondas que se quebravam na praia. Levou três horas para caminhar 800 metros. Mas não entrou em pânico. Atento ao que ocorria em torno de si mesmo assegurou-se de que, ao se mover, não houvesse ninguém por perto para ouvir seus passos. Estava na terra do inimigo, pensava, e esse tinha enorme vantagem por causa da familiaridade com o terreno. Por sorte a região não era muito diferente da zona costeira da Carolina do Sul, sobre a qual aprendera algumas coisinhas quando criança. Além disso, estava escuro e ninguém poderia seguir um rastro na escuridão.

Às quatro horas da manhã, Luke alcançou as margens do Pacífico. Viu uma patrulha passar, dirigindo-se para o norte, com os rifles travados e carregados. Esperou que se distanciassem algumas centenas de metros antes de seguir em linha reta para o oceano, sem olhar à esquerda ou à direita. Sabia que, se alguém visse sua caminhada arrojada para a água, seria um homem morto. Mas, se esperasse pela luz do dia, não teria nenhuma chance. Assim, pouco depois atirou Blackstock sobre uma onda, mergulhando em seguida sob ela. Levou 15 minutos para passar a arrebentação e entrar em mar aberto. Ali, percebeu que, finalmente, estava em seu elemento; não havia ninguém no Vietnã do Norte capaz de pegá-lo na água salgada.

Em mar aberto, conferiu as estrelas e tentou se localizar. Nadou 4.500 metros, rebocando o tenente J. G. Christopher Blackstock em suas costas. Foi encontrado por uma patrulha americana às onze da manhã, depois de ficar na água durante seis horas e meia.

Luke foi chamado perante o almirante da frota do Pacífico para prestar contas. Relatou que o piloto não estava nos destroços do avião e que o tenente Blackstock confirmara isso visualmente. Não sabiam se o piloto fora morto, capturado ou se saltara de pára-quedas antes da queda do avião. Em seguida, haviam encontrado forte resistência inimiga e foram envolvidos num tiroteio a caminho da praia. O tenente Blackstock fora morto por tiros de rifle. Luke obedecera às ordens e retornara à base.

— Marinheiro — perguntou o almirante —, por que você trouxe o corpo do tenente Blackstock se sabia que estava morto?

— Nós aprendemos isso durante o treinamento, almirante — disse Luke.

— Aprenderam o quê?

— Que os SEALs não abandonam seus mortos.

QUANDO LUKE VOLTOU A COLLETON, ao fim de seu tempo de serviço, nós nos sentamos na mesma ponte de madeira onde havíamos comemorado a formatura da escola secundária. Luke ganhara uma estrela de prata e duas de bronze.

— Você aprendeu a odiar os norte-vietnamitas, Luke? — perguntei, enquanto lhe passava a garrafa de Wild Turkey. — Você odiava os vietcongues?

— Não. Eu os admirava. Eles são bons fazendeiros e bons pescadores também.

— Mas mataram seus amigos. Mataram Blackstock.

— Quando entrei no campo de arroz, Tom, imaginei ser o primeiro homem branco a pisar ali. Eu estava armado com uma submetralhadora. Eles estavam certos ao tentar me matar. Eu não tinha nada que fazer lá.

— Então por que você estava lutando?

— Apenas porque vivo num país onde colocam na cadeia quem disser que não vai lutar. Eu estava ganhando meu direito de voltar a Colleton. E nunca mais vou sair da ilha. Adquiri o direito de ficar aqui para o resto da vida.— Nós temos sorte nos Estados Unidos. Pelo menos não precisamos nos preocupar com guerras em nosso próprio solo.

— Não sei, Tom. O mundo é um lugar muito fodido.
— Nunca acontece nada em Colleton.
— Por isso gosto de Colleton. É como se o mundo inteiro estivesse acontecendo pela primeira vez. É como se a gente tivesse nascido no Éden.

25

Embora o casamento de meus pais pudesse servir como roteiro sobre a arte do casamento errado, eu pensava que a simples força do hábito o tivesse tornado indestrutível. Adulto, começando a criar minhas filhas, parei de perceber a erosão constante de qualquer tipo de respeito que minha mãe houvesse sentido por meu pai. Com os filhos já crescidos, ela voltou suas formidáveis energias para projetos fora de casa. Crescendo, nós havíamos cometido o crime de ocultar as características pelas quais minha mãe se definia; também lhe fornecemos a alforria da estreiteza daquela autodefinição imperfeita. Minha mãe esperara a vida inteira pelo momento oportuno em que seus desejos de poder e intriga seriam testados no recanto de uma cidade pequena. Quando sua vez se aproximou, ela não ficou esperando. Apenas com sua beleza, Lila Wingo poderia ter perturbado os sonhos licenciosos de todos os parentes; mas, com sua beleza e astúcia, poderia ter inspirado anarquistas e regicidas, que lhe trariam as cabeças de uma dúzia de reis, adornadas com salsa e rosas, sobre travessas Wedgewood de colorido azul-pálido.

Mais tarde, iríamos especular se mamãe planejara durante anos sua espetacular ruptura com o passado ou se agira com espírito liberal, agarrando a oportunidade conforme os acontecimentos se desdobravam ao seu redor. Por longo tempo, suspeitamos de que ela fosse uma mulher brilhante; Savannah foi a única a não se surpreender quando ela provou ser descarada e inescrupulosa. Minha mãe jamais se desculpou ou se explicou. Fez o que nascera para fazer e nunca foi uma pessoa que se deixasse levar por súbitos ataques de honestidade ou introspecção. Possuindo um impressionante domínio da tática, mostrou ser a terrorista da beleza, rainha do auto-de-fé mais cruel e, nesse processo, engoliu Henry Wingo vivo. Mas o preço que pagou foi elevado.

Na hora de seu maior triunfo, quando todas as honras, glórias e riquezas lhe haviam finalmente chegado, quando ela provara a todos que seu valor e importância tinham sido subestimados, meu pai foi para a cadeia, num último gesto que visava à sua admiração, enquanto levavam para ela a cabeça de seu filho mais velho sobre uma travessa. Seria o destino de minha mãe conhecer o pó, e não o sabor, das preces atendidas.

CERTO DIA, EM 1971, eu pescava com Luke na parte oceânica de Coosaw Flats quando chegou o chamado de minha mãe.

— Capitão Wingo, capitão Luke Wingo. Responda, capitão. Câmbio — disse ela.

— Alô, mãe. Câmbio — respondeu ele.

— Diga a Tom que ele está para se tornar pai. Parabéns. Câmbio.

— Já estou indo, mãe. Câmbio — gritei ao microfone.

— Isso também significa que estou para me tornar avó. Câmbio — respondeu ela.

— Parabéns, vovó. Câmbio.

— Não acho nada divertido, filho. Câmbio.

— Parabéns, Tom — repetiram outros dez capitães de barcos enquanto eu lutava para reunir as redes e Luke voltava o barco em direção a Colleton.

Quando passamos pelo hospital, que ficava à beira do rio, ao sul da cidade, Luke pilotou o barco até a margem e eu mergulhei na água. Nadei até a beirada, subi o barranco com dificuldade e corri para a maternidade, respingando água do mar pelo caminho. Uma enfermeira me deu uma toalha e um roupão de banho do hospital. Depois, segurei a mão de Sallie até o dr. Keyserling dizer que já estava na hora de a levarem para a sala de parto.

Somente às onze e vinte cinco da noite Jennifer Lynn Wingo nasceu, pesando 3,260 quilos. Os pescadores do rio enviaram flores, e todos os professores da escola vieram ver a criança. Na manhã seguinte, meu avô levou-lhe uma Bíblia de presente e preencheu a árvore genealógica na metade do livro.

Na mesma ala em que estava Sallie, minha mãe encontrou Isabel Newbury, doente e assustada, que se internara para fazer exames, após ter evacuado sangue. A sra. Newbury estava apavorada e sem conseguir comer a comida do hospital. Assim, minha mãe levava-lhe refeições sempre que visitava Sallie e o bebê. Somente ao ser transferida para Charleston confirmou-se o diagnóstico preliminar de câncer intestinal. Foi minha mãe quem a acompanhou durante os testes e quem a consolou durante a terrível provação da cirurgia. Entre minhas três filhas, mamãe sempre preferiu Jennifer, não por ser a primeira, mas porque seu nascimento conduziu-a diretamente à grande e fortuita amizade com Isabel Newbury.

Ninguém sabia ao certo em que momento os bandos silenciosos de agrimensores, com suas trenas e teodolitos, invadiram o município para o longo estudo de suas dimensões e limites. Entretanto, a maioria dizia que fora no mesmo verão em que meu avô tivera a carta de motorista suspensa pelo Departamento de Trânsito. Amos sempre fora um motorista ruim, mesmo quando jovem. Mas, ao envelhecer e ter as habilidades diminuídas, tornou-se uma ameaça para todo ser vivo que pisasse uma superfície asfaltada do município. Em razão de uma vaidade incomum, ele se recusava a usar óculos e achava injusto ser considerado responsável por atravessar sinais vermelhos que não enxergava.

— Eles ficam muito no alto – explicava a respeito dos semáforos. – Nunca olho para os pássaros quando estou dirigindo. Tenho os olhos no caminho e a mente no Senhor.

— Você quase atropelou o sr. Fruit na semana passada – repliquei. – Ele teve de saltar fora do caminho para não ser atropelado.

— Não vi nenhum sr. Fruit. Em todo caso, ele nunca serviu para dirigir o tráfego. Só devia haver homens gordos fazendo esse serviço. O sr. Fruit deve se especializar, agora que está ficando velho, e dedicar-se apenas a liderar desfiles.

— O guarda Sasser disse que pegou você na estrada para Charleston dirigindo na pista errada, vovô.

— Sasser! – encolerizou-se meu avô. – Eu já dirigia automóveis a gasolina antes que ele nascesse. Eu lhe disse que estava à procura de um campo cheio de pássaros pretos e que estava contemplando o mundo que Deus colocara ali para que o homem apreciasse. Além disso, não vinha ninguém por aquele lado da estrada. Então, por que tanta confusão?

— Eu devia criar coragem e colocá-lo num asilo – opinou minha avó. – Ele ainda vai matar alguém com esse automóvel, Tom.

— Tenho o corpo de um homem com a metade de minha idade – retrucou o velho, magoado.

— Estamos falando sobre matéria cinzenta, Amos. Até parece que estou vivendo com Matusalém, Tom. Pela manhã, ele não lembra onde deixou a dentadura à noite. Outro dia, eu a encontrei na geladeira.

— Bom, querem que você devolva sua carta voluntariamente, vovô – informei.

— Está começando a haver muito controle em Colleton – resmungou ele. – Nunca ouvi falar de uma coisa dessas.

— Você vai me dar a carta, vovô? Se não for assim, o guarda Sasser virá até aqui para pegá-la.

— Vou pensar nisso. Vou discutir com o Senhor.

— Está vendo, Tom? – disse Tolitha. – Serei obrigada a colocá-lo num asilo.

Após uma longa discussão sobre o assunto, para o assombro de todos, Jesus permitiu que meu avô mantivesse a carta de motorista, com a condição de que usasse óculos. Para Amos, o Senhor era tudo: controlador de tráfego, mediador e oculista.

Dois dias mais tarde, Amos atropelou o sr. Fruit na mesma esquina. Usando os óculos, ele se voltara para observar a equipe de agrimensores que media os limites da propriedade adjacente às ruas Baitery e das Marés. Sem ver o sinal vermelho nem ouvir o toque frenético do apito do sr. Fruit, só pisou no freio quando o homem se estatelou sobre o capô de seu Ford 1950. O sr. Fruit teve apenas alguns ferimentos leves, mas a Patrulha do Estado já não se divertia com as travessuras do velho atrás da direção de um automóvel.

O guarda Sasser confiscou-lhe de imediato a carta de motorista e a cortou em pedaços com a tesoura de um pequeno canivete suíço.

— Eu já dirigia antes de você nascer, jovem Sasser — reclamou meu avô.

— E eu quero viver o suficiente para ser um velho, assim como o senhor — replicou Sasser. — Mas não vai sobrar ninguém na cidade se eu não tirá-lo das ruas. Encare os fatos, sr. Wingo. O senhor está fraco e é uma ameaça para a sociedade.

— Fraco! — exclamou meu avô, indignado, enquanto o sr. Fruit gemia de pavor e a equipe da ambulância partia, com a sirene ligada.

— Estou lhe fazendo um favor, sr. Wingo — continuou Sasser —, e protegendo o bem-estar público.

— Fraco uma ova! Vamos fazer uma queda-de-braço e ver quem é o fraco. A cidade toda vai poder julgar.

— Não, senhor — disse Sasser. — Vou ao hospital para me assegurar de que o sr. Fruit esteja bem.

Minha mãe se dirigia à Long's Pharmacy, onde iria aviar uma receita para Isabel Newbury, quando notou a discussão entre meu avô e o guarda. Assim que escutara os gritos do sr. Fruit e o guinchar do Ford de Amos ao parar, ela entrara rapidamente na loja Woolworth's. Não gostava de ser testemunha quando um Wingo fazia papel de idiota em público. Mais tarde, descobrimos que ela fora a única pessoa na rua das Marés a saber, naquele dia, que havia equipes de agrimensores em toda a extensão do município de Colleton.

Na semana seguinte, Amos escreveu uma carta para a *Gazeta de Colleton,* queixando-se do tratamento arrogante que recebera do guarda, de seu ultraje ao ter a carta de motorista destruída publicamente por um canivete suíço e falando de sua intenção de provar a Sasser e a Colleton que não era "fraco". Anunciou que iria esquiar ao longo dos 65 quilômetros de canal interior que se localizava entre Savannah e Colleton e desafiou o "rapazola" Sasser a esquiar a seu lado. Se completasse a jornada, exigiria um pedido público de desculpas do Departamento de Trânsito e o imediato restabelecimento de sua carta de motorista.

Minha avó prontamente começou a pesquisar a respeito da disponibilidade de vagas nos asilos em todo o estado. Mas Luke e eu aproveitamos o fim de semana para colocar a baleeira em condições de fazer a viagem. Meu avô era um homem simples cujas opiniões gloriosas o impediam de ser considerado um chato. Ele trouxera o primeiro par de esquis aquáticos para o município e, aos 50 anos, fora o primeiro homem da Carolina do Sul a esquiar sem esquis. Durante dez anos, manteve o recorde de salto em esquis, até que um campeão viesse de Cypress Gardens, na Flórida, para o festival aquático. Entretanto, quando lançou sua proclamação pelo jornal, fazia dez anos que não esquiava.

— Você vai colocar rodas neles, vovô? — zombou Luke enquanto guardávamos um par de esquis novos em folha dentro do barco, antes de rebocá-lo até Savannah.

— Foi isso que levou o pessoal a pensar que estou enfraquecendo — lamentou-se Amos. — Eu não devia ter posto aquela roda na cruz.

— Posso levá-lo a qualquer lugar que você queira, Amos — interveio minha avó. — Não há necessidade de provar ao mundo inteiro que é um idiota. Todos sabem que você não dirige direito, mas muitos não sabem que tem o miolo mole.

— Preciso me concentrar melhor na direção, Tolitha. Sei que cometo alguns erros atrás do volante, mas estou sempre ocupado, ouvindo as palavras do Senhor.

— O Senhor lhe disse para esquiar de Savannah até aqui?

— De onde você acha que tirei essa idéia?

— Só estou perguntando, Amos. Tomem conta de seu avô, meninos.

— Tomaremos, Tolitha — respondi.

— Apostei cem pratas em você — disse meu pai, dando um tapinha nas costas de vovô.

— Sou contra as apostas — retrucou Amos.

— Com quem você apostou, pai? — perguntou Luke.

— Com o filho-da-puta do Sasser. Ele disse que está esperando no cais com uma nova carta de motorista pronta, pai, porque acha que você só agüentará, no máximo, até Stancil Creek.

— Stancil Creek é na fronteira, a mais ou menos 1,5 quilômetro de Savannah — admirou-se Amos.

— Você devia ter ido ao dr. Keyserling para fazer um *check-up* — observou minha avó. Depois, completou: — Ele nunca fez um exame na vida.

— Você vai conseguir, Amos — garantiu Sallie. — Eu sinto que você vai conseguir.

— Veja este braço, Sallie — falou o velho com orgulho, flexionando o bíceps. — O Senhor não fez os homens Wingo muito espertos, mas certamente os fez fortes e os abençoou com um excelente gosto em matéria de mulheres.

— Eu gostaria que Ele tivesse me dado um gosto melhor em matéria de homens — provocou Tolitha. — Você está fazendo papel de bobo novamente, Amos. Lila vive envergonhada para sair à rua.

— Ela está cuidando de Isabel Newbury — informou meu pai. — Tem sido uma santa desde que Isabel adoeceu. Quase não a vejo mais.

Luke tirou cinco notas de 20 dólares da carteira e as entregou a meu pai.

— Pegue essa grana. Aposte com quem quiser como Amos Wingo vai esquiar por todo o percurso, de Savannah até Colleton.

— Sua irmã me telefonou de Nova York ontem à noite, meninos — comentou o velho. — Disse que faria um poema para mim se eu conseguisse.

— Você vai parecer um bobo com calção de banho, Amos — disse Tolitha quando entramos no caminhão.

— Mas não quando eu tiver a carta de motorista novinha na mão. Aí eu vou me pôr bem elegante e levar você para um longo passeio.

— Vou prevenir o sr. Fruit.

ESSES SÃO OS MOMENTOS de surpresa e preservação que me prendem para sempre às recordações que trago da vida sulista. Tenho medo do vazio na vida, da vacuidade, do enfado e da falta de esperança de uma vida pobre em acontecimentos. É a morte em vida da classe média, que envia calafrios primitivos através dos nervos e dos poros abertos de minha alma. Se pesco um peixe antes de o sol nascer, eu me associo ao murmúrio do planeta vivo. Se ligo a televisão porque não suporto uma noite a sós com a família ou comigo mesmo, estou admitindo minha ligação com os mortos-vivos. A parte sulista de alguém é a mais requintadamente viva nessa pessoa. Há recordações profundamente sulistas que cercam a estrela-guia da autenticidade de qualquer coisa que eu mostre. Por causa de nossa autenticidade, pertenci a uma família com fatal atração pelo gesto extraordinário. Sempre havia um caráter excessivo em nossa reação a pequenos acontecimentos. A rutilância e o exagero eram a plumagem que se pavoneava sempre que um Wingo se encontrava ofuscado à luz de um mundo hostil. Como família, éramos instintivos, não previdentes. Nunca éramos mais espertos que os adversários, mas podíamos surpreendê-los com a imaginação usada em nossas reações. Funcionávamos melhor como grandes conhecedores do risco e do perigo. Não ficávamos verdadeiramente felizes, a não ser que estivéssemos engajados em nossa guerra particular com o restante do mundo. Até nos poemas de minha irmã sentíamos a tensão do risco que se aproximava. Eles soavam como se fossem feitos de gelo fino e rochas que caíam. Tinham movimento, peso, deslumbramento e arte. E se moviam pelas correntes do tempo, selvagens e violentas, como um velho entrando nas águas limítrofes no rio Savannah, planejando esquiar por 65 quilômetros para provar que ainda era um homem.

– Está um pouco mais frio do que pensamos, vovô – gritei, enquanto soltava a corda atrás do barco. – O sol se escondeu e parece que vai chover. Podemos adiar.

– O pessoal está esperando no desembarcadouro público – respondeu Amos, segurando a barra na ponta da corda.

– Tudo bem. A maré está alta, de modo que não precisamos nos preocupar com bancos de areia. Iremos em linha reta sempre que pudermos e a velocidade será a máxima deste barco.

– Você acha que eu devo usar o esqui durante todo o percurso?

– Você vai precisar de dois esquis antes de terminar.

— Eu poderia mostrar-lhes um pouco do meu estilo ao terminar.

— Não, vovô. E, lembre-se, vou lhe atirar laranjas durante a viagem.

— Nunca ouvi falar em se chupar laranjas enquanto se esquia.

— Não se trata de um esqui normal – gritei, mais alto que o ruído do motor. – Você vai percorrer 65 quilômetros e precisará de um pouco de líquido. Mas tome cuidado com as laranjas. Se uma delas atingir sua cabeça, teremos de enterrá-lo no mar.

— Parece divertido...

— Ouça seu treinador. – Acenei-lhe com os polegares voltados para cima. – Está pronto, velhão?

— Não me chame de velhão!

— Só se você ainda estiver de pé quando chegarmos a Colleton – repliquei, enquanto ele posicionava os esquis voltados para o alto.

— Como você vai me chamar então, Tom?

— Vou chamá-lo de velho dos diabos. – Nesse instante, Luke acelerou o barco, dirigindo-o para o sul, ao longo da margem, onde uma pequena multidão se reunira, assistindo ao início da viagem. Todos aplaudiram quando Amos se levantou suavemente da água e, deixando o sulco formado pela embarcação, voltou-se na direção deles e os cobriu com uma onda ao fazer um deslumbrante giro para retornar rumo ao barco.

— Sem truques – alertei, quando ele começou a saltar as bordas do sulco e, mantendo a corda esticada, correu ao longo da água até quase emparelhar com a lancha.

— O menino ainda está craque – gritou ele, animado.

Amos não esquiou a sério até darmos a volta em Stancil Creek e entrarmos nas águas da Carolina do Sul. Então posicionou-se bem atrás do barco e deixou que este fizesse a maior parte do trabalho. Enquanto eu vigiava meu avô, Luke observava os marcadores dos canais ao passarmos por ilhotas com árvores nas costas onde não batia sol. A água mudava de cor, passando do jade pálido para o cinza metálico. Percebia-se o sol que tentava encontrar uma abertura nos cúmulos amontoados, mas também se viam nuvens de chuvas, com formato de colméias agourentas, reunindo-se de modo sombrio ao norte.

571

Meu avô mantinha-se ereto nos esquis, os braços e as pernas finos e funcionais, como um conjunto de lápis. Sem possuir partes macias no corpo, ele demonstrava aquela força surpreendente que as pessoas associam ao arame enrolado. Seus antebraços e bíceps se esticavam num baixo-relevo gráfico de encontro à tensão da corda. O rosto, o pescoço e os braços eram escuros; os ombros, tímidos e pálidos. À medida que o dia escurecia e a temperatura caía, sua pele adquiria uma tonalidade levemente azulada como a dos ovos dos pássaros. Após 16 quilômetros, estava esquálido, trêmulo e velho. Mas continuava de pé e maravilhoso.

— Ele parece que está mal, Tom — comentou Luke. — Tente mandar-lhe uma laranja.

Com a ajuda de um canivete, cortei a parte superior de uma laranja e fui até a popa do barco. Segurei-a para que Amos visse e ele acenou com a cabeça, demonstrando ter entendido.

Atirei-a em sua direção, mas calculei mal a altura. A laranja passou muito acima de sua cabeça, fazendo com que Amos quase caísse ao saltar para agarrá-la.

— Não pule, vovô — gritei. — Espere que ela chegue até você.

Atirei outras três laranjas antes de calcular com precisão a distância e a velocidade. O velho agarrou a quarta como um jogador que se debruçasse sobre a cerca para diminuir a velocidade do adversário durante uma jogada. Luke fez um gesto de vitória enquanto vovô chupou a laranja até o bagaço, antes de deixá-la cair na água. Então, parecendo reviver, ele pulou o sulco da água várias vezes e sentou-se sobre os esquis, segurando a barra da corda com uma das mãos, sem que tivéssemos como contê-lo.

— Quilômetro vinte e cinco — anunciou Luke ao passarmos pela bóia que marcava a entrada do canal Hannah.

Há ocasiões em que se pode ver de que material uma família é feita; aquela foi uma dessas oportunidades. Nos olhos de Amos, brilhavam a coragem e a resolução transmitidas à cadeia de genes dos Wingo — tive orgulho de ser filho de seu filho. Na marca de 32 quilômetros, o velho tremia e seus olhos profundos estavam anuviados como alfazema. Mas os esquis ainda cortavam a água como lâminas que ferissem a superfície do esmalte. Apesar de trêmulo e exausto, ainda se dirigia a Colleton.

Amos não se dobrou até alcançarmos o estreito de Colleton, onde as águas estavam agitadas com a tempestade que se aproximava e os raios cortavam as nuvens mais ao norte.

– Ele caiu, Luke! – avisei.

– Entre na água, Tom! – Luke manobrou a lancha, deixando o motor em ponto morto enquanto nos aproximávamos de Amos.

Saltei na água a seu lado, segurando uma laranja recém-aberta acima da cabeça, tomando cuidado para que a água salgada não a molhasse.

– Como você está, vovô? – perguntei, aproximando-me dele.

– Sasser está certo – sua voz era quase inaudível. – Estou com cãibras.

– Onde você está com cãibras? Não se preocupe. Poucos esquiadores aquáticos levam massagista a seu lado.

– Sou uma grande cãibra... Sinto dedos que nunca senti antes e eles me doem demais. Até os dentes estão com cãibras. E eles nem são naturais.

– Chupe esta laranja, deite-se e deixe-me trabalhar em seu corpo.

– Não adianta. Estou derrotado.

Luke manobrara o barco para ficar a nosso lado. Ouvi o ruído macio do motor em ponto morto quando comecei a massagear os braços e o pescoço de meu avô.

– Ele diz que vai parar, Luke – disse eu.

– Não, não vai!

– Estou liquidado – murmurou Amos.

– Então você está com um problemão, vovô.

– Que problema, Luke? – Meu avô gemia enquanto eu tentava suavizar os músculos cheios de nós de seus braços.

– Calculo que seja mais fácil esquiar os 15 quilômetros que faltam para chegar a Colleton que nadar essa distância – respondeu Luke, ao mesmo tempo em que exibia sua própria carta de motorista. – Há uma destas esperando por você logo acima no rio, vovô. Quero mesmo ver a cara do veadinho do Sasser quando chegarmos rasgando a água com seus esquis.

— Trabalhe as pernas, Tom. E me dê mais uma dessas laranjas, Luke. Juro que nunca imaginei que uma laranja pudesse ser tão gostosa.

— Tire os esquis, vovô – pedi. – Vou massagear seus pés.

— Sempre tive os pés mais bonitos...

— E fortes, também. Fortes o bastante para agüentar mais 15 quilômetros.

— Pense em Jesus subindo o Calvário – tentou Luke, com a voz forte. – Pense no que teria acontecido se ele tivesse abandonado tudo. Onde estaria o mundo agora? Ele era forte quando precisava ser. Peça a Ele para ajudá-lo.

— Ele não esquiou até o Calvário, meninos – ofegou meu avô. – Os tempos eram diferentes.

— Mas teria esquiado se fosse necessário – encorajou Luke. – Teria feito qualquer coisa para redimir a humanidade. Ele não desistiria.

— Massageie de novo meu pescoço, Tom – pediu o velho, com os olhos fechados e a laranja na boca. – Dói muito, filho.

— Relaxe, vovô – disse eu, massageando-lhe as têmporas e o pescoço. – Flutue com o colete salva-vidas e deixe os músculos descansarem.

— Você sempre agüentou três horas na Sexta-feira Santa – continuou Luke. – Nunca fugiu da parada. Amanhã vai poder levar sua família para passear no Ford.

— Jogue o cantil para que eu possa dar um pouco de água para ele – pedi a meu irmão. Amos estava quieto, parecendo adormecido, até ouvir Luke dizer:

— É melhor entrar no barco, vovô. Você acaba de fazer Sasser o homem mais feliz da Carolina do Sul.

— Traga-me a corda, filho. – Ele abriu os olhos de repente. – Não quero mais ouvir baboseiras de meus netos.

— A água está agitada daqui para a frente – avisei.

— Vai ficar mais suave quando vocês me puxarem por ela.

Voltei à embarcação e soltei a corda, pedaço por pedaço, até deixá-la esticada como se estivesse ligada ao umbigo de meu avô. Quando vi os esquis surgirem de cada lado da corda, gritei "Já". Luke acelerou, fazendo a lancha partir pelas águas agitadas. Desta vez, Amos levantou-se como quem estivesse à morte, um homem trêmulo e alterado, esbranquiçado pela água salpicada e pela exaustão. Lutava com a corda, as ondas, a tempestade e consigo mesmo. A tempestade despencou com tanta força que Amos sumiu em contornos indistintos, como num negativo mal focalizado. Os raios açoitavam as ilhas, os trovões recortavam o rio com a espantosa voz da negação. A chuva inundava meus olhos e Luke dirigia o barco às cegas, mas com um perfeito conhecimento das profundidades e das marés, enquanto eu observava a imagem obscurecida do velho, que travava uma guerra contra o tempo e a tempestade.

— Você quer matá-lo, Luke? – gritei.

— Ele vai morrer se não conseguir chegar.

— Caiu novamente... – Amos pegara uma onda de mau jeito e perdera o equilíbrio ao ser atingido pela onda seguinte.

Luke fez novamente a volta, e eu mergulhei ao lado do velho, lutando contra as águas turbulentas. Enquanto nadava a seu lado, mais uma vez massageei-lhe o pescoço e os braços. Ele gemeu quando toquei seus músculos doloridos ao longo dos ombros e sob os braços. A cor de sua pele lembrava um merlim arruinado pela arte da taxidermia. O corpo estava flácido, exaurido, e seus pensamentos vagueavam enquanto eu trabalhava suas pernas e pés.

— Devíamos levá-lo para o barco, Luke – sugeri, quando meu irmão se aproximou.

— Não – reagiu meu avô num sussurro. – Quanto falta?

— Onze quilômetros – informou Luke.

— Que tal pareço? – perguntou ele.

— Está horrível – respondi.

— Você está ótimo. Não ouça o que ele diz, vovô.

— Eu sou o treinador – afirmei.

— Eu ensinei você a esquiar, filho. – Amos flutuava virado de costas, com o colete salva-vidas balançando como uma cortiça na água.

— E você me ensinou a nunca esquiar com um tempo como este – repliquei, massageando-lhe as coxas.

— Então fui um ótimo professor, Tom. Ensinei muito bem mesmo.

— Volte para o barco. Você fez o melhor que pôde. Ninguém vai dizer que não tentou.

— O Senhor quer que eu continue.

— Ouça o trovão, vovô. Ele está dizendo "não".

— Ele está dizendo "Não, não pare, Amos". É isso que estou ouvindo.

— Tom nunca foi bom em língua estrangeira, vovô – arrematou Luke ao trazer o barco para perto e me içar para cima enquanto o velho recolocava os esquis.

— Sou contra isso, Luke – resmunguei.

— Daqui a 11 quilômetros, você vai adorar.

Naquele instante, Amos agarrou a barra da corda e se aprontou para a etapa final até Colleton. Luke acelerou e, mais uma vez, meu avô lutou para se erguer contra a chuva. Acabou conseguindo, além dos limiares do desejo ou do entusiasmo. Ardendo com a ânsia por terminar com aquilo, a antiga luxúria do esporte e da competição lhe vitalizava a alma com a chama que nem as águas do céu ou do Atlântico poderiam tocar ao bater em seu corpo.

Três quilômetros antes de chegarmos à cidade, vimos os automóveis que se enfileiravam na margem do rio e entupiam o desembarcadouro, aguardando nossa chegada. Quando o pessoal avistou Amos sobre os esquis, explodiram buzinadas e os cidadãos de Colleton celebraram seu triunfo acendendo os faróis dos carros. Amos agradeceu com um aceno garboso e, ao fazermos a volta na curva do rio, recomeçou a se exibir, fazendo alguns truques, mostrando um pouco do velho estilo. O barulho das buzinas diminuía quando passamos ao longo da rua das Marés, e competia com os trovões. A ponte, cheia de gente e de guarda-chuvas, aplaudiu quando vovô passou, acenando e se exibindo, sob suas grades. Luke guiou-nos para o desembarcadouro público, onde outra multidão estava reunida. Dirigindo o barco a toda velocidade, voltou-o de repente para o outro lado, fazendo com que meu avô fosse para a margem com extrema rapidez. O velho soltou a corda e flutuava magicamente, como se estivesse andando sobre a água direto para o desembarcadouro, onde meu pai o agarrou nos braços.

Testemunhamos ao lado do público o momento solene em que Amos Wingo recebeu sua nova carta de motorista do guarda Sasser, que estava comovido e benevolente. Perdemos o instante perturbador em que Amos desfaleceu no estacionamento. Meu pai teve de carregá-lo para o pronto-socorro do hospital. O dr. Keyserling deixou-o confinado ao leito durante um dia para que tratasse a exaustão e a exposição ao mau tempo.

Um ano mais tarde, Tolitha mandou Amos comprar meio quilo de farinha e um frasco de molho para bifes. Antes de alcançar o corredor do supermercado onde estava o molho, o velho se deteve subitamente, soltou um pequeno grito e se precipitou para a frente, caindo sobre um mostruário de latas de nabos com carne de porco. Estava morto ao atingir o chão, embora o guarda Sasser tentasse revivê-lo inutilmente com respiração boca a boca. Disseram que Sasser chorou como uma criança quando a equipe da ambulância saiu para o hospital levando o corpo de meu avô. E Sasser foi apenas o primeiro a chorar em Colleton naquela noite. A cidade inteira percebeu que perdera alguém admirável e insubstituível. Nada afeta tanto uma cidade pequena como a perda de seu melhor e mais extraordinário homem; nada afeta tanto uma família sulista como a morte do homem que lhe empresta equilíbrio e fragilidade, num mundo retorcido com valores corrompidos. Sua fé sempre fora uma forma de esplêndida loucura; e seu caso de amor com o mundo, um eloqüente hino de louvor ao cordeiro que o fizera. Já não haveria cartas para a *Gazeta de Colleton,* com transcrições palavra por palavra das tagarelices do Senhor. A partir de então, aqueles diálogos seriam face a face, enquanto Amos estivesse cortando o cabelo do Senhor numa mansão, ao som do doce trinado dos anjos. Essas foram as palavras do padre Turner Ball, que ressoaram pela igreja de tábuas brancas no dia do funeral do velho.

Naquele dia, o Sul morreu para mim; ou, pelo menos, perdi seu lado mais elevado e ressoante, a mágica jovial que associava à incongruência merecida. Amos colocara moscas e mosquitos em frascos e os soltara no quintal porque não suportaria matar nenhuma das criaturas de Deus.

— Eles fazem parte da colônia – dissera. – Fazem parte do esquema.

Sua morte forçou-me a reconhecer a sabedoria secreta que emanava da vida contemplativa. Ele vivera distante do material e do temporal. Criança, eu me envergonhava com o ardor que ele colocava em sua adoração. Adulto, invejaria para sempre a simplicidade e a grandeza de sua visão do que deveria ser um homem completo e contributivo. Toda a sua vida fora de submissão e doação a uma fé. Ao chorar em seu funeral, não o fazia apenas por minha própria perda. A gente carrega um homem como Amos no coração, uma lembrança de rosa imorredoura no jardim do ego humano. Não! Chorei porque minhas filhas jamais o conheceriam e porque possuía a consciência de ser pouco versátil em qualquer língua para descrever a solidão e a caridade perfeitas do homem que acreditava e vivia todas as palavras do livro que vendia de porta em porta ao longo do Sul dos Estados Unidos. A única palavra para bondade é bondade; e isso é o suficiente.

Em meio aos gritos de "Aleluia" e "Louvor a Deus", os homens começaram a bater as bases das cruzes de encontro ao piso da igreja, em uníssono, criando um toque de recolher entorpecido e impenetrável, a música sombria dos crucifixionistas. Meu pai levantou-se, com Tolitha a seu lado, e a levou pelo corredor central onde ela encarou Amos pela última vez. No caixão aberto, com os cabelos penteados para trás e um sorriso ligeiramente enfeitiçado no rosto (marca indelével do papa-defunto, Winthrop Ogletree), Amos parecia um menino do coro destinado a virar semente. Uma Bíblia branca estava aberta na página em que Jesus falava: "Eu sou a Ressurreição e a Luz." O organista tocava *Abençoado seja o laço que une* e a congregação cantava enquanto Tolitha se inclinava e beijava os lábios de meu avô pela última vez. Caminhamos da igreja até o cemitério, eu segurando a mão de Sallie, e Luke ao lado de minha mãe. Savannah ajudava meu pai a controlar Tolitha. A cidade inteira, negra e branca, movia-se em silêncio atrás de nós. Os homens arrastavam as cruzes pelo centro da rua. O sr. Fruit liderava o séqüito, soprando o apito com lágrimas correndo pelo rosto. O guarda Sasser era um dos que carregava o caixão.

Amos foi enterrado à luz escassa de um dia de céu carregado. Depois de baixarem o corpo na sepultura, Luke, Savannah e eu ficamos para trás para cobri-lo com terra. Levamos uma hora para completar o trabalho. Ao terminar, sentamo-nos sob o carvalho que sombreava o túmulo da família Wingo. Choramos e contamos histórias a respeito do papel de Amos em nossa infância. Vovô, num sono sem sonhos embaixo da terra, falava-nos da colméia cantante da memória. Há uma arte da despedida, mas éramos jovens demais para dominá-la a fundo. Simplesmente, contamos histórias sobre o homem que cortara nossos cabelos desde crianças e que transformara sua vida num salmo incorruptível ao Deus que o fizera.

No fim, Savannah comentou:

— Ainda digo, com o devido respeito, que vovô era louco.

— Isso é com o devido respeito? — questionou Luke.

— Ora, Luke, ele conversava com Jesus diariamente. Os psiquiatras nunca se referem a isso como um comportamento normal.

— E você não conversa com cães e anjos diariamente? — replicou ele, com raiva. — Acho muito mais normal conversar com Jesus.

— Isso foi maldade de sua parte, Luke — retrucou Savannah, os olhos baixos e sombrios. — Não reduza a importância de meus problemas. Estou passando por um período difícil. Sempre vou passar.

— Ele não quis magoá-la, Savannah — interferi.

— Eu não devia ter vindo — disse ela. — Me faz mal ficar com a família. É perigoso.

— Por que é perigoso? — perguntei. — É por isso que quase não a vemos?

— A dinâmica desta família é medonha. Vai dominar vocês como me dominou.

— Sobre o que você está falando, Savannah? — perguntou Luke. — Estávamos muito bem, conversando sobre o vovô e você estragou tudo falando da última besteira do clube do psiquiatra do mês!

— Você é o próximo, Luke — disse ela. — Está escrito em você.

– Próximo para quê?

– Nenhum de vocês encarou o que realmente nos aconteceu na infância. E, por serem homens sulistas, há uma grande chance de que nunca encarem.

– Peço desculpa por ser um homem sulista – reagiu Luke. – O que você quer que eu seja? Um esquimó, um japonês pescador de pérolas?

– Quero que olhem em torno e vejam o que está ocorrendo. Você e Tom não têm consciência do que está acontecendo neste exato momento.

– Você tem de nos desculpar, Savannah – intervim, meu mau humor crescendo junto ao de Luke. – Somos apenas homens sulistas.

– Por que você odeia as mulheres, Luke? – perguntou ela. – Por que nunca sai com moças? Por que nunca se envolveu seriamente com uma mulher em toda sua vida? Você já se fez essas perguntas?

– Não odeio as mulheres, Savannah – a dor estava presente em sua voz –, simplesmente não as entendo, não sei o que pensam ou por que pensam assim.

– E você, Tom? Como é que se sente a respeito das mulheres?

– Eu as odeio! As mulheres são a escória do mundo. Eis por que me casei e tive três filhas. O ódio é a força central por trás de tudo.

– Eu entendo por que você é tão defensivo, Tom – retrucou Savannah, com perfeito controle de si mesma.

– Não estou sendo defensivo! Luke e eu só reagimos contra sua insuportável piedade, Savannah. Todas as vezes em que a vemos, temos de ouvir discursos sobre como desperdiçamos nossas vidas aqui, enquanto você está em Nova York, vivendo uma existência fabulosa, fértil e auto-atualizadora entre as mentes mais talentosas de nossa era!

– Isso não é verdade – afirmou ela. – Simplesmente tenho uma perspectiva melhor, já que só venho para casa a cada dois anos. Vejo de imediato coisas que vocês não percebem porque estão muito próximos. Algum de vocês tem conversado com a mamãe?

– Sim – respondeu Luke. – Todos os dias.

— Você sabe o que ela está pensando? – questionou Savannah, ignorando a ironia na voz dele. – Tem idéia do que ela está planejando?

— Ela perde todo seu tempo cuidando daquela cadela da Isabel Newbury. Está tão exausta quando chega em casa que praticamente não faz nada a não ser cair na cama.

— Sallie parece infeliz, Tom – comentou Savannah. – Parece exausta.

— Ela é médica e mãe... Se já é duro ser uma coisa só, imagine as duas. Principalmente quando o pai é professor da escola e treinador de três esportes diferentes.

— Bem, pelo menos, ela não será dona de casa para o resto da vida.

— O que você tem contra as donas de casa?

— Fui criada por uma. E isso quase estragou minha vida.

— Fui socado por um camaroneiro quando era pequeno – ironizou Luke. – Mas nunca culpo os camarões.

— Mamãe vai se divorciar – informou Savannah. – Foi o que ela me disse ontem à noite.

— Quantas vezes ela já não disse isso antes?

— Não foram muitas – repliquei. – Creio que não passaram de 68 milhões de vezes.

— Quantas vezes – continuou Luke – mamãe nos colocou no carro, dirigiu para fora da ilha e jurou que não passaria outra noite na casa dos Wingo?

— Não foram muitas – repeti. – Isso só aconteceu umas vinte ou trinta vezes quando éramos pequenos.

— Para onde ela iria? – indagou Savannah. – Como iria se alimentar e vestir? Como sobreviveria sem um homem? Mamãe foi presa numa armadilha pelo Sul e isso a tornou um pouco má. Só que, desta vez, ela vai abandoná-lo. Vai pedir o divórcio na semana que vem. Já contratou um advogado, que está tratando da papelada.

— Ela já contou a papai? – perguntei.

— Não.

— Calma, Tom, as coisas mais importantes em primeiro lugar – brincou Luke.

— Vocês não acham estranho que mamãe tenha tomado uma decisão tão importante e que nenhum de vocês saiba nada a respeito? – questionou Savannah. – Isso não diz algo sobre a forma como essa família se comunica?

— Savannah – disse Luke –, por que sempre que você vem para a Carolina do Sul insiste em dizer a Tom e a mim como devemos viver nossas vidas? Ainda não ouvimos uma palavra sobre como você vive, mas você arranja mil coisas para falar a respeito do que fazemos. Estávamos nos despedindo de vovô e você transformou isso numa sessão de terapia de grupo. Se mamãe vai abandonar papai, isso é problema deles. Cabe a Tom e a mim ajudá-los em tudo o que pudermos. Você estará em Nova York, ligando para nós e reclamando de tudo o que estivermos fazendo.

— Odeio a comunicação, Savannah – acrescentei eu. – Sempre que nos comunicamos com você atualmente, terminamos brigando. Sempre que percebo que estou me comunicando com alguém da família, acabo descobrindo mais do que quero... ou menos.

— Vocês não se importam se mamãe está se divorciando de papai? – perguntou ela.

— Sim, eu me importo – respondi. – Agora que papai não me bate mais nem tem o menor poder sobre mim, eu o acho simplesmente patético. Cresci odiando ele, porque tinha medo e porque é difícil perdoar alguém que roubou nossa infância. Mas eu o perdoei, Savannah. E também perdoei mamãe.

— Não perdôo nenhum dos dois – declarou ela. – Eles fizeram muito estrago. Preciso lidar com seus erros diariamente.

— Eles não fizeram isso de maneira intencional. – Luke passou o braço em torno de Savannah e puxou-a contra o peito. – Eram dois idiotas e nem sequer souberam ser bons idiotas. Eles apenas não tinham jeito para a coisa.

— Eu não queria cair de pau em cima de vocês – desculpou-se ela. – Mas tenho medo de que essa cidade os arraste.

— Não é pecado amar Colleton – replicou Luke. – O único pecado verdadeiro é não amá-la o suficiente. Era isso que vovô costumava dizer.

— Olhem até onde isso o levou. — E Savannah acenou com a cabeça em direção à sepultura.

— O céu não é um lugar tão mau — disse meu irmão.

— Ora, você não acredita no céu!

— Sim, claro. Acontece que eu já estou lá, Savannah. Essa é a grande diferença entre nós dois. Colleton é o que eu sempre quis e tudo de que preciso.

— Aqui não há excitação, nem deslumbramento, nem movimento de multidões, nem estímulo — retrucou ela.

— O que você pensou durante o enterro de vovó quando os seis diáconos bateram as cruzes no chão enquanto você fazia o elogio fúnebre? — perguntei.

— Achei que eles eram birutas — respondeu Savannah.

— Mas era um bocado estimulante, não era? — indagou Luke.

— Não, era pura birutice. Fiquei louca de vontade de correr para fora da cidade o mais rápido que pudesse.

— Pois eles estavam mostrando ao mundo quanto gostavam de vovó, Savannah. Estavam contando a todos que o amavam.

— Isso daria um bom poema — observou ela, pensando alto. — "Os batedores de cruzes", eu o chamaria assim.

— Você terminou aquele poema sobre a viagem de esquis de vovô? — perguntei.

— Quase. Ainda precisa ser trabalhado.

— Por que está demorando tanto? — Luke quis saber.

— Não se pode apressar a arte — disse ela.

— Claro — reforcei eu. — Seu burro filho-da-puta. Não se pode apressar a arte!

Savannah deu de ombros, levantou-se e disse:

— Temos de dizer adeus ao vovô.

— Ali está o lugar onde vamos ser enterrados. — E Luke seguiu rumo a um lote de relva nua. — Este espaço é meu. Aqueles são para vocês. Há lugar para nossas esposas e filhos.

— Que coisa mórbida e deprimente, Luke — reclamou Savannah.

— Eu acho confortador saber onde vou terminar depois de bater as botas — respondeu ele.

— Quero ser cremada e que minhas cinzas sejam espalhadas sobre o túmulo de John Keats, em Roma — declarou minha irmã.
— Um desejo modesto — comentei.
— Não, irmãzinha — falou Luke cordialmente. — Vou trazer você para Colleton e plantar sua bundinha aqui, para poder vigiá-la.
— Que coisa grotesca — resmungou ela.
— Vamos voltar para casa — sugeri. — O pessoal já deve ter ido embora.
— Adeus, vovô — sussurrou Savannah, mandando um beijo em direção à terra recém-mexida. — Se não fosse por você e Tolitha, não sei o que teria acontecido conosco.
— Se você não estiver no céu, vovô — disse Luke enquanto saíamos do cemitério —, então é tudo besteira.

EU VIVIA NUMA TERRA que não tinha neve nem azaléias. Passei meus 20 anos como treinador de meninos desajeitados e ágeis. Dividi as estações do ano de acordo com a fluência dos esportes. Havia a música das bolas de futebol que faziam espirais no céu, em direção às nuvens de outono; o guinchar da borracha contra a madeira quando os meninos mais altos giravam em torno de si mesmos em direção à cesta de basquete no inverno; e a pancada dos tacos Hillerich and Bradsby de encontro às bolas de beisebol no fim da primavera. O trabalho de treinador não era uma paixão fora de lugar, mas a arte de dar sentido à infância de um menino. Não fui o melhor dos treinadores; tampouco fui prejudicial. Não apareci com realce nos pesadelos de nenhum menino. Nunca consegui derrotar os times de futebol extremamente disciplinados do grande John McKissick, de Summerville. Ele era um criador de dinastias e eu, um treinador limitado em competência e espaço. Não brigava com a vitória, mas também não era viciado nela. Jogara em times que tinham feito as duas coisas, e, apesar de a vitória ser melhor, faltara-lhe aquela frágil sublimidade, aquela ligeira sabedoria que se adquiria em um jogo no qual se tivesse atuado com todo o coração, e em que os esforços não tivessem tido êxito. Ensinei a meus meninos que saber perder é um dom, mas saber ganhar é o que produz a masculinidade autêntica. Perder, eu lhes disse, é bom para nosso senso de proporção.

    Tentei viver bem naquela terra sem neve nem azaléias. Comecei a observar os pássaros, tornei-me um colecionador de borboletas amador, coloquei redes para pegar a passagem anual das savelhas e colecionei discos de Bach e de músicas da Carolina do Sul. Tornei-me um daqueles americanos anônimos que têm a mente aguçada e inquisitiva enquanto realizam todos os rituais humilhantes da classe média. Fiz assinaturas de cinco revistas, usando a taxa de desconto para professores: *The New Yorker, Gourmet, Newsweek, The Atlantic* e *The New Republic*. Imaginava que minhas escolhas em matéria de revistas demonstrassem um homem atento e liberal, com uma grande variedade de interesses. Nem uma única vez me passou pela cabeça o fato irrefutável de que eu era, ao mesmo tempo, uma piada e um clichê da época. Savannah me enviava caixas de livros que comprava na livraria Barnes & Noble. Acreditava que eu vendera minha alma ao decidir permanecer no Sul. Tinha uma grande fé nos livros; afinal, podiam ser trocados como selos de desconto do supermercado e constituíam excelentes presentes. Sei que ela se preocupava comigo e com a fatal atração que eu tinha pelo convencional e o seguro. Mas estava errada a meu respeito; minha doença era muito mais estranha. Eu trouxera para a vida adulta a nostalgia por uma infância devastada. Desejava criar minhas filhas em um Sul que me fora roubado por minha mãe e meu pai. O que eu mais queria era uma vida excelente. Possuía algum conhecimento para passar para minhas filhas e não tinha nada a ver com as grandes cidades. Savannah não entendia que eu tinha uma necessidade ardente de ser apenas um homem decente, e nada mais. Quando morresse, queria que Sallie dissesse ao me beijar pela última vez: "Escolhi o homem certo." Era esse fogo que me sustentava, a idéia que eu reservara como primeiro princípio de minha vida como homem. O fato de eu ter fracassado, pensava, tinha menos a ver comigo do que com a crua obliqüidade das circunstâncias. Quando escolhi retornar a Colleton, não fazia idéia – e teria rido se isso tivesse sido sugerido – de que Colleton deixaria de ser um município incorporado à Carolina do Sul. Eu estava para aprender muito a respeito de meu século... Não iria gostar de nada do que iria saber.

TRÊS SEMANAS após o funeral de meu avô, vi o caminhão de meu pai estacionado em frente à minha casa ao voltar de um treino de futebol. Havia um colante de pára-choque na parte traseira do caminhão que mostrava o símbolo da paz seguido destas palavras: "Esta é a pegada da galinha americana." Quando entrei em casa, encontrei meu pai sentado na sala; conversando com Sallie. Jennifer estava em seu colo e Sallie trocava a fralda de Lucy no sofá.

— Oi, pai – disse eu. – Quer que eu lhe prepare um drinque?

— Aceito. O que você fizer está bom para mim.

Sallie entrou na cozinha enquanto eu preparava a bebida. Perguntei-lhe:

— Quer alguma coisa, Sallie, ou você prefere esperar até pôr as meninas na cama?

— Algo aconteceu – sussurrou ela. – Há um minuto atrás, ele estava chorando.

— Meu pai? Chorando? – perguntei, em voz baixa. – É impossível. Só os seres humanos choram quando estão emocionalmente perturbados. Meu pai nasceu sem emoções, como algumas pessoas nascem sem o dedinho.

— Seja gentil com ele, Tom, por favor. Vou levar as meninas para a casa de Tolitha. Ele quer conversar a sós com você.

— A gente pode ir a algum lugar, Sallie. Seria mais fácil para nós.

— Ele precisa conversar já. – E ela saiu para reunir as crianças.

Ao voltar para a sala, encontrei meu pai descansando a cabeça no encosto da poltrona. Respirava pesadamente e estava mais perturbado do que eu jamais o vira. Parecia atado a uma cadeira elétrica. As mãos tremiam e as articulações estavam roxas.

— Como vai indo o time? – perguntou quando lhe entreguei o drinque.

— Está indo bem. Acho que temos uma boa chance contra Georgetown.

– Posso conversar com você, filho?

– Claro.

– Sua mãe saiu de casa há alguns dias. – Ele pronunciava cada palavra com dificuldade. – No início, não fiquei preocupado. Afinal, temos altos e baixos como qualquer casal, mas logo depois fazemos as pazes. Só que hoje fui intimado por um oficial de Justiça. Ela quer divórcio.

– Sinto muito...

– Ela falou com você sobre isso? Você sabia que isso ia acontecer, Tom?

– Savannah comentou alguma coisa depois do enterro de vovô. Não pensei muito nisso, papai.

– Por que você não me contou? – Sua voz estava cheia de mágoa. – Eu teria lhe comprado flores ou a convidado para algum restaurante bacana em Charleston.

– Não achei que fosse da minha conta. Era um caso para ser resolvido por vocês dois.

– Como que não era da sua conta? Sou seu pai e ela é sua mãe. Se isso não for da sua conta, então o que é? Que vai ser de mim sem sua mãe? Por que você acha que trabalhei tanto a vida inteira? Eu queria dar a ela tudo com que sempre sonhou. As coisas não funcionaram como eu esperava, mas sempre tentei.

– Realmente você tentou. Ninguém pode negar isso.

– Se eu tivesse acertado apenas uma vez, ela não teria me abandonado. Você não faz idéia de quanto sua mãe ama o dinheiro.

– Eu imagino...

– É por isso que ela vai voltar. Não sabe o que é ganhar a vida e está velha demais para aprender a essa altura do jogo.

– Mamãe é uma mulher inteligente. Se ela abandonou você, com certeza tem algum plano.

– Ela pode ter todos os planos do mundo. Mas não tem grana para levá-los adiante. Por que ela fez isso, filho? Por favor, ajude-me. Por que ela foi embora? – Meu pai colocou as mãos sobre o rosto e chorou tanto que as lágrimas rolaram entre seus dedos, descendo pelas mãos e os pulsos.

Não era tristeza o que eu testemunhava; era a agonia de um homem que sabia que teria de pagar por sua tirania, prestar contas por um reinado de trinta anos de terror. E ele não possuía o dom da contrição.

— Eu a tratei como uma rainha, Tom. Esse foi o problema. Fui gentil demais com ela. Dei-lhe tudo o que queria. Deixei-a bancar a grã-fina e fingir ser algo que nunca foi. Aceitei tudo isso em vez de lhe dar uma dura.

— Você batia nela, pai. Do mesmo modo como batia em todos nós.

Ele tentou responder, mas não conseguiu falar. Soluços partiam de seu peito como ondas que se quebrassem de encontro a uma praia. Por um momento, cheguei a ter pena dele, até que recordei meu tempestuoso aprendizado de 18 anos em sua companhia. Chore por minha mãe, desejei dizer-lhe. Chore por meu irmão e minha irmã. Derrame uma lágrima por mim, pai. Só que não haveria lágrimas suficientes para absolvê-lo dos crimes impensados que cometera como marido e pai. Eu não podia anistiar o homem que não me tocara quando criança, exceto para me dar bofetões. Mas fiquei abismado quando ele afinal recuperou a voz e disse:

— Nunca encostei a mão em sua mãe. E nunca toquei em meus filhos.

— O quê? – gritei e, mais uma vez, ele soluçou descontrolado. Quando se acalmou, ajoelhei-me a seu lado e sussurrei: – É isso que me enlouquece em nossa família. Não me importo se você nos bateu. Realmente não me importo. É coisa passada e não há nada que se possa fazer a respeito. O que não suporto é quando cito um simples fato ocorrido conosco e você ou mamãe dizem que não aconteceu. Mas você precisa saber, e estou falando como um filho que o ama: você foi uma merda com mamãe e uma merda para seus filhos. Não durante todos os dias, nem todos os meses. Mas nunca sabíamos o que o faria estourar. Nunca sabíamos quando o mau humor explodiria e o camaroneiro mais forte do rio começaria a nos espancar pela casa. Então, aprendemos a ficar quietos, a andar nas pontas dos pés a seu redor. Aprendemos a ter medo sem emitir um som. E mamãe foi uma esposa leal: nunca nos deixou contar a ninguém que você nos batia. Na maior parte do tempo, ela era como você e simplesmente nos dizia que as coisas não haviam acontecido como nos recordávamos.

— Você é um mentiroso, Tom — declarou ele de repente. — É um mentiroso desgraçado e deixou que sua mãe o envenenasse contra mim. Fui bom demais. Esse foi meu único erro.

Agarrei seu braço direito, desabotoei a manga e levantei-a até o cotovelo. Quando ele voltou a palma da mão para cima, localizei a cicatriz roxa, com o formato de uma garra, impressa no músculo de seu antebraço. Olhei aquele braço com grande ternura. Um trabalho imenso moldara os braços dele, transformando-os em objetos de lírica beleza. As veias apareciam como raízes de árvores enormes ao longo de margens erodidas. Meu pai começara a usar chapéu e camisa de mangas compridas no barco porque minha mãe admirava a palidez dos homens que não faziam trabalho braçal. As mãos de meu pai eram rudes e manchadas de graxa. Uma lâmina de barbear poderia perfurar um calo que havia em seu polegar e penetrar por vários milímetros antes de tirar sangue. Aquelas mãos me bateram, mas também trabalharam por mim — eu era professor por causa delas.

— De onde vem essa cicatriz? — perguntei. — Seu filho mentiroso, seu filho que o ama, quer saber como você conseguiu essa cicatriz no braço.

— Como é que vou saber? Sou um camaroneiro. Tenho cicatrizes pelo corpo inteiro.

— Sinto muito pai. Isso não explica nada.

— O que você está tentando me fazer?

— Você não vai se modificar se não admitir o que tem sido. Pensei nisso. Onde arranjou essa cicatriz? Vou ajudá-lo. Savannah e eu estamos sentados à mesa de jantar. É nosso décimo aniversário. Há um bolo sobre a mesa. Não, desculpe, há dois. Mamãe sempre fez questão de que cada um tivesse seu próprio bolo.

— Não sei do que você está falando. Eu devia ter ido conversar com Luke. Você quer me convencer de que eu sou podre.

– Eu só lhe perguntei sobre essa cicatriz. Você me chamou de mentiroso e estou tentando lembrar cada detalhe da história dessa cicatriz. Tive pesadelos a respeito dela.

– Então, mate-me. Não me lembro. Não é crime se esquecer de alguma coisa!

– Às vezes é. Deixe-me contar o que aconteceu naquela noite. É importante. É apenas uma noite em dez mil, mas vai ajudá-lo a entender por que mamãe o está abandonando agora.

– Não vim aqui para isso. Só queria sua ajuda.

– É o que estou fazendo. – E comecei minha história enquanto ele chorava com as mãos no rosto.

Tudo começou como sempre acontecia, sem aviso prévio nem tempo para uma retirada. Meu pai saíra cedo da mesa de jantar e assistia ao *Ed Sullivan Show*. Era o fim de uma estação de pesca ruim, o que sempre o tornava perigoso e imprevisível. Não conversara durante o jantar e levara uma garrafa de uísque para a sala de estar. Mas nada em sua atitude implicava uma ameaça. Talvez seu silêncio fosse benigno e decorrente da exaustão física, em vez de ser uma consolidação secreta de sua fúria. Minha mãe acendeu as dez velas de cada bolo e Savannah bateu palmas de satisfação, dizendo:

– Já estamos com dois dígitos, Tom. Teremos dois números até completarmos 100 anos.

– Venha para a mesa, Henry – chamou minha mãe. – As crianças vão apagar as velinhas.

Teriam os dois brigado na noite anterior? Haveria alguma discussão inacabada entre eles? Não sei, e isso não importa.

– Henry, você ouviu? – repetiu mamãe caminhando em direção à sala. – Está na hora de cantar "Parabéns para você" para Savannah e Tom.

Meu pai não se mexeu na cadeira nem deu sinal de tê-la escutado.

– Deixe para lá, mãe – pedi, por detrás das pequenas chamas das velas.

– Levante-se e ajude seus filhos a comemorar o aniversário – ordenou ela enquanto se dirigia até a televisão para desligá-la.

Não vi os olhos dele, mas seus ombros se enrijeceram e ele levou o copo aos lábios e o esvaziou.

– Nunca mais faça isso, Lila – disse ele. – Eu estava assistindo a esse programa.

– Seus filhos vão pensar que você não os ama o suficiente nem para lhes desejar feliz aniversário.

– Você vai se arrepender de ter nascido se não ligar a televisão – retrucou ele, a voz sem expressão.

– Está tudo bem, mãe – interveio Savannah. – Ligue a televisão, por favor...

– Não ligo. Seu pai pode ver o que quiser depois que cortarmos o bolo.

Então, senti que todas as engrenagens de sua intrincada desarmonia pulsavam. Com olhos impotentes vi-o levantar-se, na esterilidade taciturna de uma vida derrotada, e empurrar minha mãe em cima do televisor. Agarrou-a pelos cabelos e a forçou a ficar de joelhos, enquanto os filhos gritavam à luz das velinhas do bolo.

– Ligue a televisão, Lila! E nunca mais diga o que devo fazer dentro de minha própria casa. A casa é minha e eu apenas deixo você viver nela.

– Não!

Ele esmagou-lhe o rosto de encontro à tela e eu fiquei assombrado porque o vidro não se quebrou com o impacto.

– Não – repetiu minha mãe, o sangue escorrendo pelas narinas.

– Faça o que ele quer, mãe! – gritei.

Savannah correu até o televisor, abriu caminho entre os dois e, mais uma vez, a voz de Ed Sullivan encheu o cômodo.

– Ela o ligou – gemeu minha mãe. – Não fui eu.

Meu pai esticou o braço e desligou-o novamente, com uma terrível mágoa reprimida naquele gesto silencioso.

– Eu lhe disse para ligá-la, Lila! Você está dando mau exemplo às crianças. Elas devem aprender que a mulher precisa respeitar o homem em sua própria casa.

Savannah voltou a ligar o aparelho, mas, desta vez, aumentou tanto o volume que Ed Sullivan apareceu gritando dentro de casa.

Meu pai deu-lhe um tapa que a fez voar por cima da mesa de centro. Ali, ela se encolheu em posição fetal sobre o tapete.

Minha mãe correu para socorrê-la e as duas choraram, uma nos braços da outra, enquanto meu pai se dirigia vagarosa e implacavelmente para elas. Quase as alcançava quando seis tiros rápidos de revólver calibre 38 destruíram o televisor. Foi uma espetacular explosão de madeira e vidro. Voltei-me e vi Luke na porta de nosso quarto, recarregando calmamente o revólver. A fumaça saía em espiral do cano da arma.

– A televisão está quebrada – disse meu irmão. – Agora vocês podem cantar "Parabéns pra você" para seus filhos.

Meu pai voltou-se para Luke, os olhos pálidos, brutais e reluzentes, com um brilho sombrio e animal. Aproximava-se como um arquiinimigo, um espancador dos filhos e da esposa, lúcido em sua fúria agitada. Luke havia recarregado a arma, fechado o tambor, e a apontava para o coração de meu pai.

– O que faz um homem agir como você? – desafiou Luke. – Por que alguém tão grande bate na esposa ou na filhinha? Por que você é tão mau?

Meu pai continuou a avançar, enquanto Luke recuava em direção à cozinha, ainda lhe apontando o revólver. Seguiu-se o ruído da fusão das vozes de minha mãe, de minha irmã e a minha, gritando com terror mortal.

Então meu pai agarrou o pulso de Luke, arrebatou-lhe a arma e deu-lhe um soco no rosto, com o punho cerrado. Luke caiu de joelhos, mas ele o levantou pelos cabelos e o atingiu novamente.

Quando dei por mim, estava montado nas costas de meu pai, com sua orelha esquerda entre meus dentes. Logo fui arremessado sobre o aparador da cozinha, aterrissando no fogão. Rolei para o chão e, ao levantar os olhos, vi minha mãe arranhando o rosto dele com as unhas. Corri e tentei separá-los, quando ele começou a golpear-lhe as faces. Bati em sua barriga e no peito, no entanto recebi uma pancada na cabeça. Atordoado com as vozes, o barulho e a luz forte, notei que a faca de açougueiro, com a qual minha mãe iria cortar o bolo, saía do foco da lâmpada e penetrava rapidamente num braço que descia. Um jorro de sangue atingiu-me e me cegou, deixando-me sem saber se tinha sido minha mãe ou meu pai quem fora esfaqueado. Savannah, eu e minha mãe gritávamos. Devíamos sair de casa, mas eu não conseguia limpar os olhos, nem saber qual era minha posição, cego com o sangue de um de meus pais.

Luke empurrou-me em direção à porta e, através de um nevoeiro vermelho, vi meu pai cambaleando de encontro à porta de seu quarto, o sangue jorrando de um machucado no antebraço. Minha mãe segurava a faca ensangüentada nas mãos e lhe dizia que a enterraria em seu coração se ele tocasse em nós novamente. Luke nos puxou para fora pela porta da frente e disse que devíamos ir para o caminhão.

– Se vocês virem papai saindo de casa, corram para o bosque – recomendou, correndo para ajudar minha mãe.

Juntos, Savannah e eu seguimos aos trambolhões para o caminhão, ao mesmo tempo em que nossas vozes se elevavam num agudo uivo de angústia. Mais tarde, eu iria descobrir que Savannah pensara que eu tinha sido esfaqueado no rosto. O sangue de meu pai cobria-o como uma máscara grotesca. Minhas mãos pareciam esponjas usadas em sala de cirurgia.

À luz que vinha da casa, avistei Luke e minha mãe saindo pela porta da frente. Logo atrás, cambaleando e gemendo com uma sinistra constância, meu pai apareceu. Minha mãe entrou na cabine do caminhão, e Luke saltou na parte traseira enquanto ela procurava as chaves na bolsa.

– Depressa – gritou Luke. – Ele está chegando.

Meu pai cambaleava pela grama, perdendo sangue a cada passo, mas com uma malevolente teimosia. Minha mãe, por sua vez, atrapalhava-se com as chaves.

– Ele está quase aqui, mãe – gritou Savannah. Em seguida o motor foi ligado, e saímos a toda velocidade do quintal, para longe daquele homem.

Enquanto íamos pela estrada de terra que levava à ponte, minha mãe jurou:

— Nós nunca voltaremos, crianças. Prometo. Nunca voltaremos para ele. Que tipo de mãe eu seria se deixasse meus filhos crescerem com esse homem?

Ficamos durante dois dias na casa de Tolitha e Amos; depois, voltamos à nossa vida na ilha. Antes, porém, minha mãe nos reuniu e recomendou que jamais comentássemos com alguém sobre o que acontecera naquela noite. Disse que a maior virtude do mundo era a lealdade familiar e que só as melhores pessoas a possuíam. Na noite em que retornamos, nossos pais foram entranhamente carinhosos um com o outro. Isso aconteceu seis meses antes que ele a espancasse novamente ou que pusesse a mão em algum dos filhos.

— ATÉ HOJE — disse eu a meu pai, que continuava em prantos —, sempre pensei que você teria matado todos se não tivéssemos chegado ao caminhão.

— Não é verdade — choramingou ele. — Nada do que você disse é verdade. Como é que você diz uma coisa dessas do seu próprio pai?

— Acho muito fácil dizer isso.

— Não me lembro de nada do que você falou. Se aconteceu realmente, eu devia estar bêbado. Não sabia o que estava fazendo. Devia estar tão bêbado que perdi a noção das coisas. Admito que eu não era dos melhores quando se tratava de beber.

— Savannah também não se lembra. Uma vez eu lhe perguntei a respeito. E Luke não conversa sobre isso comigo.

— Então, poderia ser apenas sua imaginação brincando com você. Sim. É isso aí. Você sempre gostou de inventar histórias com as pessoas. Aposto que você e sua mãe se juntaram e bolaram isso para contar ao juiz, não foi?

— De onde vem essa cicatriz, pai? — insisti.

— Já lhe disse que sou camaroneiro. Faço um trabalho perigoso. Pode ter sido o guincho, ou a vez em que os cabos se partiram...

— Foi a faca de açougueiro — retruquei calmamente. — E o aparelho de televisão? Você se recorda de ter comprado um novo? Já que éramos uma família sulista idiota, que preferia passar fome a viver 24 horas sem um televisor, nós a substituímos rapidamente. Aliás, já havia outro aparelho quando retornamos à casa. E não apareciam quaisquer vestígios de sangue, violência ou discórdia. Como sempre, nós entramos e fingimos que nada acontecera.

— Bem, talvez seja isso que a gente deva fazer agora. Fingir que nada aconteceu. Mesmo porque nada do que eu lhe diga fará você acreditar em mim.

— Mas agora algo aconteceu. Finalmente, você vai enxergar o tipo de homem que tem sido porque mamãe o abandonou. Podemos fingir que isso não aconteceu? Nunca! A família afinal chegou ao momento em que não pode fingir que as coisas não são reais.

— Por que você me odeia tanto, Tom? – perguntou ele, com lágrimas nos olhos.

— É fácil odiar alguém que nos bate quando somos pequenos. Mas só o odeio quando sou forçado a relembrar essas coisas.

— Se realmente fiz isso, sinto muito, Tom. – Ele levantou os olhos para mim. – Sinceramente, não me lembro de nada. Não sei o que fazer para voltar a ser seu amigo.

— Pode começar dando-me uma grande quantia de dinheiro, de preferência em notas de vinte. – Ele me olhou, confuso, e eu emendei: – Uma mera tentativa de fazer humor, querido pai. Agora, o que você gostaria que eu fizesse? O que posso fazer para ajudá-lo? Eu sei uma coisa... você não pode evitar ser um idiota sulista. Está acostumado a isso desde que nasceu.

— Você poderia conversar com sua mãe e ver o que ela deseja? Diga-lhe que farei qualquer coisa para que volte. O que ela quiser, terá. E isso é uma promessa.

— E se ela simplesmente não quiser voltar?

— O que farei então, Tom? O que seria de mim sem sua mãe?

— Você continuaria sendo o melhor camaroneiro do rio. E ainda possuiria a mais linda ilha do mundo.

— Mas teria perdido a mulher mais bonita do mundo.

— Quanto a isso não há dúvida. Mas faz tempo que você vem trabalhando duro para perdê-la. Onde está ela? Vou procurá-la para conversar.

— Ela está no lugar de sempre, cuidando daquela cadela Newbury. Não entendo por que sua mãe é tão boa com alguém que sempre a tratou como se ela fosse merda.

— Eu entendo perfeitamente. Mamãe esperou a vida inteira pelo dia em que Isabel Newbury precisasse dela.

— Mas eu preciso dela – choramingou meu pai.

— Você já lhe disse isso?

— Não precisava dizer. Casei-me com ela.

— Ah, sei... É até uma grosseria eu ter feito um pergunta tão óbvia. – Ele recomeçou a chorar e eu não interferi, imaginando que a tristeza talvez fosse a emoção que iria provocar a redenção de Henry Wingo. Além disso, parte de mim achava que minha família merecia cada uma daquelas lágrimas, que haviam demorado demais para chegar.

Ao se controlar, ele disse:

— Você sabe que Tolitha abandonou seu avô quando eu era pequeno?

— Sei.

— Nunca aprendi como um marido devia tratar a esposa. Pensava que Tolitha o abandonara porque meu pai era um fraco. Ele não me parecia muito homem. Eu não queria que isso acontecesse comigo.

— Minha mãe não abandonou você – eu disse, bem próximo a ele. Aprendi a tratar uma esposa observando como você lidava com ela. Aprendi que é normal que um homem bata nos filhos, brutalize a família inteira quando bem quiser, apenas porque é mais forte que todos e porque os outros não podem revidar nem têm para onde ir. Aprendi tudo sobre ser homem com você, e quero lhe agradecer por isso. Porque me levou a desejar ser um homem como Amos. Quero ser fraco, delicado e gentil com todas as criaturas do mundo. E prefiro morrer a ser do tipo que você me ensinou a ser.

— Você acha que é melhor do que eu. Sua mãe também, mesmo que os pais dela fizessem os caipiras parecerem gente de alto nível.

— Não me considero melhor do que você. Apenas sou mais amável...

– Eu deveria ter ido conversar com Luke, em vez de vir para cá. Luke não diria coisas tão terríveis sobre o próprio pai.
– Mas ele não teria concordado em conversar com mamãe.
– Você ainda está disposto a conversar com ela?
– Sim. Estou vendo a chance de você aprender algo pela primeira vez na vida. Quem diria que o velho gorila da montanha choraria ao ser abandonado pela esposa? E, mesmo que ela o deixe, vejo uma oportunidade para você sair disso tornando-se um bom pai. Eu não me incomodaria de ter um pai pela primeira vez na vida.
– Não gosto de pedir nada a ninguém.
– Isso dificulta a gente dar alguma coisa a você.
– Só não se esqueça de que fui eu quem lhe deu o dom da vida.
– Eu lhe agradeço imensamente – repliquei.

26

Parado na varanda da mansão dos Newbury, observei o luar iluminar o pântano até que Reese Newbury atendeu à porta. O clarão da lua teve um efeito surpreendente em seu rosto, tornando-o mais suave que da última vez em que eu estivera diante daquela porta. As bolsas sob seus olhos tinham aparência ruim, mas as pupilas ainda brilhavam de maneira incomum, ainda eram a fonte do tremendo poder daquele homem pálido.

– Preciso falar com minha mãe, sr. Newbury – disse.

Ele pestanejou à luz do terraço e da lua, antes de me reconhecer.

– Ela tem sido um anjo, Tom. Não sei o que teria feito sem ela. Sua mãe é uma mulher incrível. Espero que você saiba disso.

– Sim, senhor. Eu sempre soube disso. Seria possível lhe dizer que estou aqui?

– Claro. Entre, por favor. – Quando chegamos à sala, o sr. Newbury murmurou: – Ela está com Isabel. Quase não sai do lado dela, até mesmo para comer. O médico diz que essa agonia não vai demorar muito. O câncer se espalhou por todo...– Incapaz de continuar, engasgou-se com as palavras que estava para pronunciar. Enquanto tentava recuperar o controle, ouvi os grandes relógios dando badaladas metálicas. Anunciavam nove horas. Na penumbra do ambiente as batidas sombrias de cada um deles, em cada cômodo da mansão, fizeram-me perguntar a mim mesmo se seria apenas nas casas de pessoas que estavam morrendo que se ficava tão consciente da presença de relógios.

– Você quer esperar em meu escritório no andar superior? – perguntou Reese. – Lá é fechado. Você e sua mãe podem conversar...

– Sei onde é – respondi, enquanto o seguia pela escadaria acarpetada.

Ao me sentar, questionei-me se ele me haveria levado para lá de propósito. Logo, porém, lembrei que Reese Newbury fizera tantas coisas execráveis na vida que provavelmente não se recordaria de ter esbofeteado um menino de 12 anos que brigara com seu filho. Estavam ali as mesmas fileiras estéreis de livros nunca lidos e o mapa do município guarnecido com alfinetes que marcavam as terras que ele possuía.

Ao entrar na sala, minha mãe sussurrou:

– Isabel gostaria de vê-lo, filho. Está tão satisfeita por você ter vindo visitá-la! Não é uma coisa gentil?

Por que Isabel estaria satisfeita era um grande mistério para mim. De qualquer modo, minha mãe parecia encantada pelo simples fato de Isabel saber que eu habitava o mesmo planeta. Tomando-me pela mão, ela me levou ao longo do corredor escuro e silencioso.

– É aqui – murmurou, esquecida de que eu, certa vez, ajudara Luke a carregar uma tartaruga de 90 quilos para aquele quarto.

Quaisquer maus sentimentos que eu tivesse em relação a Isabel Newbury, porém, dissolveram-se quando vi seu corpo esquálido encostado na pilha de travesseiros sobre a cama. Eu poderia odiar alguém durante toda a vida, mas ainda assim rezaria para que essa pessoa não tivesse uma morte igual àquela. Com o corpo definhado, ela brilhava de tanta febre. Um cheiro masculino de morte enchia o quarto, uma mistura de remédios, flores e água-de-colônia destilados, formando uma fragrância de vinho barato.

– Sua mãe tem sido a única, Tom – declarou a enferma. – Todas as outras têm medo de me ver.

– Não é bem assim, Isabel – observou minha mãe. – Só faço o que qualquer amiga faria. E você tem recebido muitos cartões e flores.

– Fui má com você e sua família, Tom – Isabel pronunciava lentamente as palavras. – Já pedi desculpas à sua mãe centenas de vezes.

– E eu repito que não há nada de que se desculpar – replicou minha mãe. – Sempre fomos boas amigas. O problema é que estávamos tão ocupadas criando nossos filhos que nunca conseguimos nos ver muitas vezes.

– Suas desculpas estão aceitas, sra. Newbury – disse eu. – É muito gentil de sua parte pedir desculpas.

– Tom, que coisa rude! – exclamou minha mãe.

– Obrigada, Tom – continuou a mulher. – Nas últimas duas semanas, fiquei deitada aqui, pensando em minha vida. Fiz coisas que não consigo entender. Não reconheço a pessoa que fez essas coisas. Em nada parece comigo. É uma vergonha que a gente tenha de estar morrendo para perceber isso.

– Ora, quem diz que você está morrendo, Isabel? – exclamou minha mãe. – Garanto que você derrota essa doença e ainda vai fazer um longo cruzeiro com Reese.

– Meu único cruzeiro será para a Casa Funerária Ogletree...

– Não fale assim, Isabel. Não desista. Você tem de lutar.

– A morte é apenas a fase final da vida, Lila. Todos passaremos por ela. Certamente não é minha fase favorita. Isso eu garanto.

– Como vai Todd, sra. Newbury? – perguntei.

– Todd está como sempre esteve. Egoísta e corrompido. Casou-se com uma boa moça. Uma Lee, da Virgínia. Passa o tempo todo incomodando-a. Só veio me ver duas vezes desde que adoeci. Mas telefona uma vez por mês, seja isso conveniente ou não.

– Ele esteve aqui no último fim de semana, Tom – acrescentou minha mãe. – Dá para ver que a doença da mãe lhe parte o coração. Ele a ama tanto! É igual a todos os homens; só não sabe como expressar seu amor.

— Ele o expressa com eloqüência, Lila — ironizou Isabel. — Não vindo me ver.

— Você está cansada, minha querida. Diga boa-noite a Tom. Depois eu a acomodo para dormir.

— Você poderia me trazer um pouco de água gelada? — pediu ela, fazendo um gesto em direção à jarra vazia sobre a mesa-de-cabeceira. — Estou com muita sede.

— Volto já — disse minha mãe.

Ao ouvir seus passos na escada, Isabel Newbury voltou os olhos mortiços para mim e disse as palavras que mudariam minha vida para sempre:

— Meu marido está apaixonado por sua mãe, Tom. E eu aprovo.

— O quê? — sussurrei, perplexo.

— Reese necessita de alguém que cuide dele. Duvido de que ele conseguisse sobreviver sozinho por muito tempo. — Isabel falava como se estivesse conversando sobre o tempo. — E sua mãe tem sido tão boa para mim! Aprendi a gostar dela imensamente.

— Bem, e isso é ótimo? A senhora já pensou em meu pai?

— Lila me contou tudo sobre ele. Imagino que você o odeie tanto quanto ela.

— De jeito nenhum. Gosto um milhão de vezes mais dele que de Reese Newbury.

— Por enquanto é amor platônico, Tom. Eu lhe asseguro. Sua mãe na certa nem percebeu.

— Sra. Newbury, como você deixa deitar na cama de seu marido uma mulher que nem sequer fez parte daquela merda de livro de culinária?

— Não gosto de vulgaridades — disse ela, irritada e com a voz fraca.

— A senhora tem coragem de me chamar de vulgar, depois que se faz de alcoviteira para seu marido no leito de morte?

— Estou apenas cuidando de minhas obrigações. Achei que você devesse saber. Eu não queria que isso o apanhasse de surpresa.

— Sim, eu odeio surpresas. Minha mãe sabe algo a respeito?

— Não. Mas Reese e eu já conversamos sobre isso. Não temos segredo entre nós.

— Então lhe avise que ele só se casará com minha mãe depois que passar por cima de meu cadáver. Posso aceitar muitas coisas neste mundo, menos ser enteado de Reese Newbury. E também me recuso a ser meio-irmão de Todd. O que aconteceu com a senhora? Esteve jogando merda em minha família desde que nasci. Essa é a jogada final? É seu último gesto de desprezo?

Naquele instante, ouvimos minha mãe aproximando-se da porta. A sra. Newbury pôs um dedo sobre os lábios quando ela entrou com a jarra de água gelada.

— Bateram um bom papo enquanto eu estava fora? Contei a Isabel tudo a seu respeito, Tom. Ela disse que nunca encontrou uma mãe mais orgulhosa dos filhos. E eu acho que é verdade. Meus filhos sempre foram a razão de minha vida.

— Obrigada por ter vindo, Tom – disse a enferma, apertando minha mão. – Por favor, volte logo para fazer outra visita.

— Espero que a senhora melhore. Mande me avisar se houver algo que eu possa fazer. Boa noite.

SENTADO DIANTE de minha mãe, no escritório, eu refletia sobre a possibilidade de fingir que estava tudo bem. Se ela e Reese se faziam declarações de amor sobre o corpo da esposa dele que morria, isso não era da minha conta, principalmente quando a tal esposa parecia encantada em seu generoso papel de casamenteira.

— Por que Isabel não está no hospital? – perguntei, evitando falar de outros problemas naquele momento. – Ela obviamente está morrendo.

— Ela quer morrer na casa em que seus antepassados morreram. Decidiu passar os últimos dias em sua própria cama.

— De que tipo de câncer ela sofre?

— Está espalhado pelo corpo inteiro. Começou no reto.

— Puxa! Eu não sabia que Deus possuía um senso de humor tão agudo!

— Isso foi uma das coisas mais cruéis que já ouvi alguém dizer. – Minha mãe levantou-se para se assegurar de que não havia ninguém escutando à porta. – Isabel e eu somos amigas íntimas, Tom, e não admito essa falta de respeito. Ela já está bastante magoada porque suas melhores amigas praticamente a abandonaram. É verdade que elas vêm uma ou duas vezes por mês, ficam durante uma hora, mas se pode ver que estão ansiosas para ir embora.

— O que é realmente surpreendente, mãe, é que Lila Wingo, uma de suas piores inimigas, esteja cuidando dela em tempo integral.

— Eu sempre disse que passado é passado. Nunca fui de me prender a rancores. Essa situação tem sido difícil para o pobre Reese. Ele está tão perturbado...

— Ótimo. Fico satisfeito por ele estar perturbado. Sempre achei que se podia medir a profundidade do humanitarismo das pessoas pelo tamanho do ódio que sentissem por Reese Newbury.

— Ele é um homem incompreendido.

— Ao contrário! Ele é muito bem compreendido! Agora, se ele tiver câncer no reto, saberemos que Deus possui um plano divino desenvolvido para cada um de nós.

— Não admito que você fale assim dos Newbury, Tom! Não admito mesmo. Eles são meus melhores amigos em Colleton. Por mais que lhe pareça estranho, eles têm sido muito gratos pelo auxílio que tenho dado. Não sou de aceitar gratidão apenas por fazer meu dever de vizinha. Sempre me dei livremente e nunca pedi nada em troca. Mas, desde que comecei a vir aqui, percebi como são solitários. Não possuem verdadeiros amigos, como você e eu entendemos esse termo. Há apenas pessoas que estão em torno deles para tirar vantagem do dinheiro e da posição social que têm. É claro que, sendo um casal sofisticado, eles percebem um impostor a 1 quilômetro de distância.

— Também acho. Os espelhos devem deixá-los loucos! Mas eu vim até aqui porque papai esteve lá em casa hoje.

— Eu sei que foi por isso que você veio. Eu estava esperando você.

— Papai lamenta e fará qualquer coisa para você voltar para casa. — Eu me sentia mal ao usar as frases desajeitadas do velho.

— Desperdicei tempo demais de minha vida com seu pai. Você percebe que eu não o amava desde que nos casamos?

— Hoje ele foi intimado pelo oficial de Justiça. Os papéis que recebeu o convenceram de que você está agindo a sério.

— Reese e Isabel me deixaram usar uma casa que têm na rua Lanier. Não estão nem cobrando aluguel. Isso não é simpático da parte deles?

— Bem, o que você quer que eu diga a papai?

— Diga-lhe que lamento muito tê-lo conhecido e ter concebido filhos com ele. E que o dia mais feliz da minha vida será quando me livrar dele para sempre.

— Tem certeza de que não quer comunicar isso de maneira mais forte?

— Que direito você tem de condenar minha decisão, Tom? Você vivia dizendo que eu devia me divorciar. O que mudou para você?

— Ele se tornou uma figura patética para mim. Não posso evitar essa sensação. Todas as vezes em que o vejo, desperta em mim a mais profunda piedade. Por causa da aura de fracasso em torno de si, da qual nunca conseguiu se livrar. Nem parece ser meu pai. É como um tio aleijado e desfigurado que visito uma ou duas vezes por ano.

— Você não acha que eu deveria abandoná-lo? – perguntou minha mãe.

— Você deve fazer exatamente aquilo que deseja – retruquei quando nossos olhares se encontraram. – Você deve fazer o que a torne feliz.

— Você realmente acredita nisso?

— Talvez não. Mas são as palavras que eu devo dizer.

— Então posso contar com seu apoio?

— Vocês dois têm todo o meu apoio.

— Você concorda em testemunhar em meu favor no tribunal?

— Não, não vou testemunhar por nenhum dos dois.

— É isso que você considera apoio total? – perguntou ela, com um dos lados do rosto escurecido pela sombra do abajur.

— Mamãe, quero que você ouça uma coisa. Já fui machucado o suficiente por esta família, tendo você e ele como pais. Agora sou adulto e, se você não se incomoda, gostaria de ver esse casamento terminar sem que meu sangue fosse borrifado no processo de divórcio. Você e papai têm idade para se divorciar sem envolver os filhos. Eu a encorajo a fazer isso.

— Você não vai testemunhar que ele me batia quando você era criança?

— Não, vou dizer que não me lembro disso.

— Não entendo seu esquecimento, Tom. Essas coisas ocorriam justamente quando eu estava tentando tirá-lo de cima de você ou de Luke.

— Ora, eu sei que isso tudo aconteceu. O que estou querendo dizer é para você nos livrar disso só mais uma vez. Vai ser ruim para nós se formos testemunhar contra ou a favor de um de vocês.

— Bem, não preciso de você, Tom. Savannah prometeu testemunhar se fosse necessário. Disse que sou uma das mulheres mais maltratadas e exploradas que conheceu. E fará qualquer coisa para me ajudar a começar uma nova vida.

— Lamento não poder fazer o mesmo. Mas alguém precisa estar lá para ajudar papai a recolher os pedaços de si mesmo quando você for embora.

— Assim como tive de recolher os meus quando ele batia em você, que era apenas uma criancinha, não é?

— Mãe, por que você me culpa pelo fato de Henry Wingo ser meu pai? Por que sempre alega isso contra mim?

— Só tenho uma coisa contra você, Tom. Nunca me esquecerei de que, na única vez em que lhe pedi ajuda, você se omitiu. Tenho uma chance de ser feliz pela primeira vez na vida e você não quer me ajudar a conquistar essa felicidade.

— A sra. Newbury acaba de me contar que o marido está apaixonado por você – comentei, fechando os olhos.

— Ela está delirando. Vive dizendo bobagens, coisas loucas que não fazem o menor sentido. Mas é por causa da doença. Reese e eu damos risada quando ela diz essas tolices. Não ligamos a mínima para o assunto.

— O que você faz é só da sua conta. E qualquer coisa que a deixe feliz me fará feliz. Mas gostaria que você me prometesse que não vai massacrar papai no processo.

— Só desejo aquilo que mereço. O que ganhei com o casamento.

– É disso que tenho medo... Bom, enquanto estivemos aqui, meus olhos não pararam de se dirigir para aquele mapa sobre sua cabeça. Eu o vi há muitos anos, quando você me trouxe para pedir desculpas depois da briga com Todd. Os alfinetes verdes marcavam as propriedades que Reese possuía e os vermelhos indicavam as terras que tentava comprar. Há uma série de boatos por aí, dizendo que o governo tem um grande projeto para Colleton. Os especuladores de terras estão por toda parte. Parece que há um bocado de dinheiro em jogo.

– Não sei do que você está falando, Tom – minha mãe respondeu com frieza.

– Pela quantidade de alfinetes verdes que existem naquele mapa, dá para perceber que Reese comprou quase todo o município.

– Todo mundo sabe que ele é o maior proprietário de terras de Colleton. – Havia um estranho orgulho em sua voz.

– Pois diga a ele que é um pouco vergonhoso para ele colocar um alfinete verde sobre nossa ilha antes de possuí-la. E acho preocupante que você converse a respeito de dá-la de presente, antes que ela seja legalmente sua. Porque, se você obtiver a ilha, isso significa que Reese a roubou para você. E nós sabemos que ele pode fazer isso nesta cidade. Ele muitos bajuladores em torno de si. E metade deles são os juízes do tribunal.

– Não ligo a mínima para a ilha. Quase morri de solidão lá e ficarei feliz se nunca mais puser os pés nela.

– Papai era mestre em abusar de seu poder. Não gostaria que você cometesse o mesmo erro.

– Meu único erro na vida foi ter sido boa demais com todos!

– É engraçado... Papai diz a mesma coisa.

– Acontece que, no meu caso, é verdade.

Levantei-me para ir embora.

– Acho que você está fazendo a coisa errada, mãe. Ele nunca foi o homem adequado para você.

– Eu poderia ter sido uma primeira-dama – afirmou ela, a propósito de nada.

– O quê?

— Eu acredito que possuo todas as qualidades para ser uma digna e valiosa primeira-dama deste país. Teria sido muito útil como ajudante do presidente ou talvez do governador. Tenho verdadeiro talento como anfitriã, que ninguém conhece. E adoro encontrar pessoas de influência. Ah, eu poderia ter sido tantas coisas se não tivesse encontrado seu pai em Atlanta!

— Não vou apoiar ninguém nessa história – repeti, ao me dirigir para a porta. – Sei que vocês dois vão me odiar por isso, mas é assim que vou jogar.

— Você é um perdedor, Tom. Um perdedor igualzinho a seu pai. Durante muitos anos tentei me enganar, dizendo que você era igual a mim. Você tinha muito potencial.

— Quem é mais parecido com você agora?

— Luke. Ele luta pelo que quer. Nasceu lutador, igual à mãe.

Antes que eu abrisse a maçaneta da porta, ela disse:

— Por favor, não conte a ninguém sobre o que Isabel lhe disse esta noite. Ninguém pode ser responsabilizado pelo que diz quando está morrendo.

— Não direi nada, prometo.

Depois de beijá-la no hall de entrada, segurei-a com os braços estendidos e observei seu rosto. Sua beleza me tocou profundamente. Fez-me ter orgulho de ser seu filho. E essa beleza também me causou preocupação quanto ao futuro de minha mãe.

— Venha ver uma coisa – pediu ela, levando-me para a sala. – Há oito móveis aqui dignos de um museu. Oito!

— Isso torna o lugar ruim para se relaxar, não?

— Estou preocupada com seu pai, Tom – disse ela, de repente. – Tenho medo de que ele me machuque se eu levar adiante esse divórcio.

— Isso não vai acontecer. Pode ficar tranqüila.

— Como é que você tem tanta certeza?

— Porque Luke e eu o mataríamos se tocasse em você. Não se preocupe com isso. Luke e eu não somos mais menininhos.

Minha mãe parecia não me escutar. Seus olhos brilhavam de prazer e se empenhavam num lento inventário de tudo o que havia naquela sala.

– Quer tentar adivinhar quais são as peças dignas de museu, Tom? – perguntou-me enquanto eu deixava a casa.

Isabel Newbury morreu durante o sono, depois de um período de intenso sofrimento. Minha mãe sentou-se ao lado da família durante o funeral.

Dias depois, meu pai contestou o divórcio baseado no fato de ser católico e de que sua igreja não reconhecia a separação. No entanto, o Estado da Carolina do Sul reconhecia. Savannah viera de Nova York na véspera do julgamento para exercer seu papel de testemunha-chave do processo. Ela chorou durante o depoimento, do mesmo modo que Lila e Henry Wingo. O juiz Cavender era sócio de Reese Newbury há muito tempo. Houve tristeza, mas não surgiu nenhuma surpresa durante o julgamento. Minha mãe e meu pai passavam um pelo outro nos corredores sem dar o menor sinal de que se conheciam. Tinham começado a dura tarefa de se tornarem estranhos. O julgamento foi um velório, uma abstração, e os símbolos da falta de afeto eram os três filhos que assistiam em agonia enquanto davam fim naquele casamento que, todos concordávamos, fora terrível. Os punhos e o temperamento de Henry Wingo de nada serviam diante do desprezo que a lei dedicava aos maridos que maltratavam as esposas. No banco das testemunhas, ele choramingou, mentiu e tentou bajular o juiz. Foi bastante humano e seu desempenho me partiu o coração. Minha mãe foi adorável, controlada e digna. Mas algo soava artificial e pouco convincente em sua voz. Ela parecia estar recitando um texto para algum ouvinte secreto junto à janela, em vez de se dirigir aos advogados ou ao juiz Cavender.

Ao fim dos testemunhos, o juiz de imediato concedeu o divórcio. Em seguida, dividiu os bens. Henry Wingo manteve a posse do barco de pesca, da casa e da mobília, do dinheiro que havia em poupança e em conta-corrente, dos veículos e dos equipamentos para o cultivo da terra e de todo o ativo de qualquer tipo. Além disso, ficava isento de pagar pensão e não seria considerado responsável por qualquer dívida que a esposa tivesse feito desde que se mudara de sua casa. No momento em que parecia que minha mãe fora desamparada, o juiz emitiu a parte final e mais surpreendente de sua decisão: concedeu-lhe a posse exclusiva da ilha Melrose.

Um ano mais tarde, minha mãe se casou com Reese Newbury, numa cerimônia íntima, presenciada pelo governador da Carolina do Sul. Na mesma semana, ela compareceu à sua primeira sessão como membro da Liga de Colleton.

Certa manhã, após o casamento de minha mãe, meu pai dirigiu seu barco para além do limite de 3 milhas e embicou-o em direção ao sul. Durante seis meses, não tivemos nenhuma notícia dele, até que Luke recebeu um cartão-postal de Key West, na Flórida. Henry dizia estar vendo uma tonelada de camarões e que finalmente descobrira uma maneira de ganhar muito dinheiro. Não falou em mamãe nem nos deu qualquer previsão de quando o veríamos de novo. Ele estava em alto-mar, a oeste da Jamaica, quando os agentes do governo federal anunciaram seus planos para Colleton.

Em Columbia, em uma reunião na sede do governo, na qual estavam presentes minha mãe e Reese Newbury, a Comissão de Energia Atômica dos Estados Unidos anunciou que suas novas usinas seriam projetadas, construídas e operadas pela Companhia Y. G. Mewshaw, de Baltimore, Maryland, e se localizariam dentro das fronteiras do município de Colleton, na Carolina do Sul. A região inteira seria desapropriada para o que seria conhecido dali por diante como Projeto do Rio Colleton. As novas usinas iriam produzir materiais para fabricação de armas nucleares e combustíveis essenciais à operação de usinas atômicas. O Congresso destinara 875 milhões de dólares para o início das obras.

O porta-voz da comissão declarou que a região fora selecionada após exaustivo estudo de mais de trezentas áreas espalhadas por toda a parte continental dos Estados Unidos. Enfatizou também que, para abrir espaço para a zona de segurança que as fábricas requeriam, seria imperativo que aproximadamente 304 famílias se mudassem ao longo dos 18 meses seguintes. As Secretarias de Agricultura Federal e Estadual estavam se organizando para dar assistência às famílias forçadas a mudar de residência. Era a primeira vez na história da República que o governo se apossava de uma comunidade estabelecida. As fábricas entrariam em funcionamento dentro de três anos e a bela Colleton lideraria a produção mundial de plutônio, produzindo mais bombas de hidrogênio que qualquer outro lugar fora da União Soviética.

— Não me importo de abrir mão de minha cidade natal para salvar o país dos comunistas russos — declarou Reese Newbury, perante as câmeras de televisão.

A propaganda em torno do assunto dizia que o projeto era o maior e mais caro empreendimento do governo federal ao sul da linha Mason-Dixon. Traria bilhões de dólares à economia da Carolina do Sul e geraria empregos de Charleston até Savannah. Senhor de um grande domínio, o governo federal desapropriava as terras dentro das fronteiras de Colleton, que, enfatizava, era o município mais pobre e mais esparsamente povoado de todo o estado. Agentes seriam enviados para avaliar as terras e adquiri-las a preços justos de mercado. E entraria em funcionamento uma corte especial de apelo para julgar as disputas entre os avaliadores e os proprietários. Também foram prometidas mudanças das casas à custa do governo, desde que fossem para terrenos situados num raio de 320 quilômetros de distância de Colleton. Já que era publicamente reconhecido o fato de que a cidade tinha alguma importância histórica, o governo pretendia manter parte dela intacta, e começara a limpar 3.200 hectares de terra na região sul do município de Charleston. Ali seria erguida a Nova Colleton e a terra seria gratuita para os cidadãos despossuídos da "velha" Colleton. Os jornais do estado começaram a falar a respeito de Colleton usando verbos no passado. Os editoriais aplaudiam a decisão oficial de implantar um complexo industrial tão grande na Carolina do Sul e louvavam o povo de Colleton por seu sacrifício em prol da defesa nacional. Todos os políticos do Estado davam veemente apoio ao projeto. Foi uma época em que se ouviram os chavões mais irritantes e as mentiras mais deslavadas. O prefeito respaldava por completo o Projeto do Rio Colleton, assim como a Câmara dos Vereadores e os funcionários públicos. Reese Newbury os avisara antes que o anúncio fosse feito e todos tinham tido tempo de especular com as várias extensões de terra disponíveis no município.

Havia reuniões e discussões acaloradas entre os funcionários públicos e outros moradores, mas a temível máquina governamental já fora posta em movimento, de modo que não podíamos sequer desacelerar o que estava acontecendo. Embora os nativos de Colleton escrevessem cartas aos jornais e aos seus congressistas, os que estavam no poder entendiam que, passada a tempestade, a bela e atrasada cidade de Colleton seria substituída por uma tropa fervilhante de operários e cientistas experimentados. Apenas 8.200 pessoas perderiam suas casas; por outro lado, o governo prometia ser solícito e generoso na ajuda aos moradores de Colleton para fazerem a transição. Não houve voto, *referendum,* nem uma só pesquisa de opinião entre os cidadãos. Acordamos aquela manhã para descobrir que a cidade desapareceria sem deixar vestígios. Não havia como inverter aquela decisão, já que nos era negada qualquer reparação se nos recusássemos a aceitar a premissa básica do governo – a de que Colleton tinha de ser mudada em nome do sacrossanto progresso.

O governo promoveu uma reunião, e apenas uma, para explicar como a diáspora funcionaria. Foi realizada no ginásio de esportes da escola de ensino médio sob o debilitante calor de agosto. A multidão lotou o ginásio e a rua que ficava em frente. Por isso, instalaram alto-falantes para que quem não tinha entrado pudesse escutar. Um representante da Comissão de Energia Atômica faria a palestra e responderia às perguntas. Chamava-se Patrick Flaherty e era magro, bonito e bem-vestido. Dava a impressão de ser intocável e obstinado. Falava com voz sem sotaque e atonal. Representava o governo, a ciência e os estranhos que entravam no município num fluxo incessante. Todos os seus lemas eram desfigurados, e a linguagem, violentada, para suavizar o fato de que estavam matando nossa cidade.

Patrick Flaherty era a perfeita manifestação do americano moderno. Escutei-o com estupefação, anestesiado por seu heróico domínio de todos os clichês da língua inglesa. Sua boca era a ermida da banalidade. Cada movimento que fazia, cada palavra que dizia era azeitada com a condescendência. Estava ali a quinta-essência do homem de organização, cujos "i" eram pontuados e cujas frases eram marcadas por uma portentosa vacuidade. Limpo, servil e distante de qualquer vestígio de compaixão, Patrick Flaherty postou-se diante de nós como um espinho no olho deste século XX aberrante e alucinante. Sua voz enchia o ginásio com um elenco completo de estatísticas. Num timbre que lembrava o cobre, suas palavras pareciam empoeiradas com mortíferas e brilhantes moléculas de sílica. Em silêncio, ouvimos que nossa cidade iria mudar-se, casa por casa, tijolo por tijolo. Então, ele concluiu:

– Na minha opinião, os habitantes de Colleton são os que têm mais sorte nos Estados Unidos. Vocês receberam a oportunidade de provar ao mundo inteiro seu patriotismo e estão fazendo isso com a consciência de que o país estará mais seguro por causa desse sacrifício. Necessitamos de plutônio, de submarinos nucleares e de mísseis MIRV porque amamos a paz. Pode-se soletrar plutônio como P-A-Z. Sabemos que muitos estão tristes por deixarem seus lares, porém não há ninguém envolvido nesse projeto que não sinta por vocês. Felizmente nós sabemos que, além de amar Colleton, vocês também amam os Estados Unidos. E, amigos, se vocês pensam que amam Colleton, esperem só o que lhes reservamos em Nova Colleton; um novo posto de bombeiros, tribunal, delegacia, escolas, parques, tudo novo. Prometemos que Nova Colleton será uma das mais belas comunidades do país quando estiver pronta. Se vocês amam realmente o velho lar ancestral, ficaremos felizes em mudá-lo para Nova Colleton, à nossa custa. Estamos aqui para fazê-los felizes. Porque, quando o país precisou de ajuda, vocês se levantaram e disseram "presente" ao programa Átomos para a Paz, da Comissão de Energia Nuclear. Todos agora deveriam se levantar e dar a si mesmos uma ovação.

Ninguém se mexeu. Não se escutou um único som no ginásio, exceto o das palmas que Flaherty batia sozinho. Enervado com aquele silêncio, ele perguntou se alguém desejava dizer algo em nome de seus concidadãos. Foi quando Luke levantou-se do meu lado e caminhou ao longo do ginásio, observado por todos os presentes. Houve certa inquietação à sua passagem. Movia-se com segurança e seu rosto exibia a sombria inexpressividade de quem tinha o espírito ferido.

Postando-se diante do microfone, não tomou conhecimento da presença de políticos às suas costas, nem deu sinal de reconhecer a mãe, que estava sentada sobre uma plataforma, junto aos convidados de honra. Espalhou com cuidado algumas folhas de papel amarelo na tribuna e então começou:

— Depois de lutar na Ásia, fui enviado ao Japão para me recuperar e descansar. Lá, visitei duas cidades: Hiroshima e Nagasaki. Conversei com pessoas que tiveram a sorte de ver os "Átomos para a Paz" em ação. Gente que esteve presente nessas cidades quando as bombas foram jogadas em 1945. Um homem me mostrou a foto de um bebezinho sendo comido por um cão faminto nas ruínas. Vi mulheres com cicatrizes horrendas. Fui a um museu em Hiroshima e senti o estômago embrulhado por ser americano. O plutônio não tem nada a ver com a paz. É uma palavra em código para apocalipse, para a Besta do Sião. E fará pelo mundo inteiro o que está fazendo agora em Colleton. Em pouco tempo, vão transformar nossa linda cidade num lugar dedicado à destruição do universo. E não ouvi um único homem ou mulher desta cidade dizer "Não". Então me pergunto: quantas ovelhas esta cidade possui? Onde estão os leões? Onde eles estão dormindo?

"Desde que o governo anunciou a tomada de minha cidade, fiz o que qualquer sulista faria: li a Bíblia à procura de consolo e força, tentando descobrir ali alguma mensagem de conforto nessa hora de infortúnio. Procurei a história de Sodoma e Gomorra para ver se encontrava algum termo de comparação entre aquelas cidades pecaminosas e Colleton. Confesso que nada encontrei. Colleton é uma cidade de jardins, barcos de lazer e sinos de igrejas aos domingos. Não é permissiva sob nenhum ponto de vista. Seu único erro foi produzir pessoas que não a amaram o suficiente, pessoas que a venderiam a estranhos por trinta moedas de prata. Mas continuei a ler a Bíblia, buscando agora uma mensagem de Deus que me desse socorro durante a vingança dos filisteus. Porque, se eu não tentar salvar a única cidade que verdadeiramente amei neste mundo, quero que Ele me transforme em uma coluna de sal, porque não olhei para trás. Prefiro ser uma coluna de sal a ser um Judas Iscariotes coberto de ouro e do sangue de sua cidade natal em qualquer outra parte do mundo.

Enquanto Luke falava, parecia que a consciência da cidade levantava-se dos mortos com o murmúrio de revolta que ondulava pela multidão. A voz dele colocava em funcionamento o repicar da coalizão que batia no peito dos homens, das mulheres e das crianças que se deixavam tocar pelo grito apaixonado da terra natal. Até seu tom de voz delicado era uma acusação à letargia que se abatera sobre a cidade como um pó invisível. E, ao mencionar o nome de Judas Iscariotes, houve no público o crepitar dos fogos da dissensão.

— Ao não descobrir o que queria, resolvi retornar ao início. Ali, Deus dizia algo que consegui entender. Muitos acreditam na interpretação literal da palavra de Deus. Eu também. Mas todos sabem que Deus fala de dois modos diferentes. Temos de fazer uma distinção entre eles. Há os livros da revelação e os da profecia. Os da revelação são os que nos contam as ocorrências históricas, como o nascimento de Jesus, a crucificação, a morte na cruz. O próprio Livro da Revelação é um trabalho de profecia em que o evangelista prediz o julgamento final e a chegada dos Quatro Cavaleiros do Apocalipse. Isso não aconteceu ainda, mas vai acontecer porque foi escrito em nome do Senhor.

"Foi quando estava lendo sobre a Criação que concluí que o Gênesis não é um livro de revelação, mas de profecia. Ele prevê o futuro e não fala do que aconteceu no passado. É difícil para quem cresceu às margens do rio Colleton e conheceu a beleza das estações e dos pântanos; é difícil para nós imaginar que ainda estamos no paraíso, e que o jardim do Éden está para nos ser negado? É difícil imaginar que Adão e Eva ainda esperam para nascer e que estamos vivendo no paraíso sem saber?

"Todos sabem que Jesus falava por meio de parábolas. É possível que o livro do Gênesis seja apenas outra parábola, a maneira que Deus usou para nos prevenir contra os perigos do mundo. E, se vocês concordarem por um momento que o Gênesis pode ser uma parábola, pensem no seguinte: quando Eva estica o braço e toca o fruto proibido, perde o paraíso e é forçada a abandonar a felicidade perfeita do

Éden; será que Deus não está se dirigindo a nós aqui em Colleton, hoje? O que vai destruir nossa cidade natal? O que nos forçará a abandonar o paraíso e ir para terras desconhecidas? O que vai nos privar de tudo o que conhecemos, amamos e agradecemos a Deus todos os dias de nossas vidas?

"Meus amigos e vizinhos, eu li o Gênesis e sei a resposta. Rezei para que Deus me desse sabedoria e Ele a concedeu. O Gênesis é a parábola pela qual Deus tenta chegar ao povo de Colleton para adverti-lo e advertir o mundo inteiro contra aquilo que vai nos destruir o paraíso. Não foi a maçã que Eva tocou... O fruto proibido é o plutônio."

Lucy Emerson, a florista, levantou-se atrás de mim nas arquibancadas e gritou:

— Amém, irmão. — E a multidão soltou um murmúrio de solidariedade.

Patrick Flaherty subiu ao pódio e tentou tirar o microfone de Luke. A resposta de meu irmão foi ampliada pelos alto-falantes:

— Sente-se, cientistazinho. Eu ainda não terminei. — Diante da multidão impaciente, modificada pelo poder da palavra, Luke continuou:

— Temos em Colleton o que todos estão procurando. É uma cidade pela qual vale a pena lutar. Aliás, pela qual vale a pena morrer. Fiquei surpreso, meus amigos, por termos recebido entre nós estranhos que prometem destruí-la, remover nossas casas e desenterrar nossos mortos. Pensei que fôssemos sulistas e que nosso amor à terra nos tornasse diferentes dos outros americanos. Então, lembrei-me de que foram os sulistas, cidadãos de Colleton, que trouxeram os estranhos para nossa cidade e a venderam por um punhado de dinheiro. — Ele se voltou e encarou minha mãe, os políticos e os homens de negócios que estavam na plataforma. Fez um gesto com o braço e continuou:

— Esses são os novos sulistas cujos corações e almas estão à venda, os que podem ser comprados com o dinheiro dos estranhos. Podem ir morar na Nova Colleton ou no inferno. Não são meus irmãos e irmãs. Não fazem parte do Sul que eu amo. Tenho uma única sugestão a fazer, nascida do desespero, porque já estão derrubando as árvores da ilha em que nasci. Vamos nos lembrar de que somos descendentes de homens que enfrentaram os céus porque não aceitavam render-se ao governo federal. Nossos ancestrais morreram em Bull Run, Antietam e Chancellorsville. Lutaram por um motivo ruim, e eu não quero ninguém como escravo. Mas também não desejo ser escravo nem permitirei que nenhum homem me ponha para fora da terra que Deus me deu quando nasci. Disseram que Luke Wingo terá de fazer as malas e sair de Colleton dentro de um ano, ou estará sujeito às punições da lei da terra. – Ele se deteve por um momento e então, com voz calma e fria, declarou: – Eu lhes prometo isto: Luke Wingo não vai. E juro que eles terão de vir e me atirar para fora desta terra. Só que eu garanto que não vai ser fácil. Conversei com muitos de vocês e sei que estão insatisfeitos, apesar de jogarem com nossa consciência dizendo-nos que é um dever patriótico ir embora como cães servis e atravessar a ponte rumo a terras desconhecidas. O governo sabe que vocês são sulistas e crê que são burros. E seria burrice mesmo se saíssem sem lutar. Falam que essas bombas, esses submarinos e mísseis serão usados para matar os russos. Alguém neste ginásio já viu um russo? O que vocês fariam se uma droga de um russo entrasse em suas casas hoje e dissesse: "Vamos evacuar os habitantes desta cidade e transferi-los para um lugar a 65 quilômetros daqui. Vamos arrasar as escolas e as igrejas, dividir as famílias e profanar os túmulos de seus entes queridos?" Haveria russos mortos pelo município inteiro, com toda certeza. Tanto eles poderiam me mandar para a Nova Colleton como para a Rússia. Não conheço nenhuma Nova Colleton.

– Diga-nos o que fazer, Luke – gritou uma voz.
– Diga, Luke – reforçaram outras vozes na multidão.
– Não sei o que fazer – admitiu ele. – Mas tenho algumas sugestões. Não sei se vão funcionar, mas podemos tentar. Amanhã, vamos encaminhar uma petição exigindo a destituição de todos os funcionários públicos da cidade, para nos livrar desses gananciosos. Em seguida, exigiremos que seja aprovada uma lei proibindo as novas construções do governo federal no município. É claro que o governo criará leis para se opor às nossas medidas. E todo o peso do estado será

jogado sobre nós. Neste caso, sugiro que o município de Colleton redija um projeto de secessão do Estado da Carolina do Sul. À luz da história, nenhum estado entenderia mais a necessidade de separar-se que a Carolina do Sul. Tomaremos o destino em nossas mãos, declarando Colleton livre da fabricação de plutônio até a eternidade. Vamos proclamar, se for necessário, que somos um estado soberano. Daremos trinta dias ao governo federal para que desista do Projeto do Rio Colleton e da desapropriação das terras. Repetiremos as palavras de Thomas Jefferson na Declaração de Independência, quando vierem à nossa porta: "Sempre que qualquer forma de governo se torne destrutiva a qualquer uma destas coisas: vida, liberdade e procura da felicidade, é um direito do povo alterá-la ou aboli-la e instituir um novo governo." Caso se recusem a nos ouvir, acredito que se deva declarar estado de guerra. Seríamos facilmente derrotados, mas sairíamos de nossas casas com a dignidade intacta. Dentro de cem anos, alguém cantaria canções louvando nossa coragem. Ficaria a lição, o poder de dizer "Não". Se os agentes do governo continuarem com seu assédio, com a remoção forçada dos cidadãos de Colleton, aconselho a todos vocês, amigos e vizinhos que conheci durante toda a vida: lutem contra eles, lutem contra eles. Quando chegarem às suas portas, usem uma braçadeira verde para mostrar que fazem parte de nosso grupo. Esse será o símbolo de nosso descontentamento. Peçam gentilmente para que eles saiam de suas propriedades. Caso se recusem, ponham uma arma em seus rostos. Peçam que saiam novamente. Se insistirem na recusa, dêem-lhes um tiro no pé. Li, certa vez, que o conceito de lei comum começou na Inglaterra, onde o próprio rei não podia passar pela porta da casa do camponês mais pobre se não tivesse sua permissão. Estou clamando para que o rei não atravesse nossas portas. Esse filho-da-puta não foi convidado.

Nesse instante, o delegado Lucas aproximou-se de Luke por trás e fechou uma algema em torno de seu pulso. Depois, junto com dois ajudantes, empurrou-o em direção à porta. A reunião se encerrou sem que nenhuma das milhares de pessoas que lotavam o ginásio emitisse um som. Havia fúria e sedição embutidas naquele silêncio, mas não eram suficientes.

Luke foi fichado, obrigado a deixar suas impressões digitais e acusado de fazer ameaças terroristas contra funcionários federais e estaduais, além de instigar atos sediciosos contra o Estado da Carolina do Sul. Ele declarou que não reconhecia a autoridade do governo e que se considerava prisioneiro de guerra em meio às hostilidades existentes entre Colleton e o governo federal. Deu seu nome, posto militar e número de série. E, citando os tratados da Convenção de Genebra concernentes ao tratamento de prisioneiros de guerra, recusou-se a responder a qualquer pergunta.

No dia seguinte, o *Charleston News and Courier* publicou um artigo irônico, contando que o delegado interrompera a primeira reunião secessionista na Carolina do Sul em mais de cem anos. Não houve petições passadas nas lojas da rua das Marés, nem braçadeiras verdes usadas em desafio ao Projeto do Rio Colleton. O único homem que levara a sério as palavras de Luke era o que estava preso numa cela com vista para o rio.

A guerra de Luke se iniciara.

RELUTANTE, FUI COM minha mãe visitar Luke na cadeia na noite seguinte. Ela me segurava o braço enquanto caminhávamos pela cidade à luz das lâmpadas das salas de jantar das casas. Para mim, as mansões que outrora eram eternas pareciam agora frágeis e fáceis de desaparecer, como cartas de amor escritas na neve. Uma escavadeira estava estacionada sob um poste de iluminação, marcando o destino de Colleton com seu silêncio longo e sufocado. Parecia parte inseto, parte samurai, e a terra de minha cidade manchava suas mandíbulas. Nas ruas úmidas pela chuva, sentíamos o aroma dos jardins partindo de longos galhos de glicínias e dos disciplinados medalhões de rosas. Pensei então: o que acontecerá a esses jardins? Uma sensação de perda irreparável me apertava o peito. E eu sofria ainda por não dizer uma única palavra à minha mãe. Se fosse corajoso, eu a abraçaria e lhe diria que entendia tudo. Mas, quando se lida com Tom Wingo, já se sabe que ele sempre acha uma forma de empobrecer e depreciar quaisquer virtudes que uma masculinidade confiante poderia fornecer. Havia um brilho espúrio em minha masculinidade, como a ardente artilharia de um município que se rendera sem luta.

Antes de entrarmos na cadeia, mamãe apertou minha mão e disse:
— Por favor, Tom, apóie-me agora. Sei que você está com raiva de mim, mas tenho medo do que Luke possa fazer. Eu o conheço melhor do que ninguém. Luke passou a vida inteira procurando uma boa causa pela qual morrer e pensa que a encontrou. Se nós não o detivermos, vamos perdê-lo.

Luke fitava o rio quando aparecemos à porta de sua cela para conversar. A lua batia em seus cabelos e a sombra das barras emprestava a seu rosto um aspecto diferente. Ao vê-lo ali, soube que nunca encontraria um corpo masculino mais bonito que aquele. Seus músculos longos e enxutos assentavam-se ao longo dos ossos em perfeita articulação e simetria. Ele possuía uma aura de fria substancialidade. Era quase material a sua fúria, que tinha expressão nos ombros tensos. Ele não se virou para nos cumprimentar.

— Olá, Luke – disse minha mãe, hesitante.
— Oi, mãe. – Os olhos dele estavam fixos no rio de águas brilhantes.
— Você está furioso comigo, não está? – continuou ela, ansiosa por esclarecer as coisas.
— Sim, claro. Há quanto tempo você sabia dessa trama? Quando foi que Newbury lhe deu a grande notícia? Quando foi que você planejou roubar a única coisa que papai possuiu na vida?
— Eu merecia ser dama da ilha. Dei meu sangue por aquele pedaço de terra.
— Você o roubou pura e simplesmente! Só não espere que seus filhos a amem depois disso.
— Não há nada que se possa fazer a respeito, Luke. A ilha se foi. Colleton se foi. Temos de começar tudo de novo.
— Recomeçar? Como é que se recomeça quando não se pode olhar para trás? O que acontece quando um homem olha por cima do ombro para ver de onde veio, para saber quem ele é, e o que vê é um cartaz que diz: "Entrada proibida"?
— Quem escreveu aquele discurso que você leu ontem à noite?
— Eu mesmo. Ninguém mais pensa como eu.
— Graças a Deus as outras pessoas têm mais juízo. Mas quem o ajudou a escrevê-lo?

— Mãe, a vida inteira você pensou que eu fosse burro. Nunca entendi por que, mas você me convenceu disso. Tanto que eu me sentia idiota na escola, ou mesmo quando estava com Savannah e Tom. Eu simplesmente vejo as coisas de maneira diferente da maioria das pessoas. Tenho um ângulo de visão diferente. Os outros são espertos em centenas de coisas. Eu sou esperto em quatro ou cinco. Você tem razão em um aspecto. Não foi minha a idéia de que o Gênesis era um livro de profecias. Ouvi isso num sermão de Amos, que me impressionou realmente.

— E você quer me dizer que Amos achava que o plutônio era o fruto proibido? – perguntou minha mãe, com voz ácida.

— Não, eu mudei essa parte. Para Amos, o fruto proibido era o ar condicionado. Isso não se encaixava no que eu queria dizer.

— O governo sabe mais que você, meu filho. Precisam dessa fábrica para a defesa nacional.

— Desde quando o governo sabe mais do que eu? E sabe mais a respeito de quê? Você também me disse isso quando fui para o Vietnã. A mesmíssima coisa. Então, lá fui eu, para matar camponeses, nada além de camponeses, tão pobres que fariam você chorar. Matei seus búfalos, as pessoas e seus filhos, tudo o que se movia em minha frente. Matei até alguns soldados. Mas não muitos. Fiz isso porque o governo sabia mais do que eu. Agora, mãe, quero lhe dizer que o governo não sabe picas. O governo é mau. Não importa de que tipo seja. Descobri isso sozinho. Se alimentam um pobre, só o fazem porque sabem que esse pobre pode se levantar e cortar suas gargantas. Depois vêm com essa conversa a respeito dos russos! Quer saber o que eu acho da Rússia? Acho que é uma merda. E os Estados Unidos também são uma merda. O governo do Vietnã que ajudei a defender era outra merda. O norte-vietnamita também é merda. Sabe por que lutei no Vietnã, mãe? Porque, se não lutasse, me colocariam na cadeia. É uma senhora escolha, concorda? É por isso que eu pago os impostos. Porque, se não pagar, me colocam na cadeia. Agora mesmo, se eu quiser voltar ao lugar em que nasci, o governo vai me atirar na cadeia. Ontem, eu citei frases da Declaração de Independência e meu fabuloso governo me jogou na prisão.

— Você não pode ir contra a lei, meu filho...

— Por que não? Se lutei contra os vietcongues, por que não posso lutar contra a lei?

— Luke, você está querendo que o mundo funcione à sua maneira – replicou minha mãe, encostando a cabeça nas barras da grade. – Você é cabeça-dura, teimoso e...

— Burro? – Ele se adiantou alguns passos para nos encarar. – Eu sei que é isso que você está pensando.

— Não, burro não é a palavra que eu estava procurando. Eu ia dizer puro. Mas sua pureza não leva à sabedoria. Só faz você se apaixonar por causas perdidas.

— Não considero isso uma causa perdida, mãe. Só estou dizendo não. E tenho todo o direito a isso. Afinal, sou ou não um americano? Lutei numa guerra para poder dizer não. Conquistei esse direito. Meu país meteu-se numa merda de guerra contra uma merda de país e eu disse sim a isso. E o motivo que deram à nossa luta foi o de preservar o direito das pessoas de escolher como queriam viver. Disseram isso milhares de vezes. É claro, estavam mentindo. Mas preferi acreditar neles. Não lutei na guerra pensando que, em seguida, meu próprio governo fosse roubar meu lar. Teria apoiado os vietcongues se houvesse imaginado essa possibilidade. Savannah e Tom disseram não à guerra. Lutei para que eles tivessem esse direito. Porque, no fundo, não passo de um burro: acreditei em tudo o que me foi ensinado sobre os Estados Unidos. Ninguém ama mais este país do que eu. Ninguém! Não o país inteiro, claro; não ligo a mínima para Idaho ou Dakota do Sul. Nunca estive lá. Minha cidade é meu lar. É o que posso ver dessa janela. Apenas 65 quilômetros quadrados de nosso planeta. Mas é o que amo e pelo que luto.

— Mas é o lugar que você vai ter de deixar, Luke – disse minha mãe. – Você soube do pobre sr. Eustis? Ele se recusou a permitir que os agentes olhassem sua fazenda no rio Kiawah. Parece que ele levou a sério seu discurso. O velho Jones tentou fazer a mesma coisa, embora morasse em um trailer. Os dois receberam voz de prisão.

— Pois eu não vou abandonar minha casa quando sair daqui – declarou Luke, com firmeza.

— Você fala só da boca para fora. Se tentar permanecer na ilha, os agentes irão lá e farão com você o que fizeram com o sr. Eustis e o sr. Jones.

– Eu não sou o pobre Eustis nem o velho Jones!

– Você foi criado para ser um cidadão respeitador das leis.

– O lugar onde fui criado não existe mais. Seu marido e aqueles malditos políticos conspiraram para roubar minha casa.

– Reese não conspirou coisa alguma. E eu me ofendo por você falar assim do meu marido!

– Faz anos que ele compra terras e força os pobres fazendeiros a sair do campo. Ele sabia disso há muito tempo. A população do município diminuiu nos últimos dez anos porque ele vem desalojando as pessoas de suas terras. Ele se casou com você apenas para obter uma extensão de terra que não conseguiria de outro modo.

Passando a mão pela grade, mamãe esbofeteou Luke com força.

– Ele se casou comigo porque adora até o chão em que piso. E, mesmo que meus filhos não percebam, eu mereço essa adoração.

– Sim, claro, você merece – concordou Luke. – Sempre acreditei nisso. Sempre achei você maravilhosa e sentia muito o fato de você e papai viverem tão mal. Estou contente por você agora estar feliz. Compreendo que fez o que tinha de fazer. Assim, quero que você entenda que também tive de agir a meu modo. Pensei com muito cuidado nessa história. Não me preocupei com outra coisa desde que foi feito o anúncio.

– O que você acha que eu posso fazer, Luke? – perguntou minha mãe.

– Você pode detê-los.

– Você está maluco, Luke – intervim, pronunciando minhas primeiras palavras naquela noite. – Eu fiz um acordo com o delegado. Ele relaxa a prisão se você concordar em ir para um hospital psiquiátrico e se deixar ficar sob observação durante duas semanas. É o que você deve fazer.

– Por quê, Tom?

– Porque você está falando muita bobagem, Luke. É impossível alterar o projeto aprovado. É um fato consumado. Você tem de pensar em recomeçar sua vida.

– Todo mundo diz que nada pode ser feito... Os seres humanos adoram rolar de barriga para cima, como cachorrinhos.

– O que está planejando, Luke? – perguntei.

— Registrar um pequeno protesto.
— Não vai fazer nenhum bem a você.
— Isso é verdade, Tom.
— Então, por que você vai fazê-lo?
— Para ficar bem comigo mesmo. Você não quer me acompanhar? Nós dois juntos poderíamos virar o jogo às avessas. Ninguém conhece esses bosques e águas melhor do que nós. Faríamos os vietcongues parecerem recrutas.
— Eu tenho família, Luke. Ou será que você não percebe? Estou numa situação diferente da sua.
— Você tem razão, Tom. Sua situação é diferente.
— Não gostei de seu tom de voz...
— Isso não muda nada. Quer saber de uma coisa? Você era o que mais prometia entre nós, Tom. Mas, em algum momento ao longo do caminho, você se transformou de algo em quase nada. E pelo jeito vai evoluir para nada de nada. Um homem possui apenas alguns "sim" dentro de si, e precisa tomar cuidado para não gastá-los todos.
— Estou dizendo *não* a você, Luke.
— De jeito nenhum, irmãozinho. Você apenas está dizendo *sim* aos outros.
— Você não pode parar o governo, Luke – interveio minha mãe.
Ele voltou seus olhos tristes e luminosos para ela; pareciam os olhos de uma pantera obediente.
— Eu sei, mãe. Mas posso ser um adversário respeitável.

27

E Luke Wingo tornou-se um adversário respeitável.
Falo agora não como testemunha, mas como o atormentado catador de fragmentos. Escutei muito e consolidei as brumas dos boatos e insinuações durante o ano em que minha família e minha cidade se dissolveram. Mantive o inventário da destruição em dia. Agradável era a cidade à beira do rio cheio de curvas que foi desmantelada no

espaço de um ano. Linda era Colleton em sua última primavera ao espalhar azaléias como uma menina que jogasse arroz num casamento desesperado. Em deslumbrante profusão, Colleton amadurecia na névoa de jardins perfumados e sofria sob um dossel de promissora fragrância. Garças se projetavam da relva do campo como pequenas torres, ágeis em sua quase imobilidade etérea. Uma família de lontras nadava pelas cristas das ondas nos destroços próximos à ponte, e as árvores ao longo do rio estavam repletas de vida com o movimento das tímidas colônias de garçotas. As águias-pescadoras traziam trutas agitadas para os filhotes que permaneciam nos ninhos em formato de chapéu, no alto dos postes telefônicos. Doninhas dançavam nos canais. Os camarões entravam nos riachos para desovar. Mas não havia nenhuma frota camaroneira para encontrá-los e nenhuma rede lhes interrompia a passagem rumo ao imenso pântano. As águas de Colleton, por questões de segurança, tornaram-se proibidas aos camaroneiros e pescadores. Aquela era a primavera em que a cidade se mudaria.

Assisti às mudanças das grandes mansões da rua das Marés. Centenas de homens com guindastes e vastas plataformas inclinadas soltavam as casas de suas fundações e, com destreza e conhecimento dos mistérios da física, empurravam-nas em direção às imensas barcaças que as aguardavam no rio. Amarradas com cabos de aço, as casas subiam o rio em direção a Charleston. A casa de minha mãe, flutuando sobre a água, lembrava o bolo de casamento de um rei. No terraço, ela e Reese Newbury acenavam para as pessoas que se encontravam na margem. Depois encheram de champanhe finas taças de cristal, brindaram à cidade e atiraram as taças na água amarelada. Então, a ponte se abriu e minha mãe, sua nova casa e seu novo marido flutuaram miraculosamente entre os vãos, num rio subitamente fervilhante com uma armada de mansões brancas. Nas semanas seguintes, sempre que se olhava para o rio, via-se alguma casa conhecida movendo-se com estranha dignidade sobre o pântano, navegando para longe de seu posto majestoso.

As estradas também ficaram congestionadas com o tráfego dos enormes caminhões que levavam as casas para diferentes lugares da

Carolina do Sul. Certo dia, espantei-me ao ver uma casa passar e, somente vários minutos depois, percebi ter testemunhado a viagem de estréia da casa de minha avó. A torre da igreja batista, parecendo um míssil reclinado, passou minutos depois. Tirei algumas fotos com minha Minolta e enviei-as a Savannah, que escreveu um longo poema sobre a destruição da cidade. Através do visor da câmera, assisti à mudança da igreja episcopal, que passava com tanta elegância pelo crepúsculo que parecia transportada pelo ar. Fotografei os operários suados que escavavam os túmulos e os deportavam em sacos plásticos para os novos cemitérios sem grama, construídos ao longo da rodovia interestadual entre Charleston e Columbia. Se um edifício não podia ser movido ou vendido, era destruído e vendido como sucata. Os cães vadios eram mortos por caçadores que tinham licenças especiais. Os gatos, capturados em armadilhas e afogados no desembarcadouro público. Os tomateiros cresciam selvagens e inúteis. Os melões apodreciam no pé, ao lado de cabanas abandonadas. A escola e o tribunal foram dinamitados, e derrubadas as lojas que existiam ao longo da rua das Marés. No dia 1º de setembro, a cidade de Colleton estava tão extinta quanto Pompéia ou Herculano.

Pela terra que expropriou, o governo pagou quase 100 milhões de dólares, dos quais minha mãe recebeu cerca de 2% pela perda da ilha Melrose. Atenta às nuances dos sentimentos da família ela preparou quatro cheques de 100 mil dólares. Savannah e eu aceitamos agradecidos os nossos. Com aquele dinheiro, Savannah deixaria de estar aprisionada ao desprezível papel de artista faminta. No meu caso, o dinheiro serviria para liquidar os empréstimos feitos para pagar a faculdade de Sallie e nos permitiria comprar a casa da ilha Sullivan. Meu pai não fora visto desde o casamento de mamãe, de modo que ela depositou o cheque numa conta de poupança até que ele aparecesse para receber sua parte.

Luke ateou fogo ao cheque na frente de minha mãe. Enquanto ela chorava, ele a fez lembrar-se de que era Luke Wingo, um menino do rio, da cidade de Colleton, e que ela o criara com a consciência de que um menino do rio não poderia ser comprado por dinheiro algum.

Em junho, o administrador do projeto enviara uma equipe de demolição à ilha Melrose, para destruir a casa onde eu crescera. Uma equipe de 12 homens com três caminhões e duas escavadeiras completariam o serviço. Quando um dos homens chegou com um pé-de-cabra à porta da frente, um tiro veio da floresta, lascando a madeira a 5 centímetros de sua cabeça. Tiros de rifle começaram a pipocar pelo jardim. Três balas furaram os pneus dos três caminhões e a equipe saiu correndo pela estrada que levava à cidade.

Quando já se encontravam longe, Luke saiu da floresta e, usando os coquetéis *molotov* que escondera no celeiro, explodiu os caminhões e as escavadeiras que haviam sido enviados para derrubar sua casa.

A luta começara para valer.

No dia seguinte, a equipe retornou, acompanhada por um batalhão da Guarda Nacional que fez uma varredura do bosque em torno da casa antes de avisar que havia segurança para começar a demolição. Sobre uma árvore, do outro lado do rio, Luke os viu arrasar a casa onde crescera. Posteriormente, disse-me que era como se estivesse vendo a família morrer diante de seus olhos.

Desse modo, minha cidade se transformou em ruínas, mas, ao contrário dos restos eternos e sólidos das civilizações antigas, Colleton desapareceu sem deixar sinal de sua existência. Até mesmo a terra foi desnudada, revolvida e, sob os auspícios do Departamento de Agricultura dos Estados Unidos, foram plantados pinheiros. Todos os dias, seis mil operários com adesivos especiais nos automóveis e caminhões passavam pelas pontes que levavam às construções. No dia 1º de outubro, o acesso ao município de Colleton se tornou proibido a qualquer cidadão que não fosse empregado da Comissão de Energia Atômica, e também os aviões não podiam voar acima das áreas secretas. O trabalho progredia rapidamente nos quatro locais onde se faziam construções.

O governo da Carolina do Sul anunciou que todos os cidadãos de Colleton haviam sido transferidos com sucesso para outras cidades do estado e que o Projeto do Rio Colleton estaria em pleno funcionamento dentro de três anos.

Nós, o povo de Colleton, saímos de lá como ovelhas dóceis, banidas para indescritíveis cidades recém-criadas, sem o eco sombrio da memória para nos suster. Caminhamos pelas terras da Carolina sem a sabedoria e o sofrimento acumulado de nossos ancestrais para nos instruir em tempos de perigo e insensatez. Postos à deriva, flutuamos para os subúrbios à margem das cidades. Saímos, não como uma tribo derrotada, mas como uma tribo varrida, coberta com os véus negros da extinção. Isolados ou aos pares, deixamos o arquipélago de ilhas verdes que tinham sido testemunhas das piores desfigurações de nossa época. Como cidade, cometemos o erro de permanecer pequena – e não há crime mais imperdoável nos Estados Unidos.

Atônitos, fizemos tudo o que nos ordenaram. Fomos louvados por nossa abnegação. E eles nos destruíram com generosidade e aspereza. Fomos espalhados e obrigados a viver entre desconhecidos. Rastejamos por aquelas pontes, choramingando de gratidão por qualquer pitada de louvor que jogassem na terra para lambermos. Éramos americanos, sulistas e, que Deus nos ajude, éramos heróica e irrevogavelmente burros e submissos. Os mansos ainda podem herdar o reino da Terra, mas não herdarão Colleton.

Apenas um de nós permaneceu lá para lançar um pequeno protesto. Luke vendera seu barco de pesca a um camaroneiro de Saint Augustine e preparara uma base de operações a partir da qual tentaria conter o avanço da construção. Planejou uma ação de retaguarda que se mostraria exasperante para a Companhia Mewshaw e seus operários. E seus sonhos de insurreição cresceram depois dos primeiros triunfos. Suas missões contra os projetos tornaram-se cada vez mais arrojadas. Quanto mais ousava, mais conseguia. Criara uma perigosa equação a partir do sucesso inicial.

No primeiro mês de implantação do Projeto, o chefe da segurança percebeu que faltavam quatro toneladas de dinamite no principal canteiro de obras, no extremo oeste do município. Percebeu também que essa dinamite fora removida aos poucos, durante longo tempo. Os automóveis de sessenta operários tiveram seus pneus cortados a faca no estacionamento próximo ao principal canteiro de obras. Dez escavadeiras foram destruídas pelo fogo numa só noite. O trailer do engenheiro chefe foi dinamitado. Quatro cães de guarda foram mortos a tiros enquanto patrulhavam o perímetro dos terrenos das obras.

Alguém, armado e perigoso, estava no bosque, e os trabalhadores se mostravam inquietos ao atravessarem as pontes para trabalhar pela manhã.

Durante esse período, meu pai retornou em grande estilo aos portos obscuros da Carolina do Sul. Enquanto pescava em Key West, foi abordado por um homem bem-vestido que usava relógio Accutron e anel de brilhantes. O desconhecido perguntou-lhe se estava interessado em ganhar muito dinheiro. Três dias mais tarde, meu pai estava a caminho da Jamaica, onde teria um encontro num bar pretensioso de Montego Bay com um sócio do homem do anel de brilhantes. Meu pai não deixou de notar que o segundo homem também usava anel de brilhantes no dedo mínimo da mão esquerda. Henry Wingo demorara uma vida inteira até encontrar homens bastante ricos e sem gosto para cobrir as mãos com jóias femininas. Nunca soube seus sobrenomes; confiou apenas no modo de vestir daqueles homens.

– Classe – diria ele mais tarde. – Apenas alta classe.

Dois jamaicanos carregaram o barco de meu pai com 700 quilos de maconha de primeira qualidade, dos quais meu pai sabia, e 14 quilos de heroína pura que os desconhecidos se esqueceram de mencionar. Um dos jamaicanos ganhava a vida como ajudante de garçom num hotel, mas carregava remessas de maconha sempre que a oportunidade se apresentasse. O outro, Victor Paramore, trabalhava como informante para o Departamento do Tesouro americano e foi a primeira testemunha a ser chamada quando o caso de meu pai entrou em julgamento em Charleston. Quando meu pai atracou em um ponto entre as ilhas Kiawah e Seabrook, a maior parte dos agentes de delegacias de narcóticos estava lá, pronta para assistir à atracação. Aquilo serviu para derrubar a última tentativa de meu pai de conhecer a fundo as nuances da especulação capitalista.

Quando ele foi a julgamento, não ofereceu nenhuma defesa nem escolheu um advogado para representá-lo. O que fizera estava errado, disse ao juiz, não tinha desculpas para seus atos e não inventaria nenhuma. Merecia o castigo de acordo com a lei, porque trouxera vergonha para si e sua família. Recebeu uma sentença de dez anos e uma multa de 10 mil dólares.

Mamãe pagou a multa com o dinheiro que reservara para ele, resultante da venda da ilha. No espaço de um ano, eu vira meu irmão e meu pai se tornarem prisioneiros. Na época em que meu pai foi enviado para a prisão em Atlanta, eu tinha pouca esperança de ver Luke com vida novamente.

— SONHE ALTO. Sonhe alto – dizia Luke a si mesmo enquanto perambulava pelo município à noite. Era o único remanescente de Colleton e prometera a si mesmo que faria seus perseguidores suarem um bocado antes de o agarrarem.

Uma coisa trabalhou muito a seu favor durante os primeiros meses de rebelião: o governo não estava seguro de que Luke fosse o sabotador que vivia nos bosques. Era o principal suspeito, claro, mas ninguém o vira nem poderia identificá-lo. Como os vietcongues que tanto admirava, Luke possuía as longas horas da escuridão da noite para encher de terror a vida dos guardas mal remunerados. Movia-se à noite nas terras que já não lhe pertenciam, evitando os barcos de patrulha nos rios e os carros da polícia que percorriam as estradas abandonadas. Conforme as semanas se passavam, um sentimento de sacerdócio o obcecava durante as caminhadas pelos bosques de sua infância. Ouvia vozes e via os rostos dos familiares se materializarem nos galhos das árvores. Todas as alucinações – ou visões, como preferia chamá-las – estavam cheias de aplausos e aquiescência pela eficácia de sua missão, aquela caminhada sagrada pela zona de guerra em que servia como exército de libertação de um só soldado. Ficou preocupado quando começou a falar sozinho.

Mas, em suas primeiras semanas de guerra contra o Estado, era o pedinte que exigia seus direitos inatos e estava seguro de seu conhecimento de todos os mistérios das terras baixas. Estavam caçando um filho daquela terra, alguém que se apropriara dos segredos que os rios articulavam durante uma vida. Ele inspecionava a vasta propriedade que jurara manter aberta. Circunavegava o município inteiro com um pequeno veleiro ou a pé. Anotava o fluxo do tráfego nos rios e nas pontes e o número de vagonetes que traziam carvão pelos trilhos que cortavam o norte do município. Estabeleceu uma moradia em

Savannah e outra em Brunswick, na Geórgia. Após cada ataque, saía de Colleton por três semanas, até que os homens que o perseguiam se cansassem de seguir pistas falsas. Escondia contrabando, armas e comida por todas as ilhas, em poços abandonados ou sob as fundações de casas destruídas.

Seus primeiros atos foram de simples vandalismo, mas de alto grau. Luke desenvolvera bons hábitos ao longo dos anos e estudara sua tarefa, tornando-se cada vez mais experiente. Examinava os erros e as pequenas vitórias, reunindo dados para operações futuras, corrigindo técnicas e aperfeiçoando-as. O isolamento, o retraimento e a necessidade de concentração o tornaram cauteloso e terrível. Nas profundezas dos bosques próximos aos grandes pântanos, caçava cervos com arco e flecha, maravilhando-se com a capacidade de permanecer imóvel enquanto esperava sobre as árvores, acima dos locais onde o sal estava depositado. Sentia-se vegetal e mágico, em perfeita comunhão com as árvores, os cervos e as ilhas. Caçava com o assombro de alguém que se refugiara durante mil anos e entrara nos domínios limpos e infinitos onde as tribos Yemassee haviam caçado cervos do mesmo modo. Grato aos animais que o sustinham, Luke descobriu por que os homens primitivos adoravam os cervos como deuses, pintando-os nas paredes das cavernas num ato de êxtase e oração. Nunca se sentira tão vivo, autêntico e necessário. Sempre tivera visões, mas estas possuíam a suave intensidade dos sonhos. Dormia durante o dia e cantava em seu sono. Sonhava com coisas deslumbrantes e miraculosas. Ficava feliz ao acordar à luz das estrelas, porque os sonhos não se apagavam, retendo a forma em afrescos pintados com luz e sangue no céu. Ardia com um zelo revolucionário. As idéias partiam dele, jorrando como flores silvestres.

De certo modo, sentia-se como se fosse o último homem sensato do país. Sempre que tinha dúvidas a respeito da própria vocação, recitava em voz alta estatísticas sobre Hiroshima e Nagasaki. Se conseguisse evitar a construção de mil armas nucleares, poderia, em tese, ser responsável pela salvação de cem milhões de vidas humanas. Ouvia o veemente apelo de uma voz insistente dentro de si, que pensou ser a voz da consciência, ditando leis de comportamento, metas de longo alcance e métodos de guerrilha. E a escutava em êxtase, enquanto perambulava livre e cheio de vida por aquelas terras sem dono, descobrindo com prazer que era fácil tornar-se um bandido. Roubava suprimentos, algum barco veloz que encontrasse por acaso, rifles e munição. Seus atos eram uma defesa inflexível da terra amada e posta em perigo. Não tinha culpa se a visão ampliava-se para incluir não apenas Colleton, mas o planeta inteiro.

Entrava com freqüência na surrealista cidade devastada de Colleton, caminhando pelas ruas que já não existiam e falando em voz alta os nomes das famílias que haviam morado em cada recanto daquele lugar. Perambulava por aquela terra de ninguém, constituída pelos antigos cemitérios, e via os buracos deixados pelas escavadeiras nos locais onde seus concidadãos tinham sido enterrados. Descia a rua das Marés, silenciada para sempre do burburinho dos vizinhos, para sempre privada dos aromas deliciosos do café ou da escaramuça educada do tráfego. Sentia a presença vital da cidade sob seus pés, e essa presença lutava para se levantar da terra, saudável e florescente, com a aura esperançosa da ressurreição. Sonhando mais uma vez, ouviu a cidade gritando para ele, recitando as longas elegias de sua aflição, cantando um hino de subversão e perda, exigindo restituição, rouca de tanto repetir as poderosas litanias da extinção. À luz do luar, Luke se dirigiu para a casa de vovó e ficou furioso por não encontrar os 2 mil metros quadrados de terra ao lado do rio. Os limites dos terrenos tinham sido destruídos e, somente ao descobrir o carvalho onde ele, Savannah e eu havíamos gravado nossos nomes num domingo de Páscoa, teve certeza de estar no lugar certo. O capim e a hera cresciam na terra onde Tolitha e Amos haviam vivido. Voltou para o desembarcadouro flutuante e tropeçou em algo no meio da relva crescida. Voltando alguns passos, já sabia o que era – levantou a cruz de meu avô nos ombros e, como uma homenagem, levou-a para a rua das Marés, por cuja extensão caminhou, num alegre arremedo de meu avô. O peso da cruz cortava-lhe um dos ombros e a madeira imprimia uma verdade de textura ilesa sobre sua carne, marcando-o, ferindo-o, lembrando-o da retidão de sua missão.

Enquanto caminhava pela rua com a cruz nos ombros, vozes vieram através do ar, estimulando-o, o menino do rio, o camponês das terras baixas, o campeão de todos. Aclamaram-no quando ele jurou que não permitiria que aquilo acontecesse, que não estava resignado com a morte da cidade que mais amava. Jurou a si mesmo e àquelas vozes guerrilheiras e penetrantes que faria o solo violado recuperar a vida da cidade, ressuscitaria Colleton como Lázaro se levantara da terra.

— Eles vão me conhecer — gritou Luke. — Vão aprender meu nome. Vão me respeitar. Vou fazê-los reconstruir esta cidade exatamente como era.

Ao se deter, as vozes o abandonaram. Deitou-se na terra e sentiu a melodia da libertação jorrando dentro de si. Dançou pela rua das Marés, girando e gritando. De repente, parou e disse:

— Aqui, vou construir a loja de roupas do sr. Danner. Ao lado dela, a mercearia do sr. Scheins e, vizinhas a ela, a butique de Sara Poston, a floricultura de Bitty Wall e a Woolworth.

Sentia a terra tremer à sua passagem e as velhas lojas orgulhosas lutando para nascer. Ouvia a cidade inteira aclamá-lo do alto dos telhados das lojas que não mais existiam. De memória, recriou a rua, exatamente como a recordava. Quando saiu da rua das Marés naquela noite, meu irmão olhou para trás, viu todas as lojas iluminadas, os enfeites de Natal pendurados nos postes, um menino colocando as letras na marquise do Breeze Theater e o delegado Lucas saindo do restaurante do Harry depois de uma refeição, afrouxando o cinto e arrotando.

Ele finalmente se tornara, pensou, um homem essencial, um homem que se originara da primavera, um homem em fogo. Olhou orgulhoso para a cidade que criara.

De repente, ouviu algo atrás de si e virou o corpo, sacando a pistola. Em seguida, o barulho se repetiu. Era um apito. Viu a figura de um homem que se dirigia para ele, ao longo do rio, com uma alegria indescritível. Era o sr. Fruit.

EM MARÇO, Luke oficializou sua pequena escaramuça, expandido-a e transformando-a numa guerra de guerrilha amadurecida, por meio de um ato puramente simbólico para ele, mas não para o Estado. Às três da manhã do dia 14 de março, quatro bombas poderosas explodiram as pontes que ligavam as fronteiras norte e leste de Colleton ao continente. Uma hora mais tarde, outras duas bombas destruíram os pontilhões que permitiam a chegada dos trens de carga da Southern Railway ao município.

Um dos trens, trazendo um grande carregamento de carvão para o canteiro de obras, veio de Charleston vinte minutos depois da destruição dos pontilhões. O maquinista entrou a toda velocidade no pontilhão e o trem voou 50 metros antes de se espatifar nas águas negras do rio Little Carolina. O maquinista e três ajudantes morreram imediatamente, e aquele sangue foi o primeiro a ser derramado na guerra que os jornais começaram a chamar de Guerra de Secessão de Colleton.

Luke escreveu uma carta para 15 jornais da Carolina do Sul, declarando a área em torno de Colleton, num raio de 65 quilômetros – área que incluía 30 ilhas marítimas e 19 mil hectares de terra no continente –, livre da manufatura do plutônio. Pediu desculpas às famílias dos quatro homens que haviam morrido no trem e disse que seria capaz de qualquer coisa para trazê-los de volta à vida. Sua tarefa era preservar a vida, não destruí-la nem confiscá-la. A carta era uma versão reduzida do discurso que fizera aos cidadãos de Colleton, na noite em que Patrick Flaherty lhes dissera que a cidade seria demolida. Lançou um manifesto, declarando que a porção de terra anteriormente conhecida como Colleton seria, dali por diante, um Estado soberano do qual ele era governador, chefe de polícia, comandante das forças armadas e, até que conseguisse recrutar uma população, seu único habitante. O governo federal decretara que a terra pertencia ao povo dos Estados Unidos e Luke concordava, mas o modo de governá-la seria debatido. Aquele novo estado, vinte vezes menor que Rhode Island, deveria se chamar Colleton. Dava trinta dias ao governo federal para suspender a construção do Projeto do Rio Colleton e devolver as terras que tinham sido desapropriadas dos moradores. Se o projeto não fosse cancelado, o Estado de Colleton se separaria formalmente da União e a guerra seria declarada. Todos os operários da construção seriam considerados membros do exército invasor, tornando-se alvo de fogo das hostilidades.

Luke também convocou voluntários para servir como tropa irregular na proteção das fronteiras de Colleton contra a incursão de agentes federais. Ordenou que entrassem sozinhos no território, usando braçadeiras verdes para serem identificados, e estabelecessem pontos de escuta e postos avançados em todas as direções. Quando houvesse gente suficiente espalhada pelos campos e pelas florestas, ele faria contato e começariam a operar como um pequeno exército. Mas, no início, cada homem ou mulher trabalharia sozinho, numa ação de guerrilha, para deter o fluxo de materiais e paralisar a construção das fábricas.

A carta foi notícia de primeira página no estado inteiro. Havia uma foto minha e de Luke segurando um enorme troféu quando vencemos o campeonato estadual de futebol no último ano do curso secundário e uma foto de Savannah tirada da sobrecapa de seu livro *A filha do pescador de camarões*. A Guarda Nacional recebeu a incumbência de proteger as pontes que levavam ao município e iniciou-se de imediato o trabalho de reparação das pontes e dos pontilhões danificados. A segurança foi reforçada nos canteiros de obras e emitiu-se uma ordem de prisão contra meu irmão. Conheci praticamente todos os tiras e agentes da lei da Carolina do Sul depois que a carta apareceu. Luke foi declarado perigoso, armado e, provavelmente, louco. Houve editoriais histéricos nos principais jornais e o senador Ernest Hollings era citado, dizendo no *News and Courier:* "O menino deve estar louco mas, certamente, não há muitas outras pontes que levem a Colleton." A divisão KA da Universidade da Carolina do Sul fez uma festa das braçadeiras verdes para levantar dinheiro para as crianças defeituosas. Uma carta ao editor apareceu no jornal *Columbia State,* chamando Luke de "o último dos grandes carolinianos do Sul".

Três semanas após a publicação da carta de Luke, um homem de 70 anos chamado Lucius Tuttle, um antigo caçador, foi agarrado e preso na área próxima ao principal canteiro de obras do Projeto do Rio Colleton. O *News and Courier* noticiou o incidente, mas não revelou que o homem fora preso usando braçadeira verde e resistira à prisão, mantendo vinte policiais a distância com tiros de rifle até sua munição terminar. Dez mulheres, todas membros da Women Strike for Peace, deitaram-se na frente de um ônibus que levava operários das construções para o trabalho. Também usavam braçadeiras verdes e gritavam "Chega de armas nucleares" ao serem levadas para a cadeia.

Nos círculos conservadores, Luke era tido como assassino e maluco. Mas havia alguns homens e mulheres, reconhecidamente poucos, que o encaravam como o grande defensor do meio ambiente – o único homem na história da República que pensara numa resposta razoavelmente sensata para os absurdos da era nuclear. No exato momento em que a reação do público à insurreição de Luke estava mudando, o governo federal se tornava mais rígido em seu propósito de acabar com a guerra de meu irmão contra o Estado. Como guerrilheiro, ele provara ser excelente e perito; porém, como símbolo, temia-se que pusesse em perigo todo o Projeto do Rio Colleton. Luke se tornara um risco, um embaraço na área de relações públicas. Ao explodir seis pontes, demonstrara um refinado senso tático por trás de seu talento para a destruição. Os agentes do FBI andavam aos bandos em Colleton e uma equipe especial do Forte Bragg, Carolina do Norte, treinada em táticas de guerrilha, passou a fazer varreduras noturnas na ilha. Luke calculava o tempo que lhe sobrava pelo prestígio daqueles que eram enviados para detê-lo. Notava o crescente número de vôos de reconhecimento sobre os pântanos. A Guarda Costeira aumentou o número de patrulhas no rio: sua entrada em cena foi considerada uma homenagem por meu irmão. Apreciou o alto nível dos homens incumbidos de prendê-lo e levá-lo perante a Justiça e, apesar da extraordinária habilidade que tinham em seu trabalho, meu irmão conservava a vantagem de uma vida inteira de familiaridade e conhecimento do terreno.

APRENDI A IDENTIFICAR um agente do FBI a uma distância de 100 metros ou mais, sem a menor margem de erro. Suas marcas eram tão características quanto as de uma cascavel. Pareciam ter assistido a filmes demais e lido livros demais sobre seus poderes de investigação. Acreditavam nas bobagens com que o FBI os alimentava em doses liberais. Sempre odiei homens de queixo largo e apertos de mão firmes, que imitavam atores de filmes classe B. Os agentes do FBI davam a impressão de ter comprado os mesmos ternos desinteressantes na mesma seção da mesma loja de roupas baratas para homens. As insígnias eram a parte mais atraente de seu guarda-roupa. Fui entrevistado por vários agentes no primeiro ano do compromisso de meu irmão com os bosques de Colleton e o prazer que tive com essas entrevistas foi pequeno. Consegui ser bastante ofensivo ao conversar com aqueles homens que poderiam algum dia matar meu irmão. O FBI me considerou hostil e essa avaliação alegrou meus dias.

Isso aconteceu quase um ano antes de J. William Covington ser designado para o caso Luke. Covington apareceu durante um treino de futebol de primavera, enquanto eu tentava estabelecer uma ofensiva de retaguarda para tirar vantagem de um *quarterback* que corria como um cervo. Bob Marks, o treinador de linha que eu acabara de contratar, avistou Covington sentado em seu Chevrolet quando fazíamos o time correr no fim do treino.

— Outro tira, Tom — disse ele.

— Acho que no ano que vem vou pagar meus impostos, Bob — brinquei, caminhando em direção ao carro.

Quando viu que eu me aproximava, J. William saiu do carro e demonstrou ser mais um exemplar da raça. Mesmo que estivesse completamente nu, dançando num campo de lírios, ainda assim ele poderia ser identificado como agente do FBI.

— Desculpe, senhor — falei. — Não deixamos os Hare Krishna venderem livros no campo de futebol. O aeroporto fica a 25 quilômetros a leste daqui.

Ele riu e fiquei surpreso ao ver que parecia sincero.

— Ouvi dizer que você tem muito senso de humor, Tom — comentou, estendendo-me a mão.

— Isso não é verdade. Você ouviu dizer que sou metido a espertinho.

— Na sua pasta do arquivo, você é descrito como pouco cooperativo... Meu nome é J. William Covington. Meus amigos me chamam de Cov.

— E como seus inimigos o chamam?

— Covington.

— É um prazer conhecê-lo, Covington. Agora, para continuar minha carreira de não-cooperação, vou lhe dizer tudo o que sei. Não sei onde Luke se esconde. Não sei nada a respeito dele. Ele não tem escrito nem ligado ou mandado telegramas. Não estou fornecendo comida, abrigo ou ajuda de qualquer espécie. E não vou ajudá-lo em sua investigação de modo algum.

— Eu gostaria de ajudar Luke a sair dessa, Tom – declarou Covington. – Gosto de tudo o que ouvi a respeito dele. Talvez eu possa conseguir um acordo com o promotor e apelar por uma sentença de apenas três ou cinco anos.

— E os quatro homens que foram mortos no trem?

— É óbvio que ele não sabia que o trem estava chegando. Quando sua família morava em Colleton, nenhum trem passava durante a noite por aquele pontilhão. Podemos chamar aquilo de homicídio involuntário.

— Ele poderia receber mais de cinco anos por explodir as pontes... Por que o promotor iria concordar com uma diminuição da pena?

— Eu poderia convencê-lo a fazer um trato que salvaria todas as pontes da parte sul do município – retrucou Covington.

— E por que você me diz isso? Não vejo como posso ajudá-lo.

— Li cuidadosamente a pasta sobre Luke. Descobri três pessoas que poderiam encontrá-lo caso se decidissem a isso. Seu pai, que, como você bem sabe, atualmente está indisposto.

— Indisposto... Gosto do modo como você usa as palavras, Covington.

— Os outros dois são você e sua irmã. Ela escreve uma poesia excelente. Sou seu grande fã.

— Ela vai vibrar com isso.

— Posso contar com sua ajuda?

— Não, não pode, Cov. Você não me ouviu na primeira vez. Não vou ajudar sua investigação.

— A Companhia Mewshaw oferece uma recompensa de 25 mil dólares a qualquer um que consiga neutralizar seu irmão, Tom. É necessário que eu traduza a palavra *neutralizar* para você? Eles começaram a colocar na região caras que são páreo para seu irmão. Dois boinas-verdes que receberam medalha de honra estão no município, caçando-o. Podem não encontrá-lo amanhã ou depois de amanhã, mas, com certeza, alguém vai matar Luke. Eu queria evitar isso. Admiro muito Luke e gostaria de salvar a vida dele. Não posso fazer isso sem sua ajuda.

— Você é a primeira pessoa do FBI, sr. Coveington, que não me deixa puto da vida. Entretanto, isso me enerva. Por que você decidiu ser agente do FBI? E por que, pelo amor de Deus, você se chama J. William?

— Meu primeiro nome é Jasper. Mas prefiro morrer a ver alguém me chamar pelo primeiro nome. Minha mulher inventou essa idéia de falar J. William, já que trabalho para uma organização fundada por J. Edgar. Ela imaginou que isso poderia ter algum valor subliminar quando se pensasse numa promoção. Fui trabalhar no FBI porque era um péssimo atleta e, como todos os péssimos atletas, passei por uma dolorosa experiência no ensino médio e tinha dúvidas quanto à minha hombridade. Nós, agentes do FBI, não passamos por dúvidas quanto à nossa masculinidade.

— Você dá boas respostas, Jasper. Ao contrário de seus companheiros, você passa a sensação de que estou lidando com uma pessoa vagamente humana.

— Estudei sua pasta com cuidado, Tom. Percebi que, se não estabelecesse alguma base de confiança, você não cooperaria nem um pouco comigo.

— Não disse que confiava em você, Jasper. E já falei que não vou cooperar.

— Isso não é verdade, Tom. Porque você está falando com o único homem no mundo que tem interesse em salvar a vida de seu irmão, em vez de matá-lo.

Estudei o rosto de J. William. Era um rosto bonito, sensível e nobre, do tipo que sempre me inspirava grande desconfiança. Seus olhos me encaravam com franqueza — outro ponto contra ele. Eram olhos límpidos e despreocupados.

— Talvez eu possa encontrar meu irmão para você, Jasper — afirmei. — Mas quero fazer um acordo por escrito.

— Você terá o acordo por escrito e terá minha palavra de que todos vão agir dentro desse acordo.

— Farei isso, mas nunca vou gostar nem confiar em você – disse. – E não gosto do seu terno.

— Nem eu estou interessado em descobrir o nome de seu alfaiate, Tom – retrucou ele, apontando para minha calça cáqui e minha malha esportiva.

NO INÍCIO DAS FÉRIAS, Savannah tomou um avião até Charleston e passamos vários dias reunindo suprimentos e fazendo planos para nossa expedição ao município perdido. À noite, Sallie, Savannah e eu estudávamos a carta náutica de Colleton. Os rios e riachos foram cobertos com números precisos, dando a profundidade das águas rasas. Nossos dedos se moviam pelos pântanos e canais, na longa e plana geografia de nossa infância. Tentamos nos colocar no lugar de Luke e enxergar o mundo do modo como ele o enxergava naquele momento. Achei que ele deveria estar vivendo no pântano do rio Savannah, ao sul do município, fazendo breves incursões de sabotagem e destruição à noite e voltando ao pântano impenetrável antes do amanhecer.

Savannah discordava. Dizia que Luke possuía um único refúgio dentro do município, a partir de onde baseava suas operações, e que esse lugar todos nós conhecíamos. Lembrou-me de que ele era uma criatura metódica, que não moveria uma guerra para libertar Colleton se não tivesse a possibilidade de viver ali.

— Você seria uma guerrilheira terrível – disse eu.

Acrescentei que estavam caçando Luke com cães por toda extensão e largura das ilhas, e que me parecia improvável que ainda não tivessem descoberto algum acampamento dele.

— Então deve haver um lugar que eu não conheço, Tom – disse Savannah. — Um lugar do qual apenas Luke sabe.

— Eles conhecem todos os lugares que Luke conhece, Savannah. Pode-se comprar este mapa em qualquer porto dos Estados Unidos. O país é muito bem mapeado.

— Se é assim, por que não conseguem achá-lo?

– Ele tem tomado o cuidado de se esconder muito bem – falei, olhando para o mapa.

– Que lugar é aquele de que você me falou na faculdade, Tom? – interrompeu Sallie. – Seu pai costumava pescar lá ou algo assim.

– A ilha Marsh Hen – gritamos, simultaneamente, Savannah e eu.

Quando pequeno, meu pai caçara galinhas selvagens nos vastos pântanos ao longo do rio Upper Estill. Um de seus amigos remava o pequeno bote através do pântano, com a maré alta, fazendo as aves levantarem vôo de seus esconderijos no meio da vegetação. Ele matara uma dúzia de pássaros quando viu um grupo de árvores baixas, elevando-se do pântano. A maré se invertera enquanto remavam em direção à pequena ilha desconhecida e quase não conseguiram alcançar a terra, até que perceberam que teriam de esperar pela próxima maré para voltar ao canal principal. Estavam a 20 quilômetros da moradia mais próxima e haviam descoberto, por acaso, um dos santuários secretos que proporcionam arrebatamento e sensação de segurança a meninos pequenos. Era uma ilha de 1 hectare de terra não mapeada, um grupo de palmeiras e um delgado carvalho. Eles haviam chegado por acaso a uma ilha abandonada, numa extensão infinita de pântano salgado, quase invisível de ambos os lados do rio. Limparam as galinhas que haviam caçado e as cobriram com água salgada. Armaram uma barraca, fizeram uma fogueira e refogaram cebolas em três colheres de gordura de bacon; em seguida, passaram as aves na farinha e as fritaram até ficarem escuras como chocolate. Acrescentaram água à panela e as deixaram cozinhar vagarosamente. Apanharam mariscos e os comeram crus enquanto esperavam que as galinhas aprontassem. Estavam convencidos de terem chegado a um lugar onde nenhum homem pisara antes. Reivindicaram a posse daquela terra para si e gravaram seus nomes no tronco do carvalho. Antes de irem embora, na maré seguinte, batizaram sua descoberta como ilha Marsh Hen.

Certa vez, depois que minha avó abandonou o marido e se mudou para Atlanta, meu pai fugiu de casa e seus amigos o encontraram em Marsh Hen, chorando pela mãe que perdera. A cada primavera, quando as savelhas entravam nos rios para desovar, meu pai passava uma semana em sua ilha, pescando, pegando siris e acampando sob as estrelas. Na primeira vez em que ele levou os filhos em sua viagem anual de pesca, eu tinha 7 anos. Na época, ele já havia construído uma cabana para fugir da chuva. Naquela primeira vez, pesquei uma cobra de 13 quilos, usando como isca uma enguia viva, depois colocamos uma rede para pescar as savelhas. Durante uma semana, comemos peixe na brasa e ovas de savelha cobertas com grossas fatias de bacon. Sempre que eu pensava no refúgio de meu pai, tinha visões de grandes banquetes de frutos do mar e da risada dele ao dirigir o barco pelas grandes extensões de pântano denso, enquanto as marés nos levavam para aquele insignificante pedaço de terra que nos separava do restante do planeta. Somente quando meu pai descobriu que seu acampamento fora usado por outros pescadores suspendemos a peregrinação anual à ilha Marsh Hen. Ao deixar de ser um segredo, a ilha perdera sua aura de magia e, conseqüentemente, seu valor. Ao permitir a entrada de estranhos, Marsh Hen traíra seu descobridor. Na relação dos detalhes da filosofia de meu pai, um lugar era inviolável apenas uma vez. Ele nunca mais voltou à ilha e, ao sentirmos algo de genuíno em sua desilusão, também não voltamos.

Mas Savannah e eu sabíamos que se podia viver toda uma vida em Colleton, passar todo o tempo de lazer pescando e pegando caranguejos nos riachos mais escondidos e nem uma vez sequer imaginar a existência daquele pedaço de terra em forma de coração engastado como uma safira no meio do maior pântano salgado ao norte do condado Glynn, na Geórgia. As únicas pessoas que partilhavam o conhecimento daquele pedaço de terra eram meu pai, meu irmão e alguns anônimos pescadores cujas pegadas solaparam a raridade da ermida secreta de meu pai.

Sobre o mapa, numa faixa de 50 quilômetros de pântano, marquei um "xis" no ponto em que calculei que estivesse a ilha de Marsh Hen. Sabia que o termo *ilha* era uma designação incorreta para um pedaço de terra que passava pelo processo de dominação do pântano.

Na noite anterior à nossa partida para Colleton, li uma história para as meninas e as coloquei na cama. Depois que Sallie saiu para o plantão no hospital, Savannah e eu preparamos drinques e os levamos para o terraço. As luzes de Charleston se entrelaçavam pelo porto em meio a uma névoa suave. Minha mãe jantara conosco e a tensão fora insuportável. Ela culpava meu pai e nós pela deserção de Luke. Disse-nos que Reese se oferecera para contratar os melhores advogados da Carolina do Sul e ficou furiosa quando Savannah disse que essa providência podia não contar com a aprovação de Luke. Minha mãe não reconhecia que Reese dominava a arte obscura de humilhar por meio da gentileza. Mas não sentimos prazer por ela estar chorando ao ir embora.

— Mamãe vai ser a verdadeira figura trágica na história, não importa o que aconteça a Luke — comentou Savannah enquanto fitávamos Fort Sumter.

— Ela merece isso. Não agiu de boa-fé...

— Você não sabe como é difícil ser mulher, Tom — disse Savannah, ríspida. — Depois da vida que ela levou, tudo o que fizer está bom para mim.

— Então por que você age como se a odiasse quando ela está por perto? Por que não fala civilizadamente com ela nem a faz se sentir amada quando está presente?

— Porque é minha mãe. É uma lei natural e um sinal de saúde mental quando uma mulher reúne força suficiente para odiar a mãe. Meu analista diz que é um estágio importante pelo qual devo passar.

— Seu analista! Por quantos psiquiatras, analistas, terapeutas e idiotas do tipo você já passou desde que saiu da Carolina do Sul?

— Estou tentando ter uma vida, Tom — defendeu-se Savannah, magoada. — Você não tem o direito de falar assim da minha terapia.

— Já existiu alguma pessoa que morasse em Nova York sem ter ido a um terapeuta? Bem, deve ter havido algum cretino que mudou de planos no aeroporto de La Guardia e não teve tempo de ir ao Upper East Side para uma sessão de cinquenta minutos.

— Você precisa de um terapeuta mais do que qualquer pessoa que conheço, Tom. Bastaria que ouvisse sua própria voz, para saber como soa raivosa.

— Não sei lidar com alguém a quem amo e que tem todas as respostas. Até parece uma endemia entre as mulheres de nossa família. Você nunca se sente incomodada por dúvidas?

— Sim. Tenho grandes dúvidas a seu respeito, Tom. Sérias dúvidas sobre as escolhas que você fez. Não vejo direção em sua vida, nem ambição, nem desejo de mudar e ter novas chances. Vejo você flutuando, ligeiramente alienado de seu trabalho, sem saber o que quer ou aonde ir.

— É isso que me torna um americano, Savannah. Não há nada de estranho nisso.

— Você volta para casa depois de treinar, prepara um drinque e se senta em frente à televisão até ficar cansado ou bêbado para ir dormir. Não lê livros, não conversa, você apenas vegeta.

— Estou conversando agora. E é por isso que odeio conversar.

— Você odeia olhar para si mesmo, Tom — disse Savannah, esticando o braço e apertando o meu. — Você está envolvido por uma vida negligenciada, e isso me preocupa.

— Por que você força todas as pessoas que encontra a admitirem insanidade e infelicidade? Por que a loucura é a única resposta ao mundo que você reconhece como válida?

— Já ouvi falar de pessoas mentalmente saudáveis, mas nunca estive perto de alguém dessa tribo. São como os incas. Pode-se ler a respeito deles e estudar as ruínas, mas não se pode entrevistá-los para saber os motivos de seu comportamento.

— Savannah, vão matar Luke se nós não o encontrarmos. E se o matarem, não sei o que será de mim.

— Então vamos achá-lo e trazê-lo de volta.

— Contrataram homens para caçá-lo como se ele fosse um cervo ou um outro animal qualquer.

— Tenho mais medo por eles do que por Luke. Nós sabemos do que ele é capaz no meio de um bosque. Tudo sempre funcionou para Luke. Se ele tivesse fracassado apenas uma vez, não estaria lá agora. Se tivéssemos sido surpreendidos quando salvamos a toninha; se não tivéssemos colocado a tartaruga na cama dos Newbury; se Luke não tivesse nadado com o corpo do comandante no Vietnã... Ele sempre acredita que tudo vai funcionar e sempre teve razão.

— Mas agora é insensato. Luke não tem a menor chance de conseguir algo.

— Ele certamente atraiu a atenção de todos, Tom. Você pensa sempre nele?

— Tento não pensar. Tento não pensar em Luke nem em papai. Há ocasiões em que finjo que nunca fizeram parte de minha vida.

— A velha técnica de mamãe – disse Savannah, dando risada. – A verdade é apenas aquilo que você lembra.

— Escrevo a papai uma vez por semana. Sinto-me como se estivesse escrevendo a um correspondente da Estônia, alguém que nunca conheci. Ele me responde com cartas amorosas e inteligentes. Como é que posso me relacionar com um pai amoroso? É ainda mais difícil relacionar-me com um pai inteligente. Nós quase estabelecemos uma amizade por correspondência. Entretanto, quando penso na infância, sinto a maior ternura e gratidão por mamãe. Encho-me de amor por ela e, apesar disso, não tolero ficar perto dela. O problema com Luke a está matando e não posso ajudá-la em nada.

— Por que você está tão ansioso com Luke?

— Porque acho que ele é um idiota. É um egomaníaco, inflexível e egoísta. Tem algo mais, que não entendo. Invejei nele a liberdade de se deixar levar pela fúria de suas crenças, armado com uma emoção que jamais vou conhecer ou sentir. Tenho inveja do fato de Luke alarmar todo o país com o frio arrebatamento que coloca em sua maldita fé. O motivo pelo qual preciso detê-lo, Savannah, é porque, no mais profundo do meu ser, acredito na integridade de sua guerra particular contra o mundo. Por acreditar tão profundamente nela, o compromisso dele é um constante lembrete de tudo o que já cedi. Fui domado por hipotecas, prestações de automóveis, planos de aulas, crianças e uma esposa com sonhos muito mais ambiciosos que os meus. Estou vivendo numa comunidade, assistindo ao noticiário das sete e fazendo as palavras cruzadas do jornal, enquanto meu irmão come peixe cru e trava uma guerra contra um exército de ocupação que roubou o único lar que tivemos. Não sou um fanático ou um sabotador, sou um bom cidadão. É isso que digo a mim mesmo. Tenho deveres e responsabilidades. Mas Luke me provou alguma coisa. Mostrou que não sou um homem de princípios, de fé ou mesmo de ação. Tenho a alma de um colaborador. Tornei-me exatamente o tipo que mais odeio no mundo. Tenho um belo gramado e nunca recebi uma multa por excesso de velocidade.

– Penso em Luke como um Dom Quixote dos dias atuais. Quero escrever um longo poema sobre isso.

– Tenho certeza de que ele se enxerga do mesmo modo. Mas não vejo como isso possa ajudá-lo ou a qualquer outra pessoa. Quatro homens estão mortos por causa de Luke e, não importa quanto eu tente racionalizar, o assassinato não me atrai.

– Ele não assassinou aqueles homens. Foi um acidente.

– Você gostaria de explicar isso às viúvas e aos filhos deles?

– Você é um sentimental, Tom.

– Imagino que aquelas esposas e filhos também sejam.

– Luke não é um assassino!

– Então que diabo ele é, Savannah?

– É um artista e um homem completamente livre. Duas coisas que você nunca vai compreender.

HAVÍAMOS ESPERADO por uma noite calma e uma lua que nos ajudassem a navegar. Na marina de Charleston, Sallie nos beijou e desejou boa sorte quando embarcamos para Colleton.

– Tragam Luke de volta com segurança – pediu ela. – Digam-lhe que é amado por um número enorme de pessoas e que as meninas precisam de um tio.

– Eu direi, Sallie – falei, abraçando-a. – Não sei quanto tempo vamos demorar.

– Temos todo o verão. Minha mãe virá amanhã para me ajudar com as meninas. Vai levá-las à ilha Pawleys no mês que vem. Estarei trabalhando feito louca, salvando vidas e fazendo o bem para a humanidade.

– Reze por nós, Sallie – disse Savannah enquanto eu dava a partida no motor e dirigia o barco para o rio Ashley. – E reze por Luke.

– Pensei que você não acreditasse em Deus – comentei com minha irmã quando passávamos lentamente pela Guarda Costeira no fim da península de Charleston.

– Não acredito. Mas creio em Luke e ele crê em Deus. Além disso, sempre acredito em Deus quando estou necessitada dele.

— Fé circunstancial.
— É isso aí, cara – respondeu ela, alegre. – Não é maravilhoso, Tom? Estamos juntos em outra aventura. É igualzinho a quando fomos a Miami para salvar a toninha branca. Nós vamos encontrar Luke. Sinto isso, sinto em cada parte do corpo. Olhe para cima, Tom.

Olhei na direção que ela apontava e disse:
— Órion, o caçador.
— Não. Preciso ensiná-lo a pensar como poeta. Aquele é o reflexo de Luke escondendo-se nas terras baixas.
— Savannah, vou acabar vomitando se você continuar a se referir a Luke como assunto de seus poemas futuros. Não estamos no meio de um poema. Isto é uma expedição, a última chance para salvar nosso irmão.
— É uma odisséia – zombou ela.
— Há muita diferença entre a vida e a arte, Savannah – respondi, enquanto entrávamos no porto de Charleston.
— Você está errado, Tom. Sempre esteve errado a respeito disso.

GUIEI O BARCO passando pelas luzes de Mount Pleasant, pelas sombras solitárias de Fort Sumter, pelas luzes de minha casa na ilha Sullivan, pelos faróis e pelo murmúrio do motor de uma barcaça de piloto do porto encontrando-se com um navio de carga do Panamá. Enquanto dirigia pelo quebra-mar, as ondas, cheias de fósforo e plâncton, batiam suavemente na proa. Segui sempre em frente, em direção à corrente do golfo, até não enxergar mais as luzes da Carolina do Sul. Em seguida, virei a embarcação rumo ao sul e estabeleci uma rota até minha terra natal. Fiz uma oração, pedindo a Deus para livrar meu irmão da tirania de uma visão absoluta. Pedi força para lhe ensinar a arte do compromisso e da submissão a uma autoridade mais elevada. Eu queria lhe ensinar a não ser Luke, a se domar e ficar mais parecido comigo.

Savannah e eu demos as mãos enquanto eu forçava o barco na direção de Colleton, e o vento levantava os cabelos de minha irmã como um véu. Por duas horas observei as estrelas e o compasso, até ver o marcador verde do canal que indicava a entrada do estreito.

Entrávamos agora, como invasores, nas águas proibidas onde viemos ao mundo, durante o furacão de 1944.

Passava da meia-noite quando lançamos a âncora a sotavento da ilha Kenesaw e esperamos pela mudança da maré. Calculamos que necessitaríamos de, pelo menos, 60 centímetros de água para nos aproximarmos da ilha Marsh Hen. Quando a maré mudou, sentimos o barco esticar a corda da âncora. Às três da manhã, liguei o motor e naveguei lentamente pelos riachos mais desconhecidos do município. O murmúrio do motor parecia uma interrupção obscena no completo silêncio que nos envolvia. Levamos uma hora para chegar à vasta extensão do pântano salgado que tinha a ilha Marsh Hen em seu centro secreto. Tentei passar por três riachos que levavam a becos sem saída. Tive de voltar ao rio para me reorientar e começar novamente. Seguimos por mais dois insignificantes fios de água que levavam ao pântano, com o mesmo resultado. Somente quando a maré estava bastante alta e o sol já se levantava no leste, no momento de nosso mais profundo desespero, entramos num riacho que pensei já ter explorado naquela noite e nos deparamos com a ilha que procurávamos.

Enquanto eu levantava o motor de popa, tirando-o da água, Savannah correu para a proa e pulou para a terra firme. Prendi o motor no lugar e ouvi Savannah dizer na penumbra:

– Ele esteve aqui, Tom. Meu Deus, ele esteve aqui.

– Precisamos esconder o barco, Savannah. Não podemos deixar que nos avistem do ar.

– Luke facilitou as coisas para nós.

Sob o carvalho golpeado pelo vento e o denso bosque de palmeiras, Savannah estava no centro da base de operações de Luke. Ele colocara redes de camuflagem nas árvores e, sob elas, armara uma grande barraca à prova d'água. Encontramos caixas de dinamite cobertas com oleado, tambores de gasolina, rifles, caixas de munição e de sopa enlatada. Havia um pequeno veleiro e uma pequena chata motorizada. Savannah encontrou trinta galões de água fresca. Luke reformara o pequeno abrigo de pesca que meu pai havia construído. Seu saco de dormir estava no canto, ao lado de uma cadeira de madeira e de uma mesa ao centro da sala. Uma garrafa meio vazia de Wild Turkey estava sobre a mesa, próxima de um prato e de talheres para uma pessoa. Ao lado do prato, um exemplar de *A filha do pescador de camarões,* autografado por Savannah.

— Luke sempre teve bom gosto em literatura – brincou Savannah.

— Estou surpreso por ele não estar lendo o *Livro vermelho de Mao Tsé Tung* – retruquei.

— Luke não precisa desse livro. Ele o está vivendo.

Descarregamos o barco rapidamente e o arrastamos para baixo da rede de camuflagem. O amanhecer se aproximava do pântano e a maré continuava a subir, apagando a marca deixada na terra macia pela quilha do barco. Colocamos nossos sacos de dormir ao lado do de Luke, e fiz um café quando o sol já havia levantado por completo.

— Faz algum tempo que ele não vem aqui – comentei.

— Onde você o procuraria se ele não tivesse estado aqui? – perguntou Savannah.

— Não sei. Este parecia o lugar ideal. Colleton é péssima para guerrilha. É muito fácil cair numa armadilha em alguma destas ilhas.

— Ele parece bem.

— O agente do FBI, Covington, me disse que pensaram tê-lo capturado na semana passada. Eles o encurralaram, no terreno onde antes existia a cidade, com cem homens e seis cachorros, e tentaram fazê-lo sair do bosque.

— E como Luke conseguiu fugir?

— Era noite. Ele não se mexe a não ser que o sol esteja baixo. Covington diz que os homens não foram rápidos o suficiente. Acha que Luke conseguiu chegar ao pântano, arrastou-se até o rio e deixou que as águas o levassem, evitanto os barcos que eles tinham posicionado.

— Bom para ele. Sempre gosto de filmes em que o mocinho consegue fugir.

— Ainda há discussão a respeito de quem são realmente os mocinhos. Ele acendeu um bastão de dinamite quando parecia que os caras estavam chegando perto demais. Isso enervou os cães e irritou os perseguidores.

— Feriu alguém?

— Transformou uma árvore em palitos, mas, por milagre, ninguém se machucou.

— O que você vai dizer a Luke quando ele vier, Tom? — indagou Savannah, enquanto eu lhe dava uma xícara de café. — Você sabe que ele acredita no que está fazendo e pensa estar fazendo a coisa correta, a única coisa que realmente significa algo. Sendo assim, como você pensa fazê-lo desistir da luta?

— Vou descrever com detalhes o modo como você e eu ficaremos chateados no enterro dele. Vou falar sobre a esposa que ele nunca teve, os filhos que não vai ter e a vida de que vai se privar se continuar com essa bobagem sem sentido.

— Luke nunca teve uma namorada. Não vejo como essa conversa sobre a esposa, fogo na lareira, um par de chinelos e algumas crianças vai fazê-lo sair dos bosques. Para alguns de nós, Tom, a vida de classe média americana é uma sentença de morte.

— Quer dizer que minha vida é uma sentença de morte, Savannah?

— Para mim, seria, Tom. E pode ser para Luke também. Entenda, não quero magoar você...

— Graças a Deus! Eu nem imagino a brutalidade que viria caso você se dispusesse e me magoar. Mas nós, americanos que vivemos nossas sentenças de morte de classe média e somos chatos e insensíveis, sobrevivemos e não nos magoamos com facilidade.

— Tocante, tocante...

— Eu me reservo o direito de ficar irritado quando alguém se refere a mim como um morto-vivo.

— Não tenho culpa se você é infeliz com a vida que leva, Tom.

— Não é sua condescendência que eu acho difícil de agüentar, Savannah. É esse ar pedante de superioridade que você assume quando discutimos nossas escolhas. É a doença de Nova York que você pegou quando se congratulava com outros migrantes de cidades pequenas que se dirigiram alegremente para Manhattan.

— Para ser sincera com você, Tom, os melhores e mais inteligentes sulistas que conheço só se encontraram em Nova York. O Sul exige que você desista de muita coisa para pensar em viver aqui.

— Não quero conversar sobre isso.

— É claro que não, Tom. O assunto deve ser bastante doloroso para você.

— Não é nem um pouco doloroso. Só não tolero sua aura de autocongratulação. Você está cheia de merda quanto a esse assunto e é um pouquinho malvada.

— Como sou malvada, Tom?

— Gosta de me dizer que estou desperdiçando minha vida.

— De maneira nenhuma, Tom. Me dói muito dizer isso. Quero apenas que você e Luke tenham tudo, estejam abertos a tudo, não deixem que lhes roubem a alma e os transformem em sulistas.

— Está vendo o sol, Savannah? – perguntei, apontando por sobre o pântano. – Existe um sol da Carolina que nos queimou. Por mais que eu more em Nova York, essa coisa não sai mais.

— Agora estamos falando sobre outra coisa. Eu me preocupo, com medo de que o Sul seque o que há de bom em você. Tenho medo de que isso mate Luke, porque ele foi seduzido por uma visão na qual o Sul é uma espécie de paraíso fatal.

— Quando Luke vier, Savannah, por favor, ajude-me a convencê-lo a voltar conosco. Ele sabe se defender e é romântico como o diabo. E um fanático. Ele arde com essa maldita luz romântica interior, seus olhos ficam estranhos e ele não quer nem discutir nossos argumentos. A poetisa que há em você vai adorar o guerrilheiro que há em Luke.

— Estou aqui para ajudar, Tom. Vim para ajudá-lo a levar Luke para casa.

— Ele vai dizer que *está* em casa.

— Ele vai discutir um bocado, não vai, Tom? – Savannah esticou o braço para pegar o bule de café.

— Se vai!

— Prometo não representar meu papel de crítica nova-iorquina.

— E eu não banco mais o caipira. Isto também é uma promessa.

Apertamos as mãos e iniciamos a longa tarefa de esperar por Luke.

DURANTE UMA SEMANA, Savannah e eu vivemos sozinhos no meio do grande pântano salgado. Passamos o tempo renovando os frágeis e tênues vínculos que são, ao mesmo tempo, o enigma e a glória de encarar o mundo como gêmeos. Durante o dia, ficávamos escondidos na cabana e nos distraíamos contando e recontando histórias de nossa família. Tentamos avaliar os danos e as forças que havíamos trazido para nossa vida adulta depois de criados por Lila e Henry Wingo. Nossa vida na casa à beira do rio fora perigosa e prejudicial, no entanto, nós a considerávamos de certo modo magnificente. Ela produzira crianças extraordinárias e ligeiramente exóticas. Nossa casa fora o meio de cultura da loucura, da poesia, da coragem e de uma inefável lealdade. Nossa infância fora cruel, mas também extremamente interessante. Apesar de podermos fazer pesadas acusações a nossos pais, tínhamos de reconhecer que eles, em troca, nos haviam livrado do tédio e do enfado. Para nossa surpresa, Savannah e eu concordamos em que havíamos nascido dos piores pais possíveis, mas que não poderíamos escapar disso. Enquanto esperávamos por Luke, começamos a perdoar nossos pais por serem exatamente o que se esperava que fossem. Iniciávamos nossas conversas com as recordações da brutalidade e da traição e as terminávamos reafirmando nosso amor autêntico por Henry e Lila. Finalmente, estávamos grandes o bastante para perdoá-los por não serem perfeitos.

À noite, Savannah e eu nos revezávamos arremessando a rede nas águas que subiam. Os camarões chegavam aos milhares à superfície da água. Pescamos mais do que conseguíamos comer. Cozinhei pratos maravilhosos e experimentamos um prazer infinito em comê-los.

Antes de dormir, nós nos sentávamos sob a luz das estrelas, tomando vinho francês enquanto Savannah recitava seus poemas. A maioria deles era de canções de amor às terras baixas. Ela homenageava a língua inglesa com palavras que flutuavam sobre o pântano como borboletas que se alimentassem do néctar secreto do tempo, da luz das estrelas e do vento do Atlântico. Quando escrevia poesias sobre as Carolinas, Savannah impunha respeito às suas palavras ao usar os nomes corretos das coisas. Seu conhecimento da região era inato e bastante visível. Sentada na escuridão, ela recitava alguns de seus poemas com lágrimas escorrendo pelo rosto.

— Não recite os que a deixam triste, Savannah — pedi, abraçando-a.

— São os únicos que valem alguma coisa.

— Você devia escrever sobre coisas absolutamente maravilhosas, coisas que trouxessem alegria e felicidade a todo o mundo. Devia escrever poemas a meu respeito.

— Estou escrevendo sobre Nova York.

— Esse, sim, é um assunto alegre.

— Sem bancar o caipira, Tom – repreendeu-me Savannah. – Você prometeu. É pelo fato de eu amar tanto Nova York que você a odeia?

— Não sei, Savannah. – Parei por um instante, ouvindo as cigarras cantarem, chamando umas às outras, de ilha em ilha. – Cresci num lugar de seis mil habitantes onde não era sequer a pessoa mais interessante da cidade. Não estava preparado para uma cidade de oito milhões de almas. Entrei em cabines telefônicas lá e disquei o número de telefonistas que tinham mais personalidade que eu. Não gosto de cidades que rugem para mim que não sou um merda, quando estou a caminho de um bar para comprar um sanduíche. Lá, tudo é excessivo. Posso me adaptar a qualquer coisa, exceto ao titânico e ao colossal. Isso não me transforma numa pessoa ruim.

— Mas é uma reação muito previsível para um provinciano. E isso que me preocupa, Tom. Você nunca foi previsível.

— Errado, querida irmã. Você tem de se lembrar de nossas raízes mutuamente partilhadas. Papai é o protótipo do sulista. Mamãe, o protótipo da sulista levada ao ponto ou do gênio ou da paródia. Luke também é o protótipo do sulista. Diabos, Luke se separou da União. Não há idéias no Sul, apenas churrasco. Meus pés estão presos ao barro vermelho, mas consigo comer todo o churrasco que desejo. Você tinha asas, Savannah. E tem sido um dos prazeres de minha vida ver você voar nessa merda de céu.

— Mas a que custo, Tom?

— Pense no custo que seria se você tivesse ficado em Colleton.

— Eu estaria morta. O Sul é uma sentença de morte para mulheres como eu.

— Por isso que nós enviamos vocês, moças, para Manhattan. Isso diminui os gastos com enterros.

— O primeiro poema do ciclo de Nova York se chama *Étude: Sheridan Square* – anunciou ela, a voz mais uma vez lançando anapestos na noite.

Durante o dia, nós nos mantínhamos escondidos e Savannah trabalhava obsessivamente em seu diário, registrando as histórias que eu lhe contava sobre a infância. Pela primeira vez percebi as enormes lacunas que havia em sua memória sobre nossa vida em Colleton. A repressão era, ao mesmo tempo, um tema e uma carga em sua vida. Sua loucura era um censor implacável que não se contentava com arruinar apenas a qualidade de sua vida atual em Nova York, mas também apagava o passado e o substituía pelo esquecimento. Os diários preservavam os detalhes da vida de minha irmã, que os preenchia somente com os fatos mais difíceis. Eram sua janela para o passado, uma das técnicas que ela desenvolvera para salvar a própria vida.

Todo Natal, me enviava um dos lindos diários de couro que ela própria usava e me encorajava a registrar os detalhes cotidianos de minha vida. Os volumes marrons enchiam uma prateleira sobre minha escrivaninha e eram notáveis apenas porque eu nunca fizera um registro nem escrevera neles um pensamento qualquer. Em meu próprio livro da vida, por razões pouco claras para mim, jamais quebrei o voto de silêncio. Eu tinha uma prateleira acusatória, repleta de diários que não revelavam absolutamente nada a respeito de minha vida interior. Cultivei o dom da autocrítica, apesar de saber que essa presunção era a mais imperdoável das minhas deficiências, convencido de que só deveria escrever em meus diários quando tivesse alguma coisa interessante e original para dizer. Não queria ser um mero biógrafo de meu próprio fracasso. Desejava dizer algo. Aqueles volumes vazios eram uma metáfora eloqüente de minha vida como homem. Vivi com a terrível consciência de que um dia seria velho e ainda estaria esperando que minha vida começasse. No fundo já sentia pena daquele velho.

Na sexta noite que passamos na ilha, tomamos banho no riacho quando a maré subiu à meia-noite. Nadamos para dentro do pântano e ensaboamos nossos corpos nus, sentindo a água agitar nossos cabelos. Em voz alta, discutimos sobre quanto tempo ainda podíamos esperar por Luke antes de precisar voltar a Charleston para buscar suprimentos. Nós nos enxugamos na cabana e tomamos um copo de conhaque antes de dormir. Savannah vaporizou o interior da cabana com inseticida e lhe passei o frasco de repelente contra insetos depois de besuntar meu corpo. Os mosquitos impediam que aquelas férias fossem perfeitas. Savannah chegou à conclusão de que o mundo seria um lugar muito melhor se os mosquitos fossem tão gostosos quanto os camarões e pudessem ser recolhidos por um barco que puxasse uma rede. Um vento fresco se levantava do oeste quando fomos dormir.

Acordei com o cano de um rifle em minha garganta. Em seguida, uma lanterna me cegou. Levantei-me do saco de dormir. Então, ouvi Luke dando risada.

– Che Guevara, eu presumo – ironizei.

– Luke! – gritou Savannah. E os dois lutaram para se encontrar na escuridão. Suas sombras se abraçaram à luz do luar. Eles giraram em círculos, empurrando a cadeira de madeira para a parede.

– Estou tão contente por não ter matado vocês – disse Luke. – Vocês me surpreenderam.

– Você está satisfeito por não ter nos matado, Luke? – indagou Savannah.

– Meu Deus, Luke! Por que você pensaria em nos matar? – reforcei.

– Se os homens encontrarem este lugar, irmãozinho, não vai haver tempo para nada. Não pensei que vocês se lembrariam daqui.

– Viemos para convencê-lo a voltar conosco, Luke – disse Savannah.

– Vocês nunca conseguirão isso, meus queridos.

Saímos da cabana e o vimos puxar o caiaque até a barraca. Savannah trouxe a garrafa de Wild Turkey e preparou uma dose para ele. Sentamo-nos na pequena varanda, sentindo a brisa que vinha do pântano. Durante dez minutos, nenhum de nós disse uma palavra. Tentávamos pôr em ordem nossos argumentos e nossas declarações de amor mútuas. Eu desejava dizer as palavras que salvariam a vida de meu irmão, mas não sabia quais seriam. Minha língua era como uma pedra dentro da boca. Minha cabeça estava cheia de ferocidades, afirmações e exigências que giravam descontroladas em órbitas de colisão.

– Você está bonito, Luke – comentou Savannah. – A revolução combina com você.

Ele riu.

– Não sou grande coisa como revolucionário, Savannah. Você está falando agora com o exército revolucionário inteiro. Preciso fazer um pouco de recrutamento.

653

— O que você está tentando provar? – perguntei.

— Não sei, Tom. Talvez apenas que existe um ser humano no mundo que não é cordeirinho. De qualquer modo, foi assim que comecei. Eu estava tão bravo com mamãe, com a cidade e o governo que me meti nisso sem ver nenhuma saída. Uma vez que explodi as pontes e aqueles quatro caras foram mortos, não havia volta para mim. Agora, passo a maior parte do tempo me escondendo.

— Você pensou em desistir? – perguntou Savannah.

— Não. Eles precisam saber que o projeto tem alguma oposição. Não me arrependo de nada que fiz, exceto da morte daqueles homens. Gostaria de ter sido mais eficiente.

— Puseram gente caçando você por todas as ilhas, Luke – informei.

— Eu sei. Já os vi.

— Ouvi dizer que são bem treinados. Têm dois ex-boinas verdes que comem bebês no café-da-manhã.

— Eles não conhecem o terreno, Tom. Isso dificulta tudo. Pensei em caçá-los, mas meu problema não é com eles.

— Você não tem problema com os homens que foram contratados para matá-lo? – perguntou Savannah.

— Esse é o trabalho deles. Do mesmo modo que meu trabalho era pescar camarões. Como é que vão mamãe e papai?

— Papai está fazendo placas de automóveis para pagar sua dívida com a sociedade – expliquei. – Mamãe fica envergonhada quando vai ao correio e vê a fotografia do filho mais velho em cartazes de "Procura-se". Mas agora ela é uma Newbury. Está peidando através da seda e há sempre uma lembrança de caviar em seu hálito.

— Os dois estão tremendamente preocupados com você, Luke – acrescentou Savannah. – Querem que desista e volte conosco.

— Tudo estava claro para mim quando comecei essa luta – retrucou ele. – Pensei que essa fosse a coisa certa a ser feita, a única reação sensata que uma pessoa poderia ter. Fiz o que me veio naturalmente à cabeça. Acho difícil pensar que agia como um completo imbecil. Vocês sabem que tenho dinamite guardada nesta ilha que daria para explodir a metade de Charleston? Só que, agora, não posso me aproximar de um canteiro de obras o suficiente sequer para explodir a marmita de um operário. Quase me pegaram nas três últimas vezes em que tentei. Explodi um canil cheio de cães de guarda um mês atrás.

– Meu Deus! – exclamei. – Você deixou de ser o sr. Bonzinho, não é, Luke?

– Os cães são uma séria ameaça, Tom. Eles me perseguem com cães.

– Você tem o apoio de todos os preservacionistas – informou Savannah. – Eles não aprovam as suas táticas, mas concordam que foi o seu protesto que os mobilizou.

– Os membros da Audubon Society e do Sierra Club usam braçadeiras verdes em suas reuniões – acrescentei.

– Ótimo – disse Luke. – Estudei tudo cuidadosamente. Sei que vocês pensam que nunca abri um livro em minha vida, mas estudei esse problema direitinho. Sempre que o dinheiro se levanta contra o meio ambiente, o dinheiro ganha. É uma lei americana, como o direito à livre reunião. Alguém vai ganhar milhões de dólares produzindo plutônio em Colleton. Esse é o único fato que faz diferença. Alguém vai ganhar milhões de dólares transformando o plutônio em armas nucleares. Não aceito a idéia dessas armas. Não está em mim fazê-lo. Os políticos, os generais, os soldados e os civis que constroem essas armas não são seres humanos para mim. Pouco importa se alguém concorda comigo ou não. Esse é meu modo de ser. Estou falando da única coisa que tem significado para mim. Terem vendido Colleton é algo que eu admito. Realmente admito. Isso se a transação estivesse proporcionando seis mil empregos e colocando as pessoas para plantar tomates, criar ostras ou gardênias. Droga, eu faria esse sacrifício! Se fosse uma siderúrgica ou uma companhia química, eu não gostaria, mas poderia aceitar. Mas profanar a memória de Colleton com plutônio! Sinto muito. Não faz meu gênero.

– Luke, a maioria das pessoas pensa que você é louco – afirmei. – Acham que você é um assassino e que está maluco.

– Tenho dores de cabeça terríveis. Essa é a única coisa errada comigo.

– Eu também tenho enxaquecas. Mas não matei quatro pessoas.

– Isso não fazia parte do meu plano, Tom. Aquele trem não estava programado.

– Você ainda é procurado por assassinato.

— É engraçado... Eles constroem bombas de hidrogênio e me chamam de assassino. — Ele tomou um longo gole de uísque. — O mundo está fodido, essa é que é a verdade.

— Não é sua função fazer o mundo deixar de construir bombas de hidrogênio — interveio Savannah.

— Então, de quem é essa função?

— Sua perspectiva é muito simplista, Luke — repliquei.

— Então me ensine a ser mais complexo. Minha atitude faz pouco sentido para mim. Mas o que você e os outros estão fazendo não tem nenhum sentido.

— De onde é que vem essa espantosa sensibilidade moral, Luke? Por que ela não funcionou quando você foi para o Vietnã e participou festivamente de missões de destruição e ficou puto da vida porque Savannah e eu entramos em manifestações contra a guerra?

— Disseram-me que estávamos lutando para que os vietnamitas pudessem ser livres. Isso me pareceu uma boa idéia. Não vi nada errado nisso. Eu não sabia que lutava para que pudessem roubar minha casa quando eu voltasse.

— Por que você não fez um protesto não-violento contra o Projeto do Rio Colleton? — perguntou Savannah.

— Pensei que brigando teria mais chance de atrair a atenção, que seria mais eficiente. Imaginei também ser competente a ponto de pôr os caras para correr. Eu os subestimei e superestimei a mim mesmo. Não consegui nem ao menos diminuir o ritmo das construções.

— Derrubando as pontes, você diminuiu bastante a velocidade das obras — disse eu. — Desviou um monte de caminhões.

— Você não percebe... Eu pensei que poderia acabar de vez com toda a operação.

— Como assim? — indagou Savannah.

— Porque eu visualizara isso acontecendo. Desde pequeno, se eu visse alguma coisa em minha cabeça, eu poderia fazer com que aquilo acontecesse. Antes de irmos buscar a toninha branca, eu já tinha feito a viagem mentalmente umas cem vezes. Quando estávamos em Miami, não aconteceu nada que me surpreendesse porque eu já vira como seria.

— Pois eu fiquei surpresa – afirmou Savannah. – Não acreditava que era eu mesma que estava vindo pela estrada costeira, deitada sobre uma toninha.

— Pensei que deixaria os operários com tanto medo que eles nunca mais colocariam os pés em Colleton – continuou Luke.

— Você conseguiu – disse eu. – Eles estão apavorados, mas têm famílias para sustentar.

— Tudo faz mais sentido quando estou aqui sozinho. – Ele sorriu. – Posso me convencer de qualquer coisa. Vocês se lembram de quando mamãe leu *O diário de Anne Frank* para nós quando éramos crianças?

— Ela nunca deveria ter lido aquele livro para nós – retruquei. – Durante anos, Savannah teve pesadelos com nazistas que arrebentavam as portas.

— Você se lembra de quando Savannah nos levou até a sra. Regenstein, depois de leitura do livro?

— Não me lembro disso, Luke – ela apressou-se em dizer.

— Nem eu – garanti. – Nós éramos pequenos quando ela nos leu aquele livro.

— A sra. Regenstein era uma refugiada alemã que morava com a família de Aron Goldberg. Perdera todos os parentes em campos de concentração.

— Ela nos mostrou uma tatuagem – disse eu, começando a recordar.

— Não era uma tatuagem – interrompeu Luke. – Ela nos mostrou o número que puseram em seu antebraço no campo de concentração.

— Qual é o problema dessa história, Luke?

— Não há problema. Simplesmente foi a primeira vez que percebi a grandeza de Savannah.

— Fale-me a respeito disso, Luke – pediu ela, abraçando-o. – Adoro histórias em que sou a personagem principal.

— Você guarda saquinhos para vomitar no acampamento, Luke? – brinquei.

— Depois que mamãe leu sobre Anne Frank, Savannah passou três dias fazendo um esconderijo no celeiro. Colocou comida, água e tudo mais. Até um quadro de avisos no qual se poderiam afixar figuras de revistas como Anne Frank fizera.

— Que ridículo! – exclamei.

— Sim – concordou Luke. – Mas foi um gesto. Foi alguma coisa. A maior parte da Europa não fez nada quando soube do que estava acontecendo com os judeus. Nós tínhamos uma irmã de 8 anos que construiu um esconderijo no celeiro para o caso de acontecer alguma coisa. Mas essa não é a história de que mais me recordo.

— Estou certa de que fiz algo heróico – declarou Savannah, divertindo-se.

— Não tanto, minha querida. Você fez Tom e eu irmos com você para visitar a sra. Regenstein. Ela me assustava porque falava inglês com um sotaque muito forte. Eu não queria ir, mas você nos obrigou. Tom e eu estávamos atrás de você quando a sra. Regenstein abriu a porta. Ela disse: *Guten morgen, Kinder.* As lentes de seus óculos eram grossas e ela era muito magra. Você se lembra do que lhe disse naquele dia, Savannah?

— Eu nem me lembro daquele dia, Luke!

— Você falou: "Nós vamos escondê-la. A senhora não precisa ter medo de que os nazistas venham para Colleton, porque meus irmãos e eu estamos aqui para escondê-la. Fizemos um ótimo esconderijo no celeiro e vamos levar-lhe comida e revistas."

— O que a sra. Regenstein respondeu? – Savannah quis saber.

— Ela se desmoronou. Chorou até não poder mais. Você pensou que tinha feito uma tremenda bobagem e então lhe pediu desculpas. A sra. Goldberg veio até a porta e acalmou a amiga. Antes de sairmos, a sra. Regenstein nos deu leite e biscoito e passou a nos adorar a partir daquele dia.

— Eu sabia que era uma criança maravilhosa – brincou Savannah. – Obrigado por ter contado essa história, Luke.

— Posso contar outras trinta em que você foi uma merda, Savannah – disse eu.

— Quem convidou esse cara para vir a esta ilha? – E ela apontou para mim.

— Eu é que não fui – disse meu irmão.

— Bem, Luke, viemos lhe trazer uma proposta. As forças do mal estão querendo fazer um acordo.

— Não me diga! Se eu for até eles, vão me deixar com todo o estado da Carolina do Sul?

— Talvez a gente não esteja longe disso – repliquei. – Mandaram um sujeito chamado Covington.

Durante dois dias, revigorados pela presença de Luke, deixamos que ele contasse a história de sua modesta rebelião contra o país. Uma sensação de injustiça o levara, armado e vingativo, para a terra natal que lhe fora furtada. O malogro de sua tentativa de mudar qualquer coisa transformara seu compromisso em devoção – por ter fracassado de maneira tão visível, não podia se retirar de sua própria convocação às armas. Ele se tornara a primeira vítima de sua própria bravata. De início, Luke pensara que havia retornado a Colleton porque era o único homem de princípios que a cidade produzira. Mas, na longa solidão de sua luta particular, percebera que a vaidade transformara uma simples decisão política num caso de honra. Sem saber como se desobrigar daquela luta, havia ocasiões em que ainda sentia estar fazendo a única coisa que se poderia esperar de um homem com sua natureza. Não se convencera de que estava errado; simplesmente havia agido sozinho, e esse fora seu erro mais doloroso.

Com voz sonora e musical, ele relatou suas caminhadas vagarosas pela região devastada, os encontros com os guardas armados, as desaparições em suas casas na Geórgia depois de algum ataque bem-sucedido, o paciente roubo de dinamite dos canteiros de obras e os perigos que enfrentava cada vez que punha o barco no rio. Aprendera com os vietcongues a agir na escuridão e a eficácia da paciência quando se lidava com um inimigo numericamente superior. Surpreendera-se com a fragilidade da guarda das pontes – fora fácil colocar poderosas bombas-relógios para explodir simultaneamente às duas da manhã e voltar para Marsh Hen antes de o dia clarear. Depois disso, houve uma grande melhoria na segurança das pontes que levavam ao município, mas a morte dos homens do trem modificara a natureza de seu protesto. Após aquele derramamento de sangue, sua guerra contra a propriedade do Estado perdera a ressonância moral. Se tivera que matar, esperava não haver desperdiçado aquelas mortes.

– Eu ia atirar nos três engenheiros-chefes da companhia Mewshaw que estão dirigindo o projeto. Observei-os através da mira da arma e pensei em matá-los. Então, lembrei-me de suas esposas e filhos que ficariam arrasados quando soubessem que os pais haviam levado um tiro no meio dos olhos. Acabei abaixando o rifle. Aí percebi que estava travando a guerra mais idiota do mundo. Não tinha sequer o apoio da população porque não havia mais cidade. Agora existem cicatrizes no chão, nos lugares onde antes se localizavam as casas. Assim, explodi alguns tratores e caminhões e apavorei os poucos guardas. Minha única vitória, se é que se pode falar assim, é que ainda não me agarraram. Mas eles tentaram como o diabo!

Luke não se sentia derrotado, apenas empatado. As crenças que o haviam sustentado nos primeiros dias da disputa tinham perdido o vigor e a potência. Na solidão, ele descobrira que não havia base filosófica para sua dissensão. Era impossível forçar o século a ter um sentido e difícil encontrar um lugar onde se colocar dentro dele. Tentando conduzir-se como um homem honrado que não podia ser comprado ou vendido, ele acordara certa manhã para descobrir que era um homem com um preço por sua cabeça. E, do mais profundo de si mesmo, não entendia por que os americanos não haviam se juntado a ele ao saberem da natureza de seu desencantamento com o governo. Pensando entender a alma americana, aprendera que sequer podia medir a profundidade de sua própria alma. Jamais imaginara que a venda da terra natal e dos direitos adquiridos por nascimento fossem o esporte dos grandes do país. De acordo com nossos pais, os sulistas tinham a terra na mais alta estima. Era a terra e o apego a ela que definiam a separação entre nós e os outros americanos. Luke cometera um erro: acreditara na sublimidade da maneira de ser dos sulistas.

– Assim que cheguei aqui, enxerguei a mim mesmo como o último sulista – declarou ele. – Mas ultimamente tenho pensado em mim como o último idiota sulista.

– Temos uma combinação de genes como Loch Ness, Luke – disse Savannah. – Vamos ter monstros aparecendo na superfície antes que tudo termine.

— Se você não acredita mais no que está fazendo – perguntei –, então por que diabos continua aqui brincando de guerra?

— Pouco importa quanto eu esteja errado, Tom; não estou tão errado quanto eles. E minha presença aqui faz com que se lembrem de que o roubo de uma cidade pode ser perigoso para a saúde. Até pensei em atacar um dos canteiros de obras em plena luz do dia. Sei como lutar numa guerra desse tipo; o que me falta é coragem para lutar como esperam que eu lute.

— Teriam mandado fuzileiros navais se você tivesse matado guardas e operários, Luke.

— Agindo sozinho, sou incapaz de matar gente inocente. Fiz isso no Vietnã porque tinha o país mais forte do mundo me apoiando. Mas, a não ser que se queira matar os inocentes, não se consegue vencer. Não se é nem percebido.

— Você nunca foi bom em assumir compromissos.

— O quê? Onde é que estava o maldito compromisso? Não nos disseram que iriam construir as fábricas num dos cantos do município e que continuaríamos a morar onde sempre havíamos morado. Falaram: "Vão embora, seus fodidos, vão embora!" E eu entendo por que fizeram isso. Se algum dia houver um acidente nas fábricas, tudo o que está rio abaixo, camarões, polvos, siris, tudo vai arder na escuridão durante duzentos anos. Se fizerem uma bobagem que seja, podem matar todas as formas de vida marítima num raio de 80 quilômetros. O pântano pode se transformar num deserto.

— Desde quando você se tornou radical, Luke? – perguntou minha irmã. – Foi no Vietnã?

— Não sou radical, Savannah. Odeio todo tipo de radicais, sejam liberais ou conservadores. Não ligo a mínima para políticos ou manifestantes.

— Errado, meu querido. Você é o melhor manifestante que já vi.

Então Luke falou de suas voltas freqüentes à ilha Melrose durante as quais perambulava pelo mato crescido no lugar onde antes ficavam nossa casa e o celeiro. Certa noite, ele dormiu no lugar onde era nosso quarto. Depois, tirou mel das colméias abandonadas que as equipes de demolição haviam deixado para trás quando destruíram a casa.

Colheu azaléias, rosas e dálias no antigo jardim de minha mãe e as colocou sobre o túmulo do tigre. Matou com arco-e-flecha um javali que procurava pecãs na parte sul da ilha.

Na segunda noite, Luke nos contou sobre sua volta ao lugar onde se localizara a cidade, e da extraordinária visão de Colleton se elevando milagrosamente da terra devastada. Com certo temor, falou-nos sobre a crescente freqüência dos monólogos que mantinha consigo mesmo. Essas meditações solitárias o assustavam, ao mesmo tempo em que o dotavam de um renovado senso de determinação e honradez. Recordou-se da dificuldade que tivera para localizar o terreno da casa de meus avós, do encontro da cruz na escuridão e de seu transporte até a rua das Marés sob a luz estranha de uma lua escura. Então, ele vira o sr. Fruit, que descia a rua em sua direção, louco e desnorteado, ainda fazendo sua dança lunática na esquina onde passara toda sua vida. O velho soprava o apito e dirigia um trânsito fantasma na muda simplicidade e grandeza de sua arte. Mas, quando o sr. Fruit se materializou, a cidade que ressurgira perante os olhos de Luke desapareceu no pesadelo e no pó.

— A cidade esteve lá por um momento — contou Luke, maravilhado. — Não sei como explicar. Por um minuto senti cheiro de tinta fresca e de café, ouvi a voz dos lojistas e o ruído das vassouras varrendo as calçadas. Era tudo tão lindo e real.

Savannah segurou-lhe a mão e a beijou suavemente.

— Você não precisa me explicar isso, Luke. Tenho visto coisas durante toda minha vida.

— Mas eu não estou louco — protestou ele. — Estava tudo ali, na minha frente. Vi as lojas, cartazes anunciando liquidações, e até ouvi a arara dizer "bom dia" na loja de sapatos. Os semáforos estavam funcionando. Vocês têm de acreditar. Não foi um sonho.

— Eu sei que não foi um sonho — continuou Savannah. — Foi apenas uma bela alucinação. Sou a rainha das alucinações. Posso lhe falar tudo sobre elas.

— Você está dizendo que eu enlouqueci. Mas você sempre foi a louca da família, Savannah.

— Não, Luke. Simplesmente sou a única que sabia disso.

— O que eu senti foi religioso. Era como se tivesse sido tocado por Deus e Ele me permitisse visualizar o que aconteceria no futuro se eu permanecesse leal à minha missão.

— Você ficou sozinho nos bosques por mais tempo do que deveria – comentei.

— Mas eu não inventei o sr. Fruit!

— Essa é a parte mais estranha da sua alucinação – afirmou Savannah.

— Não. Ele estava lá. Na certa, ficou esquecido quando mudaram a cidade. E deve ter ficado com medo ao ver a derrubada das casas. Escondeu-se na floresta e viveu como pôde. Estava faminto e vestia trapos quando o encontrei na esquina onde dirigia o tráfego. Como é que se vai explicar ao sr. Fruit a respeito do plutônio? Ele estava quase morto de inanição. Levei-o para uma Missão Católica em Savannah, apesar da dificuldade de tirá-lo da esquina e enfiá-lo no barco. Foi mandado depois para um hospital psiquiátrico em Milledgeville. Ninguém lhe deu ouvidos quando ele explicou que só precisava de uma nova esquina onde pudesse se sentir à vontade. Mas é necessário nascer em Colleton para entender o sr. Fruit. Ninguém o escutaria. Não consegui explicar-lhes a importância do sr. Fruit no grande esquema das coisas.

— Você também precisa de ajuda, Luke – disse minha irmã. – Do mesmo modo que o sr. Fruit, você também é uma vítima da mudança da cidade.

— Minha visão da cidade foi um momento de clarividência, Savannah. Quando você se senta para escrever, deve ser capaz de enxergar um poema escondido em algum lugar de uma página em branco. Vi nossa cidade num pedaço de terra escura. Estou falando de imaginação, não de insanidade.

— Você precisa voltar conosco, mano. Está na hora de começar vida nova.

Luke enterrou o rosto entre as mãos, mostrando uma qualidade primitiva em sua tristeza. Seu rosto era leonino, majestoso, mas os olhos eram suaves e assustados como os de um cervo.

— Você confia no tal agente do FBI, Tom?
— Tanto quanto posso confiar em qualquer homem que esteja caçando meu irmão.
— Ele disse que eu pegaria três anos de prisão?
— Disse que você pegaria cinco anos. Foi esse o acordo que negociou.
— Talvez eu possa ficar na mesma cela que papai...
— Papai também quer que venha, Luke – disse Savannah. – Ele está muito preocupado. Mamãe também.
— Talvez daqui a cinco anos possamos fazer uma reunião de família – respondeu ele.
— Vamos parando por aí – propôs Savannah.
— Tom, diga a Covington que vou me entregar na ponte Charleston. Quero me render a um oficial da Guarda Nacional. Gostaria de me render como soldado.
— Por que você não volta conosco ainda hoje? Eu poderia ligar para Covington lá de casa.
— Gostaria de passar algumas noites aqui, sozinho, para dizer adeus a Colleton. Encontro vocês na ponte Charleston na sexta-feira.
— A maré está subindo, Savannah. Precisamos ir embora.
— Deixe que eu fique com você, Luke – pediu ela, preocupada. – Estou com medo de deixá-lo aqui sozinho.
— Sei cuidar de mim mesmo, irmãzinha. Vou ficar bem. Tom está certo. Se vocês não pegarem a maré na próxima hora, não conseguirão sair esta noite.

Luke ajudou-me a arrastar o barco até a água. Abraçou Savannah e a apertou contra o peito por um longo tempo, enquanto ela chorava em seu ombro. Depois, ele se voltou em minha direção. Perdi o controle assim que me tocou.

— Acabou, Tom – disse, abraçando-me. – Daqui a três anos, vamos rir muito dessa história. Vamos transformar a merda em algo bom, maravilhoso. Vou sair da cadeia, comprar um belo barco de pesca e vamos pescar mais camarões do que qualquer pessoa na Costa Leste. Seremos famosos e esvaziaremos todos os bares de marinheiros, bebendo quanto quisermos.

Savannah e eu entramos no barco e Luke empurrou-o para dentro da água. Savannah mandou-lhe beijos. Vimos sua figura iluminada pela luz suave de uma linda lua. Nós o deixamos e entramos pelas alamedas atraentes do pântano salgado. Saímos de nossa terra natal pela última vez em nossas vidas. Enquanto dirigia o barco pelo canal estreito, lancei uma prece aos céus. Uma prece de agradecimento. Apesar de Deus ter me sobrecarregado com pais estranhos e magoados, concedera-me a presença de irmãos extraordinários para equilibrar a balança. Eu não teria continuado minha jornada sem eles. Aliás, nem teria preferido fazê-lo.

A CAMINHO DO ENCONTRO marcado na ponte de Charleston, Luke fez uma visita sentimental à ilha onde havíamos crescido numa casa branca à beira do rio Colleton. Ele caminhava pelas fundações da casa quando foi morto por um tiro de rifle, disparado por um dos boinas-verdes contratados para matá-lo. J. William Covington levou a notícia à minha casa na ilha Sullivan no sábado, depois de Luke não ter aparecido para se render ao coronel Bryson Kelleher na ponte Charleston.

Após os funerais, Savannah e eu transportamos o corpo de Luke para além do limite de 3 milhas e o jogamos ao mar, na corrente do golfo que ele tanto amava. Ao levantarmos o pesado caixão para deixá-lo cair na água, Savannah leu o poema que acabara de escrever para despedir-se de Luke. Chamava-se *O príncipe das marés*.

Em seguida, voltamos a Charleston, sabendo que tínhamos o restante de nossas vidas para aprender a viver sem Luke. Anos e anos para aprender a fazer isso de uma maneira serena.

Epílogo

Há ainda algumas coisas a dizer. Quando contei a Susan Lowenstein a história de Luke, as palavras vieram-me com dificuldade... Ainda que tenha sido mais fácil contar o episódio à mulher que eu amava e que murmurava todos os dias que também me amava. Agora eu sentia a volta da paixão, o retorno da esperança e o fim dos avisos de tempestade nas zonas perigosas da memória. Eu não conversara com ninguém sobre a morte de Luke, como Sallie me dissera na noite anterior à minha partida para Nova York, e me esquecera de chorar.

Passei o verão escrevendo canções de amor para minhas filhas e cartas amorosas para minha esposa. Com saudade atroz de minhas filhas, a simples menção de seus nomes era capaz de me ferir. Mas elas não iriam sair de minha vida – era Sallie que eu pensava ter perdido para sempre. Minhas cartas para ela tinham sempre o mesmo tema: ninguém entendia melhor do que eu a razão pela qual ela buscara amor fora de casa. Triste e amargurado, eu a imaginava como uma estranha, uma invasora e, mais cruel que tudo, uma viúva que dirigia uma casa repleta da mais autêntica tristeza. O menino da ilha, Tom Wingo, afastara-se de todos os que o amavam e se lançara flutuando às águas de uma longa destruição. Eu lhe disse que seu caso com o dr. Cleveland me ensinara que eu ainda me machucava nos mesmos lugares atingidos pela morte de meu irmão. Aquele romance detivera minha longa queda rumo à autopiedade e me fizera sentir que o lutador dentro de mim ansiava por ser reconhecido novamente. Eu sabia que a redenção exige freqüentemente o beijo de Judas como prelúdio; há vezes em que a própria traição se torna um ato de amor. Eu tirara Sallie de meu coração e Jack

Cleveland a recebera no seu. Não gostei disso, mas garanti a ela que entendia perfeitamente. Suas cartas para mim refletiam uma mulher magoada e desnorteada. Ela pedira tempo, que eu lhe dei, ficando à espera de sua decisão. Não me ocorreu que a decisão partiria de mim ou que eu iria sentir uma emoção que não fosse alegria quando saísse de Nova York.

Nas duas últimas semanas de agosto, Susan Lowenstein alugou um chalé na costa do Maine. Foi ali que lhe contei sobre a morte de Luke enquanto via um Atlântico muito mais bravio e frio golpear os rochedos. Relatei tudo e lhe afirmei então que não valorizava nenhum tipo de vida que não incluísse meu irmão. Naquela região que todos os anos se purificava sob vastos lençóis de neve, louvei o espírito de Luke e lamentei sua morte, contemplando a beleza verde do verão do Maine. Era incalculável o preço de um amor tão profundo e agressivo por uma família.

Quando mencionei o enterro de Luke no mar, Susan apertou-me nos braços, acariciou-me os cabelos, secou minhas lágrimas. Não era como psiquiatra de minha irmã que ela me escutava, mas como minha amante, companheira e melhor amiga. Durante duas semanas, fizemos amor como se tivéssemos esperado a vida inteira para cair nos braços um do outro. Todos os dias, andávamos quilômetros à beira do mar, colhíamos flores silvestres e amoras, até que ela se voltava para mim, passava as unhas em minhas costas e dizia:

— Vamos voltar para casa, fazer amor e contar um ao outro tudo o que há no mundo. — Era um prazer desfrutar com Susan Lowenstein momentos tão intensos.

Em nossa última noite no Maine, nós nos aconchegamos sobre uma rocha, com o cobertor nos ombros. A lua espalhava um manto prateado sobre o oceano e o céu estava estrelado e limpo.

— Você não está louco para voltar à cidade, Tom? — perguntou ela, beijando-me o rosto. — Estou cansada de tanta paz, silêncio, beleza, comida maravilhosa e sexo delicioso.

Dei uma risada e retruquei:

— Se ficarmos juntos, Lowenstein, terei de me tornar judeu?

— Claro que não. Herbert não é judeu.

— Olhe, eu não me incomodaria. Todo mundo na minha família está fazendo isso. Não se esqueça de Renata.

— Essa estada aqui não deu uma ótima idéia do que seria nossa vida se ficássemos juntos? Uma prévia das próximas atrações?

Demorei um pouco para responder e a imagem de minha mulher e minhas filhas apareceu na escuridão, vívida como um vagalume.

— Antes de conhecer você, eu estava num sono profundo. Era um homem morto e não sabia. Posso chamá-la de Susan agora, Lowenstein?

— De jeito nenhum. Adoro quando você diz "Lowenstein", principalmente quando fazemos amor. Estou me sentindo linda outra vez. E absolutamente maravilhosa.

— Preciso ver Savannah quando voltarmos.

— Está na hora, Tom – concordou ela. – Para vocês dois.

— Preciso contar alguma coisa a ela. Aliás, a várias outras pessoas também.

— Tenho medo do que vai acontecer quando Sallie ligar e quiser você de volta.

— Como você sabe que ela vai me querer de volta?

— Você me deu uma amostra da mercadoria, menino sulista – brincou ela. – Mal posso esperar a volta para casa para tirar a roupa e contar tudo o que há no mundo.

— Lowenstein – disse eu, voltando-me para beijá-la –, você tem de aprender um bocado sobre a vida ao ar livre. – E comecei a desabotoar sua camisa.

SAVANNAH SURPREENDEU-SE ao me ver quando um funcionário do hospital a trouxe para o salão dos visitantes. Parecia pouco à vontade ao me beijar, mas me abraçou com força.

— Deixaram você entrar, Tom!

— Lowenstein permitiu que você passasse o dia fora. Serei considerado responsável se você der um mergulho do Empire State Building.

— Tentarei me controlar. – E ela esboçou um sorriso.

Levei-a ao Museu de Arte Moderna, onde havia uma exposição de fotografias de Alfred Stieglitz e da arte de Georgia O'Keefe. Falamos pouco durante a primeira hora em que estávamos juntos, mas perambulamos lado a lado pelas galerias. Muito tempo e sangue ocupavam os pântanos de nosso passado compartilhado. Havíamos perdido muitos anos para as piratarias de um destino implacável e nenhum dos dois parecia disposto a falar disso. Porém, sua primeira pergunta me pegou desprevenido.

— Você sabe a respeito de Renata Halpern? – Savannah observava uma fotografia de uma cena de rua em Nova York.

— Sim.

— Essa história me ajudou naquela época. Eu não estava bem.

— Você precisava de uma fuga. Qualquer um entende isso. Principalmente eu.

— Você entende, Tom? – Havia um toque de raiva em sua voz. – Você ficou no Sul.

— Você sabe o que o Sul significa para mim?

— Não – disse ela, mentindo.

— É o alimento da alma, Savannah. Não posso evitar. É o que eu sou.

— O Sul é mau, inferior e retrógrado. A vida sulista é uma sentença de morte.

Virei-me de costas para a foto de uma jovem e bela Georgia O'Keefe e retruquei:

— Sei que é assim que você se sente, Savannah. Já conversamos mil vezes sobre isso.

Ela tomou minha mão e a apertou.

— Você se vendeu muito barato. Poderia ter sido mais que um professor e treinador.

— Escute, Savannah. Não existe palavra que eu reverencie mais que *professor*. Nenhuma. Meu coração bate mais forte quando uma criança se refere a mim como professor. Sempre foi assim. Honrei a mim mesmo e a todo o sexo masculino quando me tornei professor.

— Então por que você não é feliz? – Savannah olhou-me dentro dos olhos.

— Pela mesma razão pela qual você também não é. Caminhamos até a sala de Monet. Contemplamos as grandes telas cheias de lírios e lagos. Aquele era o lugar favorito de Savannah, para onde ela ia sempre que desejava levantar seu moral.

— Lowenstein vai lhe dar alta logo, logo, Savannah.

— Acho que já estou pronta – respondeu ela.

— Se você decidir ir embora, deixe-me ajudá-la, por favor.

— Talvez eu ainda precise ficar longe de vocês por um bom tempo.

— Eu a amo em qualquer circunstância, não importa o que você faça. Mas não suportaria o mundo sem você.

— Às vezes penso que o mundo seria muito melhor sem mim. – A tristeza em sua voz tocou-me fundo na alma.

— Nunca pronunciamos o nome de Luke desde que ele morreu – disse eu, segurando-lhe a mão.

Savannah deitou a cabeça em meu ombro e, com voz exausta e temerosa, pediu:

— Ainda não, Tom. Por favor.

— Já é tempo. Nós amamos tanto Luke que esquecemos quanto nos amamos.

— Alguma coisa se despedaçou em mim. Algo que não pode ser consertado.

— Eu sei o que pode consertá-la. – E apontei para as flores imemoráveis de Monet, que flutuavam nas águas frescas de Giverny. Savannah levantou os olhos para a enorme pintura em sua sala favorita de Manhattan enquanto eu continuava: – A arte pode consertá-la. Você pode escrever lindos poemas sobre nosso irmão. Você é a única pessoa capaz de trazer Luke de volta.

Ela começou a chorar, mas eu sentia seu alívio.

— Só que ele está morto, Tom.

— Está, porque você não escreveu sobre ele. Faça com Luke o que Monet fez com as flores. Use sua arte. Devolva-o para nós. Permita que o mundo inteiro ame Luke Wingo.

NO FIM DAQUELA TARDE, recebi o telefonema de Sallie, aquele que eu começara a temer. Ela mal conseguia falar. Então perguntei:

— Alguma coisa errada, Sallie?

— Ele estava tendo casos com outras duas mulheres, Tom. Eu estava planejando abandonar você e chamá-lo para morar comigo e com as meninas. E ele estava trepando com mais duas mulheres!

— É por causa da coleção de motocicletas inglesas. Os cachimbos eram simples fingimento; mas, quando um médico começa a colecionar motocicletas, é sinal de alguma coisa enviesada em seu ego masculino.

— Eu o amava, Tom. Não vou mentir para você sobre isso.

— Seu gosto em matéria de homens sempre foi meio suspeito... — brinquei.

— Estou me sentindo usada, violada e repugnante. Eu não sabia como me portar ao ter um caso. Era tudo novo para mim e tenho certeza de que fiz papel de idiota.

— Você foi ótima, Sallie. Ninguém sabe a maneira certa de agir.

— Ele foi rude quando o confrontei com as outras mulheres. Disse-me coisas terríveis.

— Quer que eu quebre a cara dele?

— Não. Claro que não. Por quê?

— Eu gostaria de quebrar a cara dele. E deixaria você assistir.

— Ele disse que eu era muito velha para pensar em casar. Uma das namoradas dele tem 19 anos!

— Ele nunca se preocupou muito com profundidade.

— E nós, Tom? Para onde vamos nós? Suas cartas têm sido lindas, mas, se eu fosse você, nunca me perdoaria.

— Preciso lhe contar a respeito de Lowenstein, Sallie.

Esperei que Lowenstein saísse do consultório. Estava tentando achar as palavras apropriadas quando a vi descer a escada da casa. Ela me viu na outra calçada, encostado a um poste. Sua beleza me comoveu, como sempre acontecia, mas era sua bondade que, naquele momento, me partia o coração. Quando tentei falar, as lágrimas inundaram meus olhos. Ainda não fora inventada a maneira adequada de se dizer adeus. Lowenstein viu as lágrimas e gritou enquanto atravessava a rua:

— Não, não, Tom. Não é justo! — Ela deixou cair a pasta na calçada e passou os braços ao redor de meu pescoço. A pasta se abriu, espalhando os papéis pela rua e embaixo dos carros estacionados. Lowenstein enxugou uma lágrima em meu rosto e me beijou. — Sabíamos que esse dia chegaria. Já conversamos sobre isso. Uma das coisas de que mais gosto em você, Tom, é que sempre volta para a família. Mas, maldita família! Maldita Sallie por ter amado você antes de mim.

Suas palavras me atingiram como um soco. Chorei ainda mais, deitando a cabeça em seu ombro. Ela acariciou-me os cabelos e disse:

— Preciso encontrar um judeu simpático. Vocês, os não-judeus, estão me matando. — E, apesar das lágrimas, estouramos numa gargalhada.

SENTADA EM SEU APARTAMENTO, olhando a rua pela janela, com os cabelos descoloridos e manchados, ela não se voltou quando entrei na sala. Eu fizera as malas na noite anterior e as deixara perto da porta da cozinha. Em uma floricultura da Oitava Avenida, comprara um pé de gardênia florido. Peguei uma das flores, caminhei até ela e a coloquei entre seus cabelos. Então, fiz a velha pergunta:

— Como foi sua vida familiar, Savannah?

— Hiroshima — respondeu ela.

— E como foi sua vida desde que abandonou sua maravilhosa família?

— Nagasaki. — Ela ainda não se voltara para me fitar.

— Dê o nome do poema que escreveu em homenagem à sua família.

— *A história de Auschwitz.* — Savannah deu a impressão de que ia sorrir.

— E aqui está a pergunta mais importante. — Inclinei-me, sentindo o perfume da gardênia em seus cabelos. — Quem você mais ama neste mundo?

Ela encostou o rosto no meu e, entre lágrimas, murmurou:

— Amo meu irmão, Tom Wingo. Meu sensacional irmão gêmeo. Sinto muito por tudo, Tom.

— Está tudo bem, Savannah. Conseguimos voltar um para o outro. Temos muito tempo para restaurar as ruínas.

— Abrace-me, Tom. Abrace-me bem apertado.

Mais tarde, pronto para ir embora, levei as malas para o corredor, onde Eddie Detreville esperava para me ajudar a carregá-las. Abracei-o e o beijei no rosto, dizendo-lhe que raramente encontrara um homem tão generoso e afetuoso. Depois, voltei-me e me despedi de minha irmã. Ela me olhou da cadeira em que estava sentada, avaliou-me e perguntou:

— Você acha que nós somos sobreviventes, Tom?

— Acho que eu sou. Não tenho certeza quanto a você.

— Sobrevivência... Então esse é o dom que nossa família legou a você.

Eu a beijei, abracei e fui para a porta. Segurei a mala e disse:

— Sim, mas nossa família legou algo muito maior a você.

— Ah, é? O quê?

— Talento. Legou a você talento.

NAQUELA NOITE, Susan Lowenstein levou-me para um lugar acima da cidade, onde comemos uma ótima refeição, no restaurante Windows of the World. Quando chegamos, o sol já havia baixado, deixando apenas uma leve sugestão de rubi em meio às nuvens que se juntavam ao longo do horizonte. Nova York jamais seria sempre a mesma cidade; dependia do ângulo sob o qual era contemplada. Nada neste mundo de Deus era tão lindo quanto a ilha de Manhattan vista do alto durante a noite.

Tomando um gole de vinho, perguntei:

— O que você está com vontade de comer, Lowenstein?

Ela me observou em silêncio por um momento e, então, disse:

— Estou planejando pedir uma comida bem ruim, Tom. Não quero uma refeição maravilhosa na noite em que você vai me dizer adeus para sempre.

— Estou voltando para a Carolina do Sul, Lowenstein. É o lugar ao qual pertenço.

— Você poderia pertencer a qualquer lugar que quisesse. — Ela voltou os olhos para a cidade. — Você simplesmente escolheu não pertencer a Nova York.

— Por que você torna tão difícil nossa separação como amigos?

— Porque quero que você fique comigo, Tom. Você me ama e tenho certeza de que o amo. Temos a chance de fazer a felicidade um do outro para o resto de nossas vidas.

— Eu não faria ninguém feliz para o resto da vida.

— Tudo o que você diz, Tom, é apenas uma desculpa para me deixar — continuou ela, abrindo de repente o cardápio e estudando-o cuidadosamente para que nossos olhos não se encontrassem. — Qual é o pior prato deste cardápio? É isso que quero pedir.

— Alguém me recomendou ânus de porco ao molho tártaro.

— Nem tente me fazer rir — pediu ela, escondendo o rosto atrás do cardápio. — Esta é a noite em que você está me abandonando por outra mulher.

— Acontece que essa outra mulher é minha esposa.

— Por que você deixou que fôssemos tão longe, se sabia que, no fim, iria voltar para Sallie?

— Eu não sabia, Susan. Pensei que poderíamos ficar juntos para sempre.

— O que aconteceu?

— Minha personalidade veio à tona. Não tive coragem para abandonar minha mulher e minhas filhas e construir uma nova vida com você. Você vai ter de me perdoar, Lowenstein. Parte de mim a quer mais que a qualquer coisa no mundo; a outra parte morre de medo de qualquer grande mudança. Essa é a parte mais forte.

— Mas você me ama, Tom!

— Eu não sabia que era possível amar duas mulheres ao mesmo tempo.

— Entretanto, você escolheu Sallie.

— Escolhi honrar minha própria história, Susan. Se fosse mais corajoso, faria diferente.

— O que eu poderia fazer para que você ficasse? Diga, por favor. Não sei implorar, mas tentarei aprender as palavras e os gestos para isso. Ajude-me, por favor.

Fechei os olhos e segurei suas mãos entre as minhas.

— Faça com que eu nasça em Nova York. Apague meu passado. Apague tudo o que conheci e amei em minha vida. Faça com que eu não tenha encontrado Sallie e que não tenhamos filhos juntos. Faça com que eu não ame Sallie.

Ela sorriu e disse:

— Pensei que você ficaria se se sentisse bastante culpado, se eu o fizesse se sentir responsável por mim.

— Vocês, psiquiatras, são uma raça sem-vergonha!

— Se as coisas não funcionarem entre você e Sallie...

— Se isso acontecer, você vai me encontrar latindo como um cachorro em frente ao seu prédio no Central Park West. É estranho, mas, neste momento, amo você muito mais do que jamais amei Sallie.

— Então fique comigo, Tom.

— Preciso reconstruir algo lindo a partir das ruínas, Lowenstein – declarei, fitando seus olhos. – Não sei se vou conseguir, mas preciso tentar. Foi o que eu disse a Savannah hoje à tarde.

— Por falar em ruínas, Herbert me telefonou hoje. – Depois de dispensar o garçom que viera receber os pedidos, ela continuou: – Está implorando para eu lhe dar uma nova chance. Disse até que rompeu com Monique.

— Você, por acaso, tem o telefone dela aí?

— Não vejo graça nenhuma, Tom.

— A atmosfera está tão pesada que parece feita de titânio. Tentei torná-la um pouco mais leve.

— Não quero torná-la mais leve. Estou infeliz e tenho todo o direito de chafurdar em minha infelicidade.

— Gosto de pensar em Herbert implorando, Lowenstein. Esse papel deve ficar muito bem nele.

— Ele não sabe fazer isso bem. Contei-lhe a respeito de nosso caso. Ele acha inimaginável que eu esteja ligada a alguém como você.

— Conte ao filho-da-puta a respeito da minha genitália elefantina – disse eu, ligeiramente irritado. – Ou sobre meus truques pecaminosos durante a relação sexual.

— Eu lhe disse que nos dávamos maravilhosamente bem na cama – comentou ela, fitando abstratamente a cidade. – Disse também que somos muito "quentes".

— Muito quentes... Você nos faz parecer tarados.

— Fico impressionada ao ver quanto gosto de magoar Herbert hoje em dia. Você contou a Sallie sobre nós?

— Não, não contei. Pensei em contar, mas não vi motivo para magoá-la se estava voltando para a Carolina do Sul.

— Então você me usou, Tom.

— Claro, eu usei você, mas não antes de começar a amá-la.

— Se você gostasse muito de mim...

— Não, Lowenstein, eu adoro você. Você mudou minha vida. Voltei a me sentir inteiro. Atraente. Sensual. Você me fez enfrentar tudo, pensando que estava ajudando minha irmã.

— É assim que a história termina?

— Creio que sim.

— Então vamos fazer nossa última noite ser perfeita. – Ela beijou minha mão e cada um dos dedos, enquanto um vento forte sacudia o edifício.

Após o jantar, fomos ao Rainbow Room, no Rockefeller Center, e brindamos um ao outro com champanhe. Seguimos então ao hotel Plaza, onde nos registramos para passar a noite. Ficamos acordados a noite inteira, fazendo amor e conversando. Já que não tínhamos planos a discutir, havia apenas oito horas no mundo à nossa frente. Mas eu me recusara. Eu dissera não.

Quando nos despedimos, no aeroporto de La Guardia, eu a beijei mais uma vez, depois caminhei rapidamente para o portão, sem olhar para trás. Mas, quando ela gritou meu nome, voltei-me e a ouvi dizer:

— Tom, lembra-se do sonho que tive em que nós dois dançávamos no meio de uma nevasca?

— Nunca o esquecerei!

Ao vê-la chorar, senti-me como se fosse morrer.

— Prometa uma coisa. Quando chegar à Carolina do Sul, tenha um sonho por mim. Tenha um sonho por Lowenstein!

UM ANO DEPOIS de meu verão nova-iorquino, dirigi sozinho até Atlanta para pegar meu pai no dia em que ele seria solto da Penitenciária Federal. Queria dar-lhe algum tempo para se recompor, antes de enfrentar o amor culpado de uma família que não sabia como recebê-lo em casa. Nenhum de nós sabia como seria sua vida, agora que ele perdera tanto tempo e vigor. Ele emagrecera e seu rosto estava pálido e encovado. Eu estava presente quando ele recebeu seus objetos de uso pessoal. O diretor assinou seus papéis de soltura e disse que a prisão sentiria sua falta, que precisava de prisioneiros iguais a Henry Wingo.

— A única coisa que fiz direito na vida — declarou meu pai. — Fui um grande presidiário.

Assistimos a um jogo do Braves e passamos a noite no hotel Hyatt Regency. No dia seguinte, saímos cedo para Charleston, passando por estradas secundárias, dirigindo vagarosamente, dando tempo para nos conhecermos de novo, tentando achar as palavras certas, as palavras seguras, evitando cuidadosamente os assuntos difíceis.

Meu pai parecia mais velho, mas eu também. Em seu rosto, eu via o rosto de Luke. No meu, enquanto ele me observava timidamente, percebi que estava vendo o rosto de minha mãe. Se isso o magoava, nenhum de nós poderia evitá-lo. Conversamos sobre esportes, treinos, sobre as longas temporadas de futebol, basquete e beisebol que dividiam os anos de nossas vidas ao mesmo tempo em que proporcionavam a única linguagem de amor permitida entre nós.

— Os Braves estão a quatro pontos do primeiro lugar — comentei ao atravessar o rio Savannah.

Se Niekro jogar bem, eles podem ter alguma chance. Nenhum jogador dos grandes times consegue pegá-lo quando está em forma. — Escondido sob essa resposta, ouvi o grito inarticulado, que vinha de seu esforço frustrado para expressar seu amor. Ouvi esse grito e isso foi suficiente. – Você vai ter um bom time este ano? – perguntou ele.

– Acho que vamos surpreender algumas pessoas. Talvez você pudesse me ajudar a treinar alguns jogadores.

– Eu gostaria muito.

Savannah já chegara de Nova York quando estacionei no quintal de minha casa, na ilha Sullivan. Minhas filhas saíram de casa e se aproximaram timidamente do avô.

– Tenham cuidado, meninas – brinquei –, ele bate.

– Não, não bato, crianças. Venham aqui dar um beijo no vovô – pediu ele, com voz exausta.

Lamentei ter dito o que disse.

Sallie veio até a porta, magra e de cabelos escuros, bronzeada e séria. Correu para meu pai, passou os braços em seu pescoço. As lágrimas inundaram seu rosto quando ele a girou, abraçando-a.

– Seja bem-vindo, pai – disse ela.

Então, Savannah saiu da casa. Algo que não sei explicar ocorreu quando se encaminharam um para o outro. Senti-o no mais fundo de meu ser, num lugar intocado que tremia com um sentimento instintivo e enraizado na origem das espécies – um lugar sem nome, mas que eu sabia que teria nome se fosse sentido. Não foram as lágrimas de Savannah ou de meu pai que causaram essa ressonância dentro de mim. Foi a beleza e o medo do parentesco, os inefáveis laços de família que acendiam terror, reverência e amor dentro de mim. Ali estava meu pai, a fonte de todas aquelas vidas, de todas aquelas lágrimas. Ele chorava, chorava muito e não se envergonhava disso. As lágrimas lembravam-me o oceano, a ponto de eu sentir seu cheiro. O mar que existia dentro de mim agora se derramava. A vida de minha família era uma história de água salgada, barcos e camarões, lágrimas e tempestade.

E minha irmã gêmea, minha linda irmã, com os pulsos cheios de cicatrizes em torno do pescoço de meu pai, com os olhos obscurecidos por uma vida inteira de visões e um poder para usar a linguagem e transformar a tristeza em beleza. E minha esposa, que entrara para essa família e aprendera a tolerar um grande elenco de demônios familiares, que o fazia porque me amava, apesar de eu ser incapaz de reagir ao amor de uma mulher, e que nunca se sentiria amada e desejada, embora fosse isso o que eu mais ansiasse por lhe dar no mundo. E minhas filhas, minhas três filhas, a quem eu amava com um amor intenso que não parecia ser meu, porque eu queria tanto torná-las diferentes de mim em tudo, porque eu queria me certificar de que nunca teriam uma infância igual à minha, nunca apanhariam de mim, nunca precisariam ter medo de se aproximar do pai. Com elas, eu tentava recriar minha própria infância como achava que ela deveria ter sido. Com elas, eu tentava modificar o mundo.

No fim da tarde, carregamos a perua com uma geladeira portátil e uma cesta de piquenique e rumamos para Charleston. Fomos até o cais dos camarões em Shem Creek. Estacionei o carro à vista do único barco camaroneiro que ainda estava no cais.

— Você sabe lidar com um barco desses? – perguntei a meu pai.

— Não. Mas aposto que poderia aprender rapidamente.

— Está registrado sob o nome do capitão Henry Wingo. É um presente de boas-vindas de mamãe.

— Não posso aceitar isso.

— Você escreveu dizendo que gostaria de voltar para o rio. Mamãe queria fazer um gesto de boa vontade. Acho que foi um ótimo gesto.

— É um barco excelente... Estão pegando muitos camarões nesta estação?

— Os bons pescadores, sim. Falta um mês para eu começar os treinos de futebol. Posso trabalhar como seu ajudante até você contratar alguém.

— Pago 3 centavos por quilo – disse meu pai.

— De jeito nenhum, seu pão-duro miserável. Vai me pagar 5 centavos por quilo. O preço da mão-de-obra subiu.

O velho sorriu e disse:

— Agradeça à sua mãe por mim, Tom.

— Ela gostaria de vê-lo. Você tem todo o tempo do mundo, pai. Agora vou levar vocês ao rio Wando.

Entramos no canal principal do porto de Charleston uma hora antes do pôr-do-sol. Os sinos da igreja de São Miguel repicavam através da luz esmaecida e do ar úmido e perfumado da velha cidade.

Meu pai pilotava o barco sob as enormes vértebras de ferro das duas pontes Copper River. Passamos por um cargueiro branco, carregado, que vinha do cais do norte de Charleston e se dirigia para o mar. Quando acenamos, o capitão tocou a buzina, cumprimentando-nos. Entramos no rio Wando com a maré tão alta que meu pai não precisou recorrer às cartas de navegação. Subimos o rio durante algum tempo, até nos aproximarmos de um vasto pântano onde não se via uma única casa.

– Está quase na hora, Tom – avisou Sallie, entrando na cabine do leme.

– Hora de quê? – perguntou meu pai.

– Uma surpresa de boas-vindas para você e Savannah – informou, verificando o relógio.

– Conte o que é, mãe – pediram minhas filhas.

– Não. Se eu contar, deixa de ser surpresa.

Nadamos na água morna e opaca, mergulhando da proa do barco. Depois, jantamos e brindamos a meu pai com champanhe. Savannah se aproximou dele e vi quando caminharam para o barco de mãos dadas.

Pensei em alguma coisa para dizer, mas não me ocorreu nada. Eu ensinara a mim mesmo a ouvir os sons pesados do coração e aprender algumas coisas que me seriam úteis. Chegara àquele momento, com minha família em segurança em torno de mim, e rezava para que todos sempre estivessem seguros e para me contentar com o que possuía. Fui feito sulista e domesticado como sulista, Deus, mas eu lhe imploro que permita que eu mantenha o que tenho. Senhor, sou professor e treinador. Isso é tudo e é suficiente para mim. Mas os sons pesados, os sons negros, Senhor, quando soam dentro de mim, deixam-me capaz de reverenciar e me maravilhar. Eu os escuto e sinto vontade de colocar meus sonhos em músicas. Quando eles vêm, percebo um anjo em meus olhos, como se fosse uma rosa, e cânticos do mais meticuloso louvor se elevam das profundezas submarinas do êxtase secreto.

A toninha branca se aproxima de mim durante a noite, cantando no rio do tempo, com um séquito de mil golfinhos, trazendo os carismáticos cumprimentos do Príncipe das Marés, gritando nosso nome: Wingo, Wingo, Wingo. Isto é suficiente, Senhor. Isto é suficiente.

— Está na hora, Tom — disse Sallie, levantando o rosto para me beijar os lábios.

Toda a família se reuniu na proa do barco para ver o dia terminar. O sol, vermelho e enorme, descia no céu do oeste e, simultaneamente, a lua elevava-se no outro lado do rio com um glorioso matiz escarlate, subindo entre as árvores como uma garça. O sol e a lua pareciam conhecer-se e se moviam em oposição e concordância, numa dança maravilhosa entre carvalhos e palmeiras.

Meu pai assistiu a tudo e pensei que fosse chorar novamente. Ele voltara da prisão para o mar; seu coração pertencia às terras baixas. As crianças gritavam, apontando para o sol, voltando-se então para olhar a lua que subia, gritando ora para ela, ora para o sol.

— Vai ser bom poder pescar amanhã — disse meu pai.

Savannah veio para meu lado e passou o braço em minha cintura. Caminhamos juntos para a parte traseira do barco.

— Uma surpresa maravilhosa, Tom — sussurrou ela.

— Imaginei que você gostaria.

— Susan lhe manda seu amor. Está saindo com um advogado.

— Ela me escreveu contando. Você está com boa aparência, Savannah.

— Vou conseguir, Tom. — Então, olhando novamente para o sol e a lua, acrescentou: — Totalidade, Tom. Tudo volta. É tudo um círculo.

Ela se voltou e, encarando a lua que agora estava mais alta e prateada, levantou-se na ponta dos pés, elevou os braços para o ar e gritou com uma voz insegura:

— Oh! mãe, faça isso de novo!

Essas palavras de Savannah deveriam ser o fim da história, mas não são. Todas as noites, quando termina o treino e volto para casa pelas ruas de Charleston, dirijo com a capota de meu Volkswagen conversível abaixada. Sempre está escuro, e o ar fresco e o vento passam por meus cabelos. No alto da ponte, com as estrelas brilhando sobre o porto, olho para o norte e penso mais uma vez que deveria haver duas vidas para todos os homens e mulheres. Atrás de mim, a cidade de Charleston está mergulhada nos elixires de sua própria beleza incalculável e, à frente, minha esposa e minhas filhas estão me esperando

em casa. É nos olhos delas que reconheço minha verdadeira vida, meu destino. Mas é a vida secreta que me conforta. Ao chegar ao alto daquela ponte, deixo escapar um murmúrio, como uma prece, como arrependimento e como louvor. Não sei por que o faço ou o que significa; mas, todas as noites, enquanto me dirijo para minha casa sulista e minha vida sulista, murmuro estas palavras:
– Lowenstein, Lowenstein.

fim

ATENDIMENTO AO LEITOR E VENDAS DIRETAS

Você pode adquirir os títulos da BestBolso através do Marketing Direto do Grupo Editorial Record.

- Telefone: (21) 2585-2002
  (de segunda a sexta-feira, das 8h30 às 18h)
- E-mail: mdireto@record.com.br
- Fax: (21) 2585-2010

Entre em contato conosco caso tenha alguma dúvida, precise de informações ou queira se cadastrar para receber nossos informativos de lançamentos e promoções.

Nossos sites:
www.edicoesbestbolso.com.br
www.record.com.br

EDIÇÕES BESTBOLSO

Alguns títulos publicados

1. *Baudolino*, Umberto Eco
2. *Doutor Jivago*, Boris Pasternak
3. *O diário de Anne Frank*, Otto H. Frank e Mirjam Pressler
4. *O jogo das contas de vidro*, Hermann Hesse
5. *O poderoso chefão*, Mario Puzo
6. *O diário de Bridget Jones*, Helen Fielding
7. *A casa das sete mulheres*, Leticia Wierzchowski
8. *Ramsés – O filho da luz*, Christian Jacq
9. *Ramsés – O templo de milhões de anos*, Christian Jacq
10. *Ramsés – A batalha de Kadesh*, Christian Jacq
11. *Ramsés – A dama de Abu-Simbel*, Christian Jacq
12. *A pérola*, John Steinbeck
13. *Getúlio*, Juremir Machado da Silva
14. *Os carbonários,* Alfredo Sirkis
15. *A queda*, Albert Camus
16. *O dia da tempestade*, Rosamunde Pilcher
17. *Carne e pedra*, Richard Sennett
18. *O amante de Lady Chatterley*, D. H. Lawrence
19. *Viagem à luta armada*, Carlos Eugênio Paz
20. *Contágio*, Robin Cook
21. *Paula*, Isabel Allende
22. *O grande Gatsby*, F. Scott Fitzgerald
23. *Encrenca é o meu negócio*, Raymond Chandler
24. *Pérolas dão azar*, Raymond Chandler
25. *Entre dois palácios*, Nagib Mahfuz
26. *O palácio do desejo*, Nagib Mahfuz
27. *Prelúdio de sangue*, Jean Plaidy
28. *O crepúsculo da águia*, Jean Plaidy
29. *Fera de Macabu*, Carlos Marchi
30. *Uma história íntima da humanidade,* Theodore Zeldin

Este livro foi composto na tipologia Minion, em
corpo 10/12,5, e impresso em papel off-set 63 g/m² no Sistema
Cameron da Divisão Gráfica da Distribuidora Record.